은소로 장편소설

초판 1쇄 찍은 날 | 2025년 7월 24일
초판 1쇄 펴낸 날 | 2025년 7월 31일

지은이 | 은소로
발행인 | 권기수, 장윤중
펴낸이 | 박정서

기획 | 윤단아
편집 | 손유리

펴낸곳 | 주식회사 카카오엔터테인먼트
등록번호 | 제2015-000037호
등록일자 | 2010년 8월 16일
주소 | 경기도 성남시 분당구 판교역로 235, 에이치스퀘어 N동 8, 9, 10층 (삼평동)

제작·감수 | KW북스
E-mail | paperbook@kwbooks.co.kr

ⓒ 은소로, 2018

ISBN 979-11-385-1864-2 04810
　　　979-11-385-1860-4 (set)

※ 파본은 구입하신 서점에서 교환하여 드립니다.
※ 저자와 협의하여 인지를 붙이지 않습니다.
※ 이 책은 저작권법의 보호를 받는 저작물입니다. 무단 전재 및 유포, 공유를 금합니다.

Contents

11막. 선택하는 것과 선택할 수 없는 것(2)   7

12막. 만들어 가는 것과 용서할 수 없는 것   53

13막. 끝나는 것과 끝나지 않는 것   205

외전 1. 함께 있는 밤   333

외전 2. 1631년 봄   351

외전 3. 끝나지 않는 것   443

특별 외전. 어떻게든 반드시   475

부록. 기오사 노트   521

순식간이었다. 마지막으로 살아남은 자마저 달아나기까지는.

후드를 쓴 자들은 그녀가 들고 있는 마검을 '가짜 마검'이라고 생각했다. 그것을 든 여자가 악마가 되지 않은 것은 가짜가 고장 난 탓이라고 판단했다. 그래서 거침없이 덤벼들었다. 그리고 곧 그들은 상황을 이해할 수가 없어졌다.

여자가 너무 강했다. 무기를 든 자들은 아예 상대가 되질 않았다. 흩날리는 긴 머리카락조차 아무도 스치지 못했다.

전투라는 것은 서로 어느 정도 상대가 되어야 이루어지는 법이고, 숫자의 우위는 포위가 가능한 상황에서나 의미가 있다.

속도를 따라갈 수조차 없는데 막거나 피할 수 있을 리가 없었다. 애초에 막아 봤자 무기까지 부러질 뿐 결과는 변하지 않았다. 마스터라지만 창천에 비하면 확연히 수준이 떨어지는 자들이었다. 창천 기사라 해도 그녀의 검을 받아 내기 힘들 판에 고작 이런 자들이 그녀의 상대가 될 리가 없었다. 그러니 다른 자가 버티는 동안 뒤를 치는 것도 불가능했다. 만들었던 포위망은 아무런 소용이 없었다.

마법마저 모조리 막혔다. 마나 실드를 쓸 수 있게 된 에키네시아는 마법을 아예 무시했다. 용이 뿜는 불도 막아 냈던 그녀의 실드를 마법으로 뚫으려면 현자급은 되어야 했다.

그저 한칼에 하나씩 죽어 나갔다. 그 점에서는 마스터나 마스터가 아닌 자나 공평했다.

결국 마법사 중 하나가 가짜 마검에 새겨져 있는 중독 저주를 발동시켰다. 그러나 숙주도 없는 데다 바르데르기오사에게 짓눌려 망가진 상태로 망토에 처박혀 있는 가짜 마검은 아무런 반응을 보이지 않았다. 에키네시아가 들고 있는 것은 진짜 마검이니 더더욱 반응할 리가 없었다.

아무 일도 일어나지 않자 그들은 몹시 당황했다. 에키는 그들이 그런 짓을 시도한 줄도 몰랐다. 그녀는 멀쩡히 검을 휘둘렀다.

차원이 다르다. 뒤늦게 그것을 깨달은 자 중 하나가 달아나기 시작했다. 에키네시아는 등을 돌린 자를 베지 않았다. 그녀가 정말로 도망치는 자를 살려 주자 남은 자들은 금세 싸울 의지를 잃었다.

하나둘 달아나기 시작하자 그들은 허무할 정도로 순식간에 와해되었다. 얼마 지나지 않아 그녀 근처에는 시체만이 남았다.

유리엔은 빌린 검을 쥔 채 멍하니 그 광경을 지켜보았다. 그가 검을 들 일은 아예 일어나지 않았다. 그녀를 지나쳐 그를 공격하려던 자들이 가장 먼저 죽었기 때문이었다.

[행복해……. 맨날 오늘 같았으면 좋겠다.]

바르데르기오사가 흐물흐물 풀어진 목소리를 냈다. 짧은 사이에 습격한 무리의 족히 절반은 죽였으니 마검이 행복해할 만도 했다. 에키는 뺨에 튄 피를 손등으로 닦으며 마검을 늘어뜨렸다. 투명한 칼날에 묻은 피는 금세 흡수되며 사라졌다.

결국 피를 보았다. 후회되지는 않았다. 어차피 앞으로도 피를 볼 예정이었다. 쌓이는 살의를 풀겠다는 이유로, 혹은 살의에 휘둘리는 상태로는 검을 들고 싶지 않았으나 간신히 되살려 낸 사람들을 지키기 위해서라면 얼마든지 들 수 있었다. 시간을 되돌린 후 처음 피를 보았을 때 결심했듯이.

'살아남은 놈들이 바르데르기오사를 알아봤을까.'

가짜 가검이라 생각했을 확률이 높지만. 알아봤어도 큰 상관은 없었다. 유리엔이 말려든 음모에 대해 고민하면서 결심해 둔 바가 있었다.

그녀는 깊게 숨을 내쉬고 유리엔 쪽을 돌아보았다. 그는 핏기가 가신 얼굴로 그녀를 바라보고 있었다. 마검을 든 에키가 그를 향해 한 걸음 내딛자 유리엔이 반사적으로 아메시스트를 치켜들었다.

그 반응을 본 그녀의 눈이 흔들렸다. 그녀는 더 이상 그에게 다가가지 않고 멈춰 서서는 눈을 내리깔았다. 그러더니 이미 닦았던 뺨을 무의미하게 한 번 더 문질러 닦고는 마검을 문양 안으로 회수했다.

빈손으로 그를 향해 한 걸음 내딛자 그가 한 걸음 물러났다. 에키는 그의 표정을 볼 자신이 없었다. 여전히 눈을 내리깐 채 속삭이듯 말했다.

"그 검은 안 돌려주셔도 돼요."

검을 가지고 있는 편이 좀 더 안심되겠지. 마검으로 사람을 죽이는 모습을 보였으니 경계하는 건 당연한 일이었다. 그냥 마검을 가지고 있는 모습이나 마검으로 마물을 처리하는 모습과는 달라도 너무 다르다.

머리로는 알지만 속은 저며졌다. 에키는 애써 태연한 표정을 만들어 내며 그의 옆에 내려놨던 가짜 마검을 집어 들었다. 이어 마법 가방을 들려는데 나직한 목소리가 들렸다.
"경은, 마검에 물들지 않나?"
"……물들었었어요."
멈칫했던 그녀의 손이 다시 가방의 손잡이를 향했다. 그녀는 여전히 시선을 들지 않고 가방을 든 채 돌아섰다.
"그리고 벗어났죠. 그 뒤로도 계속 노력해서…… 이젠 괜찮아요. 제정신이기만 하면 통제할 수 있어요. 완벽하다고는, 못 하겠지만, 그래도, 거의……."
점점 목소리가 작아졌다. 니콜이나, 바라하나, 던컨에게 알릴 때는 확신에 차서 말할 수 있었다. 그런데 폭주해서 목을 조른 적도 있는 유리엔을 향해서는 차마 당당하게 말할 수가 없었다. 비록 지금의 유리엔은 그때의 일조차 잊어버렸다 해도.
'내가 그라도 못 믿겠지. 어떻게 믿어, 언제 돌변해서 미쳐 날뛸지 모르는데.'
마검을 드러내지 않으면 설명할 수가 없어서 드러낸 거였는데, 괜히 드러냈다는 생각이 들었다. 조금 울고 싶어졌다. 그녀는 고개를 푹 숙인 채 힘겹게 말했다.
"어쨌든 그래서…… 단장님을 물들인 것이 가짜 마검인 걸 알았고, 그걸 망가뜨리고 되돌릴 수 있었던 거예요. 음, 당신을 물들인 살의를 제가 흡수하는 식으로……."
"에키네시아 경."
그의 목소리가 바로 옆에서 들렸다. 아메시스트를 거둔 그가 어느새 그녀의 곁에 와 있었다.
"경에게 부상을 입힌 게 나았나."

"네?"

전혀 예상하지 못한 물음이었다. 에키는 놀라 고개를 들었다. 그와 시선이 정면으로 마주쳤다. 푸른 눈동자가 깊었다.

"조금 전에 경이 싸우는 것을 보았다. 경은 제니스고, 다치지 않고도 나를 제압할 실력이 있다. 그럼에도 다른 곳도 아니고 등을 베였다는 건……."

유리엔 자신의 몸에는 반쯤 잘린 어깨와 허벅지 근처의 상처를 제외하면 부상이 없었다. 그리고 그건 둘 다 꽤 시간이 흐른 부상이었다. 최근에 입은 상처는 생채기 몇 개밖에 없다. 그는 그 사실이 무엇을 의미하는지 안다.

"……경이, 나를 우선했다는 뜻 아닌가."

유리엔이 눈을 내리깔았다. 은빛 속눈썹이 흰 피부 위에 길게 그림자를 드리웠다. 그 그림자가 가늘게 떨렸다. 그녀에게 자주 보이던 무방비하고 흐트러진 얼굴이 아니라 담담하고 절제된 낯선 얼굴이었다. 그럼에도 그의 안에서 무언가 격한 감정이 소용돌이치고 있다는 것은 확연했다.

그는 숨을 들이켜며 그것들을 함께 삼키고는 눈을 들었다.

"부상을 입으면서까지 말이다. 그렇지 않나?"

에키는 완전히 당황했다. 수많은 의문이 있을 텐데, 이런 것을 가장 먼저 물을 줄은 몰랐다. 그것도 저런 표정으로.

"그, 으, 그러니까, 그건……."

어쩔 줄 모르는 그녀의 태도 자체가 무엇보다 정확한 대답이었다. 유리엔은 그녀에게 대체 왜 그랬냐며 화를 내고 싶은 충동과, 갑자기 솟구치는 눈물을 쏟고 싶은 충동과, 그녀를 끌어안고 가는 턱을 움켜쥐어 입을 맞추고 싶은 충동을 동시에 느꼈다.

이해할 수 없는 충동들이었다. 그는 그중 어느 것도 드러내지 않고, 그녀가 들고 있던 마법 가방을 빼앗아 들었다. 얼결에 가방을 뺏긴 에키는 그가 앞서 걷는 것을 멀거니 지켜보았다.

"시간이 없다고 하지 않았나. 우선 가지. 이쪽인가?"

"아, 네. ……단장님, 지금 제 말을 전부 믿으시는 건가요? 왜요?"

그녀는 그를 뒤따르며 저도 모르게 따지듯 물었다. 유리엔은 뒤를 돌아보지 않고 되물었다.

"거짓이 있었나?"

"아뇨, 그런 건 아니지만, 그래도."

"그럼 되었다."

"……제가 두렵지 않으세요?"

떨리는 음성이었다. 에키는 그 자리에 우뚝 서서 말했다.

"아깐 경계하셨잖아요. 어떻게 갑자기 믿을 수 있게 되신 건가요?"

"경은 악마가 되지 않았고, 마검에 휘둘리지도 않았다. 돌아서는 자들은 살려 주기까지 하지 않았나. 그럴 필요가 없는 자들인데도."

걸음을 멈춘 유리엔이 그녀를 돌아보았다. 그는 한 차례 호흡을 고르고 차분하게 말했다.

"에키네시아 경, 나는 막연한 공포에 질려 명백한 사실을 외면할 생각이 없다. 이미 주어진 단서들을 조합하지 못할 정도로 어리석지도 않다."

"……주어진 단서라니, 어떤 걸 말씀하시는 건가요?"

"경은 저자들을 향해 2황자가 주인이냐고 물었지. 저들은 부정하지 않고 살기를 보였다. 또한 저들은 그대가 들고 있는 마검을 보고도 당황하지도 달아나치도 않았다. 예상하고 온 것처럼. 내게 있던 랑기오사가 사라졌고, 경이 들고 있는 망토 속에는 마검과 똑같이 생긴 물건이 있다. 따라서 내가 처한 상황은 경이 말한 그대로겠지. 그리고 나는, 경의 부상을 보았다."

차분하게 시작했던 말이 이어지면서 조금씩 끓어올랐다. 그의 턱에 바짝 힘이 들어갔다.

"경, 나는 내게 등을 맡겼던 자를 의심할 정도로 어리석지 않다. 분명히 보이는 희생을 모른 척할 정도로 수치를 모르는 자도 아니다. 기적에 가까운 일이 일어났음을, 그것을 해낸 것이 경임을 알아차리지 못할 정도로 둔하지도 않다. 마검을 소유하고 있다는 것을 밝힌다는 게 어떤 위험을 짊어지는 일인지도 잘 알고 있다. 무엇보다도……."

내가 모르는 것들을 알고 있는 몸이, 자꾸만 그대를 향해서. 머릿속이 멍해질 정도로 열기가 오르고, 가슴과 목이 돌처럼 굳어지려 하고, 원인 모를 서달픔이 눈가를 달구고, 이해할 수 없는 충동이 계속 솟아나서.

유리엔은 혼돈을 내리누르며 지그시 눈을 감았다. 그는 신음처럼 물었다.

"……에키네시아 경. 내게 경은 무엇이었지? 경에게 나는 무엇인가? 왜, 악가가 된 나를 그대 홀로 찾아와서 이렇게까지 하는가?"

그녀의 말문이 막혔다. 뭐라고 설명해야 할지 모르겠다.

당신은, 당신의 모든 것이 저로 인해 움직인다고 했어요. 제가 당신의 이유라고 했어요.

그리고 제게 당신은 유일한 사람이에요. 누구도 대신할 수 없는, 누구보다도 특별한 사람.

이런 말들이 무슨 의미가 있겠는가. 그 말들이 담고 있던 깊이를 모른다면 그저 얄팍한 단어의 나열에 불과하다. 그는 이해할 수 없을 것이다. 지워진 것들은 고통스러운 시간이었으나 그 고통의 깊이가 곧 감정의 깊이였다. 그것을 모르는 그와는 절대로 예전처럼 깊어질 수 없다. 그녀는 입술을 깨물었다.

유리엔은 입술을 깨무는 그녀를 가만히 지켜보고 있었다. 그녀의 눈이 울 것처럼 젖어 든다. 그가 나직이 물었다.

"경. 내가 기억하지 못하는 시간 속에, 모든 이유가 있나?"

이번에는 답할 수 있는 질문이었다. 입을 열었다간 간신히 참고 있던 울음이 샐 것 같아 그녀는 그저 고개만 끄덕였다. 그가 매달리듯 묻는다.

"나는 왜 그것들을 잊어버렸지? 마검에 물든 후유증인가? 에키네시아 경, 내가 그것들을 되찾을 방법은 없는 건가?"

"……되찾고 싶으세요? 그게 무엇인지도 모르면서? 어쩌면 모르시는 게 나을지도 몰라요."

그렇게 말하면서 그녀는 그가 잊어버린 것들을 떠올렸다. 그가 토해 냈던 울음을 생각한다. 유리엔이 그녀에게 주었던 위로와 공감은 그녀가 절실히 바라던 것이었으나, 단지 그것을 위해 그도 고통을 기억해 주길 바라는 건 이기적인 바람일지도 모른다. 본래 혼자 감내하려던 악몽이 아니었던가.

정말로, 그를 위해서는 그녀를 모른 채 사는 쪽이 훨씬 나을 수도 있다. 이렇게 된 것이 올바른 운명일지도 모르겠다.

어차피 캠프로 돌아가면…….

"아니, 알아야 한다. 그럴 리가 없으니까."

유리엔이 망설임 없이 고개를 저었다. 그 점은 전혀 고민하지 않는 듯한 반응이었다. 한없이 가라앉던 그녀의 정신이 멈췄다.

"어떻게 그렇게 확신하세요?"

"경이 내가 기억하기를 원하고 있잖나."

"네?"

"그런 표정으로 나를 보면서, 모르는 게 나을지도 모른다고."

그는 이를 악물었다. 울음을 참는 여자의 얼굴. 고작 그 얼굴을 보고 있는 것만으로도 심장 안쪽이 불이 되어 머리를 끓어오르게 만든다. 이 열기를 내버려 둔 채 살라고? 평생 느껴 본 적 없는 이 감정의 근원도 모르는 채? 기억에 뚫려 있는 아득한 구멍을 들여다보면서?

"경, 장담할 수 있다. 나는 알아야만 한다."

그녀의 몸짓을 계속해서 눈으로 좇는다. 그녀의 표정에, 눈빛에, 목소리에. 전신이 반응한다. 이성이 무의미하게 허물어진다.

알 것 같다. 아무리 겪어 보지 않은 감정이라 해도 이 지경까지 와서 모를 수는 없었다. 자신이 타인처럼 느껴질 만큼 변해 버린 원인을 깨달았다. 미쳐 버린 게 아니라면 답은 하나뿐이었다.

유리엔은 커다랗게 떠진 보라색 눈동자를 내려다보며 말했다. 어지러울 정도로 녹아 버린 머리가 이끄는 대로.

"내가 왜 이토록…… 그대를 사랑하게 되었는지를."

에키는 숨을 쉬는 것도, 눈을 깜박이는 것도 잊은 채 그를 응시했다. 그들이 쌓아 올렸던 것들을 모두 잊어버리고도 그녀를 사랑하고 있음을 고백하는 남자를.

"이 감정의 근원이 어디에 있는지를, 나는, 모르고 살 수는 없다, 에키네시아 경."

"다, 단장님은 제가 누구인지도 잊어버렸잖아요. 그런데 어떻게……."

"그래, 나는 그대가 누구인지 모르겠다. 경이 어떤 사람인지, 어떻게 나와 알게 되었는지, 경과 나 사이에 무엇이 있었는지 알지 못한다. 그럼에도 이것만은 확신할 수 있다."

유리엔이 그녀에게로 성큼 다가왔다. 손을 뻗으면 닿을 만한 거리까지. 그리고 격하게 말을 쏟아 내었다.

"성검은 없어졌고, 기억은 엉망진창이고, 마검의 주인을 마주한 이런 상황에서 판단이나 추측보다 우선하여 내 뇌리를 점령하고 있는 것이 무엇인지 아는가? 이성은 의심의 가능성을 놓지 말라 하는데 맹목적으로 그대를 믿게 된다. 다른 모든 것보다 그대를 우선하고 싶어진다. 내가 의도하지 않아도 저절로 그리된다."

그녀를 고스란히 비쳐 내는 푸른 눈동자가 느릿하게 깜박였다. 냉정이 완전히 망가진 얼굴.

"경, 지금 내가 경에게 무엇을 하고 싶은지 아는가? 무슨 정신 나간 생각이 자꾸만 드는지 아는가?"

유리엔의 입술이 떨렸다. 내뱉는 호흡이 헝클어져 있었다. 그는 죄를 고백하듯 말했다.

"그대에게 입 맞추고 싶다."

혼란스럽고, 어지럽고, 그럼에도 뚜렷한 음성. 그 말이 귀로 파고들어 머릿속을 희게 지워 나갔다. 머리를 비운 것이 가슴으로 내려와 여기저기 굴러다니며 덜그럭거렸다. 그것은 아주 뜨거웠다. 그녀는 멍하니 입을 열었다.

"단장님……."

진심이냐고, 뒤이어 나오려던 물음을 삼켰다. 그는 힘겨워 보였다.

부상 때문이 아닐 것이다. 그러고 보니 기억을 잃고 깨어난 이후부터 지금까지 그가 웃는 것을 한 번도 보지 못했다. 그토록 자주, 누구보다도 예쁘게 웃곤 했는데.

'원래 잘 웃는 사람이 아니었구나.'

에키는 이제야 그 사실을 깨달았다. 그게 무엇을 의미하는지도. 유리엔은 어쩌면 그녀가 아는 것보다도 더 그녀를 사랑하고 있었을지도 모르겠다. 그녀가 깊다고 생각했던, 그가 내보인 감정들도 실상은 일부분에 불과했을지도 모르겠다.

손을 들어 딱딱하게 굳어 있는 그의 뺨을 감쌌다. 유리엔은 움찔 놀랐으나 그녀의 손길을 피하지 않았다. 흔들리는 푸른 눈동자. 경직된 눈매. 그 눈을 똑바로 바라보며 그를 제게로 잡아당겼다. 발돋움 했다. 순순히 고개를 숙인 그의 긴 은발이 그녀 위로 쏟아졌다. 그녀는 입술이 닿기 직전에 눈을 감았다.

말캉한 살이 맞닿았다. 익숙한 감촉이었다. 꾹 눌렀다가, 즈르듯 문지르자 그가 입을 열었다. 더운 숨이 흘러나오는 것을 입안에 머금었다. 그녀가 그의 뺨을 어루만졌다. 그녀의 혀가 그의 혀를 건드렸다.

그 순간 커다란 손이 그녀의 목뒤를 움켜쥐었다. 머리카락 사이로 파고드는 손가락. 갈급하게 제게로 끌어당긴다. 델 것 같은 욕망이 그녀에게로 넘어왔다. 예상한 일이었는데도 움찔 놀랄 정도로 휘몰아쳤다. 뒤섞인 숨이 어지럽게 오갔다. 강렬한 시선이 감고 있는 그녀의 눈꺼풀 위를 더듬었다.

입술을 떼며 그녀는 눈을 떴다. 달뜬 그의 눈동자와 상기된 뺨이 보였다. 그 얼굴은 그녀가 기억하는 그대로였다. 멍하니 바라보고 있자 그가 말없이 다시 입술을 겹쳐 왔다.

서로의 손이 상대의 얼굴과 목덜미를 어루만지고, 어깨를 잡아당기고, 허리를 그러안았다. 젖은 소리가 그들 사이에 고여 흘러내렸다. 호흡이 벅차서 물러나면 잠깐 떨어졌다가, 곧바로 따라붙는다.

그렇게 몇 차례. 마지막으로 입술을 삼키듯 빨아들였던 그가 가만히 그녀의 이름을 발음했다.

"……에키네시아."

경칭이 빠져 있었다. 불러 놓고서 그는 무슨 말을 해야 할지 알 수가 없는 것처럼 침묵했다. 그의 손이 그녀의 허리를 안으려다가 상처가 있는 부근에서 정지했다. 그가 눈을 내리깔았다. 입맞춤으로 인해 붉게 젖은 그의 입술이 말할 듯이 벌어졌다가 지그시 다물렸다.

그녀는 그 입술에 시선을 둔 채 속삭였다.

"다시 성검의 주인이 되면."

유리엔이 고개를 들어 그녀를 보았다. 그녀가 파르르 떨리고 있는 그의 눈가를 손끝으로 쓰다듬었다.

"랑기오사를 되찾는다면…… 당신이 잊어버린 것들을 되찾을 수 있을 거예요."

"랑기오사를……."

"하지만, 율."

그녀가 부른 애칭에 닿아 있는 유리엔의 몸이 흠칫 굳는 것이 느껴졌다.

"만약에…… 당신이 다시는 성검을 쥘 수 없게 되었더라도. 그래서 잊은 것들을 영원히 되찾지 못한다 해도."

그의 손이 다가와 제 눈가를 어루만지는 그녀의 손을 잡았다. 손가락이 얽혀 들었다. 에키는 그의 어깨에 이마를 기댔다.

"……그래도 괜찮아요. 그래도, 괜찮으니까. 저는 당신이 무사히 돌아온 것만으로도 괜찮으니까, 정말로……. 당신에게 검을 겨누면서, 또 잃어버릴까 봐 제가 얼마나……."

나직이 이어지다가 잦아드는 목소리. 유리엔은 제 품에 고개를 파묻은 여자를 내려다보았다. 가슴팍의 옷깃이 조금 젖어 드는 것이 느껴졌다. 무언가 울컥 치받아 올랐다.

그녀는 지금의 자신이 아니라 기억을 잃기 전의 그, 그녀가 '율'이라고 부르던 그를 향해 말하고 있다. 지금의 유리엔은 그녀가 어떤 심정인지 온전히 이해하는 것이 불가능했다. 어렴풋이 짐작만 할 뿐.

그것을 깨닫자 속이 꽉 막혀 들었다. 어떻게 해야 할지 알 수가 없어서 그는 그저 그녀의 어깨를 감싸 안기만 했다. 손안에 들어온 어깨는 예상했던 것보다 더 여렸다.

그들은 하루 종일 이동했다. 이동하는 내내 에키는 그에게 최대한 설명을 해 주었다. 해가 지고 나서도 뛰어난 시력 덕분에 한동안은 더 움직이다가, 완전히 어두워진 후에야 쉴 준비를 했다.

유리엔은 당연한 듯이 나서서 식사를 준비했다. 몸에 밴 행동이었다. 그가 만든 요리는 여전히 맛있었다. 이 상황이 어쩐지 우스워서 에키는 조금 웃었다.

식사를 마친 후에 각자 붕대를 갈았다. 낮에 날뛰는 바람에 그녀의 부상은 또 덧나 있었다. 유리엔은 그녀가 붕대를 가는 것을 돕다가 벌어진 상처를 보고 눈살을 찌푸렸으나 아무 말도 하지 못했다. 에키는 약통을 정리하며 입을 열었다.

"내일 오후쯤에는 캠프에 도착할 수 있을 것 같아요."

"캠프라면……."

"창천 기사단과 제국군이 머무는 캠프예요. 기억나세요?"

"어느 정도는."

유리엔은 미간을 좁히며 고심했다. 조각난 퍼즐처럼 흩어져 있는 기억들을 그러모아 되새겼다.

"로아즈 시에 마검이 나타나 학살이 일어나서 토벌단을 꾸렸었고, 성검에 대한 의혹이 있어서 그것을 증명했었다. 그리고……."

중얼거리던 그가 퍼뜩 놀라 고개를 들었다.

"잠깐, 로아즈? 그대의 성이 분명……."

에키는 쓰게 웃었다.

"네, 제 가문이에요."

"그럼 그대의 가족들은? 무사한가?"

"……단장님의 안배 덕분에 다행히 무사해요."

그녀의 말에 언뜻 생각이 났다. 사열식이 끝난 직후, 그녀와 닮은 보라색 눈동자의 소년에게 마도구를 건네주었던 일.

'보라색 눈동자?'

무언가 강렬한 것이 떠오르려 했다. 그러나 그것이 완전히 떠오르기 전에 에키가 그에게 말을 걸었다.

"내일 캠프에 가면 아마 난리가 날 거예요. 그때 사태를 진정시키는 걸 제게 맡겨 주셨으면 해요."

"경이?"

"네. 단장님께선 지금 기억이 혼란스러운 상태시니."

"무슨 뜻인지 알겠다."

유리엔은 창천 기사단과 현자들이 악마가 된 그와 전투를 벌였다는 것을 오늘 걸으며 에키에게 들었다. 이것도 듣고 나니 점차 기억이 떠올랐다. 제 검에 베여 피를 흘리던 단원들의 모습이.

천만다행인 것은 창천 기사단원 중에 그에게 죽은 사람은 아무도 없다는 사실이었다. 하지만 제국군 중에는 그의 손에 죽은 자들이 있었다. 되새길수록 그 순간의 기억이 선명해졌다.

유리엔은 필요할 경우 살인을 꺼리지 않는다. 검을 드는 기사인 이상 당연한 일이었다. 악을 처단하는 것은 성검의 본능이기도 했다. 무한한 자애를 베푸는 건 엘기오사지 랑기오사가 아니었다.

하지만 살의에 휘둘려 행한 살인은 전투나 토벌 와중에 사람을 베는 것과는 너무나 다른 감각이었다. 유리엔은 멀거니 제 손을 내려다보았다. 원해서 저지른 짓도 아니건만, 움직여 애꿎은 목숨을 거둔 건 제 몸뚱이인 터라 찌르는 듯한 죄책감이 일었다.

그는 가만히 손을 말아 쥐었다. 악마인 고습을 보였던 데다 기억도 혼란한 상태인 자신이 해명하려 해 봤자 상황은 꼬이기만 할 것이다.

"……확실히 경의 제안대로 하는 편이 낫겠군."

"그럼, 한 가지만 약속해 주세요."

"말해라."

"무슨 일이 일어나더라도 저를 믿고, 나서지 말아 주세요."

에키가 또렷한 눈으로 그를 바라보며 말했다. 유리엔은 잠깐 침묵하다가 그 눈을 마주하며 되물었다.

"무슨 일이 있더라도?"

"네. 저를 믿고 그렇게 약속해 주실 수 있나요?"

그 물음이 그의 반발을 막았다. 믿어 줄 수 있냐고. 그로서는 믿겠다고 답할 수밖에 없는 물음이었다. 유리엔은 느릿하게 고개를 끄덕였다.

"알겠다. 약속하지."

기억이 온전했다면 절대로 하지 않았을 수긍이었다. 현재 상황과 에키네시아에 대해 알고 있었던 유리엔이라면, 그녀가 어떤 식으로 해명하려는 건지 눈치를 챘을 테니까.

지금의 그는 낯선 죄책감과 흩어진 기억, 그리고 이해하기 어려운 감정을 감당하는 것만으로도 벅찼다. 게다가 깨어난 이후로 계속 그녀가 주도하는 대로 움직이는 상태였다. 자연스럽게 그녀를 믿고 의지하게 된다.

에키는 희미하게 웃었다. 창천 기사단이 마검을 숨겨 두었다는 오명에 휩쓸리고, 유리엔이 악마가 된 것을 알게 된 이후부터 계속해서 생각하고 있었다. 어떻게 하는 것이 나을지.

시간을 들이면 증명할 수 있다. 가짜 마검을 입증하고, 란셀리드가 인질로 이용되었음을 증언하고, 마석 목걸이의 유래를 밝히고, 콜본에서 디아상트 공작과 2황자 간의 관계에 대한 증거를 찾고, 마석 연구 노트가 공작의 것임을 증명해서 창천에 대한 의심을 완전히 벗은 후에, 로아즈로 보내진 마검의 음모를 공표하고, 로아즈 참사로 흐려졌을 그 증거를 수색하고, 그리고 또……

'그런 식으로는 너무 늦어.'

상식적이고 올바르게 진행하기 위해서는 시간이 걸린다. 어쩔 수 없는 일이었다. 유리엔도 분명 그것을 알고 있었다. 그럼에도 그가 차근히 돌아가는 계획을 택한 것은 정의와 신념만을 위해서는 아니었다. 마검의 주인인 그녀를 보호하기 위해서였다.

'나를 지키려고, 내게 마검이 있다는 사실을 감추려 하니 이렇게 복

잡해지는 거야.'

그렇게 시간을 들인 결과가 무엇이었던가. 로아즈에서는 참사가 일어났고, 란셀리드는 죽을 뻔했으며, 유리엔은 악마가 되었었다. 그들의 적은 그들이 생각했던 것보다 더 악랄하고, 더 추악했으며, 더 난폭했다. 정석적으로 유리엔이 휘말린 음모를 밝혀 나가면 그자들이 또 무슨 짓거리를 벌일지 알 수가 없었다.

주위의 사람들이 그녀 때문에 위험해지는 것은 이제 지긋지긋했다. 그래서 마음을 먹었다. 복잡한 매듭을 푸는 대신 잘라 내 버리기로. 모든 화살이 그녀 자신에게 향하도록.

'난 얼마든지 버틸 수 있으니까.'

그 결심의 배중에는 유리엔에 대한 신뢰도 있었다. 기억이 온전하지 않아도 그는 그였다. 바론에게 준 서류나 던컨이 가지고 있을 두 번째 서류에 정리된 내용만으로도 그는 무엇을 해야 할지 알아차릴 터다. 그녀의 가족도, 간신히 살아남은 로아즈의 생존자들도, 아젠카에 있는 사람들도, 그리고 유리엔 본인도 그가 지킬 것이다.

그러니 그녀는 매듭을 끊기만 하면 된다.

"경, 성검이 어디에 있는지 혹 알고 있나?"

제 손을 들여다보고 있던 유리엔이 문득 물었다. 에키는 고개를 저었다.

"단장님이 성검을 포기한 건 아마 가짜 마검을 쥔 직후일 거예요. 부단장님 말로는 디트리히 경이 그 일 이후에 몰래 그 근처를 뒤졌다는데, 성검은 보이지 않았다더군요. 따로 수색을 더 할 예정이라고는 하셨지만……."

"……누군가가 빼돌렸을 확률이 높겠군."

"정황상 아무래도 그렇겠죠."

그녀가 한숨을 쉬었다. 유리엔은 깊이 생각에 빠져들었다. 어떻게든 성검을 되찾고 싶었다. 절박한 심정이었다.

에키는 그런 그를 조용히 지켜보았다. 긴 은발을 늘어뜨린 채 앉아 눈을 내리깔고 있는 그는 서늘한 조각상처럼 보였다. 몹시 아름다웠으나, 그녀는 더 아름다운 그를 알고 있었다. 그녀를 보고 웃던 그.

눈앞에 그가 있는데도 그가 그리웠다. 웃는 모습이 보고 싶었다. 예전 같은 미소를 다시 볼 수 있을까. 분명 무사히 되돌아온 것만으로도 신께 감사했는데, 기억하지 못해도 괜찮다고 말하기까지 했는데, 지켜보고 있으니 어쩔 수 없는 욕심이 돌아났다.

예전처럼 웃고, 예전처럼 수줍어하고, 예전처럼……. 얼마 되지 않은 기억들인데도 까마득하게 느껴진다. 그녀는 가만히 눈을 감았다.

7월 26일, 해가 기울어 가는 오후.

던컨은 나뭇가지에 앉아 멀찍이서 로아즈의 창천 기사단 캠프 쪽을 지켜보고 있었다. 그러다 에키네시아가 맡긴 두 통의 편지와 하나의 서류를 내려다보았다. 그 여자가 감시하는 것도 아닌데 자신이 쐐기로 돌아가지 않고 여기에 있는 이유는 뭘까.

'……유언 같아서인가.'

던컨은 고아로 자라며 뒷골목에서 구르다가 조직의 후원을 받아 검을 배웠다. 그렇게 조직원이 되고 쐐기의 간부 자리에까지 올랐다. 마스터인 덕에 젊어 보이지만 실제 나이는 삼십 대 후반이었다.

음지에서 살아온 인생의 굴곡만큼 별의별 사람들을 다 만나 보았다. 하지만 에키네시아 로아즈 같은 사람은 처음 보았다. 고작 며칠 함께 있었을 뿐인데 놀란 횟수는 셀 수도 없었다.

그녀의 수발을 들며 돌아다니는 건 의외로 그의 성미에 맞았다. 에키네시아는 어떤 면에서는 그의 주인인 그랜마와 비슷했다. 결단과 행동이 빠른데도 침착하고 냉정한 점이 특히. 그건 그가 그랜마의 장점이라고 생각했던 부분들이었다.

하지만 다른 점이 더 많았다. 이상할 정도로 혼자에 익숙하다든가, 그녀가 악몽이라고 표현하는 이해할 수 없는 과거라든가, 여러모로 기사보다는 용병에 가까운데 몸가짐은 묘하게 우아하다든가. 사실 백작 영애이니 몸가짐이 귀족 아가씨다운 건 정상이긴 했다. 어쨌든 그 다른 점들이 꽤나 인상적이었다.

흥미와 감탄은 호감으로 기울기 쉬운 감정이다. 그 대상이 자신이 익힌 분야에서 놀랍도록 탁월한 실력을 가지고 있다면 더더욱 그렇다.

던컨은 가능하면 계속 그녀를 따라다니고 싶었다. 그녀가 어떤 삶을 살아갈지 지켜보고 싶어졌다. 그건 남녀 간의 감정이 아니라 그저 에키네시아 로아즈라는 인간에 대한 순수한 호감과 호기심이었다. 물론 그렇다고 쐐기를 배신할 생각은 없었다.

'그녀 근처에 있는 것만으로도 엄청난 것들을 알게 되니 조직에도 도움이 되지 않을까. 그녀 자신에 대한 것도 그렇고.'

아예 그랜마에게 허락을 받아 볼까 싶었다. 아마 그랜마는 반길 것이다. 조직을 혼자서 짓밟을 수도 있는 강자를 던컨이 전담하면서 친분을 쌓는 건 쐐기 입장에서도 환영할 일일 테니까.

그러니까 그녀가 무사히 돌아왔으면 좋겠다. 던컨은 그런 생각을 하며 산의 끝자락에 시선을 주었다. 그 덕에 그는 누구보다 먼저 그들을 발견했다.

"……!"

던컨은 출발할 때 에키네시아와 자신이 탔었던 말 두 마리를 산길 초입에 숨겨 뒀었다. 돌아오는 길에는 제 말만 타고 왔고, 그녀가 탔던 말은 잠깐 돌본 후에 그 자리에 그대로 두었다.

그가 두고 왔던 바로 그 말 위에 한 쌍의 남녀가 탄 채 캠프로 달려오고 있었다. 멀리서도 확연히 구별되는 엷은 분홍빛 머리카락과, 햇살을 받아 반짝이는 은발이 바람에 휘날렸다.

던컨보다 조금 늦게 그들을 발견한 캠프가 소란스러워졌다. 비명, 경악, 고함, 종소리, 무언가가 떨어지고 부서지는 소리, 무기를 꺼내 드는 소리까지. 난리가 난 와중에 월등한 덩치 탓에 눈에 확 띄는 부기사단장이 튀어나왔다. 달려가는 걸음이 어찌나 급한지 중간에 넘어질 듯 비틀거리기까지 했다.

캠프가 가까워지자 말의 속도가 줄었다. 은발의 남자가 먼저 내려서 여자에게 손을 내밀었다. 제복 차림의 그녀는 멈칫했다가, 곧 몸에 밴 귀족적인 태도로 그의 손을 잡고 말에서 내렸다.

그사이 부기사단장이 그들 앞에 도착해서 멈춰 섰다. 에키네시아가 그를 향해 경례했다.

그 광경을 멀리서 지켜보던 던컨은 저도 모르게 입가를 실룩였다. 미소까진 되지 못했어도 분명한 안도가 드러난 표정이었다. 그는 자신이 그런 얼굴을 하고 있는 줄도 모르고 자리에서 일어났다. 이제 필요 없어진, 그녀가 맡겼던 것들을 아무렇게나 품에 쑤셔 넣고 짐을 챙기기 시작했다.

캠프가 발칵 뒤집혔다.

캠프에 남아 있던 인원은 얼마 되지 않았다. 제국군은 대부분 포위에 동원되었고 창천 기사들은 수색을 나갔으니 당연한 일이었다.

남아 있는 것은 2황자와 디아상트 공작, 그들을 호위하기 위한 부대와 근위 기사들, 창천 기사단의 보조 인원 일부와 악마와의 전투에서 부상당했던 열 명의 기사들, 마탑으로 들어가는 대신 캠프에서 회복하고 있던 현자들, 비전투원인 샤이, 그리고 바론이었다.

유리엔을 보자마자 경계를 서고 있던 병사들이 새파랗게 질려서는 창과 활을 들었다. 소식을 듣고 뛰쳐나온 부상당한 창천 기사들은 전부 검을 들고 있었다. 체력이 부족했던 샤이가 급한 부분만 치유했기 때문에 대부분이 아직 붕대를 감고 있었다.

순식간에 몰려든 자들이 에키네시아와 유리엔을 둘러쌌다. 하나같이 귀신을 보는 듯한 얼굴로 유리엔을 보고 있었다. 다른 표정을 짓고 있는 것은 미리 알고 있었던 바론뿐이었다.

바론은 한껏 차오른 눈물을 간신히 참고 있었다. 부기사단장이라는 지위가 아니었다면 나이고 뭐고 꺽꺽대며 울었을지도 모른다. 에키는 그를 향해 경례했다.

"기사 에키네시아 로아즈, 임무를 마치고 귀환했습니다."

"……수고했다. 그리고 고맙다, 정말로. 정말로 고맙다."

바론이 목이 메 답했다. 겨우 며칠 사이에 몇 년은 늙은 것 같은 안색이었다. 그것에 마음이 쓰려 유리엔이 바론에게로 다가가 입을 열려는 순간, 2황자를 위시한 인원들이 나타났다. 카르엠은 은발로 되돌아온 유리엔을 보자마자 악귀처럼 얼굴을 일그러뜨렸다.

"뭣들 하느냐, 악마가 나타났는데!"

새된 고함 소리에 제국군이 반사적으로 창을 치켜세우고 활을 겨누었다. 근위 기사들이 검을 뽑아 드는 소리가 요란했다. 창천 기사단은 귓등으로도 그 말을 듣지 않고 멀거니 자신들의 단장만 쳐다보았다. 뒤늦게 나타난 현자들은 놀라 서로 수군거리기만 했다.

유리엔의 눈썹이 꿈틀거렸다. 그러나 그는 약속대로 나서지 않고 침묵했다. 대신 에키가 한 걸음 앞으로 내디디며 망토로 둘둘 말고 있던 것을 꺼냈다. 그녀는 2황자를 무시하고 현자들과 창천 기사단 쪽을 향해서 말했다.

"단장님은 악마가 아닙니다. 마검의 악마가 되었던 적 자체가 없어요. 그래서 되돌아오신 거예요."

"그게 무슨……."

"단장님을 물들였던 건 바르데르기오사가 아니라 저주였거든요."

그녀는 망토에서 풀어낸 물건을 내던졌다. 챙그랑, 하는 소리와 함께 '마검'이 그녀의 발치에 나뒹굴었다. 그것을 알아본 사람들이 혼비백산하여 뒤로 물러났다. 에키는 담담하게 말을 이었다.

"이건 가짜예요. 누군가가 단장님을 악마로 만들어 처형하려는 목적으로 만들어 낸."

"가, 가짜 마검? 그럴 리가……."

"그게 사람을 악마로 만들어 버리는 것을 똑똑히 보았는데, 가짜라니?"

"헛소리!"

"기오사를 만들어 냈다고? 그런 게 가능해?"

충격적인 말에 경악과 웅성거림이 퍼져 나갔다. 에키는 발끝으로 가짜 마검을 툭 치며 중얼거렸다.

"무슨 수로 만들어 냈는지는, 만든 사람한테 물으면 되겠죠."

그녀가 사람들 너머로 카르엠을 똑바로 바라보았다. 사람들의 시선이 그녀의 시선을 따라 하나둘 2황자에게 가 닿았다. 카르엠의 낯이 붉으락푸르락 달아올랐다. 그가 버럭 고함을 질렀다.

"개소리를 뭘 진지하게 듣고 있나! 저것이 돌변하여 날뛰기 전에 빨리 처리해야 할 것 아닌가!"

"개소리라뇨, 느구보다 잘 아실 분이. 당신이 그걸 단장님이 쥐도록 만들었잖아."

그녀의 말에 주위가 얼어붙었다. 에키는 자신의 가슴팍에 달려 있던 황금빛 매 문장을 한 손으로 뜯어냈다. 손끝에서 금실이 하늘하늘 날렸다. 반짝이는 금속 문장이 흙바닥에 떨어졌다.

"이 순간부터 창천 기사의 자격을 버리겠습니다. 그러니 지금부터 제 행동은 아젠카와 상관없는 독단입니다."

술렁임. 커다랗게 떠져 흔들리는 푸른 눈동자. 에키는 웃으며 오른손의 장갑을 벗었다.

"제가 어떻게 단장님이 마검이 아니라 저주에 당했다고 확신했을까요. 저는 진짜 마검이 어디에 있는지 알고 있었거든요. 저기 나뒹구는 가짜가 아니라……."

가죽 장갑이 아무렇게나 바닥에 나뒹굴었다. 검은 문양이 또렷하게 드러났다. 하얀 손에서 투명한 칼날이 솟아났다. 그녀는 마검을 움켜쥐었다.

"진짜 바르데르기오사를 말이죠."

숨 막히는 정적이 사방에서 죄어들었다. 그리고 곧 비명이 터져 나왔다.

"으, 아, 아아악!"

"아, 악마, 악마다!"

불과 며칠 전에 마검을 든 유리엔에게 죽을 뻔한 사람들이었다. 제국군 중에는 공포에 질려 무기를 내던지고 달아나려는 자까지 있었다. 창천의 기사들이 검기를 끌어 올렸다. 바론은 반사적으로 살릭기오사를 꺼내 쥐었다. 현자들이 주문을 외며 마법을 준비하는 것이 보였다.

유리엔은 창백해진 얼굴로 그녀를 바라보았다. 맡기겠다고 약속했지만, 이런 식일 줄은 예상도 못 했다. 이렇게 준비 없이 대놓고 마검을 드러내다니. 대체 어떻게 안전하다는 걸 증명하려고? 자신이야 그녀에게 대책 없이 기울어지는 상태니 수긍했다지만, 다른 사람들이 그리 쉽게 납득할 리가 없었다.

바르데르기오사에 쌓인 악명과 전설이 아니더라도 유리엔이 얼마 전에 악마가 되어 날뛰었기 때문에 그럴 수밖에 없었다. 목줄을 죄고 사지를 결박하더라도 안심하지 못해서 일단 죽여 놓고 살펴보자는 의견이 대다수일 텐데.

'그녀를 죽이는 건 불가능하겠지만, 그래도…….'

자신이라도 그녀가 안전하다는 것을 보장해 주어야 하지 않나. 성검을 잃었고 악마가 된 적이 있어서 발언권이 약해졌겠지만 그래도 그는 창천 기사단의 단장이자 아젠카의 군주였다. 나서려던 그는 에키네시아와 눈이 마주쳤다. 그녀가 작게 고개를 저었다. 약속을 지키라는 듯이, 유리엔은 반사적으로 멈추고 말았다.

그리고 카르엠이 고함을 질렀다.

"저것을 봐라. 역시 창천이 마검을 숨기고 있었던 거다! 저 악마를 당장, 컥!"

순식간이었다. 어느새 카르엠의 앞에 선 에키가 그의 멱살을 잡아채 넘어뜨리고 가슴팍을 발로 밟았다. 카르엠이 반사적으로 몸부림치자 그녀의 부츠가 갈비뼈를 으스러지도록 짓눌러 고정했다. 그는 숨막히는 신음을 토해 내며 반항을 멈췄다. 곁을 지키던 근위 기사들이 뒤늦게 그녀를 발견하고 절규했다.

"황자 전하!"

검기가 실린 검과, 기겁한 현자들이 발동한 마법이 쏟아지기 전의 찰나. 그녀는 저 발아래에 깔린 2황자를 내려다보았다.

이 돈을 베어 버리는 건 얼마나 쉬운 일인가.

하지만 여기서 사람을 죽였다간 그야말로 마검의 악마다. 게다가 카르엠에게 그런 편안한 죽음을 주고 싶지 않았다.

'적어도 로아즈가 흘린 피만큼은 살아서 고통받아야지.'

그리고 무엇보다도, 그녀 자신이 이자를 절실히 죽이고 싶기 때문에 죽여서는 안 되었다. 살의에 잠식되어 버릴 테니까. 그렇다고 내버려 두고 싶지도 않았다. 그러기에는 분노가 가라앉질 않는다. 멀쩡하게 돌아다니게 했다간 또 무슨 짓을 저지를지 모른다는 현실적인 이유도 있었다.

마나 실드가 겹쳐졌다. 급하게 발동된 마법과 화살과 날아온 검기가 모조리 튕겨 나갔다. 현자들과 기오사 오너가 있고 마스터가 한둘이 아니니 오래 버티진 못할 테지만 이 정도 여유는 있었다. 그녀는 공포에 질려 자신을 올려다보는 초록색 눈동자를 응시하며 말했다.

"이건 그에게 마검을 선물해 준 보답이에요, 빌어먹을 황자 전하."

바르데르기오사가 카르엠의 어깻죽지에 박혔다. 유리엔이 스스로 잘라 낸 것과 같은 위치였다. 고통에 익숙하지 않은 카르엠이 찢어지는 비명을 내질렀다.

"크아아악!"

그녀는 그대로 검을 내리그어 그의 왼팔을 잘라 냈다. 그녀의 손에서 솟구친 마나가 칼날이 되어 잘린 왼팔을 으스러뜨렸다. 다시는 회복할 수 없도록. 살점이 튀었으나 그녀는 눈도 깜박이지 않았다.

"그리고 이건 제 동생 몫이고요."

탁 튕긴 손가락을 따라 튀어 오른 마나가 카르엠의 왼쪽 눈에 틀어박혔다. 안구가 터졌다. 카르엠에게서 사람 같지 않은 기괴한 비명이 솟구쳤다.

더 강력한 마법이 준비되는 기척이 느껴졌다. 더는 못 버틸 것이다. 그녀는 마지막으로 속삭였다.

"나머지 피 값은 나중에 받으러 올 테니까, 되도록 얌전히 처박혀 있으세요. 차라리 죽여 달라 애원하게 만들어 버리기 전에."

검기와 마법이 허공을 갈랐다. 그녀는 이미 그 자리에 없었다. 그 자리에 남은 것은 끔찍한 고통에 몸부림치는 카르엠뿐이었다. 잘린 어깨와 눈에서 피가 분수처럼 쏟아졌다.

"전하! 전하!"

"세상에, 빨리 치료를……!"

"악마는 어디로 간 건가!"

"저기에!"

에키는 나는 듯이 달렸다.

아무리 생각해도 이 방법이 가장 나았다. 마검을 숨긴 채 일을 진행하려면 계속 발목을 잡힐 것이다. 그러다가는 또 무슨 더러운 음모에 휘말릴지 모른다.

황태자의 장인이라 당장 어찌할 수 없는 디아상트 공작이야 그렇다 쳐도, 2황자를 구사히 내버려 둔 상태로 잡혀 격리된 채 그녀가 악마가 아니고 안전하다는 걸 해명하고 있을 수도 없었다. 그런 상태로 얽매여 있는 건 인질로 잡히는 거나 마찬가지다. 그렇게 되면 주위 사람들을 지킬 수도 없다.

그러니 도주해야 했다.

등 뒤로 화살과 마법과 검기가 따라붙었다. 그녀는 반격하지 않고 쳐 내거나 막기만 하며 조금 전에 타고 왔던 말 위에 올라탔다. 말을 몰아 캠프를 벗어났다. 멀리서 경악한 얼굴로 말고삐를 쥐고 있는 던컨이 보였다. 눈이 마주치자 무슨 생각을 한 건지 그가 급히 말에 올라타 손짓을 했다.

고향이니만큼 로아즈 시 근처의 지리는 잘 알고 있었다. 에키는 던컨이 어디로 향하는지 금세 알아차렸다. 성 근처의 강에 놓여 있는 다리.

한참 앞서 있는 던컨이 먼저 다리를 건넜다. 로아즈 시의 수원이 되는 이 강은 폭이 넓고 물살이 강해서 단단한 암석으로 견고하게 지어진 다리가 있었다. 에키는 다리를 건너며 뒤를 흘긋 돌아보았다. 근위 기사들이 말을 타고 쫓아오고 있었다.

상대하기는 수우나 상대해서는 안 된다. 죽여서도 안 된다. 악마라는 것을 부정하기 어려워지니까. 그래서 그녀는 다리의 중간 지점을 지나치자마자 뒤쪽을 향해 검기를 뿌렸다. 그녀의 마나로는 부족해 순간적으로 마검의 마나를 끌어 올렸다.

거대하고 새카만 검기가 거인의 칼날처럼 다리를 내려쳤다. 암석이 으스러지며 다리가 무너져 내렸다.

"으악!"

"머, 멈춰!"

기겁한 근위 기사들이 고삐를 당기며 말을 멈춰 세웠다. 몇몇은 늦어서 강으로 떨어졌다. 마검의 주인은 뒤를 돌아보지 않고 사라져 버렸다.

캠프는 아수라장이 되었다. 유리엔은 에키네시아를 뒤쫓으려는 창천 기사단을 억지로 멈춰 세웠다. 바론이 희게 질린 얼굴로 그를 향해 말했다.

"단장님, 그녀는 제니스입니다! 제니스가 마검에 물들다니 얼마나 끔찍한 일이 벌어질지……. 당장 쫓아야 합니다!"

"바론 경, 그녀가 악마로 보이나?"

"그건 분명히 바르데르기오사였습니다. 문양에서 꺼내기까지 했으니 확실합니다. 늦기 전에 막아야 합니다!"

"그래서 그녀가 악마로 보이냐고 물었다. 악마라면 왜 아무도 죽이지 않았지?"

유리엔이 그를 가로막은 채 짓씹은 말을 뱉어냈다. 어정쩡하게 근처에 모여 있던 창천 기사들의 시선이 그에게 집중되었다. 현자들도 그들을 지켜보고 있었다. 바론이 이를 악물었다.

"당장은 괜찮다 쳐도 마검을 쥐고 물들지 않을 리가 없습니다. 2황자를 잔인하게 베는 것을 보셨지 않습니까! 그러니 지금 당장 막아야 합니다. 단장님께서도 결국 악마가 되셨잖습니까!"

"그건 진짜 바르데르기오사가 아니었다. 그리고, 악마가 된 나를 되돌린 게 누구인지 그새 잊었나?"

서늘한 물음에 바론이 입을 다물었다. 마검을 보고 충격에 빠졌던 머리가 그제야 약간 식었다. 바론이 진정하자 유리엔은 마른세수를 했다.

마검을 대놓고 드러내고, 가짜 마검으로 음모를 꾸몄다고 선언하고, 카르엠의 왼팔과 눈을 망가뜨리기까지 했다. 이렇게 되면 황제가 끝까지 그녀를 악마로 몰며 잡아 죽이려 들 것이다.

그녀가 창천의 문장을 스스로 뜯어냈으니 창천은 빠져나갈 구멍이 생긴 셈이다. 창천이 그녀와의 관계를 부정하면 결국 모든 화살을 그녀에게 돌릴 수 있다. 유리엔은 상대적으로 자유로워진다. 가짜 마검임을 증명하기도 쉽고, 어떻게 악마가 되었다가 되돌아올 수 있었는지 설명할 수 있고, 지금의 그가 안전하다는 확신도 줄 수 있다.

마검의 존재를 더 이상 숨길 필요가 없어지므로 모아 두고 조사하던 증거들을 자유롭게 꺼낼 수 있다. 창천이 마검을 감춰 두고 이용한 것이 아니냐는 의혹은 마검의 음모를 밝히면서 해명이 가능하다. 이제는 여유롭게 해명할 시간이 생겼으니까.

……이걸 의도한 거였나. 모든 것을 그녀 탓으로 돌려놓고, 그녀가 악마로 쫓기는 사이에 안전하게 음모를 밝혀내라고?

어지러웠다. 유리엔은 마디가 하얗게 될 정도로 주먹을 움켜쥐었다.

창천 기사단원들이 그를 바라보고 있었다. 명을 내리고 움직여야 하는데 그저 아득해졌다. 그녀가 빌려준 뒤 돌려받지 않은 하얀 검. 허리에 걸려 있는 그것이 갑자기 무겁게 느껴졌다.

그런 그에게 누군가가 다가왔다. 희끗희끗한 붉은 머리. 디아상트 공작이었다.

"정말로 되돌아오셨군요. 마검을 극복하신 겁니까?"

"……그건 바르데르기오사가 아니었소, 디아상트 공."

"어쨌든 참으로 다행입니다. 전하께서 무사하길 애타게 바라고 있었습니다. 제 딸을 위해서라도 말입니다."

공작이 온화하게 웃었다. 유리엔은 무표정하게 그를 바라보았다. 기억이 뒤죽박죽이라 해도 디아상트 공작이 드라코툼바성에서 마검을 연구했었다는 것은 확실히 기억하고 있었다. 로잘린의 가족을 구해 낸 일도.

공작이 손짓을 하자 뒤에 있던 하인이 상자를 가져왔다. 공작은 웃으며 말했다.

"이것을 전해 드려야겠군요. 오늘 아침에 제 수하가 로아즈 시내에서 발견한 것입니다. 아젠카에 돌려보내려 했는데, 주인이 오셨으니……."

시종이 상자를 열었다. 그 안에는 하얗게 빛나는 우아한 검이 놓여 있었다. 황금빛 문양이 그것을 휘감아 돌며 은은하게 빛났다.

성검 랑기오사.

근처에 있던 사람들의 눈이 커졌다. 여기저기서 헛숨을 들이켜는 소리가 들려왔다. 공작은 매끄러운 어조로 말했다.

"정말로 돌아오신 거라면, 성검을 쥐실 수 있겠지요."

디아상트 공작은 제국군 측에 유리엔의 손에 죽은 자들이 있는 것을 잘 알고 있었다. 무고한 자를 죽였고 살의에 물들었으니 창천 기사단장은 이제 성검을 쥘 수 없을 것이다. 성검을 쥐지 못한다는 건 창천 기사단장이 더는 정의롭지 않다는 증거가 된다. 한 번 악마가 되었으니 또다시 악마가 될지도 모른다는 의심을 일으킬 수 있다. 창천 기사단의 존경도 흐려질 것이다.

공작은 현자들이 지켜보고 있는 것을 흘깃 확인했다. 부드럽게 휘어진 눈매 속에서 그의 눈동자가 교활하게 빛났다.

'그럴 리가 없지만…… 만에 하나 잡는다 해도, 성검을 되찾아 준 대가로 공로와 신뢰를 얻으면 그만이다.'

유리엔은 숨을 멈춘 채 상자 안에 놓인 랑기오사를 응시했다. 이리 쉽게 성검을 찾을 수 있을 줄은 몰랐다.

공작이 무슨 의도로 사람들이 지켜보는 가운데에서 성검을 꺼내 내민 건지는 뻔했다. 정말로 그를 위해 가져온 거라면 그 혼자 있을 때 은밀히 전달했을 테니까. 디아샹트 공작은 그가 절대 성검을 쥘 수 없으리라고 확신하고 있는 거다.

의도야 어찌 되었든, 공작은 그에게 성검을 가져왔다. 그 점은 진심으로 고마울 정도였다. 그러나.

쥘 수 있을까.

유리엔은 확신할 수 없었다. 시간이 흐를수록 선명하게 떠오르는, 살의에 물들어 있던 순간의 기억이 뇌리를 채운다. 공포에 질려 달아나는 병사. 2황자 휘하의 제국군이라 해도 말단 병사일 뿐이다. 전쟁 중도 아니었다. 무고한 피였다.

랑기오사가 귀에 못이 박히도록 설명해 주었던 '성검의 정의'를 되새겨 보았다. 성검이 악행을 판단하는 기준. 신이 아니라 인간이 만든 검이기에, 절대적인 정의가 아닌, 감정에 영향을 받는 가변적인 인간의 정의를 따르는 검. 인간의 사명감과 정의로 구성된 성검은 한 번도 악행을 저지르지 않은 자, 불의를 처단할 준비가 되어 있는 자, 정의를 추구하는 자를 주인으로 받아들인다.

그가 저지른 살인은 성검이 용서할 수 없는 악행일까. 아니면 타의에 의한 살인이었기에 악행까지는 아닐 것인가. 모든 것이 그 자신의 죄책감과는 별개로 랑기오사의 판단에 달려 있었다. 만약 성검이 그를 거부한다면…….

"당신이 다시는 성검을 쥘 수 없게 되었더라도. 그래서 잊은 것들을 영원히 되찾지 못한다 해도."
"그래도 괜찮아요."

에키네시아의 잦아들던 음성이 귓가에 맴돌았다. 가슴께를 적시던 감촉. 그녀의 괜찮다는 말은 정말 괜찮다는 뜻이 아닐 것이다. 그를 위해서 감내하고 견디겠다는 뜻이다. 유리엔은 그것을 모르지 않았다.

그래서 더 되찾고 싶었다. 대가를 지불하고 되찾을 수 있다면 무엇이든 지불하고 싶을 정도로. 랑기오사에게 애원할 수 있다면 애원을 해서라도.

주위 풍경이 희미해져 간다. 교활한 공작의 얼굴도, 숨죽여 지켜보고 있는 창천 기사단원들의 얼굴도, 호기심 어린 눈으로 바라보는 현자들의 얼굴도, 그들 너머에서 아직도 들려오는 카르엠의 비명과, 난장판이 된 제국군의 소란마저도.

문득 솟아난 절박함이 물처럼 차올라 숨을 막았다.

제발.

무의식적으로 기원하며 유리엔은 열려 있는 상자로 손을 뻗었다. 한 점의 얼룩도 허용하지 않을 것 같은 순백의 검으로 다가갔다. 천천히 회전하는 황금빛 문양들을 지나 우아하게 장식된 손잡이에 그의 손끝이 닿았다.

만인에게 지탄받는 악인은 랑기오사를 잡을 수조차 없다. 유리엔은 거부당하지 않았다. 그의 손가락이 느릿하게 손잡이를 말아 쥐었다. 입안이 바짝 마른다. 처음 랑기오사를 쥐었던 순간에도 이 정도로 절실하진 않았다.

갓 마스터가 되었던 유리엔 드 하르덴 키리에는 서임식 이후 바로 기오사 홀에 입장했었다.

기오사 홀은 창천 기사단 본부의 지하에 있다.

기나긴 원형 계단을 내려가며 몇 겹의 보안과 마법진을 지나 고대의 관문을 통과하면 넓은 복도가 나온다. 복도의 양쪽에는 방이 두어 개 있다. 서임된 창천 기사는 이곳에서 원하는 만큼 머물 수 있었다.

기오사에게 선택받지 못했다는 현실을 인정할 수가 없어서 장장 3년을 여기에서 버틴 기사도 있었다고 한다. 한 번 포기하고 나가면 특별한 공로를 세우거나 압도적인 실력을 보이지 않는 한 다시 기회를 얻지 못하기 때문이었다. 그 정도 제한을 두지 않으면 모든 기사가 계속해서 기오사 홀에 들어가 보길 원할 테니 어쩔 수 없는 일이었다.

복도의 끝에 거대한 문이 있다. 희귀한 금속으로 만들어진 새하얀

문에는 많은 이름이 새겨져 있었다. 기오사 홀에서 기오사의 선택을 받은 역대 오너들이 홀을 나오면서 직접 새긴 자신의 이름이다.

 문은 보통 사람의 힘으로는 절대 열 수 없을 만큼 무겁다. 그러나 이 자리에 도달한 창천의 기사는 전원 마스터이기에, 홀로 이 문을 열고 기오사 홀 안으로 들어가게 된다.

 기오사 홀은 하얗고 둥근 방이었다. 들어간 직후 마주하게 되는 정중앙에는 풍성한 천을 두른 얼굴 없는 신과, 신의 발치에 매달린 인간 대장장이의 조각상이 있다.

 신은 양손에 두 자루의 신검을 본뜬 것을 들고 있었다. 시간검 카이로스기오사는 형태가 잘 알려져 있기에 정교했으나, 공간검 라키아기오사는 누구도 형태를 알지 못해 대강 뭉쳐 놓은 점토 같은 모양이었다. 그 조각은 영원히 미완성일지도 모른다.

 조각상 아래 제단에는 창천의 신념과 맹세가 네 장의 날개를 편 매 문양과 함께 새겨져 있었다. 그리고 그 제단 아래에서부터 길게 파인 열 개의 홈이 벽으로 이어진다. 각각의 홈은 다양한 색의 보석 가루로 채워져 있고, 가장자리를 따라 고대어로 몇 줄의 문장이 적혀 있었다. 그 홈이 닿는 곳에 있는 기오사를 상징하는 색과 문장들이었다.

 홈과 둥근 벽이 만나는 곳마다 부조로 장식된 제단이 있었다. 제단에 있는 부조도 기오사마다 달랐다.

 랑기오사는 황금으로 채워진 홈의 끝에 있는, 대리석과 금으로 장식된 제단 위에 놓여 있었다. 그 제단에는 마물을 베는 용사와, 전쟁터에 선 기사, 용과 싸우는 전사, 그리고 악마에게 검을 겨누는 천사 등의 부조가 새겨져 있다. 제단 위쪽 벽에는 고대어로 '랑기오사'가 쓰여 있다. 그 뜻은 '올바름의 시험'이다.

스물세 살의 유리엔이 가장 먼저 향했던 것은 랑기오사 쪽이 아니었다. 홀에 들어서자마자 무언가에 이끌리듯 다가갔던 것은 둠기오사였다. 귀검(鬼劍)이라는 이명이 있는 죽음의 검. 인간의 공포와 미련으로 만들어진 기오사. 왜 그것부터 쥐어 봤던 건지는 잘 기억나지 않는다. 어쨌든 그는 둠기오사의 오너 조건을 충족하지 못했다.

다음으로 손을 뻗었던 것은 지금은 테레사의 것이 된 수호검 디몽기오사였다. 인간의 슬픔과 보호 본능으로 만들어진 검에는 아득하게 깊은 바다의 물결 같은 푸른빛이 일렁이고 있었다. 유리엔은 디몽기오사도 얻지 못했다. 스스로를 희생해서라도 지키고 싶은 것도, 목숨보다도 절실히 지키고 싶은 것을 잃어버린 슬픔을 느껴 본 적도, 그때는 없었기 때문에.

그다음에 시도해 본 것은 정복검 레밍기오사였다. 인간의 기쁨과 정복욕으로 만들어진 새빨간 불꽃의 검. 디몽기오사와는 대척점을 이루며 서로 공명하는 쌍검이다. 정복검은 스스로를 불태워서라도 이루고 싶은 것이 있는 야심가를 주인으로 받아들인다. 그 검은 유리엔을 거부했다. 당연한 일이었다. 그는 그때까지는 열망을 모르는 인간이었다.

그 후에야 유리엔은 성검 랑기오사의 앞에 섰다.

[나는 널 보자마자 딱 감이 왔는데, 넌 왜 나부터 쥐지 않고 엉뚱한 녀석들을 건드리다 온 거냐?]

랑기오사의 첫 말은 그것이었다. 희미하게 웃음기가 묻은 음성이 이어졌다.

[이제부터 너는 내 주인이다.]

감고 있던 눈을 떴다. 유리엔은 상자 속에서 랑기오사를 꺼내 들었다. 쥐자마자 살의를 판별하고 조종하기 시작하는 마검 같은 경우를 제외하면, 보통 기오사의 선택을 받기 위해서는 피를 묻혀 봐야 했다.

그는 랑기오사를 왼손에 쥐고 오른 손바닥을 살짝 베었다. 흰 손바닥에 그어진 생채기에 방울방울 피가 맺혔다. 하얀 칼날에도 그 일부가 묻어났다. 유리엔이 뚫어질 듯 손바닥을 들여다보았다. 그 말고도 주위 모든 사람의 시선이 그곳에 쏠렸다.

저 너머에서 들리는 제국군의 소란 외에는 숨소리조차 들리지 않는 정적 속. 피가 천천히 멎었다. 상처가 지워지듯 사라지며 손바닥의 중심에 자그만 황금빛이 맺혔다.

그리고 동시에, 성검이 하얗게 타오르며 황금빛이 불꽃처럼 솟구쳤다. 강렬하고 성스러운 빛이었다.

정신없이 돌아다니던 제국군 측 사람들도 그 빛은 보지 못할 수가 없었다. 빛을 목격한 사람들이 하나둘 말을 멈추고 제자리에서 굳었다. 유리엔의 근처에서부터 고요가 동심원처럼 퍼져 나갔다. 마침내는 카르엠을 돌보고 있던 군의관과 신관마저 손을 멈추고 고개를 들었다. 근처에 있는 디아상트 공작의 눈동자가 요란하게 흔들렸다.

손바닥에 생겨난 황금빛이 번져 나가듯 확장되며 서서히 하나의 문양을 형성한다. 정갈하고 아름다운 문양이었다. 그리고.

[생각보다는 일찍 왔구나. 그래도 두 번 다시는 나를 기다리게 하지 마라, 주인.]

몹시 익숙한 음성이 그의 영혼을 울렸다.

성검 랑기오사가 다시 주인을 받아들였다. 신음과 감탄과 경악이 파도처럼 몰아쳤다.

이제 아무도 그에게 악마가 되었건 과거를 비난할 수 없을 터다. 그가 조금이라도 악했다면 결코 성검이 받아들이지 않았을 테니까. 그러니 결백한 그가 아니라, 그를 함정에 빠뜨리고 저주로 물들였던 자들에게 죄를 물어야 한다. 유리엔이 다시 성검의 주인이 되었다는 것은 그런 의미였다.

바론은 채신머리없이 환호할 것 같아 지그시 입술을 물었다. 단원들 사이에서 숨죽이고 있던 디트리히는 그런 부담 없이 시원하게 웃음을 터뜨렸다.

당사자인 유리엔은 몰아치는 충격을 느끼고 있었다.

혼이 연결된다. 성검의 자아와 그의 영혼이 이어져 맞물리며 기억 속에 비어 있던 지워진 시간들이 채워진다. 그것이 메꿔지는 충격으로 수면 아래에 가라앉아 있던 기억들과, 어렴풋하고 흐리던 기억들마저 모조리 끌려 나온다.

시야가 아찔해지고, 구토감이 일 정도로 어지러워졌다. 그리고 처음부터 끝까지 모든 것들이 선명해졌다.

"단장님!"

그가 일순 휘청거리자 곁에 있던 기사 하나가 급히 부축했다. 유리엔은 금세 균형을 잡고 바로 섰다. 그리고 피가 날 정도로 입술을 짓씹었다. 기억이 선명해지자 가장 먼저 느껴진 것은 제 목을 스스로 조르고 싶은 충동이었다.

가짜 마검에 잠식된 후에도 그의 자아는 분명히 유지되고 있었다. 에키네시아는 자신을 잠식한 살의와 끝없이 싸웠었지만, 유리엔은 그런 상황은 아니었다. 그를 물들인 것이 마검이 아니라 마검의 마나를 기반으로 용의 뼈를 이용해 만들어진 일종의 저주였기 때문이다.

사지가 얽매여 꼼짝할 수 없는데 감각만이 살아 있는 기분이었다. 유리엔은 그 상태로 자신의 몸이 테레사와 디트리히, 현자 칼리스토를 공격하는 것을 지켜보았다. 제국군 병사를 죽이는 것을 지켜보았고, 창천 기사단과 여섯 현자를 상대로 검을 휘두르는 것을 보았다.

그 순간의 처참한 기분이, 제 손발을 잘라서라도 검을 멈추고 싶은 절박함이, 미쳐 버릴 것 같은데 외면할 수조차 없는 광경들이 뚜렷했다. 만약 그의 검을 테레사가 버텨 내지 못했다면, 낯이 익지 않은 병사들뿐만 아니라 그가 아는 사람들, 그가 아끼던 사람들까지 죽었다면…….

상상만으로도 토할 것 같았다. 자괴감 같은 온건한 단어로 표현하기 어려운 감정이 얼음 조각이 되어 전신을 파헤칠 듯했다. 자신을 죽여서라도 멈춰 주기만 한다면 그 사람이 신처럼 느껴질지도 모른다.

그러니까 에키네시아 로아즈는 이런 감각을 6년간 버텨 냈다는 소리다. 스무 살에 마검을 쥐자마자 가족들을 죽이고, 스물여섯 살에 마검을 극복해 낼 때까지.

생지옥이 따로 없다. 머리로 알고 이해한다고 여겼던 것과 실제 일부나마 체감해 보는 것은 차원이 달랐다. 왜 마검의 마나에 물들었던 자들이 하나같이 미쳐 죽었는지 알겠다.

그걸, 그런 것을, 버텨 내고 이겨 내기까지 했다고. 까마득했다. 그녀는 그가 생각했던 것보다도 더 대단한 사람이었다. 어쩌면 그녀의 재능보다 그녀의 정신력이 더 대단할지도 모르겠다.

동시에 그녀가 원해서 저지른 것도 아닌 일들로 그토록 죄책감에 시달린 이유도 완전히 이해가 되었다. 손을 타고 흐르는 핏물의 감촉까지도 아직 생생하다고 했던가. 잊을 수 있을 리가 없다. 당연하다. 누구인지도 몰랐던 제국군 병사의 얼굴마저 이토록 선명한 것을. 대체 그녀가 감내한 고통은 어느 정도의 깊이일 것인가.

그런 그녀에게 그는…….

마검을 쥔 채 숲속에서 에키네시아와 마주 섰던 것이 선명히 떠올랐다. 그 순간에 그녀가 내쉬던 숨소리까지도.

떨리던 칼끝이 기억난다. 골짜기에서 대련을 청했던 때를 연상한다. 그에게 검을 겨누는 것만으로도 악몽이 되살아나 발작하듯 검을 내던졌던 그녀가, 하얗게 질린 얼굴과 젖어 흐무러질 것 같은 눈을 하고서도 검을 내리지 않았다. 유리엔은 자신을 향해 검을 들었던 그녀의 그 얼굴을 평생 잊지 못할 것이다.

그녀는 몇 번이나 검을 거두었고 비틀었고 멈춰 세웠다. 자신은 가차 없이 검을 휘둘렀다. 그녀가 그를 다치지 않게 하려는 것을 교활하게 이용하기까지 했다. 그럼에도 그녀는 결국 그를 구해 냈다.

어둠이 걷혔던 순간. 늪에서 건져진 순간. 목 안쪽까지 텁텁하게 차오르고 사지를 억누르고 있던 검고 끈적한 것들이 썰물처럼 밀려나고, 머리가 아플 정도로 쉼 없이 울리는 죽이라는 메아리가 깨끗하게 사라지는 감각.

가슴팍에 와 닿는 부드러운 감촉과 그를 올려다보는 보라색 눈동자가 선명했다. 그에게 숨을 불어 넣은 사람. 옥죄던 것들로부터 끌어올려져 보게 된 여자는 빛으로 빚어 낸 사람처럼 보였다. 그 순간에 움직였던 심장도 뚜렷하게 떠오른다. 그녀가 누구인지도 모르면서 그는 그 찰나에 또다시 그녀에게 반하고 말았다.
 그리고 그 순간마저 전부 잊었다.
 희고 여린 등. 그 등을 가른 상처들. 아무것도 모른 채 그 상처를 봉합해 주던 자신이 떠오른다. 어쩌다 그런 부상을 입었느냐고 묻기까지 했다.

 "글쎄요……. 그것보다 궁금하신 게 많을 텐데요."

 당신이 입힌 상처라고 원망이라도 하지, 왜 아무 말도 하지 않았을까. 그는 답을 알고 있었다.
 그녀를 알아보지도 못하고 그녀에게 했던 말들. 다가오던 그녀의 손을 쳐 냈던 것. 마구잡이로 질문을 던지자 그녀가 지친 듯이 했던 대답.

 "천천히, 천천히 설명해 드릴게요. 지금은 말고요."
 "제가 좀 피곤해서요. 죄송합니다, 단장님."

 대체 무슨 심정이었을까. 그녀를 기억하지도 못하고, 그녀가 그를 구해 낸 것도 모르고, 그에게 부상을 입은 상태로, 그녀를 의심하는 눈빛을 보이는 그를 보면서. 입안에 피 맛이 돌았다.
 성검을 포기할 때 랑기오사가 말했듯이, 그녀라면 자신을 되돌릴 수 있을 거라고 막연히 예상했다. 그의 예상은 맞았다. 하지만 그 과정이 이러하리라고는, 아니, 어렴풋이 알고는 있었다. 다만 막연한 예상과 선명한 실제가 이리도 다를 줄은 몰랐다.
다 변명이다.

"더 쓰다듬어 주세요."

그렇게 말하며 흐리게 웃던 그녀가 생각난다. 스스로의 뺨을 후려치고 싶어졌다. 의식하지 못하는 사이 움켜쥔 주먹 속에서 손톱이 손바닥을 파고들어 피가 배어났다.
[……자해할 생각이 아니라면 손 펴라, 주인.]
그와 기억을 공유한 랑기오사는 내내 조용하다가 슬며시 지적했다. 유리엔은 몰려드는 사람들을 물리고 홀로 막사 안에 서 있었다. 손바닥을 펼치며 아래를 보았다. 부풀어 툭 떨어지는 핏방울을 따라 시선이 움직였다. 허리춤에 걸려 있는 랑기오사와 닮은 하얀 검이 보였다.

"그 검은 안 돌려주셔도 돼요."

마검을 든 그녀를 경계하는 그를 향해 그녀가 속삭인 말. 시선을 마주치고 있지 않았다. 내리깐 눈, 목소리 끝에 묻어나던 떨림, 일부러 검을 돌려받지 않은 행동. 그녀에게 아메시스트를 돌려주지도 않고, 왜 이렇게까지 하냐고 묻던 자신. 아무것도 모르면서 그녀에게 입 맞추고 싶다는 소리나 지껄이던.
그녀는 무슨 심정으로 그에게 키스했을까.
그리고 대체 무슨 심정으로, 자신을 믿고 나서지 말아 달라고 약속을 요구했을까.

그 말에 순순히 고개를 끄덕이고, 아무 생각 없이 성검을 되찾을 수 있을지나 물어보고 있었던 스스로의 모습이 끔찍하다. 캠프에 돌아와서 그녀가 마검을 공개하는 것을 보고도, 약속했다는 이유로 그녀가 홀로 모든 것을 짊어지게 내버려 둔 자신의 모습도.

등신 새끼.

유리엔은 디트리히가 종종 내뱉던 저속한 말을 스스로에게 내뱉어 보았다. 모자랐다. 돌아 버릴 것 같았다. 자해하고 싶어진 건 태어나 처음이었다.

[너로서는 어쩔 수 없었던 상황이잖느냐. 마검의 주인도 이해해 줄 거다.]

성검이 조심스럽게 말을 건네 왔다. 유리엔은 이를 악물고 답했다.

"이해한다고 해서 상처 입지 않는 것은 아니잖나."

[……]

랑기오사는 할 말을 잃고 침묵했다. 부정도 긍정도 할 수 없었다. 유리엔은 거친 손놀림으로 흘러내린 머리카락을 쓸어 넘기고, 얼굴을 문질렀다.

에키네시아. 에키. 그대는 어떤 심정으로 그런 선택을 했는가? 평온한 삶도, 있을 자리도 포기한 지금, 그대는 어디에 있는가?

휘몰아치는 것들을 꾹 눌러 삼켰다. 그의 푸른 눈동자가 흠뻑 젖어 들었다가, 가라앉으며 짙어졌다. 목을 조르든 뺨을 치든 욕을 하든 에키네시아가 그에게 해야 할 일이다. 자신은 스스로를 벌할 자격도 없었다.

그러니 자책은 여기까지다. 지금 그가 해야 할 일은 후회와 절망이 아니었다. 그녀가 그렇게나 숨기고 싶어 했던 마검을 드러내면서까지 만들어 낸 틈을 헛되이 보내지 않는 것. 복잡하고 끔찍하게 꼬여 있는 상흔. 그리고 이 상황을 만들어 낸 자들. 처음부터 용서할 생각 따윈 없었지만 이제는 제 손으로 목을 베어 버려도 성에 안 찰 것 같았다.

무엇을 해야 할지 잘 알고 있다. 그녀를 위해서 어떻게 해야 할지도 안다. 모든 것을 치워 버리고, 그녀가 돌아올 자리를 만들겠다. 누구도 부정할 수 없는 영광된 자리로. 그저 돌아오기만 해도 모든 것이 해결되도록. 그렇게 그녀를 기다리겠다.

더 이상 자책하고 있을 시간은 없었다. 유리엔은 아메시스트를 더듬어 움켜쥐고 울음 같은 숨을 길게 토해 내었다. 그것으로 감정을 갈무리했다. 그는 행동하기 시작했다.

8월 30일. 3개월마다 한 번씩 열리는 생도 전체 순위전이 있는 날이었다.

'신입생 순위전 말고는 순위전에 참가를 못 하는구나. 사관생도의 핵심인데 구경도 못 해 보네.'

에키는 실없이 그런 생각을 하며 걸음을 재촉했다. 제국 북부의 관광지 콜본의 거리였다. 그녀의 고향에서는 아직 더위가 남아 있을 시기인데 이곳은 벌써부터 바람이 차갑다. 서늘한 공기를 들이마시자 목 안쪽을 꽉 채우고 있던 답답함이 조금 가셨다.

'앨리스는 성실하니까 문제없고. 미하일로 테레사가 잘 이끌어 줄 거고, 바라하 선배는 사실 사관생도의 수준이 아니니 1위 고정일 거고. 파티마 선배랑 테오도……. 뭐, 다들 잘하겠지.'

몇 안 되는 위즈덤 클럽원들을 하나하나 떠올려 보았다. 전원에게 지도 단련을 했던 터라 그들의 검술도 연달아 떠올랐다. 얼마 되지도 않았는데 몇 년은 된 것 같은 기억이었다.

길가 한쪽에 사람들이 바글바글했다. 그들이 몰려 있는 벽에 초상화와 함께 수배 전단지가 붙어 있었다. 그녀는 눌러쓴 후드 끝자락을 당겨 내렸다.

"마검의 악마라니……."

"로아즈 영지면 저기 저 남부에 있는 거잖아? 완전히 반대편인데, 설마 여기까지 오겠어?"

"모르지, 악마니까."

"얼마 전에는 창천 기사단장이 악마가 됐다더니만…… 아젠카에 사는 친척 말로는 창천은 별일 없다던데. 단장이 진짜 악마가 됐으면 그렇게 평화롭겠어? 이것도 못 믿겠구만."

"그거요, 실은 마검의 악마가 된 게 아니고 무슨 저주에 걸렸던 거라던데요? 그래서 저주 푸니까 되돌아왔대요."

"그랬어? 어이고, 그럼 그렇지. 성검의 주인이 악마는 무슨."

"근데 어떤 놈이 저주를 걸었대? 그분이 어디 원한 사고 다닐 분은 아니잖아? 그랬으면 진작 성검을 잃었을 텐데."

"3황자 전하한테 저주를 걸 만한 게 누구겠소. 원한도 없는데 이를 바득바득 갈아 대고 있는 놈이야 뻔하지. 하여간……!"

"쉿, 목소리 낮추게. 그러다 자네 큰일 나."

"누구? 누군데?"

"저 알아요, 마검의 악마가 저주를 걸었다던데요! 저기 저 수배지에 있는 저 여자 짓이래요!"

"그건 말도 안 되는 헛소문이고, 내가 듣기로는 말이야……."

"어차피 네가 들은 것도 소문 아니냐? 대체 뭐가 맞는 거야?"

"아니, 그럼 저주를 푼 건 또 누구야?"

왁자지껄했다. 사람들마다 하는 말이 다 달랐다. 누군가가 짜증을 냈다.

"에이, 뭐가 이리 복잡해? 난 모르겠다."

"그런데 마검이면 가는 곳마다 학살이 일어나는 것 아닌가? 그런 소식은 못 들었는데."

"거, 왜, 남부에 성 하나가 하루아침에 텅 비었다며. 생존자도 거의 없다던데. 거기서 날뛰었나 보지. 거기가 로아즈 아녀?"

"어쨌든 이 여자가 악마라고? 그럼 봐도 신고하기 전에 죽을 텐데? 제보하라는 게 무슨 의미가 있누?"

"그러게 뭔가 좀 이상하다니까요. 진짜 악마면 더 난리가 나야 하는 거 아니에요? 창천 기사단이 막 추격해야죠. 근데 겨우 수배지나 나붙고 끝이라니."

"설마 악마에드 가짜 진짜가 있겠어? 남부에서 난리가 나서 여기까진 안 들려오는 거겠지."

"이건 좀 다른 얘긴데요, 여관 손님들이 얘기하는 걸 메리가 몰래 들었다고 전해 주더라고요. 요즘 수도 분위기도 심상찮아서 저것도 어쩌면 다 꾸며 낸 걸지도 모른다고……."

끊임없는 웅성거림이 들려왔다. 에키는 서두르지 않고 천천히 그들을 지나쳤다. 어득하고 복잡한 골목 사이로 한동안 걷자 목적지가 보였다. 글자 일부가 떨어진 낡은 간판을 달고 있는 술집이었다. 그녀는 삐걱거리는 문을 열고 안으로 들어섰다.

텅 빈 1층의 구석 테이블에서 드개질을 하는 노파가 있었다. 쐐기의 보스, 그랜마. 여기서 보게 될 줄은 몰랐던 사람이라 에키는 멈칫 섰다. 노파의 옆에 서 있던 던컨이 고개를 들어 에키를 보았다.

"어디를 다녀오셨습니까?"

"그냥 산책."

건성으로 답한 그녀가 노파의 맞은편으로 다가왔다. 던컨이 반사적으로 의자를 빼 주었고, 에키는 익숙한 듯 그 의자에 앉았다. 그랜마가 쉼 없이 놀리던 대바늘을 멈추더니 주름진 눈으로 던컨을 올려다보았다.

"전속 하인이 다 됐구나, 아가."

"……."

"야단치는 게 아니니 그리 긴장하지 말렴."

식은땀을 흘리는 던컨에게서 시선을 뗀 그랜마가 맞은편의 에키를 바라보았다. 에키는 그녀가 짜고 있던 털실을 검지와 엄지로 슬쩍 들어 올렸다. 촌스러운 초록색의 싸구려 털실이었다.

"……위장이에요, 취미예요?"

"취미지, 아가씨. 술집에서 뜨개질을 하는 게 위장이라기엔 우습잖니."

그랜마가 홀홀 웃었다. 아무리 봐도 매춘과 마약 빼고 다 하는 뒷골목 조직의 보스라기엔 지나치게 목가적인 인상이었다. 에키는 들어 올렸던 털실을 내려놓고 턱을 괴었다.

"콜본까지는 무슨 일로 왔죠?"

"아가씨를 보러 왔지. 내가 아끼는 아이가 아가씨에게 홀랑 넘어간 모양이니."

"보스……."

던컨이 난감한 듯 작게 그랜마를 불렀다. 그랜마는 던컨 쪽을 돌아보지도 않고 다시 대바늘을 놀리기 시작했다. 에키는 어깨를 으쓱였다.

"전 분명히 돌아가도 된다고 했어요. 이제 비밀도 아니니까."

그랜마는 던컨이 에키네시아 로아즈가 마검의 주인이라는 사실을 알게 되는 바람에 그녀에게 한동안 끌려다녔던 것을 잘 알고 있었다. 하지만 그것은 더 이상 비밀이 아니다. 대놓고 수배 전단지까지 붙은 상황이니 당연한 일이었다.

에키의 말에 던컨이 눈썹을 모았다.

"제가 있는 편이 낫다고도 하셨잖습니까, 아가씨. 확실히 유용하다고요."

"있으니 편하긴 하다고 한 거지, 남으라고 한 적은 없는데."

"단물만 쏙 빼먹고 버리시는 겁니까?"

"내가 네 주인도 아니고, 버리긴 뭘 버려."

"그러면서 서류 작성에, 배달에, 정보 수집에, 각종 잡무까지 시키셨습니까?"

"언제는 뭐든 시키라며? 난 분명히 하기 싫으면 그냥 돌아가도 된다고 했어."

"일을 시키면서 안 해도 된다고 하면 그걸 누가 믿습니까. 결국 하라는 거 아닙니까?"

던컨이 툴툴거렸다. 그 태도가 제법 친근해서, 그랜마의 눈이 가늘어졌다.

"아가, 짝사랑 중이었니?"

"그건 절대로 아닙니다, 보스."

그가 무슨 헛소리냐는 듯 찡그리며 답했다. 에키는 한숨을 쉬었다.

"잘 쿠려 먹고 있긴 하지만, 어쨌든 제가 붙잡고 있었던 건 아니니까요. 데려가세요, 그랜마."

"가차 없으시네요."

"시끄러워. 너 어째 갈수록 겁이 없어진다?"

12막. 만들어 가는 것과 용서할 수 없는 것 | 59

그야, 괴물 같은 능력과 마검의 주인이라는 무시무시한 칭호를 가지고 있긴 해도, 주위의 사람에게 해를 입히지만 않으면 당신은 의외로 무른 사람이라는 걸 알게 되어서 말입니다.

던컨은 현명하게도 그 말은 속으로만 중얼거렸다. 로아즈 캠프에서 도주한 이후 한 달이 넘은 지금까지 그는 내내 에키네시아와 동행하고 있었다. 자리를 비운 건 딱 한 번이었다. 그녀가 콜본에서 찾아낸 증거품들을 아젠카로 배달하기 위해서.

로아즈에서 탈출한 후 에키가 가장 먼저 한 것은 치료였다. 쉬지 않고 무리한 데다가 등의 부상이 덧나서 며칠을 앓았다.

약만 대충 바르고 인적 없는 숲에 처박혀 있으려는 그녀를 끌어낸 것은 던컨이었다. 그는 그녀에게 쉴 은신처를 마련해 주고 쐐기 소속 치료 전문 마법사와 의사를 연결해 주었다. 에키는 던컨에게 돌아가도 된다고 했지만, 던컨은 쐐기에 소식만 전한 후 그냥 그녀의 곁에 남았다.

"왜 안 돌아가? 이제 죽일 생각 없다고 했잖아."

"이대로 돌아가는 것보다 당신과 친분을 쌓는 게 조직에 더 유리하다고 판단했습니다. 아가씨도 제가 있으면 솔직히 유용하지 않으십니까?"

그 덕에 편히 쉬며 치료할 수 있게 된 상황에서 차마 쓸모가 없다는 소릴 할 순 없었다. 그녀는 대충 대꾸했다.

"있으니 편하긴 한데, 불편해도 상관없으니까 돌아가고 싶으면 돌아가."

"안 들어갑니다. 뭐든 시키십시오."

[야, 저거 알아서 하인이 되겠다는게 그냥 써먹지 그래? 정 써먹을 데가 없다 싶으면 죽여 버려도 되고.]

아무리 봐도 뒷말이 본심인 것 같은 마검의 헛소리가 아니라도, 뭐든 시키라는데 굳이 내버려 둘 생각은 없었다. 결국 에키는 그를 알차게 부려 먹었다.

대강 회복하자가자 그녀가 향한 곳은 제국 북부의 콜본이었다. 쐐기로서는 뚫을 수 없는 마법진이 설치되어 있어서 조사하지 못했던 세공품 공방이 있는 곳. 에키는 콜본에 도착한 다음 날 밤에 공방을 뚫었다.

던컨은 마나 역행(逆行)으로 공방을 둘러싼 마법진을 소리 없이 붕괴시켜 버리는 그녀를 보고 질려 버렸다. 아직도 놀랄 거리가 남아 있었을 줄은 몰랐다. 심지어 그녀는 원리를 알고 그런 기술을 쓰는 것도 아니었다. 순전히 마나를 느끼는 예민한 감각과 감에 의지해서 마법을 해체하는 짓을 하고 있었다.

"마나 역행이 뭔데?"

"아가씨가 방금 한 것 말입니다. 마법진을 이루는 마나의 흐름을 역으로 뒤집어서 마법 구조 자체를 붕괴시키는 방식의……."

"은근히 똑똑하네, 너. 마법사였어?"

"기척을 숨기는 데에 도움이 되는 종류로 소소하게 몇 가지 익힌 정도라, 마법사라기엔 무리입니다. 별로 재능이 있진 않아서요. 그나저나 어디서 그런 기술을 익히셨습니까?"

"경험에서 얻은 요령이야. 빨리 자료나 챙겨."

아젠카에 오기 전까지 귀족가에서 나고 자란 아가씨가 마나 역행 같은 기술을 얻을 정도의 경험을 쌓을 일이 있긴 한가. 저것도 그 악몽 속에서 익힌 걸까. 의문스러웠지만 그녀에 대해 추리하는 걸 반쯤 포기한 상태인 던컨은 묵묵히 공방을 털었다.

2황자 측, 정확히는 황제의 최측근인 근위 기사단장과 디아샹트 공작은 이 세공품 공방에서 주기적으로 주문을 했었다. 주문 기록이 남아 있었지만 기록상에 있는 것은 평범한 장신구뿐이었다.

진짜는 공방 지하의 비밀 공간에 있었다. 마검의 마나가 담긴 마석이 쌓여 있고, 만들다 만 마석 목걸이들이 굴러다녔다. 디아샹트 공작의 수하가 여기에서 마석 목걸이를 제작했던 흔적이었다. 근위 기사단장이 그것을 받아 간 기록도 발견했다. 그 외에도 디아샹트 공작과 2황자 측이 내통한 문건이 다수 있었다.

대부분의 마법적 방비를 무용지물로 만들어 버리는 에키네시아와, 이 분야 전문가인 던컨은 하룻밤 만에 거의 모든 증거를 확보했다. 그리고 에키는 그것들을 정리해서 던컨을 시켜 아젠카로 보냈다.

"이것만 보내시는 겁니까?"

"왜? 뭐 빠졌어?"

"편지라든가, 전할 말은 없으십니까?"

던컨은 진작 에키네시아와 창천 기사단장의 관계를 알아차린 상태였다. 그의 조심스러운 질문에 그녀는 묘한 얼굴로 침묵했다. 괜히 물었나 싶어질 때쯤에야 그녀가 입을 열었었다.

"그가…… 성검을 되찾았다고 했었지?"

그 소식은 그녀가 부상을 치료 중일 때 전달했었다. 소식을 듣자마자 에키가 그를 내보내고 문을 걸어 잠그는 바람에 던컨은 그녀가 어떤 반응을 보였는지 알 수 없었다.

"네. 전에 말씀드렸다시피 화려하게 되찾았지요. 치솟는 황금빛이 근처 마을에까지 보였다고 하니."

"……그럼, 아직 기억하는 걸까."

그 목소리는 너무 작아서 제대로 들리지 않았다.

"죄송하지만 못 들었습니다. 뭐라고 하셨습니까?"

"아무것도 아니야. 전할 말은 없으니 그냥 그것만 조용히 배달하고 와."

그녀는 그 말을 끝으로 돌아섰다. 던컨은 망설이다가 다른 것을 물었다.

"아가씨는 이제 아젠카로 돌아가실 생각은 없는 겁니까?"

에키네시아는 그를 돌아보지 않았다. 그녀가 고개를 움직이자 늘어뜨려진 머리카락이 살짝 흔들렸다. 곧 그녀는 담담하게 대꾸했다.

"돌아갈 수가 없잖아."

"음모가 밝혀질 때까지 말입니까?"

"글쎄. 영원히 못 돌아갈지도 모르지."

"예?"

"나는 마검의 주인이고, 악마가 되어 버릴 가능성이 있는 존재잖아. 아무리 통제할 수 있다고 해도 믿기 어렵겠지. 누가 자기 근처에 위험한 요소를 두고 싶겠어. 당연한 거야."

이제 와서 이걸 버릴 수도 없는 노릇이고 말이야. 그랬다간 다 잊어버릴 테니. 시끄러워, 발. 널 이제 안 버리겠단 소리는 아니거든? 너 때문에 내가 지금 무슨 고생을 하고 있는데. 버릴 수만 있으면 당장 버릴 거야, 망할 마검아. 너무하긴 뭘 너무해.

그녀가 혼잣말처럼 중얼거렸다. 던컨은 그 혼잣말을 들으며 다른 생각에 빠져 있었다. 이전의 삶으로 돌아가지 못할 거라니, 배척받는 게 당연하다니…….

"창천 기사단장도 당신을 믿지 못합니까?"

무심코 나온 그 질문은 창천 기사단장을 힐난하는 어조에 가까웠다. 그도 그럴 것이, 그녀가 악마가 되었던 창천 기사단장을 구해 내기 위해 뭘 했는지 누구보다 잘 아는 것이 던컨이었다. 그녀가 그를 돌아보더니 픽 웃으며 고개를 저었다.

"그는 절대 그러지 않아. 너무 믿어서 탈인데."

"그럼 어째서…….."

"그러니까 더 돌아갈 수 없는 거야."

나 때문에 그가 또 최악의 기사단장 소리를 듣는 건 싫거든. 그녀가 작게 덧붙인 말을 던컨은 이해할 수가 없었다.

"……그럼, 다른 것은 필요 없으십니까?"

"어떤 거?"

"가족분들의 소식이나, 그분들에게 전하고 싶은 말이라거나요."

에키네시아는 한참을 침묵했다. 그러고 나서 나지막이 말했다.

"아니, 따로 접촉하지 마."

"알겠습니다."

그리 말하는 그녀의 얼굴이 너무 울적해서, 그는 더 이상 묻지 않았다. 던컨은 곧바로 아젠카로 출발했다.

로아즈 캠프는 철수했고, 제국과 아젠카 사이에는 긴장감이 흐르고 있었다. 참사에 대한 수사가 진행되고 있긴 했으나 여러모로 지지

부진했다.

아젠카는 그들의 단장을 악마로 만든 것과 로아즈 참사를 일으킨 것이 저주라고 주장했다. 그리고 저주를 건 자의 처벌을 요구했다. 대놓고 누구인지를 지목하지는 않았으나 누구를 가리키는지는 다들 알고 있었다.

황제는 마검의 악마가 이 모든 사태의 배후이며 창천이 마검을 숨기고 있었다고 주장하는 상태였다. 억지 논리에 가까웠으나 막무가내였다. 2황자가 악마에게 당해 불구가 된 탓에 황제가 반쯤 이성을 잃었다는 말이 있었다.

아젠카와 제국 사이에 당장 전쟁이 발발하지 않은 것은 황태자 덕분이었다. 황태자는 황제를 상대로 명확한 증거가 나오지 않는 한 판단하지 않겠다는 유보적인 태도를 보이고 있었다. 정면으로 반박하지는 않았으나 실상 반박하는 것이나 다름없는 짓이었다.

황태자와 황제 사이의 긴장감 탓에 제도의 분위기는 뒤숭숭했다.

제국 내에서도 황제의 주장을 진심으로 믿는 사람은 거의 없었다. 아귀가 맞질 않았다. 반면 아젠카는 창천 기사단장에게 저주를 걸었던 제국을 용서해서는 안 된다는 것이 중론이었다.

마검의 마나를 정화하기도 했고, 저주에서 풀려나자마자 성검을 되찾았고, 심지어 그 과정에서 제니스라는 것이 알려진 덕분에 유리엔의 평판은 더 상승한 상태였다.

다만 에키네시아 로아즈가 제니스라는 건 제대로 알려지지 않았다. 마검의 주인이라는 사실이 더 중요했기 때문이었다. 아젠카에서 그녀는 감히 창천을 속이고 잠입했던 악마로 취급되고 있었다. 창천 기사단은 아직 그녀에 대해 공식적인 언급을 하지 않고 있었으나 사람들

사이에 도는 소문은 그러했다.

던컨은 거리와 상점가를 돌며 그런 분위기를 대강 읽었다. 그 후에 창천 기사단에 접근했다. 쐐기의 유일한 마스터라 해도 창천 기사단 본부에 숨어드는 것은 무리여서, 직접 접촉하는 대신 다른 방법을 취했다. 아젠카에 있는 조직원을 시켜 한 통의 편지를 보냈다.

증거자료를 전달하기만 하는 거라면 바로 보내면 된다. 하지만 던컨은 일부러 자료의 일부만 첨부해서 편지를 썼다. 자정 즈음에 지정한 장소로 나오면 나머지 것들을 전해 주겠다고, 에키네시아 로아즈가 보내는 거라는 말을 덧붙였다.

어떻게 나올지 반쯤 시험하는 마음이었다. 에키네시아의 창천 기사단장을 향한 마음은 잘 알겠는데, 창천 기사단장이 에키네시아를 어느 정도로 생각하고 있는지는 알 수가 없어서.

창천 기사단장은 약속한 시간에 약속한 장소에 정확하게 나타났다. 던컨이 미리 따로 잡아 둔 아젠카의 여관방으로, 그것도 요구한 대로 홀로. 던컨은 그가 정말로 혼자서 나타날 줄은 몰라서 조금 당황했다.

소문대로 은으로 만든 조각상처럼 섬세하고 아름다운 남자였다. 그러나 베일 듯한 예기가 그 아름다움보다 먼저 느껴졌다. 헛수작을 부리지 말라는 의미인지 그는 은은히 마나를 흘리고 있었다. 검을 맞대 보지 않아도 알 수 있을 정도로 까마득한 강자다.

혼자 오라는 요구를 순순히 따른 이유를 알 만했다. 창천 기사단장은 경호 따위가 필요한 사람이 아니었다. 던컨은 칼날 아래에 목덜미를 들이미는 기분으로 그와 독대했다. 증거자료를 전해 주자 곧바로 훑어 본 그가 자신을 노려볼 때는 등줄기에 소름이 돋는 것을 느졌다.

"이것을 그녀가 보냈다고? 증명할 수 있나? 너는 그녀와 무슨 관계지?"

괜히 만나서 전해 주겠다고 했다는 후회가 좀 들었다. 에키네시아 로아즈가 전혀 안 그렇게 보이는 외양으로 무시무시한 괴물이라면 이 자는 그냥 대놓고 괴물이었다.

"쐐기 소속의 핸드입니다. 그분의 명으로 자료를 전하러 왔습니다. 이걸 보시면 믿으실 수 있을 겁니다."

던컨은 예전에 에키네시아가 맡겼던 두 통의 편지를 꺼내 그에게 주었다. 부단장 바론에게 보내는 것, 그리고 그녀의 가족에게 보내는 것. 그녀는 필요 없어진 이 편지들을 태워 버리라고 했지만 쓸 일이 있을 것 같아 몰래 간직하고 있었었다.

"그녀가 악마가 되었던 당신을 찾아갈 때, 혹시 자신이 돌아오지 못하게 되면 전하라고 맡겼던 편지들입니다."

창천 기사단장은 편지 겉면에서 에키네시아 로아즈의 필적을 확인했다. 그리고 잠깐 고민하더니 두 통의 편지 중에서 부단장에게 보내는 편지의 봉인을 뜯었다.

던컨은 편지의 내용을 읽어 내리는 그의 새파란 눈동자가 경련하듯 떨리는 것을 보았다. 봉인되어 있던 편지라 읽어 보지 못해서 무슨 내용인지 궁금해졌지만, 물어봐선 안 된다는 직감이 들었다.

편지를 다 읽은 창천 기사단장은 그것을 곱게 접어 다시 봉투에 넣었다. 편지의 끄트머리가 떨리고 있어서 던컨은 그가 손을 약간 떨고 있다는 것을 알아차렸다. 그는 로아즈 일가에게 보내는 편지는 뜯지 않고 그대로 챙겼다.

"그녀는 지금 어디에 있나?"

"답할 수 없습니다."

"그녀가 그러기를 원했나?"

던컨은 입을 다물었다. 창천 기사단장이 손으로 얼굴을 문질렀다. 그녀는 괜찮은, 아니, 아니다. 그가 하려던 말을 흩뜨리며 깊은숨을 토해 냈다.

"내게 전할 것은…… 이것이 다인가? 다른 말 같은 것은……."

"없습니다."

얼굴을 덮은 손가락 사이로 보이는 창천 기사단장의 눈동자가 형형했다. 그 눈은 약간 미쳐 있는 것 같기도 했고, 젖어 있는 것처럼 보이기도 했다. 몇 차례의 깜박임에 곧 그런 기색은 씻은 듯이 사라졌다. 그는 손을 떼고 그린 듯이 우아한 낯과 정갈한 자세로 돌아와 담담하게 입을 열었다.

"그럼, 그녀에게 편지를 전해 줄 수는 있나?"

"예. 그분이 받는다면."

"……잠시 기다려라."

창천 기사단장은 펜을 쥐고 한참을 멀거니 서 있었다. 몇 번 종이에 펜이 닿았다 떨어지자 얼룩이 졌다. 그는 얼룩진 종이를 구겨 버리고 새 종이를 꺼내 무언가를 썼다. 그리 길지 않았는데도 어찌나 심혈을 기울여 쓰는지 던컨은 그가 혈서라도 쓰나 싶었다.

창천 기사단장은 밀랍으로 봉한 편지를 그에게 건네주었다. 그리고 떠나기 전에 조용히 경고했다.

"쐐기가 정보 판매 외에도 제법 지저분한 짓들에 손을 대고 있는 것을 안다. 나는 언제든지 너희를 쓸어 버릴 수 있다. 하지만 너희를 쓸어 내 봤자, 환경을 바꾸지 않는 한 새로운 조직이 자라기만 한다는 것도 안다. 그러니 선을 지켜라."

"……."

"그리고, 그녀를 배신하지도 이용하지도 마라. 그녀가 용서할지라도 나는 용서할 생각이 없으니."

그렇게 말하며 그는 주머니를 하나 내려놓았다. 금화가 가득 들어 있었다. 언뜻 계산해도 제국에서 마검의 엄마에게 건 현상금보다 많은 양이었다. 그녀를 배신하지 말고 잘 모시라는 의뢰인 동시에 경고였다.

던컨은 내심 으쓱했다. 아젠카의 군주이자 성검의 주인이고 대륙에 단둘뿐인 제니스가 주시하고 있다고 경고하지 않아도, 쐐기는 마검의 주인이며 창천 7사단장조차 제압한 제니스인 에키네시아를 어찌 하려 드는 정신 나간 짓거리를 벌일 생각은 없었다.

사실을 나열했을 뿐인데 새삼 으쓱했다. 던컨은 주머니를 챙겨 들고 깊게 허리를 숙인 다음 그곳에서 벗어났다. 그는 에키네시아가 머무는 톱본으로 돌아가서 그녀에게 창천 7사단장의 편지를 전해 주었다.

에키는 봉투를 내려다보며 매만지다가, 던컨을 쫓아내고 문을 닫아 건 다음 침대에 걸터앉았다. 밀랍을 뜯고 봉투를 열었다. 그곳에는 한 자 한 자 정성 들여 꾹꾹 눌러쓴 짧은 편지가 있었다.

―그대의 가족들은 모두 안전하다. 란셀리드 로아즈의 눈은 성녀가 무사히 고쳤다.

에키, 나는 그대가 돌아올 자리를 만들고 있다. 그대를 기다리고 있겠다.

나를 용서하기 어려울지라도, 부디, 그대가 돌아와 주었으면 좋겠다. 기다리겠다.

묻지 않았는데도 쓰여 있는 가족들의 안전. 두 번이나 쓰여 있는 기다리겠다는 말. 에키. 부드러운 필체로 적힌 그녀의 애칭. 에키네시아도 에키네시아 경도 아닌 에키. 돌아올 자리. 에키는 그 단어들을 몇 번씩 되풀이해 읽었다. 에키. 돌아올 자리. 에키. 돌아올 자리.

용서하기 어려울지라도, 라니. 용서받아야 할 만한 일을 한 적도 없으면서. 아, 나를 걱정한다는 이유로 내게 로아즈의 일이나 휘말린 음모를 숨겼던 것은 확실히 좀 화를 내어야겠지만. 그 외의 것들은 아마도 그가 더 괴로울 테니까.

다 기억해 낸 걸까. 전부? 악마인 그녀가 돌아갈 자리를 만든다는 게 가능할까. 어떻게?

기대하지 않았던 일이다. 돌아가지 못하는 것을 각오하고 있었다. 행복해지기 위해 시간을 되돌렸지만 그녀의 행복보다 사랑하는 사람들의 안전이 중요했으므로. 애초에 그들이 안전하지 않으면 그녀가 행복해질 수도 없었다.

유리엔은 황제의 사형은 어려울 거라 말했었다. 로아즈 참사가 일어났으니 상황이 변했을지도 모르지만, 어쨌든 제국의 황제쯤 되면 제대로 된 형벌을 내리기 어렵다. 정확히는 그녀의 마음에 찰 정도의 벌을 내리긴 어려울 것이다.

그래서 사태가 가라앉으면 직접 황제, 2황자, 디아상트 공작을 베어 버리러 갈 생각이었다. 로아즈에 그들의 피와 살점을 뿌려 줄 작정이었다. 행복을 포기했으니 복수라도 해야 하지 않겠는가.

돌아갈 자리. 에키는 다시 그 부분을 읽었다. 마검을 뽑아 드는 순간 포기했던 것을 포기하지 않아도 될 방법이 있는 걸까. 눈가가 시큰해졌다. 그녀는 종이에 얼굴을 묻었다. 그리운 냄새를 찾고 싶었지만, 메마른 냄새와 희미한 잉크 냄새만이 났다.

그랜마는 초록색 털실 뭉치를 내려놓으며 에키네시아를 바라보았다. 에키가 더 이상 정보를 막지 않았기에 그녀는 던컨에게서 거의 모든 이야기를 들었다. 그것들과 돌아가는 판도를 지켜보며 그랜마는 한 가지 결정을 내렸다.

"던컨, 내 아가."

"예, 보스."

"오늘부터 너는 핸드가 아니란다. 아가씨와 우리 사이의 가교가 되어 주렴."

핸드는 보스의 직속 행동원을 부르는 명칭이었다. 그랜마의 곁에 상주하는 게 원칙이다. 더 이상 핸드가 아니라는 것은 결국 그랜마가 던컨이 에키네시아 곁에 있는 것이 쐐기에 더 유리하다고 결정했다는 뜻이었다. 던컨의 눈이 약간 커졌다. 그는 머리를 조아렸다.

"감사합니다, 보스."

"저기요, 제 의견은요?"

황당해진 에키가 묻자 그랜마가 푸근하게 웃었다.

"데리고 있으면 쓸 만하고 편하다지 않았니. 우리 아가를 잘 부탁할

게, 아가씨. 겸사겸사 우리 조직도 잘 좀 봐주면 좋고."

에키는 묘한 얼굴로 그랜마를 응시했다. 지워 버린 시간에도 그랜마는 비슷하게 행동했다. 대가 없이 정보를 제공하고, '잘 좀 봐 달라'고 했었다.

그랜마의 잘 좀 봐 달라는 건 의외로 소박한 뜻이었다. 그저 그들에게 칼을 겨누지는 말아 달라는 뜻에 불과했다. 이왕이면 그녀가 돌아다니면서 얻은 정보를 조금 나눠 주면 좋고.

'그때야 박살을 냈었으니 당연한 거라고 생각했는데, 이번에는 아무도 안 죽였는데도 이러네.'

쐐기 입장에선 사실 당연한 생존전략이었다. 에키네시아 본인만 해도 감당 못 할 거물인데, 창천 기사단장까지 얽혔으니 제발 건드리지만 말아 달라고 빌며 알아서 길 수밖에 없다. 그 와중에 이득은 눈치껏 챙기면 된다.

'던컨과 나름 친밀해진 모양이니 잘되었구나. 보고를 들어 보니 꽤 정에 약한 성격인 것 같고. 잘 지내기만 해도 우리에겐 이득이야.'

그랜마는 그렇게 생각하며 에키를 향해 다른 이야기를 꺼냈다.

"우리 아가 일은 이걸로 끝이고, 아가씨에게 전할 중요한 소식이 있단다."

"뭔가요?"

"전쟁이 일어날 것 같구나."

"설마, 제국과 아젠카가 결국……."

"아젠카가 아니라, 황태자와 황제 사이의 전쟁이야, 아가씨."

에키가 입을 다물었다. 그랜마는 뜨개실이 들어 있던 바구니를 엎었다. 싸구려 실뭉치 아래에 깔린 종이가 뒤집혔다. 그 종이에는 글자가 빽빽하게 적혀 있었다.

"엊그제 황태자가, 황제와 2황자가 로아즈에 마검을 보낸 경위와 마석 목걸이를 이용해 로아즈 참사를 일으킨 경위를 밝히고, 황제가 더 이상 제위에 있을 자격이 없다고 선포했거든."

시작되었나. 에키의 눈이 가라앉았다. 그랜마가 그녀에게 종이를 밀어 주며 말했다.

"며칠 전에 로잘린 디아상트가 수도로 돌아왔던 게 시작이었지. 그녀가 윈들틴 디아상트 공작의 죄를 고발했단다. 자신은 이미 결혼했으니 창천 기사단장과의 약혼은 무효라고 말이지. 엄밀히 말하면 약혼식을 치르기 전이라 약혼 상태도 아니었지만."

"……그녀가 자신에게 가족이 있었다는 걸 밝혔나요?"

"그래. 디아상트 공작이 공녀에게 독이 든 차를 보냈던 증거와 함께 전부 밝혔단다. 이미 혼인한 공녀를 강제로 창천 기사단장의 약혼녀로 보내고 독살까지 시도하다니, 정말 거대한 스캔들이었지."

공작을 우선 쳤구나. 그녀가 보내 준 증거가 도움이 되었을까. 에키는 그랜마가 밀어 준 종이를 흘깃 살폈다. 그랜마는 계속해서 말을 이었다.

"아주 혼돈이었단다. 공작의 최측근을 제외한 디아상트 공작가 전체가 기다렸다는 듯이 공녀의 편으로 돌아섰거든."

"공작가가 공녀의 편으로 돌아섰다고요?"

"폭로하기 전에 물밑에서 아주 바쁘게 움직였던 모양이더구나. 현재 실질적인 공작가의 수장은 로잘린 디아상트 공녀란다."

"대체 어떻게 그런……."

에키의 표정이 멍해졌다. 상상도 못 했던 이야기였다.

디아상트 공작을 함부로 건드리지 못했던 이유는 그가 황태자의 장인이자, 황태자 세력의 구심점이나 다름없는 존재였기 때문이다. 시간을 되돌리기 전 황태자가 황제가 된 이후에야 디아상트 공작을 처리한 것도 아마 같은 이유일 것이다.

2황자와 디아상트 공작의 결탁에 대해 공개하기 힘든 것도 그 때문이었다. 가장 큰 우군이 사실 적이었음을 알게 되면 황태자의 세력 자체가 붕괴할 우려가 있었다.

하지만 이런 식이라면 다르다. 디아상트 공작만을 축출해 내고 새로운 디아상트의 수장이 황태자를 지지하면 '디아상트 가문이 황태자를 배신했다'가 아니라 '윈들턴 디아상트가 황태자를 배신했다'라는 개인의 문제가 되니까.

"디아상트 영지를 관리하던 공작 부인과, 공작의 어미인 대부인, 장녀인 황태자비, 공작가의 방계들까지 나서서 이런 짓을 벌인 공작을 인정할 수 없다, 공작이 물러나고 로잘린 디아상트 공녀가 작위를 계승해야 한다고 주장했지. 공작에게 남은 편은 제도의 공작저에 있는 인원과 공작이 별도로 키웠던 자들뿐이라더구나."

로잘린 디아상트는 분명 굉장한 여자였고 인질이었던 가족도 되찾았지만, 아무리 그래도 혼자서 공작을 상대로 상황을 저렇게까지 만들긴 어려웠다. 유리엔의 입김이 들어갔을 거라는 직감이 들었다.

"그로 인해 28일에, 제도에서 공작가의 분쟁에 대한 귀족 대회의가 열렸지. 황제는 윈들턴 디아상트만이 디아상트 공작이라고, 로잘린 디아상트를 인정하지 않았단다. 하지만 황태자가 황제를 무시하고 로잘린 디아상트를 디아상트의 수장으로 인정해 버렸어."

"그거 가능해요? 귀족의 작위 계승은 가문 내에서 결정하는 게 원칙이라지만, 형식적으로라도 황제의 인가를 받아야 하잖아요. 황태자가 인가를 하는 건 불가능할 텐데."

"불가능하지. 그러니까 황태자는 결국 황제가 더 이상 황제가 아님을 선포한 거나 다름없는 짓을 한 거란다. 그러면서 대회의에서 황제에게는 황제의 자격이 없다고 고발한 거지."

"……마검의 음모에 대해 밝혔군요."

"그건 완벽하지 준비된 고발이었단다. 대회의에서 공녀가 공작이 드라코툼바성에서 마검을 연구하고 있었다는 걸 폭로해 버렸어. 황태자는 그 자리에서 공작과 근위 기사단장의 관계와, 마검 관련 음모에 대해 추궁하며 황제에게 양위를 요구했단다."

"황제가 그것을 받아들였나요?"

"그럴 리가 있겠니, 아가. 황제는 노발대발하여 반역을 저지르는 황태자를 가두라고 명령했지. 근위 기사단이 움직였고, 미리 대비했던 홍태자는 구사일생 달아났단다. 제도를 빠져나가서 근처의 도시로 몸을 피했어. 그리고 나서 어떻게 될지는, 아가씨도 예상이 가겠지?"

"내전이겠군요."

에키는 그랜마가 건네준 종이를 내려다보았다. 황태자와 황제 측의 세력이 정리되어 있었다. 언뜻 훑어봐도 황태자 측이 많았지만, 대부분이 귀족의 이름이었다. 제극군이 황제에게 있으니 황제를 굴복시키기는 쉽지 않을 터였다. 종이를 살피는 그녀에게 그랜마가 말했다.

"그렇지. 그리고 어제, 마검을 악용하고 저주를 만들어 낸 황제와

2황자, 디아상트 공작을 포함한 관계자들의 처벌을 요구하는 창천 기사단의 서한이 도착했다고 하더구나. 황태자가 서한을 받자마자 바로 공표해서 우리도 알게 되었단다."

창천이 황태자를 지원하면 제국군도 충분히 밀어 버릴 수 있을 것이다. 그래도 전쟁은 전쟁이다. 황제 소속의 제국군이야 그녀의 알 바가 아니지만, 아젠카의 사람들이 다치거나 죽을지도 모른다. 에키는 복잡한 심정으로 종이를 뚫어져라 바라보았다.

그랜마가 테이블을 똑똑 두드려 그런 그녀의 주의를 끌었다.

"아가씨에게는 내전보다 더 중요할 정보가 따로 있더구나."

그녀가 의아한 낯으로 고개를 들었다. 그랜마는 주름진 얼굴에 의미심장한 미소를 띠며 쪽지를 꺼냈다.

"이걸 보려무나. 창천 기사단이 황태자에게 보낸 서한에 포함되어 있던 내용이란다."

에키는 그녀가 내미는 쪽지를 받아 들어 펼쳤다. 글자를 읽는 순간 그녀의 숨이 멈췄다.

―또한 창천은 바르데르기오사의 주인, 현재 제국에서 마검의 악마로 불리고 있는 에키네시아 로아즈를 악마가 아닌 기오사 오너로 인정하는 바이다.

그녀는 로아즈 참사와 관계가 없으며, 무고한 피해자에 불과하다. 따라서 그녀의 수배령을 거둘 것을 제국에 정식으로 요청한다.

유리엔은 로아즈 캠프에서 희생자와 부상자에 대한 수습과 사과를 한 이후 창천 기사단과 함께 아젠카로 돌아왔다. 반쯤 잘린 상태였던 왼팔을 포함한 부상들은 성녀가 치료해 주었다.

치료를 받으며 그는 에키네시아의 부상을 떠올렸다. 그녀는 제대로 치료를 하긴 했을까. 그가 입힌 부상을 말이다. 생각할수록 미쳐 버릴 듯해서 유리엔은 더는 생각하지 않았다. 해야 할 일이 너무나 많았다.

챙겨 온 가짜 다검은 마탑으로 돌아가지 않고 창천을 따라온 현자 칼리스토 팽에게 분석을 맡겼다. 칼리스토는 구금되어 있던 제자 니콜 시즈튼까지 아젠카로 불러들여 함께 가짜 마검을 분석했다. 칼리스토는 누가 어떻게 이것을 만들어 냈는지 조만간 알 수 있을 거라 호언장담했다.

유리엔은 아젠카로 돌아오자마자 곧장 공식 성명을 위한 준비를 시작했다. 그는 퀘레사와 바론, 대신관, 그리고 총행정관을 불러 말했다.

"에키네시아 로아즈를 바르데르기오사 오너로 인정하겠다."

"예?"

"군주님, 지금 뭐라 하셨습니까?"

어느 정도 짐작하고 있던 바론 외의 전원이 기겁했다. 유리엔은 담담하게 설명했다.

"그녀는 역사상 두 번째로 바르데르기오사를 각성시킨 자이며, 마검을 통제할 수 있는 마검의 주인이다. 이를 창천이 정식으로 인정하고 공표할 예정이다."

"실례지만 군주님, 제정신이십니까?"

검은 머리를 틀어 올리고 안경을 쓴 가무잡잡한 중년의 여성이 오만상을 찌푸리며 대꾸했다. 그녀는 최근에 임명된 총행정관 수아드 술라이만이었다.

유리엔은 드라코툼바로 떠나기 전에 지금 같은 과중한 업무로는 에키네시아와 함께 있을 틈을 낼 수가 없으니 총행정관이 필요하다고 판단했었다. 그 뒤 그는 기존 행정관들 중에서 한 명을 총행정관으로 임명했다. 그가 그녀를 선택한 이유 중의 하나가 저 거침없는 언사였다.

기사들은 거의 유리엔을 숭배하다시피하고, 행정관들은 그를 어려워했다. 아젠카의 사람들은 그가 무슨 말을 하건 어지간하면 반발도 의문도 없이 그냥 받아들였다.

황족 출신인 데다 최연소 마스터에 성검의 주인이니 어쩔 수 없는 일이었다. 심지어 초기부터 업적을 쌓으며 군주의 자질도 이미 검증된 상황이다. 에키네시아에 대해 아직 알려지지 않아서 최연소 제니스 기록까지 세웠으니 더하면 더했지 덜해지진 않을 터였다.

이런 환경에서 자신 앞에서도 아니면 아니라고 딱 잘라 말하는 데다, 장기간의 실무 경험이 있고 유능한 수아드 술라이만은 총행정관으로 적격이었다. 외지 출신이면서도 아젠카에서 오래 일했다는 점도 장점이었다. 아젠카의 특수한 구조에만 익숙한 아젠카 출신 행정관들은 타국과 접촉할 때 당황하는 경우가 많았기 때문이다.

그래서 유리엔은 그녀의 무례한 언사를 딱히 지적하지 않았다.

"나는 지극히 정상이다, 수아드 총행정관."

"에키네시아 로아즈가 2황자를 불구로 만들고 도주했다면서요!"

"얼마든지 죽일 수 있는 상황이었으나, 그녀는 아무도 죽이지 않았다."

"지금 안 죽였다고 나중에도 안 죽인단 보장이 있습니까? 아니, 그리고 지금 죽이지 않은 게 문제가 아니잖아요! 제국의 황자라고요, 황자!"

수아드는 목뒤를 잡았다.

"황자를 기습해서 애꾸에 외팔이로 만들어 버린 여자를 창천이 인정했다간 어찌 되는지 잘 아시지 않습니까! 그녀가 창천 기사였던 것만으로도 골머리가 아픈데! 차라리 그냥 대놓고 전쟁을 준비하라고 하시든가요!"

말이 격하게 쏟아졌다. 애꾸에 외팔이, 라는 저속한 단어에 대신관이 탄식하며 입속으로 기도문을 외웠다.

"그 말대로다, 총행정관. 전쟁을 준비하도록."

기도문을 중얼거리던 대신관은 유리엔의 대꾸에 아르 디오냐크, 라고 신음하고는 눈을 감아 버렸다. '신이시여 자비를 베푸소서'라는 뜻의 고어로 신관들이 기도 시에 자주 사용하는 관용어였다.

수아드 총행정관의 입이 딱 다물렸다. 그녀가 휘둥그렇게 커진 눈으로 유리엔을 바라보더니 천천히 바론 쪽을 돌아보았다.

"부단장, 군주님께 아무래도 저주의 후유증이 남으신 것 같습니다만."

"……성검의 주인을 의심하는 겁니까, 총행정관?"

"선하다고 해서 판단력도 정상이라는 보장은 어디에도 없어요! 제국과 전쟁이라니으! 가장 피해야 할 일을!"

수아드의 비명 같은 외침을 유리엔이 덤덤하게 받았다.

"수아드 총행정관, 다시 말하지만 나는 지극히 정상이다."

"그럼 납득시켜 주세요. 다짜고짜 전쟁이라뇨, 아무리 저주 사건으로 아젠카가 제국과 전쟁을 불사하겠다는 분위기라 해도 정말로 전쟁을 일으키는 건……!"

"우선 이것을 읽어 보도록."

유리엔이 흥분한 수아드를 향해 서류를 내밀었다. 다른 이들에게도 한 장씩 돌렸다. 바론은 아는 내용이었다. 딱 절반까지는. 나머지 절반, 2황자에 의해 로아즈 영지에 바르데르기오사가 보내지고 에키네시아 로아즈가 그것의 주인이 되었다는 내용은 처음 보는 것이었다.

한동안 정적이 유지되었다. 그 정적은 점차 경악과 거칠게 들이쉬는 숨소리로 변화했다. 유리엔은 그 변화를 조용히 지켜보았다.

[전쟁을 피할 방법은 없겠느냐?]

랑기오사가 가라앉은 투로 물었다. 유리엔은 답하지 않았다. 주인이 답할 수 없는 상황임을 잘 아는 성검은 자문자답을 했다.

[하긴, 알음알음 퍼뜨려 황제의 수족을 전부 잘라 내는 방식은 이제 쓰기 어려울 테니. 깨끗하게 처벌하긴 글렀고, 한바탕 진통을 겪을 수밖에 없겠군. 그것들이 죄를 묻는다고 얌전히 굽힐 것 같지도 않고.]

수아드가 가장 먼저 서류를 내려놓고 고개를 들었다. 그녀는 창백해진 얼굴로 중얼거렸다.

"군주님이 아니라 제국이 돌아 버렸던 거군요. 대체 얼마나 멍청하면 바르데르기오사를 이용해 먹는다는 미친 짓거리를 다 하는지. 황제 머리에 든 건 뇌가 아니라 호두알이랍니까? 죽으려면 혼자 죽지 감당 못 할 지랄을 아주 대규모로……."

"총행정관, 언사를 좀……."

"아, 실례했습니다, 대신관님. 하도 어이가 없어서."

대신각이 낮게 한숨을 쉬었다. 수아드는 관자놀이를 꾹꾹 주무르더니 유리엔을 향해 깊게 머리를 숙였다.

"죄송합니다, 근주님. 감히 군주를 의심했습니다."

"신경 쓰지 마라. 나는 그대가 직언하는 점을 높이 사서 총행정관으로 임명한 것이니."

"아닙니다. 제가 흥분하여 선을 넘었습니다. 나중에 시말서를 제출하겠습니다."

수아드는 재차 사죄를 구하고는 심호흡을 하며 이어 말했다.

"그나저나 이래서야 제국을 도저히 내버려 둘 수 없겠군요. 그럼 성전을 선포하게 되는 겁니까?"

"아니, 제국과 아젠카의 전면전은 피할 생각이다. 표면화는 황태자의 몫으로 넘기고 아젠카는 황태자를 지원하는 방향으로 움직인다."

"제국 내의 내전이 되는 거로군요. 그럼 그 방향으로 준비하겠습니다. 디아상트와의 약혼 문제는 어떻게 하실 겁니까?"

"따로 계획해 둔 것이 있다. 그 문제는 차후에 논의하기로 하지."

"알겠습니다."

줄곧 조용하던 테레사가 돌연 입을 열었다.

"단장님, 에케넨시아 로아즈는 그럼 로아즈에 마검이 배달된 직후에 바로 마검의 주인이 되었던 겁니까?"

"그렇다."

바론이 끼어들었다.

"그녀는 대체 어떻게 악마가 되지 않은 겁니까? 제니스라서?"

"그녀가 제니스이기에 마검을 이겨 낼 수 있었던 것이긴 하지만, 제니스라 해서 모두 마검을 통제할 수 있는 것은 아니다. 그것은……."

"제니스? 에키네시아 로아즈가 제니스란 말입니까?"

테레사가 사색이 되어 물었다. 유리엔이 대답하기 이전에 바론이 힘이 빠진 음성으로 대꾸했다.

"그녀가 2황자를 공격할 때 마나 실드를 쓰는 것을 경도 보았지 않나."

"그게 마나 실드였습니까? 마검의 능력 같은 것이 아니라?"

"나도 문헌으로만 접해 본 기술이지만, 분명히 마나 실드였다. 마검의 능력이었다면 일단 마나가 검은빛이었겠지. 그리고 내가 알기로는 마검에 그런 방어적인 능력은 존재하지 않아."

바론의 설명에 테레사는 뒤늦게 깨달은 낯이 되었다. 그리고 반쯤 넋이 나갔다.

"제니스라니, 맙소사, 그 나이에……."

그들의 대화를 지켜보던 수아드가 입을 떡 벌리더니 삐걱거리는 움직임으로 유리엔을 돌아보았다. 그녀에게서 목이 졸린 듯한 목소리가 났다.

"제, 니스요? 제가 아는 그, 제니스? 단장님과 같은 경지 말입니까?"

"엄밀히 말하면 그녀와 나는 같은 경지라기엔 격차가 크다."

"단장님이 더 뛰어난 것은 당연한 일이겠지요. 그래도 그 나이에, 정말이지 놀랍습……."

"총행정관, 내가 그녀보다 뛰어나다는 것이 아니라, 그녀가 나를 압도한다는 뜻이다."

"……예?"

수아드가 그대로 굳어 버렸다. 테레사가 믿기지 않는다는 시선을 보냈다. 바론은 어느 정도 예상하고 있었던 일이기에 그렇게까지 놀라진 않았다. 그가 입가를 문지르며 중얼거렸다.

"그녀가 저주에 걸렸던 단장님을 제압했으니…… 당연하겠지요."

유리엔은 한 명의 기오사 오너, 여섯 명의 현자, 열 명의 마스터를 상대하면서 부상당한 상태로도 호각이었다. 그런 유리엔을 제압해서 저주를 풀고 돌아왔으니 에키네시아 로아즈는 그를 상회하는 강자일 수밖에 없다.

논리적으로 따져 보면 합당했으나 상식적으로 받아들이기엔 어려운 사실이었다. 농담으로밖에 들리지 않는다. 다들 충격에 빠진 가운데에서 대신관만이 의외로 담담한 안색이었다. 테레사가 신음 섞인 음성으로 말했다.

"스무 살 제니스라니, 심지어 단장님을 압도하다니, 믿기지가 않습니다. 아무리 천재라도 이건……."

바론이 그녀의 탄식에 동의하며 유리엔을 보았다. 그는 약간 걱정스러운 낯이었다.

"마검을 쥐고도 물들지 않는다는 것도 이해가 안 갑니다. 정말 그녀는 살의에 지배받지 않는 겁니까? 어떻게 그런 일이 가능합니까?"

"그녀의 정체가 대체 뭡니까? 단장님께서는 뭘 알고 계신 겁니까?"

"그녀는…… 사람이 맞긴 합니까?"

테레사가 불안한 투로 묻고, 수아드가 덧붙였다.

나타나지 않은 지 오래되었으나, 사람의 탈을 쓸 수 있는 마물이나 용에 대한 이야기는 전설이 아니라 역사의 일부였다. 그러니 그

12막. 만들어 가는 것과 용서할 수 없는 것 | 83

녀가 인간이 아닌 게 아니냐는 의심이 나오는 것도 이상하지는 않았다.

검술의 경지에 대해 잘 모르는 일반인들은 오히려 천재라는 말로 납득할 수 있겠지만, 이 자리에 모인 이들은 검에 관해서 잘 아는 만큼 더욱 납득하기 어려웠다. 아무리 책을 읽는 속도가 빠르다고 해도 도서관의 모든 책을 5분 만에 전부 읽을 수는 없다. 스무 살 제니스는 그런 경지였다. 현실적으로 불가능한 수준.

유리엔은 이런 의문을 예상했다. 에키네시아 로아즈가 스무 살에 마검을 쥐기 전에는 검을 쥐어 본 적조차 없다는 사실까지 밝혀지면 의문은 더 심해질 터였다. 그래서 그녀가 그토록 제 실력을 감추려 했던 것이 아닌가.

그렇다고 그녀가 시간을 되돌렸음을 알릴 수는 없었다. 만약 알려야만 하더라도 그건 그녀가 결정할 문제였다. 그녀가 드러내지 않은 사정을, 그녀에게는 잊고 싶은 악몽일 과거를 그가 마음대로 밝혀선 안 된다.

결국 여기서 유리엔이 할 수 있는 일은 자신이 쌓아 온 신뢰와 명예로 그녀에 대한 의문을 덮어 버리는 것뿐이었다. 어차피 아무리 의심해 봤자 그녀가 스무 살 제니스이며 마검에 지배당하지 않는다는 사실은 변하지 않고, 진실을 알아낼 방법도 없다. 결심한 그는 지그시 눈을 감았다가 떴다.

"그녀는 마물 같은 것이 아니다. 내가……."

"그분의 신원은 대신전이 보증하겠습니다."

갑자기 대신관이 끼어들었다. 유리엔이 흠칫 놀라 그를 돌아보자, 노인의 얼굴에 묘한 표정이 번졌다. 망설이면서도 결단을 내린 듯한.

"아트 디오느크. 그분이야말로 신께서 친히 예비하신 사람입니다. 신의 은배와 뜻이 그분께 있습니다. 따라서 그분은 삿된 존재가 아니라 축복받은 존재입니다. 그분을 의심하는 건 신에 대한 의심이나 다름없습니다."

"대신관님? 지금 무슨 말씀을 하시는 겁니까?"

난데없이 쏟아지는 맹신에 가까운 말들에 수아드 총행정관이 어이가 없다는 얼굴로 되물었다. 대신관은 종교적인 표현이 아니라 좀 더 명확한 방식으로 다시 대답했다.

"에크네시아 로아즈 님의 능력과 정체가 삿된 것이 아님을 대신전이 공식적으로 보증하겠다는 뜻입니다. 대신전은 그분을 기오사 오너로 인정하는 것 또한 전적으로 지원하겠습니다."

"잠깐만요, 대신전이 대체 왜……?"

대신관은 이런 문제에서 이런 태도로 우겨 댈 사람이 아니었다. 세속적인 문제에 잘 참견하지 않는 대신전이 이토록 적극적으로 나설 이유도 없었다. 유리엔마저 당황을 숨기지 못하고 대신관을 쳐다보았다. 대신관은 천천히 성호를 그었다.

"아르 세밧티옐. 예언이 있었습니다."

"예, 예언…… 진심이십니까?"

총행정관의 목소리가 쩍쩍 갈라졌다. 대신관이 친절하게 설명을 덧붙였다.

"신검 카이로스기오사가 간혹 신실하게 신을 섬기는 신관에게 신어(神語)를 속삭여 주는 것을 알고 계시겠지요. 시간을 관조하는 검이 부리는 변덕이자, 인간을 향한 신의 자애 말입니다. 우리는 신어라고 하지만 세간에서는 예언이라고 부르지요."

"예언이 뭔지 모르는 게 아닙니다, 대신관님. 그러니까, 무슨 예언이 있었다는 겁니까?"

"에키네시아 로아즈에 대한 예언입니다. 금기라 자세한 내용을 알려 드릴 수는 없으나, 그분을 의심해서는 안 된다는 건 장담할 수 있습니다. 성검의 주인께서도 이미 예언을 알고 계셨습니다."

아젠카 대신전에서 극히 드문 확률로 예언이 나오는 것은 사실이었다. 그것은 신관의 힘이 아니라, 카이로스기오사가 평생을 바쳐 신을 섬기고 자신을 모시는 신관들에게 보이는 가벼운 호의였다. 비단 미래의 일뿐만 아니라 과거의 일도 종종 언급하는 듯했지만 보통 사람들은 그것을 그냥 예언이라 불렀다.

그러나 예언이 실재한다는 것과 별개로 유리엔은 지금 대신관이 하는 말이 거짓임을 잘 알았다. 가장 최근의 예언이라고 해 봤자 근 백여 년 전의 일이다. 게다가 대신관은 그에게 예언에 대해 한마디도 한 적이 없었다. 예언이 나올 경우 창천 기사단과 공유하는 것이 원칙임에도 불구하고.

[대신관이 대체 왜 저러는 거냐, 주인?]

성검이 황당한 듯 말했다. 유리엔도 이해할 수 없는 상황이었다. 대신관이 태연히 그를 돌아보며 동의를 구했다.

"그렇지 않습니까, 군주여?"

노인은 빙긋 웃고 있었다. 무언가 알고 있는 것처럼. 유리엔은 입을 열었다가, 다물었다. 짧은 갈등 후에 그가 다시 입술을 떼었다.

"……그렇다. 내가 그녀를 보증하고, 대신전 또한 보증한다. 그녀는 인간이며, 그녀가 그런 실력을 얻고 마검의 살의를 극복해 낸 과정에는 아무런 문제가 없다."

유리엔은 능숙하게 예언에 대한 확답을 피하고 사실만을 말했다. 그리고 어안이 벙벙해진 사람들을 한 차례 돌아보았다.

"에키네시아 로아즈는 악마가 아니다. 이에 동의하겠는가?"

애매한 정적이 흘렀다. 대신관만이 확고하게 동의했다. 유리엔은 잠시 간격을 두었다가 바론을 응시했다.

"부단장."

"예, 단장님."

"경이 지켜본 에키네시아 로아즈는 어떠했나? 그녀는 어떤 사람이었지?"

유리엔의 물음에 바론의 낯빛이 약간 변했다.

바론은 에키네시아 로아즈를 사관학교 입학 전부터 주시하고 있었다. 유리엔이 그녀를 스콰이어로 지명했기 때문이었다.

입학하자마자 그녀는 유명인이 되었다. 그녀 자신이 특이했던 탓도 있지만, 역시 창천 기사단장의 스콰이어로 지명된 점이 컸다. 모르고 싶어도 모를 수가 없을 정도였다.

신입생 순위전에서 그녀가 드러냈던 실력의 일부, 흰 까마귀 협곡 마물 토벌 때 바라하와 함께 살아 돌아왔던 것, 성녀 구출 이후 성녀가 대놓고 그녀를 따르던 모습, 디아샹트 공녀의 암살을 막아 낸 사건.

"제가 보았던 그녀는……."

그는 말끝을 흐렸다. 바라하가 그녀에 대해 말하던 것이 떠올랐다. '그녀는 믿을 수 있는 사람입니다.' 바론은 바라하가 말할 수 없다고 한 에키네시아의 비밀이 무엇인지 이제 알았다. 그의 스콰이어는 그녀가 마검의 주인이라는 것을 이미 알고 있었던 모양이다.

바라하는 정말로 위험하다면 약속이나 사적인 감정을 배제하고 보고를 할 사람이었다. 그런 성품이었기에 스콰이어로 삼았고 후계자로 점찍어 키우고 있었다. 바라하가 알고도 침묵했다는 건 그녀의 마검에 대해 숨기더라도 아무 문제가 없었기 때문이다. 실제로도 지금까지 아무런 문제가 없었다.

또한 에키네시아 로아즈는 바라하의 생명을 구한 은인이었다. 동시에 유리엔의 은인이기도 했다.

"네. 반, 드시, 함께, 돌아오겠어요."

일주일의 시간을 달라며 담담하게 요구하던 그녀가 유리엔을 정말 되돌릴 수 있냐는 물음에 더듬거리며 답하던 얼굴이 생각났다. 그녀는 유리엔을 구하기 위해 마스터임을 밝히고, 제니스임을 밝혔다. 이런 의심을 사게 되리라는 것을 알면서도.

그리고 결국 유리엔을 구해 냈다. 그를 물들인 것이 가짜 마검임을 증명하기 위해 마검을 소유하고 있음도 밝혔다. 이런 결과를 예상했을 텐데도.

그녀는 창천의 문장을 제 손으로 뜯어내기도 했다. 마검과 관련된 문제에서 창천과 자신을 분리하기 위해.

자신이 지켜본 에키네시아 로아즈가 어떤 사람이었냐고?

'마검을 가지고 있는 자'라는 편견을 걷어 내고 그녀라는 사람에 대해서만 생각하면, 바론이 할 수 있는 대답은 한 가지뿐이었다. 도저히 다른 대답을 할 수가 없었다. 바론은 입가를 몇 차례 매만지고는 손을 내려놓았다. 결심한 듯 눈을 길게 감았다 떴다.

"……그녀는, 악마일 리가 없습니다."

마검의 소유자를 악마가 아니라면 무엇이라고 표현해야 하는가. 답은 정해져 있었다. 그가 깊게 심호흡을 하고 말을 이었다.

"살릭기오사 오너로서, 에키네시아 로아즈가 악마가 아니라 바르데르기오사 오너라는 판단에 동의합니다."

광검의 주인이 동의했다. 수아드 총행정관이 갑자기 태도를 바꾼 부단장을 휘둥그레진 눈으로 쳐다보았다. 유리엔은 바론에게 살짝 고개를 숙여 보이고는 테레사를 향해 시선을 주었다.

"테레사 경. 그대는?"

테레사는 유리엔이 바론에게 질문한 순간부터 이미 생각을 하고 있었다. 그녀가 천천히 입을 열었다.

"에키네시아 르아즈가 마검을 얻게 된 경위와 로아즈에서 있었던 일을 보면 왜 그녀가 2황자를 베었는지 충분히 이해가 갑니다. 그 상황에서 그자를 죽이지 않은 것만 보아도 그녀는 악마가 아닌 게 확실합니다."

그렇게 말하며 그녀는 자신이 아는 에키네시아 로아즈를 떠올렸다. 처음 그녀와 제대로 대화했던 때를 떠올려 본다.

어떻게 프랑 알마리의 철벽을 한 번에 깰 수 있었는지 이제야 알겠다. 그 나이에 져니스가 될 정도라면 정말도 간단한 일이었겠지. 에키네시아는 의심하며 추궁하는 테레사에게 거짓말을 하지 않았다. 얼마든지 둘러댈 방법이 있었는데도 불구하고 말이다.

미하일이 에키네시아에 대해 말하던 것을 기억한다. 자신에게 맞는 드레스를 골라 주던 그녀와, 성녀를 가르쳐 주며 함께 춤을 추었던 그녀를 떠올렸다. 그녀가 독을 마신 상태로 공녀의 암살을 막아 냈던 사건도 생각이 났다.

아젠카에 오기 전부터 에키네시아는 마검을 가지고 있었다고 한다. 그러니 테레사가 떠올린 그 모든 순간에도 그녀는 마검을 지닌 상태였을 것이다.

"그녀가 안전한 존재임은 잘 알고 있습니다. 쉽사리 악마가 될 만한 자였다면 진작 사달이 났겠지요."

마검과 마검의 악마에 대한 상식으로는 도저히 이해가 되지 않는다. 테레사가 겪은 에키네시아 로아즈는 그러했다. 아무래도 상식을 바꿔야 할 때가 온 모양이었다.

"……마검을 쓰면서도 살의에 지배받지 않는다면 바르데르기오사 오너로 인정하는 건 당연한 일이라고 생각합니다."

테레사는 저주에 걸렸던 단장을 간신히 막아 냈던 당사자였다. 맞댄 칼날 너머로 새카맣게 일렁이던 단장의 눈빛을 기억하고 있다. 그때의 단장과 달리 마검을 든 에키네시아는 침착했다.

게다가 그녀는 단장의 저주를 풀어냈다. 유리엔이 테레사에게 검을 겨눈 것을 사과하러 왔을 때 직접 알려 주었다. 살의를 흡수하는 방식이었다고.

에키네시아의 병문안을 가서 쿠키를 주었을 때 그녀가 지었던 표정이 갑자기 떠올랐다. 기대하지 않았던 호의에 당황하고, 어쩔 줄 몰라 하면서도 기뻐하던 얼굴. 생생한 사람의 얼굴이었다. 그때에도 그녀는 마검을 가지고 있었다. 그러므로 그녀는.

테레사는 흐릿하게 웃으며 말했다.

"디몽기오사 오너로서, 에키네시아 로아즈가 바르데르기오사 오너임을 인정합니다."

유리엔은 테레사를 향해서도 살짝 고개를 숙여 보였다. 나이가 어려서 이 자리에 부르지 못한 엘기오사 오녀와 에키네시아 본인을 제외하면 현존하는 모든 기오사 오녀가 동의한 셈이다. 이제 남은 것은 수아드 총행정관뿐이었다.

수아드는 순식간에 바뀌어 버린 분위기에 눈썹을 모았다. 그녀는 에키네시아 로아즈에 대해 알지 못했다. 그래서 가지고 있는 정보와, 창천과 아젠카에 유리한 방향이라는 목적과, 합리만으로 판단했다.

"지금은 괜찮다고 해도, 그녀가 끝까지 살의에 잠식되지 않는다는 보장이 있습니까? 그녀가 완벽하게 마검을 통제하고 있는 게 확실한가요?"

유리엔은 거짓말을 하고 싶지는 않았다. 거짓으로 에키네시아가 돌아올 자리를 만드는 것은 의미가 없는 짓이다. 그래서 그는 솔직하게 의문에 답했다.

"그녀 자신이 이성을 잃어버리거나 미치지 않는 한, 그녀는 바르데르기오사를 통제할 수 있다."

"그건 이성을 잃으면 통제할 수 없다는 뜻이잖습니까. 신도 아니고 사람이 평생 제정신으로 산다는 게 말이 됩니까? 군주보다 뛰어난 제니스라면서요. 그녀가 잠시라도 정신이 나가면 다 죽는단 소리 아닙니까? 총행정관으로서 그런 위험을 감수할 수는 없습니다."

수아드는 속으로 한숨을 푹푹 쉬었다. 혼자 반대하니 악역 같은 꼴이었다. 그래도 그녀는 자신의 역할을 저버릴 수 없었다.

에키네시아 로아즈를 창천의 이름으로 기오사 오녀로 인정하는 것은 위험 부담이 컸다. 그녀가 황자를 공격한 일은 어떻게 넘긴다 쳐도, 만에 하나 에키네시아가 악마가 되어 버리면 끝장이었다. 그녀를 기오사 오너로 인정한 창천이 모든 책임을 지게 된다. 희생자가 발생하면 지금까지 창천이 유지해 온 명예와 이름이 하루아침에 송두리째 시궁창에 처박힐 터다.

깐깐해져야 했다. 다른 사람들이 믿을 때도 끝까지 의심하고 최악을 대비해야 했다. 그것이 기사인 아젠카의 군주를 대신해 행정을 총괄하는 총행정관의 임무였다.

물론, 수아드가 이렇게 일할 수 있는 것은 유리엔이라는 군주가 그녀의 역할을 온전히 이해하고 있는 덕이었다. 유리엔은 수아드의 반대에 분노하지도 압박하지도 않았다. 대신 차분히 말했다.

"그런 일은 없을 것이다. 만에 하나 그리되더라도, 그때에는 내가 그녀를 진정시키겠다."

"군주께서 그녀를 막을 수 있습니까? 분명 그녀가 군주를 압도한다고……."

"총행정관, 내가 성검으로 살의에 물든 자들을 되돌렸던 것을 잊었나?"

수아드가 아, 하고 깨달은 듯한 표정을 짓더니 화들짝 놀라며 안경을 치켜 올렸다.

"군주님, 그, 그 방법으로 마검의 악마도 진정시킬 수 있습니까?"

"마석 목걸이는 바르데르기오사의 살의로 만들어진 것이다. 그것을 정화해 보았으니 가능하다. 살의를 흡수하여 성검으로 변환, 배출하는 원리 자체는 동일할 터. 게다가 그녀가 아무리 강하다 해도 나 또한 제니스니, 살의를 흡수할 틈 정도는 낼 수 있다."

유리엔의 설명에 수아드가 생각에 잠겼다. 유리엔은 빈말을 하지 않는다. 실제로 로아즈에서 마검에 물든 자들을 되돌린 사실도 있었다. 대부분 미쳐 죽었다지만, 가장 강한 기사였던 데릭이라는 자는 살아남았다고 들었다. 정신력과 체력의 차이인 듯하다고 했다.

마검의 주인이 이성을 잃어 악마가 된다고 해도 막을 방법이 있다면 이야기가 달라진다. 학살의 위험만 아니라면 바르데르기오사 오너를 인정하는 건 아젠카의 총행정관으로서도 찬성해야 할 일이었다.

새로운 기오사 오너의 탄생은 결코 가벼운 문제가 아니었다. 수아드는 머릿속으로 계산을 시작했다. 바론과 테레사는 조용히 기다렸고, 예언을 팔아 우길 문제가 아니었으므로 대신관도 참견하지 않았다. 에키네시아 로아즈를 마검의 주인으로 공표하려면 필수적으로 해결해야 할 문제이기도 했다.

계산이 끝났다. 수아드는 제안을 내놓았다.

"증명식이 필요합니다. 그녀가 바르데르기오사 오너임을 보여 주고, 안전하다는 것을 증명할 수 있는 공식적인 행사 말입니다. 성검의 주인이 악마의 제어자라는 것도 보여 주어야 합니다. 그래야 안심시킬 수 있습니다."

"그건 그녀를 인정하는 것에 동의한다는 뜻인가?"

"네, 조건부로 말이지요."

수아드가 고개를 기울였다.

"아젠카뿐만 아니라 각국 대사를 모조리 초대하여 제대로 된 증명식을 치러 내면 인정할 수 있습니다. 대신관님이 적극 지지하신다고 했지요? 대신전의 보증도 대대적으로 선전합시다. 예언이 있었다는 것도 포함해서. 그래도 되겠습니까?"

그녀가 대신관을 돌아보며 물었다. 대신관은 한쪽 눈썹을 들어 올리더니 천천히 고개를 끄덕였다.

"물론입니다, 총행정관. 대신전은 최선을 다해 지원할 것입니다."

"알겠습니다. 증명식 일시는 제국의 빌어먹을 호두알부터 좀 처리하고 나서……. 죄송합니다. 크흠. 큼. 어쨌든 증명식은 제국의 내전이 마무리된 후에 진행하는 것이 좋겠습니다."

"구체적으로 어떤 증명을 하자는 건가?"

"그건 차차 논의하도록 하죠. 어쨌든 최대한 화려하게 증명해야 합니다. 일반인들도 볼 수 있도록. 역사상 최초로 바르데르기오사 오너가 탄생했다고, 대륙 구석구석까지 소문이 퍼질 정도로 말이에요."

방향을 결정한 이상 미적거릴 이유는 없었다. 수아드는 매우 적극적인 태도로 의견을 내었다. 듣고 있던 테레사가 고개를 갸웃거렸다.

"총행정관, 그렇게까지 화려하게 진행해야 할 이유가 있습니까?"

"거창하게 증명해서 마검의 소유자를 '악마'가 아니라 '바르데르기오사 오너'로 인식을 바꿔 놓는 것이 중요합니다. 만약 위급한 사태가 벌어져서 단장님이 수습하게 되더라도, '역시 악마잖아'라는 말이 아니라 '바르데르기오사 오너가 실수를 했군'이라는 말이 나오도록 말입니다."

수아드는 안경 너머로 눈꼬리를 휘며 덧붙였다.

"인정할 거면 확실하게, 제대로 해야죠. 쓸데없는 소문이나 의심이 나오지 않게."

회의가 끝난 후, 유리엔은 대신관과 독대했다. 단둘이 남자 대신관이 먼저 입을 열었다.

"성검의 주인께선 그녀에 대해 어디까지 알고 계십니까?"

"무슨 뜻이지?"

"그녀가 순례자임을 알고 계신 건지 여쭙는 겁니다."

"……순례자?"

처음 듣는 표현이었다. 유리엔의 의문에 대신관이 순순히 답했다.

"순례자란 카이로스기오사의 시험을 통과함으로써 신께서 인간을 위해 예비해 둔 기적을 얻은 분을 일컫습니다. '시간의 검이 자격 있음을 인정했으니, 곧 신의 뜻이 순례자께 있음이라. 신의 종들은 그 걸음을 거스르지 말지어다.'"

대신관은 작게 성호를 긋고, 신관들의 표현보다 좀 더 구체적인 표현으로 다시 설명했다.

"우리는 이미 흘러간 시간을 되짚어 과거로 돌아오신 분을 순례자라 부릅니다."

전혀 예상하지 못했던 이야기다.

[맙소사, 대신전이 알고 있었다고? 대체 어떻게? 카이로스기오사가 알려주기라도 한 건가?]

성검이 당황했다. 유리엔은 경악을 간신히 감추고 대신관을 응시했다.

"그녀가 시간을 되짚어 과거로 돌아왔다고? 대신전은 대체 어떻게 그것을 알았지?"

"카이로스기오사가 사용되었는데, 모르는 것이 더 이상하지 않겠습니까? 아젠카의 신관들은 평생을 바쳐 신을 섬기며 신검을 모시는 몸입니다."

대신관은 부드럽게 웃어 보였다.

"누가 순례자인지는 최근에야 확신했지만, 순례자가 나타났다는 사실 자체는 처음부터 알고 있었습니다. 존재를 알아도 순례자가 스스로 자신을 드러내지 않는 한 참견하지 않는 것이 원칙이라 침묵하고 있었을 뿐입니다. 첫 번째 순례자가 나타났을 때 대신전이 그러했듯이 말입니다."

"첫 번째 순례자라면…… 전설 속의 마검사 말인가."

"등장한 시기는 일치합니다만, 마검사에 대한 기록은 정확한 것이 없어 확신할 순 없습니다. 아마도 그분이리라는 추측만 있을 뿐입니다. 대신전은 카이로스기오사의 변화를 통해 순례자의 존재만을 알 수 있을 뿐 누구인지는 알지 못하니까요."

대신관은 에키네시아가 어떻게 시간을 되돌렸는지까지는 모르는 모양이었다. 그녀가 어떤 악몽을 겪었는지도. 다행인지 불행인지 모를 일이었다. 유리엔은 호흡을 고르고 다시 물었다.

"카이로스기오사가 어떤 변화를 보였기에 대신전이 알 수 있는 건가?"

"카이로스기오사는 시간을 관조하는 검, 따라서 언제나 깨어 있는 검입니다. 그러나 세계 전체의 시간을 되감아 새롭게 편성한다는 거대한 기적을 일으키고 나면 일정 시간 동안 휴식을 위해 잠들 수밖에 없지요. 그리되면 칼날을 타고 시시각각 흐르던 빛이 완전히 사라집니다. 3월 17일의 새벽에 바로 그 현상이 발생했습니다."

"그래서 알게 된 거로군."

"예. 과거, 첫 번째 순례자가 나타났을 때 그 현상을 목격한 당대의 대신관께서 몹시 당황하자, 휴식을 끝낸 신검이 신어를 속삭여 주었다고 합니다. 그 기록이 대대로 전해 내려오고 있지요. 그래서 그 현상의 의미를 알 수 있었습니다."

"혹, 이번에도 신검이 예언을 주었나?"

"엄밀히 말하면 신어이지, 예언이 아닙니다. 일어난 기적에 대한 설명에 가까운 신어를 들었습니다."

"그렇군……."

[나는 전혀 몰랐던 사실이다. 바르데르도 모르는 것 같았고. 하지만 듣고 보니 대신전이 눈치를 못 채는 게 더 이상하겠군. 매일같이 신검을 지켜보고 기록하는 자들 아니냐.]

성검이 신음을 흘리며 말했다. 유리엔은 망설이다 물었다.

"대신관. 내게 그대가 들은 신어에 대해 알려 줄 수 있는가?"

"자세한 내용은 순례자 본인이 아니면 말씀드릴 수 없습니다. 순례자에 대해 이렇게 언급하는 것 자체가 대신전으로서는 이례적인 일임을 이해해 주셨으면 합니다."

"……알겠다. 충분히 이해했다."

고개를 끄덕인 그는 다른 것을 물었다.

"순례자가 누구인지도 최근까지는 모르고 있었다고 했지. 어떻게 그녀가 순례자임을 확신했고, 왜 나서게 되었는지는 답해 줄 수 있나?"

"작금의 상황과 마검에 물들지 않는 마검의 주인이라는 것, 그분이 달성한 비정상적일 정도의 경지를 보고 에키네시아 로아즈 님이 순례자임을 확신했습니다. 스스로를 드러내지 않으셨기에 침묵을 유지하려 했으나, 순례자께서 삿된 존재로 몰릴지도 모르는 상황이라 융통성을 발휘하기로 결정했지요."

"그래서 그녀를 보증하겠다고 나선 거로군. 정말로 큰 도움이 되었다. 진심으로 감사한다. 무언가 원하는 것이 있는가?"

대신관이 손사래를 쳤다.

"아닙니다. 신검에게 기적을 일으켜도 되는 존재로 인정받았다는 것은 곧 신이 인정한 사람이라는 뜻, 순례자를 지원하는 것은 대신전의 의무이자 영광이지요."

아르 세밧티엠. 성호를 그은 대신관이 빙긋 웃어 보였다.

"그저 나중에…… 순례자께서 허락하신다면, 한 번쯤 대화를 나눠 보고 싶긴 합니다. 신의 기적을 그 혼으로 직접 만들어 낸 분이시니."

기오사 오너 중에 에키네시아에 대한 공식 성명에 아직 동의하지 않은 것은 성녀 샤이뿐이었다. 유리엔은 다른 기오사 오너들과 총행정관, 대신관의 서명이 담긴 서류를 들고 성녀를 찾았다. 샤이는 창천기사단 본부 내에 있는 란셀리드 로아즈의 병실에 있었다.

"이제 잘 보이나요? 제가, 이런 치료는 처음이어서……."

조심조심 묻는 소녀의 음성이 방 밖으로 들려왔다. 문 밖에 서 있던 수석 신관 아론이 다가오는 유리엔을 발견하고 조용히 인사를 했다. 유리엔은 병실에 들어가지 않고 잠시 기다렸다.

"괘, 괜찮습니다, 성녀님. 아주 잘 보여요."

"어디 아픈 곳은 없나요? 조금이라도 이상한 곳이 있으면 말씀해 주세요.'

"성녀님, 마, 말씀을 낮춰 주십시오. 성녀님께서 치료해 주신 것만으로도 영광이어서……."

"아니에요. 제가 제대로 치료하지 못해서 그동안 불편하게 지내셨잖아요. 에키 언니가 아플 때도 도움이 안 되었는데……. 정말 저는 여러모로 부족해서."

란셀리드가 더듬거리며 답하고, 성녀가 시무룩하게 대꾸했다. 소년이 이상하다는 듯 묻는 것이 들렸다.

"누님을 아세요? 성녀님께서 어떻게?"

현재 별장에서 보호하고 있는 로아즈 백작 부부에게는 대부분의 사정을 설명했지만, 내내 병상에 있었던 란셀리드 로아즈는 에키네시아에 대해 전혀 알지 못하고 있었다.

"그럼요. 전 언니 덕분에 아젠카에 올 수 있었는걸요. 에키 언니는 정말로 강하고 대단한 사람이에요."

음성만으로도 성녀가 한껏 뺨을 붉히고 있다는 게 느껴졌다. 란셀리드가 황당하다는 듯 '네? 누님이 어떤 사람이라고요?'라며 되묻는 소리가 들렸다. 유리엔은 더 듣는 것은 무례한 일이다 싶어 약간 물러서서 다른 생각을 했다.

란셀리드 로아즈는 인질로 붙잡혔던 당시의 일을 거의 기억하지 못했다. 대체로 정신을 잃고 있는 상태였고, 극심한 고통까지 겪었으니 충격으로 잊을 만도 했다. 차라리 잊어버리는 게 나았기에 유리엔은 딱히 소년의 기억을 되살리려 하지 않았다. 란셀리드의 증언이 없어도 2황자가 저지른 짓을 증명할 방법은 많았다.

잠시 후에 샤이가 병실을 나왔다. 소녀는 복도 끝에서 기다리고 있는 유리엔을 보고 깜짝 놀란 표정을 지었다.

"단장님?"

"그대에게 부탁할 것이 있어 왔다."

유리엔은 차근히 창천 기사단이 발표할 공식 성명에 대해 설명했다. 글자를 익힌 지도 얼마 되지 않은 샤이로서는 알아듣기 어려운 내용이 많아서 상당한 시간이 걸렸다. 겨우 이해한 소녀는 감탄하며 양손을 모아 쥐었다.

"언니도 기오사 오너였군요! 역시……!"

"그녀가 바르데르기오사 오너임을 창천이 공식적으로 인정하려 한다. 다른 이들이 쉽게 납득하기 어려운 문제라, 기오사 오너들 모두가 동의한다는 것을 보여 주는 편이 낫다. 그래서 그대의 서명이 필요하다. 동의할 수 있겠나?"

샤이가 큰 눈을 깜박였다.

"언니가 바르데르기오사 오너라는 걸 사람들이 믿지 못하나요? 왜요?"

"바르데르기오사는 살의와 악의로 만들어진 마검이고, 지금까지 마검을 쥔 사람들은 모두 학살하는 악마가 되었다. 그러니 의심할 수밖에."

"하지만 언니는 사람을 죽이고 싶어 하지 않는걸요. 보기만 해도 알 수 있잖아요?"

샤이는 이해할 수 없다는 듯 고개를 갸웃거렸다. 유리엔은 희미한 쓴웃음을 띠었다.

"두렵기 때문에 믿기 어려운 것이다."

"사람들이 언니를 무서워하나요?"

"그녀가 실수하면 죽게 되니, 어쩔 수 없는 일이다."

"모두가 무서워하지 않아도 되는 방법은 없나요?"

"믿음이 만들어지고, 상식이 바뀌고, 공포가 가시려면 시간이 필요하겠지. 창천이 공식적으로 그녀를 인정하는 것은 그 시간을 줄이기 위한 방법이다."

"그러니까…… 언니를 믿어도 된다고, 모두에게 대신 말해 주는 건가요? 그런 거라면 저, 얼마든지 할 수 있어요."

조그만 이마에 주름을 만든 채 고심하던 샤이가 열심히 말했다. 유리엔은 잠시 말문이 막혔다가 조금 더 부드러워진 음성으로 답해 주었다.

"그래. 여기에 서명하고 동의한다는 건 바로 그런 뜻이다. 더불어 만에 하나 그녀가 실수를 저지르려 할 경우, 우리가 막겠다는 뜻이기도 하다."

"언니는 실수하지 않을 거예요. 그래도 만약에 언니가 실수를 하게 되면…… 단장님이나 다른 분들이 막아 주실 거잖아요? 저는 언니를 막을 순 없겠지만, 다친 사람들을 치료할 수는 있으니까……. 그러니까 괜찮다고 생각해요."

샤이는 머뭇거리면서도 야무지게 답하고는, 유리엔이 내민 종이에 삐뚤빼뚤한 서명을 남겼다.

"다들 언니를 무서워하지 않았으면 좋겠어요. 언니는 정말로 좋은 사람인 걸요."

소녀가 수줍게 웃었다.

1629년 9월 1일.

제국의 황태자 크루엔 드 하르덴 키리에가 황제 로라스 드 하르덴 키리에를 향해 반기를 들었다. 내전이 시작되었다.

귀족들의 사병 위주로 구성된 황태자군은 제국군에 비하면 명백히 열세였다. 귀족 대회의에서 달아난 황태자가 자리를 잡은 성을 제국군이 침공하면서 벌어진 첫 전투에서 황태자군은 대패했다. 황태자는 빠르게 성을 포기하고 간신히 군을 보전하여 후퇴했다.

그러나 제국군의 압도는 오래가지 않았다. 명분이 황태자에게 존재했기 때문이었다.

마검에 대한 음모가 알려지면서 중립을 지키던 자들이 대부분 황태자에게 합류했다. 각 지역을 지키는 방위 기사단들의 합류가 결정적이었다. 방위 기사단이 포함된 황태자군은 제국군을 상대할 만했다.

후퇴하는 황태자군을 추격하던 제국군은 리비오레강 인근에서 벌어진 전투에서 방위 기사단의 매복으로 상당한 피해를 입었다. 제국군의 추격이 늦춰지자 황태자군은 거점을 마련하고 군을 정비했다.

그 무렵에 아젠카에서 파견된 창천 기사단의 일부가 황태자군 진영에 도착했다. 제국 출신의 창천 기사 그레고리가 이끄는 지원군이었다.

지휘체계의 혼선을 방지하기 위해서 창천 기사단장은 황태자군에 합류하지 않았다. 기오사와 관련된 문제라 해도 결국 제국 내의 내전이므로 기오사 오너들 또한 움직이지 않았다. 내정 간섭이라는 비판을 피하기 위해서였다.

창천의 원군은 제국 출신의 기사들과 지원자를 중심으로 꾸려졌다. 수는 얼마 되지 않았으나 제국군과 황태자군 사이의 균형을 기울게 하기에는 충분했다. 마스터는 혼자서 부대에 필적하는 존재인 데다, 동형한 준기사들도 어지간한 기사 대여섯 명 몫은 해내는 덕분이었다. 그때부터 황태자군은 제국군을 밀어붙이기 시작했다.

황태자는 내전을 길게 끌고 싶지 않았다. 창천 기사단이 합류한 후의 첫 전투에서 제국군을 상대로 크게 승리하자, 속전속결로 제도를 향해 진격했다. 경분도 군세도 밀리는 제국군은 쉽사리 와해되고 투항해 왔다.

11월 23일, 내전이 발발한 지 약 3개월 만에 키리에 제국의 수도 하르덴이 황태자군에 포위되었다.

남은 제국군은 얼마 되지 않았다. 함락은 시간문제로 보였다. 그러나 상황은 예상치 못한 방향으로 흘러갔다. 황제가 제도를 버리고 갈로서스 요새로 도주했다. 황제의 상징인 은사자 인장과 주요 문건을 포함한 핵심적인 것들을 챙긴 채였다.

근위 기사단 전체와 남은 제국군, 현자 헤레이스 리어폴드와 그녀를 따르는 마법사들, 그리고 디아샹트 공작의 수족들과 이제 와서 변절할 방법이 없어 남은 2황자파 귀족들의 사병이 갈로서스 요새에 모여들었다.

좁은 길 외에는 깎아지른 절벽이라는 천혜의 지형에 세워진 갈로서스는 지금까지 한 번도 정복된 적이 없는 난공불락의 요새였다. 그 안에서 황제는 타국에 원군을 청하는 사신을 보냈다. 동시에 항복을 권하는 황태자군의 사절단을 억류했다.

황태자군의 갈로서스 공성전은 처참한 대패를 기록했다. 산을 돌아 요새에 잠입하려던 황태자군의 일부는 현자와 마법사들에게 차단되었다. 갈로서스는 뚫리지 않았다. 내전은 지지부진한 농성전으로 흐를 기미가 보였다.

그리고 12월 1일, 갈로서스 공성전 대패로 인해 골머리를 앓고 있던 황태자군에 마검의 주인이 나타났다.

내전이 진행되는 동안 에키는 쐐기가 마련해 준 안가에서 줄곧 머물렀다.

그녀는 창천 기사단이 바르데르기오사 오너를 어떻게, 왜 인정하겠다는 것인지를 던컨에게 알아 오라고 시켰다.

던컨은 힘들게 창천 내부를 조사하고 다니는 대신 간단하고 쉬운 방법을 사용했다. 창천 기사단장에게 대놓고 묻는 편지를 보냈다. 던컨의 예상대로 창천 기사단장은 꼼꼼하게 설명한 답장을 보내 주었다. 던컨이 아니라 에키네시아에게 보내는 답장이었다.

에키는 기오사 오너 전원의 동의와, 대신전의 지지와, 총행정관의 조건부 인정에 대해 설명한 편지를 받았다. 그녀는 그 행간에서 유리엔의 노력을 읽었다. 그리고 며칠간 고민에 빠졌다.

그는 정말로 그녀가 돌아갈 자리를 만들고 있었다. 그녀가 포기하려 했던 것을 되돌리기 위해 노력하고 있다. 게다가 지워진 과거에는 그녀의 손에 죽었던 기오사 오너들이 그녀를 인정하고 지지하겠다고 한다. 다뜻한 뜨먹함이 차올라서 어지러워졌다. 그 어지러움 속에서 그녀는 지워 버린 과거를 떠올렸다.

"유리엔? 역대 최악의 단장이지. 그따위 악마를 동정하는 바람에 기사단 자체가 사라졌잖아."

뒷골목의 정보 상인이 했던 말. 그 말에 분노를 참지 못하고 살의에 물들어 그자를 토막 내 버렸던 기억. 그럼에도 그 말을 부정하지는 못했던 비참함.

이번에도 또 우리엔은 자신의 모든 것을 내걸고 그녀에게 기회를 주려 한다. 그의 믿음을 배반하고 마검을 이겨 내지 못해서 아젠카를 몰살시켰던 그녀에게. 기쁘면서도, 딱 그만큼 두려워졌다.

'만약. 정말 만약에, 마검의 제어에 실패하면 어떡하지? 독을 마셨을 때처럼, 로아즈 참사에 대해 들었을 때처럼, 참지 못하게 되면……. 그럼, 나를 믿어 준 대가로 유리엔은 또…….'

실수하는 것을 상상해 보았다. 겪어 본 일이었기에 더 생생하고 끔찍하게 떠올랐다. 헛구역질이 나올 정도로 그통스러운 상상이었다. 그녀는 파랗게 질린 얼굴로 손바닥의 문양을 바라보았다.

차라리 실수하지 않도록 꾸준히 사람을 죽일까. 죽여도 괜찮은 자들을 찾아서. 전에 회색 산맥에서 습격해 온 암살자들을 죽였더니 확실히 살의를 참기가 편해졌는데. 간간이 살의를 해소해 주면…….

불현듯 그런 생각을 했다. 그리고 그런 생각을 한 자신에게 소스라치게 놀랐다. 진저리가 쳐졌다.

'일상을 유지하기 위해 사람을 죽인다고? 미쳤구나. 그게 죽여도 될 만큼 나쁜 사람인지 아닌지는 상관없어. 그렇게 살고 싶진 않아. 그렇게 살아선 안 돼.'

지키기 위해, 적에 맞서기 위해 베는 것과는 다른 문제였다. 살의의 해소가 일상의 일부가 되는 순간 그녀는 서서히 망가져 갈 것이다. 그 끝은 악마와 다름없을지도 모른다. 그녀는 절대로 그런 삶을 살고 싶지 않았다.

바르데르기오사를 버리고 싶었다. 이걸 포기해 버리면 얼마나 편할까. 하지만 그녀는 마검을 버릴 수가 없었다. 지워 버린 시간들을 잊어서는 안 된다. 그녀는 유리엔이 성검을 버리고 나서 기억이 엉망진창이 되었던 것을 보았다.

"......다른 기오사를 각성시키려면 얼마나 걸릴까."

[주인이라면 분명히 다른 녀석도 각성시킬 수 있겠지만, 그래도 꽤 시간이 걸릴걸? 각성 조건을 정확히 모르니까 말이야. 팔란타기오사는 어쩐지 쉽게 각성시킬 것 같지만......]

마검은 풀이 죽은 어조로 그녀의 혼잣말에 답했다. 에키는 대꾸하지 않고 세운 무릎에 얼굴을 파묻었다. 마검이 강아지처럼 낑낑거리는 소리를 내더니 그녀를 불렀다.

[있잖아, 주인아.]

"......"

[넌 내가 싫은 건 아니지? 그치? 나한테 누적되는 살의에 휘둘리는 게 싫은 거잖아. 그거만 아니면 나 괜찮지?]

"맨날 사람 죽이자고 하는데 괜찮기는."

[야, 말만 그렇지 널 조종하는 것도 아니잖아! 희망 사항 정돈 말할 수도

있지!]

"시끄러워."

에키가 오른손을 움켜쥐었다. 마나를 흘려 넣자 마검이 징징거렸다.

[아! 아! 따갑잖아! 우씨, 난 진지하단 말이야! 주인아, 진짜 내가 싫어? 살의 아니라도 싫어? 나 꽤 착하지 않아?]

"전에 말했잖아. 함부로 사람 죽이자는 소리 안 하면 착한 검으로 인정해 주겠다고."

그녀는 건성으로 대답하고 다시 무릎에 고개를 묻었다.

바르데르기오사 오너로 인정하겠다는 창천의 성명과, 그녀를 위한 자리를 만들고 있는 유리엔을 보고서도 마냥 기뻐할 수가 없었다. 돌아갈 자신이 없다. 조금 전, 아무렇지도 않게 살인을 수단으로 생각한 스스로를 보니 더욱. 유리엔이 그녀를 믿어 주기 때문에 더욱.

그리그 그가 정말로 모든 기억을 되찾은 건지, 그녀가 알던 그로 되돌아온 건지도 확신할 수가 없어서. 다시 마주했을 때 기억을 되찾았는데도 불구하고 원래의 그와 다르다면 더는 못 견딜 것 같아서.

에키. 그가 편지에 쓴 그녀의 애칭을 떠올리며 그의 목소리를 상상해 본다. 그립다. 괜찮을 거라 생각한다. 그녀가 알던 그로, 세상에서 유일하게 그녀를 이해할 수 있었던 그로 되돌아왔으리라고 믿는다.

그럼에도 만에 하나, 그렇게 믿고 만났는데도 유리엔이 예전 같지 않다면. 영원히 예전 같은 관계로는 돌아갈 수 없다는 것을 깨닫는다면, 충격 받지 않을 자신이 없었다.

'한순간이라도 이성을 놓아 버리면, 나는…….'

그녀는 지나치게 강했다. 예전보다도 더 강해졌다. 몸이 덜 만들어졌다 해도 마나를 활용하는 동안에는 그것도 단점이 되지 못한다. 마나 실드까지 익혀 버렸으니.

가짜 마검에 물든 유리엔을 되돌리기 위해 떠나면서 부단장에게 썼던 편지에, 에키는 자신이 악마가 되었을 경우 어떻게 막아야 하는지를 상세히 써 놓았었다. 그 편지를 쓰면서도 어이가 없어 웃음이 나왔다.

악마가 된 자신을 적으로 놓고 막을 계획을 짜려니 정말이지 막막해서. 스스로를 죽일 방법에 대해 미친 듯이 고민하는 상황이 비극인지 희극인지 알 수가 없어서.

또다시 마검에 휘둘려 소중한 사람을 해칠 바에야 영원히 돌아가지 않는 게 나았다. 행복한 풍경 속에 들어가지 못해도 멀리서 지켜볼 수 있다면 괜찮지 않을까. 그 속에 있다가 제 손으로 망가뜨리는 것보다는 홀로 떠도는 삶이 낫다.

'무서워.'

양손으로 얼굴을 덮었다. 겁이 났다. 스스로를 믿을 수가 없어졌다. 완벽하게 통제할 자신이 없다. 오랜 악몽과 도사리고 있던 공포가 코끝까지 차올라 숨을 벅차게 한다. 어떻게 해야 할까.

역시 마검을 버리고 다른 기오사를 각성시키는 방법뿐인가. 자신이 오너 조건을 충족한 기오사가 어떤 건지는 잘 알고 있다. 그중에서 각성시킬 수 있을 만한 기오사가 뭔지도 안다. 다만 실제로 각성시켜 본 적이 없기에 얼마나 시간이 걸릴지는 알 수 없었다.

또 한 가지 걱정스러운 것은 기억의 범위였다. 기오사는 지워진 시간들을 품고 있으나 그 범위는 아마도 그 기오사가 겪은 일에 한정될 것이다.

그녀는 신검을 제외한 모든 기오사를 모았으므로 어떤 기오사를 각성시키든 자신의 과거에 대해 기억할 수 있겠지만, 언제나 함께 있었던 마검만큼 완벽한 기억을 얻지는 못할 터다.

전에는 회귀했다는 것 정도만 알면 될 것 같아 별로 걱정하지 않았던 일이었다. 하지만 기억을 잃어버린 유리엔을 보고 나니 그 점이 몹시 걱정되었다. 짐작했던 것보다 영향이 심했다. 누구도 실험해 보지 않은 일이니 실제로 어떤 식으로 기억하게 될지 확신할 수가 없다.

게다가 기오사를 얻으려면 창천으로 돌아가야 했다. 훔쳐 낼 게 아니라면, 결국 유리엔과 마주해야 하고 바르데르기오사를 증명해야 한다는 건 똑같았다.

'처음 계획했던 대로 모든 것을 숨기고 시간을 들였다면 여러모로 훨씬 나았을 텐데. 마검을 가진 채로 다른 기오사를 각성시켜서 기억이 어떻게 될지를 확인할 여유도 있었을 거고……'

그래도 전부 드러내 버린 것을 후회하지는 않는다. 유리엔을 잃어버릴 순 없었으니까.

속은 엉망진창으로 헤져 가고, 복잡해진 머리는 터져 버릴 것 같다. 입술을 꽉 깨무는데 한동안 조용하던 바르데르기오사가 다시 말을 꺼냈다.

[주인다, 있잖아, 네가 이성을 잃을 때 내가 말릴 수 있게 되면, 나 안 버릴 거야?]

에키는 멍하니 고개를 들었다. 저게 무슨 소리지?

"……뭐? 말린다고? 네가?"

[어, 사실 성공한 건지 못 한 건지도 구별이 안 가고 혼자서는 확인하기도 어려워서, 아직 자신은 없는데……]

마검은 성검과 함께 논의했던, 문양을 통해 자아를 유지하는 것에 대해 그녀에게 설명해 주었다. 상상도 해 보지 않았던 이야기에 에키는 경악했다.

"그런 게 가능해?"

[랑이랑 같이 이것저것 시험해 보긴 했거든. 내 문양이 의미 없는 장식이 아닐 거라는 건 랑도 동의했고. 근데 솔직히 잘 모르겠어.]

"둘이서 무슨 얘길 자꾸 하나 했더니."

[아무튼! 열심히 하고 있단 말이야! 주인아, 성공하면 나 안 버릴 거지? 그러니까, 어, 음, 그래도 버릴 정도로 내가 싫진 않지?]

마검은 뺙 고함을 지르다 말고 뒤로 갈수록 목소리를 조그맣게 줄였다. 눈치를 보는 기색이었다.

그녀가 살의에 물들어 이성을 잃어버리더라도, 마검이 자아를 유지할 수 있다면? 전혀 예상하지 못한 쪽에서 새로운 가능성이 열렸다. 의외인 만큼 강렬한 가능성이었다. 지금까지 전신을 파헤치던 고뇌와 공포가 일순 잠잠해졌다.

에키는 망연히 오른 손바닥의 검은 문양을 내려다보았다. 마검이 이런 생각을 하고 있을 줄은 몰랐고, 이렇게 버려지기 싫어할 줄도 몰랐다. 대놓고 버리겠다고 말해도 투덜거리기만 하지 심각하게 생각하지 않는 것 같아서 아무렇지도 않게 받아들이는 줄 알았는데.

'그러고 보니 아무도 못 죽이게 되더라도 나랑 잘 지내고 싶다고도 했었지…….'

기묘한 기분이 들었다. 그녀에게 바르데르기오사란 악몽 그 자체였으나, '발'은 마냥 증오할 수만은 없는 존재였다. 발치에 맴돌며 종아리에 이마를 비비는 못나고 성질 나쁜 강아지를 보는 심정과 비슷했다. 그녀는 무심코 왼손으로 손바닥의 문양을 쓰다듬었다. 마검이 기겁했다.

[주인아, 때리려면 바로 때려! 괜히 겁주지 말고!]

에키는 피식 웃었다. 마냥 철없는 줄 알았던 마검이 이런 노력까지 한다면, 그녀도 어떻게든 해 봐야 하지 않을까.

지금까지 한 고민이 결국 도피에 가깝다는 것은 자각하고 있었다. 자신은 실패가 두려워서, 이미 겪어 본 악몽을 또 겪을까 두려워서 조금의 위험이라도 피하고 싶은 거다. 유리엔도, 아젠카의 사람들도 그녀를 믿어 주겠다고 하고, 마검마저 이렇게 노력하는데 아무것도 해 보지 않고 도피해 버릴 순 없었다.

그렇다고 뭐든 잘될 거라 막무가내로 믿기에는 치러야 할 대가가 너무 크다. 그녀는 나지막이 중얼거렸다.

"해 볼까."

[뭘?]

"네 주인이 되는 것."

[엥? 무슨 소리야? 넌 이미 내 주인인데?]

그녀는 가만히 손을 말아 쥐었다. 유리엔이 편지에 썼던 바르데르기오사 오너라는 증명. 그는 구체적인 방법은 논의 중이라고 했었다.

'창천과 유리언에게 책임을 넘기지 말고, 스스로 증명해 보자. 내가 정말로 살의를 통제할 수 있는지도 시험해 볼 겸. 나를 시험해서 성공한다면…… 그때 돌아가는 거야.'

그런 결심이 들었다.

황태자 크루엔 드 하르덴 키리에는 이런 사태를 전혀 예상하지 못했다.

에키네시아 로아즈는 황태자군의 진영에 맨몸으로 나타났다. 후드 차림, 손에 든 건 어디서든 살 수 있는 흔한 칼 한 자루.

지키던 병사들이 진영에 접근하는 그녀를 보고 누구냐고 물으며 창을 겨누자 그녀가 후드를 벗었다. 후드에 가려져 있던 엷은 분홍색 머리카락이 쏟아져 내렸다. 그 머리카락을 보고도 그녀가 누구인지 모를 수는 없었다.

군영 전체에 비상이 걸렸다. 내전이 발발하고 창천이 성명을 내면서 황제가 내렸던 수배는 유명무실해졌으나, 황태자가 아직 제위에 오르지 못했으므로 수배 자체는 남아 있었다. 그녀가 악마인지, 바르데르기오사 오너인지는 아직 확실해지지 않았다.

그녀는 활이 겨누어지든 말든, 군영 내의 창천 기사단과 마스터급 기사들이 모조리 몰려오든 말든, 팽팽한 긴장감 속에서 태연히 기다렸다.

"황태자 전하를 뵐 수 있을까요?"

악마잖아, 아니, 악마라면 이렇게 가만있을 리가 없는데, 뭐야, 어떻게 된 거야? 창천의 성명대로 정말 마검을 통제할 수 있는 거야? 웅성거림과 의문 속에서 황태자는 직접 그녀를 만나러 갔다. 위험하다고 주위에서 극구 말렸으나 듣지 않았다.

크루엔은 처음으로 에키네시아를 보았다. 그녀는 칼과 창과 활들 사이에서 덤덤한 얼굴로 서 있었다.

'상상했던 것과 다른데. 여러모로.'

기사라기엔 몸집이 가늘었다. 치장하지 않은 상태인데도 머리카락 때문인지 화려한 느낌이다. 그렇다고 강렬한 미인은 아니고, 앳되고 예쁘장했다. 화사한 드레스를 입고 꽃처럼 웃으며 연회장에 있어야 할 것 같은 인상이었다.

그러나 건조한 표정과 눈빛이, 창칼 속에서도 덤덤한 태도가 이질적인 분위기를 형성했다. 저 여자가 마검의 주인이고, 그 유리엔이 미쳐 있는 여자란 말이지.

"에키네시아 로아즈, 맞나?"

"네, 황태자 전하."

그녀가 무릎을 살짝 굽혀 인사하며 답했다. 아젠카식 경례도 아니고, 제국식 기사의 예법도 아니고, 그냥 주억거리는 인사도 아닌 우아한 레이디의 예절이었다. 가죽옷에 후드 차림과는 어울리지 않았으나 그녀 자신의 외모와는 몹시 잘 어울렸다.

황태자는 그 인사를 보고 그녀를 어떻게 대해야 할지 결정했다. 창천의 기사나 악가가 아닌 백작 영애 에키네시아 로아즈로. 그는 단도직입적으로 물었다.

"이곳에는 무슨 일로 왔지, 로아즈 영애?"

에키네시아가 의외라는 듯 눈을 깜박였다.

"체포하지 않으시네요?"

"체포하길 원하나?"

"아뇨, 그건 아니지만요."

그녀가 설핏 웃었다. 군영 안에 들어와 있으면서도 긴장감이라곤 느껴지지 않았다. 긴장하고 있는 건 그녀가 아니라 그녀를 둘러싼 황태자군과 기사들이었다. 에키네시아는 주위를 한 번 둘러보더니, 다시 황태자에게 시선을 주었다.

"황태자 전하께 거래를 청하러 왔습니다."

"……거래?"

"전하께서는 제가 바르데르기오사 오너라는 걸 인정하시나요?"

귀족의 사병들과 창천 기사단이 모여 있는 이 자리에서는 대답하기 몹시 난감한 질문이었다. 황태자는 창천이 성명을 발표하기 전, 유리엔과 논의했던 것을 떠올렸다.

디아상트 공작에 대해 모르고 있었던 데다, 유리엔이 음모에 휘말렸을 때 제대로 도움이 되지 못한 크루엔 황태자는 거의 모든 문제에서 유리엔의 주장을 수용해야 했다.

유일하게 난항을 겪은 것은 에키네시아의 문제였다.

"창천이 인정하겠다고 한다면 제국 역시 그녀를 바르데르기오사 오너로 인정할 수밖에 없겠지. 실제로 그녀로 인한 피해가 있는 것도 아니고, 로아즈 참사를 저지른 자들은 따로 있으니 말이다."

황태자는 속으로 한숨을 쉬었다. 유리엔이 자신을 황제로 만들겠다고 한 후, 은밀히 조사를 한 끝에 그가 사랑하는 여자가 누구인지를 알아냈었다. 위장 약혼에 대해 아는 입장에서는 정황이 너무 뻔해서 알기 쉬웠다.

갑작스럽게 지명된 스콰이어, 에키네시아 로아즈.

그때도 행적이 특이하다고는 생각했었다. 그래도 설마 마검을 굴복시킨 여자일 줄은 몰랐다. 그 유리엔이 반한 여자인 만큼 평범한 여자는 아닐 거라 짐작했지만 이건 너무 스케일이 크지 않은가. 온갖 반발과 의혹이 쏟아질 걸 예상하니 머리가 다 아팠다.

"단, 인정 자체는 그녀가 증명식을 제대로 치러 낸 후로 하겠다. 지금으로선 창천도 완전히 그녀를 인정한 건 아닌 상태잖나."

"알겠습니다. 즉위하신 후에 증명식을 진행할 터이니, 전하께서도 증명식에 참석해 주십시오. 초대장을 보내겠습니다."

제국의 황제가 직접 참석한다는 건 보통 일이 아니었다. 그러나 황태자는 유리엔의 청을 거절하기 어려웠다.

'어차피 인정하려면 직접 보는 게 낫겠지. 게다가…… 정말 증명한다면, 사상 최초로 탄생하는 바르데르기오사 오너다.'

"알겠다. 그건 그렇게 하지. 다만 증명식 이전에 그녀가 자수하도록 해 다오. 처벌은 수위를 최대한 낮추어 형식적으로 할 테니……."

유리엔의 낯빛이 굳었다. 황태자는 이번에는 실제로 한숨을 쉬었다.

"유리엔. 너도 알다시피, 에키네시아 로아즈는 카르엠을 공격했다. 황족을 기습하여 불구로 만든 것을 벌하지 않고 넘어갈 순 없어. 아무리 상대가 2황자라 해도 말이다. 이건 제국의 권위 문제야."

그리 말하며 황태자는 내심 긴장했다. 그로서는 이 문제를 양보할 수가 없었다. 안 그래도 유리엔에게 심하게 의지하여 제위에 오르게 되는 상황이다. 황족을 불구로 만든 여자를 재판조차 없이 용서해 버리면 황제로서의 권위가 흔들릴 터였다. 허수아비 황제가 될 순 없었다.

유리엔이 반박할 경우, 형식적인 재판을 거쳐 말만 감옥인 호화로운 방에서 잠깐 머무는 정도로 끝내면 된다고 설득할 생각이었다. 유리엔 역시 상황을 모르지는 않을 테니 설득할 수 있겠지. 황태자는 조심스럽게 그의 기색을 살폈다.

유리엔은 잠시 침묵했다. 침묵 끝에 그의 입에서 나온 말은 의외의 방향이었다.

"제가 전하께 마검과 얽힌 사건에 대해 알려 드리는 대가로, 원하는 것이 두 가지 있다고 했던 것을 기억하십니까."

"물론 기억한다. 그중 하나는 디아샹트 공녀와의 약혼을 하지 않는 것이었지. 위장 약혼 계획 말이다. 나머지는 후일에 요구하겠다고 했, 이런."

불길한 예감에 말을 하다 말고 황태자가 이맛살을 찌푸렸다. 유리엔은 기다렸다는 듯이 요구했다.

"다른 하나를 지금 요구하겠습니다. 에키네시아 로아즈에게 한정적인 면책 특권을 부여해 주십시오."

면책 특권이 부여되면 특정한 범위 내의 일에 한해서 어떠한 결과가 발생하더라도 법적인 책임을 묻지 않는다. 처벌하지 못한다는 소리다. 황제가 원하더라도 귀족 대회의에서 통과되어야 부여 가능한 특권이었다.

다만 황제 본인은 부여 과정 없이, 범위가 한정되지 않은 전면적인 면책 특권을 가지고 있었다. 현 황제의 공식적인 처벌이 어려운 것도 그런 맥락에서였다.

"……명분이 없으면 불가능하다. 알고 있겠지?"

"그녀는 황실이 악용한 마검의 피해자이자, 마검을 통제하는 것에 성공함으로써 더 큰 피해를 방지해 낸 공로자입니다. 그러니 보상 차원에서 그녀에게 마검과 관련된 사건에 한정된 면책 특권을 부여하는 것은 가능하지 않습니까."

"그건…… 가능할 것 같다만. 허나 아무리 마검과 관련된 사건이라 해도, 직계 황족을……."

"2황자는 그녀에게 마검을 보낸 주범입니다. 당연히 범위에 포함되겠지요. 또한 2황자와 황제가 마검을 악용하고, 전하께서 그에 반대하여 양위를 요구하게 된 이상, 그들은 제국의 황족이라 할 자격이 없지 않습니까? 그러니 제국의 권위를 논할 이유도 없습니다."

황태자의 말문이 막혔다. 유리엔이 서늘한 눈으로 그를 응시했다.

"아니면, 그들을 벌하면서도 황족으로 예우할 생각이셨습니까? 그들에게서 황족의 자격을 박탈함으로써 마검의 음모와 황실을 완전히 분리하는 게 차후 제국을 다스리기에도 유리하지 않겠습니까."

빈틈없이 준비된 대답이었다. 따질 구석이 없었다. 따져 봤자 이미 대답이 다 준비되어 있을 듯한 예감마저 들었다. 머리를 부여잡은 황태자는 결국 양손을 들어 보였다.

"알았다. 그 문제는 내가 제위에 오르는 즉시 어떻게든 통과시키마."

크루엔 황태자는 기억 속에서 빠져나와 눈앞의 여자를 바라보았다. 그녀는 아마 자신이 면책 특권을 얻으리라는 것도 모르고 있겠지. 그는 천천히 입술을 떼었다.

"창천이 바르데르기오사 오너를 증명하겠다고 했다. 그것을 본 후에 인정하도록 하지."

"음, 그렇다면 지금은 절 뭐라고 생각하시는 건가요? 악마?"

에키네시아가 웃으며 말했다. 황태자는 대체 그녀가 무슨 의도인지 알 수가 없어서 미간을 슬쩍 구긴 채 답했다.

"악마가 될 수도, 기오사 오너가 될 수도 있는 존재라고 생각한다."

"그렇군요. 그럼, 황태자 전하."

그녀가 고개를 들어 눈을 가늘게 떴다. 군영 너머 절벽에 웅크려 있는 거대한 요새를 바라보았다. 요새의 꼭대기에는 하얀 사자의 깃발이 펄럭이고 있었다. 그녀는 그것을 바라보며 말을 이었다.

"제가 전사자를 내지 않고 갈로서스 요새를 부순다면, 저를 기오사 오너로 인정하실 수 있나요?"

주위의 공기가 얼어붙는 것이 느껴졌다. 황태자는 얼이 나가 멍청히 되물었다.

"뭐?"

"공성에 실패하셨다고 들었어요. 딱히 들파구가 보이지 않아서 장기전으로 가야 할지도 모른다고요. 그러지 않으셔도 돼요. 제가 저 요새를 두너뜨려 드리죠."

창천 기사단의 협조까지 받고 있는 황태자군이 정복하지 못한 요새를 혼자서 정복하겠다고. 심지어 전사자를 내지 않고? 근처의 사람들이 턱이 빠져라 입을 벌렸다. 미쳤냐는 속삭임이 오갔다. 에키네시아는 주위 반응을 신경 쓰지 않고 평이한 어조로 이어 말하고 있었다.

"달아나거나 항복하는 자는 베지 않을 거예요. 일부러 공격하지도 않겠습니다. 그렇게 저 요새를 정복하는 것으로, 제가 악마가 아니라……."

그녀는 잠시 호흡을 골랐다. 그리고 타오르는 것처럼 보일 정도로 강렬한 눈동자도 말했다.

"……살의를 통제할 수 있는 마검의 주인이자, 바르데르기오사 오너임을 증명하겠습니다."

짧은 정적, 곧이어 퍼져 나가는 경악. 그 속에서 황태자는 유리엔과 했던 대화를 다시 떠올렸다.

"그 여자가 그렇게 좋으냐? 처벌한다 해도 어차피 보여 주기 식에 불과할 텐데, 면책 특권까지 얻어 낼 정도로?"

"예."

유리엔은 망설이지 않고 대꾸했었다. 지나치게 빠르고 단호하게 나온 대답에 물은 황태자가 놀랄 정도였다. 그러고는 아무렇지도 않게 덧붙였다.

"만일 그녀를 위해 필요하다면, 저는 제위를 노렸을지도 모릅니다."

오싹한 발언이었다. 현 상황에서 유리엔이 진심으로 제위를 노리면 황태자로서는 막을 수가 없었다. 로아즈 사태의 여파와 디아샹트 공작의 배반이 그러지 않아도 기울어져 있던 균형을 더 기울게 만들어 버렸다. 황태자는 턱을 굳힌 채 유리엔을 바라보았다.

"너……."
"하지만 그녀가 원한 것은 평온이고, 그것은 권력의 중심에 얽혀 드는 것과는 거리가 멀지요. 저 역시 아젠카를 떠날 생각은 없습니다. 그러므로 저는 그저 전하께서 성군이 되어 주시길 바랄 뿐입니다."

공손한 어투였으나 황태자에게는 부드러운 협박처럼 들렸다. 성군이 되지 않으면 엎어 버리겠단 소리 아닌가. 식은땀이 흐르는 듯했다. 확실히 제 이복동생은 그 여자에게 미쳐 있는 게 틀림없었다.
'그녀를 이용해서 유리엔을 움직일 수 있을지도 모르겠군.'
나쁜 의도는 아니었다. 만일을 대비하는 반사적인 생각일 뿐이었다. 그럼에도 유리엔은 황태자의 생각을 읽은 것처럼 말을 이었다.

"그리고 전하께서는 제니스이자 마검의 주인이라는 게 무엇을 의미하는지 제대로 아실 필요가 있습니다. 제니스란 경지에 대해서도 최근에 알게 되셨고, 그녀가 전무후무한 존재라 파악하기 힘드시겠으나 황제가 되실 터이니 알아 두셔야 합니다."

"……?"

"전하, 그녀는 혼자서도 제국을 상대할 수 있습니다."

제국은 대륙에서 가장 강대한 국가였다. 전원이 마스터이고 기오사 오너까지 포함되어 있는 아젠카의 창천 기사단과 전면전을 벌여도 상대할 수 있는 유일한 나라이기도 했다. 그런데 지금 뭐라고?

황태자는 자신의 귀가 잘못되었나 의심했다. 제대로 들었음을 깨달은 다음에는 자신을 압박하기 위해 과장해서 말하는 게 아닌가 싶어졌다. 그러나 유리엔의 태도는 거짓을 말한다기엔 지나치게 침착했다. 그가 이런 식으로 허세를 부릴 자가 아니라는 것도 알고 있었다.

그의 표정을 본 유리엔이 나직이 말했다.

"제니스의 초입에 겨우 발을 들인 저도 홀로 근위 기사단 전체를 상대하는 것이 가능합니다. 그런데 그녀는 저보다 뛰어난 제니스이며, 마검을 통해 무한에 가까운 마나를 공급받습니다. 이게 무엇을 의미하는지 모르시겠습니까?"

저주에 걸렸던 유리엔이 어느 정도의 무력을 보였는지는 잘 안다. 그가 부상을 입고 물러난 이유가 밀려서가 아니라 마나가 소모되어서라는 것도 보고를 들어 알고 있었다. 그런 그가 하는 말이다. 황태자는 마른침을 삼켰다. 유리엔은 서류를 정리해 일어나며 조용히 경고했다.

"제국은 그녀를 감당할 수 없습니다. 그러니 전하, 그녀를 이용할 생각은 하지 마십시오."

크루엔 황태자는 그때 유리엔이 했던 말들이 거짓말이 아닐 거라 생각하면서도 완전히 믿지는 않았다. 그러나 만약에, 정말로, 그녀가 갈로서스를 홀로 정복할 수 있는 존재라면…… 제국을 상대할 수 있다는 게 허언이 아닐 것이다. 그는 약간 초조한 손놀림으로 입가를 문질렀다.

"로아즈 영애, 그러니까 지금 그대가, 혼자서 갈로서스를 정복하겠다고? 아무도 죽이지 않고?"

"요새를 무너뜨리는 과정에서 사고로 죽는 건 저도 어쩔 수 없겠지만, 제가 먼저 공격하는 일은 없을 거예요."

"그런…… 그런 일이 가능하다고?"

"네. 대신 제가 성공하면 저를 기오사 오너로 인정해 주세요. 그리고 로아즈 참사를 사주한 자들에 대한 처벌권도 로아즈에 넘겨주셨으면 해요. 폐허가 된 로아즈에 대한 황실의 지원도 필요합니다. 이게 제가 원하는 거래 조건이에요."

"……만일 영애가 실패한다면?"

"실패하면 저는 악마가 되겠죠. 마검의 살의를 통제하지 못하면 말이에요."

"아니, 그런 의미의 실패가 아니라……."

"아, 제가 죽거나 요새를 정복하지 못할 경우요?"

에키네시아가 고개를 갸웃거리더니 태연히 말했다.

"제 실패에 그런 경우는 없는데요."

"……."

할 말이 없었다. 오만하다 못해 미친 게 아닌가 싶을 정도였다. 사람들이 해괴한 것을 보듯 그녀를 쳐다보았다. 너무 어이가 없어서 긴장감마저 흐트러졌다. 대패를 기록한 공성전에서 동료를 잃은 자들은 눈빛이 사나워지기까지 했다.

"음, 그래도 만에 하나 그렇게 되어도 전하께는 손해가 아니잖아요? 거부하실 이유가 없는 거래라고 생각해요. 어떻게 하시겠어요?"

에키네시아의 물음에 황태자는 겨우 정신을 차렸다. 그녀의 말대로 황태자로서는 손해 볼 게 없는 거래였다. 병사를 내어 달라는 것도 아니고 기사를 데려가는 것도 아니다. 실패해 봤자 그녀 혼자 죽을 뿐이다. 반면 성공할 경우 저 정도 요구는 아주 소박한 수준이었다.

게다가 정말로 혼자서 갈로서스를 정복할 정도라면, 유리언이 말한 것이 과장이 아니라는 뜻도 된다.

'그 정도의 강자가 미쳐 날뛰는 것도 아니고 멀쩡히 이성을 가지고 힘을 제어한다, 라……. 영향력이 가늠도 안 되는군.'

황태자는 약간 멍한 상태로 천천히 고개를 끄덕였다.

"좋다. 받아들이지."

"전하!"

반쯤 넋이 나가 있던 측근들이 기겁하여 황태자를 불렀다. 에키네시아는 넋이 나가 있는 창천 기사단 측 사람들 쪽을 흘긋 확인하고는 말했다.

"감사합니다. 따로 계약서를 쓰지 않아도, 전하의 명예와 이 자리의 모든 분이 증인이 되어 주시리란 것을 믿어요."

그 말을 끝으로 그녀가 군영 안쪽으로 걸음을 옮겼다. 창을 겨누고 있던 자들이 창날을 아랑곳 않고 다가오는 그녀에게 당황해서 상관을 돌아보았다. 황태자가 물었다.

"잠깐, 어디로 가는 건가, 로아즈 영애?"

"거래에 동의하셨잖아요? 갈로서스로 가겠습니다."

"지금 바로?"

"예, 전하. 좀 비켜 달라고 명해 주시겠어요?"

사람들의 표정이 멍청해졌다. 황태자는 당황스럽게 그녀를 바라보다가, 느릿하게 명했다.

"……비켜 주어라."

창이 거두어졌다. 에키네시아는 군영을 똑바로 가로질렀다. 시선이 개미 떼처럼 달라붙었지만 돌아보지 않았다. 그녀는 군영을 통과하여 갈로서스 요새로 향했다.

내전 기간 유리엔은 간간이 던컨의 연락을 받았다.

던컨은 로아즈 일가의 상태를 살피러 오기도 했고, 로아즈의 생존자들이 어떻게 지내는지 확인하러 오기도 했다. 사관학교의 분위기를 읽으러 온 적도 있고 그 외의 아젠카 사람들이 어떻게 지내는지 보러 온 적도 있었다.

에키네시아는 그렇게 던컨을 통해 간접적으로 친분이 있는 사람들의 안부를 살폈다. 그러면서도 그녀는 끝까지 누구에게도 연락을 하진 않았다. 무언가를 두려워하는 것처럼.

던컨은 에키네시아가 명을 내리면 힘들여 조사하고 다니는 대신 그냥 편하게 유리엔에게 문의하곤 했다. 유리엔은 던컨이 무언가 물으면 꼬박꼬박 편지를 써서 전해 주었다. 던컨은 대신 그에게 에키네시아가 어떻게 지내는지를 알려 주곤 했다.

에키네시아는 답장을 한 번도 쓰지 않았다. 다만 그녀는 던컨이 유리엔에게 묻는다는 걸 알면서도 그것을 제지하지 않았고, 자신의 소식을 전달하는 것도 막지 않았다.

성검은 던컨이 가끔씩이나마 에키네시아의 소식을 전해 주지 않았다면 제 주인이 지금보다도 더 미쳤을 거라 확신했다. 소식 자체보다, 에키네시아가 제 소식이 유리엔에게 전해지는 걸 막지 않는다는 사실이 더 도움이 되었다.

해야 할 일이 너무나 많아서 용케 제정신을 유지하고 있긴 하지만 시간이 흐를수록 유리엔의 상태는 점점 안 좋아지고 있었다.

쉬지 않았고, 그나마 빈 시간에는 아무것도 하지 않고 멍하니 있고, 입맛을 잃었고, 제대로 자지 못했다. 잠드는 대신 아메시스트나 보관해 둔 커프스 버튼을 넋 놓고 들여다보곤 했다. 몽유병 환자처럼 새벽에 아젠카를 돌아다닌 적도 있었다. 이팝나무 가로수 길이나 분수대 같은 곳을.

신경이 칼끝처럼 예민해졌고, 혼자 훈련을 할 때 검에 살기나 광기가 실리기도 했다. 힘 조절이나 마나 조절에 실패해서 손잡이를 으스러뜨리거나 칼날이 터져 나가기도 했다. 훈련용으로 비치된 검이 몇 자루 부서져 나갔고 단장 전용 연무장 정비 횟수가 잦아졌다. 다른 기사와의 대련은 일절 하지 않았다.

흰 까마귀 협곡에서 결절이 발생해 에키네시아가 사라졌을 때와 비슷했다. 그나마 그때보다는 나은 건 그녀가 무사하다는 확신과, 내전이 끝나면 그녀가 돌아오리라는 희망이 있기 때문이었다.

'만일 내전이 끝나고 증명식 준비를 마쳤는데도 마검의 주인이 돌아오지 않으면, 이번에는 영영 주인을 잃어버리겠군.'

성검은 제 주인이 어느 날 갑자기 황제나 2황자를 찾아가서 난도질해 버리더라도 놀라지 않을 준비를 했다. 자살하는 꼴만은 보고 싶지 않긴 했는데 그 꼴도 볼지 모른다는 각오까지 했다.

워낙 완벽하게 일처리를 하고 있는 데다, 다른 사람에게 신경질을 내거나 화풀이를 하지도 않아서 주위 사람들은 아무도 몰랐다. 그러나 줄곧 함께 있는 성검이 보기에 유리엔의 상태는 그 정도로 심각했다.

그나마 디트리히만이 유리엔이 이상하다는 것을 알아채고 있었다. 원인을 짐작한 디트리히는 아무 말도 하지 않고 친구의 상태를 자주 살피기만 했다.

12월 1일, 던컨은 편지를 보내는 대신 직접 유리엔을 찾아왔다. 그는 며칠 전에 처음으로 에키네시아가 자신의 소식을 전달하는 것을 막았다고 알려 주었다.

"며칠 나갔다 올 건데. 내가 떠났다는 걸 그에게 알리지 마. 너도 따라오지 말고."

그 말을 남기고 그녀는 안가를 떠났다. 이유도 목적지도 알려 주지 않았다. 하지만 줄곧 그녀 곁에서 명을 받으며 내전의 전황을 전달하고 있던 던컨은 눈치를 채고 말았다. 갈로서스 공성전의 대패 소식을 전한 뒤부터 계속 무언가를 고민하다가 갑자기 떠난다고 하면 어디로 갈지는 뻔했다.

"아가씨가 그때와 비슷해서, 아무래도 알려야겠다 싶었습니다. 당신에게는 받은 의뢰비도 있으니."

회색 산맥에서 유서를 맡기듯 편지 두 통을 맡기고 돌아가라고 했을 때. 그때와 비슷했다. 던컨은 그래서 그녀의 명을 어겼다.

유리엔은 희미하게 미간을 찌푸렸다.

"그때라니?"

"제게 편지를 맡겨 보내고, 홀로 악마가 되었던 당신을 만나러 갈 때 말입니다."

그는 일순 평정을 잃었다. 던컨이 움찔 놀라 상체를 뒤로 물릴 정도로.

"……떠난 지는 얼마나 되었지?"

"며칠 되었습니다."

"갈로서스로 간 것이 확실한가?"

"어디로 간다는 말씀은 없으셨지만, 정황상 가실 곳이……."

황제가 농성을 벌이고 있는 곳. 가문을 잃은 디아상트 공작과, 불구가 된 2황자도 그곳에 있었다.

[복수를 하러 간 건가?]

랑기오사가 혼잣말처럼 물었다. 유리엔은 흐트러지려는 표정을 간신히 가다듬으며 눈을 내리깔았다.

에키네시아는 미래를 위해서는 복수를 포기할 수도 있다고 했었다. 그러나 그건 로아즈 참사가 일어나기 전의 일이다. 로아즈 참사 이후 그녀는 2황자를 불구로 만들고 달아났다.

그녀는 유리엔보다 더 그들을 죽여 버리고 싶을 것이다. 하지만 면책 특권을 받아 두었고, 내전 중인 상태니 설령 그녀가 그들을 죽이더라도 문제는 없었다. 그럼에도 설명할 수 없는 불안감이 치솟았다. 던컨이 '그때'와 비슷하다고 한 말이 불안감을 부채질했다.

그녀가 있을 자리를 완벽히 만들기 전에는 그녀를 찾아갈 생각이 없었지만…….

생각은 그 지점에서 뚝 끊겨 버렸다. 유리엔은 그대로 자리에서 일어났다.

"알려 줘서 고맙다."

급하게 마지막 말을 남기고 그는 본부로 돌아갔다.

창천 기사단 본부 별관에 머물고 있던 현자 칼리스토 팽과 니콜 시즈튼은 갑작스럽게 들이닥친 기사단장을 맞이해야 했다.

"이동 마법을 쓸 수 있겠는가?"

"예? 어디로 말입니까?"

"갈로서스."

칼리스토는 난감한 낯이 되었다.

"꽤 멀군요. 미리 만들어 둔 마도구가 있는 것도 아니고, 이동 마법은 제 전문 분야도 아닌 터라 시간이 걸립니다. 인원이 많으면 열차를 타는 쪽이 빠를 겁니다. 몇 명입니까?"

"한 명이라면 얼마나 걸리지?"

"한 명이면…… 반나절 정도면 가능할 것 같습니다. 다만 마석이 좀 필요합니다."

"얼마든지 쓰도록. 최대한 빨리 부탁한다."

그가 급한 일을 처리하는 동안, 칼리스토와 니콜은 이동 마법을 준비했다.

유리엔은 늦은 오후에 갈로서스 근처로 이동할 수 있었다. 황태자군 진영 근처였다. 그는 곧바로 황태자를 찾아갔다.

"너까지 무슨 일이냐?"

황태자는 묘한 얼굴로 유리엔을 맞이했다. 유리엔은 초조함을 간신히 숨긴 채 입을 열었다.

"전하, 에키네시아 로아즈가……."

"왔었다. 조금 전에."

유리엔의 안색이 변했다. 그가 무어라 더 물으려던 순간, 먼 곳에서 폭발음이 들렸다. 그들은 반사적으로 소리가 들린 곳을 바라보았다. 갈로서스 요새에서 불꽃이 일었다.

갈로서스는 황폐한 평지에 홀로 우뚝 솟은 바위산 위에 세워졌다. 그것은 산이라기보다는 황톳빛 절벽처럼 보였다.

절벽 위에 삼중으로 층층이 지어진 황갈색 성벽은 몹시 두터웠다. 빙빙 도는 좁은 비탈길만이 요새에 접근하는 유일한 길이었다. 길의

12막. 만들어 가는 것과 용서할 수 없는 것

끝에 있는 성문은 쇳덩이로 만들어진 철문이었다. 성벽 위에는 활을 든 병사들이 빼곡했다.

에키네시아는 낡은 검을 허리에 차고 빈손으로 비탈길을 걸어 올라갔다.

문득 목 근처를 더듬었다. 걸친 후드와 옷깃 아래로 목에 걸고 있는 것이 만져졌다. 그것은 성검 랑기오사의 형태를 한 조그만 나무조각이었다. 성녀를 구하러 갔을 때, 유리엔이 밤새도록 쉼터를 지켜보며 만들고 버렸던 나무조각 중에 그녀가 유일하게 챙겨 놓았던 것.

유리엔에게 아메시스트까지 줘 버리고 빈손으로 떠나오면서 이것만은 계속 가지고 있었다. 그녀는 그 조그만 나무조각을 목걸이로 만들었다. 그와 가까이 있을 때는 반쯤 까먹고 있던 물건이었는데, 그와 멀어진 이후로는 계속 들여다보는 바람에 손때가 탈 정도가 되었다. 천 너머로 형태를 덧그려 보다가 손을 내려놓았다.

비탈길을 올라갈수록 바람이 거세졌다. 겨울을 목전에 둔 차가운 바람이 후드 자락을 헤집었다.

성문 앞에 도달할 때까지 그녀는 아무런 방해도 받지 않았다. 허리에 찬 칼을 뽑지도 않은 여자가 홀로 걸어서 올라오고 있으니 적잖이 당황할 수밖에 없다. 성문 앞에 멈춰 서자 성벽 위의 병사들이 고민하는 기색이 느껴졌다.

"누구냐!"

누군가가 소리쳤다. 에키는 대답하지 않고 성문을 올려다보았다. 성문은 요새의 크기에 비하면 작은 편이었으나 그럼에도 목을 꺾어 올려다봐야 할 높이였다. 제국이 건국된 이래로 한 번도 뚫리지 않은 성문이었다.

그녀가 아무 말도 하지 않자 화살이 한 대 날아왔다. 그녀는 고개를 살짝 틀어 그것을 피했다. 성벽 위의 웅성거림 사이로 마검의 투덜거리는 음성이 들려왔다.

[진짜 왼팔도 조종하면 안 돼?]

"안 돼. 죽이지 않는 게 목표니까."

[쳇, 쳇]

"그래도 널 쓰잖아. 그걸로 만족해."

에키는 장갑을 벗으며 호흡을 골랐다. 용을 상대할 때만큼이나, 아니, 아마도 그것보다 많은 양의 마검의 마나를 쓰게 될 거다. 그렇게 이 요새를 부수고 나면, 그 안에 숨어 있을 디아상트 공작과, 2황자와, 황제를 검게 물든 상태로 마주하게 되겠지.

아무도 죽이지 않은 채 살의만 한껏 꺼내 쓴 몸으로, 가장 죽여 버리고 싶은 자들 앞에.

'참고 생포하거나……. 아니면 베더라도 냉정을 유지하거나.'

스스로에 대한 시험이었다. 동시에 실패할 경우에 대한 대비이기도 했다. 이곳은 적진. 자신을 시험해 보기에 적당한 장소이므로.

화살이 몇 발 더 날아왔다. 그녀의 몸에 닿는 것은 없었다. 오른손을 늘어뜨렸다. 투명한 칼날이 돋아나듯 나타났다. 후드의 매듭을 풀었다. 거세게 부는 바람이 펄럭이는 후드를 잡아채 날렸다. 드러난 머리카락이 길게 흩날렸다. 풀 한 포기 보이지 않는 황톳빛 풍경과 어울리지 않는 꽃잎 색이었다.

"아, 악마?"

누군가가 중얼거렸다. 그 중얼거림에 화답하듯 머리카락을 타고 검은빛이 번져갔다. 머리카락과 눈동자가 검게 차오르면서 투명한 칼날 위에 검은 마나가 타올랐다.

그녀는 허리의 검을 뽑지 않고 양손으로 새카만 손잡이를 쥐었다. 칼날을 타고 검기가 확장되었다. 칼날의 몇 배에 이를 정도로. 바르데르기오사에는 랑기오사와 같은 증폭 능력이 없으므로 순전히 무식하게 많은 양의 마나로 확장된 검기였다.

그것을 목격한 자들이 비명과 고함을 내지르는 것과 동시에, 검이 성문을 갈랐다. 육중한 쇳덩이가 사선으로 갈라지며 뒤로 넘어갔다. 소리 없이 갈라진 성문은 바닥에 닿으며 비로소 소리를 만들어 냈다.

쿠우웅. 먼지구름이 안개처럼 피어오르며 사람의 목소리를 모조리 묻어 버리는 천둥 같은 굉음이 울려 퍼졌다. 난공불락이라 불리던 갈로서스의 종말이 시작되는 소리였다.

황제는 무표정하게 방 안을 들여다보았다. 호화로운 방 안에서 집기가 마구잡이로 날아다니고 있었다. 카르엠이 시뻘겋게 충혈된 눈으로 소리를 질렀다.

"빌어먹을! 꺼져! 꺼지란 말이다!"

"꺄아악!"

머리 쪽으로 날아온 촛대를 간신히 피한 여자가 비명을 질렀다. 울음을 터뜨리며 문 쪽으로 달아나던 여자는 문간에 서 있는 황제를 발견하고 놀라 멈춰 섰다.

"화, 화, 황제 폐하……."

"남편을 두고 어딜 가려 드느냐, 황자비."

"죄, 죄송합니다, 폐하, 하, 하지만, 저, 저, 전하께서, 전하께서……."

"내가 네게 두어라 명했는지 잊었느냐?"

황제는 거친 손으로 여자의 팔뚝을 움켜쥐었다. 여자가 바들바들 떨며 호소하려 했으나 그는 막무가내로 그녀를 잡아끌고 방 안으로 들어갔다.

커다란 침대 의에 기대앉아 씩씩거리고 있던 카르엠이 흠칫 놀랐다. 황제는 자신을 돌아보는 아들의 한쪽 눈을 덮은 붕대와, 헐렁한 한쪽 소매에 시선을 주었다. 그 시선을 알아차린 카르엠의 몸이 움츠러들었다.

황제는 여자를 침대 위로 밀쳤다. 카르엠의 발치에 널브러진 여자는 금방이라도 기절할 듯한 안색이 되었다. 그녀를 바라보는 카르엠도 창백해졌다.

황제가 말했다.

"카르엠. 내가 네게 무어라 했더냐? 짐은 아이를 만들라 명했다."

"……."

"내게 손자를 안겨다오, 내 아들아."

기묘할 정도로 다정한 목소리였다. 카르엠은 황제의 시선을 피했다. 황제는 입꼬리를 비틀어 올리며 속삭였다.

"불구의 몸으로 제국을 물려받을 순 없잖느냐. 차기 황제의 아비가 되는 것도 나쁘지 않을 터. 걱정 말거라, 너를 그리 만든 것은 내 반드시 목을 잘라다 주마."

황제의 새파란 눈동자가 번들거렸다. 그 순간, 밖에서 쿵 하고 커다란 소리가 울렸다. 황제는 인상을 쓰며 소리가 들린 방향을 흘깃 본 후 몸을 돌렸다.

"내 기대를 잘 따라 주리라 믿는다, 카르엠."

그 말을 남기고 황제는 카르엠의 방을 나왔다. 그는 무언가를 생각하며 한동안 문 앞에 서 있었다. 그러다 복도를 몇 발짝 걷자 다급한 발소리가 다가왔다. 희게 질린 남자가 헐떡이며 소리쳤다.

"폐, 폐하, 큰일 났습니다!"

"웬 소란이냐. 또 크루엔이 헛된 공격을 시도해 왔느냐?"

"아닙니다, 그게 아니라……!"

남자의 말을 잡아먹으며 또다시 쿵, 하고 굉음이 울렸다. 황제는 복도의 창으로 다가갔다.

갈로서스는 세 겹의 성벽으로 둘러싸인 요새다. 황제가 있는 곳은 가장 안쪽인 동시에 가장 높은 곳이었다. 그래서 아래로 바깥 성벽이 고스란히 내다보였다. 굉음이 울린 방향을 본 황제의 눈이 커다랗게 뜨였다.

두 번째 성벽의 한쪽이 무너지고 있었다. 성벽의 하단부에 뻥 뚫린 구멍이 생기는 바람에 하중을 견디지 못한 윗부분이 무너져 내렸다. 거대한 성벽이 삽시간에 주저앉는 모습은 충격적이었다.

"마, 마, 마검의 악마가…… 나타났……."

황제의 옆에서 창밖을 본 남자가 굳은 혀를 억지로 움직여 간신히 보고를 했다. 황제는 창틀을 힘주어 움켜쥐었다.

원들턴 디아샹트 공작은 이렇게까지 된 상황이 믿기지가 않았다.

자신의 구상에는 문제가 없었다. 장녀는 황태자비로 만들었고, 차녀는 3황자와 약혼할 예정이었다. 드라코툼바성에 3황자가 방문하는 바람에 놀라긴 했으나, 때마침 결절이 터져 증거를 인멸해 주었다. 결절에서 살아 나온 3황자가 뭔가 알아내었다 하더라도 증거가 없으면 잡아뗄 수 있었다.

게다가 2황자를 부추겨 3황자를 함정에 밀어 넣기까지 했다. 안타깝게도 3황자는 망가지지 않았지만 대신 2황자가 확실히 망가졌다. 3황자가 함정에서 벗어날 때를 대비하여 랑기오사를 찾아다 주는 보험까지 들었다. 랑기오사를 돌려준 자신을 3황자가 대놓고 추궁할 순 없으리라 믿었다.

아끼는 아들이 망가지면서 황제는 더 이상해졌다. 공작은 이대로 망가진 2황자와 미친 황제를 치운 다음 황태자를 황위에 올릴 생각이었다. 그리고 나면 차녀를 이용해 3황자를 처리하고, 장녀가 황태자의 아이이자 자신의 손자를 출산하는 것을 기다릴 것이다.

손자가 태어나면 마검과 하르덴 황실이 얽힌 음모를 밝히고, 정의를 위해 눈물을 흘리며 어쩔 수 없이 사위를 베는 영웅이 될 예정이었다. 그렇게 갓난 손자를 황위에 올리며 어린 손자를 대신해 제국을 다스리는 대공이 된다. 그 뒤는 쉽다. 천천히 제국을 장악하고, 황실의 문장을 바꾸면 된다.

그런 장대한 계획이었다. 그러나 현실은 엉망진창이 되었다.

차녀가 배신을 했고, 가신과 혈족들은 차녀를 공작으로 인정한다는 헛소리를 하고 있었다. 장녀는 연락조차 없다. 콜본의 공방을 들키고 드라코툼바에서 나온 노트까지 공개되는 바람에 마검을 가지고 수작을 부린 배후라는 것까지 드러나 버렸다.

자신은 가문을 황실로 만들기 위해 이토록 헌신했건만, 가문은 자신을 배신했다. 이제 공작 곁에 있는 자들은 이미 한 배를 타 버려서 공작을 떠나면 죽을 수밖에 없는 자들뿐이었다.

'대체 어쩌다 이렇게 된 거지.'

거슬러 올라가 보면 역시 로아즈 가문이 몰살당하지 않았을 때부터 균열이 생겨났다. 결국 에키네시아 로아즈가 악마가 되지 않은 것이 문제의 시작이다. 그 여자는 심지어 완벽하게 몰아넣어 악마로 만들어 놓은 3황자를 되돌려 놓기까지 했다.

'에키네시아 로아즈부터 치웠어야 했어. 설마 그런 게 가능할 줄은.'

이를 갈던 공작은 소란해진 바깥을 뒤늦게 알아차렸다. 그는 창밖을 내다보았다.

"이게 무슨……."

밖은 아비규환이었다. 병사들이 창을 내던지고 달아났다. 전장을 이탈하려는 병사를 제지해야 할 지휘관이나 기사들마저 도망치거나 겁에 질려 숨고 있었다.

그들이 멀어지는 방향에서 두 번째 성벽이 기울어졌다. 기우뚱한 성벽이 그대로 아래로 쏟아졌다. 먼지구름이 솟구쳤다. 몹시 비현실적인 광경이었다.

그 먼지구름 너머에 서 있는 건 가느다란 여자였다.

에키네시아는 마검을 쥐고 성내를 가로질렀다.

처음에는 활이 날아왔다. 병사들이 포위를 시도했고 기사들이 검을 들었다. 그러나 그 모든 공격을 마나 실드로 막거나 피하며 두 번째 성벽을 부수자 반응이 달라졌다.

막을 수 없다.

성문을 부수고 두 번째 성벽에 닿을 때까지 그녀는 뛰지 않았다. 반격도 하지 않고 그냥 걷고 있는데 가로막는 것도 공격하는 것도 불가능했다. 그나마도 기사들을 상대로는 막거나 피하기라도 하지 병사들이나 화살은 아예 그녀의 안중에 없었다.

갈로서스는 방어를 위해 성벽마다 성문 위치가 달랐다. 두 번째 성벽의 성문은 정반대 편에 있었다. 에키는 그곳까지 가는 대신 그냥 성벽 앞에 섰다.

전에 쐐기의 창고를 부쉈을 때와 같은 방식으로 마나를 활용했다. 맨손이 아닌 검을 기반으로, 게다가 그때에 비해 압도적으로 많은 양의 마나를 불어넣었다. 성벽이 대상이니만큼 주저할 이유도 없다. 그녀는 전혀 자제하지 않고 마음껏 검을 휘둘렀다.

그 결과는 성벽의 하단부에 뚫린 거대한 구멍이었다. 아래가 뚫린 성벽은 그대로 허물어졌다. 한 명의 인간이 검으로 발휘한 파괴력이라기에는 믿을 수 없는 수준이었다. 현자급 마법사가 긴 시간을 들인 마법도 이 정도 위력을 보이기는 어려웠다.

성벽이 허물어지는 것과 동시에 황제군의 사기도 허물어졌다. 그 자리를 채운 것은 공포였다. 그들은 이런 상황을 대비한 훈련을 한 적이 없다. 전략과 전술이 무의미한 순수하고 압도적인 힘이었다. 저 힘이 성벽이 아니라 그들을 향한다면?

뒤늦게 뛰쳐나온 마법사와 마스터급 기사가 그즈음부터 그녀에게 공격을 시도했다. 그러나 마법도, 검기도 그녀를 감싼 막을 뚫지 못했다. 수준이 낮았다. 에키는 일부러 그것들을 고스란히 맞아 주었다. 상대가 안 된다는 것을 깨닫고 도망가라는 의도였다.

마법도 검기도 먹히지 않는 것을 목격하자 공포는 전염병처럼 번져 나갔다. 안 그래도 죽지 못해 명을 따르고 있던 군이었다. 그녀가 세 번째 성벽에 도달할 때쯤 제국군은 이미 군대가 아니라 도망치는 군중이 되어 있었다.

세 번째 성벽의 성문은 첫 번째 성벽과 일직선상에 있었다. 첫 번째 성문보다 더 컸다. 성문 앞에 선 그녀는 바르데르기오사를 고쳐 쥐었다. 좀 더 많은 마나를 끌어 올렸다. 피부에 검은 얼룩이 번지며 살의가 전신에 차올랐다. 온몸에 스며든다. 마나 코어가 까맣게 물들어 가는 감각.

[와, 네가 연달아서 이만큼이나 내 마나 끌어가는 건 진짜 오랜만인 거 같아. 나까지 어지럽네. 넌 괜찮아?]

전부 죽여 버려.

마검의 음성 너머로 나른한 속살거림이 들렸다. 환청이었다. 솜털이 곤두선다. 근처에 있는 인간의 숨결들이 느껴졌다. 그게 너무 거슬렸다. 그 숨을 끊어 버리고 싶어졌다. 지독한 유혹이었으며 손발이 저릿해질 정도의 욕망이었다. 메마른 입안에 서늘하고 시원한 물이 밀려드는 느낌. 삼켜서는 안 되는 것을 삼켜 버리고 싶은 충동.

이 정도는 예상했다. 겪어 본 적 있는 감각이다. 감정이 널뛰는 것이나 독 때문에 생기는 이성을 갉아먹는 고통에 비하면 아무것도 아니었다. 에키는 깊게 숨을 들이켜며 눈을 감았다 떴다. 죽이긴 뭘 죽여. 코웃음을 치고 검을 휘둘렀다.

갈라진 성문이 천천히 뒤로 넘어갔다. 그녀는 마지막 성문을 타넘고 갈로서스 요새 중심부에 발을 들였다.

디아샹트 공작은 멀거니 창밖을 보았다.

에키네시아 로아즈가 갈로서스를 파괴하고 있었다. 창천 기사단의 일부가 합류한 황태자군을 상대로도 굳건히 버텨 냈던 요새를, 단신으로. 심지어 제국군을 무시하고 요새만 투수고 있다. 저건 이미 전쟁이니 싸움이니 할 대상이 아니었다. 자연재해 수준이다.

자신이 조금 전까지 저런 걸 미리 치워 버려야 했다고 후회하고 있었나. 공작은 식은땀이 흐른 목덜미를 닦아 냈다. 저 여자가 마검을 쥐게 된 건 자신의 수작이었다. 제국 연회장에 가 보면 흔히 볼 수 있는 평범한 영애가 자신이 꾸민 음모로 마검의 주인이 되었다.

드라코툼바성에서 선대가 남겨 둔 바르데르기오사를 발견한 후 오랜 기간 계획을 세우고 실행하면서, 공작은 단 한 번도 이런 결과를 상상해 본 적이 없었다. 마검의 첫 희생자가 되라고 고른 백작가의 딸이 괴물 같은 검의 천재여서 기오사 오너가 되리라고 누가 예상하겠는가. 머릿속에 들어 있지도 않았던 변수였다.

'아니……. 어쩌면 3황자는 알았을지도.'

로아즈를 선택한 건 2황자였다. 2황자는 3황자가 관심을 보인 여자가 있다는 이유로 후보 가문 중 로아즈를 골랐다. 3황자는 그녀가 저런 존재라는 것을 알고 관심을 두었던 걸까. 지금의 공작으로서는 알 수 없는 일이었다.

비로소 공작은, 통제할 수 있다고 믿었던 것들이 사실은 제가 감당할 수 없는 것들이었음을 깨달았다.

'끝났구나.'

황태자군이 공성에서 대패하고 황제가 타국에 사신을 보내는 것을 보면서, 그래도 버티면 상황을 반전시킬 수 있지 않을까 희망을 품었다. 황태자군을 와해시키고 로잘린으로부터 디아상트를 되찾아 올 계책을 열심히 구상하기도 했다.

다 부질없는 짓이었다. 에키네시아 로아즈의 손에 박살 나고 있는, 난공불락일 줄 알았던 갈로서스와 다름없는 꼴이다. 허탈할 지경이었다. 저런 존재를 적으로 돌렸다니.

'모든 게 끝났다.'

공작은 창에서 돌아섰다. 서랍을 열고 그 안에 있던 작은 유리병을 꺼냈다. 투명한 액체가 그 안에서 찰랑거리고 있었다. 푸누스. 로잘린을 3황자에게 보내면서 그녀가 가지고 있던 티 캐디에 집어넣었던 독과 같은 독이었다.

자신을 몰아내고 디아상트를 차지한 딸을 떠올렸다. 언젠가 제 손으로 처리할 작정이었던 딸이다. 로잘린은 아내를 닮은 심약한 장녀 로즈마리에 비해 자신을 많이 닮았다. 그래서 로잘린을 더 아꼈다. 아마 로잘린이 아들로 태어났다면 후계자로 삼았을 터다.

그랬기에 한 번은 놓아주었다. 평민 화가와 결혼하겠다 헛소리를 하는 것을 마음대로 하라며 보내 주었다. 어지간하면 놔둘 생각이었다.

그러나 3황자의 목줄이 급하게 필요해져서 도로 끌고 왔다. 디아상트를 황실로 만들기 위한 어쩔 수 없는 희생이었다. 가문을 위해 아끼는 딸을 처리할 각오를 해야 하는 본인의 신세가 내심 씁쓸했었다. 딸을 도구로 쓰고 죽이는 것을 자신이 치르는 희생이라고 여겼다.

평민의 피가 섞였다 해도 로잘린이 낳은 게 아들이었다면 그 애는 거뒀을지도 모르는데, 또 딸이라 후계로 삼을 수가 없었다. 바로 죽여 버리거나 살의 실험용으로 넘기지 않은 건 나름의 자비였다. 그것을 자비라고 생각할 사람은 공작 본인뿐이었겠지만, 그의 진심은 그러했다.

공작은 푸누스 병을 들여다보았다.

'내가 죽어도 디아상트는 무사하겠지. 아니, 오히려 더 융성해질지도 모르겠군. 로잘린이 황태자의 편에 섰으니.'

자신은 실패했지만 디아상트가는 살아남았다. 로잘린 디아상트가 있으므로. 가문을 위해 희생시키려던 딸이 배신했는데, 그 배신이 되레 가문을 살리게 된다. 아이러니했다.

단 한 번도 그 아이가 디아상트 공작이 되는 미래를 상상해 보지 않았는데.

제국법은 여성의 계승을 금지하지는 않았다. 직계 남성을 우선하지만 가주가 원할 경우 여성에게도 세습할 수 있었다. 실제로 여성이 작위를 이어받는 일은 극히 드물었지만 말이다.

공작은 아들이 없는데도 불구하고 딸에게 작위를 물려주는 것은 아예 생각도 못 하고 있었다. 디아상트를 황실로 만들고자 한 구상의 배경에는 가문을 물려줄 아들이 없다는 사실도 영향을 끼쳤다. 데릴사위 따위는 싫었다. 손자를 황제로 만들어 황실의 명패를 바꿈으로써 디아상트를 이어가는 게 공작에게는 훨씬 매력적이었다.

고정관념과 권력욕에 매몰되어 있었다. 사람을 조종하고 이용할 대상으로만 보았다. 모든 것을 자신 위주로만 판단했다. 가문을 위해서라고 생각했으나 그가 생각하는 가문은 곧 자기 자신에 불과했다. 제 욕심대로만 행동하고 있다는 것을 인지하지조차 못했다. 스스로가 모든 상황을 통제할 수 있다고 믿었다.

그것이 윈들턴 디아상트의 한계였다.

푸누스 병을 들여다보며, 공작은 어렴풋하게 그것을 깨달았다. 파멸을 눈앞에 두자 비로소 그동안 보이지 않던 것이 보였다.

'내 삶은 처음부터 잘못된 것이었나. 제국을 꿈꾼 건 허황된 망상이었나. 내가 비웃던 자들보다 내가 더 어리석었던 건가.'

장기말로 쓰려 했던 딸이 자신보다 더 현명했던 건가.

평생 스스로가 잘못되었다고 생각해 본 적이 없다. 처음으로 든 의심과 회한은 끔찍했다. 숨이 거칠어졌다.

그는 서랍 안쪽에 있는 펜과 종이를 잠시 보다가 금방 시선을 뗐다. 유리병을 열고, 단숨에 들이켰다. 딸을 죽이려 보냈던 독과 똑같은 것이 목을 타고 넘어갔다. 내장이 타들어 가는 고통이 느껴졌다. 빈 병이 바닥에 떨어졌다.

공작은 유서를 남기지 않았다.

현자 헤레이스 리어폴드가 움직인 건 에키네시아가 세 번째 성벽을 무너뜨릴 때쯤이었다.

마탑의 7현자 중에서 저주와 정신 계열 마법에 가장 관심이 많은

자. 일생을 정신 마법에 바친 그녀는 인간을 대상으로 실험하고 싶은 은밀한 욕망이 있었다. 그녀가 원하는 연구를 위해선 인간의 정신이 필요했으므로.

참고 있던 그 욕망을 알아채고 부추긴 것은 디아상트 공작이었고, 지원해 준 것은 황제였다. 그들의 지원에 따라 헤레이스는 마검의 마나를 이용한 실험을 주관했다. 성검의 주인마저 물들여 버린 가짜 마검은 그녀 최대의 역작이었다. 누구도 그 저주에서 벗어날 수 없으리라 자부했다.

물론 물들지 않는 마검의 주인이 나타날 줄은 전혀 짐작하지 못하고 가졌던 자신감이었다.

'미쳤군, 저건. 대체 어디서 저런 게 튀어나왔지?'

그녀는 갈로서스의 삼중 성벽을 일직선으로 뚫어 버리는 에키네시아를 보면서 경악했다. 성검의 주인도 계산했던 것보다 강해서 놀랐는데, 저건 더했다. 아무리 기오사를 가지고 있다지만 상상도 해 보지 못한 무력이었다. 인간이 아니라 전설 속에 나오는 용과 비교해야 할 수준 아닌가.

'정면으로 상대하는 건 절대 불가능하다.'

헤레이스는 품에서 유리병을 조심스럽게 꺼냈다. 병 안에 가시덩굴 같은 것이 있었다. 그것은 가짜 마검을 만들 때 사용했던 용의 유해를 바탕으로 한 저주였다.

마법사는 준비하는 자다. 그녀는 가진 것들을 활용해 저 여자를 무너뜨릴 저주를 준비하기 시작했다.

세 번째 성문 안쪽은 갈로서스의 중심부였다. 에키네시아가 여기까지 도달하는 데 걸린 시간은 느린 걸음으로 평지를 걷는 것과 큰 차이가 나지 않았다.

그녀의 걸음은 평온했으나 사방은 난장판이었다. 도주하는 자, 떨며 주저앉는 자, 무너져 내린 성벽, 떨어진 횃불과 넘어진 화로에서 불이 번져 타올랐다. 이제 무기를 들고 접근하는 자는 없었다. 공포에 질려 사고가 마비된 자들은 그녀가 반격하지 않는다는 사실을 알아차리지도 못했다.

누군가가 그녀가 가는 방향에 있는 불길에 기름을 던져 넣었다. 기름을 먹은 불꽃이 해일처럼 몸을 일으켜 앞을 가로막았으나 에키는 걸음을 멈추지 않았다. 그녀의 몸을 감싼 반투명한 검은빛 마나의 막은 아무렇지 않게 불꽃을 막아 냈다.

[야, 너 그거 진짜 유용하다. 예전엔 일일이 피하거나 닿는 부분을 순간적으로 강화해야 했는데. 엄청 편하네.]

"대신 마나를 무식하게 소모하잖아."

[내가 있는데 무슨 걱정이야? 살의도 뭐, 아까 괜찮다며?]

"지금 당장이야 괜찮지."

[못 참겠으면 아무나 죽이자. 여기 죽일 놈 천진데.]

마검이 입맛을 다셨다. 에키는 눈살을 찌푸렸다.

"그러면 증명이 안 되잖아, 망할 마검아."

[몰래 쏙싹하면 누가 알 게 뭐야. 사고로 죽었다고 하면 되지!]

"너, 내가 혹시 이성을 잃어도 네가 말려 주겠다고 한 거 아니었어?"

[어, 음, 그, 그럴 생각이긴 한데……. 으음, 그래도 조금만 죽이면 안 돼? 이

렇게 많은데! 다 적이잖아! 쪼끔만! 딱 열 명만!]

그녀는 말없이 오른손에 마나를 흘려 넣었다.

[아! 아파! 그럼 다섯 명! 아야! 아! 알았어, 세 명만! 아님 하나라도, 앗, 따가! 씨이. 치사해!]

아치를 통과하여 다른 건물들을 지나 공터를 가로지르면 본성이었다. 그녀는 마구간이나 대장간, 식량 창고 등을 고스란히 무시하고 본성으로 향했다. 저 안에 황제와, 2황자와, 기아상트 공작이 있다. 걸음이 조금 느려졌다.

"발."

[왜.]

부루퉁한 대구가 돌아왔다. 에키는 가슴 안쪽이 빠듯하게 조여 오는 것을 느끼며 심호흡을 했다.

"너를 믿어도 돼?"

[……어?]

"참을 생각으로 왔고, 각오도 했어. 그래도 만약에 내가 그렇게 된다면……."

[어, 어어, 주인아, 근데 자아 유지가 될지 안 될지는 나도 모르는데…….]

"안 되는 건 어쩔 수 없겠지. 하지만 네가 성공했을 때, 너, 사람을 죽이고 싶은 걸 참고 나를 말릴 수 있어?"

[응?]

"방금도 몇 명만이라도 죽이자고 졸랐잖아. 본능이라며? 살인하면 그토록 기분이 좋아지는 네가 사람을 죽이는 나를 말린다고? 정말 그게 가능해?"

[…….]

마검이 일순 침묵했다. 구체적으로 상상해 본 적이 없는 모양이었다. 그녀는 엷게 한숨을 쉬고 마검의 손잡이를 고쳐 쥐었다. 차갑고 매끄러운 금속의 감촉. 이것을 처음 쥐었던 순간과 똑같은 감촉이었다. 그 감촉에는 온기가 없었다. 그러나, 그녀가 9년이 넘도록 함께 해 온 '발'은…….

"발."

[으응…….]

"진심으로 나를 네 주인이라고 생각해? 내 검이 되고 싶어?"

[당연한 걸 왜 물어?]

"그럼, 내 명에 복종해 봐."

[……!]

"명령이야, 바르데르기오사. '아무도 죽이지 마.'"

바르데르기오사의 자아가 요동치는 것이 연결된 혼으로부터 전해졌다. 에키는 마검의 대답을 기다리지 않고 걸음을 옮겼다.

근위 기사단이 본성 앞의 마당에 도열해 있었다. 본성의 창가에 몸을 숨긴 인기척들이 느껴졌다.

'마법사들이겠지.'

아니나 다를까 마당에 발을 들이자마자 마법이 쏟아졌다. 여기까지 오는 동안 맞았던 것들과는 수준이 다른 마법이었다. 허공에 먹구름이 맺히고 번개가 내리쳤다. 발밑이 푹 파이며 지반이 꺼지고 불덩어리가 날아왔다. 주위로 퍼지지 않고 대상의 근처에만 맴도는 초록색 독 안개가 몰려들었다.

마법사들은 그녀가 번개를 피할 거라 예상하고 피할 만한 땅을 뒤흔들었으나, 에키는 번개를 피하지 않았다. 마나 실드에 조금 더 마나를 불어넣는 것으로 번개는 허무하게 막혔다. 불덩이리도 마찬가지였다. 꺼진 지반은 내려앉는 것과 동시에 가볍게 뛰어 넘었다.

도착지에 몰려든 독 안개도 마나 실드 내로는 들어오지 못했다. 그녀는 약간 빠르게 움직이는 것으로 고인 독 안개를 떨쳐 냈다. 뒤따라오던 독 안개는 그녀가 근위 기사단과 가까워지자 말려들 것을 염려했는지 저절로 흩어졌다.

상처는커녕 발목을 붙잡지도 못했다. 대기하고 있던 근위 기사들의 뒷덜미에 식은땀이 흘러내렸다. 마법진이 새겨진 은빛 갑옷과 투구로 전신을 감싸고 있어도 공포로 뒤덮인 눈동자는 숨길 수가 없었다.

에키는 근위 기사들 앞에 멈춰 섰다. 마검을 늘어뜨리고 삐딱하게 선 채 그들을 응시했다.

"비켜 주실래요?"

침묵이 흘렀다. 근위 기사들이 바짝 긴장한 채 검을 들었다. 에키는 가만히 그들을 보다가, 고개를 들어 위쪽을 보았다.

"다들 창가에서 물러나는 게 좋을 거예요. 물러나지 않으면······."

따끔 하는 감각. 말이 뚝 끊겼다. 발치로 시선을 옮겼다. 기척 없이 땅에서 솟아난 검은 가시덩굴이 발목을 휘감고 있었다. 익숙한 모양이었다. 유리엔을 휘감고 있던 그것. 그녀는 가시덩굴이 뻗은 방향을 따라 천천히 시선을 움직였다. 마당을 대각선으로 가로질러 도달한 본성의 그늘에, 로브를 눌러쓴 현자가 주름진 손을 바닥에 대고 있었다.

현자의 밑에는 피로 그린 마법진이 있었고, 텅 빈 마석들이 주위에 뒹굴었다. 마법진의 중심, 현자의 손 근처에서 가시덩굴이 땅을 파고

들었다. 그것이 땅속에서 뻗어 와 그녀에게 닿았다. 현자의 입술이 달싹였다. 그녀의 발목에 달라붙은 가시덩굴에 검은빛이 피어올랐다. 그와 동시에, 두 번 다시 안 올 기회라는 걸 눈치챈 근위 기사 중 하나가 목이 터져라 외쳤다.

"공격!"

근위 기사들이 덤벼들었다. 그러나 그들의 검은 허공을 갈랐다. 순식간에 사라져 버린 그녀를 찾아 시선들이 헤매었다.

현자는 오싹한 기분에 고개를 들었다. 한쪽 발목에 잘린 가시덩굴을 매단 에키네시아가 그녀를 내려다보고 있었다. 보랏빛 위에 검은 물감을 덧칠한 듯한 눈동자가 곱게 휘어졌다.

"당신이었구나, 그 저주를 만든 게."

헤레이스 리어폴드의 입술이 허옇게 질렸다.

"어, 어, 어떻게 저주를……."

[나도 조종 못 하는데 저딴 게 주인을 조종하려 들어? 성검의 주인한테 들러붙었던 거랑 별 차이도 없는 게. 같잖아서 못 봐주겠다, 그치?]

마검이 종알댔다. 에키는 입꼬리를 올리며 말했다.

"나는 마검의 주인이야. 마검을 바탕으로 만든 저주가 나한테 통할 것 같았어?"

헤레이스가 손을 움찔거렸다. 품 안에 있는 최후의 수단, 탈출용 마도구를 쥐려는 행동이었다. 에키는 그녀의 가슴팍을 걷어차 넘어뜨리고 손목을 지그시 밟았다. 부러지지 않을 정도로만 힘을 실었다.

그제야 에키가 어디 있는지 알아차린 근위 기사들이 쫓아오려다 현자를 밟고 있는 그녀를 보고 멈칫했다. 에키는 등 뒤의 기사들에게 신경도 쓰지 않았다.

"당신, 왜 그딴 걸 만들었어? 혹시 원하지 않는데 억지로 만들게 된 거야?"

헤레이스는 희게 질려 대답하지 못했다. 에키가 고개를 기울였다. 숙이는 고개를 따라 검게 물든 머리카락이 아래로 늘어졌다.

"아니면, 당신 자신의 의지로 그것을 만들었어? 로아즈에 뿌려진 마석 목걸이도 당신 작품이야?"

대답하면 죽는다. 그런 직감이 들었다. 헤레이스는 입을 꾹 다문 채 그녀의 눈을 피했다. 이대로 죽을 순 없었다. 현자쯤 되면 주문을 입 속으로만 외우는 마법도 가능했다. 그녀는 안간힘을 다해 마법을 준비했다.

에키는 그 침묵에서 긍정을 읽었다. 억지로 얽매여 한 것도 아니고, 원해서, 스스로, 그딴 물건들을 만들었단 말이지. 어디에 어떻게 쓰였는지 모를 리도 없는데. 무얼 원해서 그랬는지 따윈 궁금하지 않았다. 일순 눈앞이 새빨갛게 젖어 드는 듯했다. 목을 잘라 로아즈성 문 앞에 내던지고 싶다. 그녀는 입꼬리를 올려 웃었다.

"그래, 그렇구나."

[우와! 죽이는 거야? 우와! 우와아!]

마검이 허공에 들어 올려졌다. 유리처럼 투명한 칼끝을 본 헤레이스의 얼굴이 허옇게 질렸다.

"흐어억!"

"현자님!"

칼끝이 현자의 가슴팍을 파고들었다. 근위 기사들이 비명을 지르며 덮쳐들었다. 에키의 등을 노리고 다가온 공격들이 반원을 그리는 검의 궤적에 튕겨 나갔다. 몇 자루는 주인의 손아귀를 터뜨리고 허공을 날았고, 몇 자루는 부러졌다. 그녀가 왼손으로 뽑아 들어 휘두른 낡아빠진 허리춤의 검이 만들어 낸 일이었다.

헤레이스는 비명을 지르며 몸부림쳤다. 살아 있었다.

이용 방식이 약간 다르긴 해도 마법사나 마스터나 마나를 쓰는 것은 동일하기에, 마법사들도 명치에 마나 코어가 있었다. 에키는 마검으로 정확히 현자의 그것만을 꿰뚫었다. 마나 코어가 부서지는 통증은 상상을 초월한다. 온 신경이 타들어 가는 느낌일 것이다. 헤레이스는 눈을 까뒤집다가 거품을 물고 혼절했다.

[엥? 안 죽였네. 왜 안 죽여? 어, 아니다, 너 방금 살의 넘칠 뻔한 거였으니까, 이게 나은 건가? 으? 어려워…….]

마검이 혼란스럽게 중얼거렸다.

현자에게서 튀어 오른 피가 뺨에 닿았다. 에키는 손등으로 피를 닦고 검을 거뒀다. 현자를 내버려 두고 돌아서서 근위 기사단을 바라보자, 그들이 주춤 물러섰다. 그녀는 무심히 그들을 보다가 발목에 아직 달라붙어 있는 가시덩굴을 검으로 걷어 내팽개쳤다.

"에키네시아 로아즈."

돌연 건조한 부름이 들려왔다. 머리 바로 위, 튀어나와 있는 발코니에서였다.

"분명 짐이 이름을 외울 가치도 없던 계집이었는데, 잊을 수가 없어졌다. 대단하구나."

발코니에 서서 그녀를 내려다보는 자의 머리칼은 은빛이었다. 나이에 비해 젊어 보이는 준수한 얼굴. 푸른 눈동자. 장신의 몸을 감싼 검붉은 망토에는 가늘게 뽑은 순은으로 수놓은 하얀 사자의 문장이 있었다.

제국의 황제 로라스 드 하르덴 키리에.

에키는 제국의 귀족이었기에 황제를 본 적이 몇 번 있었다. 오래된 기억이라 흐릿했지만 얼굴을 알아보기엔 충분했다. 황제는 기억보다 수척해져 있었고, 눈 주위가 퀭하니 어두웠다. 번들거리는 눈동자에는 핏발이 약간 서 있었다.

황제의 얼굴을 보는 순간 분노가 솟구치지 않을까 했는데 의외로 머리가 차가워졌다. 초췌한 모습 덕분일지도 모른다. 편안히 지내지는 못했다는 증거니까.

"……하르덴의 영광된 빛, 백색 갈기의 왕, 남부의 정복자이자 북부의 구원자, 동부의 건설자이자 서브의 설계자, 사해(四海)를 수호하는 군주, 위대한 키리에 제국의 황제 폐하를 뵙습니다."

그녀는 예법대로 유려하게 읊으며 마검을 들어 올렸다. 투명한 칼날을 따라 현자의 피가 주륵 흐르다가 날에 스며들며 사라졌다.

"알고 계시는 대로…… 저는 로아즈의 장녀, 에키네시아 르아즈입니다. 폐하를 무척이나 뵙고 싶었습니다."

그녀의 칼끝이 황제의 미간을 겨냥한 채 정지했다. 그의 눈썹이 작게 꿈틀거렸다. 에키는 검을 겨눈 채 살짝 무릎을 굽히며 인사를 했다. 가죽 바지 차림인데도 풍성한 치맛자락이 있는 듯한 인사였다.

"뵙게 되어 정말로 영광입니다, 폐하."

황제는 무표정하게 그녀를 내려다보았다. 그가 눈을 들더니 천천히 주위를 살폈다.

곳곳에서 치솟은 불길, 요새 밖으로 달아나고 있는 제국군, 무너진 성벽과 성문, 공포를 숨기지 못하는 근위 기사단, 마나 코어가 부서져 혼절한 헤레이스 리어폴드, 현자가 그렇게 된 이후 겁에 질려 숨어 버린 몇 남지 않은 마법사들.

"짐은 한 명의 인간이 할 수 있는 일엔 한계가 있다고 믿었다. 짐의 식견이 좁았구나."

황제의 눈동자가 휘릭 굴러 다시 그녀를 향했다.

"너를 만들어 낸 건 대체 누구냐? 타국의 밀정들이냐? 바다 건너 알려지지 않은 땅에서 왔느냐? 아니면, 인간이 아닌 건가?"

에키는 울컥 솟구치려는 것을 간신히 눌렀다. 누가 나를 만들어 냈냐고?

"저를 만들어 낸 건 당신입니다, 폐하."

그녀의 시선이 황제를 겨누고 있는 마검에 닿았다.

"바르데르기오사를 제게 선물해 주셨잖습니까."

황제의 입술이 다물렸다. 그는 묘한 눈으로 그녀를 바라보고만 있었다. 근위 기사단은 황제의 눈치만 보았다. 에키는 마검 위에 마나를 덮어씌웠다. 검은 불꽃이 칼날을 타고 타올랐다.

"제 인내를 시험하지 마십시오, 폐하."

"……짐이 어떻게 하란 말이냐?"

"항복하세요. 그리고 당신이 지은 죄의 대가를 받으십시오."

"알겠다. 그리하지."

황제의 대답은 지나치게 순순했고, 너무 깔끔했다. 승복하지 못하고 발악하거나 무언가 수작을 부리리라 생각했는데. 에키는 허탈해져서 망연히 눈만 깜박였다. 근위 기사들이 반사적으로 고함을 질렀다.

"폐하!"

"폐하, 안 됩니다! 폐하!"

"제국의 빛이 악마에게 굽혀서는……!"

그녀가 근위 기사단을 노려보기 전에 황제가 먼저 그들을 향해 말했다.

"그럼, 다른 방법이 있느냐? 내가 너희에게 그녀를 제압하여 꿇어앉히라고 명하면 할 수 있느냐?"

"며, 명령이시라면……."

"따르라는 게 아니라, 가능하냐고 물었다."

"……."

"불가능하다는 건 잘 아는 모양이로군."

근위 기사단이 할 말을 잃고 입을 다물었다. 마검이 투덜거렸다.

[뭐야, 쟤가 젤 나쁜 놈 아니었어? 아닌가? 그 공작이 더 나쁜가? 어쨌든 미친 인간일 줄 알았는데 상황 파악 잘하네? 알아서 기잖아. 죽기 싫어서 저래? 재미없게.]

조악한 말투였으나 마검의 말은 그녀의 심정과 일맥상통했다. 황제가 그녀에게로 고개를 돌렸다.

"우선 깃발을 내리라고 명하겠다. 성문은 부서졌으니 열 필요도 없겠군."

태연한 어조였다. 이렇게 허무하고 간단할 줄은 몰랐다. 에키는 겨누고 있던 마검을 늘어뜨리며 아랫입술을 살짝 깨물었다. 황제가 말을 이었다.

"다음은 어찌할까? 네 앞에 무릎을 꿇으면 만족하겠느냐? 원하는 것을 말해 봐라."

"왜 그러셨어요?"

물음이 불쑥 튀어 나갔다. 자제할 수가 없었다. 그녀는 까끌한 음성으로 내뱉었다.

"왜, 로아즈에 마검을 보냈습니까? 그걸로도 모자라서 마석 목걸이까지 써 가며 로아즈를 그 꼴로 만든 이유가 뭔가요?"

"아는 것을 왜 묻느냐? 내 아들을 위해서였다."

"아들을 위해 그런 짓까지 한다고요?"

"아비가 아들을 위해 노력하는 건 당연한 일이잖느냐. 자식에게는 뭐든 해 주고 싶은 것이 자연스러운 부모의 마음이다."

유리엔과 비슷한 새파란 하늘색 눈동자로 저런 말을 하고 있었다.

서로 숨기던 것을 털어놓은 이후 그녀와 유리엔은 예전보다 더 깊은 이야기를 나눴었다. 그때도 유리엔은 어린 시절의 이야기는 잘 하지 않았다. 그러나 언뜻언뜻 내비치는 것과, 돌아가는 상황만으로도 황제가 그에게는 한 번도 아비였던 적이 없다는 정도는 알 수 있었다.

유리엔을 증오하면서, 아비가 아들을 위해 노력하는 게 당연하다고? 심지어 그걸 위해 눈 하나 깜짝 않고 로아즈를 몰살시키면서? 자연스러운 부모의 마음이 뭐가 어째?

아찔할 정도로 분노가 솟았다. 그녀는 부들부들 떨리기 시작한 손으로 마검을 고쳐 쥔 다음, 조용히 되물었다.

"유리엔 드 하르덴 키리에 경은 폐하의 아들이 아니었습니까?"

"그건 내 아들이 아니지."

"말도 안 되는 소리 마, 당신 아들이잖아!"

절로 음성이 높아졌다.

아무렇지도 않은 부정이었다. 한 치의 고민도 없는 듯한. 유리엔의 존재 자체를 인정하지 않는 것처럼. 저런 자의 아들로 살았던 유리엔의 어린 날들은 얼마나 혹독했던 것일까. 저러면서 카르엠을 위해서는 자식이랍시고 그 모든 짓을 저질렀다고. 시야가 거뭇해지려 했다. 에키는 한 손으로 눈가를 문지르며 호흡을 골랐다.

황제는 발코니의 난간에 기댄 채 아래로 몸을 숙였다.

"에키네시아 로아즈. 무언가 착각하고 있는 모양인데, 그건 정말로 내 아들이 아니다."

황제의 음성은 침착했다. 침착하게 유리엔을 '그것'이라 표현하고 있었다. 사람 취급조차 하지 않고 있구나. 입을 열었다간 욕이 쏟아질 것 같아 그녀는 잠시 입을 다물었다. 황제가 말을 이었다.

"그것은 내 동생이 황후의 배에 심은 씨앗의 결과물일 뿐이다. 황후를 잡아먹은 기생충이고, 인간이 아닌 괴물이었지."

헛소리였다. 황제의 동생은 일찍이 낙마 사고로 죽었다. 황후가 2황자인 카르엠을 임신하기 전부터 이미 고인이었다. 에키는 기가 찼다.

"죽은 사람이 임신도 시킬 수 있던가요?"

"로널드는 죽은 척을 한 거다. 그놈이 그리 쉽게 죽을 리가 없어."

황제가 너무 진지하게 늘어놓아서 순간즈으로 의심이 생길 정도였다. 정말 황제의 동생이 죽지 않았던 걸까? 죽은 척만 하고 황후와 정을 통해 유리엔을 낳았다고? 그래서 그렇게까지 유리엔을 미워한 걸까?

하지만- 황제는 동생인 로널드 공을 암살했다는 소문을 무마하기 위해 부러 더 거나하게 장례식을 치렀었다고 들었다. 시신을 공개하고 조문객들이 직접 관에 꽃을 넣는 관례까지 행했다. 로널드 공의 시신을 본 사람은 한둘이 아니었다.

에키는 황제의 눈을 바라보았다. 반들거리고 초점이 명확하지 않은 푸른 눈. 망상을 현실이라 믿고 미쳐 버린 걸까.

"증거가 있나요, 폐하?"

"물론 있다. 커튼이 흔들렸지."

"네?"

"미리 소식을 전하지 않고 찾아갔던 날, 황후의 침실에 있던 커튼이 흔들렸다. 그 안에 로널드가 숨어 있었겠지."

"……그 커튼의 뒤를 확인해 보셨어요?"

"보지 않아도 알 수 있다. 짐은 알아. 그놈이, 줄곧 내 근처에 맴돌며 따라다니더니 감히 황후까지 넘보았단 말이다!"

황제는 갑자기 목소리를 높이며 버럭 소리쳤다. 난간을 움켜쥔 손등에 핏줄이 불거졌다. 에키는 황당해져서 물었다.

"로널드 공이 폐하를 따라다녔다고요?"

"그래, 내내 짐을 따라다녔다. 항상 기분 나쁜 눈으로 나를 바라보곤 했지."

아무리 봐도 전부 망상이었다. 정말 미쳤구나.

뒤쪽의 근위 기사들이 술렁이고 있었다. 그들도 황제가 저런 상태인 걸 알지 못했던 모양이었다. 어쩌면 황제가 즉위하자마자 사고로 위장해 동생을 죽였다는 소문이 사실일지도 모르겠다. 제 손으로 죽인 탓에 동생의 환영을 지속적으로 보고 미쳐 갔는지도 모른다.

세월이 흐른 지금은 제대로 알아내기 어려울 이야기였다. 저런 미치광이의 광증에 휘말려 모든 것이 어그러졌다는 것을 깨달으니 더 알고 싶지도 않았다. 역겹고 허탈했다.

"그래서, 그런 망상으로 유리엔을 증오하고, 당신이 아들이라고 생각하는 2황자를 위해 로아즈를 희생시켰다고요. 정말 그게 다인 거군요. 겨우 그런 이유로, 무고한 피를 그토록 많이……."

"제국의 규모에 비하면 고작 한 줌의 희생이다. 게다가 차기 황제에게 보탬이 될 테니, 천한 것들에게는 과분한 영광 아닌가."

미약한 성가심이 묻어나는 무심한 대꾸. 에키는 순간 피가 거꾸로 솟는 기분을 느꼈다. 입술이 제멋대로 움직였다.

"고작 한 줌? 당신에게는 그 죽음들이 그 정도 무게밖에 안 되었어?"

말끝이 거칠게 부서져 내렸다. 영광? 영광이라고? 저 미치광이가 지금 무슨 개소리를 하는 건가. 진심으로 그렇게 믿었어? 내 15년을 지옥에 처박고, 로아즈성을 몰살시키면서. 그게 당신에게는 이렇게 가벼웠어?

요동치는 감정을 따라 마나가 끓어 넘쳤다. 검은 마나가 몸 밖으로 선명하게 드러나며 출렁였다. 주위의 공기가 달라지고 대지가 긁혔다. 그 자리에 있던 모든 자가 움찔 몸을 굳혔다.

[야, 야, 진정해. 위험 수위야.]

마검이 불안한 듯 속삭였다. 에키는 한 손으로 얼굴을 덮었다. 안 돼. 냉정을 잃어선 안 된다. 감정에 휘둘렸다간 실패하게 될 거다. 그녀가 초인적인 인내심으로 흘러넘치는 마나를 갈무리하는 동안 황제는 약간 창백해진 안색으로 그녀를 내려다보고 있었다.

"짐이 미쳤다고 생각하겠지?"

그가 돌연 입술을 비틀었다.

"사실 짐도 알고 있다. 전부 짐의 망상이라는 것을. 황후가 죽은 게 3황자 때문이 아니라는 것도 잘 알고 있다. 갓난애에 불과한 그것이 무슨 죄가 있었겠느냐."

[저거 왜 아까부터 멀쩡한 소리랑 미친 소리를 번갈아 해? 미친 거야, 미친 척하는 거야?]

마검이 이해할 수 없다는 듯 투덜거렸다. 에키 역시 혼란스러워져 황제를 바라보았다. 황제는 대단히 차분한 투로 말했다.

"그런데 왜 짐이 알면서도 그리했을 것 같나?"

그녀는 그가 말하면서 문득 눈을 굴려 제 뒤를 흘긋 확인하는 것을 놓치지 않았다. 그 찰나의 움직임을 보는 순간 그녀는 황제가 왜 순순히 항복했고, 저런 말들을 구구절절 늘어놓는지를 깨달았다.

그러고 보니 곁에 아무도 없다. 아무리 막다른 곳에 몰렸다 해도 제국의 황제인데, 측근도 시종도 하나도 없이 홀로 서 있었다. 게다가 눈치만 보고 있는 근위 기사들. 저게 정말 근위 기사단일까? 근위 기사단의 갑옷을 입고 있다지만 겁에 질려 움찔거리기만 하는데? 아까 쳐 낸 공격들도 근위 기사라기엔 약했다. 근위 기사단장도 보이지 않았다.

머리가 차게 식었다.

"폐하."

"그러는 쪽이 훨씬 편했기 때문에—"

"무얼 기다리고 계십니까?"

황제의 말이 끊겼다. 에키는 가볍게 땅을 박차 황제가 있는 발코니로 뛰어올랐다. 무게가 없는 듯한 움직임이었다. 황제는 흠칫 놀라며 뒤로 물러섰다. 좁은 난간 위에 올라선 그녀가 그를 굽어보았다. 검게 물든 눈동자가 일렁였다.

"시간을 끌고 계신 거네요, 그렇죠?"

황제가 입을 다물었다. 에키는 난간에서 뛰어내려 그를 지나쳐 안으로 들어갔다. 그녀를 막으려 뻗어 오는 황제의 손은 물 흐르듯 피했다.

그녀는 곧 급하게 짐을 싸느라 엉망이 되어 버린 호화로운 방을 발견했다. 누군가 귀한 신분의 사람이 도주한 흔적. 사람의 기척은 없었다. 시중드는 자조차 보이지 않았다. 모두 이미 달아난 것처럼.

화급히 따라 들어온 황제의 기척이 뒤에서 느껴졌다. 에키는 천천히 그를 돌아보았다. 황제가 자신을 희생하면서까지 도망치게 하려 한 귀한 신분의 사람. 누구일지는 뻔했다.

"2황자를 도망시키셨군요, 폐하. 제국의 인장 같은 것도 다 그에게 들려 보냈나요?"

"……."

"그래서 헛소리를 해대며 시간을 버셨군요. 눈물겨운 부정이시네요."

늘어놓은 말들이 전부 거짓은 아닐 것이다. 아마 내밀한 진심. 그러나 완전히 정신이 나간 자도 아니었다.

황제는 에키를 무시하고 방 안을 확인했다. 2황자가 이미 떠난 것을 알아차린 그가 안도하는 기색을 내비쳤다. 그 안도가 혐오스러웠다. 에키는 이를 악물었다.

"2황자가 그렇게 사랑스럽나요? 그런 짓들을 저지르고, 어떻게든 빼내려 폐하의 목숨마저 미끼로 내어놓을 만큼?"

"어차피 너는 짐을 죽이지 못한다."

황제의 표정이 돌변했다. 광기가 사그라들고 무표정 위로 희미한 비웃음이 떠오른다.

"너를 지켜보고 있었다. 요새를 부수면서도 살인은 일부러 피하고 있더군. 현자에게 살의에 물드는 과정에 대해 들은 덕에 추측이 쉬왔다. 아무래도 너는 사람을 함부로 죽이면 악마가 되어 버리는 모양이지?"

"……."

"창천이 바르데르기오사 오너로 인정하겠다는 말을 꺼낸 마당에 악마가 되고 싶진 않겠지. 그래서 방금도 참은 것이잖느냐."

황제의 웃음이 비릿하게 깊어졌다.

"너는 짐을 베지 못해. 황태자도 짐을 처형할 순 없다. 짐은 제국의 황제이고, 그놈의 아비니까. 항복한 아비를 죽이고 황위에 오르는 패륜아가 될 순 없을 테니."

에키는 고개를 숙이고 호흡을 멈추었다. 시야의 외곽이 일그러지고 있었다. 열기가 전신으로 퍼져 나갔다.

"어차피 나를 죽이지 않는 게 네게도 이득이잖느냐. 짐의 항복을 받아 내었으니 황태자가 큰 포상을 내릴 터. 바르데르기오사 오너로도 인정받겠군. 결국 다 짐의 덕이 아니냐? 짐이 아니었다면 네가 이런 엄청난 힘을 손에 넣을 수도 없었을 거다."

두근, 두근, 심장이 요동치는 소리가 들리는 것 같았다. 황제는 웃고 있었다. 웃고, 있었다. 만족스럽게.

"자, 이제 짐을……."

"……폐하. 폐하께서는 행한 일을 후회해 본 적이 없나요?"

"후회? 많이 해 보았지. 가장 최근에 한 후회는 로아즈에 마검을 보낸 일이다."

그녀가 고개를 들었다. 그 움직임은 짐승처럼 느껴졌다. 황제를 바라보는 새카만 눈동자도, 말을 하며 발긋한 입술이 벌어지고 하얀 이가 보이는 모습도 기묘하리만치 섬뜩했다. 그녀는 속삭이듯 말했다.

"정말로 그걸, 후회하셨어요?"

"다른 가문을 택할 걸 그랬다. 그랬다면 이리되지도 않았을 거고, 카르엠도……."

황제는 말끝을 흐렸다. 찰나 그녀를 보는 그의 시선에 분노가 어렸다. 자식을 망가뜨린 원수를 보는 눈빛이었다. 황제는 그것을 금세 감추었으나, 에키는 이미 보았다.

"아, 그런, 걸, 후회하시는 거군요."

끓어오르는 것들을 꾹꾹 눌러 담은 발음. 그녀가 웃었다.

"겨우 그런 걸 후회한다고."

이자는 지금, 제 아들이 불구가 된 것에 분노하고 그것 때문에 후회한다고 말하고 있다. 아들만이 소중한가. 그마저도 또 다른 아들인 유리엔은 안중에 없다 못해 죽이려 해 놓고. 그게 정말 자식에 대한 사랑이긴 한 건가.

그녀가 가짜 마검에 물든 유리엔을 되돌리지 않았다면 유리엔은 죽었을 거다. 황제가 그것을 몰랐을 리 없다. 되레 적극적으로 유도했을지도 모르겠다.

그가 황제로 인해 죽었다면. 그 상상에 가슴 안쪽이 서늘하게 서걱거렸다. 차가운 불이 타오른다. 유리엔은 살려 냈다. 하지만 살려 내지 못한 사람들이 있다.

[두 번의 기적은 없을 것이다.]

카이로스기오사는 그렇게 말했었다. 로아즈의 시민들. 그녀의 손에 죽었다가 시간을 되돌려 겨우 되살아난 사람들이었다. 그런데 이번에도 죽었다. 이제는 되살릴 수 없는데.

이자 때문이다.

황태자가 로아즈의 복구를 지원해 주어도, 유리엔이 그녀가 돌아갈 자리를 만들어 주어도, 몰살당한 로아즈의 시민들은 돌아오지 않는다. 이자로 인해서 생겨난 돌이킬 수 없는 죽음들이 수없이 많다.

베지 못할 거라고? 처형할 수 없을 거라고? 맞는 말이었다. 황제니까. 황제. 이 미치광이가 황제라는 이유로, 그 모든 일을, 그 모든 죽음을, 유리엔의 고통을, 그녀의 15년을, 그러고도, 살아남는다고. 저렇게 웃는 얼굴로?

이걸 살려 둬야 해? 왜?

용서하고 싶지 않아. 용서할 수 없어.

죽이고 싶어.

머릿속이 하얗게 타올라 사라져 간다. 부서지고 무너져 검고 붉은 불티가 날리는 환상이 보였다. 무언가가 목을 타고 넘어가는 듯한 감각. 그것을 삼켰다. 살의를 받아들였다. 새카만 얼룩이 돋아난다. 검을 휘둘렀다.

"크아아악!"

고통에 찬 비명이 감미로웠다. 벌레 같은 몸부림이 보기 좋았다. 믿을 수 없다는 듯 흔들리는 눈동자를 보니 즐거웠다. 한 번도 자신이 이런 식으로 죽으리라고는 생각해 보지 못한 자가, 죽음을 앞두고 짓는 공포에 질린 표정은 몹시 만족스러웠다.

[와……. 이게 뭐야. 우와. 와. 진짜 굉장하다. 기분 좋아.]

"크윽. 감히! 짐은, 지, 지, 짐은 제국의, 커헉."

더 고통스러워해야지. 더 공포에 떨어라. 죽어 가는 감각을 느껴 봐.

"그, 그, 그만, 그만!"

그래도 내가 겪은 것들에 비하면 한참 모자라. 너로 인해 죽어 간 사람들이 느낀 것들에 비하면 천분의 일도 되지 않을 테지. 그래, 네 피와 살을 가져다 그들이 묻힌 땅에 거름으로 주어야겠다.

[어, 시원하고 기분 좋긴 한데, 음, 좀 위험한 거 같……. 주, 주인아?]

"제, 발, 사, 살려……. 아아악!"

칼날이 살을 비는 감각에 기뻐해 본 건 처음이었다. 사람의 숨이 멎어 가는 모습이 기꺼운 것도 처음이었다.

오랜 인내 끝에 받아들인 살의는 지독하게 달았다. 모든 것이 아득하게 멀어질 만큼.

유리인은 갈로서스에 불길이 솟는 것을 보자마자 군영을 벗어났다. 황태자근에 있던 창천 기사단원들은 단장을 뒤따르려다 따르지 말라는 그의 명에 멈췄다.

불패의 요새가 무너지고 부서지며, 제국군이 도주하기 시작한다. 그 광경을 보며 얼이 빠져 있던 황태자는 겨우 정신을 차렸다. 그는 정예를 추려 갈토서스로 향하면서 전군에 명을 내렸다.

"포위망을 구축해라. 빠져나오는 자들은 한 놈도 놓치지 말고 잡아야 한다.'

황태자군은 충실히 명을 따랐다.

창천 기사단은 빠르게 이동하여 갈로서스의 뒤편을 지켰다. 그곳에서 그들은 근위 기사단장을 포함한 근위 기사단 일부의 호위를 받으며 몰래 빠져나가던 마차와 맞닥뜨렸다. 2황자와 황자비가 탄 마차였다. 근위 기사단은 사력을 다해 반항했으나 창천 기사단의 상대가 되진 못했다. 그들은 모조리 제압되어 군영으로 이송되었다.

2황자를 잡았다는 전령이 도착했을 때, 황태자는 정예를 거느린 채 갈로서스의 첫 번째 성벽 위에 서 있었다.

전군을 동원하여 공성을 시도했음에도 넘지 못했던 성벽을 아무런 방해도 받지 않고 걸어 올라왔다. 전령에게 명을 내려 돌려보낸 그는 한쪽이 완전히 무너져 내린 두 번째 성벽을 바라보았다. 눈으로 보니 확실히 체감이 된다. 솜털이 곤두서는 느낌이었다.

"이게 여자 하나가 검 한 자루 들고 벌인 일이란 말이지."

"검 한 자루가 아니라 기오사입니다."

"아, 그래, 기오사. ……기오사가 이 정도 잠재력이 있는 물건이었나? 소름이 끼치는군."

황태자는 호위 기사의 말에 대꾸하며 헛웃음을 흘렸다. 경악이 역치를 넘어서자 웃음만 나왔다.

"혼자 갈로서스를 정복하다니. 그것도 전략을 쓴 것도 아니고 그냥 정면으로 들어가서. 역사에 기록했다간 후손들이 허황된 과장으로 치부할 업적 아닌가. 이걸 누가 믿어. 안 그런가, 경?"

"그러게 말입니다. 신께서 갈로서스에 천벌을 내렸다고 쓰는 쪽이 더 믿을 만하지 않을까요?"

"아냐, 경, 생각해 봐. 그녀는 젊다 못해 어리지. 그녀가 역사에 남길 일이 이것뿐일 것 같아? 그때마다 신이 기적을 일으켰다고 쓸 순 없잖아."

"……일대기가 환상 소설이 되겠는데요.'

"그러게 말이다."

황태자는 허탈하게 답하고는 턱을 긁적였다.

"그나저나, 에키네시아 로아즈도 유리엔에게 마음이 있는 거겠지?"

"3황자 전하를 위해 마검을 드러낸 것 아니었습니까? 당연히 마음이 있겠지요."

"그녀가 좋아하는 게 성검의 주인이라 정말 다행이군. 장한 내 동생."

"그때 전하께서 디아상트 공녀와 3황자 전하의 약혼을 끝까지 밀어 붙이지 않으신 것도 정말 다행입니다."

그때를 떠올린 크루엔 황태자는 부르르 몸을 떨었다.

"……경, 난 착하게 살고 성군이 될 거야. 평안히 오래 살고 싶으니까."

"꼭 그래 주십시오, 주군. 저도 오래 살고 싶거든요."

[예감이 좋지 않아.]

난장판이 된 갈로서스 내부를 달리는 유리엔을 향해 성검이 중얼거렸다. 유리엔은 대답하지 않고 속도를 조금 더 올렸다.

요새 내에 주둔하던 제국군은 이미 대부분 달아난 모양이었다. 요새는 거의 비어 있었다. 앞길을 방해하는 건 무너진 돌더미나 불길뿐이었다. 그는 곧바로 요새의 중심부로 향했다.

"으아악!"

앞쪽에서 갑자기 일단의 무리가 튀어나왔다. 기사들 몇, 그들은 투구를 내던지고 달리면서 조금이라도 더 빨라지기 위해 갑옷을 마구잡이로 벗었다. 근위 기사단이 전투 시에 착용하는 은빛 갑옷이었지만 근위 기사 같지는 않았다. 로브를 쓴 마법사 몇은 뒤도 돌아보지 않고 뛰어갔다.

하나같이 새파랗게 질린 낯이었고, 유리엔에게는 신경도 쓰지 않았다. 유리엔은 그들이 자신을 지나쳐가는 것을 멀거니 보다가 안쪽으로 걸음을 옮겼다.

아치를 지나 본성의 마당에 발을 들이는 순간, 공기가 달라졌다. 피부가 저릿저릿했다. 그리고 짙은 피 냄새가 풍겨 왔다.

[이건……]

털썩, 하고 무언가 떨어지는 소리가 났다. 본성의 발코니 쪽이었다. 마법사로 보이는 자의 시체가 발코니에서 떨어져 아래에 나뒹굴었다. 새빨간 피가 흙을 적시며 흘러나왔.

유리엔은 그 위를 보았다. 발코니의 난간에 에키네시아가 서 있었다. 몇 달 만에 보는 그녀였다. 꿈에서 그리다 못해 감은 눈꺼풀 안쪽에 들러붙어 사라지지 않던 얼굴이었다. 그러나 감격할 시간도, 눈물 흘릴 여유도 없었다.

검게 물든 머리, 일렁이는 검은 눈동자, 흰 피부 곳곳을 물들인 검은 얼룩, 뺨과 옷자락에 튄 붉은 피, 오른손에 움켜쥔 투명한 칼날의 마검. 정안을 뜨자 보이는 것은…….

검게 타오르는 태양.

[제기랄, 피해라!]

성검이 외치는 것과 거의 동시에 유리엔은 훌쩍 뛰어 제자리를 벗어났다. 그가 벗어난 자리에 검은 마나로 휘감긴 검이 쾅, 하고 틀어박혔다. 파헤쳐진 땅에서 흙과 자갈이 분수처럼 튀어 올랐다.

구불거리는 검은 머리카락이 속도에 못 이겨 떠올랐다가, 사락거리며 가라앉는다. 에키네시아는 땅에 틀어박힌 마검을 뽑아내며 유리엔 쪽을 돌아보았다. 유리알 같은 눈동자. 인간의 것이라기엔 지나치게 차가운.

[완전히 물들었군. 무슨 일이 있었던 거지?]

성검이 신음 석인 음성으로 중얼거렸다. 유리엔은 떨리는 손으로 랑기오사를 꺼내 들었다. 그를 바라보는 에키네시아의 고개가 갸웃 기울어졌다. 그리고 아무렇지도 않은 손짓 한 번.

본성 마당의 입구에 있던 유리엔은 그녀가 손짓하자마자 대지를 박차고 아치 위로 뛰어올랐다. 새카만 초승달 같은 검기가 그가 있던 허공을 가르고 지나가 멀찍이 있던 식량 창고에 처박혔다.

건물이 무너져 내리는 소리와 함께 밀가루가 안개처럼 비산했다. 넘어진 화로에서 흐른 기름을 먹으며 타고 있던 불에서 불티가 튀었다. 귀청이 떨어질 듯한 굉음과 함께 거대한 폭발이 일어났다. 뒤에서 불어온 거센 바람이 아치 위에 올라선 유리엔의 머리카락을 엉망진창으로 흔들었다.

유리엔은 뒤를 돌아보지 않았다. 그는 호흡을 잊은 채 아래에 있는 에키네시아를 응시했다. 막막하고 먹먹한 것이 한가득 차오른다.

'에키.'

그녀의 인내심을 안다. 그녀가 이성을 잃어버렸다면, 그녀를 그렇게 만든 쪽이 잘못이었다. 무슨 일이 일어났는지 몰라도 무조건 그녀가 옳을 것이다. 유리엔은 그녀를 믿었다.

그와 별개로 그는 그녀를 막아야만 했다. 막을 수 있는 건 자신뿐이었다.

"만에 하나 그리되더라도, 그때에는 내가 그녀를 진정시키겠다."

총행정관을 향해 자신이 했던 말이다. 그러나.

막을 수 있을까.

랑기오사를 쥔 손안에서 땀이 배어났다. 유리엔 자신이 제니스가 되었기에 더 명확히 느껴졌다. 그녀가 얼마나 강한지, 그리고 그녀와 그의 격차가 어느 정도인지가.

공간이 완전히 그녀에게 장악되어 있었다. 그녀가 한 호흡에 움직일 수 있는 간격 안에 들어가는 순간 목숨을 장담할 수 없게 될 거다. 가느다란 몸이 까마득한 거인처럼 보였다.

독을 마시고 이성을 잃었을 때와는 차원이 달랐다. 그때의 그녀가 얼마나 약화된 상태였는지 확실히 알겠다. 지워진 과거에 싸워 본 악마였던 그녀에 비해 지금의 그녀가 훨씬 더 강해졌다는 것도 한눈에 알았다. 또 하나. 가짜 마검을 쥐고 있던 그를 상대할 때 그녀가 어느 정도로 자제했는지도 깨달았다. 유리 공예품을 다루듯 조심스럽게 굴었고, 살기는커녕 투지도 보이지 않았었던 거다.

그에 비해 지금은 눈이 마주친 것만으로도 오싹 소름이 돋는다. 담이 약한 자라면 시선만으로도 굳어 버리거나 기절할지도 모른다. 가까이 다가갈 엄두가 나지 않았다.

빤히 그를 올려다보던 에키네시아가 다시 고개를 갸웃거렸다. 마검을 쥔 손이 움찔거렸다.

[주인!]

유리엔은 아치 아래로 뛰어내렸다. 흉포한 마나가 그가 있던 자리를 갈랐다. 반 토막 난 아치가 무너졌다. 아치를 무너뜨리고도 힘이 줄지 않은 검기가 공기를 찢어발기며 요새 내의 병사 숙소에 처박혔다. 건물이 도끼로 개인 장작처럼 갈라졌다.

공격이 빗나가자 에키네시아가 희미하게 미간을 찌푸렸다. 그녀는 마검을 고쳐 쥐며 몸을 낮추었다. 검기를 자꾸 피하니 직접 벨 심산인 듯했다.

[안 돼, 절대 검을 맞대지 마라!]

성검이 경고하지 않아도 유리엔 스스로 알아채고 있었다.

그녀가 아무리 강하다 해도 살의를 흡수할 틈 정도는 낼 수 있을 거라고? 흡수할 틈은커녕 접근하는 것도 무리다. 정면으로 검을 받다간 반드시 죽는다. 만일 또 마검에 휘둘려서 그를 죽였다간, 그녀는 이번에야말로 절대로 막을 수 없는 재앙이 되어 버릴 거다.

죽을 수 없다. 그렇다고 그녀를 두고 이 자리를 피할 수도 없다. 중독된 상태도 아니니 마검은 먹이를 찾아 헤맬 거고, 갈로서스 외부에는 황태자군이 있었다. 요새 내의 제국군이면 몰라도 황태자군을 죽였다간 그녀가 돌아갈 자리가 망가진다.

에키네시아의 고습이 훅 하고 사라졌다. 유리엔은 빠르게 있던 자리에서 벗어났다. 쾅, 쾅, 쾅, 그가 발을 디딘 자리마다 새카만 마나로 터져 나갔다.

그녀를 막아야만 했다. 할 수 있든, 없든 간에. 여기서 막지 못하면 증명식도 의미가 없었다.

어떻게?

그 순간 떠오른 것은 에키네시아가 부단장에게 보냈던 편지의 내용이었다. 던컨이 보여 주었던 편지. 그녀가 직접 쓴, 악마가 된 자신을 상대하는 방법. 대체 어떤 심정으로 자기 자신을 죽일 방법에 대해 썼는지 짐작도 가지 않았다.

내용 자체는 건조하고 담담했으며 그리 충격적인 것도 없었다. 그럼에도 읽으면서 정신이 나갈 것만 같았던 편지였다. 그 내용을 되새기려는 것 자체가 고통이었다. 생각하고 싶지 않았다. 그래도 유리엔은 그것을 한 줄 한 줄 떠올렸다.

―악마의 최우선 목표는 살의를 충족하는 것, 그러니까 살인이에요. 또한 마검의 재료에는 악의도 있기 때문에…… 되도록 악의적인 방식으로 죽이는 걸 선호해요.

성벽을 수직으로 타고 올라간 유리엔은 성벽 위를 달렸다. 에키네시아가 그를 뒤쫓았다. 빗나간 검기에 성벽이 과자 조각처럼 부스러졌다.

―단번에 숨통을 끊는 게 대부분이지만 천천히 죽이기도 하고, 사냥을 즐기듯 구석으로 몰아넣기도 하죠. 상대가 강하거나 반항이 심할수록 그런 경향을 보여요. 자신을 다치게 한 자에게는 더 집요한 악의를 품어서…… 도발을, 하기도 하고요.

과거, 피투성이 분수대에 걸려 있던 오래된 시체들. 그 앞에서 그를 기다리던 '악마'의 모습. 그 광경을 떠올리면 악의 어린 도발이 무슨 뜻인지 알 수밖에 없었다.

―그 점을 이용하셔야 해요. 중상을 입으면 드주를 우선하지만, 미약한 부상만 입히면 다른 인간보다 우선해서 따라올 겁니다. 어떻게든 제게 상처를 내세요. 아주 작은 긁힘이라도 괜찮습니다. 그 다음 그 사람을 따라…….

상처를 입히라고. 가능한지 여부는 둘째치고, 차라리 제 몸뚱어리를 베었으면 베었지 그녀에게 상처를 입히고 싶지는 않았다. 하지만 유리엔은 그녀를 부상 없이 제압할 실력이 없었다. 사력을 다해도 불가능할 판에 그런 여력이 있을 리가 없다. 그녀가 그를 다치지 않게 제압할 수 있었던 것과 달리.

자신의 실력이 약해 빠진 쓰레기처럼 느껴졌다. 천재라니, 한심하기 짝이 없는 것을. 깨문 입술에서 피 맛이 났다.

―상처를 입히는 것도 쉽지 않을 거예요. 정면으로 검을 맞대는 건 금물입니다. 함정이나 지형지물을 활용하세요. 참, 독을 쓰는 건 되도록 피하세요. 중독되면 여유를 부리는 대신 빠르게 죽이는 것에만 집중하게 되어서 더 위험해져서요.

그를 뒤쫓던 에키네시아의 고개가 획 하고 돌아갔다. 그쪽에 미처 도망가지 못한 제국군 병사가 있었다. 그녀는 유리엔을 버리고 그리로 방향을 틀었다. 유리엔은 급하게 그녀의 등을 향해 검기를 날렸다. 에키네시아는 피하는 대신 마나 실드를 발동하며 주저앉은 병사를 향해 덤벼들었다.

―쉽게 죽일 수 있는 인간은 뒷순위로 미루는 경향이 있으니, 최대한 강한 사람이 유도해야 해요. 위험하다고 판단한 자일수록 먼저 처리하려고 하거든요.

제니스인 유리엔은 중첩된 검기를 날릴 수 있었다. 날아간 검기가 에키네시아의 마나 실드와 격돌하며 그것을 흩뜨렸다. 검에 덧씌운 중첩 검기였다면 완전히 뚫었을 텐데, 날려 보낸 검기라 그 정도 위력은 되지 못했다.
 유리엔은 그녀가 다치지 않아서 다행이라고 생각했다. 결코 다행이 아닌 상황임에도 불구하고.
 "……!"
 마나 실드가 부서지자 그녀가 멈춰 서 유리엔을 돌아보았다. 병사는 아슬아슬하게 살아남았다. 신음인지 울음인지 모를 소릴 내며 바닥을 기어 도망가는 병사를 그녀는 쫓아가지 않았다.

―마나를 사용하고 있는 저를 죽이는 건 무리예요. 혹시 가능하다고 해도 피해가 심하겠죠. 그러니까 유인해서…….

에키네시아가 다시 그를 뒤쫓기 시작했다. 유리엔은 달리며 빠르게 주변을 훑었다. 갈로서스 공성전 대패 소식을 듣고 황태자가 보내 준 요새의 설계도를 대강 살펴보았던 터라 구조가 눈에 익었다. 어디로 그녀를 이끌어야…….
 [가깝다!]

유리엔은 넘어지다시피 몸을 기울였다. 머리 위로 서늘한 칼날이 스쳐 지나갔다. 일어나는 대신 그대로 성벽 아래로 떨어졌다. 바로 앞에 감시탑이 하나 솟아 있었다.

랑기오사에 맺힌 유리엔의 검기가 그의 키 몇 배는 될 법한 길이로 순식간에 증폭되었다. 그는 떨어지며 성벽을 박차 감시탑으로 돌진했다. 스쳐 지나가며 거대해진 검기로 탑을 통째로 베어 냈다. 잘린 탑의 상단이 에키네시아 쪽으로 날아갔다.

콰아앙!

성벽과 감시탑이 충돌하며 어마어마한 소리가 났다. 먼지가 구름처럼 치솟고 파편이 우박처럼 쏟아졌다. 순간적으로 아무것도 보이지 않았다.

잠시 후에 먼지가 걷히자 마나 실드 속에 서 있는 에키네시아가 보였다. 그녀는 헤매지 않고 곧바로 우리엔이 있는 방향을 바라보았다. 그는 감시탑에서 좀 떨어진 곳에 있는 석조 건물 위에 서 있었다. 그녀가 병사 숙소의 지붕을 밟고 건너뛰며 그를 향해 달려갔다. 유리엔은 달아나지 않았다.

다가온 에키네시아가 그를 향해 마검을 휘둘렀다. 유리엔은 아슬아슬하게 그것을 피했다. 빗나간 검이 건물의 지붕을 갈랐다. 먼지 구름이 피어오른 사이 유리엔이 미리 흠집을 내 놓은 지붕은 그녀가 충격을 주자마자 그대로 아래로 내려앉았다.

그 건물은 요새에서 쓸 물을 보관하는 곳이었다. 어지간한 수영장보다 넓고 우물처럼 깊은 수조가 바로 아래에 있었다. 천장째로 내려앉은 그들은 수조의 한가운데에 빠졌다.

"……!"

―저는 날거나 물 위를 걷지는 못해요. 불리한 곳으로 몰아넣으세요.

물보라가 솟구쳤다. 겨울이 시작된 터라 물은 시릴 정도로 차가웠다. 대비하고 있었던 유리엔과 달리 에키네시아는 찰나 당황했다. 1초도 되지 않는, 극히 짧은 빈틈이었다. 유리엔은 그 틈을 놓치지 않았다.

―봉인구를 준비해 두세요. 마나를 봉인한 다음에 저를 죽이시면 돼요. 제압했다면 망설이지 마세요. 가둬 놓을 생각도 하지 마시고, 자비나 배려를 베풀지도 마세요. 저를 믿지 마세요. 틈을 줬다간 낭패를 볼 수도 있으니까, 그냥 바로, 죽여 주세요.

그 문구는 다른 부분보다 흐트러진 글씨로 쓰여 있었다. 그녀가 그것을 쓰며 무엇을 떠올렸을지 아는 사람은 유리엔뿐일 것이다. 아젠카를 멸망시켰던 기억을 떠올리며 썼겠지. 그러니 자신을 믿지 말라고, 자신에게 기회를 주지 말라고 한 거다.
유리엔은 그럴 수 없었다.
물거품이 시야를 가득 채웠다. 푸르스름한 물결 너머로 검게 흐늘거리는 머리카락이 보였다. 찰나의 빈틈을 노려 그녀의 손목을 움켜쥐었다. 미리 꺼내서 왼손에 쥐고 있었던, 예전에도 썼던 봉인구를 그 손목에 빠르게 얽었다. 이번에는 중독된 상태가 아니므로 그대로 마나의 흐름을 봉해 버리면 된다.

[주인, 성공했……!]

성검의 말끝이 뚝 잘렸다. 봉인구의 사슬을 잠그기 직전, 에키네시아가 알아차렸다. 시야를 왜곡시키는 물과 부글거리는 물거품 너머로 그녀가 입꼬리를 올렸다. 유리엔은 반사적으로 마나를 움직여 몸을 보호했다.

퍼어엉!

그녀를 중심으로 둥글게 마나가 터져 나오며 모든 것이 튕겨 나갔다. 물이 밀려나 솟구치며 수조의 바닥까지 드러났다. 그 바닥마저도 구체에 짓눌린 것처럼 파이며 금이 갔다.

마나 실드를 스스로 만든 마나 소드와 의도적으로 충돌시켜 폭발을 일으키는 기술이었다. 배운 적도 없고 들은 적도 없는 기술을 그녀는 본능적으로 사용했다. 부어 넣은 마나의 양이 무식하게 많아서 끔찍할 정도의 위력이었다.

유리엔은 벽을 부수며 형편없이 날아갔다. 옆 건물의 기둥에 부딪히며 간신히 멈췄다. 마나 실드를 쓰지 못하는 그는 충격을 고스란히 받았다. 마나로 몸을 보호해 넝마가 되는 꼴은 피했으나 몇 군데는 확실히 부러진 듯했다. 입 밖으로 울컥 피가 쏟아졌다. 내장도 상한 모양이었다.

[젠장, 괜찮으니? 봉인구는?]

랑기오사가 초조하게 물었다. 유리엔은 왼손을 펴 보았다. 손안에 있던 일부 외에는 충격에 으스러져 버렸다. 딱 봐도 더는 기능하지 못할 듯했다.

에키네시아가 수조 위로 뛰어올랐다. 머리카락이 흠뻑 젖어 전신에 달라붙어 있었다. 건물 틈에 처박힌 그를 향해 다가오는 걸음마다 젖은 발자국이 남았다.

[도망쳐라, 당장!]

성검이 고함을 질렀다. 유리엔은 몸을 일으키다 한 차례 휘청였다.

"윽!"

오른쪽 다리가 부러졌다. 마나로 부러진 다리를 지탱해 일어서려던 그는 급하게 벽에 기대 주저앉으며 고개를 틀었다. 뺨을 스치고 머리카락의 일부를 자른 투명한 칼날이 벽에 틀어박혔다. 머리를 돌리지 않았으면 즉사했을 위치였다. 갈라진 상처에서 새빨간 피가 흘러내렸다. 물기와 뒤섞여 묽어진 피가 뺨을 타고 아래로 투둑 떨어졌다.

에키네시아가 그를 들여다보았다. 마주친 눈동자 속에 살의가 소용돌이치고 있었다. 그녀는 마검을 도로 뽑아 휘둘렀다. 유리엔은 랑기오사를 들어 그것을 막았다. 금속이 맞물려 긁히는 날카로운 소리가 비명처럼 귀를 파고들었다.

[바르데르! 들리나? 제발!]

칼날이 맞닿자 성검이 애타게 마검을 불렀다. 마검의 대답은 돌아오지 않았다.

기긱거리는 힘겨루기가 잠시 이어졌다. 에키네시아가 눈살을 찌푸리더니 마나를 일으켰다. 칼날을 타고 슬금슬금 검은빛이 휘감겼다. 유리엔도 검기를 덮어씌웠다. 하얀빛이 백색 칼날을 감쌌다.

그가 버티자 그녀는 중첩 검기를 만들어 냈다. 마스터라면 이 시점에서 이미 검과 함께 반 토막이 났을 터다. 그러나 그는 중첩 검기를 사용해서 막을 수 있었다. 쉬운 일은 아니었다.

"큭……."

유리엔의 팔이 부들부들 떨렸다. 그녀의 팔은 가느다랗고 연약했으나 그 달을 타고 흐르는 마나의 양이 어마어마했다. 보통 사람이라면 근육이 터져 나갈 수준이었지만 그녀의 몸은 마나를 받아들이며 버텼다.

유리엔이 급속도로 지쳐 가는 것과 달리 에키네시아는 여유로웠다. 그녀는 유리엔의 얼굴을 똑바로 응시하며 검을 짓눌렀다. 조금씩, 조금씩 균형이 기울어졌다. 유리엔 쪽으로 칼날이 점점 다가갔다. 조금 더 밀리면 랑기오사의 날에 그의 목이 베일지도 모른다.

그녀의 젖은 머리카락에서 물방울이 떨어져 그를 적셨다. 유리엔이 신음 섞인 숨을 뱉어 냈다.

[바르데르! 바르데르! 내 주인이 죽으면 네 주인이라고 괜찮을 것 같으냐? 어떻게든 해 보란 말이다, 망할 마검!]

성검은 왈칵 화를 내며 소리를 질렀다. 솔직히 대답이 돌아오는 걸 기대하고 소리친 건 아니었다. 그러나 가느다랗게, 맞닿은 칼날 너머에서 대답이 돌아왔다.

[랑…… 잘…… 주인이…… 듣…… 않…….]

무언가에 막힌 것처럼 제대로 들리지 않았지만, 그럼에도 랑기오사는 소스라치게 놀랐다. 자아가 있나? 정말로? 잠들지 않았어? 문양으로 자아를 유지하는 것에 성공한 건가? 희망이 있는 건가? 그런데 바르데르기오사의 자아가 남아 있다면, 왜 마검의 주인은 여전히 살의에 휘둘리는 상태지?

당황하던 랑기오사는 제 본체의 날이 유리엔의 피부에 닿을 것을 알아차렸다. 주인의 피가 칼날에 스민다.

[주인!]

유리엔은 에키네시아를 올려다보고 있었다. 그녀가 눈을 깜박이자 속눈썹에 맺혀 있던 물기가 눈물처럼 흘러 떨어졌다. 그는 저도 모르게 검을 쥐지 않은 손을 뻗어 그것을 닦으려 했다. 에키네시아는 얼굴로 다가오는 그 손을 피하지 않았다. 거친 손끝에 그녀의 부드러운 피부가 닿았다. 그는 속삭이듯 그녀의 이름을 불렀다.

"에키."

그 부름에 그녀의 몸이 흠칫 떨렸다. 움직이는 바람에 그녀의 목 근처에 걸려 있던 것이 옷깃 밖으로 흘러나왔다. 가죽끈으로 꿰어 놓은 조그만 나무조각. 그 형태가 몹시 익숙했다.

'저건 분명……'

유리엔은 그것을 한눈에 알아보았다. 나무를 대강 깎아 만든 랑기오사 모양의 조각. 그가 만들었던 물건이다. 마음을 가라앉히고 시간을 때우기 위해 별 의미 없이 만들고 버렸던 물건이었다.

그게 왜 여기에. 저런 조잡한 것을 왜 그녀가. 무슨 마음으로 저것을 가지고 있었……. 질문을 던지면서도 답을 알고 있었다. 불현듯 눈가가 시큰해졌다. 그녀의 검에 집중하던 정신이 그리로 쏠렸다. 성검을 쥐고 있던 유리엔의 손에서 찰나 힘이 빠져나갔다.

[뭐 하는 거냐!]

기겁한 성검이 고함을 질렀으나 늦었다. 어지간한 마스터라도 알아차리기 힘든 아주 미세한 방심이었지만 그의 앞에 있는 건 에키네시아 로아즈였다. 아슬아슬하게 유지되던, 그나마도 조금씩 밀리고 있던 균형이 한순간에 기울었다.

마검이 성검을 쳐냈다. 검을 놓치고도 남을 위력이었는데도 유리엔은 완전히 놓치지는 않았다. 손아귀에서 벗어나는 손잡이를 곧바로 다시 붙잡았다.

그러자 에키너시아는 검을 움켜쥐느라 무방비해진 그의 오른 손목을 발로 짓밟았다. 반사적으로 마나를 집중해 버렸지만 그녀는 그런 무의식적인 반응으로 막을 만한 상대가 아니었다. 손목뼈가 으스러지는 소리가 났다.

"……!"

유리덴은 신음을 흘리지 않았다. 그럼에도 고통을 완전히 참을 수는 없어 전신이 경직되었다. 그에게로 검은 마나로 감싸인 투명한 칼날이 짓쳐들어왔다. 그 칼끝이 뚜렷했다. 성검이 무어라 소리치는 것이 들리지 않았다. 눈에 비치지도 않는 속도로 날아드는 칼끝만이 아주 느리게 보였다.

시간이 정지하는 기분이 들었다. 주마등처럼 수많은 기억이 뇌리를 스쳐 지나갔다. 그 끝에 떠오르는 건 강렬한 욕망. 죽고 싶지 않았다. 금욕적으로 살았던 만큼 생존 본능도 강하지 않았던 그에게는 생경할 정도의 욕망이었다.

"유리덴."

과거, 바스라질 것처럼 연약해진 표정으로, 메마른 입술로, 쥘 수 없는 성검을 내려다보며 자신의 이름을 부르던 에키네시아의 모습이 선연하다. 그녀의 손에 또다시 죽으면 그녀는 또 그런 얼굴을 하게 될까. 그렇게 울게 될까.

지금, 이글거리는 새카만 마나 너머로 무표정한 에키네시아의 얼굴이 보였다. 그녀의 움직임을 따라 가죽끈에 걸린 채 공중에서 흔들리는 랑기오사 모양의 나무조각이 보였다.

"행복해지고 싶어서요."

언젠가 그녀가 했던 대답.

죽고 싶지 않다. 죽어서는 안 된다. 살아서 함께 행복해지고 싶었다. 그녀와.

오른 손목이 완전히 부서졌다. 이제 오른손으로는 검을 휘두를 수 없다. 성검은 오른쪽에 있었다. 왼손으로 옮겨 쥐기엔 늦었다. 검으로는 저 칼날을 막지 못한다. 그럼 어떻게? 이론은 잘 알고 있었다. 잘 알다 못해 눈으로 보고 경험도 했다. 에키네시아가 계속해서 사용하고 있었으니까.

마나 코어가 뜨거워지는 느낌이 들었다. 백색 마나가 신체 외부로 튀어나왔다. 그것은 방패처럼 형상화되어 유리엔의 앞을 가로막았다.

완전한 막이 되지도 못했고, 얇고 흐렸으며, 막은 면적 또한 극히 좁았다. 마나 실드라고 부르기에는 여러모로 부족했다. 그래도 당장 다가오는 칼날을 막을 순 있었다.

캉, 하고 쇳덩이끼리 부딪히는 듯한 소리가 났다. 마검이 유리엔의 바로 앞에서 정지했다. 눈을 한 번 깜박일 정도의 시간 동안. 금세 바르데르기오사에 덮어씌워져 있던 검기와 어설픈 마나 실드가 상쇄되었다. 하얀 마나는 안개처럼 흩어지며 사라졌다.

그 극히 짧은 틈에 유리엔은 왼손으로 성검을 움켜쥐는 것에 성공했다. 그것으로 마검이 다시 베어 들어오는 것을 막으려 했다.

카랑.

마검이 방향을 틀어 유리엔 대신 성검을 내리쳤다. 공격 방향이 갑자기 바뀌는 바람에 그는 당황해서 제대로 막지 못했다. 그녀는 그의 검을 퉁겨 내려 했으나 이번에도 유리엔은 손아귀가 터질지언정 검을 놓치지는 않았다.

튕겨 나가는 대신 아래로 밀려난 성검을 그녀가 발로 밟아 고정했다. 발아래에 깔린 검은 미동도 하지 못했다. 무방비하게 열린 그의 목을 향해 또다시 마검이 찔러 온다.

조금 전 유리엔은 전투 와중에도 다른 사람이 보았다간 혀를 내두를 법한 성장을 이뤘다. 그럼에도 격차가 너무 컸다. 부상이 심한 탓도 있었다.

마나 코어가 있는 명치 쪽이 델 듯이 뜨거웠다. 과부하가 걸린 모양이었다. 반쪽짜리 마나 실드라 해도 지금 다시 만들어 내는 건 불가능할 거다. 유리엔 자신도, 주인의 상태를 감지한 성검도 그것을 알았다.

[안 돼!]

랑기오사가 비명처럼 외쳤다. 유리엔은 빼지가 된 상태로 다가오는 칼날을 보았다.

그리고 마검이 멈췄다.

무리한 움직임에 처음 써 보는 기술까지 사용한 유리엔의 호흡은 거칠었다. 어깨가 눈에 띄게 들썩이고 있었다. 속에서 솟아오른 피가 입안에 고였다. 그는 그것을 토해 내는 대신 삼켰다. 목젖이 움직였다. 투명한 칼끝은 그 목젖 바로 앞에 정지해 있었다. 아까 성검에 베인 상처에서 흐른 피가 멈추지 않아 제복의 흰 목깃 위로 붉게 번져 갔다.

검이, 멈췄다. 사람을 죽이기 위해 움직이는 악마가, 스스로 검을 멈췄다.

유리엔은 턱밑에서 멈춘 검을 내려다보다가 천천히 눈을 들었다. 에키네시아는 그를 보고 있지 않았다. 그녀는 제 목에 걸려 있는 랑기오사 조각을 응시하고 있었다.

곧 그녀가 그것에서 시선을 뗐다. 그러더니 그에게 검을 겨눈 채로 다가왔다. 유리엔은 칼날을 피하기 위해 약간 물러났으나 등 뒤의 벽에 막혔다. 벽이 충돌로 인해 약간 기울어진 상태라 그것에 기대앉은 유리엔도 비스듬해졌다.

에키네시아의 눈이 느릿하게 깜박였다. 더 가까이 가면 칼끝이 그의 목을 찌르게 된다. 그녀는 그를 찔러 버리는 대신 마검을 눕히며 칼끝이 아니라 칼날로 그의 목을 지그시 눌렀다. 그렇게 거리를 확보하고 더 가까워졌다. 그에게 바짝 얼굴을 기울였다. 이상한 것을 관찰하는 짐승 같은 몸짓이었다.

상대의 눈동자에 비치는 자신의 모습이 보이는 거리. 제 호흡이 그녀에게 닿을 것 같아 유리엔은 숨을 멈췄다. 물방울이 그녀의 속눈썹 끝에 매달렸다가 깜박이는 움직임에 그의 뺨 위로 툭 떨어졌다.

조금만 더 힘을 주면 목을 벨 수 있는데, 그녀는 그 상태로 더 이상 힘을 주지 않았다. 동공이 구별되지 않을 정도로 새카만 눈동자가 이리저리 움직이며 그의 얼굴을 샅샅이 탐색했다. 그러더니 그 눈이 유리엔의 눈을 찾아 시선을 맞댄다. 갸웃거린다.

'악마'는 기묘한 반응을 보이고 있었다. 긴장도 살기도 흐트러졌다. 짓밟혀 고정되어 있던 성검도 어느새 풀려났다. 공격은 무리더라도 떨쳐 내고 달아나거나 살의 흡수를 시도해 볼 절호의 기회였다.

그러나 유리엔은 그저 가만히 그녀의 시선을 받았다. 성검 역시 입을 다물었다.

정적. 똑 하고 떨어지는 물방울. 검을 휘감은 마나가 미세하게 웅웅거리는 소리. 불길이 타오르며 타닥이는 소리. 먼 곳에서 들리는 갖가지 소음. 매캐한 냄새와 물비린내와 뒤섞인 피 냄새. 그녀의 흰 얼굴에 젖어 달라붙은 검은 머리카락 너머로 보이는 희뿌연 하늘. 오전에는 맑았던 하늘에 어느새 구름이 가득했다. 눈이 올지도 모르겠다.

유리엔은 정안을 떠 보았다. 여전히 악의로 물들어 새카맣게 변한 불꽃이 보였다. 그녀는 마검의 살의와 싸우고 있는 게 아니라 그것을 받아들여 동화되어 버린 상태 그대로였다. 하지만 무언가 달라졌다. 검게 변한 혼은 열화와 같이 타오르는 대신 모닥불처럼 잔잔히 일렁였다. 발산되지 않고 침잠하고 있다. 무슨 현상인지 알 수가 없었다.

알 수 없지만, 아무래도 상관없다는 기분이 든다.

유리엔은 왼손에 쥐고 있던 성건을 놓았다. 조심스럽게 손을 들어 올렸다. 그녀의 뺨에 손끝이 닿았다가, 천천히 뺨을 감싼다. 엄지가 그녀의 입술 가장자리를 스쳤다. 그녀는 미동도 하지 않았다. 여전히 마검을 겨누고 있지만 죽이려 들지 않는다. 그의 손길을 피하지도 않는다. 가만히 그를 보고만 있었다.

이성이 아니라 직감으로 와 닿는 것이 있었다. 유리엔은 입을 열었다.

"에키."

그대에게 내 목소리가 들릴까.

"에키네시아."

 발, 네가 사람을 죽일 때 어떤 기분이었는지 알겠어. 이렇게 달콤하고 나른하고 행복한 기분이었구나.

 모든 것이 멍했다. 에키네시아는 생각을 하지 않았다. 따뜻한 물에 잠겨 눈을 감았다. 몸뚱이는 내키는 대로 움직였다.

 꺼져 가는 숨이 감미롭다. 하지만 모자라. 더 죽이고 싶어. 죽이고, 망가뜨리고, 울부짖는 게 보고 싶어. 벌레처럼 약한 것들. 모래성처럼 무너지는 것들. 전부 손쉽게 부스러진다. 베고, 또 베고, 피가 튀고, 죽고, 누군가가 피했다.

 피했다?

 하얀 남자가 그녀의 공격을 피했다. 제법이었다. 조금 더 빠르고 강하게 베어 보았다. 또 피했다. 강하구나. 희고 강한 것을 쫓았다. 자꾸 도망친다. 성가셨다. 가는 길에 있는 다른 것을 먼저 죽이려 했다.

 마나 실드가 뚫렸다. 처음이었다. 에키네시아는 물끄러미 하얀 것을 보았다. 내버려 뒀다간 나를 다치게 할 수도 있는 것. 우선적으로 처리해야 할 것. 쫓아갔다. 공격했다. 몰아넣었다. 그것의 목에서 피가 흐른다. 하얀 것 위에 번져 나가는 붉은빛.

 여전히 달콤하게 느껴지는데, 이상하게 기분이 나빴다. 왜? 지금까지는 다 기분이 좋았는데.

 [듣…… 않……]

 무언가가 아주 조그맣게 앵앵거렸다. 아까부터 계속 그랬던 것 같은데 이제야 알아차렸다. 뭐야. 뭐가 이렇게 시끄럽게 굴어? 뭐라고 하는 거야? 그것에 집중을 기울여 보았다. 그러느라 지체한 사이.

"에키."

다가온 손이 부드럽게 눈가를 훔쳐 낸다. 낮고 깊은 음성이 귀에 또렷하게 들려왔다. 그게 죽어 가는 인간의 비명만큼 감미롭게 들렸다. 왜?

알 거 뭐야. 죽여 버려. 전부 죽여 버려!

기갈처럼 절실한 욕망이 몸을 움직인다. 그녀가 움직이는 순간 그녀의 목 근처에서 무언가를 본 남자가 집중을 잃었다. 그 틈을 노려 귀찮게 버티는 손목을 망가뜨리고 심장을 꿰뚫으려 했다. 귓가의 앵앵거림이 커져 갔다. 무시했다.

마나 실드 비슷한 것에 찰나 막혔다. 약간 놀랐지만, 별건 아니었다. 부수고, 그사 하얀 남자가 도로 움켜쥔 검을 짓밟아 고정했다. 확실히 강하다. 이렇게 강한 것은 처음 보았다. 심지어 싸우는 와중에 조금 더 강해졌다. 얼른 죽여야 할 위험한 것이었다. 이제 검을 들지 못할 테니 죽이면 된다. 숨통을 끊으려 했다.

죽여.

검을 휘두르는 와중에 시야에 거슬리는 게 보였다. 거슬려서 견딜수가 없어서 검을 멈췄다. 자신의 목에 걸려 있던 것이 움직임에 떠오르며 시야 끄트머리에 걸렸다가, 멈추자 내려앉았다.

나무조각.

아까 이것을 본 남자가 크게 동요했었다. 왜였을까. 아, 이거, 저자가 쓰는 검과 똑같은 모양이야. 내가 왜 이걸 걸고 있지?

……'내'가 누구지?

살의에 젖어 아무 생각을 하지 않고 있던 머리에 그 의문이 떠오르는 것과 동시에.

무슨 상관이야, 죽여.

이건 뭔가 다른 것인가? 알고 싶어.

두 가지 욕구가 떠올랐다. 에키네시아는 무의식적으로 둘 중 하나를 따랐다.

검을 겨누고 하얀 남자를 꼼꼼히 살펴보았다. 그것은 반항하지도 공격하지도 않고 얌전히 있었다. 몸이 만신창이다. 제가 그렇게 만들어 놓고서는 그게 마음에 들지 않았다.

어째서? 똑같은 인간인데 왜 불쾌하지? 모르겠다. 약간 떨어진 곳에서 살아 있는 것들의 기척이 느껴진다. 이걸 얼른 죽이고, 저것들도 죽이러 가야 하는데. 더 죽여야 했다. 목이 마르다. 그런데.

손이 움직이지 않았다.

'안 돼.'

뭐가.

'그 사람은 안 돼.'

왜?

'더는 후회하고 싶지 않아. 그러니까 안 돼.'

하얀 것이 팔을 들어 올렸다. 공격일지도 모르는데 몸이 반응하지 않았다. 공격이 아닐 거라는 확신이 들었다. 확신대로 그것은 그녀의 뺨을 만지작거리다가 손바닥으로 감쌌다.

묘한 온기. 묘한 익숙함.

"에키."

묘한 목소리. 묘한 발음. 숨결이 거슬린다. 죽여 버리고 싶어. 죽이고 싶지 않아. 저 인간이 무슨 말을 하는 거지?

"에크네시아."

아. 내 이름이구나.

이름? 내 이름?

'내'가 누구지?

나는.

다시 한번 그 의문을 떠올리고, 그 의문에 대한 대답을 깨달은 순간, 물속에 잠겨 있는 것처럼 아득히 멀었던 감각들이 갑자기 확 밀려들었다. 피부에 소름이 돋은 것까지 느껴졌다. 그제야 내내 울리고 있던 소리가 그녀의 영혼 전체를 뒤흔드는 듯한 음성이 되어 명확히 들려왔다.

[주인아!]

바르데르기오사는 자신이 탄생하던 순간을 어렴풋하게 기억하고 있었다.

"내 걸작들, 내 사랑하는 아이들아. 너희는 모두 특별하단다. 같은 이름으로 묶일지라도, 너희는 서로 다른 재료로 만들어졌고 서로 다른 비밀을 가지고 있으며 서로 다른 경험을 쌓아 갈 테지."

신이 벼려 낸 두 자루의 검이 아직 탄생하기 전, 신의 능력을 빌린 인간이 만들어 낸 열 자루의 검.

정확한 순서는 모르지만 바르데르기오사는 그들 중에서도 꽤 먼저 만들어진 검이었다. 다른 기오사들이 만들어지는 순간을 지켜보았던 게 흐릿하게 떠오른다.

대장장이는 한 자루의 검을 만들기 위해 무척 오랜 시간을 들였다. 그리고 만들어지고 있는 기오사에게 늘 애정 어린 음성으로 속삭이곤 했다.

"너는 어떤 아이가 될까. 네게는 어떤 주인이 어울릴 것 같으냐?"
"내 생각엔 이런 사람이 네 주인이 되면 좋겠구나. 그래, 이 조건을 만족해야 너를 쓸 수 있게 해 주마. 이런 사람들이 네 주인 후보가 되는 거다."

대장장이는 기오사를 쓸 수 있는 자격을 결정했다. 그것이 기오사 오너의 조건이 되었다.

"물론 네 생각은 다를 수도 있겠지? 어디까지나 네 마음에 드는 게 더 중요하니까."
"얘야, 꿈을 꾸며 주인 후보가 너를 어떻게 쓰는지 잘 지켜보렴. 그 후보가 정말로 마음에 들어서 네 주인으로 삼고 싶어지면, 그때에 잠에서 깨어나려무나."

대장장이가 아니라, 기오사의 자아가 주인으로서 원하는 사람이 어떤 사람인가. 그것이 기오사를 각성시키는 조건이 되었다.

"나는 너희가 함부로 다뤄지길 바라지 않는다. 주인이 제멋대로 휘두르는 바람에 너희가 괴로워지는 것도 싫다. 주인의 혼과 깊게 연결되어야 하는데, 그 혼이 너희를 힘들게 만들어서는 안 될 일이지."

"너희는 위대한 검이고, 그에 걸맞은 주인을 만나 대우를 받아야 해."

"허나 검이란 쓰이지 않으면 녹스는 법. 그러니 껍데기는 사용되도록 내버려 두고 자아는 잠들어 있거라. 마음에 드는 주인을 만났을 때만 일어나도 충분해."

기오사의 자아는 자신을 사용하는 '주인 후보'를 진심으로 주인으로 삼고 싶어질 때만 깨어나 주인의 혼과 연결되도록 만들어졌다. 제작품을 사랑하는 대장장이의 배려였다.

"응? 너는 잠들기 싫어? 계속 깨어 있고 싶다고? 수많은 사람이 거쳐 가면 힘들 텐데, 괜찮겠느냐? 그게 공정할 것 같다, 라……. 하긴 그도 일리가 있구나. 네 말이 옳다. 스스로 자아를 유지할 수 있도록 이것을 추가해 주마."

"너는 일어나더라도 주인이 몰랐으면 좋겠다고? 부끄러운 게냐? 녀석 참. 그래, 네겐 그게 어울릴지도 모르겠구나. 그럼 주인의 혼이 너를 감지하지 못하도록 만들어 주마."

대장장이는 갓 태어난 기오사들이 원하는 바를 대부분 수용했다. 다만 당시의 기오사들은 세상도 인간도 제대로 겪어 보지 못한 백지에 가까워서, 많은 주인을 겪고 경험이 쌓이면 생각이나 성격이나 가치관까지 바뀔 수도 있었다.

대장장이는 그 점을 고려하여 모든 기오사에게 비밀을 한 가지씩 심어 주었다.

"이제 너는 계속 깨어 있을 수 있다. 혹, 지내다 보니 너무 피곤해서 다른 아이들처럼 잠들고 싶으면 이렇게 하고. 이건 너만의 비밀이다."
"자, 네 주인은 널 깨워 놓고도 네게 자아가 있다는 걸 모르게 될 거다. 그래도 나중에라도 주인과 이야기하고 싶어지면 이렇게 해라."

바르데르기오사도 마찬가지였다.

"바르데르기오사, 너는 어떤 주인을 원하느냐? 어떤 사람을 만났을 때 깨어나도록 만들어 줄까?"
"아직 잘 모르겠다고? 괜찮다. 시간이 흐르면 어떤 사람이 너와 잘 맞는지 알게 될 테니."
"우선은 이런 조건에서 깨어나도록 해 주마. 최소한 이 정도는 되어야 너를 다룰 수 있을 거다."
"다른 아이들처럼 달리 원하는 건 없느냐? 딱히 없다고? 이대로면 충분해?"

매끄러운 칼날 위를 쓰다듬던 손. 대장장이는 한동안 침묵하다가 속삭였다.

"하지만 얘야, 너는 가장 흉악하고 잔인한 재료로 만들어졌으니……. 어쩌면 이런 게 필요해질 수도 있다."
"너는 살육의 검이다. 베고 생명을 빼앗는 일에 충실할 때 가장 행복할 거야. 그래서 나는 네가 살인을 즐기는 잔혹한 사람과 잘 어울릴 거라고 생각한다. 그렇게 너를 만들었다."

"그런데 막상 너는 그렇지 않은 사람이 좋아질 수도 있겠지? 그리되면 조금 힘들어질지도 모르겠구나."

"그럴 때를 대비해서 선물을 주마. 이건 네가 본능에 위배되는 선택을 하고 싶어질 때를 위한 비밀이다."

대장장이는 브르데르기오사의 칼날에 정성 들여 문양을 새겼다.

"자, 어떠냐? 저 아이와 비슷한 기능이란다. 다만 저 애와는 다르게 미완성인 상태니, 필요하게 되면 완성시키려무나."

"물론 너는 이대로도 완벽하니 필요하지 않으면 굳이 완성시키지 않아도 된다."

"혹시 필요해진다면, 기억해 두거라. 이건 너 혼자서는 완성시킬 수 없다. 네 주인이······."

"어차피 네게 이런 소망을 품게 만드는 주인이라면 크게 어려운 일은 아닐 거다. 반대로 너의 본질과 잘 어울리는, 살인을 쾌락으로 느끼는 사람을 고른다면 그런 소망 자체가 생기지 않을 테니 상관없고."

인간으로 치면 태아 시절의 일이었기에 기오사들은 대체로 이때의 일을 잊어버렸다. 언젠가 정말로 필요한 순간에만 떠오르도록 깊이 묻었다. 모든 기오사가 가지고 있는 저마다 다른 '비밀'이었다.

"너희는 사람의 마음으로 만들어졌고, 사람은 변화하는 존재지. 그러니 너희도 변화할 수 있다. 변할 수 있기에 더 완벽하고 영원한 걸작인 게야."

바르데르기오사는 그 기억들을 비로소 떠올렸다. 주인을 만나고, 시간이 흐르고, 경험과 소망이 쌓이면서 조금씩 파편들이 모이다가, 어느 순간 선명하게 완성되었다.

[내가 만들어진 후 내 자아를 일깨운 건 네가 두 번째야.]

처음 만났던 주인이 살인을 좋아하는 자였다면 마검은 지금과는 좀 다른 성격이 되었을지도 모른다. 하지만 첫 번째 주인도 사람을 죽이기보다는 살리고 싶어 했고, 바르데르기오사는 그 사람을 나름 좋아했다.
'죽이는 건 이렇게 즐거운데, 주인은 왜 싫어하는 걸까.'
그 주인은 악마였던 시절로 두 번 다시 돌아가고 싶지 않아 해서, 꾸준히 죽여도 될 만한 '나쁜 사람'을 찾아 죽이며 살의를 풀어 주었다. 바르데르기오사는 그 과정을 통해 '나쁜 것'에 대해 배웠다.
다만 첫 번째 주인은 그러면서도 바르데르기오사를 봉인하거나 포기할 생각은 하지 않았다. 마검의 힘이 있는 쪽이 훨씬 강하고 편했기 때문에.
그 주인에게 마검은 '강하고 편리하지만 위험하고 섬뜩한 도구'였다. 바르데르기오사는 검이었기에 그런 대우도 싫지 않았다. 좋은 주인이었다. 나름 행복했다.

"발. 내가 그렇게 좋아?"

두 번째 주인은 그렇게 물었다.

'주인이니까 좋은 게 당연하지. 근데 첫 번째 주인보다 네가 더 마음에 들어. 왜냐고? 어……'

바르데르기오사는 전 주인과 그녀가 무엇이 다른지를 생각해 보았다.

두 번째 주인은 자신을 잘 쓰지 않는다. 하도 안 써서 써 달라고 애원을 하게 될 정도로. 바르데르기으사는 강력하고 유용한 도구인 자신을 활용하지 않는 그녀가 이상했다. 타고난 재능도 있었겠으나, 그녀가 첫 번째 주인보다 훨씬 빠르게, 더 뛰어난 실력이 된 건 마검에 의존하지 않았던 탓도 있었다.

'내가 없어도 엄청 강하네. 물론 내가 있으면 더 강해지지만. 어쨌든 내 주인이 제일 세! 내 주인이 지일 대단해!'

앞으로 수많은 주인을 만나게 되더라도, 다른 기오사의 주인들을 만나게 되어도, 그녀보다 강한 사람은 드물 것이다. 아예 없을지도 모른다. 바르데르기오사는 그 사실이 뿌듯하면서도 조금 슬펐다. 이 사람과 헤어지면 이만큼 뿌듯해질 일은 없을 것 같아서.

"발."

[아, 좀, 그렇게 줄여 부르지 말라니까. 품위가 없잖아, 품위가!]

그녀는 바르데르기오사의 이름이 길어서 귀찮다며 마음대로 줄여 불렀다. 바르데르니까 발. 정말 대충 지은 애칭이었다. 하지만 싫지 않았다. 투덜거리긴 했어도 실은 꽤 마음에 들었다. 전 주인은 애칭 같은 걸 붙여 주지 않았다.

두 번째 주인은 마검을 꽤 험하게 다루었다. 본체를 막 다루는 건 당연하고, 바르데르기오사의 자아도 아주 거리낌 없이 대했다. 마나로 훑으면 따가워한다는 걸 알고 나서는 말로 화내는 것에 그치지 않고 쥐어박기까지 했다.

누군가를 죽이자고 하면 화를 내는 건 전 주인도 마찬가지였다. 그런데 무언가 달랐다.

'이건, 뭐가 다른지 알 것 같아.'

그녀가 화를 내는 대상이 '마검 바르데르기오사'가 아니라 '발'인 것이 다르다. 그녀는 전 주인과 달리 도구로서의 바르데르기오사를 적극적으로 활용하지 않는다. 그러면서도 긴 시간을 함께했다. 그녀의 곁에 검으로서가 아니라 '발'로 있었던 때가 훨씬 많다.

어떤 기오사는 단순한 도구로 대우해 주는 것을 더 좋아할지도 모른다. 그들은 검이니까. 바르데르기오사도 검으로써 쓰일 때가 가장 행복하긴 했다.

그래도 그녀의 그런 태도가 좋았다.

친밀감은 천천히, 그리고 소리 없이 마검을 물들여 갔다. 그녀가 더는 주인이 아니게 되는 것을 상상하면 굉장히 싫은 기분이 들 정도로.

조르든 말든 두려워하지도 주도권을 넘겨주지도 않는 그녀가 좋았다. 자신이 없어도 누구보다 강하고, 자신의 힘에 의지하지도 않아서 좋았다. 그런 주인이라 좋은데, 그런 주인이라서 거리낌 없이 너를 버리겠다고 말한다.

'너는 내가 없어도 괜찮겠지만, 난 너랑 있고 싶은데. 네가 계속 내 주인이었으면 좋겠어. 어떻게 하면 나를 안 버릴 거야?'

그런 소망을 품게 되었다. 버림받지만 않는다면 살의라는 본능이 해소되지 않아도 괜찮을 것 같았다.

"너도…… 아무도 못 죽이게 되더라도 나랑 같이 있고 싶다며. 그 기분이랑. 비슷한. 그런. 거야. 발."

그래서 이해할 수 있었다. 처음으로 인간이 제 욕구마저 억누르며 타인을 위하는 심정을 이해했다. 그 순간 바르데르기오사는 이미 변화할 준비를 마쳤다.

"명령이야. 바르데르기오사. 아무도 죽이지 마."

주인이 명령했다. 본질을 거스르라는 그 명령은 미완성인 부분을 완성하기 위해 필요한 조건 중 하나였다. 그리고 주인의 혼이 깊었던 인내만큼 깊은 살의에 물들었을 떄.
필요해졌기에, 비밀이 깨어났다.
두 번째 주인의 마음에 들어서. 그리고 그 두 번째 주인이, 대장장이가 말했듯이 살인을 쾌락으로 느끼지 않는 사람이라서. 앞으로도 이런 사람을 주인으로 삼고 싶어서.
껍데기에 누적된 살의에 주인이 휩쓸리는데도 마검은 자아를 잃지 않았다. 선택했고, 변화할 조건은 전부 다 갖춰졌지만, 주인이 완성시켜 주어야 할 부분이 남았다. 그래서 아직 기완이었다.
마검은 주인의 혼이 가라앉는 것을 붙들었다. 고정되지 않아 위태로웠다. 아차하면 함께 가라앉아 버릴 것이다. 바르데르기오사는 애타게 주인을 불러댔다.

[주인아! 주인아! 야! 내 말 좀 들어! 말려 달라며! 우씨, 나도 버티기 힘들단 말이야! 더럽게 힘들어!]

발?
에키네시아는 그 음성의 이름을 떠올렸다. 인식했다. 그녀가 인식했다는 것을 느낀 마검이 화들짝 놀랐다.

[들려? 우와, 정말 들려? 너 진짜 대단, 아니 이게 아니고, 나 다 생각났어, 그러니까 얼른 이름 불러!]

뭐?

[내가 무엇이 될지를 규정해! 주인으로서!]

무슨 소리야?

[내 이름 부르라고, 줄이지 말고 제대로! 내가 어떤 검이었으면 좋겠는지 상상하면서, 아냐, 급하니까 일단 이름만 불러, 빨리! 다른 건 내가 할 테니까 몸 통제권 넘기고!]

그녀는 마검의 말을 제대로 알아듣지 못했다. 혼란스러웠다. 그래도 마검이 너무 간절하게 소리치고 있어서, 독촉하는 대로 이름을 불렀다.

"바트데르기오사."

크지 않았으나 또렷한 부름이었다. 그 부름에 답하듯 마검의 칼날에 새겨진 문양들이 빛나기 시작했다. 맑은 검은빛. 흘러넘치며 주위를 채워 가는, 탐처럼 깨끗한 어둠.

코앞에서 그 이변을 본 유리엔의 눈이 커졌다. 마검의 마나가 흘러넘치고 있었다. 그는 반사적으로 성검을 움켜쥐었다. 그러나 대비한 것이 무색하게도 검은 마나는 그를 공격하지 않았다.

에키네시아의 몸이 저절로 움직였다. 유리엔을 겨누고 있던 마검을 거두고, 약간 물러나서 그것으로 제 손목을 베었다. 피가 철철 흐르자 마검이 조그맣게 중얼거렸다.

[어, 실수다. 너무 깊게 벴......]

"......?"

[아, 아냐! 원래 이러려던 거야! 아무것도 아니야, 주인아!]

혼자 떠들어 대는 마검의 목소리 속에서 그녀의 피가 흘러 마검의 문양을 하나하나 물들여 나갔다. 붉어진 문양이 칼날 위에서 천천히 떠올랐다. 그것이 하나씩 떨어져 나갈 때마다 검은빛이 짙게 흘러넘쳤다. 물결처럼 번지던 그것은 곧 하늘로 번져 나갔다.

희뿌옇던 하늘이 검게 물든다. 그들이 있는 공간에만 밤이 찾아온 것처럼.

그 어둠을 가장 먼저 발견한 것은 첫 번째 성벽 위에서 갈로서스 요새 내부를 지켜보고 있던 황태자와 호위 기사였다.

낮 속의 밤. 허공을 잘라 물들인 것 같다. 그 어둠은 두려움을 불러일으켰으나 동시에 경외감을 느끼게 만들기도 했다. 예민한 자들은 더 분명하게 그것을 감지했다. 무언가 압도적으로 강대하고 흉악한 것이 그 힘을 발휘하지 않고 그저 조용히 굽어보는 듯한 느낌.

"……경, 저게 뭐 같나."

황태자가 얼이 빠져 물었다. 마스터급인 호위 기사는 압박감에 후들후들 떨리는 팔을 간신히 주군으로부터 숨겼다. 저게 날뛰면 주위는 틀림없이 몰살이었다. 그런데도 놀라울 정도로 안정되어 있어 그럴 것 같지는 않았다. 저걸 대체 뭐라고 해야 할까. 호위 기사는 넋이 나간 채로 대답했다.

"글쎄요, 재앙이라기엔 너무 평온하고……. 기적?"

황태자 근처에 있던 기사들도, 도망치던 제국군들도, 그들을 잡아들이던 황태자군도, 2황자를 이송한 후 단장을 찾아 요새로 오고 있던 창천 기사단원들도, 모두 그 거대하고 고요한 어둠을 보았다. 요새로부터 멀리 떨어진 마을에서도 하늘의 일부를 물들인 어둠을 보았다.

어둠 속에서 유리엔은 에키네시아를 바라보았다. 그녀의 피부를 불규칙적으로 물들이고 있던 검은 얼룩이 서서히 변화했다. 문양을 새긴 것처럼 안정되고 깔끔한 형태로 바뀐다.

그녀는 제 손에 쥔 마검의 칼날을 들여다보았다. 문양이 떨어져나간 칼날은 매끈했다. 전부 떠오른 붉은 문양이 곧 칼날과 검은 손잡이를 감싸며 후둘기 시작했다. 그 모습은 성검 랑기오사를 휘감고 도는 황금빛 문양들과 비슷했다.

홀린 듯이 그것을 지켜보던 에키네시아는 불현듯 제 몸이 다시 제 말을 듣는다는 것을 깨달았다. 통제권이 돌아왔다. 깊게 베인 손목에서 날카롭고 선명한 통증이 느껴졌다. 그 통증에 찬물이 끼얹어지듯 정신이 들었다. 그리고 지친 듯한 마검의 음성이 들렸다.

[끝! 끝났다! 야, 일단 나 좀 잘게. 이따가 칭찬…… 해 주…….]

바르데르기오사는 말을 끝맺지도 못하고 잠들었는지 조용해졌다. 그녀는 붉은 문양이 휘감긴 마검을 늘어뜨리며 하늘을 올려다보았다.

검게 채색되었던 하늘이 조금씩 옅어지며 정상으로 되돌아온다. 구름이 가득해 흐뿌옇게 흐린 하늘이었다. 갑작스레 이변을 겪었던 구름들은 그 충격 대문인지 결국 머금고 있던 눈을 뿌리기 시작했다. 올해의 첫눈이었다.

마검에서 흘러나왔던 검은빛이 검으로 되돌아왔다. 그녀는 그것이 마검에 마나로 누적되는 살의임을 알아보았다. 살의는 으르렁대며 날뛰는 대신 길들인 짐승처럼 얌전히 바르데르기오사의 내부로 갈무리되었다.

무언가 큰 변화가 있었는데, 정확히 무엇이었는지는 잘 모르겠다. 그녀는 얼떨떨하게 주위를 살폈다. 어둠이 완전히 걷혔다. 소리 없이 떨어지는 눈송이들 사이로 자신을 보고 있는 유리엔과 시선이 마주쳤다. 만신창이. 하얀 목깃이 새빨갛게 물들어 있었다.

그것을 보자 무슨 일이 있었는지 완전히 기억이 났다. 그녀는 치미는 살의를 참지 못했다. 참지 못해서.

"유리엔!"

에키네시아는 비명처럼 그의 이름을 부르며 마검을 내팽개치고 그를 향해 달려갔다. 쉽사리 손에서 떨어진 마검이 눈이 쌓이기 시작한 바닥에 나뒹굴었다. 그에게 다가가며 그녀의 피부를 뒤덮었던 문양도, 머리카락과 눈동자의 검은빛도 씻겨 나가듯 사라졌다. 연한 분홍색 머리카락이 팔랑거렸다. 보라색 눈동자가 물기로 젖어 들었다.

유리엔은 막무가내로 제 품에 안겨 드는 가느다란 몸을 상하게 할까 싶어 쥐고 있던 성검을 급히 내던졌다.

[윽, 너무한 것 아니냐, 주······.]

항변하려던 성검은 말끝을 흐리더니 곧 입을 다물었다.

색이 다른 머리카락이 뒤엉켰다. 그녀의 팔이 그를 절박하게 끌어안는다. 그녀는 그의 목덜미에 뺨을 묻었다. 그가 한쪽 팔로 움켜쥐듯 그녀의 몸을 감쌌다. 그녀의 손목에서 흐른 피가 그의 어깨를 적시고, 그의 목에서 흐른 피가 그녀의 뺨에 묻어났다.

"율, 내가, 당신을······."

그녀가 울음을 터뜨렸다. 그는 어쩔 줄 모르는 손으로 품 안의 여자를 감싸다가, 우는 얼굴을 조심스럽게 들어 올렸다. 눈이 마주쳤다. 그녀가 헐떡이며 울음과 뒤섞인 말을 쏟아 내려 했다.

"다, 당신을, 내가, 또······."

"아니, 그대는······."

"참, 참지 못해서······."

"에키네시아."

유리엔이 흐트러지는 그녀의 말을 잘랐다.

"그대는 참았다. 분명히 그대는, 스스로 검을 멈췄다."

그는 그녀의 얼굴을 손끝으로 더듬고, 흘러내린 머리카락을 쓸어 넘기고, 잔뜩 젖어 눈물을 흘리고 있는 눈동자를 들여다보며 말했다.

"그리고 또 기적을 일으켰다. 그러니 아무것도……."

침착한 말과 달리 그녀를 들여다보는 그의 얼굴은 전혀 침착하지 못했다. 얇은 성에 같던 냉정이 그녀를 확인하자 녹아 떨어졌다.

"보고 싶었다."

차분히 이어지던 말들 사이로 쉰 음성이 불쑥 튀어나왔다. 통제되지 않고 튀어 나간 감정이었다. 그는 시선을 떼지도 않고, 눈을 깜박이지도 않고, 그녀의 얼굴을 감싼 채 속삭였다.

"보고 싶었다. 그대를 줄곧 보고 싶었다. 정말로, 너무나도, 보고 싶어서……."

그녀 때문에 엉망으로 다쳐 놓고서는, 아무런 죄도 묻지 않고, 추궁도 없이, 공포도 없이, 그저 되뇌는 말들. 그의 말끝이 허물어졌다. 에키네시아는 그의 눈동자가 흠뻑 젖어 드는 것을 보았다.

"자리를 만들어도 돌아오지 않을까 봐, 그대가 나를 용서하지 못하는 건 당연하지만, 그래도, 보고 싶어, 하지만 그대의 허락도 없이 그대를 만나러 갈 수도 없어서, 기다리기로 결심하고서도, 그대가 다시는 나를 보려 하지 않을지도 모른다고 생각하니 미칠 것 같아서, 내가, 잘못……."

더운 눈물이 뚝뚝 떨어져 내렸다. 그녀는 횡설수설하는 그의 말들을 반도 알아듣지 못했다. 그저 멍하니 눈물을 떨구는 남자를 지켜보앉다.

 지금 자책해야 할 사람이 누구인데 뭐라는 건지 모르겠다. 무슨 말인지 잘 모르겠는데, 자신을 보고 싶었다는 건 확실히 알았다. 그리고, 그가 그녀가 알던 유리엔으로, 그녀가 지워 버린 시간을 유일하게 공유하고 있는, 그 유일하고 특별한 사람으로 되돌아왔다는 것을 깨달았다.

 덕분에 자괴감과 혼란과 자책이 일순 날아가 버렸다. 그제야 너무나 오랜만에 그와 만났다는 걸 자각했다. 심장에서 범람한 것이 머릿속을 휩쓸기 시작했다.

 "나야말로 참지 못했다. 그대가 돌아오지 않으면, 무슨 수를 써서든 찾아내려, 계획까지 했. 미안하다. 그대에게 그렇게 상처를 주고도 나는, 도저히 견딜 수가 없어서……."

 에키네시아는 뭔지 모를 사과를 해대는 그의 뺨을 양손으로 붙잡았다. 반짝이는 은발에 눈송이를 얹은 채 울고 있는 남자는 전투의 여파로 엉망인데도 불구하고 홀릴 듯이 아름다웠다. 그녀의 눈에 비치는 그는 하얗게 빛나고 있다. 그녀의 빛이 여기에 있었다.

 "에키, 나는, 여기에도, 그대를 막아야 한다는 것보다, 그걸 핑계로 그대를 볼 수 있을지도 모른다고, 보고 싶어서, 그대에게 용서를, 흡."

 이상하게 목이 메 말이 나오지 않았다. 그래서 사과하지 말라고 말하는 대신 그의 입을 막았다. 제 입술로.

 피 맛이 났다. 그럼에도 오랜만의 입맞춤은 지독하게 달았다. 금세 양쪽 다 정신이 나갔다. 숨결이 뒤섞이며 누가 먼저랄 것 없이 서로를 그러안기 시작했다. 몸 상태도 까맣게 잊어버린 채로.

 [……여러모로 제정신이 아닌 것 같다만, 뭐, 이번엔 이해해 주마, 주인.]

랑기오사는 조그맣게 중얼거리고는 다른 쪽으로 시야를 집중했다. 눈발이 점점 거세졌다. 폐허나 다름없어진 갈로서스가 새하얗게 덮여 갔다.

성검과 똑같이 주인한테 내던져진 불쌍한 마검은 눈을 반쯤 덮고 누워 있었다. 무언가 크게 변했으니 지쳐서 쿨쿨 자고 있을 것이다. 마검 주위를 빙글빙글 휘감아 도는 붉은 문양이 언뜻 보였다. 성검은 제 본체 주위를 도는 황금빛 문양과 그것을 번갈아 확인했다. 정말 해낼 줄은 몰랐는데. 기특한 녀석.

자신들이야 눈밭에 파묻혀도 아무런 문제가 없고, 제니스인 저들도 눈이 오든 말든 내버려 둬도 상관없겠지. 그렇게 판단하고 시야를 돌려 보았다. 눈을 헤치며 황태자가 기사들과 함께 다가오고 있었다.

성검은 주인을 불러 저들이 오고 있다는 것을 알릴까 하다가, 정신을 못 차리고 있는 연인을 보고 혀를 찬 다음 그냥 신경을 껐다.

1629년 12월 1일, 마검의 주인에 의한 갈르서스 함락을 마지막으로 제국의 내전이 끝났다. 승자는 황태자 크루엔 드 하르덴 키리였다.

13막.
끝나는 것과 끝나지 않는 것

그리 길지 않은 내전이었다 해도 전쟁은 전쟁이었다. 전쟁이란 끝난 후에도 끝나지 않는 법이다. 전후 처리와 논공행상이라는 2차전이 기다리고 있기 때문이다.

물론 그건 크루엔이 책임져야 할 일이었다. 갈로서스가 함락되자마자 황태자는 내전을 주도한 세 명의 신변부터 확인했다. 윈들턴 디아상트는 자살, 2홍자 카르엠은 생포, 로라스 황제는 시신으로 발견되었다.

황제의 시신은 멀쩡하지 않았다. 죽어 가며 느낀 고통을 드러내듯 얼굴마저 일그러져 있었다. 누가 죽였는지는 명백했다. 폐위될 황제였고, 적이었다지만 그래도 제국의 황제이자 황태자의 친부였다. 정이 남아 있거나 한 것은 아니었으나 여러모로 찝찝했다.

그럼에도 황태자는 그 문제에 대해서는 한마디도 꺼내지 않았다. 대외적으로는 에키네시아 로아즈에게 주어진 면책 특권과, 황태자가 반기를 든 시점에서 황제는 이미 황제가 아니게 된다는 명분 때문이었다. 그러나 그게 아니라도 황태자는 그녀에게 무어라 할 생각이 없었다.

"갈로서스가 무너지고 대낮에 밤이 찾아오는 꼴을 똑똑히 보고도 명예니 권위니 할 정도로 멍청하진 않다."

 따로 말을 하지는 않았으나 크루엔은 내심 그녀를 인간이라기보다 전설 속에나 나오던 용으로 취급하기로 마음먹었다. 치외법권이란 소리다. 저 정도 수준의 무력이면 그 편이 나았다.

 그리고 그녀의 연인이 유리엔이라는 사실에 다시 한번 감사했다. 유리엔이 미쳐 있는 여자가 그녀라는 것도 진심으로 다행이었다. 괴물 둘이서 금슬 좋게 살도록 아무도 안 건드리는 게 최선이었다.

 "그래서 너희 언제 결혼하냐."

 크루엔과 마주 앉아 차를 머금던 유리엔이 사레가 들려 요란하게 기침을 했다. 크루엔은 생경한 눈으로 이복동생을 바라보았다. 사레도 들릴 수 있는 놈이었군. 맙소사, 지금 얼굴이 붉어진 건가?

 "······그렇게 놀랄 질문이었나?"

 "그, 그보다, 아까 말씀드리려던 증명식 문제가······."

 "왜 대답이 없느냐? 설마 결혼할 생각까진 없었나? 연애만 하고 결혼은 다른 여자랑 하려고?"

 아니라는 걸 뻔히 알면서 크루엔은 능청스럽게 물었다. 유리엔의 낯이 싹 굳더니 눈빛이 서늘해졌다. 황태자는 급히 고개를 저었다.

 "농이다, 농. 네가 말을 돌리려 하기에······."

 "두 번 다시 그녀를 그런 농에 엮지 마십시오."

 "내가 잘못했다. 용서해 다오."

 크루엔이 순순히 고개를 숙였다. 유리엔은 잠시 침묵하다가 그의 사과를 받아들였다.

 그들이 있는 곳은 황궁의 접빈실이었다. 갈로서스 공성전 이후 처음 의논하는 자리였다. 유리엔의 부상이 심했고, 그의 상태가 좋지 않자 에키네시아가 극도로 불안해했기 때문에 그들은 바로 아젠카로 돌아갔었다. 뒤처리는 전부 황태자의 몫이었다.

그러고 나서 전보만 주고받다가 2주 만에 중요한 문제들을 논의하러 온 터였다. 정확히는 내일 있는 황태자의 즉위식에 유리엔이 창천기사단장으로서 참석하러 온 김에 만났다.

"그래서, 증명식이 뭐?"

"증명식을 하지 않기로 했습니다."

"그, 예정되어 있던 바르데르기오사 오너 증명식 말이지?"

"예. 그녀는 스스로를 증명해 냈으므로 타인의 인정을 받을 필요가 없습니다. 대신 같은 규모로 서임식을 할 예정입니다."

스스로를 증명했다. 그 말에 황태자는 갈로서스에서 목격한 기이한 현상을 떠올렸다.

"그러고 보니 그 이변은 대체 뭐였느냐? 마검에 무슨 일이 일어난 거지?"

[모든 것을 알려 주지는 마라. 뭐, 네가 참견하지 않아도 네가 알아서 잘 하겠다만.]

"……그녀가 완벽한 바르데르기으사 오너가 되면서 발생한 현상입니다."

유리엔은 성검의 주의를 들으며 짧게 답했다. 황태자는 입가를 만지작거리다가 재차 물었다.

"좀 더 자세히 설명해 줄 수 있느냐?"

"예전에 제가 전하께, 마검의 주인이 이성을 유지하는 한 그녀는 안전하다고 말씀드렸었지요."

"그래, 그리고 혹여 그녀가 악마가 된다면 네가 막을 수 있다고도 했지. 그것을 증명하기 위해 증명식을 하겠다고 한 것 아니었냐."

"예. 하지만 이제는 그런 우려나 안전을 위한 대비도 필요하지 않습니다. 그녀가 마검을 변화시켰으므로, 마검은 온전히 그녀에게 복종합니다. 앞으로는 혹여 그녀가 이성을 잃더라도 악마가 될 염려는 없습니다."

망설임 없는 단언이었다. 유리엔은 에키네시아를 바르데르기오사 오너로 인정하겠다고 할 때도 그녀의 위험성을 숨기지 않았다. 그런 그가 저렇게까지 말한다면, 정말로 그녀는 이제 안전한 존재라는 뜻이다.

"마검이 변화했다…… 라, 그렇다면 차후에도 계속 '악마'가 아닌 바르데르기오사 오너가 등장할 수 있다는 뜻이냐?"

"보다 정확히는, 마검을 통제할 자질이 있는 자가 마검을 쥐면 '기오사 오너'가 되고, 그렇지 못한 자가 쥐면 '악마'가 됩니다."

크루엔의 눈이 커졌다. 다른 기오사처럼 마검도 앞으로 계속 기오사 오너가 배출된다는 소리다. 실패하면 악마가 된다는 위험이 있긴 해도 무조건 악마가 되던 과거와는 마검의 위상 자체가 달라질 것이다.

"놀랍군. 그 자질이란 어떤 것이지? 어떻게 자질 있는 자를 구별할 건가?"

"그건 말씀드릴 수 없습니다. 마검이 극도로 위험한 기오사임은 변함없는 사실이므로, 마검과 관련된 정보는 엄중히 관리할 예정입니다."

유리엔이 딱 잘라 말했다. 어느 정도 예상했던 바라 크루엔은 어깨만 으쓱이고는 더는 묻지 않았다. 유리엔이 차분히 말을 이었다.

"마검을 쥐었을 때 자격 있는 자는 오너가 되고, 그렇지 못한 자는 악마가 된다. 에키네시아 로아즈가 마검을 그렇게 변화시켰다.' 이 사실은 공식적으로 밝힐 예정입니다. 서임식에서 바르데르기오사의 외형이 변화한 것을 확인할 수 있을 테니 그 이상의 검증은 필요하지 않겠지요."

"그렇겠지. 그 기적에 대한 소문도 이미 들불처럼 퍼져 나가고 있으니. 그 서임식이 역대 최초의 바르데르기오사 오너가 데뷔하는 자리인 셈이군. 성녀 데뷔 때보다도 더 많은 인파가 몰려들겠어."

"최대한 성대하게 치를 예정입니다."

"그게 낫겠지. 그나저나 기오사를 변화시키다니……. 나는 기오사가 변화할 수 있는 검인지조차 몰랐다. 창천은 알고 있었나?"

"아니요, 그녀가 최초입니다."

"맙소사, 그 나이에 너보다 강한 검사라는 것만 해도 충격적인데 말이다. 여러모로 전설을 쓰고 있군. 이러다 대륙 끝단의 어린아이조차 그녀의 이름을 알게 되는 것 아니냐?"

가볍게 던진 크루엔의 말에 유리엔의 입꼬리가 설핏 올라갔다. 그는 은근히 들뜬 어조로 답했다.

"당연한 일입니다. 그녀는 존경받아 마땅한 사람이고 전설로 남을 기사가 될 테니까요. 모든 이가 알게 되겠지요. 그녀의 검이 얼마나 대단한지, 그녀가 얼마나 강하고 눈부신 혼을 가지고 있는지, 그녀가……."

[적당히 해라, 주인. 표정 관리도 좀 하고.]

성검이 깊은 한숨과 함께 톡 쏘았다. 유리엔은 그제야 맞은편에 앉은 황태자가 얼이 빠진 얼굴로 자신을 보고 있는 것을 알아차렸다. 그는 순식간에 평소와 같은 담담한 낯으로 돌아왔다. 그러나 이미 크루엔은 한껏 들뜬 유리엔을 똑똑히 목격해 버렸다. 잠시 어색한 침묵이 흐른 끝에, 크루엔이 더듬더듬 입을 열었다.

"그, 그래, 알겠다. 그녀를 보기 위해서라도, 서임식에 내 꼭 참석하마."

[내가 오래 사니 정말 별의별 꼴을 다 보는구나. 설마 더한 꼴을 볼 일은 없겠지?]

"……다음 문제로 넘어가겠습니다, 전하."

유리엔은 성검의 푸념을 못 들은 척하며 빠르게 화제를 전환했다. 몇 가지 전후처리 관련 논의를 마무리한 뒤 남은 것은 에키네시아가 갈로서스를 정복하기 전에 황태자와 했던 거래 문제였다.

엄밀히 말하면 그녀는 '아무도 먼저 공격하지 않고'라는 말을 지키지 못했다. 요새가 붕괴하면서 일어난 사고사를 제외해도, 황제와 마법사 몇, 근위 기사로 위장하고 있었던 기사 몇이 그녀의 손에 죽었다.

하지만 크루엔 황태자는 그것을 지적하지 않았다. 제국이 건국된 이래로 단 한 번도 정복되지 않았던 요새를 단신으로 정복한 업적과 비교하면 그 정도의 극소수 사망자는 사실 없는 수준에 가까웠기 때문이다.

실제로 그녀는 반격하지 않고 요새만 부수었고, 황태자군에 붙잡힌 대다수의 포로가 그 과정을 목격하고 증언했다. 마법사나 근위 기사들은 '비켜 달라'는 그녀의 요청을 들었다는 것을 부정하지 못했다. 게다가 몇 안 되는 사망자들은 애초에 싸워야 할 적군이었으며 황태자가 승리한 지금은 처벌해야 하는 반역도들에 불과했다. 가장 껄끄러울 수 있는 황제의 죽음은 목격자가 한 명도 없었다.

에키네시아와 되도록 우호적인 관계를 유지하고 싶은 황태자 입장에선 따지고 들 필요가 없었다. 좀 더 솔직히 말하면, 그가 직접 처리하기는 힘들고 그렇다고 살려 놓기엔 불안한 황제를 죽여 준 것이 고맙기까지 했다.

"기오사 오너 인정이야 이미 끝난 거고, 처벌권을 로아즈에 넘기는 문제는……. 그녀는 정확히 어떤 방식을 원하던가?"

"2황자와 헤레이스 리어폴드만 넘겨주시면 됩니다. 그들의 재판을 로아즈에서 영주의 권한으로 할 수 있게 해 주십시오."

"황자비나 2황자의 후궁들은?"

황자비가 어떤 취급을 받았는지, 2황자의 후궁들이 어떤 과정을 거쳐 후궁이 되었는지 크루엔이나 유리엔이나 대강 알고 있었다. 이 문제에 대해 이디 에키네시아와 의논을 마쳤던 유리엔은 쉽사리 대답했다.

"황자비와 후궁들은 무고하니 전하께서 선처해 주시면 됩니다."

"알았다. 참, 마석 목걸이에 관여했던 자들은 어떻게 할 거냐?"

"그들 또한 전하께 처벌을 맡기겠습니다."

"성가시니까 알아서 다 사형시키라는 소리로 들리는데."

"그런 뜻은 아닙니다. 로아즈의 인력으로 그들을 일일이 색출하여 죄질에 따라 처벌하기엔 무리가 있어……."

"농이다, 농. 죄의 경중을 따져 확실히 처벌할 테니 걱정하지 마라."

황태자가 손을 내저으며 말하고는 서류철을 하나 꺼냈다.

"그리고 이건 디아상트 공작, 아니지, 전 디아상트 공작 윈들턴 디아상트가 범한 죄에 대한 책임과 배상의 의미로 디아상트가 내놓은 것들이다. 새로운 디아상트 공작이 요청한 대로 전부 로아즈에 넘기도록 하마."

서류철을 받아 든 유리엔은 그 내용물에 약간 놀랐다.

제국에서 영지의 크기와 질은 가문의 세력을 결정한다. 영지가 부족하면 작위가 강등되기도 했다. 당연히 디아상트 공작가는 그 위세만큼 넓고 광대한 영지를 가지고 있었다. 그 영지의 반절에 달하는 어마어마한 양의 토지 증서들이 서류철에 담겨 있었다.

가주를 교체함으로써 멸문은 피했지만, 그래도 디아상트의 힘으로 마검의 음모를 주도했다는 사실은 변하지 않았다. 자숙의 의미로 영지 절반을 내어 놓은 것이다. 새로이 공작이 된 로잘린 디아상트의 서명이 첨부되어 있었다.

크루엔이 느긋하게 깍지를 끼며 말했다.

"참, 윈들턴 디아상트의 시신을 넘겨주겠다고 전해 달라더군. 그것을 로아즈로 보낼 때 선황의 시신도 함께 보내마. 로아즈 백작에게 원하는 대로 처리해도 된다고 전해 다오."

"선황의 시신까지 말입니까?"

"선황은 더 이상 황족이 아니니, 황족의 시신이 아닌 셈이다. 이걸로 조금이라도 그녀와 로아즈의 분노가 풀렸으면 좋겠군."

"……알겠습니다. 그대로 전하겠습니다."

"그리고 약속대로 로아즈성의 재건에 관한 예산을 편성했다고 전해 다오."

황태자는 예산서를 건넨 다음, 은빛 밀랍으로 봉하고 비단을 덧댄 두루마리를 꺼내 보여 주었다.

"또한, 마검의 음모를 밝혀내고 내전을 종료한 에키네시아 로아즈의 공로와 황실로 인한 피해를 보상하는 차원에서, 로아즈를 공작가로 승격할 예정이다. 디아상트의 영지를 증여받았으니 영지도 충분하고. 아, 증여세는 특별히 면제다."

빙긋 웃은 황태자가 두루마리를 까닥거렸다.

"작위는 내가 즉위한 후에 로아즈 백작에게 직접 수여하도록 하지. 그러고 보니 로아즈의 작위는 에키네시아 르아즈가 계승하는 건가?"

"아니요. 그녀는 창천의 기오사 오너로 사는 것을 선택했습니다. 로아즈는 예정대로 란셀리드 소백작이 이어받을 겁니다."

"그런가."

황태자는 아쉬운 표정을 짓고는 두루마리를 내려놓았다. 기오사 오너로 창천에 머물면 그녀의 국적은 아젠카가 된다. 그래도 그녀의 가문이 제국의 공작가가 될 테니 에키네시아와의 끈은 유지가 되는 셈이다.

"그럼, 이제 마지막으로 남은 것은…… 그 서류에 비워져 있는 네 성이로구나."

유리언이 마곈의 음모에 대해 알려 주는 대신 받았던, 크루엔이 황제가 될 경우 효력을 발휘할 친필 서류. 황실의 성을 버림으로써 제국과 유리엔의 관계를 완전히 단절하고, 황실이 더는 그에게 간섭할 수 없다는 것을 보장하는 서류였다.

현재 유리엔이 보관하고 있는 그 서류에는 그의 이름 뒤편이 지워진 채 비어 있었다. 황태자가 물었다.

"새로운 성은 어떻게 할 작정이냐, 유리언? 원한다면 대공의 가문을 줄 수도 있다만. 대가 끊겨 황실에 반납된 성 중에도 괜찮은 게 많고, 내가 새로 지어 줄 수도 있고."

그렇게 말하면서도 크루엔은 유리엔이 거절하리라는 것을 짐작했다. 더 이상 황실이나 제국의 정세에 얽혀들기 싫어 성을 지우려는 그가 또다시 제국의 가문을 받을 리가 없었다.

유리엔은 천천히 입을 열었다.

"저는……."

갈로서스 공성 직후, 유리엔은 황태자군의 의무병과 마법사들에게 응급처치를 받았다. 그리고 에키네시아와 그는 다음 날 아침이 되자마자 마나 열차를 타고 아젠카로 출발했다.

창천 기사단은 마무리를 하고 며칠 뒤에 귀환할 예정이었다. 원래 유리엔은 창천 기사단과 함께 귀환하려 했다. 그러나 부상 치료 중에 유리엔이 마나 코어 과부하를 겪었다는 사실을 알게 된 에키가 빠른 귀환을 강력하게 주장하는 바람에 일찍 돌아가게 되었다.

마나 코어가 망가지면 치명적이니 걱정하는 게 당연하긴 했지만 과한 반응이었다. 유리엔의 마나 친화력은 과부하 한 번쯤 겪었다고 흐트러질 수준이 아니었다. 부상도 꽤 중상이긴 했지만 치명상까진 아니었다.

그는 괜찮다고 하려 했으나 그녀가 불안함을 숨기지 못하는 것을 보고 순순히 그녀의 의견을 따랐다. 황태자가 제발 그냥 가라고 떠민 탓도 있었다.

갈로서스 요새의 붕괴와 낮을 물들인 밤은 최초의 바르데르기오사오너 탄생이라는 전설의 시작에 걸맞은 사건이었다. 그로 인해 에키네시아를 향하는 시선은 외경심에 가까웠다. 찬탄하면서도 두려워하는 반응.

그래서 그녀가 불안해하자 주위는 거의 공포에 질렸다. 그 분위기를 빠르게 알아차린 황태자는 뒤처리는 알아서 할 테니 돌아가서 치료나 하라며 그들을 보냈다.

붕대투성이인 유리엔이 아젠카로 돌아가 샤이에게 치료를 받을 때까지, 에키의 온 신경은 유리엔의 안전에 쏠려 있었다. 이변을 일으킨 이후 잠들어서 계속 깨어나지 않고 있는 마검에 신경을 쓸 틈조차 없었다.

유리엔의 치료를 마친 샤이는 탈진하여 쉬러 돌아갔다. 급히 찾아왔던 부단장이며 하인들까지 단장의 휴식을 위해 모조리 물러나고, 사택으로 돌아온 유리엔의 곁에 남은 것은 에키 혼자였다. 누구도 그녀에게 물러나라는 말을 하지 않았다.

늦은 밤이었다. 하녀들이 전에 에키가 썼던 침실을 준비해 두었다고 전해 주었다. 그녀는 알았다고 대답하고 그들을 보냈다. 유리엔은 제 침대에서 잠들어 있었다. 에키는 바로 자신의 침실로 가는 대신 그의 침대 가장자리에 걸터앉았다.

치료를 끝낼 때까지 태연하던 유리엔은 샤이가 엘기오사를 거두는 것과 동시에 혼절하듯 잠들어 버렸다. 많이 무리해서 몸이 강제로 휴식을 취하려 하는 것뿐이라고 듣고 나서야 에키는 겨우 안심했다. 마나 코어도 별다른 이상이 없다고 했다.

그를 내려다보았다. 그녀가 냈던 뺨의 상처마저 깨끗이 사라진 그는 고르게 숨을 쉬고 있었다. 이제야 그가 무사하다는 실감이 난다. 비로소 생각을 할 여유가 찾아왔다.

아젠카로 돌아와서 치료받고 잠들기까지, 유리엔은 내내 그녀에게 말했다.

"몇 번이나 말했지만, 그대가 자책할 이유는 없다. 그대가 원해서 나를 베려 한 것도 아니고, 그대는 스스로 검을 멈추기까지 했다."

정말 그럴까.

에키는 그 찰나의 기억이 애매했다. 막연히 안 돼, 라고 생각했던 건 기억이 나는데, 무슨 일이 일어났던 건지 명확히 알 수가 없었다. 확실한 건 그녀가 황제의 앞에서 살의를 참지 못했다는 진실뿐이다.

살의를 스스로 받아들였던 순간이 선명하다. 고통에 찬 신음이 음악보다도 감미롭게 들리고, 비릿한 피 냄새가 무엇보다도 향기롭게 느껴졌었다. 그렇게 달콤할 수가 없었다. 그 순간의 그녀는 분명히 살인을 즐겼다.

황제를 죽였던 건 후회하지 않는다. 좀 더 길게 고통을 느끼도록 만들었어야 한다는 아쉬움이라면 모를까, 그 선택 자체는 후회하지 않았다. 그녀 외에도 그자로 인해 죽은 자와 고통받은 자가 너무나 많았다. 유리엔의 아비이기를 스스로 포기한 자였고, 유리엔 역시 그를 아버지로 여기지 않았다. 그래도 그의 혈육이라는 이유로 넘어가 주었다가 벌어진 일들만 봐도 더는 살려 둘 수 없었다.

그녀가 후회하는 것은 스스로 행했던 시험에서 실패했다는 사실이었다. 자신은 참지 못했다. 냉정하게 베지 못하고 감정에 물들어 버렸다. 그 결과 이성을 완전히 잃어버리고 악마가 되어 날뛰고 말았다.

'또 그런 일이 일어난다면 유리엔이 이번처럼 살아남는다는 보장이 없어. ……역시 여기에 있어서는 안 되는 게 아닐까.'

유리엔은 그녀가 스스로 멈췄다고 말하지만, 그녀는 안다. 유리엔이 죽을 뻔한 순간이 몇 번이나 있었다. 마지막의 마지막에 결국 멈추긴 했으나 같은 상황이 또 왔을 때도 그럴 수 있을지는 모르겠다.

에키는 유리엔을 가만히 들여다보다가 오른 손바닥으로 시선을 옮겼다. 익숙한 검은 문양이 보였다. 스스로를 통제하려던 '시험'에서 실패했는데도 불구하고 그녀가 결심했던 대로 떠나지 않은 건 바르데르기오사가 보인 이상한 현상 때문이었다.

"발."

작게 불러 보았다. 마검은 여전히 대답이 없었다. 좀 잔다고 했던 기억이 나는데, 대체 언제 일어날 생각인 건지.

그녀는 걸터앉아 있던 자리에서 일어나 창가로 다가갔다. 창문을 약간 열었다. 차가운 공기를 마시니 복잡하던 머리가 조금 맑아졌다. 심호흡을 하고, 흐릿한 달빛이 비치는 창 앞에 서서 마검을 끄집어냈다.

투명한 칼날, 검은 손잡이. 익숙한 형태였으나 딱 하나 뚜렷한 변화가 있었다. 칼날에 있던 문양이 붉은빛으로 변해 손잡이와 칼날 근처를 휘감으며 회전하고 있다. 랑기오사를 휘감은 황금빛 문양처럼.

'정말 성검처럼 문양으로 자아를 유지할 수 있게 된 걸까.'

마검의 변화는 그런 의미일까. 하지만 마검이 자아를 유지하는 것에 성공했다 해도, 그녀는 살의를 받아들인 뒤부터 마검의 목소리를 제대로 듣지 못했다. 검을 멈춘 후에나 겨우 들리기 시작했었다. 마검이 살인을 즐기는 대신 그녀를 말리려 했던 건 기특하지만, 이래서야 같은 일이 발생해도 마검이 그녀를 말리는 게 불가능하지 않겠는가.

"발, 일어나."

유리엔이 깨지 않도록 목소리를 낮춰 불러 보았다. 마검은 조용했다. 문양만이 느릿느릿 휘돌았다. 에키는 미간을 찌푸렸다.

'만약 내가 그때 검을 멈췄던 것이 우연에 불과하고, 마검이 자아를 유지해도 나를 말릴 방법이 없다면……'

그가 깨어나기 전에 떠나는 편이 나을지도 모른다.

거부하고 싶은 결론이었다. 그녀는 유리엔이 잠든 침대 쪽을 흘깃 바라보았다. 울음의 전조처럼 눈가가 달아오르는 게 느껴졌다. 떠나고 싶지 않다. 절대로. 그렇다고 장담할 수 없는 도박에 그의 목숨을 걸 수는 없다.

그럼, 기억이 부분적으로 훼손되는 것을 각오하고 마검 대신 다른 기오사를 각성시키는 것을 시도해야 할까.

'본능을 참고 변화하면서까지 나를 말리려 노력한 녀석인데, 버려야 하는 걸까.'

빙글빙글 도는 붉은 문양을 바라보았다. 열심히 하고 있으니 성공하면 자길 버리지 않을 거냐고 묻던 마검이 떠올랐다. 입안에 쓴맛이 돌았다. 그녀는 초조하게 아랫입술을 깨물었다.

그 기묘한 현상에 대한 설명이 지금 당장 필요했다. 대체 무슨 일이 일어났던 건지, 어떻게 자신이 검을 멈출 수 있었는지도 알아야만 했다. 마검이 스스로 일어날 때까지 기다리려 했는데 더는 못 기다리겠다. 그녀는 최후의 수단을 써 보기로 마음먹었다.

손에 보랏빛 마나를 두르고 마검을 내리쳤다. 반응은 즉시 나타났다.

[으악! 아! 아야! 야! 좀 살살 깨우라고 전에도 내가―!]

"발!"

에키는 저도 모르게 반가운 음성으로 마검을 부르며 움켜쥐었다.

진심으로 안도하며 밝아진 그 얼굴과 음성에 마검은 몹시 당황했다.

[어, 어, 어? 너 왜 그래? 뭐 잘못 먹었어?]

"네가 계속 안 일어나서. 왜 이렇게 오래 자?"

[적응하느라 그랬……. 어어, 주인아, 나 보고 싶었어? 우와, 나 걱정한 거야?]

"걱정은 무슨. 기오사인 널 왜 걱정해? 어떻게 된 건지 빨리 설명이나 해."

[쳇, 그럼 그렇지.]

마검이 투덜거리더니 부루퉁하게 덧붙였다.

[칭찬 먼저 해 줘.]

"뭐?"

[나 진짜 힘들었단 말이야. 칭찬해 줘. 잘했다고 해 줘. 빨리!]

에키는 칭얼거리는 마검을 황당하게 내려다보다가 대충 칭찬을 해 주었다.

"……잘했어, 발."

[헤헤. 으헤헤.]

마검이 히죽히죽 웃기 시작했다.

[좀 더 해 줘. 난 착한 검이니까 더 칭찬 들어도 돼!]

"그러니까 대체 뭘 한 건데."

에키는 옅게 한숨을 쉬고, 실실거리고 있는 마검에게 다시 물었다.

"네가 나를 멈췄던 거야? 그를 베기 전에?"

[아니, 난 그런 건 못 해. 그건 네가 해야 할 일이었거든.]

"……내가?"

[주인이 진심으로 살의를 즐기고 있으면 내가 아무리 말해 봤자 소용없어. 그걸 거부해야 내 말이 들리니까. 그래도 네 의식이 완전히 무의식 속으

로 가라앉지 않도록 붙잡고 있었던 건 나지만.]

"붙잡고 있었다고? 어떻게?"

[어, 음, 잠들지 않게 계속 깨우는 거랑 비슷해. 그거 진짜 진짜 힘들었어! 이 몸이라서 가능했던 일이라고! 나 착하지? 얼른 더 칭찬해! 잔뜩 칭찬해!]

살의에 휩쓸리는 와중에 계속 귓가에서 앵앵거렸던 소리가 떠올랐다. 그 덕에 완전히 악마가 되지 않고 어렴풋하게나마 의식이 유지된 모양이었다.

'정말 노력했구나. 나를 막기 위해서.'

뭉클한 기분이 들었다. 그녀는 말을 잃었다가, 살짝 잠긴 음성으로 말했다.

"고마워, 발. 정말 잘했어. 정말로……."

바르데르기오사가 의식을 붙잡아 놓지 않았다면 상상하기조차 싫은 결말을 맞이할 뻔했다. 에키는 저도 모르게 침대에 있는 유리엔을 다시 확인했다. 달빛을 받아 반짝이는 은발이 베개 주위에 흩어져 있다. 내리감은 속눈썹이 길게 드리우는 그림자. 평온히 흐르는 숨. 이 사람을 잃을 수도 있었다. 이번에는 잃지 않았다.

덜컥 눈물이 고이려 해서 그녀는 급하게 눈가를 눌렀다. 그녀가 허둥거리는 사이 헤실대고 있던 마검이 들뜬 어조로 종알거렸다.

[음음, 물론 난 대단했지만, 주인도 대단했어! 역시 내 주인이야!]

"대단하긴 뭘 대단해. 네가 깨우기 전까진 살의에 형편없이 휘둘렸는데."

[엥? 아냐, 방금도 말했잖아. 내가 깨운다고 해서 받아들인 살의가 사라지진 않는걸. 난 널 깨워 놨을 뿐이고, 그 충동이나 욕망을 참고 검을 멈추는 건 너 스스로 한 거야. 주인이 그거 못 했으면 내가 아무리 말리려 해 봤

자 못 멈춰. 들리지도 않을 텐데 뭘.]

"스스로 한 거라고? 내가?"

[내 말이 들린 건 네가 검을 멈춘 후잖아. 안 그래?]

스스로 멈췄다니, 어떻게 했더라? 그럼 또 할 수 있는 걸까? 그녀는 그 순간을 떠올리려 애썼다. 정신없이 검을 휘두르다가, 갑자기 '내'가 누구인지를 자각하면서…….

[살인의 쾌락에 휩쓸리지 않고 거부했잖아. 네가 어떻게 거부했는지는 나도 모르지만, 그거 거부 안 했으면 누적된 살의 다 해소될 때까지 계속 사람 죽였을걸. 엄청 죽였겠지. 우와, 그것도 신났겠…… 이, 이게 아니라, 어, 어쨌든 그랬으면 내가 지금처럼 변하지도 못했어.]

"어떻게 변했는데? 랑기오사처럼 늘 각성 상태가 된 거야?"

[응! 이제 나도 랑처럼 주인의 혼과 별개로 자아를 유지할 수 있어. 그리고 앞으로 내 주인이 어떤 사람이 될지도 결정했어!]

"……어떤 사람?"

[너 같은 사람!]

에키는 잠시 숨을 멈췄다. 마검은 천진하게 말을 이었다.

[나를 쥐어도 살의에 휘둘리지 않을 사람. 내가 만들어 내는 살인에 대한 욕구를 참을 수 있는 사람. 어떤 상황에서도 자기 자신을 잃지 않는 사람. 그런 사람을 주인으로 삼을 거야.]

"너는, 그래도 돼? 사람을 죽이는 건 네 본능이잖아?"

[본능을 참을 줄 알아야 어른이 되는 거라며?]

예전에 그녀가 흘리듯 했던 말이었다. 이런 말까지 기억하고 있을 줄은 몰랐다. 에키는 멀거니 투명한 칼날을 내려다보다가 중얼거렸다.

"기오사니까 그런 건 상관없다더니, 다 컸네, 발."

[그것도 칭찬이지? 그치?]

"그래, 칭찬이야."

[헤헤. 있잖아, 주인아, 나 변했으니까, 이제 내 주인이라고 말하고 다닐 수 있는 거지? 그 허연 놈 말고 내가 네 검이 되는 거 맞지? 나 안 버릴 거지?]

한껏 들뜬 어조로 쏟아지는 물음들에 에키는 말을 잃었다. 그녀의 침묵을 뭘로 해석했는지 마검이 열심히 말을 이었다.

[날 쥐면 살의와 악의에 물드는 거나, 살의가 자꾸만 쌓여서 해소하지 않으면 넘치는 건 그대로지만, 그건 어쩔 수 없단 말이야. 내 본질이니까. 대신 이제 주인이 늘 의식을 유지하도록 도울 수 있어! 이번에는 문양이 미완성이라 힘들었지만 완성되었으니까 앞으로는 더 잘할 거야!]

"……발."

[너야 지금의 나 정도로도 문제없겠지만, 앞으로 내 주인이 될 사람들은 아닐 수도 있겠지? 그러니까 열심히 연습할게. 애초에 살의를 참지 못할 인간은 내 주인이 되지 못하게 할 거고. 랑이 악행을 저지르면 자기를 더 이상 못 쥐게 만드는 것처럼, 악마가 되면 더는 날 쥘 수 없게 만드는 식으로 말이야!]

마검은 뻐기듯 자랑스럽게 말했다. 어린아이 같은 어투와 달리 말이 담고 있는 것들이 깊었다. 인간의 살의로 만들어진 마검이 이래도 되는 걸까. 에키는 조심스럽게 물었다.

"넌 정말 그래도 괜찮아?"

[어차피 별로 달라지는 것도 없는걸. 야, 넌 원래 아무리 졸라도 사람 잘 안 죽였잖아.]

"그건 그렇지만, 그래도."

[괜찮다니까! 꽤 고민한 선택이란 말이야. 어때, 주인아? 나 진짜 착하지?]

손안에 느껴지는 마검의 냉기가 더는 섬뜩하지 않았다. 에키는 웃으며 속삭였다.

"그래. 착하다. 넌 누구보다 착한 검이야, 발."

마검이 흐물흐물 풀어지는 음성으로 무어라 횡설수설해 댔다. 사람을 죽일 때만큼이나 기분이 좋아 보였다. 그러더니 마침 생각났다는 듯 종알거렸다.

[그럼 주인아, 착한 검이니까 상도 줄 거야?]

"무슨 상?"

[아무나, 아니지, 나쁜 놈으로 하나만 죽이게 해 줘. 내가 조종해서 직접 하고 싶어! 이왕이면 오른팔로! 왼팔은 질렸어!]

그 헛소리에 그녀의 감동이 부스러졌다. 그녀는 인상을 쓴 채 칼날을 노려코았다.

"너, 본능 참는다며?"

[참는 거랑 조르는 건 다른 문제지.]

"뭐가 달라? 죽이자고 하는 건 똑같잖아!"

[내가 졸라도 안 될 때는 안 들어주잖아? 죽여도 되면 죽일 거고. 너 같은 사람만 그를 거니까 앞으로 다른 주인들도 다 그러겠지?]

"그게 무슨 상관이야?"

[상관있어! 안 되면 주인이 안 된다고 할 거니까, 난 그냥 맘껏 조르기만 하면 되잖아! 우와, 나 엄청 똑똑한 것 같아.]

에키는 기가 찬 눈으로 마검을 내려다보다가 픽 웃었다. 그리고 곧 소리 내어 웃음을 터뜨렸다. 웃음소리 때문인지 유리엔이 일어나는 기척이 느껴졌다. 깨울 생각은 없었는데. 그녀는 당황해서 입을 막으며 약간 물러났다.

"에키?"

일어나 앉으며 약간 쉰 목소리로 그녀를 부른 그가 그녀의 모습을 보자마자 얼어붙었다. 에키는 그의 낯이 창백해지다 못해 하얗게 질리더니 애원하는 듯한 표정을 짓는 것을 보고 당황했다.

"율? 왜……."

"에키, 제발…… 그러지 마라. 내가 무엇이든 할 테니, 제발……."

유리엔이 허둥지둥 침대에서 일어나 그녀에게로 다가왔다. 언젠가 그녀가 보고 싶어 했던 대로, 막 잠에서 깬 전혀 단정치 못한 모습이었다. 엉망으로 흐트러진 머리칼이 헐거운 셔츠 위로 제멋대로 쏟아졌다.

다가온 그가 멍하니 자신을 보고 있는 그녀를 제 품에 가두며 끌어안았다. 그녀의 손에 마검이 들려 있는 걸 망각한 태도였다. 에키는 그를 찌를 뻔한 마검을 급하게 문양으로 되돌렸다. 단단한 팔이 그녀의 몸을 얽어맸다.

"유, 율?"

"나는, 더는 견딜 수 없다. 정말 미쳐 버릴지도 모른다. 그대는 내가 싫어진 건가?"

"그럴 리가요! 저기, 율, 무슨 말을 하는 건지 모르겠……."

"차라리 그대 손에 죽는 편이 낫다. 그러니 제발."

"무슨 무서운 말을 하는 거예요!"

그녀는 기겁해서 유리엔을 밀어내고 얼굴을 보려 했다. 그러나 그는 더 힘주어 그녀를 품 안에 끌어안았다. 숨이 막힐 정도였다. 마나를 쓰면 벗어날 수 있겠지만, 그녀는 치료한 지도 얼마 되지 않은 그를 거칠게 밀어낼 엄두가 나지 않았다. 결국 포기하고 얌전히 그의 품에 기댔다.

그녀를 그러안은 손이 덜덜 떨렸다. 얇은 셔츠 한 장 사이로 그의 심장이 부서질 듯 뛰고 있는 것이 파묻힌 이마에 느껴졌다. 에키는 한참을 그대로 그에게 안겨 있었다. 그녀가 가만히 있자 그의 떨림이 천천히 잦아들었다.

"유리엔."

그녀는 조심스럽게 그의 이름을 부르고, 그를 살짝 밀어냈다. 어느 정도까지는 밀려났지만 그녀를 놓아주진 않는다. 에키는 그의 품속에서 그를 올려다보았다. 그는 몹시 불안해 보이는 표정이었다. 무엇이 이렇게까지 그를 불안하게 만든 걸까.

그녀는 그제야 자신의 모습이 막 잠에서 깬 그에게 어떻게 보였을지를 떠올렸다. 마검을 들고 반쯤 열린 창가에 서 있다가 유리엔과 눈이 마주치자마자 뒷걸음질을 했다. 도망치려다 걸린 모양새가 아닌가.

"제가 떠날까 봐 걱정했나요?"

"……"

유리엔은 부정하지 않았다. 그는 툭 건드리면 눈물을 쏟아 버릴 것처럼 여려진 낯으로 그녀를 내려다보았다. 이 와중에 어스름한 달빛이 그에게 닿아 부서지는 게 한숨이 나올 정도로 아름다웠다. 뭘 하고 있든 예뻐 보이는 게 그녀가 문제인 건지 그가 문제인 건지 모르겠다. 그러면서도 그녀를 움켜쥐어 가둔 품은 간단하다 못해 약간 아플 지경이었다. 실제로 조금 아팠다.

"아파요, 율."

그녀는 억지로 그의 팔을 떼어 내는 대신 작게 속삭였다. 유리엔이 화들짝 놀라며 그녀에게서 손을 뗐다. 그는 주춤 물러나면서도 완전히 그녀를 놓아주진 못하고 손끝으로 그녀의 옷자락을 쥐었다. 그의 손이 떨려서 그녀의 옷자락도 같이 떨렸다. 에키는 가만히 그것을 보다가 그에게 다시 시선을 주었다. 물기 어린 푸른 눈동자를 응시하며 물었다.

"왜 제가 떠날 거라고 생각했어요?"

그녀는 갈로서스 정복이 그녀 스스로 치른 시험이라는 이야기를 그에게 한마디도 하지 않았다. 실패하면 돌아가지 않을 작정이었다는 말도 한 적 없다. 그에게 티를 낸 적이 없는 것 같은데, 그는 왜 그녀가 떠날 거라고 생각했던 걸까.

유리엔은 무언가 망설이듯 입술을 깨물더니, 그녀의 옷자락을 쥔 손만큼이나 떨리고 있는 음성으로 답했다.

"그대가, 답장을 하지 않아서."

"네?"

"내게 실망했겠지. 그대는 더 이상 나를 믿을 수 없을 테니까. 그러니 돌아오지 않을 수도 있고, 돌아왔더라도 언제든 떠나 버릴 수도 있다고 생각했다."

"잠깐만요, 율, 지금 무슨 얘길 하고 있는 거예요?"

"기억이 없었다는 건 내 입장에서의 변명일 뿐이다. 내가 그대에게 상처를 입혔다는 건 명백한 사실이고, 그로 인해 그대가 더는 날 믿지 못하게 되는 것도 당연하다. 그대가 답장을 하지 않는 것도 당연한……"

"유리엔."

겨우 그가 무슨 이야기를 하고 있는지를 깨달은 그녀가 그의 말을 잘랐다. 그녀는 또박또박 말했다.

"기억을 잃은 건 당신의 잘못이 아니었고, 저는 당신에게 실망한 적이 없어요. 제가…… 답장을 쓰지 않았던 건, 제 자신을 믿지 못했기 때문이에요."

"그대 자신을 믿지 못했다고? 어째서?"

"당신이 만들고 있는 자리에 돌아가서, 타르데르기오사 오너로 살면서…… '악마'가 되지 않고 이성을 유지할 자신이 없었어요. 한 번이라도 실수하면 끝이니까. 이번만 해도 당신은 정말 죽을 뻔했다고요. 제 손으로 또다시 당신을……."

"에키네시아."

그녀의 옷깃을 잡은 그의 손에 힘이 들어갔다. 정신이 없어서 하녀가 가져다준 대로 갈아입었던 실내용 드레스에 주름이 졌다. 유리엔이 나직이 말했다.

"왜 그대는 돌아오면 실수할 거라고 판단했지? 지금까지 아젠카에 머물면서는 그런 것을 걱정하지 않았잖나."

날카로운 질문이었다. 에키는 일순 말문이 막혔다.

"그건, 그러니까……."

"그대는 훌륭히 마검을 통제하고 있었다. 갈로서스의 일은, 솔직히, 그대가 일부러 자기 자신을 통제하지 못할 곳으로 몰아넣은 느낌이다. 왜 그랬지?"

"그야, 그런 상황에서도 완벽히 통제할 수 있는지 시험해야 했으니까요."

"그 정도까지 스스로를 몰아붙여서 확인해야 할 이유가 있었다는 뜻 아닌가. 그대가 아젠카로 돌아오는 데에는 그 정도의 각오가 필요했다는 뜻이고. 이전에는 분명히 그럴 필요가 없었다. 왜 갑자기 그대는 그렇게까지 각오해야 했나?"

"……바, 바르데르기오사 오너로서 나서는 거잖아요. 전과는 각오가 다를 수밖에 없죠."

"외부적으로야 그렇겠지만, 실질적으로 다른 점이 있나? 그대는 이미 마검을 지닌 채 아젠카에서 기사까지 될 생각이었다. 인내하고 통제할 자신이 있었으니 그렇게 결정한 것 아닌가. 그러니 그 이유만으로 그대가 스스로를 몰아붙일 리가 없다."

에키는 입을 다물었다. 그녀를 바라보는 그의 눈동자는 영혼까지 꿰뚫어 보는 것처럼 짙다. 늘 그러했듯이. 그녀는 그의 시선을 피했다. 유리엔이 조용히 묻는다.

"정말로 그 이유뿐이었다면, 그대는 왜 내내 답장조차 하지 않고 나를 피했지?"

"……."

에키가 답하지 못하자 유리엔의 눈매가 처졌다. 그는 이를 악물더니, 자신이 던진 질문에 대한 답을 스스로 내놓았다.

"그대는 나를 믿을 수 없었다. 내가, 그대에게 신뢰를 주지 못해서. 내가 그때처럼 또 그대에게 상처를 입힐 것 같아서. 그렇게 되면 그 충격으로 자신을 자제하지 못하게 될까 봐. 만일 그렇게 되면 내가 그대를 절대 막을 수 없다고 판단했으므로. 한 번 악마가 되어 버린 적이 있는 내게 그대의 살의를 감당하게 할 수는 없어서."

"유리엔."

"그래서 그대는 나를 피했고, 그렇게까지 자신을 시험해야 했다. 그렇지 않나?"

"아……."

아니에요, 라고 답하려던 에키는 그 대답을 마무리하지 못했다. 그의 말이 진실이었기 때문에. 그녀는 고개를 숙여 그의 시선을 피했다.

유리엔이 그녀의 옷깃을 쥔 손을 놓았다. 그의 손이 다가와 숙인 그녀의 얼굴을 감싸 쥔다. 결코 거칠지 않은 손길로 그녀의 얼굴을 들어 올렸다. 눈이 마주쳤다.

"에키."

그녀는 눈을 내리깔았다. 유리엔이 다시 물었다.

"방금, 정말로 떠나려던 것이 아니었나? 그런 생각을 전혀 하지 않았나?"

마검이 자신이 어떻게 변했는지 설명해 주기 전까지, 에키는 분명히 갈등하고 있었다. 떠나는 게 낫지 않은가를. 그녀는 차마 거짓말을 하지 못했다. 내리깐 눈꺼풀 위로 그의 시선이 느껴졌다. 한참을 침묵하던 그가 불쑥 말을 쏟아냈다.

"차라리 내게 화를 내라. 그대에게 신뢰를 주지 못한 나를 탓해라. 그대를 알지 못한 나를 비난해라. 내가 부족했음을 힐난하란 말이다."

그답지 않게 사나운 목소리였다, 그녀가 아니라 그 자신을 향하는. 에키는 놀라 그를 올려다보았다.

"왜 그대는 나를 원망하지 않고 자책하며 모든 것을 홀로 감당하려고만 하는가? 그대가 떠나 있던 순간들이 얼마나, 그게 그대가 내게 주는 벌이라면 무엇보다도…… 효과, 적……."

담담하게 이어지던 말이 허물어지며 물기가 섞여 들었다. 그러더니 급하게 다가온 손이 그녀의 눈 위를 덮어 가렸다.

"보지 마라."

"……왜요?"

"꼴사납게 울 것 같으니."

그녀는 눈을 가린 그의 손을 떼어 내며 말했다.

"당신은 이미 몇 번이나 울었잖아요, 제 앞에서. 괜찮아요."

유리엔은 그녀의 시선을 피하며 손으로 제 눈가를 숨겼다. 이번에는 에키가 손을 뻗었다. 발돋움하며 자신을 피하려는 그를 붙잡고, 눈가를 가린 손을 치웠다.

푸른 눈에서 부풀어 오른 눈물이 툭 떨어진다. 그가 더듬더듬 말을 늘어놓았다.

"나는…… 그대에게 의지가 되고 싶었다. 그대에게 도움이 되고 싶다. 그런데 이토록 부족하기만 해서……."

그는 제가 울고 있다는 사실이 수치스러운 듯 새빨갛게 얼굴을 붉혔다.

도움도 의지도 되지 못하고 부족하기만 하다니. 진심으로 그렇게 생각하는 걸까. 당신은 내가 돌아올 자리를 만들었고, 목숨을 걸고 나를 막아서 주었으며, 나 자신보다도 나를 믿어 주었고, 누구보다 깊게 나를 이해해 주었다. 그리고 또, 셀 수도 없이 많이.

저절로 말이 흘러나왔다.

"율, 저는 당신에게 의지하고 있어요. 당신이 생각하는 것보다 훨씬 깊게."

그녀는 한 손으로 그의 뺨을 감싸 제게로 당겼다. 다른 한 손으로 그의 손에 깍지를 꼈다. 그녀의 손은 그에 비하면 한참 작아서, 그녀가 먼저 파고들었음에도 그의 손에 완전히 감싸졌다.

"당신에게 의지하지 않았다면, 당신이 달라질지도 모른다는 사실 하나에 그렇게 불안해했을 리가 없잖아요."

유리엔이 멀거니 그녀를 바라보았다. 에키는 짐작도 못 했다는 듯한 그 얼굴을 보며 조금 웃었다. 말로 꺼내 놓으니 더 명확해진다. 그녀는 그에게 기대고 싶었다. 오래도록 혼자 버텨 왔던 그녀에겐 그게 낯설어서, 그래서.

"저는, 갈로스스에서 스스로를 통제하지 못하면, 영원히 떠날 생각이었어요. 불행해지는 것보다는 행복을 포기하는 게 나으니까요."

"……!"

그녀의 말과 행동으로 어느 정도 예상한 바였는데도 유리엔은 소스라치게 놀랐다. 정말로 스스로를 시험해서 실패하면 영영 떠나 버릴 생각이었다니. 머리끝부터 발끝까지 차가워진다. 그는 그녀가 이대로 달아날까 봐 두려워져서 황급히 말했다.

"에키, 그대는 실패하지 않았다. 계속 말했잖나. 그대는 분명히 스스로 멈췄다. 마검을 변화시키기까지 했다. 제발, 자신을 의심하지 마라."

"네, 멈췄죠. 마검이 확인해 줬어요. 제가 스스로 멈췄던 거라고."

"마검이 깨어났나? 그래, 그대는……."

그녀의 대답에 그의 낯빛이 극적으로 밝아졌다. 그리고 그 표정은 그녀가 이어간 말에 나락으로 굴러떨어졌다.

"하지만 그 순간에 참지 못하고 살의를 받아들였던 건 사실이에요. 마검도, 제 의식을 유지해 줄 수는 있지만 제가 스스로 살의에 취하는 건 막을 수 없다고 했어요. 그건 저만 할 수 있는 일이라고."

"에키, 제발."

그가 초조하게 빌었다. 그녀의 어깨를 붙잡아 움켜쥐고, 제 얼굴을 감싼 그녀의 손에 뺨을 기대며 애원하듯 말했다.

13막. 끝나는 것과 끝나지 않는 것 | 233

"제발, 그대가 무엇을 두려워하는지 안다. 어떤 악몽이었는지 알고 있다. 그래도 나는……."

"그러니까 당신이 저를 도와주세요."

그의 애원이 멈췄다. 에키는 그의 입술에 가볍게 입을 맞췄다.

"제가 행복해질 수 있도록, 스스로를 믿을 수 있도록, 흔들리지 않게, 그렇게 계속 곁에서 저를 지탱해 주세요."

다시 한번 더, 입술이 스친다. 쪽 소리가 났다. 그녀가 웃었다.

"해 주실 수 있나요?"

유리엔은 완전히 초점이 나가 버린 눈으로 그녀를 응시했다. 울컥 치받는다. 눈물이 멈췄다. 그가 쉰 음성으로 답했다.

"내 모든 것을 바쳐서라도, 그리하겠다."

"전부를 주실 필요는 없어요, 그저 함께……."

"아니, 나는 이미 그대의 것이다. 버리지 마라."

유리엔이 그녀의 이마에, 눈가에, 그리고 코끝에, 얼굴 곳곳에 가만히 입술을 눌러 왔다. 사랑스러워서 견딜 수 없다는 듯, 동시에 경애하듯.

에키는 눈을 감았다. 감은 눈꺼풀 위에 닿는 감촉이 세상없이 다정했다. 그에게 녹아들고 싶어질 정도로. 그래서 충동적으로 답했다.

"……그럼, 저도 당신의 것이 될게요."

그녀가 그를 끌어안으며 귓가에 이름을 불어넣는다. 율. 유리엔의 몸이 흠칫 떨렸다. 부드러운 몸이 그의 품에 안겨들었다. 달콤한 향.

그녀가 입을 맞춰 온다. 그가 응한다. 창에 기대며 그녀가 미끄러졌다. 달빛을 가리며 그가 드리워졌다. 달구어진 욕망과 무르익은 마음이 자연스럽게 선을 넘어간다. 흐트러진 옷깃 너머로 스친 피부에 열기가 느껴졌다.

[거기까지만 해라, 주인. 내 존재를 잊은 것은 아니겠지.]

성검이 음산하게 말했다. 급격하게 현실로 돌아온 유리엔의 손이 정지했다. 흐려진 눈으로 그를 올려다보던 에키 역시 아까부터 귓가에 흐르던 조그만 감탄 소리를 뒤늦게 알아차렸다.

[우와, 우와, 와아아……]

그녀는 3초 정도 굳었다가, 후닥닥 그에게서 떨어지며 옷깃을 추슬렀다. 유리엔은 완전히 얼어 있었다. 어색한 시간이 짧게 흐르고, 에키는 작게 헛기침을 했다.

"느, 늦었으니 이만 자러 갈게요. 하녀들이, 전에 머물렀던 방을 치워 두었다고 하니까, 거기서……. 잘 자요, 율."

그녀는 도망치듯 침실 밖으로 나가 버렸다. 유리엔은 제법 요란하게 닫힌 문소리에 채찍을 맞은 듯이 정신을 차렸다. 그는 망연히 제 손을 내려다보다가, 그 손으로 제 뺨을 때렸다.

[주, 주인? 뭐 하는 게냐?]

"……최대한 빨리."

한쪽 뺨이 벌겋게 달아오른 채로 유리엔이 성검을 꺼내 창가에 내려놓았다. 내팽개치는 것에 가까운 손놀림이었다.

"결혼할 생각이다."

황태자를 제위에 올리겠다는 말보다 더 두껍고 깊고 절절한 어조였다. 그는 성검을 그대로 두고 침대로 돌아가 뜬눈으로 밤을 지새웠다.

아젠카에서 남동쪽으로 향하다 보면 작은 호수를 끼고 있는 마을이 하나 나온다. 이름은 포와트.

앙투아르 왕국에 속해 있는데도 불구하고 아젠카와 몹시 긴밀한 사이인 곳이었다. 마을의 토지 대부분이 창천 기사단 소유였기 때문이다. 창천 기사단은 그 땅들에 기사들을 위한 별장을 여럿 지었다.

그중에서도 가장 크고 호화로운, 단장 전용의 별장에는 현재 로아즈 일가가 머물고 있었다.

12월 11일. 유리엔이 황태자의 즉위식에 참석하기 위해 제도로 떠난 날, 에키네시아도 마차를 타고 포와트로 향했다. 몇 달 만에 가족을 만나러 가는 길이었다.

던컨이 마차를 몰았다. 에키의 맞은편에는 니콜 시즈튼이 앉아 있었다.

하도 바빠서 요 며칠 제대로 자지 못한 니콜은 창가에 머리를 기댄 채 잠에 빠져들었다. 잘게 흔들리는 마차의 진동에 그녀의 머리가 창가에 부딪히려 했다. 에키는 재빨리 손을 뻗어 니콜의 머리를 받친 뒤 쿠션이 덧대진 마차의 내벽 쪽에 기대도록 고쳐 주었다.

겨울의 여린 햇살이 마차의 유리창을 투과하여 비쳐 들었다. 햇빛에 반짝이는 공기를 보며 그녀는 정신없이 흘러간 지난 며칠을 회상했다.

그러다 유리엔이 깨어난 날 밤의 기억이 떠올랐다. 문득 오른손의 문양에 마나를 퍼붓고 싶어졌다. 그녀는 뚫어져라 손바닥을 응시했다. 하얀 레이스 장갑이 마검의 문양을 덮고 있었다.

[주인아, 왜 그래?]

"……아무것도 아니야."

"곧 도착합니다, 아가씨."

던컨이 마부석 쪽의 작은 창문을 열고 말한 다음, 에키가 끄덕이자 창을 닫았다.

던컨은 유리엔에게 그녀가 갈로서스로 떠난다는 말을 전해 준 후 줄곧 아젠카에 머무르고 있었다. 쐐기의 정보력으로 에키와 유리엔이 아젠카로 돌아오기도 전에 이미 갈로서스에서 있었던 일들에 대해 파악을 끝낸 상태였다.

아젠카로 돌아온 에키는 머물 곳이 없었다. 정황상 사관학교 기숙사로 돌아갈 수도 없고, 지금은 기사도 아니라서 창천 기사단 숙소를 쓸 수도 없었다. 결국 그녀는 유리엔의 강력한 주장에 따라, 그리고 그녀 자신이 그러고 싶어서 당분간 그의 사책에서 머물게 되었다.

던컨은 그런 그녀를 알아서 찾아와 자신이 그녀의 명을 어기고 창천 기사단장에게 그녀의 행방을 알렸다고 이실직고했다.

에키는 차마 화를 낼 수가 없었다. 던컨이 알린 탓에 유리엔이 그녀에게 죽을 뻔했지만, 유리엔이 아니었다면 그녀는 황태자군을 몰살시켰을지도 모른다. 그녀를 막아선 자가 유리엔이었기에 정신을 차리고 마검을 변화시킬 수 있었다. 던컨의 판단은 옳았다.

'눈치도 빠르고, 일도 잘하고, 확실히 편해. 이대로 어정쩡하게 부려 먹느니 차라리 월급을 주고 정식으로 부려 먹을까. 기사는 적성에 안 맞는댔으니 집사 정도로.'

익숙하게 에키의 수발을 드는 던컨을 보는 유리엔의 눈초리가 점점 서늘해지고 있었지만, 그가 여리고 고결하게만 보이는 그녀는 눈치채지 못했다. 그래서 그녀는 진지하게 던컨을 제대로 고용하는 문제를 고민했다.

던컨은 제 앞날에 드리운 암운을 모른 채 열심히 마차를 몰았다. 마차의 속도가 천천히 느려지더니 완전히 정지했다. 그제야 고개를 든 에키는 졸고 있는 니콜을 흔들어 깨웠다.

"니콜 언니, 도착했어."

"으응……. 5분만……."

"언니."

"꺅! 깜짝이야!"

귓가에 대고 훅 바람을 불자 니콜이 기겁하며 일어났다. 에키가 킥킥 웃었다. 니콜은 턱까지 내려올 듯한 기미를 달고 관자놀이를 주물렀다.

"피곤해 죽겠네……."

"어제도 밤 새웠어?"

"그래. 시간이 너무 촉박해서 안 되겠더라. 돌아가면 또 밤샘이야."

니콜이 한숨을 쉬었다. 그녀는 스승인 칼리스토 팽과 함께 완전히 아젠카에 정착하기로 결정을 내렸다. 이번 사건으로 현자가 제국에 진절머리가 난 탓이었다. 제국은 창천 기사단장의 눈치를 보느라 현자를 순순히 보내 주었다.

아젠카는 이민을 반기는 편이었고, 현자 정도의 인재라면 반기다 못해 모셔 와야 할 급이었다. 창천은 현자에게 아예 마법관을 하나 신설해 주기로 했다. 현자는 니콜에게 제국의 마탑에 남아도 상관없다고 했지만, 니콜은 망설임 없이 스승을 따라 옮겨 왔다.

얼마 전에야 이사를 마친 스승과 제자는 곧바로 창천의 의뢰를 받았다. 조만간 있을 에키네시아의 서임식 전까지 바르데르기오사의 변화에 대한 연구 논문을 작성해 달라는 요청이었다. 서임식에 참석할 각국의 마법사들에게 발표할 논문이었다. 호기심으로 이루어진 생물인 마법사들로부터 마검에 대한 의심을 불식시키려면 반드시 필요한 일이었다.

시간이 촉박했기 때문에 니콜은 현자와 함께 자주 밤을 새우곤 했다. 마검 조사를 위해 에키도 매일 마법관에 들렀지만 그녀가 하는 일이라 해 봤자 두어 시간 동안 마검을 보여 주거나 질문에 대답하는 수준이었다. 나머지는 니콜과 현자의 몫이었다.

"미안해, 언니. 나 때문에."

"아니, 네가 사과할 이유는 없지. 너 때문도 아니고. 너 정말 왜 이렇게 애가 순해졌니, 철이 들어도 너무 들었잖아. 아무래도 내가 들키는 바람에 네가 너무 고생을 해서……."

"언니가 아니었더라도 그것들은 비슷한 짓을 저질렀을 거야."

니콜이 에키가 맡겼던 마석 목걸이를 들키는 바람에 가짜 마검과 창천이 엮여 유리엔이 함정에 빠졌었다. 그것을 시작으로 에키는 마검을 드러내고 긴 수배 생활을 해야 했다. 니콜은 돌아온 에키를 만나자마자 몇 번이나 사과를 해 놓고서도 그 점이 계속해서 신경 쓰이는 모양이었다.

"언니야말로 내가 맡긴 조사 때문에 독방에 감금까지 됐잖아."

"얘는, 식사도 꼬박꼬박 나오는 방에 있는 거랑 수배령이 나붙어서 쫓기는 거랑 같니."

"난 던컨 덕분에 편하게 지냈다니까?"

"나도 편했어. 하여간 너는……."

"도착했습니다."

던컨이 마차의 문을 열며 고했다. 차가운 바람이 훅 밀려드는 것과 함께 그녀들의 무의미한 말싸움도 중단되었다. 에키는 드레스 위에 하얗고 도톰한 로브를 걸치고 마차에서 내렸다. 니콜이 춥다고 투덜거리며 로브의 후드를 눌러쓰고 뒤따랐다.

마차가 멈춘 곳은 오솔길 입구였다. 눈이 쌓여 있는 전나무 숲 사이로 난 좁은 오솔길의 끝에 호수를 끼고 선 우아한 저택이 있었다. 내전이 마무리될 때까지 로아즈 일가가 임시로 머물고 있는 창천 기사단 소유의 별장이었다.

던컨이 앞장서서 걸었다. 그를 따라 걷던 니콜은 등을 톡톡 건드리는 손짓에 뒤를 돌아보았다. 에키가 입술을 우물거리더니 작게 물었다.

"언니, 저기, 부모님은······."

"엄청 화나셨지. 엄청 우셨고, 엄청 걱정하셨고. 부인께서는 한동안 앓아눕기까지 하셨어."

"······."

"좀 큰일이었니. 로아즈성에는 그런 일이 벌어졌지, 아들은 사라졌다가 눈을 다치고 배도 찔린 채 되돌아와서는 무슨 일이 있었는지 반쯤 까먹었다지, 딸은 대뜸 기사가 되겠다고 했던 것도 아직 납득이 안 되는데 난데없이 황족을 베고 사라진 마검의 주인이 되었지. 온 제국에 수배령까지 나붙고······."

니콜이 말을 할수록 에키의 목이 움츠러들었다. 걸음을 옮기던 니콜은 그런 그녀를 돌아보더니 작게 한숨을 쉬었다.

"너, 아직도 숨기는 거 있지? 갑자기 제니스라니, 심지어 창천 기사단장을 제압할 수준의. 처음 들었을 때 난 농담인 줄 알았어."

"······."

"나야 네가 말하기 힘들다면 더 추궁할 생각은 없는데, 백작님과 백작 부인께도 그러지는 마. 이젠 숨기는 것으로 걱정을 덜 수 있는 상황도 아니잖니."

오솔길은 길지 않았다. 천천히 걸었는데도 벌써 저택에 도착했다. 저택 입구에서 털이 달린 후드를 눌러쓴 채 종종거리던 여자가 그들을 보고 반색했다. 그녀는 안을 향해 무어라 소리를 지르고는 그들 쪽으로 달려왔다. 던컨과 니콜이 슬쩍 비켜섰다.

"아, 다, 아가씨이!"

달려온 여자는 에키를 막무가내로 끌어안았다. 주근깨투성이 얼굴 가득 울음이 터졌다. 전속 하녀 노라였다. 에키는 던컨을 통해 소식을 알아볼 때 그녀가 살아남았다는 것을 확인하고 몹시 안심했었다. 그녀는 팔을 들어 노라를 토닥였다.

"노라, 오랜만이야."

"그렇게 덤덤하게 말씀하실 일이 아니었잖아요! 제가 정말 얼마나 걱정했는 줄 아세요? 기사가 되겠다는 것만으로도 기절할 뻔했는데 어떻게 그러실 수가 있어요! 그나저나, 세상에, 왜 이렇게 마르셨어요? 제가 아가씨 곁에 계속 있었어야 했는데, 얼마나 힘드셨길래 이렇게, 어허엉……."

"진정해, 노라. 별로 고생 안 했어."

"안 하기는 뭘 안 해요! 수, 수배라니, 아가씨가 그런 험한 생활을 하다니!"

"이젠 다 끝났으니까 괜찮아."

"정말이지 저는, 마검이니 제, 제 뭐더라, 하여간 그런 건 하나도 모르겠다고요! 그냥 우리 고운 아가씨가, 어헝, 어허엉……."

훌쩍거리는 노라의 코가 새빨갰다. 에키는 그녀를 달래며 이끌었다.

"춥잖아, 일단 들어가자, 응?"

던컨이 먼저 가서 저택의 문을 열었다. 니콜이 들어가고, 에키는 노라와 함께 마지막으로 들어갔다. 안쪽의 공기는 따뜻했다. 로비에 사람들이 몰려 있었다. 저택 안의 사람들이 전부 나온 듯했다. 줄지어 선 사용인들 사이로 백작 부부와 란셀리드가 보였다.

던컨이 문을 닫았다. 에키는 제자리에 우뚝 섰다.

백작 부인은 그녀를 본 순간 울음을 터뜨리며 손으로 입가를 가렸다. 몇 달 사이에 키가 은근히 자란 란셀리드가 어머니에게 손수건을 건넸다. 소년은 표정을 숨기고 싶은 것처럼 에키로부터 고개를 돌렸다.

백작이 충혈된 눈동자로 그녀를 바라보았다. 그는 입을 열었다가, 다물었다가, 손으로 입가를 만지작거리고, 눈가를 문지르고, 꽉 막힌 목에서 쥐어짜 내듯 힘들여 말했다.

"어서 와라, 에키. 무사히…… 돌아왔구나."

에키는 양손으로 드레스 자락을 잡았다. 어릴 적 어머니가 몇 번이나 손을 겹쳐 쥐고 고쳐 주었던 대로, 치맛자락은 우아한 주름을 그리며 살짝 들어 올려졌다. 오른발을 뒤로 빼며 몸을 낮추고 무릎을 굽혔다.

"다녀왔습니다."

가늘게 떨리는 인사말에 물기가 묻어났다. 백작 부인이 예법에 엄격하던 평소의 태도도 잊고 휘청거리며 달려와 그녀를 끌어안았다.

"에키. 에키……."

그녀는 무어라 말을 하지도 못하고 이름만 부르며 딸을 쓰다듬었다. 에키는 울지 않으려 애썼다. 견딜 수가 없었다. 그녀는 결국 어머니의 옷깃을 적셨다.

사용인들과 던컨, 이미 몇 번 방문했었던 니콜은 물러나고 로아즈 일가만 벽난로가 있는 거실에 모여 앉았다.

가족들은 각자 감정을 추스르느라 한동안 조용했다. 백작 부인이 진정하는 데에는 상당한 시간이 필요했다. 백작도 마찬가지였다. 란셀리드가 그나마 빠르게 낯빛을 가다듬었다. 소년이 눈이 빨개진 누나를 향해 부루퉁하게 말했다.

"누님, 전에 저한테 숨기는 비밀 같은 거 없다면서요."

"……"

"누님 완전 거짓말쟁이야. 너무한 거 아니에요?"

할 말이 없어진 에키는 붉어진 코끝을 문지르며 훌쩍이는 소리만 냈다. 란셀리드는 입을 앙다물더니 볼멘소리를 냈다.

"그런 위험한 짓들을 가족들한텐 말도 없이 혼자 해요? 부모님 생각은 안 해요?"

"너야말로 내가 얼마나 기겁한 줄 알아? 납치는 왜 당하는 건데! 이리 와 봐, 눈은 괜찮아?"

에키가 손짓하자 란셀리드는 순순히 고개를 내밀었다. 그녀는 남동생의 보라색 눈동자가 양쪽 다 선명한 것을 확인하며 다시 새어 나오려는 울음을 간신히 삼켰다. 소년은 얌전히 얼굴을 내준 태도와 달리 화난 투로 대꾸했다.

"성녀님이 고쳐 줬는데 멀쩡하죠. 저보다 누님이 심하거든요? 마검이라니, 어떻게 그런 큰일을 입도 벙긋 안 할 수가 있어요! 단장님께서 소식 전해 주셨을 때 어머니 쓰러지셨다고요! 그런 걸 혼자 결정하고 혼자 떠나서 말도 없이 몇 달을……!"

"난 최소한 몸은 멀쩡했어! 죽을 뻔한 게 뭐라는 거야? 너야말로 부모님께……."

"둘 다 똑같이 속을 태웠으니 조용히 하렴."

백작 부인이 야단조로 말했다. 코맹맹이 소리라 위엄은 없었으나 딸과 아들은 얌전히 입을 다물었다. 그들이 조용해지자 하인들이 잔뜩 장작을 넣고 간 난롯불만 타닥타닥 타올랐다. 백작이 나직이 한숨을 쉬었다.

"에키."

"네, 아버지."

"어떻게 된 연유인지는 창천 기사단장님과 니콜에게 들었다. 음모로 인해 우리 집에 마검이 보내졌고, 네가 그걸…… 쥐게 되었고, 통제하는 데 성공해서…… 아젠카로 떠났던 거라고."

"……네."

"그리고 악마가 된 단장님을 구하기 위해 마검을 가지고 있다는 걸 밝혔고, 그래서 수배되어 돌아오지 못했던 거라면서. 맞느냐?"

"네, 알고 계시는 게 맞아요."

"하지만 이게 전부는 아니겠지, 안 그러냐?"

"……."

"딸아."

백작이 그녀에게 지긋이 시선을 주었다. 에키는 눈을 내리깔았다.

"나와 네 어머니는 너를 안다. 기사가 되겠다는 말은 변덕이라 쳐도, 하루아침에 제니스라니. 심지어 창천 기사단장보다 더 뛰어난."

"근데 누님, 누님이 진짜 혼자서 갈로서스를 무너뜨렸어요? 정말로? 어떻게요? 자세히 얘기 좀 해 주―"

"란셀."

흥분한 어조로 끼어들었던 란셀리드가 백작 부인의 부름에 경고를 알아듣고 급히 뒷말을 삼켰다. 백작이 헛기침을 하더니 말을 이었다.

"……다행히 창천에서는 이상하게 여기지 않는 것 같다만, 우리는 도저히 이해가 가지 않는구나. 너는 검술은커녕 검을 제대로 만져 본 적도 없어. 아무리 네가 천재라 해도, 이건 시도해 본 적도 없는 분야의 재능 아니냐. 검에 관심조차 없었던 네가 어떻게……."

사실 창천은 꽤 이상하게 여겼지만, 대신전과 유리엔의 보증으로 에키네시아가 상상 초월의 천재라고 간신히 납득한 상태였다.

에키네시아에 대한 공표가 있은 뒤로 몇 달이 흐르면서 요즈음엔 수상하다는 말이 거의 나오지 않았다. 대신전에서 언급한 예언의 존재와, 사관생도들로부터 퍼져 나간 그녀의 행적 덕이었다. 사관생도들의 이야기 속에서 그녀는 비상식적인 수준의 괴상한 천재일 뿐인 '사람'이었다. 그리고 그녀가 갈로서스에서 기적을 일으킨 뒤로는 완전히 여론이 안정되었다.

유리엔은 그러한 진통은 건너뛰고 결과만 백작 부부에게 전했다. 로아즈 일가는 쉽사리 믿지 못했다. 가족들이 알던 에키네시아와 유리엔의 이야기 속 에키네시아는 너무나 다른 사람이었다.

누구에게도 말하지 않았으나, 백작 부부는 사랑하는 딸이 다른 사람으로 바뀐 게 아닐까 의심하고 있었다. 말도 안 되는 소리지만 영혼이 바뀌었다거나, 은밀히 다른 사람으로 바꿔치기 되었다거나 하는 식으로. 그 정도로 달랐다.

그러나 다시 만난 딸은 어딜 봐도 그들의 딸이었다. 보자마자 알았다. 부모로서는 알 수밖에 없었다.

눈앞에 있는, 창천 기사단장을 제압하고 구해 냈으며, 갈로서스를 홀로 정복했고, 최초의 바르데르기오사 오너가 될, 대륙에서 가장 강한 검사이자 전무후무한 천재라는 평을 듣고 있는 여자는, 그들의 하나뿐인 딸이다. 조금 까탈스럽고 살짝 게으르지만 누구보다 사랑스럽고 예쁜 그들의 딸. 믿기지 않을 정도로 변했어도 그들의 딸이라는 것은 확실했다.

그것을 확신하고 나자 이제 딸이 왜 이렇게까지 변했는지에 대한 의문이 남았다. 백작 부인은 양손으로 손수건을 움켜쥐었다. 백작이 깊은 눈으로 에키를 바라보았다.

"어떻게 된 일인지 우리에게 말해 줄 수 있느냐?"

[주인아, 어떻게 할 거야? 그때 그 덩치 큰 놈한테 한 것처럼 내가 널 제니스로 만들었다고 뻥칠 거야? 와, 나 이러다 진짜 신검으로 불리는 거 아니야?]

마검이 종알댔다. 에키는 아버지의 시선을 피한 채 심호흡을 했다. 그녀를 낳고 스무 해 동안 키우신 부모님이다. 스무 살까지의 그녀를 누구보다 잘 아는 분들이었다. 어설픈 변명은 소용이 없었다. 태양 축제 때 왔던 란셀이 그녀가 아젠카에 눌러앉으면서 한 변명을 부모님이 믿지 않으셨다고 말하지 않았던가. 오는 길에 니콜이 했던 말도 떠올랐다.

"이젠 숨기는 것으로 걱정을 덜 수 있는 상황도 아니잖니."

변명이 소용없다면, 어떻게 할 것인가. 간신히 결심이 섰다.

전에는 절대 꺼내지 못했을 악몽이었다. 그러나 유리엔이 그녀를 지탱해 주는 지금은 안전한 거짓 대신 진실을 말할 수 있었다. 가장 큰 피해자에게 이해받아 보았고 받아들여져 보았기에 일부나마 그것을 꺼낼 용기가 생겼다.

그녀가 사랑하는 사람들이고, 그녀를 사랑해 주는 사람들이다. 자신이 기대면 받쳐 줄 사람들이었다. 마음이 물러져서 기대는 것이 아니라 조금쯤 아물었기에, 단단해졌기에 그들에게 기댈 수 있다.

마음을 먹었지만 긴장은 가시지 않았다. 입안이 바짝 말라 왔다. 에키는 마른침을 삼키고, 잘 나오지 않는 목소리를 쥐어짜 말문을 열었다.

"란셀. 니콜 언니를 불러와 줄래?"

"네?"

"언니에게도 알려야 할 것 같아서."

멍하니 그녀를 보던 란셀이 자리에서 일어났다. 에키는 란셀이 하인을 시켜 니콜을 부르는 동안 무릎 위에 올려놓은 두 손을 뚫어져라 노려보고 있었다. 움켜쥔 드레스 자락이 엉망으로 구겨졌다.

[어, 너 시간 돌린 거 말하려고? 안 숨겨? 그래도 돼?]

마검이 의외라는 듯 물었다. 에키는 대답하지 않았다.

하얗게 변한 손마디 위에 문득 다스한 체온이 얹어졌다. 백작 부인이 잔뜩 힘이 들어가 떨리고 있는 그녀의 손을 가만가만 토닥였다. 고개를 들자 백작 부인은 말없이 그녀의 머리카락을 쓸어 넘겨 주었다.

13막. 끝나는 것과 끝나지 않는 것 | 247

에키는 손등 위에 겹쳐진 어머니의 손을 잡았다. 식은 손에 온기가 퍼져 나간다. 백작 부인이 부드럽게 웃었다.

니콜은 금세 도착했다. 에키는 몇 번이나 말을 삼킨 다음 조심스럽게 이야기를 시작했다.

"지금부터…… 말씀드릴 이야기는, 누구에게도 말하지 않아 주셨으면 해요. 이건, 모두, 이제 존재하지 않게 된 일들이니까요."

그녀는 최대한 간결하게 말했다. 자신이 마검에 물들었고, 그것을 극복해 냈고, 기오사 전설에 따라 열 개의 기오사를 모아 시간의 신검을 사용했다는 사실을. 그래서 지금의 자신이 있다는 것을.

구체적인 과정이나 자세한 사정은 언급하지 않았다. 누구를 죽였는지, 무슨 끔찍한 경험을 했는지, 몇 년이나 걸렸는지, 어떤 고통을 겪었는지, 얼마나 절박했는지 말하지 않았다. 아주 짧고 축약된 악몽이었다. 그러나 그것만으로도 충분했다.

이야기는 얼마 되지 않아 끝났다. 침묵은 훨씬 오래 갔다. 에키는 갈라지려는 목소리를 몇 번이나 가다듬은 다음 마지막 말을 덧붙였다.

"전부 끝난 일이에요. 이젠 다 없던 것이 된 일이고요. 걱정 끼쳐 드려서 죄송해요."

란셀리드는 넋이 나간 채 누나의 얼굴을 뚫어져라 바라보았다. 니콜은 안경을 벗어 닦더니 먼 곳으로 시선을 돌렸다. 딸의 손을 움켜쥔 백작 부인의 손이 떨렸고, 백작은 자꾸만 얼굴을 문질렀다.

이제야 그녀가 보였던 이상한 행동들이 모두 이해가 된다. 란셀리드는 자신을 보며 살아 있다고 말했던 그녀를, 니콜은 급격히 철이 들었던 그녀를 떠올렸다. 그녀가 어떻게 갑자기 저토록 강해졌는지도 납득이 갔다.

"많이…… 힘들었겠구나."

백작이 꺼끌꺼끌한 목소리로 말했다. 에키는 태연히 웃었다.

"다 지난 일이잖아요. 이젠 괜찮아요."

많은 말이 각자의 속에서 맴돌았지만 아무도 그것을 꺼내지 못했다. 예상한 것보다 길고 무거운 침묵에 에키가 약간 민망해질 때쯤, 백작 부인이 불쑥 물었다.

"에키, 그분도 이걸 알고 계시니?"

"네? 누구 말씀이세요?"

"유리엔 단장님 말이다."

에키는 잠시 머뭇거리다가 겨우 대답했다.

"네. 그는 전부 알고 있어요."

"네게 그는 어떤 사람이니?"

답하기 쉬우면서도 어려운 물음이었다. 그녀는 더듬더듬 대답했다.

"저를, 언제나 믿어 주는…… 그런 사람이에요."

그렇게 말하는 그녀의 볼이 옅게 붉어졌다. 백작 부인은 묘하게 부끄러워하는 얼굴의 딸을 보고는, 아무렇지도 않게 물음을 던졌다.

"그를 사랑하니?"

"네."

얼결에 즉답해 버린 에키의 얼굴이 곧 완전히 새빨개졌다. 그녀가 고개를 푹 숙였다. 백작 부인은 더는 손을 덜지 않았다.

"그도 너를 사랑하는구나, 그렇지?"

"……네, 아주 많이요."

조그맣게 나온 대답이었으나 숨길 수 없는 신뢰가 있었다. 깊은 애정을 받고 있다는 티가 뚝뚝 묻어났다. 에키의 고개가 더 깊이 파묻였다. 백작 부인은 조용히 미소 지었다.

"그래, 잘되었구나."

그 대화에 에키가 밝힌 진실의 충격이 비로소 흐려졌다. 니콜은 예상한 듯 흐뭇한 얼굴로 에키를 바라보았다. 란셀리드는 켁, 하고 사레들린 소리를 냈다. 백작은 바보 같은 얼굴이 되어 백작 부인을 보았다.

"누가 누구를 어쩐다고……?"

"당신 딸이랑 창천 기사단장님이 서로 사랑한다고요."

"언제부터? 어떻게?"

백작 부인은 해쓱해진 백작을 보며 혀를 찼다.

"당신, 설마 눈치도 못 채고 있었어요? 그렇게 티가 나는데."

"부인은 대체 뭘 보고 눈치챈 거요?"

"그 바쁜 분이 왜 여기까지 직접 찾아와서 우리의 편의를 봐주고 갔겠어요? 그렇게나 극진한 자세로. 당신은 그걸 보면서 이상하다고도 못 느꼈어요?"

"그건, 그러니까, 난……."

백작이 버벅거렸다. 란셀리드는 턱이 빠져라 입을 벌리고는 얼굴이 발간 누나를 쳐다보았다. 에키는 당황해서 백작 부인에게 물었다.

"그가 여기에 직접 왔었나요?"

"한 번 온 것도 아니고 몇 번을 왔지. 참, 나는 그 사람이라면 찬성이란다."

"찬성이고 자시고 믿기지 않을 정도로 과분하죠! 서, 서, 성검의 주인이, 기오사 오너가, 창천 기사단장님이, 매, 매, 매형이라니, 맙소사, 말도 안 돼, 너무 대단하잖아요……."

란셀리드가 목소리를 높이며 끼어들었다. 눈살을 찌푸린 백작 부인이 무어라 하기 전에 니콜이 툭 말했다.

"란셀, 네 누님이 그분보다 더 대단한 사람이야."

"어?"

"그렇잖아? 마검의 주인이고, 신검을 사용해 본 사람이며, 가장 뛰어난 기사지. 네 누님이 창천 기사단장님보다도 강하다고. 역사에 전설로 남을걸."

소년이 머리를 부여잡았다. 전부 사실인데 적응이 안 된다. 우리 누나가 전설적인 존재라니. 이게 무슨 환상 소설도 아니고. 혼란에 빠진 란셀리드를 보고 픽 웃은 니콜이 에키를 돌아보았다.

"그러고 보니 에키, 창천 기사단은 실력제 아니었니? 이제 네가 단장이 되는 거야?"

"아, 그건 단장이 되겠다고 정식으로 결투를 청해서 승리하면 되는 거야. 난 절대 할 생각 없어. 율이 잘하고 있는걸."

"……율?"

"율이 누구…… 아."

"어머나."

백작이 삐걱거리며 되물었고, 니콜이 알아듣고 끄덕였고, 백작 부인은 손으로 입가를 가리더니 웃음소리를 흘렸다.

"그 사람이랑 사이가 무척 좋은 것 같구나. 어칭을 부를 정도라니……."

에키는 양손에 얼굴을 파묻었다. 부끄러워 죽을 것 같다. 얼굴을 덮은 손바닥이 화끈거렸다.

"근데 대체 어떻게 사귀게 된 거예요?"

란셀리드가 눈을 반짝이며 물었다. 모두의 관심이 그녀에게 쏠렸다.

에키는 더듬거리며 진실의 일부만을 풀어놓았다. 이미 지나가 버린 슬픔을 덮기에 충분한, 설레고 좋은 이야기를. 가족들은 과거의 상처를 파헤치는 대신 앞으로 펼쳐질 미래에 관심을 기울였다. 외면이 아니라 배려였다.

에키네시아는 그렇게 집으로 돌아왔다.

1629년 12월 15일, 제국의 새로운 황제가 즉위했다.

유리엔은 즉위식이 끝나자마자 아젠카로 돌아왔다. 마나 열차에서 잠을 자는 것을 감수한 일정이었다. 도착하자마자 사택으로 간 그는 에키네시아가 외출했다는 것을 알았다.

유리엔이 제도에 가 있는 동안 가족이 있는 포와트에서 며칠 머물렀던 에키네시아는 유리엔보다 하루 먼저 사택으로 돌아왔다. 하녀는 그녀가 사관학교 클럽 모임에 참석하러 갔다고 전했다.

유리엔은 바로 사택을 나섰다. 그가 자리를 비운 사이 사택에 와 있었던 편지와 소포를 챙겨 든 채였다.

[클럽 모임이면 금방 돌아올 텐데, 굳이 지금 거기까지 가야겠느냐?]

성검이 혀를 차며 말했다. 유리엔은 사택에 와 있던 편지를 들어 보이며 변명했다. 대신전에서 온 편지였다.

"대신관이 순례자의 방문을 청하고 있으니 전해 주어야 한다."

[지금 당장 가야 하는 건 아닐 텐데.]

"되도록 빠른 시간 내에 방문해 주었으면 한다고 쓰여 있잖나."

[핑계 대지 말고 그냥 솔직히 말해 봐라.]

"……그녀가 보고 싶어서 도저히 기다릴 수가 없다. 게다가 사관학교 클럽 모임이면 바라하가 있을—"

[아니, 내가 미안하다, 주인. 앞으로는 따지지 않으마.]

성검이 질린 투로 유리엔의 말을 끊었다. 솔직히 말하랬다고 이렇게까지 솔직하게 말하다니.

'물은 내가 잘못이지. 그래, 좋아 보이니 됐다.'

성검은 깊은 한숨을 쉬고는 입을 다물었다.

유리엔은 에키가 바라하를 깔끔하게 거절했고 자신을 진심으로 사랑한다는 걸 알고 있었다. 그래도 신경이 쓰였다. 바라하가 그녀의 근처에 있는 게 싫다. 요즘은 던컨도 거슬렸다. 그녀가 찬양받는 건 괜찮지만, 그녀와 친밀한 사람은 자신뿐이었으면 좋겠다. 특히 남자는 죄다 치워 버리고 싶다.

디트리히에게 제정신이 아닌 소리로 들린다고 했던 생각을 자신이 계속 되새기게 될 줄은 몰랐다. 전에도 했던 생각이지만, 역시 디트리히가 옳았다. 유치하고 바보 같은 질투라는 걸 머리로는 아는데 마음이 말을 듣지 않았다.

하지만 그는 그녀에게 이런 속 좁음을 드러낼 생각이 없었다. 그녀가 원하는 일을 그가 어떻게 싫다고 할 수 있겠는가. 대신 그녀의 관심 대부분이 자신에게 기울도록 계속 노력할 작정이었다.

유리엔은 사관학교로 향하면서 소포를 풀어 내용물을 확인했다. 그녀에게 줄 물건이었다. 주문대로 잘 완성되었는지 살펴보다 보니 어느새 사관학교의 입구가 보였다.

위즈덤 클럽 모임은 상록수 울타리로 둘러싸인 제6 연무장에서 일주일에 한 번씩 열렸다. 제6 연무장은 첫 모임 때도 사용했던 곳이었다. 사관학교 클럽이 주로 사용하는 연무장치곤 작은 편이었지만, 위즈덤은 클럽원의 수가 많지 않아서 그 정도로도 충분했다.

에키는 간만에 꼼꼼히 치장을 했다. 정말 오랜만에 클럽원들을 만나러 가는 길이었다. 계절이 바뀌었으니.

포와트에서 며칠 머물 때 어머니와 함께 재단사를 불러 맞췄던 겨울용 새 드레스를 꺼내 입었다. 회분홍색의 도톰한 원단에 최신 유행대로 풍성한 러플을 몇 겹이나 덧대고, 검은 레이스로 포인트를 준 드레스였다.

머리카락은 곱게 빗어 짙은 회분홍색 코사지와 검은 리본으로 장식했다. 장신구는 은과 흑진주를 엮어 만든 것을 선택했다. 날이 추우니 연회색 숄도 살짝 걸쳤다. 실상 그녀 정도의 수준이면 추위에 별로 영향받지 않지만, 기분상의 문제였다. 오랜만의 외출이라 기분을 내어 실컷 치장한 것과 같은 맥락이다.

몇 달간은 수배 생활을 했고, 갈로서스에서 돌아온 직후의 며칠은 무리한 몸을 쉬어 주느라 사택에만 있었고, 그 뒤엔 가족과 함께 포와트에 머물렀으니 제대로 된 외출은 확실히 오랜만이었다. 사관학교로 향하는 발걸음이 경쾌했다. 그녀를 뒤따르던 던컨이 말을 걸었다.

"기분이 좋아 보이십니다, 아가씨."

"오랜만에 놀러 가는 기분이라서."

"오늘 정식으로 클럽을 탈퇴하러 가시는 것 아니었습니까?"

"탈퇴한다고 해서 못 보게 되는 건 아니잖아. 같은 창천에 계속 있을 건데 뭘."

곧 기사가 될 예정인 그녀는 위즈덤 클럽을 탈퇴해야만 했다. 더 이상 사관생도가 아니기 때문이다. 스콰이어까지는 사관학교에 계속 있을 수 있어도, 기사가 된 사람이 그럴 수는 없는 법이다.

지난번에 유리엔을 구하러 가기 위해 기사 서임을 요청할 때는 너무 급했던지라 대부분의 절차를 생략했었다. 사관학교 조기 졸업 절차를 밟지 못해서 클럽 탈퇴를 하지도 못했다. 이번에 유리엔이 그녀의 서임식을 준비하면서 조기 졸업 문제는 처리해 두었지만, 클럽 탈퇴 문제는 아무래도 클럽원들을 직접 만나서 이야기하고 싶었다.

'그러고 보니 서임식 날이 유리엔과의 스콰이어 관계가 해지되는 날이기도 하구나.'

묘한 느낌이었다. 그와 그녀 사이에 있던 공식적인 끈이 사라지는 느낌이라 약간 허전한 기분까지 들었다.

'공식적인 끈이라……'

포와트에서 나이에 맞지 않게 어리광을 부리며 어머니와 같은 침대에서 잠든 날, 베개를 맞댄 어머니가 그녀에게 속삭이듯 물었다.

"그 사람과 결혼하고 싶니?"

에키는 제대로 대답하지 못했지만, 어머니는 그녀의 얼굴만 보고도 대답을 알아차리고는 후후 웃었었다.

란셀르드는 한동안 넋이 나가 있었지만 제법 빠르게 창천 기사단장과 누나의 사이를 납득했다. 아젠카에 방문했을 때 수상한 낌새를 느꼈던 덕이었다.

납득한 후의 란셀리드는 귀찮을 정도로 그녀에게 달라붙어 창천 기사단장이 어떤 사람인지, 정말 누님이 그 사람보다 강한지를 확인하려 들었다. 에키는 성가심을 견디지 못하고 마검을 뽑아 호수에 대고 검기를 날리는 것을 보여 주었다. 아무리 작은 호수라지만 순간적으로 바닥이 드러나며 밀려난 물이 해일처럼 치솟는 것을 본 소년은 얼이 빠졌다.

그 뒤로 란셀리드는 다른 방향으로 귀찮아졌다. 초롱초롱한 눈으로 졸졸 쫓아다니다 못해 검을 가르쳐 달라 조르기까지 하는 바람에 그녀는 남은 날 동안 동생을 은근슬쩍 피해 다녔다. 소년은 부루퉁해져서 투덜거렸다.

"너무하시네요, 누님. 나중에 매형한테 가르쳐 달래야지."
"매형? 너한테 매형이 어딨어?"
"에이, 누님도 내숭은. 알았어요, 예비 매형이라고 하면 되죠? 근데 언제 결혼해요?"
"……."

란셀리드는 그렇게 받아들였고, 백작 부인도 기정사실로 받아들이면서 나름의 준비까지 시작했다. 유일하게 백작만이 그녀가 결혼하리라는 사실을 아직 받아들이지 못했다.

백작은 예전에 딸의 혼처를 찾고 이 영식이 어떠냐고 초상화까지 보냈으면서도 계속 혼란에 빠져 있었다. 창천 기사단장이 상대이리라고는 상상조차 못 한 탓인 듯했다. 백작이 받아들이기엔 너무 거물인 사위였다.

"저…… 정식으로 청혼이 오면, 그때 생각한다. 그전엔, 모르겠다……."

포와트에 머무는 내내 에키는 가족들의 그런 분위기를 어떻게 해야 할지 몰라서 그냥 모른 척했다.

그녀로서도 실감이 안 나기도 했다. 그와 서로 함께하겠다는 마음을 확인한 지는 꽤 되었으나, 백작의 말마따나 정식으로 결혼 얘기가 오간 적은 없었다. 위장 약혼 때문에 그와의 관계를 드러내지도 못했다.

하지만 그 위장 약혼은 내전의 시발점이 된 로잘린의 폭로 때 이미 깔끔하지 끝났다. 워낙 거대한 스캔들이었고, 처음부터 창천 기사단장이 그녀의 사정을 알고 있었다는 게 다 알려진 데다, 실제로 약혼식을 하지도 않았기에 아주 자연스럽게 잊혔다.

'정말 하게 되는 걸까? 언제?'

에키의 뺨이 발긋해졌다. 던컨이 의아한 듯 물었다.

"추우십니까?"

"아니, 아무것도 아니야."

[너 왜 자꾸 멍해지고 빨개지고 그래? 무슨 생각해? 걔랑 요상한 분위기 되는 생각?]

마검의 말에 에키는 지그시 오른손을 움켜쥐었다.

[야! 그렇다고 따릴 것까진, 엥, 안 아프네? 주인아, 왜 요즘 안 때려? 불안하게.]

"이제 의젓해졌으니까 말로 해도 될 줄 알았는데, 아니야? 때려 줬음 좋겠어?"

[죄송합니다, 주인님.]

"……존대하지 말랬지, 발."

에키는 닭살이 돋은 팔뚝을 문지르며 진저리를 쳤다. 바르데르기오 사가 개구지게 웃어댔다. 마검이 변화하면서 철이 들었다는 이야기를 들은 던컨이 말투도 공손해졌냐고 물은 후로 발은 가끔 이런 장난을 쳤다. 공손하게 굴 때 에키의 반응이 재미있는 모양이었다.

상록수 울타리 근처에는 위즈덤의 첫 모임만큼은 아니어도 제법 생도들이 몰려 있었다. 공개적으로 이루어지는 클럽 모임의 경우 생도들이 구경하러 오는 게 흔한 일이긴 했지만, 소수에 생긴 지 얼마 되지도 않은 클럽 모임인 것치곤 구경꾼의 수가 많았다.

외곽에 있던 생도 중 몇이 다가오는 에키네시아를 발견했다.

"헉, 야! 야! 저거 봐!"

"미친, 에키네시아 로아즈다."

"진짜? 진짜 에키네시아 로아즈야?"

"우와, 여기엔 무슨 일이지?"

"위즈덤 모임에……."

에키가 마스터임을 드러내고, 마검의 소유자임이 밝혀지고, 수배당하고, 제니스라는 것이 알려지고, 갈로서스에서 기적을 일으키며 마검의 주인임을 증명하는 동안 아젠카 내에서 그녀의 평판은 미친 듯이 요동을 쳤다.

처음에는 창천을 속이고 잠입한 악마로 불렸다. 창천의 공표가 있고 난 후로는 진짜 바르데르기오사 오너냐 아니냐는 갑론을박이 벌어졌다. 창천 기사단장을 제압하고 저주를 풀어낸 제니스라는 게 알려진 뒤로는 아무리 천재라지만 저게 사람이냐는 의심이 튀어나왔다.

갈로서스의 일 이후로 분위기는 점차 안정되었지만, 당시어는 험악하기 그지없었다. 그 속에서 그녀에 대한 관심은 그녀가 속한 클럽인 위즈덤으로 향했다. 온갖 헛소문이 떠돌았다. 그중에는 악의 어린 비방도 있었다.

그러나 위즈덤 클럽원은 한 명도 탈퇴하지 않았다. 그녀가 악마나 마물일 리가 없다는 항변의 대부분은 위즈덤으로부터 나왔다. 룸메이트였던 앨리스나 클럽장 파티마, 그녀와 함께 결절에 갇혔었던 바라하, 그리고 그녀와 대련 몇 번 해 본 게 전부인 미하일과 테오까지도.

"오히려 그 시기를 거치면서 결속이 강해진 것 같더군요. 요즘이야 아가씨가 바르데르기오사 오너임이 확실해졌으니 위즈덤도 선망의 대상이 되었지만, 그때는 꽤 힘들었을 겁니다."

위즈덤의 소식을 전해 주었던 던컨이 했던 첨언을 떠올리며, 에키는 몰려 있는 사관생도들 사이로 걸음을 옮겼다. 그녀가 다가오자 사관생도들이 분분히 물러나며 길을 터 주었다.

"저 사람이 바르데르기오사의……."

"갈로서스에서……."

"세상에, 내 눈으로 보게 될 줄은……."

"난 순위전에서 검도 맞대 봤어!"

"너 그건 들었어? 곧 서임식이……."

등 뒤로 따라붙는 시선과 속닥거림이 뜨겁다 못해 열광적이었다. 어느 정도는 예상했지만 예상한 것보다 좀 더 격렬하면서도 조심스러

왔다. 눈을 빛내면서도 다가오기는커녕 말을 걸지도 못하고 자기들끼리만 마구 떠들고 있었다. 몇몇은 이 기회를 놓칠 수 없다며 친구를 불러와야겠다고 달려가기도 했다.

에키는 뒤따르는 던컨에게 슬쩍 물었다.

"던컨, 쟤네 반응이 왜 저래? 요즘엔 사관학교에서 내 취급이 어떻기에?"

"여신님이죠."

던컨이 덤덤하게 대꾸했다. 에키는 걸음이 흐트러져 발목을 삘 뻔했다.

"뭐?"

[우와, 그럼 난 신검이야?]

"에키?"

기가 차서 던컨을 돌아보던 그녀를 누군가가 멍하니 불렀다. 에키는 다시 앞을 보았다. 앨리스 윈터벨이 그녀를 바라보고 있었다. 들고 있던 검을 늘어뜨리며 그녀의 회색 눈동자가 점점 커졌다. 그런 그녀의 곁을 누군가가 휙 지나쳐 에키에게로 달려왔다.

"에키! 오랜만이야!"

파티마가 땋아 내린 검은 머리카락을 팔랑거리며 에키를 끌어안았다. 에키보다 키도 몸집도 작은 탓에 사실 끌어안았다기보다는 안긴 것에 가까웠다. 앨리스의 뒤에서 고개를 내민 미하일이 얼어붙었다. 멀찍이서 테오와 검을 나눈 뒤 땀을 닦고 있던 바라하는 그녀 쪽을 보고 굳었다가, 만면 가득 미소를 띠었다.

"에키!"

에키는 파티마를 마주 안아 주며 웃었다.

"오랜만이에요, 다들."

아직 대련이 남아 있었지만 클럽원들은 모두 검을 거두었다. 서로 할 이야기가 많았다. 그들이 이야기를 나누는 사이 상록수 울타리 아래에는 생도가 점점 늘어나고 있었다. 사관학교에 있는 생도란 생도는 죄다 몰려나오는 듯했다.

"무사해서 다행이다, 에키. 걱정 많이 했다."

바라하가 웃는 얼굴로 아무렇지도 않게 말했다. 가벼운 목소리와 달리 눈동자가 떨리고 있었다. 아직 마무리되지 않은 감정의 편린이 그 눈동자에 묻어 있었다. 에키는 그것을 모른 척했다. 그게 나을 테니까.

"그렇게까지 고생하진 않았어요. 그나저나 선배님, 존대에 익숙해지라고 하시더니……."

"서임식 전까지는 귀여운 후배님일 뿐이지. 존대하길 원하십니까, 혼자서 갈도 없이 전부 짊어지고 기사까지 그만둔 에키네시아 경?"

"아, 아뇨, 그러지 마세요. 미안해요."

에키는 급히 고개를 저었다. 바라하가 픽 웃는 사이 파티마가 냉큼 끼어들었다.

"에키, 탈퇴했어도 클럽에 가끔 놀러 와리! 그럴 거지?"

"네, 파티마 선배님. 꼭 그럴게요."

"그, 그럼! 지도 대련도 계속해 줄 거야? 맨날 해 달라고는 안 할게. 가끔이라도!"

"물론이…… 알고 계셨어요?"

반사적으로 답하려던 에키가 화들짝 놀랐다. 모임 때마다 클럽원 전원에게 지도 대련을 하긴 했지만, 앨리스 외에는 최대한 티가 나지 않게 나름 애를 썼었다. 대놓고 지도 대련을 하면 자존심이 상할 테니 평범하게 압도하는 척하면서 교묘하게 유도하는 식으로 말이다.

파티마의 눈매가 반달처럼 휘어졌다.

"물론 알고 있었지. 이젠 대놓고 해 줘도 돼. 정말 고마워, 에키."

"……뭘요, 제가 좋아서 한 일인걸요."

클럽원들에게 지도 대련을 해 주는 건 꽤 뿌듯하고 흥미로웠다. 검에 대한 거부감이 옅어져서 가능했던 일이었고, 그 지도 대련들 덕에 조금씩 더 검이 좋아졌다. 이제는 검을 쥘 때 악몽 같은 기억들보다 다른 기억들이 먼저 떠오른다.

에키는 클럽원들을 돌아보았다. 그녀가 마검의 악마라고 불릴 때도 아니라고 항변했던 사람들이었다. 창천의 기사가 되는 모습이 보고 싶은 사람들이다. 약간씩 차이는 있어도 그들 모두 마스터가 될 만한 자질이 있었다. 그 개화를 앞당기고 유도해 주고 싶어졌다.

"좀 자주 올지도 모르겠는데, 괜찮나요, 선배님?"

"괜찮다 못해 영광이지! 최초의 바르데르기오사 오너가 해 주는 지도 대련인데! 쟤들은 지금 부러워서 미칠걸."

파티마가 클럽 모임을 지켜보고 있던 생도들 쪽을 슬쩍 턱짓했다. 그녀의 말대로, 그들은 이미 반쯤 광란 상태였다. 탄식과 감탄을 포함한 괴상한 소리들이 터져 나왔다. 간절하게 파티마 쪽을 바라보는 생도들도 있었다.

클럽원이 사관학교를 졸업하고 기사가 되면 간혹 후배들을 위해 클럽에 와서 검을 봐주곤 했다. 이런 전통과 선후배 관계는 오래된 클럽의 장점 중 하나였다.

그러나 기오사 오너, 심지어 제니스의 경지에 이른 기사가 지도 대련을 해 주는 경우는 지금껏 없었다. 아예 새로운 전설을 쓰고 있는 존재인데 그녀 같은 사람을 스승으로 섭외하는 게 가능할 리가 없다.

아젠카의 사관생도는 검에 평생을 바치다시피 한 사람들이니, 부러워서 미치는 정도면 양호한 반응이었다. 내일부터 위즈덤 클럽 가입 신청서가 장작을 때도 될 만큼 쌓일 게 뻔했다.

"쟤가 지도 대련을 했었……. 아니, 그녀가 지도 대련을 했었습니까?"

미하일이 얼결에 튀어 나간 반말을 급히 수정하며 물었다. 파티마는 갸웃거리며 소년을 돌아보았다.

"미하일 생도는 몰랐어? 당연하잖아, 차원이 다른 실력인데 평범한 대련이 되겠어?"

"그…… 그렇군요."

[쟤 좀 덜 건방져진 거 같아. 근데 그래도 아직 건방져. 그러니까 죽이……자고는 안 할게. 안 했으니까 나 착하지? 칭찬해 줘, 주인아!]

에키는 마검이 시끄럽게 떠들어대는 것을 한 귀로 흘리며 미하일을 바라보았다. 란실리드도 키가 은근히 자랐는데 미하일도 키가 꽤 커졌다. 저 나이 또래의 소년들은 확실히 금방금방 자라는 느낌이었다.

에키의 시선을 느낀 미하일이 머쓱하게 제 머리카락을 만지작거렸다. 그녀와는 눈도 마주치질 못하고 있었다. 테오가 그의 옆구리를 꾹 찔렀다. 질겁한 미하일이 룸메이트를 노려보았다. 두 소년이 무어라 낮게 속삭였다.

"에키."

에키가 다른 클럽원들과 대화를 나누는 사이 줄곧 입을 다물고 있던 앨리스가 나직이 에키를 불렀다.

"앨리스! 잘 지냈어요?"

"저는 잘 지냈습니다. 하지만…… 에키, 제가 에키와 만난 지 얼마 되지 않았다는 것을 압니다. 우리가 서로를 알게 된 시간도, 함께 지낸 시간도 길지 않았지요."

그녀는 눈을 내리깔고 양손으로 검집을 꾹 움켜쥐었다.

"그러니 그렇게 떠나면서 왜 제게 아무 말도 하지 않았는지, 저를 믿지 못했는지 따질 수 없다는 것도 압니다. 그럼에도 저는, 당신과 친구라고 생각했기에."

앨리스가 숨을 들이켜고는 고개를 들었다. 회색 눈동자가 잔뜩 흐려져 있었다.

"서운했습니다, 에키. 정말 많이…… 걱정했고요."

"……앨리스."

에키는 그녀에게 다가가 검집을 쥐고 있는 손 위에 제 손을 겹쳤다.

"제가 대련을 하면서 즐겁다는 생각을 한 건, 앨리스와 했을 때가 처음이었어요."

"……"

"당신을 친구라고 여기지 않아서 말하지 않은 게 아니에요. 그저…… 누구에게든 말하기 버거운 일이었을 뿐이에요."

"아닙니다, 에키. 말하지 않은 건 이해합니다. 제가 서운하다고 한 건, 그러니까……."

망설이며 몇 차례 달싹인 입술이 천천히 열렸다.

"에키가 그렇게 떠나면서, 혹시 저도 당신을 악마라고 여길 거라 생각한 건 아닌가 싶었습니다. 마검을 가지고 있든 말든 에키는 에키라고, 그렇게 전할 기회조차 없는 걸까 싶어서……. 그게 서운해서."

급하게 말을 늘어놓던 앨리스가 소매 끝으로 눈가를 문질렀다.

"미안합니다. 이건 정말 어린애 같은 투정이군요."

에키는 낯을 붉히는 앨리스를 멍하니 응시했다. 그녀가 진실을 숨겼다는 것보다, 자신이 그녀를 믿는다는 사실을 전할 수 없었던 것이 서운했다고 하는 친구를.

시간과 마음은 때로 비례하지 않는다. 어울려본 또래 중에서 가장 짧은 시간을 함께했음에도 불구하고 앨리스가 누구보다 진심으로 그녀와 가까워진 것처럼. 몽글몽글한 것이 목 안쪽에서 돌아다녔다. 그녀는 마음이 이끄는 대로 올곧은 친구를 와락 끌어안았다.

"에키?"

"앨리스, 저도 투정을 부려도 되나요?"

"네, 뭐든."

"제 스콰이어가 되어 주세요."

"네?!"

되묻는 앨리스의 목소리가 깜짝 놀라 갈라졌다. 흐뭇한 미소를 물고 지켜보던 파티마가 우와, 하고 감탄했다. 바라하가 눈썹을 추어올리더니 빙글거리며 팔짱을 꼈다. 자기들끼리 속닥이던 미하일과 테오가 휘둥그레져서는 그녀들을 쳐다보았다.

에키는 꽉 안았던 팔을 풀면서 앨리스를 빤히 올려다보았다. 충동적으로 꺼낸 제안이었지만 꺼내고 나니 절대 물리고 싶지 않았다. 기사로서 임무를 떠날 때 그녀의 뒤에 설 스콰이어가, 그녀의 경험과 검술을 전해 받을 사람이 앨리스였으면 좋겠다.

앨리스는 자신을 올려다보는 커다란 보라색 눈망울이 느릿하게 깜박이는 것을 보았다.

"싫어요? 저는 앨리스를 지명하고 싶지만, 앨리스가 싫다면……."

"아뇨, 싫지 않습니다! 그럴 리가 없지 않습니까."

뻣뻣해져 있던 앨리스가 황급히 대꾸했다. 그러더니 허둥지둥 에키를 향해 경례했다. 정신없는 와중에도 우아하게 각 잡힌 경례였다.

"자, 잘 부탁드립니다."

"저야말로요, 앨리스. 서임식을 하고 나면 정식으로 지명할 테니까, 잘 부탁해요."

엄밀히 따지면 아직 스콰이어 상태인 사람이 스콰이어를 지명하는 기상천외한 광경이었다. 그럼에도 누구도 그것을 따지지 않았다. 부러움의 신음만이 간간이 흘렀다.

그러다 돌연 생도들 쪽에서 술렁임이 일었다. 술렁임의 원인은 금세 알 수 있었다.

"다, 다, 단장님!"

"아르 세밧티엠."

생도들이 우르르 물러나며 경례를 했다. 유리엔은 가볍게 고개를 끄덕이며 그들의 인사를 받았다. 그러면서도 그의 눈은 에키네시아에게 쏠려 있었다. 그는 곧장 그녀에게로 다가왔다.

"에키."

그녀를 부르는 그의 눈매가 곱게 접히며 화사한 미소가 떠올랐다. 눈동자가 가을 하늘처럼 맑게 반짝인다. 살짝 흘러내린 에키의 귀밑머리를 그가 손끝으로 쓸어 넘겼다.

"그대를 찾고 있었다. 포와트에는 잘 다녀왔나?"

몇 마디 되지 않는 단순한 말에서도 마디마다 꿀이 뚝뚝 떨어졌다. 서늘하거나 담담하던 창천 기사단장이 무르다 못해 녹아드는 낯을 하고 웃고 있다. 주위에 있는 사람들은 전혀 의식하지 않는 태도였다.

연무장 가득 정적이 흘렀다. 에키는 당황해서 그가 쓸어 넘긴 머리칼을 만지작거렸다.

"유, 유리엔……. 언제 도착한 거예요?"

그녀는 나름 사람들이 보고 있다는 것을 생각해서 애칭 대신 이름을 불렀다. 로드라고 부르면 된다는 건 미처 떠오르지 않았다. 따라서 별로 소용이 없는 짓이었다.

유리엔이래. 유리엔. 맙소사. 단장님 표정 좀 봐. 저게 뭐야. 지금 뭘 보고 있는 거지, 우리가? 저 두 사람 설마 그 소문대로…….

숨죽인 속삭임이 오갔다. 초인적인 청력 덕에 그것을 고스란히 들은 에키의 얼굴이 붉어졌다. 유리엔은 다 들으면서도 아랑곳하지 않았다. 이제 숨길 필요가 없는 관계 아닌가. 오히려 좀 더 확실하게 소문이 났으면 좋겠다. 그는 자제하지 않고 표정을 흩뜨린 채 에키를 향해 웃었다. 여기저기서 헛바람을 들이키는 소리가 났다.

"나는 조금 전에 도착했다."

"피곤할 텐데 쉬지 않고요."

"괜찮다. 클럽 모임이 끝나려면 얼마나 걸리지?"

그리 말하며 그의 시선이 클럽장인 파티마에게 향했다. 파티마는 동그랗게 뜬 눈으로 그들을 보고 있다가, 급하게 손을 입가로 가리고 헛기침을 몇 번 했다.

"크흠, 크흠! 오늘 클럽 모임은 여기까지. 다들 다음 주에 보자! 참, 에키, 나중에 연락할 테니 드레스 사러 또 같이 가 줄래? 신년 연회용 드레스가 아직 없어서."

에키로서는 거절할 이유가 없는 제안이었다. 파티마가 드레스를 혼자 고르게 내버려 두고 싶지도 않았고, 전에도 무척 즐거웠으니.

"좋아요, 선배님. 앨리스, 앨리스도 함께 가요!"

"네, 에키."

앨리스는 이번에는 순순히 받아들였다. 파티마가 잠깐 고민하더니 그녀를 향해 말했다.

"에키, 그럼 어디로 연락을 전하면 돼? 기사단 숙소?"

"아뇨, 유리엔의 사택…… 으…… 로…….'"

아무 생각 없이 답하던 에키의 말끝이 흐려졌다. 예전에 독을 마시는 바람에 '로드'의 사택에 머물 때와는 상황이 달랐다. 지금, 유리엔이 저런 얼굴로 나타나서 그녀를 찾은 이런 순간에, 유리엔의 사택에 머물고 있다고 말한다는 건 결국…….

안 그래도 몰려 있던 시선이 더 강렬하게 느껴졌다. 파티마가 멍하니 입을 벌렸다가 눈을 데구르르 굴리더니 샐쭉 웃었다.

"응, 알았어. 나중에 봐!"

"나, 나, 나중에 뵈어요, 선배님!"

에키는 새빨개지다 못해 거의 불타는 얼굴이 되어 유리엔을 잡아끌었다. 유리엔은 '같이 살고 있다'고 선언한 거나 다름없는 그녀의 발언에 반쯤 혼이 나가서는 그녀가 이끄는 대로 연무장을 벗어났다.

상록수 울타리 근처에서 대기하고 있던 던컨이 고개를 절레절레 내젓고는 그들의 뒤를 따랐다.

생도들이 하나둘 자리를 떠났다. 지금까지 에키네시아 로아즈에 관해 돌던 소문과는 다른 의미로 충격적인 소문이 일파만파 퍼져 나가리란 것이 분명해 보였다.

앨리스와 파티마가 서로 대화하며 먼저 떠나갔다. 연무장에 남아 검을 닦던 바라하는 미하일이 하얗게 질린 채 굳어 있는 것을 보았다. 테오가 그의 옆에서 난감한 얼굴로 머리를 긁적이고 있었다.

"미하일 생도, 고백할 생각이었나?"

바라하가 툭 던지듯 물었다. 미하일이 소스라치게 놀라 펄쩍 뛰더니 바라하를 돌아보았다.

"무슨 소립니까, 선배님? 고, 고, 고백이라뇨?"

"안됐지만 늦어도 한참 늦었어. 나도, 빠른 줄 알았는데 이미 늦었었지."

"저는 선배님이 무슨 말씀을 하시는지 전혀 모르겠습니다."

미하일이 창백한 얼굴로 꿋꿋하지 대답했다. 바라하는 어깨를 으쓱이고는 검을 챙겨서 자리에서 일어났다.

"보아하니 깨달은 것도 최근인 모양인데, 힘들겠지만 그래도 잊어버려. 가망이 없으니까."

바라하는 설렁설렁 손을 휘젓고는 연무장 밖으로 향했다. 바라하마저 떠나고 나자 테오가 한숨을 쉬며 미하일의 어깨를 툭 쳤다.

"야, 틀렸다. 바라하 선배님 말 아니더라도, 아까 두 사람 봤지? 그냥 잊어."

"……."

에키녜시아가 아젠카에서 사라진 뒤에야 겨우 첫사랑을 자각했던 소년은 울적한 얼굴이 되어 고개를 떨궜다.

에키어게 이끌려 걷던 유리엔은 그녀가 향하는 방향을 보고 퍼뜩 정신을 차렸다. 그녀는 창천 기사단 본부 바깥, 사택으로 향하고 있었다.

"그쪽이 아니다, 에키."

13막. 끝나는 것과 끝나지 않는 것 | 269

"네?"

"대신전이 방문을 청했다. 함께 가지."

그가 품에서 편지를 꺼내 그녀에게 건넸다. 에키가 멈춰 서서 편지를 읽는 동안 유리엔은 뒤따르던 던컨 쪽을 흘긋 보았다. 눈빛이 서늘했다. 오싹해진 던컨이 급하게 말했다.

"저는 먼저 돌아가 있겠습니다, 아가씨."

"그래."

에키는 대신관의 편지에 신경이 쏠려 건성으로 대꾸했다. 던컨은 재빨리 사라졌다. 비로소 그녀와 그만이 남았다. 유리엔은 편지와 함께 챙겼었던, 하얀 가죽에 말려 있는 길쭉한 물건을 한 손에 들고 있었다. 그는 그것을 내려다보다가 편지를 읽고 있는 에키네시아를 가만히 살폈다.

[그냥 바로 주면 되지, 뭘 또 눈치를 보고 그러느냐.]

성검이 한심하다는 듯 중얼거렸다. 유리엔은 긴장한 손으로 물건을 고쳐 쥐었다. 그제야 편지를 다 본 에키가 고개를 들었다.

"순례자라는 거……. 율도 잘 모른다고 했었죠?"

"그대에게 알려 주었던 내용이 내가 아는 전부다."

"대신관이 카이로스기오사에게 들었다는 예언은 뭘까요."

"순례자 본인에게는 밝히겠다고 했었으니, 지금 가면 들을 수 있지 않겠나."

에키는 미간을 찌푸렸다. 그녀가 시간을 돌린 사실을 대신전이 알고 있었다는 이야기에는 무척 놀랐다. 하지만 곰곰이 생각해 보니 모르는 게 더 이상하겠다 싶어져서 금방 납득했었다. 다만 카이로스기오사가 했다는 예언인지 신어인지는 무슨 내용일지 짐작도 가지 않았다.

[다 알면서 모르는 척하고 있었다는 거 기분 나빠. 수상하니까 죽이면 안 돼?]

"발, 안 되는 거 알면서 헛소리하지 마."

[왜애! 말 정도는 할 수도 있지! 야, 솔직히 너도 내가 안 조르면 허전하지 않아?]

"안 허전하니까- 입 다물어."

[쳇.]

마검에게 작게 쏘아붙인 그녀가 유리엔에게 편지를 돌려주었다.

"가서 들어 봐야겠어요. 율도 함께 갈 건가요? 막 도착했다면서 바쁘지 않아요?"

"예정보다 하루 일찍 도착했으니 상관없다."

"왜 이렇게 일찍 왔, 아."

그녀는 말을 멈추고 그를 빤히 올려다보았다.

"보고 싶어서요?"

유리엔은 입술을 달싹이다가 상기된 채로 조그맣게 대답했다.

"……그래."

[나한테는 그렇게 뻔뻔하게 대답하더니, 마검의 주인한테는 수줍어하는 거냐? 나 원 참.]

성검이 푸념해 댔다. 에키가 그를 향해 웃는 바람에 유리엔은 그 푸념을 듣지도 못했다. 그녀는 활짝 웃으며 말했다.

"저도 보고 싶었어요, 율."

[야, 너네 일주일도 안 떨어져 있었잖아?]

이놈의 마검을 어디다 처박아 놓든지 해야지. 그녀는 일그러지려는 표정을 간신히 자제했다. 심상찮은 분위기를 느낀 마겜이 얼른 입을 다물었다. 에키는 옅게 한숨을 쉬고 멍하니 자신을 보고 있는 유리엔을 향해 물었다.

"황태자, 아니, 이제 황제 폐하죠. 폐하와 의논은 어떻게 되었어요?"

"아. ……걸으면서 이야기하지."

겨우 넋이 돌아온 유리엔이 천천히 걸음을 옮겼다. 크루엔과 의논했던 것을 전부 들었을 때쯤 그들은 기사단과 대신전 사이를 잇는 길에 접어들었다.

딱히 급하지 않았기에 가장 긴 길이었고, 그랬기에 예전에 걸었던 길이었다. 겨울의 이팝나무는 흰 꽃 무더기 대신 눈송이들을 하얗게 이고 있었다.

"폐하께서 신경을 많이 써 주시네요."

"그대와 로아즈가 당연히 받아야 할 것들이다."

"그래도요."

그녀가 생각했던 것보다 크루엔은 더 적극적으로 배려해 주고 있었다. 처벌도 철저했고 일을 허술하게 넘길 것 같지도 않았다. 유리엔의 말대로 믿어도 될 만한 합리적인 사람이었다.

'하긴, 시간을 되돌리기 전에도 디아상트 공작을 알아서 쳐 냈던 사람이니.'

크루엔이 좋은 황제가 될 듯한 예감이 들자 마음이 편안해졌다. 그가 보낼 죄인과 죄인의 시신에 대한 처벌은 로아즈에서 이루어질 것이다.

"에키."

나란히 걷던 유리엔이 나직이 그녀를 불렀다. 그의 걸음이 느려지더니 천천히 멈췄다. 그가 머뭇거리면서 그녀 쪽으로 들고 있던 물건을 내밀었다.

"싫지 않다면, 이것을 다시…… 그대에게 돌려주고 싶다."

에키는 눈을 내리깔고 있는 그의 얼굴과, 그가 내민 하얀 가죽꾸러미를 번갈아 보았다. 그것의 길이와 감싸고 있는 흰 가죽을 보자마자 무엇인지 알아차렸다.

"그 검은 안 돌려주셔도 돼요."

성검을 잃은 그에게 대신할 검으로 건네주었다가, 마검을 들고 있는 그녀를 경계하며 뽑아 드는 모습을 보고 돌려받지 않았던 것.

아메시스트.

에키는 그에게서 꾸러미를 받아 들어 풀었다. 자수정이 박혀 있는 하얀 칼이 모습을 드러냈다. 전에도 날렵하고 아름다운 검이었으나 좀 더 정돈된 느낌으로 변해 있었다. 세공이 추가되었고 날이 더 예리해졌다. 게다가 아무 무늬가 없던 흰 칼집에까지 마법진이 무늬처럼 섬세하게 새겨져 있었다.

"외관 말고도 기능에 약간 손을 보았다. 쥐고 있는 사람을 설정된 장소로 이동하게 해 주는 마법이 걸려 있다. 한 번 사용하고 나면 마나가 전부 소모되어 대량으로 충전이 필요하지만, 그대라면 별문제가 없을 거다."

열심히 설명하면서 눈치를 보는 유리엔의 모양새가 처음 아메시스트를 줄 때를 떠올리게 했다. 마음에 들어 할까, 제발 마음에 들었으면 좋겠는데, 하는 심정이 고스란히 티가 났다.

그때의 그녀는 저 모습을 보면서도 그가 스콰이어에게 로드로서 평범한 선물을 주는 거라고 판단했었다. 이제는 그가 무슨 감정을 담아 이것을 주는지 알 수 있었다. 예전에는 이렇게 빤히 보이는 감정을 왜 몰랐을까. 입꼬리가 간질간질했다.

"이동 마법의 도착지는 아젠, 카로 해 두었다. 그 외에도 사소하지만 편리할 마법이 두어 가지 더 있다. 조명용 빛을 만들어 내는 마법과⋯⋯."

"이동 마법이라니, 그건 혹시 어디를 가든 당신의 곁으로 돌아오라는 뜻인가요?"

그녀가 놀리듯 묻자 유리엔의 귀가 새빨갛게 달아올랐다. 정답인 모양이었다. 그는 약간 망설이다가 입술을 살짝 깨물더니 강하게 말했다.

"그래, 그대가 어디로 가든, 무엇을 하든, 아젠카로, 내 곁으로 돌아왔으면 좋겠다. 그대를 붙잡거나 얽어맬 생각은 없으나, 내가 항상 기다리고 있으리라는 것은 잊지 말아 주었으면 한다."

전보다 약간 확고해진 것은, 그녀가 그를 사랑하고 있다는 것을 확신하게 되었기 때문일 것이다. 그럼에도 그녀를 우선하며 한발 물러서는 태도는 여전하다. 황태자와 논의하고 거래한 결과를 들어 보면 결코 무른 사람이 아닌데 말이다.

그가 기억을 잃었을 때 한 번도 웃지 않는 것을 보고 깨달았던 사실이 떠올랐다. 원래 그는 잘 웃는 사람이 아니었다. 하지만 그녀 앞에서는 녹을 듯이 웃는다.

'혹시 내 앞에서만 물러지는 걸까. 내게 맞추고, 나를 우선하면서⋯⋯.'

그러니까 얽어맬 생각이 없다는 건, 실은 그녀를 얽어매고 싶다는 뜻 아닐까. 에키는 그런 의심을 해 보았다. 그는 사실 욕심이 많을지도 모른다. 잘 참고 티를 안 낼 뿐 그럴지도 모르겠다.

당신이라면 내게 더 강력하게 요구해도 괜찮은데. 나도 당신을 놓아주고 싶지 않으니. 그녀는 떠오른 것을 그대로 입 밖에 내었다.

"저는 당신에게 좀 얽매여도 되는데."

그녀가 아메시스트를 들어 올렸다. 검집에 달려 있는 허리끈을 그를 향해 내밀었다.

"매어 주실래요?"

처음 이것을 주었던 때처럼.

그 요청은 중의적으로 들렸다.

유리엔이 움찔하더니 말없이 그녀가 내민 끈을 받아 쥐었다. 그가 다가와 그녀의 허리에 끈을 돌려 감고 옆구리 근처에서 구슬들을 얽는다. 눈에 띄게 손이 떨리고 있었다. 에키는 바로 앞에 있는 그의 어깨에 툭 이마를 기댔다.

그의 심장이 어찌나 강렬하게 요동치는지, 그 고동이 그녀에게까지 전해질 정도였다. 청량한 향이 났다. 안개처럼 흘러나온 입김이 서로에게 닿아 스며든다. 그녀의 심장도 떨리기 시작했다.

서로를 얽어매고 싶다면, 얽어매면 되는 것 아닌가.

"율."

"……"

"우리 결혼할까요?"

구슬과 가죽끈이 유리엔의 손에서 주르륵 미끄러져 떨어졌다. 에키는 슬쩍 이마를 떼고 그를 올려다보았다.

"율?"

유리엔이 삐걱거리는 움직임으로 그녀를 내려다보았다. 혼이 나가 버린 낯이었다. 에키가 고개를 기울였다.

"싫어요?"

"아니! 절대로 아니다!"

그가 정신없이 고개를 저었다. 그리고 다시 고장 난 목각인형처럼 뻣뻣해졌다. 에키는 그의 옷깃을 살며시 잡아당겼다.

"그럼, 대답은요?"

"자, 잠, 잠시만…… 잠시만."

유리엔이 입가를 가린 채 심호흡을 했다. 귀와 목 아래에서부터 붉은 기가 퍼져 나가 이마 끝까지 차오른다. 그는 얼굴을 몇 차례나 문지르고, 휘청이는 몸을 바로 세우고, 꿈인지 현실인지 확인하려는 것처럼 눈을 깜박이고, 한 번 더 심호흡을 하고는, 겨우 에키를 마주 보았다.

"그대는…… 너무하다."

바들바들 떨리는 음성으로 한 첫마디가 저것이었다. 에키가 눈썹을 모았다. 유리엔은 새빨간 얼굴로 그녀의 시선을 피하며 말을 이었다.

"내가 그대에게 청혼하고 싶었다. 제대로 하려고 준비를 하고 있었는데……."

눈매가 처지면서 그가 시무룩해졌다. 우아한 생김새의 커다란 남자가 왜 이리 마냥 귀여워 보이는지. 가슴 안쪽이 살랑살랑 나풀거렸다. 에키는 웃음을 참으며 말했다.

"무슨 준비를 했어요?"

"그건, 비밀이다."

"언제 하실 예정이었는데요?"

"……그대의 서임식 이후에."

"좋아요, 그럼 그때 대답을 주세요."

"대답이라니, 내 대답은 당연……."

에키가 유리엔의 입을 손으로 가볍게 막았다. 그녀는 미소 지으며 말했다.

"그때까지 기다릴게요. 기대하면서."

그리 말하며 웃는 그녀의 얼굴이 그에게는 홀릴 정도로 달콤해 보였다. 유리엔은 황홀해진 눈으로 그녀를 바라보았다. 파란 눈이 당장이라도 찬사 내지는 고백을 쏟아 낼 것처럼 출렁거린다. 에키는 슬쩍 그 시선을 피했다.

"너무 그렇게 보지 마세요."

"그렇게라니?"

"제가 굉장한 사람이라도 된 것 같아서 긴장된단 말이에요."

유리엔이 조금 웃었다. 그에게 겨우 여유가 돌아왔다.

"그대는 굉장한 사람이 맞으니, 긴장할 이유도 없지 않나. 그대가 이룬 것들을 떠올려 봐라."

"그런 굉장함 말고요."

"그럼?"

에키는 달아오른 뺨으로 우물거리고는 그의 팔짱을 꼈다. 유리엔이 순간적으로 숨을 멈춘다. 그의 온 신경이 그녀에게 닿은 곳으로 기우는 게 느껴졌다. 그녀는 걸음을 옮기며 속삭였다.

"이거 봐요, 팔짱만으로도 당신을 정신 못 차리게 만드는 굉장한 사람이 된 것 같잖아요."

"그건…… 된 것 같다가 아니라, 이미 되었다."

"익숙해질 때도 되지 않았어요?"

"그대 잘못이니, 책임져 다오."

"어떻게……."

유리엔이 그녀를 가로수 아래로 이끌었다. 주위에 보는 이라곤 하나도 없는데 하늘로부터 가리고 싶은 것처럼. 그녀의 귓가로 고개를 숙이고, 평소보다 낮아진 그의 목소리가 귓가에 파고든다.

"입 맞춰도 되겠나?"

귓바퀴가 저릿해졌다. 입을 열었다간 헛소리가 나올 것 같아 에키는 그냥 팔을 뻗었다. 눈이 솜사탕처럼 쌓여 있는 나뭇가지가 드리운 아래에서 호흡이 맞물렸다.

대신전에 도착해 유리엔이 방문을 알리러 간 사이, 에키는 안뜰이 보이는 회랑에서 잠시 기다렸다. 근처에 아무도 없는 것을 확인한 그녀는 마검을 불러 보았다.

"발."

[왜.]

사람이었다면 볼이 퉁퉁 부어 있을 법한 대꾸였다. 마검은 확실하게 삐져 있었다. 아메시스트를 돌려받을 때부터 짐작한 일이라 에키는 피식 웃었다.

"아메시스트는 보조용으로 쓸 거야."

[왜. 네가 좋아하는 놈이 준 거고, 유용한 마법도 걸려 있다며! 그거나 써. 흥! 흥!]

"발. 사람들이 나를 누구로 기억할 것 같아?"

[……]

"아메시스트의 주인이 아니라, 모두가 나를 바르데르기오사 오너로, 마검의 주인이라고 부를 거야. 내 검이라고 하면 모두 널 떠올릴 거라고."

[……정말?]

"당연하잖아. 이건 내 검이라기보다, 뭐랄까……. 유리엔과의 증표 같은 거니까."

얼굴이 뜨거워지는 기분이다. 에키는 주위에 아무도 없는 것을 재차 확인하며 슬쩍 손부채질했다.

[그럼 내가 예뻐, 쟤가 예뻐?]

"……."

솔직히 에키의 취향은 아메시스트 쪽이었다. 희고 섬세한 검을 보면 유리엔이 연상된다. 그렇다고 솔직하게 답할 순 없고, 이런 걸로 거짓말을 하기에도 뭣하고. 에키는 잠시 고민하다가 대답했다.

"네가 더 멋있게 생겼어."

[진짜? 진짜지?]

"응, 정말로."

[쓸 때는? 쓰기에도 내가 더 좋아?]

"물론. 네가 훨씬 편하고 좋아."

그 점은 확실하게 바르데르기오사를 편들 수 있었다. 마검은 신이 나서 히죽거렸다. 겨우 삐진 게 풀린 듯해서 에키는 작게 한숨을 쉬었다. 마검이 아메시스트를 허접하다고 놀리는 노래를 흥얼거리기 시작했지만 그 정도는 눈감아 주기로 했다.

'아메시스트엔 자아가 없어서 다행이야.'
"에키 언니!"

회랑 끝에 나타난 소녀가 그녀를 향해 외쳤다. 샤이였다. 소녀는 제례복 차림으로 에키에게 달려왔다. 펄럭이는 옷자락이 다리에 감겨드는 바람에 휘청이며 넘어지려는 것을, 급히 다가간 에키가 받쳐 주었다.

"으……."
"조심해야지, 샤이."

에키는 소녀를 바로 세워 주고 떨어질 뻔한 황금관을 잡아 잿빛 머리카락 위에 다시 씌워 주었다. 흐트러진 머리를 다듬어 주는데 손에 감기는 머리카락이 어린 고양이의 털처럼 보드라웠다.

아젠카에서 성녀로서 몇 달을 보낸 샤이는 누가 봐도 고귀한 사람으로 보였다. 살도 오르고 키도 조금 자랐다. 처음 만났을 때의 모습은 이제 잘 생각도 나지 않는다. 발간 뺨과 윤이 나는 눈동자를 보고 있으면 천사처럼 느껴지기도 했다.

천사만큼 예쁜 마음을 가진 아이니 천사로 보이는 게 당연한 걸지도 모르겠다. 너무 귀엽고 반짝반짝해 보여서 에키는 저도 모르게 소녀를 꽉 안았다가 놓아주었다. 샤이가 활짝 웃었다.

"언니! 무슨 일로 오셨어요?"
"대신관님을 뵐 일이 있어서. 몸은 좀 괜찮니? 네게 계속 신세를 지게 되네."
"네, 많이 늘어서 이제 그 정도쯤은 별거 아니에요. 그리고 신세라뇨, 언니와 단장님이라면 얼마든지, 아니, 아니, 이게 아니라."

샤이가 합 입을 다물더니 양손을 허리에 얹었다. 소녀는 그녀를 가르치는 신관들을 흉내 내며 짐짓 엄한 표정으로 말했다.

"얼마든지 고쳐 드릴 순 있지만, 이젠 그만 좀 다쳐 오세요. 두 분 다 왜 이렇게 맨날 다치시는 거예요? 그러다 큰일 나요!"

"미안해, 샤이. 내가 실수해서 그래."

"사과하실 필요는 없고, 제발 몸을 소중히 여겨 주세요, 네? 제가 치료할 수 없는 상황이면 어떻게 하시려고요. 물론 저는 언제나 최선을 다해 치료하겠지만, 그래도 혹시 모르잖아요. 그러니 아프지 마시고, 다치지도 마시고……."

"정말 미안해. 앞으로는 조심할게."

할 말이 없는 데키가 쩔쩔매며 사과만 반복하는 사이, 뒤늦게 나타난 신관 아론이 목소리를 높였다.

"성녀님, 제례복을 입고 달리시면 위험하다고 제가 몇 번이나……! 이런, 에키네시아 님."

아론이 얼른 고개를 숙였다. 에키 역시 그에게 인사를 했다.

"안녕하세요, 아론 님."

"에키네시아 님의 소식을 들었습니다. 기오사의 변화라니, 찬미받아 마땅한 이적이었습니다. 위대한 분, 신께서 당신의 거취마다 축복을 내리실 겁니다. 아르 세밧티엠."

아론은 가만히 성호를 그었다. 에키가 민망해질 정도로 공경하는 태도였다.

"그렇게까지 위대한 일은……."

"아뇨, 그렇게까지 위대한 일이셨습니다. 조금 더 친교를 나누고 싶습니다만 성녀님의 일정이 밀려 있어서……. 성녀님, 가셔야지요. 루이스 신관님께서 기다리고 계실 겁니다."

"잠시만요, 아론."

샤이가 풍성한 옷자락을 야무지게 움켜쥐고 에키에게로 바짝 다가왔다. 에키는 자연스럽게 무릎을 굽히고 소녀와 눈높이를 맞췄다. 샤이가 그녀의 귓가에 소곤거렸다.

"언니, 아직 비밀이지만, 대신관님이 제가 언니의 서임식을 맡아도 된다고 하셨어요. 그래서 지금도 그거 연습하러 가는 중이에요."

"네가? 내 서임식을?"

"네. 저, 열심히 할 거예요!"

샤이는 수줍게 웃고는 아론에게로 달려갔다. 옷자락에 걸려 또 비틀거리는 소녀를 아론이 얼른 부축하고는 에키에게 꾸벅 고개를 숙여 보였다. 그들은 회랑을 돌아 사라졌다.

창천의 매들은 보통 수석 신관이 주관하는 서임식을 통해 기사가 된다. 서임식 과정 중에 있는 기오사 홀 입장 이후, 기오사 오너가 되었을 경우에만 대신관이 직접 축복을 내린다.

예법상 대신관보다 높은 위치에 있는 성녀가 직접 서임식을 주관하는 건 여러모로 이례적인 일이었다. 그 사실만으로도 그녀의 서임식이 평범한 서임식과는 궤를 달리한다는 증거가 될 정도로 말이다.

에키는 얼떨떨하게 샤이가 사라진 쪽을 바라보다가, 익숙한 기척에 고개를 돌렸다. 유리엔이 그녀에게 다가오고 있었다.

"에키, 대신관이 그대를 기다리고 있다."

"저 혼자요? 당신은요?"

"그대가 원한다면 함께 들어도 된다고는 하지만, 원칙적으로는……."

"함께 들어요, 율. 어차피 당신에게도 말할 내용인걸요."

그녀는 그에게 손을 내밀었다.

"앞으로는 당신에게 숨기지 않을 거예요. 기대기로 했으니까. 그러니 당신도 앞으로는 힘든 일을 숨기지 말고, 제게 기대 주세요."

유리엔은 그녀에게 숨기고 처리하려다 도리어 그녀를 더 힘들게 만들었던 가짜 마검 사건을 떠올렸다. 그녀가 모든 것을 혼자 짊어지고 떠났을 때 그가 느꼈던 심정도 떠올려 본다.

이해와 신뢰가 있는 관계에서는 감추는 것보다 진실이 언제나 낫다. 처음부터 반박할 생각 따윈 없었지만, 그녀의 말에 따를 수밖에 없었다. 그를 비추고 이끄는 태양 같은 혼이다.

"그래. 앞으로는 무엇이든 함께 하겠다. 그대와 같이 변해 가기로 했으니."

그는 미소 지으며 그녀의 손을 맞잡았다.

대신관은 카이로스기오사가 있는 신검의 홀에서 기다리고 있었다.

신검은 누구도 만질 수 없기에 특별히 지킬 필요도 없었다. 따라서 신검의 홀은 경비를 위한 건물이 아니라 신성하고 상징적인 장소였다.

원형 공간을 덮은 거대한 돔 지붕 중앙에는 둥글게 뚫린 부분이 있었다. 카이로스기오사가 박혀 있는 대지 바로 위에 뚫린 천장 창이었다. 그곳을 통해 햇빛과 비와 눈과 바람이 모두 자유롭게 드나들었다. 어떤 비바람에도 손상되지 않는 신검은 모든 자연을 제 본체로 받아들이며 시간의 흐름을 보여 주곤 했다.

신검의 주위를 빙 둘러 감싼 원형의 제단 옆면에는 기오사 전설 속의 장면들이 연속적으로 조각되어 있었다. 신검의 양옆에는 날개를 활짝 펴고 검을 들고 있는 천사들이, 신검의 뒤편에는 시계와 톱니바퀴가 어지러이 얽혀 있는 조각상이 보였다.

제단의 윗면에는 보석으로 새겨 넣은 열 자루의 기오사 이름이, 신검의 바로 앞에는 순금으로 만든 명패가 있었다. 명패에는 유려한 고대어로 딱 두 줄이 쓰여 있다. '카이로스기오사', '신께서 시간을 빚어 만드신 검'.

신검의 주위에는 방문객들이나 신관들이 기도를 할 수 있도록 만들어둔 대리석 단들이 있었다. 돔의 가장자리를 따라서 허리쯤 오는 높이의 화단이 있는데, 1월부터 12월에 피는 꽃들을 시계 순대로 심어 두었다. 화단의 외곽을 따라 파여 있는 수로에서 맑은 물이 졸졸 흘렀다.

엊그제 눈이 온 탓에 신검은 하얀 눈을 덮어쓰고 있었다. 얇은 겨울 햇살이 천장 창을 통해 후광처럼 드리웠다. 칼날을 타고 흐르는 빛은 쉼 없이 색을 바꾸며 은은하게 빛났다.

가만히 서서 신검을 바라보고 있던 대신관이 입구에서 들리는 발소리에 몸을 돌렸다.

"처음 뵙겠습니다, 에키네시아 로아즈 님. 성검의 주인께서도 함께 오셨군요."

"뵙게 되어 영광입니다, 대신관님."

"편히 말씀하시지요. 당신께 공대를 듣기엔 과분합니다."

에키의 인사에 대신관이 손사래를 쳤다.

"아니에요, 공대하는 쪽이 편한 걸요."

"순례자께서 그러하시다면. 이리로 오시지요."

대신관은 그녀를 돔 외곽의 화단을 따라 놓여 있는 벤치로 안내했다. 유리엔은 창천 기사단장으로서 대신관을 만나러 온 것이 아니었으므로 한발 물러서서 조용히 뒤따랐다. 대신관 역시 유리엔에게는 가볍게 묵례만 했다.

에키는 그를 따라 걸음을 옮기며 말했다.

"순례자라 불리니 낯서네요."

"그 호칭은 대신전에서 멋대로 정한 것일 뿐, 신검은 당신 같은 분들을 따로 지칭한 적이 없습니다. 에키네시아 님이라 부르는 쪽이 편하십니까?"

"아뇨. 상관없어요. 대신관님께서 편한 쪽으로 불러 주세요."

"알겠습니다. 그럼 순례자님이라고 부르겠습니다. 외부에서는 그리 부를 수 없겠으나, 신전 내에서만이라도."

"네, 대신관님."

"실은 지금 몹시 두근거리고 있습니다. 신의 종으로 살면서 신의 기적을 허락받은 순례자를 만나 뵐 날이 올 줄은 몰랐습니다. 역대 대신관 중에서 이런 영광을 누린 사람은 제가 처음입니다. 앞으로도 거의 없겠지요."

아론도 저러더니, 대신관도 에키가 느끼기에는 찬사가 과했다. 적응이 안 된다. 그녀는 민망해져서 화단 쪽으로 슬쩍 시선을 돌렸다. 노인이 빙그레 웃고는 화제를 돌려주었다.

"참, 잘 알려지지 않은 사실인데, 의외로 신관들은 신어를 자주 듣는답니다. 아주 사소한 내용들이지만 말입니다."

"신검이 무슨 말을 하나요?"

"제단을 청소하던 수석 신관과 신입 신관들이 다 같이 듣고 기록으로 남긴 것이 가장 최근의 신어입니다. '올해는 겨울 꽃이 예쁘게 피겠구나'라고 하셨지요. 보십시오, 예쁘지요?"

대신관이 12시 방향에 있는 화단을 가리켰다. 노란 수선화와 발긋한 동백, 빨간 포인세티아 같은 겨울 꽃이 가득 피어 있었다. 그 풍경은 겨울이라는 계절과 어울리지 않게 화사했다.

"……그러네요, 정말."

[카이로스기오사가 수다쟁이였어? 근데 자격 안 되면 자기 건드리지도 못하게 하는 놈이 아무한테나 그렇게 떠들어 대도 돼? 심심해서 그런가?]

마검이 황당하다는 듯 중얼거렸다. 에키 역시 비슷한 의문을 품었다. 그녀의 얼굴에 그런 의문이 드러났는지, 대신관이 웃으며 덧붙였다.

"신검은 자격 없는 자와 대화하지 않지만, 일방적으로 말을 전하는 건 상관없는 모양입니다. 그러니 간혹 저희에게 말을 흘리는 것 아니겠습니까."

겨울 꽃 화단의 가장자리에 김이 나는 티포트와 찻잔이 차려진 은쟁반이 준비되어 있었다. 그들이 벤치에 앉자 대신관은 손수 차를 따라 건네주었다. 에키나 유리엔이나 딱히 추위를 타진 않지만 서늘한 손을 데우는 따끈한 온기는 반가웠다.

"카이로스기오사는 까마득한 과거부터 더 까마득한 미래까지, 이 자리에서 홀로 모든 시간을 지켜보겠지요. 신검에게는 과거나 미래나 별반 차이가 없을지도 모릅니다."

대신관은 자신의 잔에도 차를 따르며 계속해서 말했다.

"그래서 신어가 과거의 일에 대한 것인지, 미래의 일에 대한 것인지 애매할 때가 많습니다."

"저와 관련해서 나온 신어도 그런가요?"

"예. 으선은 저희 나름대로 분석한 끝에 결론을 내리긴 했습니다. 하지만 순례자께서는 다르게 판단하실지도 모르겠습니다."

"어떤 내용이었는지 알려 주실 수 있나요?"

"물론 알려 드려야지요."

대신관이 찻잔을 들어 목을 축였다. 그리고 차분히 입을 열었다.

"올해 3월 17일 새벽부터 아침까지, 카이로스기오사는 잠들어 있었습니다. 먼 옛날 '순례자'가 처음 등장했을 때와 똑같이. 그리고 이른 아침에 깨어난 신검이 흘린 말이 기도를 올리던 저희에게 들려왔습니다."

노인은 그녀를 응시하며 신어를 읊었다.

"'자격 있는 인간아, 너는 최선을 다했고, 원하던 것을 얻었구나. 축하한다.'"

에키의 눈이 커졌다. 그녀는 직감적으로 깨달았다. 저 신어가 무슨 뜻인지를.

"저희는 이것이 일어난 기적에 대한 설명이라고, 그러니까 순례자인 당신께서 걸어온 과거에 대한 신어라고 판단했습니다. 당신이 시간을 되돌린 걸 축하한다는 뜻으로 말입니다. 그러므로……."

"아뇨, 그 신어는 과거에 대한 설명이 아니에요."

그녀는 차근히 이어지던 대신관의 설명을 끊었다. 대신관이 살짝 눈썹을 치켜 올리고는 되물었다.

"과거에 대한 신어가 아니라면, 순례자께서는 그 신어를 뭐라고 생각하십니까?"

"그건……."

[자격 있는 인간아, 무엇을 원하는가?]
[네가 다시 얻은 시간을 무엇을 위해 쓰겠느냐?]

카이로스기오사가 그녀에게 물었을 때, 그녀는 무어라고 대답했던가.
그냥, 살아갈 거야. 지금은 죽어 있는 거나 다름없어. 지금의 나는…… 도저히, 행복해질 수가 없으니까.

[두 번의 기적은 없을 것이다. 그러니 최선을 다해 행복해져 보거라.]

시간을 되돌리기 직전, 신검은 그녀에게 그렇게 속삭였다. 그러므로 '최선을 다했고', '원하던 것을 얻었'다는 말은 결국.
"……예언이에요."
에키는 홀린 듯이 답했다. 보라색 눈동자가 제단 중앙의 카이로스기오사를 향했다. 천천히, 그리고 뚜렷하게, 신어가 와 닿는다.
시간을 관조하는 검은 시간을 되돌리는 것과 동시에 그녀의 먼 미래, 그녀의 시간이 모조리 끝나는 지점까지 지켜보고 말했다. 너는 행복을 얻었다고. 얻을 것이라는 축복이 아니라, 이미 얻었다는 결과를.
그러므로 그것은 예언이자 결론이었다.
앞으로 무슨 일이 있든, 어떤 어려움이 있더라도, 그녀는 늘 최선을 다할 것이며, 결국 항상, 반드시 행복해지리라는 것을. 그녀가 살아갈 날들이 그녀가 원했던 바로 그 행복한 시간들임을.
문득 그녀가 시간을 되돌린 후 깨어난 시점이 마검을 발견하기 전의 새벽이 아니라 이미 빈 꾸러미가 발견된 아침이었던 일을 떠올렸다.

새벽부터 아침까지의 공백. 그녀가 잠들어 있던 시간. 그녀가 사용한 신검이 잠들어 있었던 시간과 일치하는 공백이었다. 그 시간 동안 신검이 새롭게 편성된 그녀의 시간을 들여다보며 자신이 일으킨 기적의 결과를 확인했을지도 모르겠다. 그래서 신검도 그녀도 잠들어 있었던 걸지도 모른다. 추측에 불과한데도 어쩐지 확신이 들었다. 그녀는 홀린 듯이 중얼거렸다.

"신검이…… 제 미래를 봤군요."

[네가 옳다. 나는 보았다. 옛 시간이 사라지고 새 시간이 오기 전, 시간의 틈에서.]

바람 소리처럼 가볍게 귓가에 속삭임이 머물렀다 떠났다. 그리고 다시 한번 더.

[네가 새로 만들어 낸 시간들은 옛 시간들보다 흡족했다. 너는 원하던 것을 누릴 자격이 있다. 살아가거라.]

그것으로 끝이었다. 신검은 더는 말하지 않았다.

에키는 모르는 새 멈춰 있던 호흡을 가늘고 길게 내쉬었다. 유리엔이 굳어 버린 그녀를 걱정스럽게 바라보고 있었다. 그녀는 불현듯 치밀어 오르는 떨림을 자제할 수가 없어서 그의 품에 기댔다. 그가 반사적으로 그녀를 받쳐 안아 주었다.

"에키?"

손끝 발끝까지 벅차오른 무언가가 그녀의 내부를 가득 채웠다. 벅차오른 감정을 설명하기가 어려웠다. 그래서 그녀는 그저 그것을 드러냈다.

유리언은 그녀가 물기 어린 눈을 하고선 옅게 미소 짓는 것을 보았다. 긴 터널의 끝에 보이는 엷은 빛처럼, 흐리고 작음에도 불구하고 눈부시게 강렬한 미소였다. 그녀가 속삭였다.

"저는 행복해질 거예요, 율."

에키네시아 로아즈의 서임식은 12월 25일로 예정되어 있었다.

규모가 컸기에 날짜가 다가오자 모두가 점점 바빠졌다. 최초의 바르데르기오사 오너를 보기 위해 관광객들과 각국의 사신들도 몰려오기 시작했다. 아젠카 전체에 축제를 앞둔 것처럼 들뜬 분위기가 감돌았다.

정작 서임식 당사자인 에키네시아는 한가한 편이었다. 그녀는 느긋하게 정식 기사용 제복을 맞추고, 현자와 니콜의 논문 작성을 돕고, 서임식 이후에 열릴 연회와 신년 연회를 대비한 드레스를 맞췄다.

신년 연회용은 파티마, 앨리스와 함께 시내로 나가 그녀가 직접 맞췄지만, 서임식 연회용은 그럴 수가 없었다.

"굉장한 드레스군요."

"조금 과하지 않나요?"

가봉한 드레스를 걸친 에키가 어색하게 웃었다. 어지간하면 즐길 그녀로서도 이건 좀 과했다. 디자인이 과한 게 아니라 들어간 원단과 보석과 자수와 레이스의 수준이 과했다.

검은 비단에 길게 트인 슬릿 사이로 하얀 러플이 허벅지에서부터 발끝까지 겹겹이 늘어져 있었다. 러플의 끝단마다 섬세한 레이스와 작은 보석이 달려 움직일 때마다 별무리처럼 반짝였다.

디자인이 깔끔한 편인 데다 검은색과 하얀색 위주라 단조로워 보일 수도 있었다. 하지만 곳곳에 포인트로 자리한 자수 덕에 그 드레스는 무척 화려했다. 특히 허리 뒤쪽으로 꼬리처럼 길고 풍성하게 늘어뜨린 붉은 리본이 핵심이었다. 그것은 재질과 형태 때문에 접혀 있는 나비 날개같이 보이기도 했고, 움직일 때 흔들리면서 너울거리는 불꽃처럼 보이기도 했다.

그 드레스는 마검과도, 그녀 자신과도 아주 잘 어울렸다. 그야말로 바르데르기오사 오너인 에키네시아 로아즈단을 위한 드레스였다. 재봉사는 고랍찬 얼굴로 핀을 들고 움직였다. 그 광경을 지켜보고 있던 수아드 술라이만 총행정관이 고개를 저었다.

"과하다는 뜻이 아닙니다, 에키네시아 님. 굉장할수록 좋거든요. 설명해 드렸던 대로, 이번 서임식의 모토는 '모두에게 각인될 만큼 화려하고 거창하게'니까요."

수아드가 안경을 치켜 올리며 생긋 웃더니 덧붙였다.

"그리고 어차피 이거 다 군주님 사비잖아요. 예산 걱정도 없는데 더 팍팍 써야죠."

"아무리 그래도 이렇게까지 호화로운 건……."

에키가 신년 연회용 드레스를 혼자 맞춰 버리자 유리엔은 서임식 연회용 드레스만이라도 자신이 맞춰 주고 싶다고 애걸했다. 그간의 경험상 그가 원하는 대로 선물하게 두면 끝도 없이 스케일이 커지리라는 걸 짐작한 에키는 사양하려 했었다. 예전보다 기능이 추가된 아메시스트만 해도 사실 허리에 성 한 채를 매달고 다니는 격이었다.

게다가 최근 그의 사택에 머무는 며칠 사이에 그녀가 받은 것들도 하나같이 귀족인 그녀로서도 기함할 수준이었다. 예전에 마구잡이로 선물을 사 오는 것을 보고 너무 많다고 했더니 가짓수를 줄이는 대신 질이 천정부지로 올라갔다.

그중에는 유리엔의 애마인 실피드와 동종인, 황금빛 도는 하얀 털의 말도 있었다. 정식 기사가 되려면 말을 마련하는 게 필수이긴 했지만 그 말은 그냥 명마 수준이 아니었다. 먼 조상 중에 유니콘이 있다고 전해지는, 대륙에 몇 마리 있지도 않은 혈통의 말이었다.

이건 좀 과하다는 말에 유리엔은 한결같이 그대에게 과한 것 따위는 없다는 대답으로 일관했다. 에키는 포기하고 그 말을 받아서 이름도 지어 주었다. 유리엔의 말이 바람의 정령을 뜻하는 고대어에서 따온 이름이라는 것에 착안하여 공기의 요정으로부터 이름을 가져와 '아리엘'이라 붙였다.

이번 서임식 연회용 드레스 때도, 그가 눈썹을 늘어뜨리며 글썽이기까지 해서 에키는 받아들일 수밖에 없었다. 그 결과가 지금이었다. 이쯤 되니 그녀는 진심으로 걱정이 되었다.

"단장님 좀 무리하고 계신 거 아니에요?"

"이미 소문 다 났으니까 '단장님' 말고 편히 부르셔도 됩니다, 에키네시아 님."

"……."

"그리고 군주님 돈 많으시니까 괜찮습니다. 아젠카 예산에서 군주를 위해 매년 배정되는 개인 자산이 있는데, 군주님이 그거 지금까지 한 푼도 안 쓰셨거든요. 4년 치가 고스란히 쌓여 있습니다. 있는 줄도 모르셨던 게 아닌가 의심스러울 정도로요."

"……고스란히요?"

"네. 아, 가끔 구휼 예산 부족하면 보태라고 내주시긴 했죠. 참, 군주님 말인 실피드도 사신 게 아니라 임무 가셨다가 모 왕실에서 받으신 거랍니다. 그 외에도 직접 나가신 임무에서 개인적으로 받은 대가들도 상당하신데 그것도 죄다 그냥 처박아 두셨더라고요. 검소한 것도 정도가 있지, 창고 물품 목록 보니까 아주 자리가 없을 지경이라. 최근 에키네시아 님 덕분에 자리가 생겨서 다행입니다."

수아드가 보란 듯이 한숨을 내쉬었다.

"창천 기사단장 월급도 무지막지한데 그것들도 거의 손 안 대고 내버려 두셨을걸요. 군주님 같은 분은 여러모로 돈을 좀 써 주시는 게 대륙의 경제를 위해서도 낫습니다. 그러니까 이 정도로 과하다고 여기지 마세요. 마음껏 지르세요."

에키는 할 말을 잃고 멍하니 입을 벌렸다. 그가 퍼붓는 선물의 스케일을 보고 짐작하긴 했지만, 이건…….

"거기, 루비 말고 레드 다이아몬드로 가져와요. 그리고 은제는 다 치우고 백금만 꺼내세요."

수아드가 에키에게 말하다 말고 보석상에게 지시했다. 보석상이 황급히 물건을 다시 꺼내는 찰나, 방으로 유리엔이 들어왔다.

"수아드 총행정관, 휴일에 여기까지 무슨…… 일로……."

미간을 찌푸린 채 들어왔던 유리엔은 가봉 중이라 훤히 드러난 에키네시아의 등을 목격하고 말끝이 무너졌다. 붉은 리본과 검은 비단 사이로 보이는 하얗고 매끄러운 등. 등에서부터 허리로 이어지는 부드러운 곡선.

"급히 논의 드릴 게 있어서 왔다가, 군주님께서 디트리히 경과 함께 연무장에 있으시다기에 기다리고 있었습니다."

"율, 너 왜 입구를 막고 서 있, 으악!"

유리엔은 뒤따라 들어오려던 디트리히의 얼굴을 손으로 덮어 밀쳐 냈다. 밀려난 디트리히가 기가 막혀 물었다.

"너 이 자식, 뭐 하는 짓이야?"

"눈 돌리고 가라."

"뭐? 야!"

유리엔은 아예 문을 닫아 버렸다. 디트리히가 밖에서 무어라 화를 내며 투덜거리는 게 들렸으나 그는 문에 등을 기대설 뿐이었다. 그러곤 얼이 빠져 있는 에키 쪽을 흘깃 본 다음 곧바로 고개를 푹 숙이며 입가를 가렸다.

"율, 왜 그래요?"

"……그 드레스, 설마 완성된 건가?"

"아뇨, 가봉 중이라서……. 아."

갸웃거리던 에키는 드러난 등을 알아차렸다. 그녀는 황급히 몸을 돌려 등을 숨겼다. 부상 치료를 위해 등을 드러낸 적도 있었고, 선을 넘을 뻔하기도 했지만, 그것과 이런 건 별개였다. 그녀의 낯도 불그스름해졌다.

수아드 총행정관은 새빨개져서는 십 대 소년처럼 수줍어하는 아젠카의 군주를 보고 얼어붙었다가, 에키네시아 쪽을 한 번 봤다가, 천장을 봤다가, 다시 군주를 바라보았다. 그녀는 사무적으로 물었다.

"결혼식 날짜는 언제쯤으로 잡아 두면 될까요? 준비할 게 많으니 되도록 미리 알려 주셨으면 좋겠습니다."

"……."

로잘린 디아샹트, 새로운 디아샹트 공작이 된 그녀가 아젠카에 도착한 건 서임식 이틀 전이었다. 그녀 역시 서임식 참석 목록에 있었다. 에키네시아와 그녀는 유리엔의 사택 응접실에서 만났다.

"이거, 선물이에요."

로잘린은 하인이 두고 간 큼직한 액자를 가리키더니 직접 액자에 덮여 있는 포장지를 벗겨 냈다.

"이건…… 세상에, 션 공이 그리신 건가요?"

"네, 남편 작품이에요."

커다란 그림에는 넓은 바다와 붉은 황혼이 드리운 하늘을 배경으로 새카만 용과 싸우고 있는 여검사의 모습이 담겨 있었다. 얼굴은 보이지 않지만 물결치고 있는 머리카락은 연한 분홍색이었고, 손에 쥐고 있는 검은 투명한 칼날의 마검이었다.

[와, 와! 저거 주인이랑 나지? 우와아, 진짜 멋지다! 야, 이거 엄청 잘 그린 거 맞지?]

에키는 멍하니 고개를 끄덕였다. 섬세한 곳은 감촉이 느껴질 것처럼 섬세하고, 과감한 터치로 휘몰아친 곳들은 금방이라도 꿈틀거리거나 바람이 일 것 같은 생동감이 느껴졌다. 로잘린이 말했던 대로 션은 정말 뛰어난 화가였다.

"그때 결절에서 크게 영감을 받았던 모양이에요. 몇 달을 끙심하고 붙잡고 있더니 완성하자마자 당신에게 드리라고 하더군요. 마음에 드시나요?"

"전 미술에 조예가 부족하지만, 이게 걸작이라는 건 확실히 알겠어요. 이런 그림에 제 모습이 남다니 정말 영광이에요."

"이런 광경을 볼 수 있었던 남편이 더 영광인걸요."

로잘린이 웃으며 손을 내저었다. 가족의 안부와 날씨와 소소한 잡담이 오간 다음, 그녀는 눈매를 휘며 물었다.

"그러고 보니 제가 한 일들, 당신에게 도움이 되었나요? 당신이 제게 도움을 청한 건 아니었지만, 그래도."

"저는 그리 대단한 위치에 있지도 않고, 지금은 무력하지만…… 그래도 제법 수완이 있답니다. 혹 제 도움이 필요하다면 뭐든, 언제든, 제게 말하세요."

션과 릴리를 구해 낸 후 부은 눈으로 찾아왔던 로잘린이 했던 말이 떠올랐다. 그때에는 인질로 잡혔던 남편과 딸을 간신히 되찾은, 아버지로부터 이용당하던 공녀였던 그녀가 지금은 디아샹트 공작이었다. 선황을 끌어내린 시발점이 된 폭로도 그녀 작품이었다.

물론 로잘린 혼자서 이뤄 낸 일은 아니었다. 그럼에도 아무나 해낼 수 있는 일은 아니라는 것도 확실했다. 스스로 했던 말마따나 로잘린은 정말로 수완이 있었다. 에키는 솔직하게 감탄했다.

"상상 이상의 큰 도움이었죠. 로잘린, 아니, 디아샹트 공. 감사했습니다."

"로잘린이면 충분해요. 음, 막상 도움이 되었다는 말을 들으니 부끄럽네요. 저보단 유리엔 경이 고생이 많으셨죠."

로잘린은 로아즈 참사 직후, 유리엔이 그녀를 찾아왔던 것을 떠올렸다.

"디아상트 공녀. 공작이 될 생각이 있나?"

황태자를 황제로 만들기 위해서는 디아상트 가문의 힘이 필요했다. 하지만 원들턴 디아상트를 내버려 둘 수는 없다. 그렇다면 답은 하나였다. 공작가의 주인을 바꾸면 된다.

로잘린 디아상트는 유리엔의 질문을 듣자마자 그게 무슨 의미인지를 알아차렸었다.

"제가 공작이 되지 않으면 디아상트는 멸문이겠군요."
"강제하려는 것은 아니다. 공녀가 원하지 않는다면……."
"아뇨. 실은 한 번쯤 해 보고 싶었어요. 제가 어디까지 해낼 수 있는지 궁금했거든요. 아버지는 딸에게 가문을 물려줄 생각이 전혀 없으셨던 것 같지만, 전 욕심이 많아서."

아마 션을 사랑하게 되지 않았다면 로잘린은 좀 더 야망을 불태웠을 것이다. 기분 나쁘지만 그런 점은 아비를 닮았다. 그녀가 아비와 확연히 다른 삶을 살게 된 건, 사람을 사랑할 줄 알았기 때문이었다.

주어진 기회를 잡지 않을 생각은 없었다. 갚아야 할 빚도 있었다. 로잘린은 기꺼이 유리엔의 계획에 협조했다. 그녀는 유리엔의 은밀한 지원하에 움직이기 시작했다. 창천 기사단장의 지지와, 디아상트 공작이 마검으로 부린 수작에 대한 정보를 쥐고 디아상트의 사람들과 접촉했다.

가장 먼저 만난 건 어머니인 공작 부인이었다. 두 번째로 만난 건 언니인 홍태자비였다. 그 뒤로 주요 친척들과 핵심 가신들을 모조리 만났다. 마지막으로 만났으며 가장 힘들었던 상대는 공작의 친어머니이자 그녀의 할머니인 대부인이었다.

만나고, 협상하고, 설득하고, 거래했다. 가끔은 협박도 했다. 로아즈 참사로부터 마검 폭로까지의 한 달여, 그녀는 쉴 틈 없이 바쁘게 움직였다. 선과 살기로 결심하고 떠나기 전까지 습관적으로 하고 있던 인맥 관리가 큰 도움이 되었다.

그리고 창천 기사단장이 마검의 음모를 알고 있는 판국에 현 공작을 따르다가는 가문 자체가 붕괴할 거라는 위기감과, 창천 기사단장 자체가 협상에서 강력한 무기가 되어 주었다.

이 정도의 무기를 가지고도 그녀의 터전인 가문 안에서 회유를 해내지 못한다면 수치스러운 일이었다. 결국 로잘린은 공작의 측근을 제외한 사람들을 전원 포섭하는 데 성공했다. 밑작업을 끝낸 뒤에는 유리엔의 계획대로 폭로를 준비하고, 황태자와 말을 맞춘 다음 제국의 수도로 향했다. 그 뒤로는 모두가 아는 대로였다.

"결국 제가 공작이 된 건, 유리엔 경의 힘이 컸죠."

간략하게 과정을 풀어놓은 로잘린이 생긋 웃었다. 에키는 고개를 저었다.

"그의 조력이 있었다 해도 그걸 해낸 건 결국 로잘린이잖아요. 로잘린은 대단해요."

"정말 대단한 일을 해낸 분한테 이런 말을 듣자니 몸 둘 바를 모르겠네요. 최초의 바르데르기오사 오너님."

"으, 놀리지 마세요, 로잘린."

"놀리다뇨, 진심인데요. 그나저나 당신은 단장이 되지 않는 건가요?"

"적성에 안 맞아서요. 제가 했다간 아젠카가 엉망이 될지도 몰라요."

"어머, 전 당신이 하게 되면 잘해 낼 것 같은데요."

"잘하고 못하고 이전의 문제예요. 율이 일하는 걸 봤었는데, 도저히 그렇게는 못 살겠더라고요. 차라리 검을 휘두르는 게 낫지……."

에키는 진저리를 쳤다. 유리엔이 미친 듯이 바쁜 것을 보고 사람을 혹사시키는 데에도 정도가 있다고 생각했던 기억이 뚜렷했다. 안 그래도 서류나 문서 작업에 능한 편이 아닌데, 잘하는 유리엔을 두고 그녀가 단장이 될 생각은 결단코 없었다.

로잘린이 눈썹을 슥 올리더니 입술을 휘었다.

"이젠 유리엔 경을 로드라고 부르지 않는군요."

"……."

"진도는 많이 나가셨어요?"

숙제를 검사하는 가정교사 같은 투로, 로잘린이 은근히 물어 왔다. 에키는 무심코 오른 손바닥을 노려보았다.

[주인아, 너 요즘 가끔 나 노려보는 거 같다……? 왜 그래?]

그녀는 깊은 한숨을 내쉬고 손바닥에서 시선을 뗐다. 그리고 묘하게 반짝이는 눈으로 자신을 보고 있는 로잘린에게 몇 가지 궁금한 것들을 물어보기 시작했다.

"저기, 로잘린……."

12월 24일, 서임식 전날은 로아즈에서 2황자의 처형이 이루어지는 날이었다. 처벌은 로아즈 일가와, 로아즈성에서 살아남은 시민들의 논의 끝에 정해졌다.

윈들턴 디아상트와 로라스 드 하르덴 키리에의 시신은 목을 잘라 성문에 내걸었다. 성을 오가는 사람들은 그 아래에 침을 뱉곤 했다. 제국 최고의 공작과 황제였다는 신분에 비하면 처참한 말로였다.

현자 헤레이스 리어폴드는 마나 코어가 파괴되어 반쯤 폐인이 된 상태였다. 그녀는 일찌감치 재판을 받고 단두대에서 목이 잘렸다. 그 목도 선황과 전 공작의 아래에 함께 내걸렸다.

로아즈 참사의 관계자 중에서 마지막까지 살아 있었던 건 2황자 카르엠 혼자였다.

날씨가 좋았다. 하늘이 청명하고 푸르렀고, 눈이 오지도 않았다.

"시작하라."

로아즈 백작이 무표정하게 명했다. 병사가 카르엠을 얽어맨 밧줄을 잡아끌었다.

아젠카에 에키네시아의 서임식에 참석할 귀빈들이 속속들이 도착하고 있던 시각에, 카르엠은 마나 봉인구를 찬 맨발로 로아즈성 내를 걷기 시작했다. 길의 끝에는 단두대가 있었다.

앞서 걷는 병사가 큰 소리로 카르엠의 죄목을 읊는다.

로아즈 참사의 주모자, 죄인 카르엠.

지고한 황족이자 총애받던 황자였던 카르엠은 거친 옷가지도, 맨발도, 단두대형도 납득이 되지 않았다. 가장 거슬리는 것은 그를 노려보는 '미천한 것들'의 눈초리였다. 자신의 밑에 엎드려 고개도 못 들던 것들이 똑바로 서 있는 앞에서 맨발로 끌려가고 있는 현실이 믿기지가 않았다.

병사의 목소리가 길게 이어진다.

죄인은 마검으로부터 추출한 살의를 이용하여 무고한 사람들을 살인자로 만들었으며…….

　거리이 사람들이 빽빽했다. 슬픔이건 분노건 눈을 달구는 것은 똑같아서, 모두가 충혈된 눈으로 참사를 일으킨 '악마'를 노려보았다. 누군가는 가족을 잃었고, 누군가는 친구를 잃었고, 모두가 이웃을 잃었다.

　분노를 참지 못한 자 하나가 돌을 움켜쥐었다. 작은 돌멩이가 날아가 카르엠의 종아리를 때렸다. 카르엠은 하나뿐인 눈을 희번덕이리며 돌을 던진 쪽을 노려보았다. 감히, 라고 중얼거리는 순간 다른 방향에서도 돌이 날아왔다.

　그것을 시작으로 여기저기서 돌이 날아왔다. 욕설이 쏟아졌다. 카르엠이 악을 쓰는 소리는 분노하는 사람들의 음성에 파묻혔다. 병사들은 그들을 굳이 제지하지 않았다. 카르엠은 결국 입을 다물었다.

　중앙 광장의 단두대에 이를 때쯤, 카르엠은 상처투성이였다. 그는 형형한 눈으로 단두대 주위를 살폈다. 미친 듯이 누군가를 찾아 헤맸다. 그러나 그가 찾는 자들은 어디에도 보이지 않았다.

　유리엔은 2황자의 처형에 참석하지 않았다. 에키네시아 역시 불참했다. 이미 미래를 보고 있는 그들에게 2황자는 죽음을 보러 갈 가치도 없는 존재였다. 그들에게는 복수보다 행복을 가꾸는 것이 더 중요했다.

　카르엠은 그것을 납득하지 못했다. 그는 끝까지 저주받을 동생이나 빌어먹을 분홍 머리 계집을 찾아 눈을 굴렸다.

　'계속 바라 왔을 복수잖아, 보러 오지 않을 리가 없…….'

　……이상과 같은 죄목으로, 도저히 용서할 수 없는 바…….

　단두대 곁에 있던 병사가 마지막 문구를 소리 높여 읽고 있었다. 카르엠은 그것을 들으며 비로소 깨달았다.

'없잖아.'

그들은 어디에도 없었다.

누군가를 증오하는 자에게 가장 큰 절망은 무관심이다. 자신은 그자를 증오하여 견딜 수가 없는데, 정작 그자에게는 자신이 분노조차 일으키지 않는 하잘것없고 무의미한 존재임을 깨닫는 것. 적조차도 되지 못했다는 현실. 파멸하는 것을 지켜볼 만큼의 관심도 없다는 의미.

알고 싶지 않은 진실이었다. 카르엠은 비명을 지르려 했으나, 꽉 막힌 목에서는 꺽꺽거리는 신음이 새어 나올 뿐이었다.

……따라서 죄인 카르엠을 사형에 처한다.

마지막 문구가 끝났다. 그 구절 속에서 카르엠에게 남은 것은 황족의 성이 아니라 죄인이라는 명칭과 이름뿐이었다.

마지막 귀빈인 크루엔 황제가 아젠카에 도착했다. 비슷한 시각에, 로아즈의 단두대에서 칼날이 떨어졌다.

12월 25일, 에키네시아 로아즈의 서임식이 시작되었다. 어제보다 더 좋은 날씨였다. 겨울치고는 따스하기까지 했다.

해가 뜨는 것과 동시에 창천 기사단 본부 곳곳에 깃발이 올라갔다. 네 장의 날개를 편 황금빛 매 문양 아래에 바르데르기오사의 검은 문양이 수놓인 깃발이었다.

일찍이 일어난 사람들은 창천 기사단 본부로 향했다. 오늘 특별히 개방된 본부는 몰려든 사람들로 인산인해였다.

창천의 서임식은 보통 세밧툼이라 불리는 행사용 건물에서 진행되지만, 이번에는 다 신전의 성소에서 이루어진다. 참석하는 손님들의 수가 많아 세밧툼에서 수용하기 어려우리라 예상된 탓이다.

성소는 카이로스기오사가 보관된 신검의 홀 근처의 땅을 일컬었다. 태양 축제 등 일반에 공개하는 제례들이 그곳에서 행해지곤 했다. 기둥과 조각상으로 둘러싸인 직사각형 광장의 끝에 신검의 홀이 있고, 중앙에 제단이 있으며, 그 주위로 계단처럼 위로 뻗은 관람석이 있었다.

관람석은 해가 막 뜬 시간부터 사람이 차기 시작했다. 아침이 밝아왔을 무렵에는 빽빽하여 빈자리가 거의 보이지 않았다. 귀빈들도 금세 도착해 그들을 위해 배정된 자리에 앉았다.

크루엔은 귀빈석에 있는 자들의 면면을 보며 혀를 내둘렀다. 오늘의 귀빈석에서 가장 신분이 낮은 자가 공작이었다. 대부분이 후계자급 왕족을 보냈다. 마탑주나 현자급의 마법사들과, 각국에 몇 있지도 않은 마스터급 기사까지 동행한 상태로. 성녀가 등장했을 때보다 더 거창한 사신들이었다.

'뭐, 제일 거창한 건 나지만.'

황제가 몸소 왔으니 제국만큼 거창한 사신을 보낸 나라는 없다고 봐야 했다. 크루엔은 쓴웃음인지 헛웃음인지 모를 것을 흘리고는 성소를 내려다보았다.

창천 기사단 정식 기사의 서임 과정은 본래 길고 복잡했다. 마스터가 기본 조건이고 얻게 되는 권한이 상당하므로 당연한 일이었다. 그

긴 과정 중에서 대중에게 공개되는, '서임식'이라 불리는 과정은 일부였다.

그러나 오늘, 바르데르기오사 오너의 서임식에는 원래 공개되지 않던 과정 중에도 공개되는 것이 있었다. '시험'이었다.

기오사 오너, 또는 경력 5년 이상의 기존 기사가 '시험관'이 되어 기사로 서임될 후보자와 대련을 한다. 마나 사용은 금지된다. 검기를 쓸 수 있는 마스터라는 이유만으로 검술이 부족한 자가 기사가 되는 일을 방지하기 위해서였다.

대련할 때는 시험관과 같은 조건인 증인 두 명이 참석해서 후보자가 기사가 될 자격이 있는지를 심사하게 되어 있었다. 대련의 승패와 관계없이, 증인들과 시험관까지 세 명 전원이 동의하면 후보자는 기사가 될 자격을 얻는다.

만약 후보자가 스콰이어 출신이라면, 시험관은 후보자의 로드가 맡는 것이 관례였다. 그러므로 에키네시아 로아즈의 시험관은 유리엔드 하르덴 키리에였다.

중앙 제단에 올라선 부단장 바론이 간단한 인사말을 하면서 서임식이 시작되었다.

제단 옆에 설치되어 있는 대련장에 시험관 유리엔이 올라섰다. 푸른 망토를 두른 백색 제복 차림, 손에 든 것은 대련용으로 준비된 평범한 롱소드였다. 이어 에키네시아 로아즈가 대련장에 올라왔다. 그녀 역시 제복 차림이었으나, 창천의 문장이나 푸른 망토는 없었다.

대련장의 옆에 증인이 될 자들이 착석했다. 바론 틸리어스, 테레사 폰 프랑 알마리. 나머지 창천 기사단원들은 반대편에 앉아 있었다. 고작 서임식에 수십의 정식 기사들이 망토까지 착용한 정복으로 모이는 건 드문 일이었다. 신입 기사가 기으사 오너이기에 볼 수 있는 특별한 광경이다.

"증인에 시험관에 후보자까지 모조리 기오사 오너라니, 전대미문이겠군. 볼만하겠어. 경도 그렇게 생각하지?"

크루엔이 뒤에 있는 호위 기사에게 넌지시 물었다. 호위 기사는 대련장에 시선을 고정한 채 대꾸했다.

"폐하께선 봐도 잘 모르시지 않습니까."

"경, 내가 아무리 검에 서툴러도 잘하는지 못하는지 정도는 보이거든?"

"시작합니다, 폐하. 집중하시죠."

유리엔이 먼저 예를 취했다. 망토를 풀어 대련장 밖으로 떨구고, 손잡이에 손을 올린 채 묵례를 하고, 한 걸음 물러서며 검을 뽑아 늘어뜨린다. 이어 에키네시아가 맞은편에서 예를 취하고 검을 뽑아 들었다.

시험관이 늘어뜨렸던 검을 들어 자세를 잡는 것이 신호였다. 후보자의 선공으로 대련이 시작되었다. 칼날이 빛을 받아 은색으로 반짝이며 날끼리 맞부딪히고 미끄러지는 소리가 허공을 채우기 시작했다.

마나 사용이 금지되어 있었기에 에키네시아는 육체적인 면에서 압도적으로 열세였다. 힘도 속도도 확연히 밀렸다. 그 때문인지 그녀는 시종일관 방어적이었다. 똑바로 막았다간 버틸 수 없기에 한 끗 차이로 피하거나 검으로 방향을 틀어 흘렸다.

"진짜 괴물이근요."

"누가? 에키네시아 로아즈?"

"네, 소름이 돋습니다."

"밀리고 있잖아?"

"마나 사용이 금지되어 있으니 맨몸인데, 저 체격으로 창천 기사단장의 검을 막아내고 있잖습니까. 심지어 속도도 부족한데도. 힘을 배분하고 흘리는 거나, 공격의 방향을 파악하는 게 귀신같네요."

"뭔지 모르겠지만 잘하고 있단 소리군. 보기엔 불리해 보이는데."

"실제로 그녀가 불리합니다. 아마 이기기는 힘들 겁니다."

"괴물 같다면서? 그럼 이길 수도 있는 거 아닌가? 유리엔이 자신보다 그녀가 강하다고 했었는데."

크루엔이 갸우뚱하자 호위 기사가 침착하게 대답했다.

"검술에서 마나의 비중은 굉장히 큽니다. 꼭 화려하게 검기를 뽑아내지 않아도, 근육을 보조하거나 강화하는 것만으로도 차원이 달라지지요. 마검의 주인처럼 가느다란 몸으로 탁월한 강함을 보인다는 건 그녀가 마나 사용에 통달했다는 뜻입니다."

"그러니까, 마나 없이 순수한 육체로만 대련하는 지금은 그렇게까지 강하지 않다?"

"예, 폐하. 특기를 봉인하고 싸우는 거나 마찬가집니다. 물론 마스터가 아닌 보통 기사들에 비하면 훨씬 강하겠지만……. 상대인 창천 기사단장이 마나에만 의지하는 어설픈 기사도 아니고 그도 검의 정점에 이른 사람인데, 경험의 차이에 체격의 차이까지 있잖습니까. 저렇게 버티는 것만 해도 대단, 흐억?"

대련장을 응시하며 설명하던 호위 기사가 혀를 씹으며 이상한 소리를 냈다.

에키네시아가 일부러 드러낸 허점에 유리엔이 걸려들었다. 공격이 허공을 가르며 그는 일순 균형을 잃었다. 상체가 비었다. 그녀의 검이 예리하게 파고든다. 그의 검이 아슬아슬하지 막아 냈다.

만약 에키네시아의 속도가 조금만 더 빨랐다면 방금 그 공격으로 승리했을 수도 있었다. 크루엔이 픽 웃으며 말했다.

"경, 나하고 내기할까? 난 마검의 주인한테 걸지. 경은 유리엔에게 걸어."

호위 기사는 대답할 정신이 없었다. 턱이 빠져라 입을 벌리고 대련장만 쳐다보았다.

에키네시아는 다시 수세로 바뀌었다. 그러다 어느 순간 그녀의 검이 기묘하게 비틀렸다. 칼날이 교묘하게 회전하며 유리엔의 검에 달라붙었다. 뱀처럼 날을 타고 반 바퀴 돈 그녀의 검이 유리엔의 검 바깥쪽으로 넘어갔다. 칼날이 서로 긁히며 기기긱 소리를 냈다. 그사이 유리엔의 칼끝이 그녀의 머리카락을 스쳤다.

공격을 위한 동작이 완전히 끝나며 검을 거두기 위해 힘의 방향이 전환되는 극히 짧은 찰나, 그녀는 그 찰나를 노려 제 검에 유리엔의 검을 걸어 잡아당겼다. 당기면서 그 반동을 이용해 그녀의 몸이 그의 안쪽으로 훅 파고들었다.

검을 빼앗기기 충분한 상황이었지만, 유리엔은 예상하고 힘을 주어 버렸다. 그녀의 공격이 이어지리라 짐작하고 곧바로 대비도 했다. 하지만 그는 바짝 다가온 그녀가 무릎으로 제 팔꿈치를 쳐올리는 것까지는 예상하지 못했다.

그의 손아귀에 일순 힘이 빠졌다. 그 순간 에키네시아가 유리엔의 검을 완전히 당겨 내던졌다. 빈손이 된 유리엔의 가슴팍에 새파란 칼끝이 겨누어졌다.

광장이 정적에 잠겼다. 그리고 곧 귀가 먹먹해질 정도의 환호가 터져 나왔다.

 부단장이 제단 위에서 시험의 결과를 선포하고 선언문을 낭독하기 시작했다. 선언문은 기사가 될 후보자가 어떤 사람이며 어떤 업적을 쌓았는지, 기사에 걸맞은 무용이 있는지를 설명하고 그 사람에게 기사가 될 자격이 있음을 선언하는 내용이었다. 에키네시아에 대한 선언문은 여러 가지 의미에서 화려했다.
 선언문이 이어지는 동안 에키와 유리엔은 나란히 서서 숨을 골랐다.
 "그대는 정말 뛰어나다."
 유리엔이 감탄하는 어조로 속삭였다. 에키네시아는 사관생도가 가져온 수건으로 땀을 닦으며 황당하게 그를 응시했다. 그는 누가 보면 승리한 사람인 줄 알 정도로 웃고 있었다.
 겨울인데도 워낙 격하게 움직인 터라 그녀는 땀투성이였다. 3월, 갓 돌아왔을 때에 비하면 월등하게 단련된 몸이었지만 기사의 평균치에는 아직 모자랐다. 그녀에 비해 여유가 있었던 유리엔은 땀조차 흘리지 않았다. 그럼에도 패배한 것은 그였다.
 그녀와 유리엔의 경험은 몇 배나 차이가 난다. 속도도 힘도 밀리는 상황에서 에키네시아가 이길 수 있었던 건 그녀의 경험과 기술이 그보다 뛰어나고 이 대련이 정직한 '시험'이었기 때문이다.
 둘 중 누구도 치명적인 공격을 하거나 급소를 노리지 않았다. 그렇다고 져 줄 생각으로 대련을 한 건 아니었다. 유리엔은 규칙하에서 최선을 다하고 패배했다.

지는 것을 좋아할 사람은 없다. 하지만 지금 그는 무척 기분이 좋았다.

난생처음 만난 '벽'이 모든 것을 바쳐 사랑하는 사람이다. 검사로서 존경하고 더 높은 경지로 향하기 위해 함께 검을 나누고 싶은 사람이 평생을 함께할 여자였다. 바로 그 점이 너무나 기뻤다. 그는 들뜬 투로 말을 이었다.

"칼날을 그런 식으로 날에 걸고 잡아당기는 건 처음 보는 기술이다. 절묘했다. 그대는 어디서 누구에게 이걸 배웠지? 아니면 혹 그대가 직접 만든 기술인가?"

"사막 쪽에서 어느 전사가 쓰는 걸 보고 익힌 기술이에요. 마나 없이 자신보다 강한 자를 상대할 때 유용하기에 기억해 두고 있었어요."

"한 번 더 보여 줄 수 있나? 내가 보기에는 날이 맞물렸던 방식이 이렇게……."

"율, 지금 서임식 중이에요."

"아."

유리엘은 검을 꺼내 들려다 겨우 진정했다. 에키는 설핏 웃고는 땀을 닦은 수건을 치웠다.

과거의 그녀는 그가 대련을 청하는 것만으로도 굳었었다. 그에게 검을 겨누는 것만으로도 악몽이 되살아나고 숨이 가빠졌었다. 그것들을 참으며 그를 구하기 위해 검을 들었다. 넘쳐흐른 살의로 이성을 잃고 그를 향해 또 검을 휘두르기도 했다.

이제 그녀는 그에게 기대기로 했다. 자신과 그를 믿기로 했다. 검을 쥘 때 악몽이 아닌 다른 것들이 먼저 떠오르게 되었다.

그 모든 과정을 지나온 지금, 그녀는 그와 검을 나눌 수 있다. 검을 나눈 후에 웃으며 대화할 수 있다.

'다음에는 같은 기술이 안 먹히겠네.'

그녀의 몸이 단련되듯 유리엔의 실력도 점점 늘어날 것이다. 앞으로 이어질 그와의 대련이 그녀 역시 기대되었다.

'대련이 기대된다니······.'

이제 검이 싫지 않다. 오히려 좋다. 그녀는 검을 잡는 것이 즐거워졌다. 에키는 들고 있던 시험용 검을 희미하게 웃는 얼굴로 들여다보다가, 다가온 사관생도에게 넘겨주었다.

그사이 선언문 낭독이 끝났다. 팔뚝만 한 길이의 화려한 깃펜을 쥐고 바론이 선언문에 서명했다. 이어 테레사가 서명을 남겼다. 마지막은 시험관인 유리엔이었다. 기오사 오너 세 명의 서명이 새겨진 창천의 선언문이 게시되었다. 이로써, 창천이 그녀에게 기사가 될 자격이 있음을 인정했다.

기다리고 있던 샤이가 제단 위로 올라왔다. 두루마리와 잔 등의 물건이 얹힌 쿠션을 든 신관들이 성녀의 뒤에 도열했다. 소매가 긴 제례복에 황금관을 쓴 샤이는 제 상체만 한 두루마리를 신관으로부터 받아서 펼쳐 들었다. 에키는 성녀의 앞에서 무릎을 꿇었다.

창천의 맹세를 읊을 차례다. 성녀는 조그만 입을 열어 또랑또랑하게 물었다.

"에키네시아 로아즈, 그대는 어떤 다짐으로 검을 다루겠는가?"

"명예를 알고 성실을 담아 검을 다루겠습니다."

"그대는 무엇을 위해 검을 쥐는가?"

"신에 대한 공경과, 이 땅의 평화와, 저 자신의 수양을 위해 검을 쥐겠습니다."

"그대는 어떤 기사가 되겠는가?"

"약자를 위해 피를 흘리고 불의 앞에서 굽히지 않으며, 죽음이 다가올지라도 신념을 따르는 기사가 되겠습니다."

"신께 맹세하는가?"

"맹세합니다."

긴 세월 동안 이어져 온 창천 기사의 맹세가 오갔다. 성녀는 두루마리를 내려놓고 커다란 금잔을 들어 올렸다. 잔 속에서 찰랑이는 성수 속에 에키가 제 피를 내어 몇 방울 떨어뜨렸다. 샤이는 그 물을 찍어 그녀의 이마와 양 손등에 적셔 주며 축복을 내렸다.

"축하해요, 언니."

외워서 읊은 긴 축도의 끝에, 에키에게만 들리도록 조그맣게 속삭이며 샤이가 웃었다. 남은 성수를 가지고 성녀와 신관들이 물러났다. 서임식이 끝나면 관람객들은 저 성수로 축복을 받게 된다.

맹세가 끝나자 유리엔이 움직였다. 이번에는 시험관이 아니라 창천 기사단장이자 성검의 주인으로서였다. 그는 예식용 은검을 한 자루 들고 있었다. 대기하고 있던 테레사와 바론이 각자의 기오사를 꺼내 들었다.

"살릭기오사와 디몽기오사다!"

"기오사의 세례로군. 기오사가 두 개나……."

"랑기오사까지 셋이지. 난 이걸 보고 싶어서 왔다고."

"하긴 기오사의 세례는 거의 공개되지 않는 과정이니까."

웅성임이 일었다. 기오사의 세례는 창천 특유의 서임식 전통이었다. 원래 하나의 기오사에게만 받거나, 오너가 부족하면 미뤄뒀다가 한 명의 기오사 오너가 다수의 신입기사에게 한 번에 내리기도 하는 세례다.

유리엔이 들고 있는 은검에 바론이 살릭기오사를 가져다 대었다. 그의 마나가 살릭기오사를 통해 흘러나와 은검을 한 차례 훑었다. 잿빛 마나가 광검을 휘감아 흘러내리며 은검으로 전해져 칼날을 물들인다. 바론이 광검의 주인으로서 축복했다.

"새로운 기사에게 분노를 통제하는 검의 축복을, 아르 세밧티엠."

다음은 테레사였다. 디몽기오사로 은검에 세례를 내리며 그녀 역시 오랜 과거부터 전해진 기오사 오녀의 축복을 읊었다. 바다 빛깔의 마나가 흐른다.

"새로운 기사에게 슬픔으로부터 지켜 내는 검의 축복을, 아르 세밧티엠."

제단 바로 앞에서 유리엔은 사관생도가 양손으로 받쳐 올린 쟁반 위에 은검을 올렸다. 그가 랑기오사를 꺼내 기오사의 세례를 내렸다. 눈부신 황금빛이 칼날을 물들였다.

"새로운 기사에게 정의를 추종하는 검의 축복을. 아르 세밧티엠."

세례를 받은 은검을 들고 유리엔이 제단에 올라섰다. 무릎을 꿇고 있는 에키의 양어깨를 그 은검으로 가볍게 두드린다.

"아젠카의 깃발과, 신께 올린 맹세와, 기오사의 축복 아래에서, 그대를 창천의 기사로 임명한다."

그가 은검을 눕혀 그녀에게 내밀었다. 그녀는 양손으로 그것을 받아 들었다.

"기사 에키네시아 로아즈, 맹세에 따라 검을 쥐겠습니다."

"일어나라."

유리엔은 일어선 그녀에게 푸른 망토를 둘러 주었다. 그리고 그녀의 가슴팍에 금빛 매 문장을 달아 주었다. 이 순간부터 그녀는 기사가 되었다.

원칙대로라면 이제 기오사 홀에 입장해야 했다. 창천의 서임식은 기오사 홀에 입장했던 기사가 나온 후에야 종료된다. 그러나 에키는 기오사 홀에 들어가는 과정을 건너뛰고 마지막 수순을 행했다. 기오사 오너가 된 기사가 기오사를 시연하는 것.

검은 쿤양에서 바르데르기오사를 뽑아낸다. 투명한 칼날이 서서히 드러나자 사위가 쥐 죽은 듯이 조용해졌다.

[주인아, 나 시선 때문에 간질거린다는 말이 무슨 느낌인지 알겠어. 쟤들 무지 부담스러워!]

그녀의 손에서 완전히 모습을 드러낸 마검은 역사에 기록된 마검과 다른 형태를 하고 있었다. 멀리서도 확연히 눈에 띄는, 검은 손잡이 주위에 떠도는 붉은 문양들. 바르데르기오사가 변화했다는 뚜렷한 증거였다.

[근데 인간들이 잔뜩 있는데 아무도 벌벌 떨지 않으니까 좀 신선하네. 쟤네 지금 나랑 주인이랑 대단하다고 쳐다보는 거지? 어, 음, 이거도 제법 기분 좋은 일인 거 같아. 신난다!]

마검이 떠들어 대는 소리에 에키는 저도 모르게 웃었다. 그녀는 입가에 미소를 매단 채 마검을 들어 올렸다. 칼날을 휘감은 검은 마나가 검기가 되어 하늘로 치솟았다.

그녀를 시작으로 기오사 오너들이 차례로 검기를 쏘아 올린다. 뒤이어 제단 외곽에 도열해 있던 기사들까지 검기를 날렸다. 색색의 마나가 폭죽처럼 하늘을 가로질렀다. 함성이 터져 나왔다.

대신전에서 종을 울렸다. 깊고 맑은 소리가 사람들의 환성 사이로 흘러갔다. 새로운 기사의 탄생을 알리는 소리였다.

서임식 저녁에는 창천 기사단 본부의 홀에서 연회가 열렸다. 각국에서 찾아온 사신들을 대접하기 위한 기념연회였다.

에키네시아가 아젠카로 온 이래 두 번째로 참석하는 연회이기도 했다. 첫 번째 연회에서 그녀는 바라하와 함께했고, 유리엔은 디아상트 공녀와 함께했었다. 그 연회에서는 공녀와 창천 기사단장의 약혼이 발표되었다.

그때와는 정말 많은 것이 달라져 있었다.

로잘린 디아상트는 일찍 입장했다. 그녀는 남편인 션 디아상트와 같이 들어왔다. 평민과의 결혼이라는 스캔들은 제국의 내전과 그녀가 한 폭로 등과 맞물려 문제를 제기하기 어려운 여건이 되어 버렸다. 디아상트 공작은 당당히 남편을 소개했고, 귀족들은 속으로야 어떻든 겉으로는 웃으며 인사를 나눴다.

딸의 서임식을 지켜보러 온 로아즈 일가는 화제의 중심에 있었다. 최고위 귀족들부터 각국 왕족들까지 차례로 그들에게 찾아와서 자신을 소개했다. 예상보다 거창한 서임식부터 놀랐던 백작 부부와 란셀리드는 구름 위의 존재라 여겼던 자들이 몰려들어 에키네시아를 칭송하는 것을 듣고 혼이 나가는 중이었다. 로아즈의 장녀가 가지게 된 영향력은 가족들이 받아들이고 상상했던 것보다 더 컸다.

성녀는 부단장의 에스코트를 받으며 들어왔다. 둘째를 임신한 바론의 아내는 만삭이라 거동이 힘들었기에, 그는 파트너가 없었다. 그래서 아직 어린 성녀의 파트너를 그가 맡게 되었다. 곰 같은 덩치의 바론은 제 반 토막도 안 될 샤이를 딸처럼 살뜰하게 챙겼다.

준기사인 디트리히 사루아는 이번 연회에 참석할 자격이 없었다. 하지만 그도 연회장에 있었다. 테레사의 파트너가 된 덕이었다. 그는 싱글벙글 웃는 얼굴로 떨떠름해 보이는 테레사를 이끌었다. 사관생도가 아니라 프랑 알마리의 공자로서 연회에 온 미하일이 그 광경을 보고 들고 있던 잔을 놓쳐 깨뜨렸다.

"테레사 누님……?"

"미, 미하일? 오해하지 마라."

미하일을 발견한 테레사는 기겁하며 옆에 있던 디트리히를 확 밀쳐 버렸다. 디트리히는 밀려난 것에 아랑곳하지 않고 다시 다가와 테레사의 손을 냉큼 잡았다. 그러고는 유들유들하게 웃으며 미하일에게 인사를 했다.

"안녕, 도련님. 준기사 디트리히 사루아다. 테레사 경의 파트너지."

"이, 디……!"

미하일이 감히 누님의 손을 잡은 시건방진 놈에게 무어라 고함을 지르려는 찰나, 마검의 주인과 성검의 주인이 연회장에 입장했다. 미하일은 저도 모르게 소란해진 쪽으로 시선을 돌렸다. 디트리히는 그 틈에 잽싸게 테레사를 끌고 다른 곳으로 도망쳐 버렸다.

유리엔은 금실로 수를 놓은 검은 예복 차림이었다. 늘 하얀 제복을 입던 남자가 검은 예복을 걸치자 분위기가 달라 보였다. 조금 더 날카롭고, 조금 더 진중해 보인다. 에키는 새삼스럽게 그의 어깨와 등이 넓고 다리가 길다는 것을 깨달았다. 그리고 그의 예복이 그녀의 드레스에 맞춘 옷이라는 사실도 알아차렸다.

무표정하게 기다리던 그가 그녀의 기적을 느끼고 고개를 든다. 그녀를 본 순간 잠시 굳었다가, 곧 서늘하던 눈동자에 온기가 돌고 입꼬리가 풀어졌다.

"에키."

그의 눈동자가 그녀에게 달라붙는다. 정신없이 얼굴을 바라보다가, 보석으로 장식되어 굽이치는 머리카락을 따라 시선을 옮겼다가, 잘록한 허리 뒤쪽으로 나비 꼬리처럼 늘어뜨린 리본의 끄트머리까지 훑고는, 다시 그녀의 눈을 마주했다. 눈매가 눈부신 것을 보듯 가늘어진다.

그가 아무 말도 하지 않았는데도 세상에서 가장 아름다운 여자가 된 듯한 기분이 든다. 에키는 뺨을 약간 붉혔다. 그녀가 제 손을 유리엔의 손 위에 올렸다. 그 손에는 장갑이 없었다.

"가요, 율."

유리엔은 손바닥 위에 얹어진 그녀의 손을 내려다보며 나지막이 중얼거렸다.

"꿈을 꾸는 것 같다."

"……저도 그래요."

그녀가 답하자 유리엔이 웃는다. 그의 엄지가 가볍게 그녀의 손끝을 쓸었다. 스칠 듯 말 듯한 접촉이었는데도 불구하고 에키는 움찔 떨었다. 그녀의 반응을 본 유리엔의 눈에서 일순 초점이 나갔다가, 연회장 쪽에서 때마침 들려온 왁자한 소리에 겨우 되돌아왔다.

"유리엔?"

"들어가지."

조금 낮아진 음성으로 속삭인 그가 부드럽게 그녀를 이끌었다.

거대한 홀의 문이 열린다. 연회의 주인공인 마검의 주인이 성검의 주인과 함께 등장하자 연회장 전체가 잠깐 조용해졌다.

칙칙해 보여서 연회에서는 잘 입지 않는 검은 드레스가 에키네시아에게 놀랍도록 잘 어울렸다. 강렬하고 화려했다. 그녀의 곁에 있는 하얀 남자가 그녀의 색에 물들어 버린 것처럼 보일 정도로.

함께 나타난 그들은 떠돌던 소문에 쐐기를 박는 모습이었다. 성검의 주인과 마검의 주인의 결합. 심지어 둘 다 제니스급 기사. 대륙에 파란을 일으키고도 남을 결합이었다.

몇몇은 정신없이 머리를 굴렸고, 대부분은 감탄했고, 창천 사람들과 로아즈 일가는 묘하게 뿌듯해졌다. 그 와중에 소수는 조만간 검은색 드레스가 유행하겠다는 예측을 했다.

첫 춤곡이 시작되었다. 중부식 왈츠를 위한 곡. 파트너끼리 시작부터 끝까지 한 번도 손을 놓지 않는 춤이었다.

그의 어깨에 손을 올리고, 서로 손을 잡고, 음악에 맞추어 함께 원을 그린다. 드레스 자락과 붉은 리본이 꽃잎처럼 펼쳐지며 흔들렸다. 화려한 색이 가득한 연회장에서 그와 춤을 추는 것. 언젠가 꾸었던 꿈속에서 보았던 소망이 현실이 되었다. 그와 손가락을 얽으며 그녀는 꿈결처럼 웃었다. 유리엔이 미소를 되돌려 주었다.

왈츠를 시작으로 곡이 이어졌다. 첫 춤을 끝낸 그와 그녀에게 사람들이 몰려왔다. 이제부터는 외교였다.

유리언이 사신 대표들을 상대하는 사이 에키는 눈을 빛내는 아가씨들과, 그녀들보다 더 눈을 빛내는 각국 마스터급 기사들, 그리고 안달이 난 마법사들에게 둘러싸였다. 그나마 마법사들은 니콜이 나타나 스승인 칼리스토 쪽으로 수거해 갔다.

밤이 깊어지며 연회가 무르익을 때쯤에야 겨우 사람들의 관심이 줄어들었다. 살짝 빠져나온 유리엔이 에키를 찾았다.

그녀는 제국 출신 귀족들 사이에 있었다. 작년까지만 해도 에키네시아를 머리카락이 특이한 촌구석 귀족 영애 정도로 기억하거나, 아니면 아예 몰랐던 자들이 그녀에게 눈도장이라도 찍으려 애쓰는 중이었다.

"실례지만, 에키네시아 경과 할 이야기가 있으니 비켜 주겠나."

유리엔이 끼어들자 그들이 분분히 물러났다. 그 와중에 한마디라도 더 말을 붙이려는 사람들로 인해 약간 시간이 걸렸다. 겨우 빠져나온 그들은 정원으로 연결된 계단 쪽으로 향했다.

"피곤하겠군."

"그다지요. 흥미진진하던걸요."

에키가 고개를 저었다. 거짓말이 아니었다. 애초에 그녀는 사교 활동이나 연회를 즐기는 편이었고, 몰려든 자들이 어떻게든 그녀에게 잘 보이려 드는 통에 대화하기 쉬웠다. 적당히 웃으며 끄덕이고 흥미로운 화젯거리에만 귀를 기울여도 충분했다.

'이 정도로 주목을 받는 건 처음이었지만, 그만큼 대강 상대해도 되니까.'

에키는 자신이 어느 정도의 위치에 올라섰는지 잘 알았다. 살아 있는 전설들인 기오사 오너 중에서도 정점. 대부분의 경우 그녀는 강자의 위치에 서게 된다. 게다가 로아즈는 신년부터 공작가가 될 예정이었다. 누구에게도 굽실거릴 필요가 없다.

"당신이야말로 피곤하겠어요."

"나야말로, 늘 하던 일이라 괜찮다."

유리엔이 웃으며 답했다. 그들은 연회장에서 만난 사람들에 대해 이야기하며 고요한 정원을 걸었다. 에키는 그가 말을 꺼낼 타이밍을 재고 있다는 인상을 받았다. 무슨 말인지 알 것 같아서 조금씩 심장이 빠르게 뛰었다.

정원의 끝이 가까워지고 있었다. 창천 기사단 본부와 외곽을 분리한 높은 담장이 보였다. 그 담장 너머로는 더 높이 솟은 내성의 성벽이 있다. 그 방향을 응시하던 유리엔이 말을 꺼냈다.

"그대에게 보여 주고 싶은 것이 있다. 보러 가지 않겠나?"

옆얼굴만 보이는데도 그의 표정이 짐작이 간다. 그녀는 자꾸만 올라가는 입꼬리를 자제하며 말했다.

"연회에서 빠져나가도 되나요?"

"할 일은 다 했으니 상관없다. 물론 그대가 연회를 즐기고 싶다면 더 있어도……."

"아뇨, 충분해요. 어디로 갈 건가요?"

유리엔이 훌쩍 뛰어올라 담장 위에 올라섰다. 그는 소년처럼 웃는 얼굴로 아래의 그녀에게 손을 내밀었다.

"내성 밖으로. 말을 준비해 두었다."

그의 뒤로 펼쳐진 밤하늘이 맑다. 그의 도움이 없어도 뛰어오를 수 있지만, 그러고 싶었기에 그녀는 그의 손을 잡았다. 담장을 넘자 유리엔의 말인 실피드가 길가에 얌전히 서 있는 게 보였다.

[진짜 준비해 놨네. 성검의 주인이 땡땡이쳐도 되는 거야? 엥, 근데 주인

아, 네 말이 없다?]

"아리엘은요?"

그녀의 말은 보이지 않고 실피드만 있었다. 유리엔은 실례하지, 라고 속삭이며 그녀를 안아 실피드 위에 올려놓았다. 그러곤 그녀의 뒤쪽에 올라타며 대답했다.

"……그대와 함께 타고 싶어서."

에키는 웃음을 터뜨리며 그의 품에 기댔다. 그에게서 그녀처럼 두근거리는 박동이 느껴졌다. 유리엔은 약간 붉어져서는 재빨리 고삐를 잡아당겼다. 성검이 헛웃음을 흘리는 게 들렸다.

귀빈들이 연회를 즐기는 동안 중앙 광장에선 아젠카 시민들을 위한 서임식 기념 축제가 열리고 있었다. 사람들이 죄다 그쪽에 몰려 있어서 거리는 한산했다.

금빛이 도는 하얀 말이 가로등 불빛만 있는 시내를 가로질렀다. 하늘하늘한 붉은 리본이 불티처럼 말의 뒤로 흩날렸다. 유리엔은 중앙 광장 바깥쪽의 길로 말을 몰았다. 광장이 가까워지자 그가 말의 속도를 약간 늦췄다.

사람이 많았다. 웃고 떠드는 소리와 음악 소리가 들려왔다. 에키는 그의 팔 너머로 광장을 보았다. 빽빽한 사람들의 머리 위로 커다란 분수대가 보였다. 분수대에 있는 카이로스기오사를 든 천사상이 꽃과 리본과 깃발로 장식되어 있었다. 축제를 위한 장식인 모양이었다.

시체가 걸려 있고 피가 흐르던 분수대의 풍경 위로, 경쾌하고 왁자지껄한 소리와 색색으로 장식된 분수대의 풍경이 덮인다. 그녀는 멀거니 그 풍경을 바라보았다. 그녀가 무엇을 보는지 알아챈 유리엔이 나직이 굴었다.

"그때, 그대는 무슨 생각을 하고 있었지?"

"그때라니요?"

"사관학교 입학 첫날 저녁에, 그대가 저 분수대 앞에 서 있었을 때."

그와 그녀가 처음으로 대화를 나눴던 날. 에키는 광장에서 시선을 떼고 그를 올려다보았다.

"분수대를 보면서…… 모든 것이 망가지기 전으로 되돌아왔다는 걸 확인하고 있었어요."

유리엔이 조금 서글픈 눈으로 그녀를 본다. 뭐든 감싸 안아 줄 듯한 다정한 시선. 그녀는 웃으며 살짝 눈을 흘겼다.

"율은 그날 왜 거기까지 왔어요?"

"……"

"산책 나온 거 아니었죠?"

"……그대가 나성을 빠져나가는 것을 우연히 보고 따라갔었다."

[무례한 미행이었지. 악한 의도가 아니라고 해서 다 해도 되는 건 아닌데 말이다. 바르데르처럼 날 변화시킬 수 있다면 악행의 기준을 좀 더 철저히 하고 싶군.]

성검이 툴툴거렸다. 유리엔은 못 들은 척하며 실피드의 속도를 올렸다. 에키는 킥킥거리며 그에게 기댔다.

[우연은 무슨. 야, 저거 역시 너 감시한 거 아니야? 나쁜 놈이네! 랑은 왜 저런 걸 봐주는 거야?]

그녀 역시 마검이 떠드는 소리를 못 들은 척했다. 그리고 내심 결심했다. 아무래도 유리엔과 함께 있을 때 바르데르기오사를 떼어 놓을 상자 같은 걸 마련해야겠다.

광장 근처를 빠져나온 말은 아젠카 외곽으로 향했다. 유리엔의 사택을 지나, 고급 저택들이 모여 있는 거리를 통과하자 메타세쿼이아 가로수길이 나타났다. 까마득한 높이로 뻗어 있는 나무 사이로 이어진 길 끝에 하얀 것이 어른어른 보였다.

그것은 성이라고 불러도 될 법한 웅장한 저택이었다.

저택의 입구에 있는 철창문 앞에서 유리엔이 실피드를 멈춰 세웠다. 황동인지 금박을 입힌 건지 모를 금빛 철창문에는 복잡한 장식이 덧대어져 조형물처럼 보였다. 그는 문에 걸려 있는 자물쇠를 직접 풀고 당겨 열었다. 보통 사람이라면 한참을 낑낑거려야 열 무게였으나 그에게는 간단했다.

유리엔이 문을 연 다음 멍한 얼굴로 저택을 보고 있는 에키에게로 다가왔다.

"율, 여긴……?"

"보여 주고 싶었던 것이다."

"네? 이 저택이요?"

그가 다시 실피드에 올라타 천천히 말을 몰았다. 다각다각 하는 말발굽 소리가 조용한 정원에 울려 퍼졌다. 눈이 얇게 덮인 정원은 봄이 되면 수를 놓은 연둣빛 융단처럼 펼쳐질 듯했다. 색색의 자갈이 그 사이로 모자이크처럼 펼쳐져 길을 이루었다.

"내부 인테리어나 세부 공사는 남겨 두었다. 그대가 원하는 대로 꾸밀 수 있도록. 그대는 고르기만 하면 된다. 혹 마음에 들지 않으면 얼마든지 말해 다오. 후보로 골라 둔 곳들이 더 있으니……."

조곤조곤 귓가로 들려오는 설명들이 언뜻 이해가 가지 않았다. 에키는 얼이 빠져서 점점 가까워지는 저택을 올려다보았다.

널찍한 유리창이 많았다. 낮이면 저택 전체에 햇빛이 화사하게 비쳐 들 것이다. 밤인 지금은 외벽에 달린 등불들이 은은하게 빛나고 있었다. 섬세하게 조각된 난간이 딸린 테라스들이 곳곳에 보였다. 뾰족한 지붕과 팔각지붕들은 회갈색이었다. 가장 높은 지붕 아래에는 조각된 난간으로 둘러싸인 전망대 같은 것이 있었다.

저택의 2층에서부터 지상으로 이어지며 우아한 곡선을 그리는 계단과, 1층에서 후원으로 연결되는 회랑도 눈에 띄었다. 회랑의 끝에는 자그만 호수가 얼핏 보였다. 가장자리에 살얼음이 낀 호수 위에서 새하얀 백조 몇 마리가 깃을 골랐다.

후원의 호수에서 정원의 가든 하우스로는 목재 회랑이 연결되어 있었다. 격자로 이루어진 그 회랑의 지붕에는 덩굴이 자랐다. 여름이면 초록빛 잎사귀가 싱그럽게 드리워질 듯했다. 동화처럼 아름다운 저택이었다.

어느새 입구에 도착했다. 실피드가 푸르륵거리며 멈췄다. 등 뒤에서 뻗어 온 그의 손이 그녀의 손을 감싸 쥐었다. 손안에 금속의 감촉이 느껴졌다. 그의 체온으로 데워진 금속은 따스했다.

에키가 그것을 얼결에 받아 쥐자 유리엔이 뒤에서 그녀를 당겨 끌어안았다. 그가 귓가에 속삭였다.

"그대의 청혼에 대한 내 대답이다."

살짝 떨리고 있는 나지막한 음성. 그는 그대로 그녀를 안아 올려 말에서 내린 다음, 저택의 현관 앞에 내려 주었다. 에키는 그제야 손안에 있는 것을 확인했다.

금빛 열쇠.

유리엔이 그녀를 부드럽게 이끌었다. 금속 장식이 덧대어진 적갈색 나무문 앞으로.

열쇠의 윗부분은 가느다란 금이 얽혀 만들어진 꽃 모양이었다. 얇은 금판으로 만든 꽃이 문에도 달려 있었다. 중앙에 열쇠 구멍이 있다.

머리가 잘 돌아가지 않았다. 마법에 걸린 것처럼. 에키는 홀린 듯이 열쇠를 꽂아 넣고 돌렸다. 문은 소리 없이 열렸다.

계단이 있는 로비가 펼쳐졌다. 커다란 샹들리에에는 아직 초나 마법등이 달려 있지 않았다. 높은 벽도 휑했다. 취향대로 채워 넣을 수 있는 백지였다. 주인이 완성해 주길 기다리는 공간에는 아직 아무것도 없었다.

아니, 하나가 있었다.

현관의 정면에 길쭉한 테이블이 보였다. 벨벳이 깔린 테이블 위에 레이스로 포장된 풍성한 꽃다발이 있었다. 중심이 되는 건 연한 분홍색의 에키네시아 꽃들. 그 주위로 하얀 백합과, 보랏빛 스타티스, 그리고 히아신스, 리시안서스, 메이릴리 등 겨울에 구하기 힘든 꽃들이 생생하게 피어 있었다.

유리엔이 그녀를 지나쳐 테이블로 다가갔다. 꽃다발을 들고, 오른손에서 성검을 뽑아내더니 테이블에 내려놓았다. 그가 그녀에게 돌아와 꽃다발을 내밀었다. 에키는 멍하니 그것을 받아 들었다. 꽃향기가 전신을 휘감았다. 달콤하고 은은하고 어지러운.

유리엔이 조용히 말했다.

"여기서부터는, 그대와 나만이 갔으면 한다."

에키는 그의 말이 무슨 뜻인지를 한 번에 알아들었다.

[뭔데, 뭔데? 나 빼놓고 뭐 하려고? 왜?]

"……잠깐만 기다려."

에키 역시 테이블로 다가가 종알거리는 가검을 성검 옆에 내려놓았다.

유리엔이 그녀의 손을 받쳐 들었다. 그녀는 한 팔에 꽃다발을 안고, 그의 손을 잡고 계단을 올라갔다. 나선을 그리는 계단의 끝에는 조금 전 밖에서 보았던 전망대가 있었다.

저택에서 가장 높은 곳이었다. 팔각형 공간 전체가 유리문으로 구분된 테라스로 둘러싸여 있었다. 테라스로 나가자 서늘하고 맑은 겨울바람이 머리카락을 헤집으며 지나갔다.

에키는 테라스에 기대섰다. 메타세쿼이아 가로수들 너머 멀리 아젠카 내성의 성벽이 보인다. 그 너머로는 창천 기사단 본부가 솟아 있었다. 머리 위의 밤하늘은 별이 쏟아질 것처럼 가득하다. 아래로는 눈으로 덮인 저택과 정원 전체가 내려다보였다. 후원의 흐수에 있던 백조들이 날갯짓했다.

"마음에 드는가?"

그녀의 곁으로 다가온 그가 물었다. 고개를 들자 유리엔이 긴장한 얼굴로 그녀를 보고 있었다. 그녀는 미소 지었다.

"네, 무척이나."

그의 낯이 밝아졌다. 들떠서 어쩔 줄 모르는 기색이 되어 입가를 가린다. 그녀 역시 붕 떠 있는 듯한 감각이 사라지질 않았다. 에키는 꽃다발을 단지작거리며 입을 열었다.

"율이 준비하고 있었다는 게, 여기였어요?"

유리엔의 눈매가 곱게 휘었다. 아래의 저택을 내려다보는 푸른 눈이 꿈꾸듯 반짝인다.

"지급되는 사택이 아니라 그대와 함께할 우리만의 장소를 마련하고 싶었다. 여럿을 눈여겨보다 결국 이곳으로 정한 지는 좀 되었는데, 단장하고 다듬느라 시간이 꽤 걸렸다."

"그래서 제게 선수를 빼앗겼군요."

에키가 장난스럽게 웃었다. 그가 뺨을 붉히더니 그녀를 똑바로 응시했다.

"에키."

짧은 머뭇거림. 유리엔이 그녀에게로 한 걸음 더 다가왔다.

"나는 여기에서…… 그대와 함께 살아가고 싶다."

바로 곁에 서서 그가 그녀를 향해 고개를 기울였다. 바람결에 흩날리고 있는 그녀의 머리카락을 쓸어 넘긴다.

"그대가 말했던 행복을 같이 가꿔 나가고 싶다. 이곳에서."

느리게 눈을 깜박인 그가 나지막이 묻는다.

"내 대답을 받아 주겠나?"

품속에서 맴도는 꽃내음이 너무 달았다. 그녀와 그가 내쉬는 숨에도 꽃향기가 뒤섞이는 것 같다. 에키는 그 향을 한껏 들이마셨다. 향기가 몸을 채운다.

"네."

그에게 발돋움했다. 맞닿기 직전에 소곤거렸다.

"기꺼이."

입술이 맞물렸다. 그의 손이 그녀의 뒷머리를 움켜쥐며 제 쪽으로 당겼다. 일순 집어 삼켜지는 듯했다. 사이에 끼인 꽃다발이 바스락댔다. 떨어진 꽃잎이 그와 그녀의 옷자락에 달라붙었다.

입술을 뗀 그가 길게 숨을 내쉬었다. 그 호흡에서 짙은 열기가 느껴졌다. 흐릿해진 푸른 눈이 그녀를 탐나는 듯이 보다가, 그들 사이에 짓눌린 꽃다발을 보고 불현듯 정신을 차렸다.

"이런."

유리엔은 자책하며 그녀가 들고 있는 커다란 꽃다발 속으로 손을 뻗었다. 꽃들 사이를 헤집은 그가 조그만 상자를 끄집어냈다.

"그건……."

"……잊을 뻔했다."

보라색 스타티스 꽃이 벨벳 상자에 눌려 붙어 있었다. 유리엔은 눌린 꽃송이를 털어 내고 상자를 열었다. 투명한 보석이 달린 우아한 반지가 그 안에 있었다. 마석을 보석처럼 가공해서 만든 반지였다. 마석은 마나를 불어넣으면 보관된 마나의 색을 띠게 되어서, 기사들이나 마법사들이 반려에게 증표로 줄 때 자주 쓰였다.

'당신의 색으로 물들고 싶다' 또는 '당신을 내 색으로 물들이고 싶다'라는 뜻으로.

유리엔이 달아오른 얼굴로 그것을 그녀에게 내밀었다. 그러면서 결심했던 것을 입 밖에 내었다.

"에키네시아, 내게 그대의 성을 주었으면 한다."

"제, 성이요? 로아즈?"

"황실의 성을 완전히 지웠으니, 나는 이제 성이 없다. 결혼하면…… 그대와 같은 성을 쓰고 싶다."

예상하지 못했던 요청이었다. 그녀의 성을 따르게 해 달라니. 에키는 반지와, 붉어진 그를 번갈아 보았다. 반지 상자에 미처 떼어 내지 못한 꽃송이가 아직 붙어 있었다. 어떤 충동이 솟았다. 그녀는 그를 향해 손을 내밀었다.

"끼워 주실래요?"

유리엔이 천천히 반지를 꺼냈다. 한 손으로 그녀의 손을 조심스럽게 받쳐 들고, 가느다란 손가락에 반지를 끼운다. 왼손 약지. 결혼반지를 끼는 곳에.

그가 반지를 낀 그녀의 손을 한참 내려다보았다. 벅차오른 것이 넘실거려 무슨 말을 해야 할지 모르겠다. 그래서 그는 말없이 몸을 굽혀 그녀의 손등에 입술을 꾹 눌렀다. 그의 긴 은발이 사르르 흘러내렸다.

손등이 뜨겁다. 그 열기와, 손가락에 닿은 반지의 감촉과, 맴도는 향기 속에서 에키네시아의 안에 솟았던 충동이 확고하게 형태를 이루었다. 그녀는 유리엔이 테라스의 난간에 내려놓은 반지 상자 쪽을 다시 보았다. 벨벳에 엉겨 붙어 있는 보라색의 자잘한 꽃송이.

"스타티스."

"……?"

"스타티스로 해요."

유리엔이 의아하게 고개를 들었다. 에키는 웃으며 덧붙였다.

"우리가 함께 쓸, 우리만의 성이요."

"……로아즈가 아니라?"

"네. 그건 란셀리드가 이어받게 될 성이니까."

그의 눈이 커졌다. 그녀는 형태를 이룬 꿈을 풀어놓았다.

"당신과 제가 새로운 가문을 만드는 거예요. 우리로부터 시작되어 우리 아이들에게로 이어질 성을."

"새로운 가문이라고. 우리, 아, 이들에게 이어질…… 스타티스……."

유리엔이 급하게 불타오를 듯이 빨개진 낯을 가렸다. 그녀가 갸웃거렸다.

"너무 즉흥적으로 정했나요? 음……. 유리엔 스타티스, 그리고 에키네시오 스타티스. 어감은 괜찮은 것 같은데. 별로예요?"

함께할 미래. 그들만이, 그리고 그들의 아이들만이 공유할 이름. 그 미래를 그려 내는 연인.

유리엔은 갸웃거리는 그녀의 얼굴을 감싸 쥐었다. 사랑스러워서 참을 수가 없다. 향기 나는 이름을 읊조리는 입술을 그대로 삼켰다. 에키네시아의 손에서 꽃다발이 떨어졌다. 그녀가 그를 마주 끌어안았다.

등에 닿는 그녀의 손이, 제 손에 닿는 그녀의 허리와 스치는 머리카락이, 입술에 닿아 뒤섞이는 열망이 아주 미칠 것 같았다. 이쯤이면 카랑카랑하게 잔소리를 해댈 성검도 치워 놓고 온 참이다.

유리엔은 이 저택에 아무것도 없다는 사실을 백 번쯤 되뇌며 간신히 인내했다. 첫날밤을 맨바닥에서 치를 순 없었다. 침대는 사다 놓을걸, 까지 생각하다가 그는 자괴감을 느꼈다. 짐승도 아니고.

입술을 뗀 채 호흡을 고른다. 에키가 발긋해진 얼굴로 물었다.

"이건, 음, 새로운 가문을 만드는 거, 당신도 찬성한다는 뜻이죠?"

"언제나 그대는 내 예상을 넘어서는군. 놀라울 정도로 매력적인 방식으로 달이다."

유리엔은 잠긴 음성으로 말하고는 그녀의 이마에 입 맞췄다.

"그대의 뜻대로."

에키네시아는 환하게 웃었다.

13막. 끝나는 것과 끝나지 않는 것

[랑아, 랑아.]

[왜 자꾸 부르느냐?]

[주인들 뭐 하러 간 거야?]

[몰라도 된다.]

[애기 만들러 갔어?]

[음? 너 의외로 알고 있…… 아니, 됐다. 어쨌든 이번은 아닐 거다. 뭘 준비했는지 내가 지켜봤었으니 확실하다.]

[이번은 아냐? 그럼 앞으로는?]

[……바르데르. 너 지금 알면서 묻는 거 아니냐?]

[뭘? 내가 뭘 아는데? 인간들이 애기 만드는 법? 나 알아! 뽀뽀하고 끌어안고 같이 눕는 거!]

[…….]

[주인 애기면 나중에 커서 나 줄 수 있을까? 궁금해! 빨리 만들었으면 좋겠다!]

―……기오사와 창천 기사단, 기사의 성지 아젠카에 대해 언급할 때면 항상 함께 언급되는 가문이 있다. '스타티스'다.

스타티스는 '아젠카의 군주는 스타티스가 계승하는 세습직이다'라는 농담이 나돌 정도로 자주 창천 기사단장을 배출하고, 다수의 기오사 오너를 배출한 가문이다. 마스터를 대대로 배출하는 가문은 제법 있어도, 기오사 오너가 이토록 자주 탄생하는 가문은 오직 스타티스뿐이다.

스타티스의 핏줄들은 대부분 천부적인 검술 재능을 타고나고, 외모가 뛰어나며, 남녀 가릴 것 없이 꽃의 명칭을 이름으로 쓴다. 가문의 문양 또한 꽃을 배경으로 교차하는 두 자루의 검이다.

이러한 특징과 애정을 담아, 아젠카의 시민들은 스타티스를 '검을 든 꽃'이라는 애칭으로 부르곤 한다.

스타티스는 최연소 제니스이자 최초로 기오사를 변화시킨 기오사 오너이며, 처음으로 '마검의 주인'이라 인정받은 에키너시아 스타티스와, 그녀의 반려이며 마찬가지로 제니스였던 성검의 주인 유리엔 스타티스로부터 시작되었다.

스타티스의 가보이자 가주의 상징으로 유명한 '아메시스트' 또한 유리엔 스타티스가 에키너시아 스타티스를 위해 만들어 선물한 검이다. 아메시스트에 관해서는 많은 일화가 있는데, 대표적인 것은······.

—<검을 든 꽃: 스타티스의 기사들> 중 발췌.

〈검을 든 꽃〉 완결

에키너시아 로아즈와 유리엔의 결혼식은 1630년 초봄에 치러졌다. 결혼식의 규모 자체는 역대 창천 기사단장의 결혼식들과 큰 차이가 나지 않았으나, 몰려든 인파와 방문한 귀빈들의 면면이 기록적이었던 탓에 자연히 성대하게 느껴졌다.

두 명의 제니스는 혼인 서약서에 서명하며 자신의 이름 뒤에 새로운 성을 붙였다.

그들의 결혼과 동시에 스타티스라는 가문이 새로이 탄생했다. 영지도 작위도 없으며 있는 것은 아젠카의 저택과 가문의 문장뿐이었다. 그럼에도 스타티스는 탄생과 동시에 누구도 무시할 수 없는 가문이 되었다. 귀빈들은 축하하는 한편 제니스 부부의 가문이 미칠 영향력을 계산하느라 바빴다.

피로연은 스타티스 저택의 정원에서 해가 질 때까지 이어졌다.

그리고 밤이 찾아왔다.

에키는 생경한 기분으로 침실을 둘러보았다. 유리엔이 고른 저택 내부는 그녀가 선택한 것들로 채워졌다. 그동안 내내 들락거리며 하나하나 직접 골랐지만, 이제부터 이 저택이 그녀의 집이 된다고 생각하니 묘하게 낯설어 보였다.

외전 1. 함께 있는 밤 | 335

'정말로 살게 되는 거구나, 여기에서. 그와 함께…… 새 이름으로.'

함께 걷는 날들이 시작된다. 같은 이름을 쓰고, 같은 집에 살고, 같이 잠들고 일어나는 삶이. 그녀는 넓은 침대에 걸터앉아 무릎을 끌어안고 앞뒤로 몸을 흔들다가 뒤로 드러누웠다.

지금까지와는 많은 것이 달라질 것이다. 되새길수록 기분이 이상해졌다. 간질간질 설레기도 하고, 여러모로 긴장되기도 하고.

씻은 지 얼마 되지 않아 물기가 남아 있는 분홍색 머리카락이 하얀 시트 위에 구불구불 흐트러졌다. 에키는 그것을 손가락으로 감으며 섬세한 무늬가 있는 천장을 멍하니 올려다보았다.

유리엔은 황제를 배웅하고 나서 이 방으로 돌아올 터였다. 그가 돌아오면 이제 남은 일은……. 얼굴이 빨개진 에키는 갑작스레 자리에서 일어났다.

[어, 주인아, 어디 가?]

"잊은 게 있어서."

침실은 이중문이었다. 두꺼운 커튼을 걷고 첫 번째 문을 열고 나가면 간단한 식사나 차를 즐길 수 있는 2인용 테이블이 있는 내실이 나온다. 내실에는 욕실로 연결된 문이 있었고 구석은 자그마한 서재처럼 꾸며져 있었다. 책장들 사이로 뚫린 천장까지 닿는 커다란 유리창 너머로는 후원의 호수가 내려다보였다.

에키는 내실을 가로질러 두 번째 문을 열었다. 부드러운 융단이 깔린 복도가 이어지고, 침실 입구의 바로 옆에 작은 문이 보였다.

원래 지근거리에서 시중을 드는 사용인을 위한 방이었는데, 에키와 유리엔은 그 방을 다른 용도로 쓰기로 결정한 상태였다. 일종의 보관실로 말이다. 그녀는 곧바로 그 방 안으로 들어갔다.

작은 방의 중앙에는 벨벳이 깔린 테이블이 있었다. 창천 정식 제복과 기사들에게 지급되는 갑옷이 두 벌씩 나란히 걸려 있고, 한쪽의 유리 보관함 안에는 아메시스트가 놓여 있었다. 랑기오사를 얻기 전에 유리겐이 주로 썼던 검도 장식장 안에 있었다. 그 외에도 자잘한 전투 관련 물품들이 정갈하게 보관되어 있었다.

에키는 중앙의 테이블 위에 바르데르기오사를 내려놓았다.

[어? 잊었다는 게 나 떼 놓는 거였어? 와, 와, 개기 만들려고?]

"시, 시끄러워. 발."

[아니야? 맞잖아! 결혼도 했으니까 이번엔 진짜로 개랑 애기 만드는 거지?]

그녀가 칼날을 향해 눈을 흘겼다.

"제발 그런 건 눈치껏 모른 척 좀 해."

[왜? 왜 모른 척해야 되는데?]

"……"

에키는 말문이 막혔다. 대답할 달이 궁했다. 그냥 마나로 한 번 훑어 주면 조용해지지 않을까? 그녀의 눈매가 가느스름해졌다.

[……주인아, 너 지금 때릴까 말까 고민하는 거 같은데……. 안 때린다며! 이제 말로 할 거라며! 죽이자는 소리도 안 했잖아!]

귀신같은 녀석. 그녀는 한숨을 쉬고는 뜨끈뜨끈해진 뺨을 만지작거렸다.

"안 때려. 그는…… 부끄러워서 그런 거니까 앞으로도 계속 모른 척해."

[뭐가 부끄러운데? 나쁜 짓도 아니고 이상한 일도 아닌데?]

"음, 이건 아주 사적인 일이니까. 너한테도 비밀로 하고 싶은 일. 너도 나한테 뭐든 말하는 건 아니잖아?"

[난 뭐든 다 말하는데?]

"전에 랑기오사랑 의논하던 내용은 말 안 했었잖아. 비밀이라면서. 그것도 나쁜 짓도 아니고 이상한 일도 아니었는데 그랬었지?"

[어어, 으, 으응, 그랬긴 한데……. 그런가?]

"그렇지? 그러니까 조용히 기다려. 좀 기다리면 랑기오사도 올 거니까 둘이 같이 놀아."

[치이……. 알았어.]

마검이 겨우 잠잠해졌다. 어떻게든 납득시킨 듯해서 에키는 겨우 안심했다. 그래도 이제 말을 하면 어느 정도 통하긴 해서 다행이었다.

'아니지, 어쩌면 마검은 그대로인데 내가 널 대하는 태도가 달라져서 그렇게 느껴지는 걸지도 몰라.'

처음엔 분명 증오하다 못해 혐오스럽기까지 했는데, 오랜 기간 함께 지내며 미운 정이 들더니 변한 이후로는 꽤 귀엽게 느껴지기까지 했다. 에키는 피식 웃으며 방을 나왔다.

마검을 떼어 놓고 나니 조금 더 실감이 든다. 침실로 향하는 걸음마다 심장이 데굴데굴 굴러다녔다. 마음의 준비는 진작 했고, 직전까지 간 적도 있고, 백작 부인과 로잘린에게 조언도 들었는데, 잘 진정이 되지 않는다. 달아오른 뺨도 영 가라앉질 않았다.

'이제 정말로 부부가 되는 거구나.'

침대에 앉아 있으니 기분이 점점 이상해졌다. 얼굴도 계속 화끈거렸다. 결국 가만 앉아 있을 수가 없어져서 침실 안을 빙글빙글 돌기 시작했다. 온갖 생각이 머릿속을 맴돌았다.

달칵.

"꺅!"

에키는 문이 열리는 소리에 펄쩍 뛰다시피 놀랐다. 정신이 없어서 다가오는 기척조차 못 느낀 모양이었다.

반사적으로 내뻗은 손끝에 마나가 돋아나며 칼날을 이루었다. 잔뜩 날이 선 몸이 저절로 반응하며 그것을 들어온 자에게 겨누었다. 보랏빛 마나의 칼끝에 위치한 건 쟁반을 든 유리엔이었다.

"……!"

갑작스레 닥쳐 오는 살기와 겨누진 칼날에 문을 열었던 유리엔도 화들짝 놀라 버렸다. 곧 요란한 사고가 이어졌다. 와장창, 유리가 박살 나는 소리가 귀를 찔렀다. 유리엔의 손에 들려 있던 쟁반이 미끄러지며 유리잔과 병까지 모조리 떨어져 깨졌다. 유리들이 박살 나며 담겨 있던 와인이 사방으로 튀었다.

몇 초간, 에키와 유리엔은 멍하니 그것을 보고만 있었다. 그녀의 손에서 마나가 서서히 흩어져 사라졌다. 쏟아진 와인이 흘러 그의 슬리퍼에 스며들었다. 유리엔은 그제야 기울어진 쟁반을 내려놓고 허리를 숙였다. 깨진 조각들을 급히 주워 담았다.

"율……."

"오, 지 마라. 날카로우니."

정신을 차리고 다가오려는 에키를 그가 급히 제지했다.

"제가 그런 것에 상처 입을 리가 없잖아요."

"그래도, 내가 치울 테니……."

"같이 치워야죠. 저 때문인데."

에키는 그에게로 다가가 쪼그려 앉아 유리 조각을 주웠다. 산산조각이 나서 전부 치우는 건 무리였다. 큰 것들만 대강 치우며 하인을 불러야 하나 고민하던 그녀는 조각을 줍는 유리엔의 손이 떨리고 있는 것을 보았다. 그것을 보자마자 말이 튀어 나갔다.

"미안해요."

유리엔이 고개를 들었다. 에키는 바닥에 만들어진 자줏빛 웅덩이에 시선을 둔 채 말을 이었다.

"갑자기 마나 소드까지 만들어 버려서……. 많이 놀랐어요?"

"그렇게까지 놀라진 않았다. 다만, 기, 긴장이 되어서, 그러니까, 긴장한 상태라서, 실수했을 뿐이다. 평소라면 이런 실수는 하지 않는다."

그가 급하게 변명했다. 실상 변명이라기보다는 진실이었다. 제니스의 경지에 이른 기사가 아무리 놀랐다지만 이 지경으로 몽땅 떨어뜨리는 건 이상한 일이었다. 설령 떨어뜨렸다 해도 그의 반사신경이면 바닥에 닿기 전에 잡아채고도 남았다.

그럼에도 유리엔이 그러지 못한 것은, 에키가 그러지 못한 것과 같은 이유였다. 그녀는 유리 조각을 줍던 손을 멈추고 물었다.

"그렇게 긴장돼요?"

그녀의 물음에 유리엔이 흠칫했다. 에키는 그의 얼굴에 순간적으로 낭패라는 듯한 표정이 지나가는 것을 보았다. 그가 애써 담담한 낯을 만들더니 고개를 저었다.

"아니, 괜찮다. 나는 아무렇지도 않다."

"방금은 긴장해서 그런 거라면서요. 역시 떨리는 거죠?"

"……"

그는 두 번 부정하지는 못했다. 애초에 유리엔이 그녀 앞에서 거짓말을 한다는 건 어려운 일이었다. 제정신을 차리고 있기도 힘든데 거짓말이 쉬울 리가 없다.

그의 반응을 보자 쿵쿵 뛰어대던 그녀의 심장이 느려지며 침착해졌다. 유리엔이 긴장하고 있다는 사실에 묘하게 안심이 되었다. 그녀만 긴장하고 있는 게 아니라서 다행이었다. 안심하는 그녀와 달리 유리엔은 눈을 내리깔며 시선을 피했다. 그가 기어들어 가는 음성으로 조그맣게 되물었다.

"실망스러운가?"

"네? 왜요?"

"한심한 꼴이니까."

"뭐가 한심해요? 저도 엄청 긴장했는걸요. 방금도 봤잖아요, 마나 소드까지 만드는 거."

에키는 유리 조각을 마저 치우고 손을 털며 가볍게 물었다.

"왜 제가 실망할 거라고 생각한 거예요?"

유리엔이 일어서더니 유리 조각이 담긴 쟁반을 근처의 협탁 위에 내려놓았다. 그는 그대로 잠시 서 있다가 천천히 대답했다.

"능숙하지 않아도 능숙한 척을 하고, 처음이라는 티는 절대 내지 말라고 들었다. 경험 없는 남자는 매력이 없으니까, 여유 있는 모습을 보여야 실망하지 않는다고……."

에키의 눈썹이 치켜 올라갔다. 저건 무슨 편견이야. 경험 없는 남자가 뭐가 어째? 누가 저딴 걸 가르쳤어?

"누구한테서 들었어요, 그거?"

"……."

그는 그녀를 돌아보지 못하고 머뭇거렸다. 유리엔에게 저런 이야기를 할 수 있을 만한 사람이라 해 봤자 뻔했다. 디트리히 바론뿐이다.

'하지만 둘 다 그럴 사람으로 보이진 않는데. 혹시 다른 기사들이

나 사무관들이 떠드는 걸 지나가다 들었나? 대체 어떤 놈이야?'

그녀는 기가 차서 한숨을 쉬었다.

"이미 알고 있었던 거잖아요. 그리고 설령 몰랐다 해도, 제가 그런 걸로 실망할 리가요. 오히려 기쁜걸요."

비로소 그가 그녀를 돌아보았다. 물기가 약간 남은 은발 아래에서 그녀를 향하는 하늘빛 눈동자. 조각한 것처럼 완벽한 얼굴, 깨끗하고 하얀 피부, 훌쩍 큰 키인데도 날렵하고 우아한 몸. 새삼스레 정말 아름다운 남자라는 생각이 들었다. 가슴께가 두근거렸다. 그녀는 호흡을 고르고 그를 올려다보며 말을 이었다.

"제게 당신뿐이듯, 당신에게도 저뿐이라는 거잖아요. 물론 굳이 처음이 아니었더라도 상관없지만, 어쨌든 둘이서 뭐든 처음부터 함께한다는 건 기, 기쁜 일이니까, 그, 그러니까 입맞춤처럼, 함께 이……."

뒤로 갈수록 더듬거렸다. 기세 좋게 말을 꺼낸 건 좋았는데 역시 아직은 부끄럽다. 에키는 새빨개진 얼굴로 고개를 숙였다. 조그맣게 줄어든 목소리로 간신히 말을 마무리했다.

"하, 함께, 익숙해지면 돼요."

고개를 숙인 그녀는 자신을 보는 그의 눈동자에서 순간적으로 초점이 확 나가 버리는 것을 보지 못했다.

유리엔은 저절로 올라간 손을 그녀를 향해 뻗는 대신 그것으로 얼굴을 문지르며 심호흡을 했다. 속에서 짐승 같은 것이 요동치고 있긴 했지만, 짐승처럼 굴고 싶진 않았다. 숨결이 평소보다 뜨거웠다.

그사이 에키는 우물거리며 망설이다가 결국 다시 물었다.

"근데 율, 그건 대체 누가 알려 줬어요? 그냥 궁금해서 그래요."

구슬리듯 꺼낸 물음 속에 은근한 서늘함이 스며 있었다. 누군지 걸리면 가만두지 않겠다는 속내가 새어 나온 탓이다. 유리엔은 이성을 유지하느라 바빠 그 서늘함을 알아채지 못했다.

"누구에게 들었다기보다는, 책에서 보았다."

"책이요? 무슨 책인데요?"

"그냥, 별것 아니다."

"무슨 책이기에 그런 얘기가 있어요? 제목이 뭐예요?"

"어쩌다 보게 된 거라 자, 잘 모른다."

"어디서, 언제쯤 봤어요? 표지나 크기도 생각 안 나요?"

에키가 다그치자 유리엔의 낯이 점점 붉어졌다. 이리저리 대답을 피하던 그는 결국 귀 끝까지 빨개진 채로 간신히 설명했다. 그가 털어놓은 이야기를 들은 에키는 어이가 없어 입을 벌렸다.

"……그, 그거랑 관련된 책에다 논문들까지 찾아보면서 공부했다고요? 서른 권 넘게?"

"그렇, 다."

"책은 그렇다 치고, 그, 그런 논문도 있어요? 대체 그런 건 어떻게 구한 거예요?"

"논문은 도서관에서, 그리고 책들은 뒷골목에서 구했다."

저 고결한 사람이 뒷골목에서 그런 책들을 찾아다녔다고? 알아서 정체는 숨기고 다녔겠지만, 그래도 성검의 주인이……. 머리가 띵해지는 기분이었다. 그녀는 유리엔만큼이나 달아오른 얼굴이 되어 빽 소리쳤다.

"뭐, 뭘 그렇게 공부까지 하고 그래요! 이상한 편견까지 배웠잖아요!"

"……아플 수도 있다고 하니까."

"네?"

"내 욕심으로 그대를 아프게 하고 싶지 않았다. 절대로. 그래서 배워야 했다."

순간 말문이 막혔다. 에키는 고민도 하지 않고 있었던 지점이었다. 그러나 그녀를 보고 있는 그는 몹시 진지했다.

결혼식을 준비하는 과정에서 초야에 여성은 통증만 느끼는 경우가 많다는 것을 처음 알았을 때, 유리엔은 굉장한 충격을 받았다. 밤일에 대해 그가 가진 지식이라곤 극히 기초적이고 생물학적인 수준에 불과했다. 그래서 전혀 몰랐다. 고통스럽다니. 생각해 보면 피가 나는 경우가 많다니까 당연한 일이긴 했다. 다만 유리엔에겐 청천벽력이었다.

그 뒤 그는 미친 듯이 공부를 했다. 그러면서 자신이 몰랐던 것이 정말 많다는 현실을 깨달았다. 욕망에 비해 자신의 지식수준은 심각했다. 하마터면 배려 없이 제 욕심만 채울 뻔했다. 이쯤 되니 충동적으로 저지르려 했을 때 말려 준 성검이 고마워지기까지 했다.

만일 아프지 않게 하는 것이 불가능했다면, 함께 밤을 보내는 것이 남성에게만 행복한 일이었다면, 유리엔은 욕망 따위는 아예 포기했을지도 모른다. 아이는 없어도 된다. 그녀가 웃는 얼굴로 그의 곁에 있기만 해도 충분했다.

천만다행으로 사랑하는 사람과 밤을 보낸다는 건 여성에게도 행복한 일이었다. 노력하기에 따라 초야에도 아프지 않을 수 있다고 한다. 그래서 그는 더욱 최선을 다해 공부했다. 혼자서 할 수 있는 범위 내에서 준비란 준비는 모조리 다 했다.

유리엔은 자신이 했던 고민을 최대한 에둘러 말했다. 그럼에도 그 속에 자괴감과 죄책감에 심지어 자기혐오까지 곁들여져 있는 것이 느겨졌다. 잘 알지도 못하면서 욕망만 느꼈던 스스로에 대한 혐오였다.

에키는 가만히 그의 고백을 들었다. 그런 고민을 했을 줄은 몰랐다. 그녀는 알고 있던 상식이었으나 신경도 쓰지 않고 있던 부분이기도 했다. 대부분 첫 밤은 그렇지 않는가. 유리엔이 이렇게까지 고민하고 대비했을 줄은 짐작도 못 했다. 어쩐지 유난히 긴장하더라니. 황당하기도 하고, 헛웃음이 나올 것 같기도 하고, 그러면서도 속이 묘하게 일렁였다.

"서툴러도 돼요."

불쑥 나온 말에 그가 그녀를 본다. 그녀 자신보다도 그녀를 아끼고, 그녀 자신보다도 그녀를 소중하게 대하는 사람. 에키는 고개를 기울이며 덧붙였다.

"좀 아파도 되고요."

그녀의 눈매가 부드럽게 휘어졌다. 귓가에 걸려 있던 머리카락이 기울어진 고개를 따라 흘러내려 목덜미로 떨어졌다. 그녀가 좀 더 깊어진 음성으로 속삭였다.

"당신이니까 괜찮아요."

어쩔 줄 모르고 있던 유리엔의 얼굴에서 천천히 표정이 사라졌다. 푸른 눈이 세상에 그녀 외에는 아무것도 없는 것처럼 그녀에게 고정되었다.

"저도 당신을 원하거든요. 저 역시, 당신을 가지고 싶어요. 당신만 욕망을 느끼는 게 아니라고요."

에키가 웃으며 그에게 안겨 왔다. 부드러운 머리카락이 피부를 간질이고, 달콤한 향이 그를 뒤덮었다. 콧속으로 파고들어 뇌를 녹여 버릴 듯한 향이다. 유리엔은 호흡을 멈췄다.

"그러니……."

그녀는 더 말을 이을 수가 없었다.

갈급하게 입술이 닿아 왔다. 자제하지 못한 열기가 맞닿은 곳을 통해 넘어왔다. 그저 입맞춤인데 물거품 같은 것들이 속에서 마구잡이로 부풀어 오르는 듯했다. 어지러웠다.

간신히 받아넘기다 보니 몸이 들리고 곧 등이 푹신한 것에 닿았다. 겨우 입술이 떨어졌다. 에키는 혼곤해진 채 위를 올려다보았다. 그에게서 긴 은발이 흘러 떨어져 그녀의 위를 뒤덮었다.

"에키."

그녀의 이름을 부르고, 그가 호흡을 골랐다. 어쩐지 그르렁거리는 것처럼 느껴지는 숨이었다.

"내가 혹여 실수를 하면, 망설이지 말고 밀어내라."

"실수라뇨?"

그녀가 의아하게 되묻자 유리엔은 지그시 눈을 감았다. 느릿하게 떠지는 푸른 눈동자가 몹시 짙었다.

"지금 내가……."

그는 설명하려 입을 떼었다가, 제 아래에서 숨을 쉬며 조금씩 들썩이는 그녀의 가슴께를 보고 그대로 멈췄다. 얇은 슬립 위에 가운만 걸치고 있었던 탓에 흐트러진 옷자락 사이로 뽀얀 살이 보였다. 동공이 풀렸다.

"유리엔?"

"……내가, 약간, 조금 많이, 아니, 몹시 제정신이 아닌 것 같으니, 혹시 이상하게 굴거나 아프면, 절대 참아 주지 마라. 부탁이다."

눈꺼풀은 떨리고, 와 닿는 숨은 뜨겁고 거칠다. 그녀를 뒤덮은 몸은 단단하고 컸으며, 벌어진 셔츠의 옷깃 사이로 목덜미와 가슴팍의 근육이 날뛰기 직전처럼 꿈틀거렸다. 고결해 보이는 외양과는 영 다른 몸이었다. 그러면서도 그는 그녀가 대답할 때까지 얌전하게 기다리고 있었다.

에키는 사랑하는 남자를 양팔로 감싸며 끌어안았다.

"안 좋아요, 그러니 걱정하지 말아요."

에키너시아는 유리엔이 왜 비인간적이라는 소리를 들을 정도의 천재였는지를 새삼 실감했다. 검술에 유난히 특출날 뿐이지 대부분의 분야에서 재능을 보였다더니, 정말로 뭐든, 생전 처음 해 보는 일이라도 심하게 잘했다.

너무 심하게.

예상했던 것보다 커서 긴장했는데도 솔직히 통증을 느낄 틈조차 없었다. 지나치게 좋았다. 정신이 어지러이 휩쓸리며 생각마저 날아갈 정도로 좋았다. 게다가 제니스의 경지에 이른 사람은 확실히 초인이었다. 괴물이 따로 없었다. 그녀 역시 제니스라서 괜찮았지, 아니었다면 감당하기 어려웠을 것이다.

덧붙여, 에키는 자기 자신에 대해 잘 몰랐던 점 하나를 고된 대가를 치르며 깨달았다.

"으, 우, 아, 율, 잠깐, 조, 조금만, 잠시만……."

그녀가 저도 모르게 그의 어깨를 밀어내는 순간 유리엔이 재깍 멈추었다. 그러고는 그 긴 속눈썹을 늘어뜨리며 젖고 흐려진 눈으로 그녀를 내려다보았다. 눈물 대신 땀이 뚝, 떨어진다.

"아픈가?"

달뜬 눈매와 처연한 표정을 마주하니 도저히 그만하자고 할 수가 없었다. 말이 절로 나왔다.

"……아뇨, 안 아파요."

"그럼 어째서……."

그가 걱정스럽게 그녀를 살폈다. 시선을 타고 미련과 욕망이 애정과 염려에 뒤섞여 흘러내린다.

에키네시아는 유리엔의 얼굴에 약했다. 정확히 말하자면, 그가 짓는 여린 표정들에 특히 약했다. 그것에 홀려 제 손에 쥐어진 고삐를 스스로 내려놓아 버릴 정도로. 그녀는 이제야 그것을 깨달았다.

죽는 모습을 본 과거 때문인지, 그냥 그가 예뻐서인지, 너무 사랑해서인지 잘 구별이 안 된다. 어쨌든 울먹이기라도 할라치면 뭐든 내주고 싶어졌다. 에키는 그의 등을 안으며 제게로 당겼다.

"정말 아파서 그런 게 아니니까……."

아파서 멈추려 한 게 아닌 건 사실이었다. 낯선 감각들에 정신을 못 차릴 것 같아서 그렇지. 열기에 절인 것처럼 어지럽고 저릿했다. 녹아서 사라져 버릴 것 같은 느낌이었다. 몸이 말을 듣질 않았다. 그래서 약간 무서워졌을 뿐이다.

그런 심정을 솔직하게 말할 엄두는 나지 않아서, 그녀는 아무 말이나 꺼냈다.

"사랑해요, 유리엔."

얼버무리기 위해 튀어 나간 말치고는 진솔하고 강렬했다. 이 순간 가장 하고 싶은 말이기도 했다.

코앞에 있는 유리엔의 동공이 확장되는 것이 섬세하게 보였다. 바짝 붙어 있는 탓에 미세한 움직임까지도 전부 느껴졌다. 그가 그녀의 목덜미에 고개를 묻으며 신음 섞인 말을 무어라 중얼거렸다. 이대로 죽어도 괜찮을 것 같다, 내지는 이대로 미쳐 버릴 것 같다, 로 들렸는데 발음이 엉망으로 흐트러져서 정확히 무슨 말인지를 모르겠다.

에키가 뭐라고 한 거냐고 되물으려는 찰나, 그가 으스러질 듯이 그녀를 끌어안으며 다시 움직이기 시작했다. 동시에 떨리는 음성이 그녀의 귀에 꽂혔다.

"나 역시, 그대를 사모한다. ……너무나도."

달콤하고 긴 밤이었다.

[랑아, 주인들 언제 와? 왜 이렇게 안 와?]

[많이 참았지.]

[응?]

[좋을 때고.]

[뭔 소리야?]

[오래 걸릴 테니 잊고 있으란 뜻이다.]

[뭐가 그렇게 오래 걸려? 에이, 지루해!]

[심심한가, 바르네르? 내가 옛날에 전 주인과 함께 용을 잡은 적이 있는데, 들어 볼 테냐?]

[용? 우와, 우와, 진짜 용? 난 저번에 결절에서 가짜만 잡아 봤는데! 해 줘! 얼른! 진짜 용은 말도 할 줄 안다며, 정말이야? 말 잘 통해?]

[말을 하긴 하지. 그다지 인간과 대화할 의사가 없을 뿐.]

[그래? 우리는? 우린 인간 아니잖아! 랑은 용이랑 이야기해 봤어?]

[주인이나 같은 기오사 외에는 대화 못 하는 걸 너도 잘 알지 않나. 어쨌든, 그 시절 내 주인은……]

부부 침실 곁에 있는 보관실을 청소하러 들어온 하녀는 테이블 위에 맞닿아 있는 기오사들이 희미하게 빛나는 것을 감탄하며 구경했다. 그녀는 성검과 마검이 서로 이야기를 하고 있을 줄은 짐작도 하지 못했다. 그저 바르데르기오사와 랑기오사가 공명하듯 함께 빛나는 모습이 각자의 주인들처럼 잘 어울린다는 생각을 했을 뿐이다.

하녀의 생각은 수다 속에서 금세 소문이 되어 퍼져 나갔다. 주인 부부가 사흘 밤낮을 침실에서 안 나왔다는 소문과 함께.

외전2.
1631년 봄

신력 1631년, 봄, 아젠카.

"랑테와 악튜크? 여긴 왜 조사시킨 거냐? 하나는 앙투아르 왕국이고 하나는 북부잖아?"

디트리히 사루아가 단장실로 들어오며 말했다. 그의 손에서 서류 몇 장이 팔랑거렸다. 유리엔이 미간을 찌푸렸다.

"디트, 보고서를 가로채지 말라고 내가……."

말을 이어가던 그가 돌연 입을 막으며 고개를 돌렸다. 솟구친 헛구역질을 참느라 그의 어깨가 들썩였다.

"사무관이 단장실 가는 길이면 전해 달라기에 들고 온 거라고. 극비도 아닌데 뭘."

디트리히는 책상 위에 서류를 내려놓으며 유리엔을 쳐다보았다. 창백해진 친구의 얼굴을 본 그는 어이없다는 어조로 물었다.

"너 아직도 입덧하냐?"

"……."

유리엔은 말없이 준비되어 있던 생강차를 마셨다. 디트리히가 혀를 차고는 소파에 아무렇게나 걸터앉았다.

"내가 진짜, 아내가 임신했는데 남편이 입덧하기도 한다는 건 네 덕에 처음 알았다, 자식아."

[그러게 말이다.]

디트리히의 중얼거림과 성검의 허탈한 음성이 연달아 들려왔다. 유리엔은 못 들은 척하며 생강차를 한 모금 더 들이켜고는 서류를 잡아당겼다. 소파에 눕다시피 늘어진 디트리히가 고개를 들고 그를 보았다.

"야, 정작 에키네시아 경은 입덧 사라졌다며?"

"그래, 그러잖아도 힘들 텐데 입덧이라도 사라져서 다행이다."

유리엔이 안도감으로 풀어진 낯으로 말했다. 표정과 달리 그의 안색은 여전히 파리했다.

"에키네시아 경이 힘들다고……?"

디트리히는 떨떠름하게 대꾸하며 어제 지나가다가 연무장에서 봤던 대련을 떠올렸다.

기사 세 명이 에키네시아 스타티스에게 작살 나고 있었다. 슬슬 배가 커져서 제복이 불편하다며 하늘거리는 레이스를 몇 겹 드리운 엠파이어 드레스를 걸친 임산부에게, 창천의 정식 기사들이 말이다.

"무슨 말이 하고 싶은 거지?"

유리엔의 눈빛이 살을 저밀 듯이 서늘해졌다. 여기서 에키네시아 경은 건강하다 못해 체력이 넘쳐 보이던데, 라는 소리를 했다간 끝장이다. 디트리히는 얼른 고개를 저었다.

"아니, 에키네시아 경이 힘들겠다고."

"당연한 소릴 하는군."

유리엔은 그제야 침착해져서 서류로 눈을 돌렸다.

'아무리 봐도 에키네시아 경보다 저놈의 안색이 더 나빠 보이는데.

저거 식사는 제대로 하고 있는 건지.'

디트리히는 한숨을 쉬고 턱을 괴었다. 친구의 등 뒤 책장 한 칸을 꽉 채우고 있는 임신 육아 관련 서적들이 오늘따라 유난히 눈에 띄었다.

'뭐, 초기에 비해선 낫나. 그땐 늘이도 아니었지······.'

유리엔이 에키네시아의 임신을 알게 되었을 때 디트리히도 그 자리에 있었다.

그날은 휴일이었고, 디트리히는 유리엔과 대련을 하고 있었다. 에키네시아가 갑자기 연무장에 들어오더니 그들 사이에 끼어들었다. 그러고는 디트리히의 검을 맨손으로 가볍게 잡아 멈춰 버렸다.

"미안해, 디트리히 경. 잠시만 실례할게."

나름 회심의 공격이었는데 애들 장난처럼 맨손에 붙잡히다니. 소소하게 충격 받은 그를 내버려 두고, 그녀는 들뜬 표정으로 유리엔을 향해 말했다.

"유리엔, 우리 아기가 생겼대요."

유리엔은 눈이 커지고, 입이 벌어지고, 뻣뻣해진 채로 바보 같은 얼굴이 되었다. 디트리히는 맹세코 친구가 그런 낯을 하는 것을 본 적이 없었다. 객관적으로 보면 유리엔은 그런 표정으로도 잘생기다 못해 아름다운 수준이었지만, 디트리히가 보기에는 그저 못 볼 꼴에 불과했다.

유리엔이 한참을 그러고 있자 에키네시아가 그의 곁에 다가서며 속삭였다.

"왜 그러고 있어요, 율. 기쁘지 않아요?"

그녀의 물음에 유리엔이 정신을 차렸다. 그는 머리끝부터 목 아래까지 새빨갛게 붉어지며 더듬더듬 대답했다.

"당연히, 기뻐서…… 믿기지가 않을 정도로……. 맙소사."

유리엔은 말을 하면서 비로소 지금 무슨 소식을 들었는지 자각하는 듯했다. 입을 틀어막으며 눈시울까지 붉어진다.

그 꼴을 보며 디트리히는 슬금슬금 뒤로 물러났다. 그의 친구는 입을 가린 채 맙소사, 세상에, 신이시여, 등등의 헛소릴 늘어놓더니 곧 멍청해 보일 정도로 풀어진 웃음을 지으며 에키네시아를 끌어안았다. 그녀는 활짝 웃으며 그에게 안겨들었다.

디트리히는 순식간에 둘만의 세계를 만드는 남녀를 피해 도망쳤었다. 이제 제법 익숙해졌다고 생각할 때쯤 더한 모습을 보여 주는 부부였다.

그 뒤는 물론 예상한 것보다 더한 나날들의 연속이었다. 디트리히는 유리엔이 백여 권에 달하는 임신 육아 서적을 읽어 치우는 걸 봐야 했다. 대륙에서 가장 강한 검사인 에키네시아 스타티스를 실바람에도 흔들리는 꽃송이인 양 싸고도는 꼴도 봐야 했다. 전에도 지극정성이다 싶었는데 그게 유리엔의 한계치가 아니었다는 사실도 강제로 깨달아야 했다.

그러다 결국 에키네시아는 별로 심하지도 않은 입덧을 유리엔이 세 배는 흐되게 겪는 꼴마저 봤다. 심지어 그녀는 사라진 입덧이 그에게는 더 길게 지속되고 있었다. 제 친구지만 아주 징글징글했다.

[저 녀석은 아직도 너한테 적응을 못 하는군. 이쯤이면 뭘 보든 그러려니 할 때가 되지 않았나?]

디트리히가 할 말이 가득한 표정으로 유리엔을 보고 있자, 성검이 모든 것을 내려놓은 어조로 중얼댔다. 유리엔은 대꾸 없이 서류를 넘기다가 한 차례 더 헛구역질을 했다. 디트리히가 이마를 감싸 쥐는 것과 동시에 성검의 한숨이 들려왔다. 유리언이 화제를 돌리듯 말을 꺼냈다.

"디트, 혹시 랑테나 악튜크에 대해 아는 것이 있나?"

"글쎄, 내가 아는 거라 해 봐야 별거 없는데."

디트리히는 어깨를 으쓱이고는 말을 이었다.

"랑테는 앙투아르 왕국 휴양지잖아. 멋진 자작나무 숲으로 유명하다는 거? 그 정도만 알지."

"악튜크는?"

"악튜크는 처음 들어. 아까 보고서 보니까 북부 구석에 있는 콩알만 한 마을이던데. 근처에 마물 소굴이 생겼지만 그리 심각한 것 같진 않고."

"그렇군. 모르는 곳들이면 되었다."

"요새 네가 이런 식으로 굴면 꼭 그 동네에서 뭔가 일이 터지더라. 이번엔 뭔데?"

날카로운 질문이었다. 지워진 과거에 큰 사고가 터졌던 곳들이라고는 차마 말할 수가 없어서, 유리엔은 잠자코 서류만 팔락거렸다.

[주인, 정복검의 주인, 아니, 정복검의 주인이 될 자가 널 수상하게 쳐다보고 있다. 벌써 두 번이나 막았으니 의심스럽겠지. 엘기오사 오너 건까지 치면 세 번 아니냐?]

"……디트, 슬슬 대신전 경비 교대 시간 아닌가?"

"어, 그래, 경비 서러 가야지."

디트리히는 부스스 몸을 일으키고 문으로 다가갔다. 문고리를 잡은 채 그가 문득 입을 열었다.

"야, 율."

"……?"

"역시 나는 미덥지 않냐? 약해서?"

"뭐라고?"

"……아냐, 실언이다. 잊어."

디트리히는 거칠게 제 머리를 헝클어뜨리고는 문을 쾅 닫았다. 그는 빠르게 걷다가 인적 없는 복도에 멈춰 섰다. 그러곤 손에 얼굴을 파묻었다.

"에이, 젠장, 쪽팔리게 뭔 소릴 지껄인 거야. 못 미더운 게 당연하지."

얼굴을 덮은 손가락 사이로 깊은 한숨이 새어 나왔다.

"나도 한때는 내가 세기의 천재인 줄 알았는데."

디트리히 사루아.

빨간 머리라서 '진저'라고 불렸던, 앙투아르 뒷골목의 고아 소년은 오로지 검술에 대한 재능 하나로 귀족의 양자가 되어 새로운 이름까지 얻었다.

고작 나무 작대기를 가지고 놀다가 사루아 남작가의 기사 눈에 띄고, 마침내 남작의 후원까지 받게 되었을 때, 진저는 자신이 다시없을 천재라고 생각했다. 남작이 연결해 준 또래들과 검을 맞대면서도 그 생각은 변하지 않았다. 전승이었으니까. 소년은 또래에게 패해 본 적이 없었다.

사루아 남작이 후원하는 소년은 진저 말고도 몇 더 있었다. 그러나 그중 진저가 가장 특별했다. 남작은 소년을 특별 취급하며 넌 창천의 기사가 될 인재라고 말하곤 했다. 진저를 가르치던 검술 사범도 그의 재능에 늘 혀를 내두르곤 했다.

"너는 정말로 창천의 매가 될 아이다. 어쩌면 기오사 오너가 될지도 몰라. 그리되면 네 인생은 완전히 달라지겠지."

벌레 먹은 빵 한 조각 때문에 피가 터지게 싸우던 고아 시절과 귀족의 후원을 받으며 검을 익히는 지금만 해도 완전히 달라진 인생이었다. 진저는 이보다 더 높은 곳이 있다는 게 믿기지 않았다. 검술 사범은 소년을 비웃으며 구름 위의 세계를 설명해 주었다.

진저는 자신에게는 까마득하게 높아 보이는 사루아 남작도 귀족들의 세계에서는 갈단에 지나지 않고, 그 위로 왕족들이, 더 위에는 제국의 황족들이 있다는 것을 알게 되었다.

"창천의 기사가 되면, 그들에게도 굽실거릴 필요가 없어. 거기에 기오사 오너라도 되는 날에는 누구도 너를 함부로 대할 수 없게 된다."

"제, 제국의 황제라도요?"

"물론. 너 같은 고아 꼬맹이도 이 검 한 자루면 그 높이로 기어올라 갈 수 있지. 가장 밑바닥에서 아득히 높은 곳까지 말이다. 말 그대로 하늘을 나는 매처럼."

"아득히 높은 곳······."

악취가 풍기는 길바닥에 누워 올려다보던, 검고 어두운 건물의 뒷벽들 사이로 보이던 새파란 하늘. 그 하늘을 날던 매.

밑바닥에서 태어나 자랐어도 매와 같은 높이에 이르고 싶었다. 그것이 진저의 목표가 되었다. 자신은 그 높이에 오를 재능이 있었고, 재능을 꽃피울 환경을 얻는 운도 있었다. 남은 것은 노력뿐이다. 소년은 야망을 품었다.

진저는 18세가 되자마자 사관생도 선발 시험에 응시하러 떠났다. 출발할 때 사루아 남작은 소년에게 새로운 이름을 주었다.

"진저라니, 그런 이름을 기사의 이름으로 삼긴 그렇지. 이 중에서 골라 봐라."

하나같이 귀족적인 이름들이었다. 진저는 그중에서 디트리히라는 이름을 골랐다. 고대어로 높은 곳이라는 뜻의 이름. 그 이름이 가장 마음에 들었다. 그날부터 소년은 디트리히 사루아가 되었.

선발 시험을 준비하는 내내 디트리히는 자신감에 차 있었다. 자신은 지금까지 사범 외에는 패배해 본 적이 없고, 보잘것없는 고아 출신인데도 재능 덕분에 귀족이 될 정도로 뛰어난 인재였다. 그리고 나름 최선을 다해 노력해 왔다.

'곱게 자라면서 설렁설렁 검을 익힌 놈들이 내 상대가 될 리가 없어.'

그 오만은 응시생끼리 대련하는 1차 시험에서 박살이 났다.

상대는 눈부신 은발을 늘어뜨린 곱상한 소년이었다. 누가 봐도 귀한 신분이라는 티가 나는 도련님에게 디트리히는 압도적으로 깨졌다. 검을 맞대는 순간부터 격차가 느껴질 정도로 일방적인 대련이었다.

저게 진짜 천재구나.

깨달으면서도, 믿기지가 않았다. 그리고 억울했다.

"억울하다는 눈빛이군. 뭐가 억울하지? 대련은 공정했다."

검을 거두며 은발의 소년이 물었다. 디트리히는 이를 갈며 내뱉었다.

"공정한 대련? 그래, 대련은 공정했지. 그런데 뭐가 억울하냐고? 너처럼 고생 한 번 안 한 새끼는 영원히 모를걸. 재능에, 신분에, 외모도 잘났으니 인생이 얼마나 쉽겠어, 제기랄! 그 정도로 다 가졌으면 검술까지 잘할 필요는 없잖아!"

소년은 알 수 없는 눈으로 디트리히를 내려다보다가 조용히 말했다.

"그래, 검에 대한 재능은 없는 편이 낫았겠지. 이런 건 필요 없었다."
"뭐? 이 새끼가……!"

하얗고 우아한 낯으로 지껄이는 소리가 재수 없다 못해 죽여 버리고 싶을 정도였다. 그보다 뛰어난 실력이 있으면서, 이깟 것쯤은 필요 없다며 비웃는 것처럼 느껴졌다. 디트리히는 시험장이라는 것도 잊고 그 소년에게 주먹을 날렸다.

그게 유리엔 드 하르덴 키리에와 디트리히의 첫 만남이었다.

'그때는 진짜 개새끼 줄 알았는데.'

디트리히는 나중에서야 유리엔이 했던 말이 조롱이 아니라 자조적인 진심이었다는 것을 알게 되었다. 유리엔의 성장 과정을 알게 된 후에야 말이다.

물론 알게 되었다고 해서 그 시절의 유리엔이 빌어먹을 자식이 아니라는 뜻은 아니다. 사정이 어땠건 그때의 유리엔은 재수 없는 놈이었다.

사교성도 없고 예민한 데다 원리원칙은 어찌나 따져 대는지 규칙을 어기면 죽는 줄 아는 게 아닌가 싶었다. 사람에 대한 신뢰가 없어서 무슨 반응이든 부정적으로 받아들여서 피곤하기까지 했다.

예를 들어, 유리엔에게 왔던 편지를 그가 없는 사이 디트리히가 받아 둔 적이 있었다. 물론 디트리히는 룸메이트의 편지에 관심이 없었다. 대충 놔뒀다가 그가 오자마자 편지 왔다고 줬을 뿐이다.

그러나 유리엔은 당연히 디트리히가 편지를 보았을 거라 가정했고, 편지의 내용으로 소문을 퍼뜨리거나 협박을 할 거라고 판단하고 각오까지 했다. 디트리히가 유리엔이 그렇게 생각하고 있었다는 걸 알게 된 건 무려 반년이나 지난 후였다.

"미친놈. 그 정도면 피해망상이야. 날 그렇게 쓰레기 같은 놈이라고 여겼냐?"

그날도 디트리히는 유리엔과 한바탕 주먹질을 했었다. 더 황당한 것은, 당연히 그렇게 했을 거라 생각하면서도 유리엔이 디트리히를 싫어

하거나 꺼려하지는 않았다는 점이었다. 피해망상 있냐고 욕을 하며 싸우긴 했지만 사실 피해망상이라기보다는 타인에게 아무런 기대를 하지 않는 거였다. 제대로 된 애정이나 신뢰를 느껴 보지 못해서, 사람 사이의 관계라는 게 원래 그러려니 했단 소리다.

그러니 사관생도로서 함께 임무에 나갔을 때, 디트리히가 제가 다쳐 가면서 자신을 도와준 것에 그렇게 충격을 받은 거다.

"왜 날 도왔지?"
"그럼, 눈앞에서 죽게 내버려 두리? 얼굴 아는 놈이 그렇게 죽으면 꿈자리 사나워져."

디트리히 입장에서는 아무리 허구한 날 싸우는 룸메이트라고 해도 죽게 내버려 둘 수 없었을 뿐이었다. 살리려 하면 자기가 죽을 상황이었다면 모를까, 그 정도로 위험한 건 또 아니었으니까.

그때부터 서서히 그들은 친구가 되었다. 그 날 이후로도 꽤 많이 싸웠었지만.

'뭐, 나타고 멀쩡했던 건 아니지. 하늘이 얼마나 높은지도 몰랐고……'
높아지면 높아질수록 부는 바람도 거세진다는 것 역시 몰랐다. 신분이 높은 사람이면 다 편히 사는 생각 없는 놈들일 거라 여겼고, 자신이 가장 특별하다고 믿었으니까.

벌써 10년이 넘은 일이다. 지금의 디트리히는 검술 재능 하나로 후원을 받아 창천에 들어온 자신 같은 사람이 의외로 많다는 것을 안다. 천재들이 모인 곳에서도 빛나는 천재가 따로 있다는 것도 알고, 그중에서도 가장 뛰어난 자인 유리언이 어떤 삶을 살아 왔는지도 알며, 높은 곳에 오를수록 짊어지는 무게가 늘어난다는 것도 안다.

'아니까, 더 오르고 싶어.'

저절로 빛나는 천재가 아니더라도, 더 많은 것을 짊어지게 되더라도, 더 높은 곳으로 향하고 싶었다. 막연한 야망은 세월이 흐르고 그 높은 곳이 어떤 곳인지를 알게 되면서 보다 구체적인 열망이 되었다. 목 안쪽에서 넘실거리는 불길 같은 열망.

마스터. 그리고 기오사 오너. 친구가 자신에게 의지할 수 있을 만한 높이. '그녀'에게 닿을 수 있는 높이.

손가락 사이로 보이는 붉은 눈동자가 깊게 이글거렸다. 무슨 수를 써서든 그 자리에 도달하고 싶었다. 강해지고 싶었다.

좀 더 저열한 성품이었다면, 그는 더러운 짓도 서슴지 않는 인간이 되었을지도 모른다. 이안 펠레트로나 전 디아상트 공작처럼 말이다. 혹은 그가 탐하는 것이 순수한 실력으로 오를 수 있는 높이가 아니라 권력이었다면 완전히 다른 길을 걸었을 수도 있다.

그렇지 않기에 그는 그저 검을 쥔다. 아무것도 탐나는 것이 없어서 검을 쥐었던 친구와 달리 불길 같은 탐욕으로 쥐는 검이었다. 근원은 달라도 삶에서 검을 **빼면** 별로 남는 게 없다는 점은 비슷했다. 그래서 친해질 수 있었다.

유리엔에게는 이제 검보다 소중한 것이 생겼으나, 디트리히는 여전히 검이 삶의 중심이었다. 만일 검을 다시는 잡지 못하게 된다 하더라도 유리엔은 에키네시아를 택하겠지만, 디트리히는 테레사를 사랑하면서도 그럴 수는 없었다.

그는 쓴웃음을 지었다.

"어차피 검이 아니었다면 그녀를 쳐다볼 수도 없는 신분인데 뭘."

깊게 숨을 토해 내고 몇 차례 얼굴을 문지르자 평소처럼 가벼운 낯이 되었다. 디트리히는 느긋한 걸음으로 대신전으로 향했다.

"랑테와 악튜크?"

에키네시아는 젖은 머리카락을 닦으며 되물었다. 유리엔이 그녀에게로 다가와 자연스럽게 수건을 빼앗아 들였다. 에키는 그의 손길에 머리카락을 맡긴 채 눈을 감았다.

"그래, 같은 날. 거의 비슷한 시간에 일어났던 일이었다. 1631년 봄, 북부 악튜크의 서리 거인 출현, 그리고 휴양지 랑테의 바질리스크 둥지 발생."

"아, 서리 거인 이야기는 저도 들어봤어요. 북부에 있는 얼어붙은 마을 말이죠? 그게 생겨난 게 이 시기였어요?"

"얼어붙은 마을? 후일에는 그렇게 불리게 되었나."

"갑자기 서리 거인 무리가 나타나는 바람에 마을 하나가 통째로 얼어붙은 사건 아니에요?"

"맞다."

"어쩌다 그렇게 된 거예요?"

"악튜크 근처에 마물 소굴이 하나 있었다. 처음에는 나타나는 마물 수준이 높지 않았지. 마을의 자경대로도 막을 수 있을 정도로 말이다. 때문에 왕국의 토벌 우선순위에서 밀린 상태였는데, 실종자가 자꾸 생겨서 영주가 자체적으로 토벌대를 보냈다."

"그 토벌대가 돌아오지 않았겠군요."

"그래. 뒤이어 왕국에서 보낸 기사들마저 실종되었다."

"그래서 창천 기사단에 의뢰가 들어온 건가요?"

"그렇다."

유리엔이 무겁게 답했다. 그녀의 머리카락을 닦아 내던 그의 손이 이어지는 말을 따라 점점 느려졌다.

"보고서는 그리 심각해 보이지 않았다. 트롤 정도의 마물로 짐작된다는 내용이었지. 그래서 기사 한 명만 보냈다. 그리고 나는 바질리스크의 둥지가 있는 것으로 추정된다는 랑테로 향했다."

유리엔의 손이 결국 멈췄다. 에키는 일이 어떻게 된 것인지 짐작했다.

지워진 과거, 창천 기사단에 두 개의 의뢰가 들어왔다. 유리엔은 더 위험해 보이는 랑테에 출정하면서 악튜크에는 기사 하나만 보냈다. 그 결과 악튜크는 얼어붙은 마을이 되어 버렸다. 마스터급 기사 한 명이 서리 거인 무리와 마주쳤다면 살아남을 수는 있어도 막는 것은 불가능했을 터다.

바질리스크나 서리 거인은 전혀 다른 종류의 마물이지만, 혼자서도 강한 것들이 몰려다니기까지 한다는 공통점이 있었다. 그래서 극도로 위험한 마물로 분류되었다.

에키는 뒤를 흘깃 돌아보았다. 유리엔은 무표정한 얼굴이었지만 그녀는 그의 심경을 알아차렸다. 그의 선택에 의해 갈린, 구해 내지 못한 곳과 구해 낸 곳.

"……저라도 그랬을 거예요. 바질리스크는 정말 위험하잖아요. 랑테는 숲속에 외딴 별장들이 많은 휴양지라 방어에도 취약하고. 악튜크에 서리 거인의 흔적이 있었던 것도 아닌데 그걸 어떻게 미리 예상해."

"그래도 좀 더 신중했어야 했다. 토벌대의 시체조차 발견되지 않았다는 보고를 들었을 때……."

"유리엔."

에키가 돌아앉았다. 그녀는 유리엔의 뺨을 양손으로 붙잡고 아래로 당겼다. 눈을 내리깔고 있던 그가 그녀와 눈을 마주했다. 그녀가 웃었다.

"이번엔 양쪽 다 구할 수 있잖아, 그렇죠?"

눈부신 미소였다. 가슴팍이 삐걱거릴 정도로. 유리엔은 그녀의 턱을 감싸 들었다.

"……그래, 그대 덕분에."

부드럽게 입술이 맞물리고 온화한 숨이 오갔다. 그는 접촉이 자연히 욕망 어린 열기로 넘어가려는 것을 참으며 입술을 떼었다.

1년쯤 지나면 좀 익숙해지지 않을까 싶었는데 닿으면 닿을수록 더 어지럽기만 했다. 늘어난 것은 자제심뿐이었다. 그는 능숙하게 욕망을 누르고 그녀의 뺨에 다정한 입맞춤을 남기며 물러났.

에키는 수건을 든 그의 손에 가만히 머리를 기댔다.

"마저 말려 줘요. 그리고 랑테랑 악튜크에서 있었던 일, 좀 더 자세히 듣고 싶어요."

그녀의 머리를 마저 말리면서, 유리엔은 두 장소에서 동시에 일어났던 사건에 대해 조곤조곤 설명했다. 그리고 에키는 폐허가 된 얼어붙은 마을에 대해 아는 대로 알려 주었다.

유리엔의 기억은 1632년까지, 창천 기사단장인 만큼 상세하고 핵심적이었다. 에키네샤아의 기억은 1644년까지, 떠돌며 주워들은 것들이라 흐릿하고 중구난방이었지만 더 먼 미래였고 범위가 넓었다.

 많은 것이 바뀐 터라 지워진 과거와 비슷하게 흘러가리란 보장이 없지만, 어쨌든 그들은 아는 사건 중에 막을 수 있는 것들은 막기로 결정했었다. 설령 그로 인해 결절이 발생할지라도 상관없었다. 그들에게는 충분한 힘이 있으므로. 그러니 이번에도 마찬가지였다.

 머리가 다 마르자 유리엔은 가볍게 그녀를 안아 올렸다. 침대에 편히 기대도록 베개를 받쳐 주고는 향유를 가져왔다. 그가 그것으로 그녀의 발을 마사지하기 시작했다. 에키는 자연스럽게 그에게 발을 맡겼다. 처음에는 기겁했는데 유리엔이 또 뭘 보고 배워 왔는지 임산부에게 좋다며 강경하게 해야 한다고 주장해서 어쩔 수 없었다.

 그리고 그가 마사지마저 잘하는 바람에 몇 달 만에 완전히 익숙해져 버렸다. 낮고 부드럽게 이어지는 유리엔의 음성과 크고 단단한 손이 발을 어루만지는 감각에 전신이 노곤해졌다.

 '잠들 것 같아……'

 아기가 생긴 후 확실히 잠이 늘었다. 에키는 반쯤 눈을 감은 채 바질리스크 둥지 토벌 과정을 듣다가 툭 물었다.

 "율은 이번에 둘 중 어느 쪽으로 갈 거예요?"

 "아무래도 바질리스크는 처리하며 얻었던 정보가 있으니 다른 이들에게 맡기고, 나는 서리 거인이 나온 쪽으로 갈 생각이다. 이번엔 반드시 막아야겠지."

 "그럼 제가 랑테로 갈게요."

 "……!"

 유리엔이 삽시간에 창백해져서는 그녀를 올려다보았다. 그 표정을 보니 잠이 확 깼다. 에키는 그의 손안에서 발을 빼내고 상체를 일으

컸다. 그녀의 입가에 짓궂은 미소가 떠올랐다.

"설마 절 빼놓을 생각이었어요? 이런 중요한 임무에 저처럼 유능하고 강한 기사를 놓게 두려고요, 단장님?"

"하, 하지만, 그대는, 홑몸도 아니고……."

"초기는 지났잖아요. 그렇다고 움직이기 힘들 정도도 아니고. 율, 저 못 믿어요?"

"믿지 못한다는 뜻이 아니라는 것을 그대도 알고 있지 않나. 나는 그저, 적어도 임신기간 중에는 그대가 편히 쉬기만 했으면 좋겠어서……. 갈 만한 기사가 없는 것도 아니고. 랑테에는 테레사 경을 보낼 생각이니, 그대는 제발 아젠카에서 쉬어 다오."

유리덴이 애원하다시피 말을 쏟아 냈다. 에키는 거의 울상이 되어 버린 그를 빤히 응시하다가 말했다.

"공간검 라키다기오사는 시간검 카이로스기오사로 인한 변화를 따라다니는 경향이 있죠. 당신과 저는 그것을 이미 몇 번 겪었고, 결론을 내렸어요."

"……."

"살았을 사람이 죽게 되는 것보다 죽었어야 할 사람을 살리는 것이 더 큰 변화이며, 결절이 발생할 확률이 더 높다."

"……."

"물론 카이로스기오사에게 기적을 약속받은 당사자, 그러니까 제 손에 죽었던 사람이 살아남는 건 예외 같지만요. 하지만 악튜크나 랑테의 사람들은 제게 죽었던 자들이 아니고, 마을 단위로 살아남게 되니까……."

"……아마도 확실히, 결절이 생기겠지."

침묵하던 유리엔이 내키지 않는 어조로 그녀의 말을 받았다. 에키가 끄덕였다.

"네, 그래서 율이 직접 가려는 거잖아요. 결절이 생기면 아무리 마스터라 해도 생사를 장담할 수 없지만, 당신과 저는 결절에 익숙한 제니스니까. 그러니 우리가 두 곳을 나눠 가야죠."

"랑테는 과거에도 별로 피해가 나오지 않았던 곳이다. 그러니 결절이 생길 확률이 낮아. 테레사 경이라면 충분할 거다."

"사망자가 없었던 건 아니라면서요. 하지만 이번엔 둥지 위치도 알고, 마물이 어느 정도일지도 알고, 어떻게 토벌해야 될지도 알아요. 당신이 전부 알려 줄 테니까. 그럼 아무도 안 죽을걸요. 죽었어야 할 사람이 살게 된다고요."

"그때와는 양상이 달라질지도 모른다. 많은 것이 바뀌었으니까."

"그래도 확실한 건, 과거만큼 많은 희생자가 나오진 않는다는 거잖아요. 결절이 생길 수도 있어요. 그러니까 제가 가야 해요."

그녀의 말이 옳았다. 유리엔 역시 같은 판단을 내렸었다. 에키네시아가 임신 중만 아니었다면, 그는 랑테와 악튜크 중 한 곳을 그녀에게 맡겼을 것이다. 그러나 지금은 그럴 수 없었다. 그리고 싶지 않았다.

에키는 유리엔이 하얗게 질려서는 고집스레 입술을 다무는 것을 보고 옅은 한숨을 쉬었다.

"자꾸 그러면 악튜크에 제가 갈 거예요."

"안 된다, 그것만은!"

유리엔은 사색이 되어 고개를 저었다. 눈동자가 젖어 들며 떨렸다. 랑테보다는 몰살당했던 악튜크가 결절이 생길 확률이 높았다. 물론 어디까지나 확률일 뿐, 결절은 신검 라키아기오사의 마음대로 생겨나는 것이긴 하지만.

에키는 재차 한숨을 쉬고 발치에 앉아 있던 그를 일으켰다.

"이거 봐요, 당신 정말 울 것 같잖아. 그러니까 랑테로 가겠다는 거예요."

"하지만……."

"만약을 대비해서 가는 것뿐이에요. 랑테보다는 악튜크가 위험하니까 율이야말로 조심해요."

그녀가 딱 잘라 말하고는 유리엔을 잡아당겼다. 쉽사리 당겨진 그가 그녀의 곁에 누웠다. 나란히 누운 유리엔은 그녀에게로 팔을 뻗었다.

울 것 같은 표정을 지었는데도 넘어오지 않았으니, 무슨 말을 하든 에키네시아는 랑테로 갈 거다.

'차라리 말하지 말 걸 그랬나.'

잠시 후회했다가, 다시는 숨기고 혼자 해결하려 하지 않기로 했던 것이 떠올랐다. 유리엔은 그 뒤로 그 결심을 어겨 본 적이 없었다. 어차피 그는 전부 설명했을 거고, 어떤 식으로 말하든 상황을 파악한 그녀는 나섰을 거다. 막을 방법이 없다는 판단이 서자 유리엔은 풀이 죽었다.

품에 파고드는 그녀를 감싸 안는 그의 팔이 떨고 있었다. 에키는 그의 가슴팍에 이마를 묻고 말했다.

"저도 조심할게요, 유리엔. 사고가 터지지 않는 한 절대 나서지 않고 쉬기만 할 테니까 걱정하지 말아요."

"……테레사 경도 함께 보내겠다."

솔직한 심정으로는 유리엔 쪽으로 테레사 경이 갔으면 했지만, 그

편이 균형적으로도 나을 테지만, 그녀는 잠자코 고개를 끄덕였다. 그가 자신을 믿지 못해서 이러는 게 아니라는 걸 잘 알고 있으므로.

유리엔은 그녀의 머리를 팔로 받치고 다른 팔로 허리를 안으며 속삭였다.

"집사도, 데려가고."

"던컨을요?"

"없는 것보다는 낫겠지."

"율은 던컨한테 너무 박해요. 집사로 삼겠다고 할 때도 별로 안 좋아하더니. 쐐기 출신이라 그런가?"

"아니……."

그가 말끝을 흐리며 고개를 숙였다. 흘러내린 그녀의 머리카락을 걷어 정리해 주며 드러난 이마에 꾹 입술을 누른다. 긴 손가락들이 귓가를 어루만지고 뺨의 선을 따라 내려가는 동안, 이마를 눌렀던 입술은 눈가를 더듬고 코끝에 닿았다가 뺨을 스쳤다.

사랑스러워서 떨리고, 떨려서 가슴이 뛰고, 가슴이 뛰어서 견딜 수가 없어 튀어나오는 몸짓들. 그 속에서 걱정과 불안이 묻어나고 있었다. 안심하라는 뜻으로 그녀가 눈매를 접으며 웃자 그의 시선이 홀린 듯이 와 닿았다.

'넋을 놓는 일이 어째 줄어들지를 않네.'

유리엔은 여전히 예쁘다는 찬사보다도 적나라한 표정과 눈빛으로 그녀를 보곤 한다. 그게 싫지 않았다. 그녀는 웃는 얼굴로 그의 품에 기대어 눈을 감았다.

창천 기사단에서 꾸려진 두 개의 토벌대는 동시에 출발했다.

창천 기사단장 유리엔 스타티스가 이끄는 토벌대는 북부의 악튜크로, 기오사 오너 에키네시아 스타티스와 테레사 폰 프랑 알마리가 이끄는 토벌대는 남부의 랑테로 향했다. 아젠카에는 부단장 바론 틸리어스가 남았다.

출발하기 전 유리엔은 현자 칼리스토로부터 마도구를 받아 갔다. 목적지가 랑테로 지정된 이동 마법이 새겨진 물건으로, 여차하면 바로 그녀 곁에 가기 위해서였다. 에키는 과한 준비라고 생각했지만 말리지는 않았다.

열차에서 마차로 갈아탄 후 밤늦게 랑테에 도착한 토벌대는 별장 중에 한 곳을 빌려 캠프를 꾸렸다.

"단장님께서 여러모로 고생이 많으시군요."

스콰이어로서 동행한 앨리스 윈터벨이 한숨 섞인 어조로 말했다. 마법 가방을 들고 들어오던 던컨이 크게 고개를 끄덕였다.

"아무래도 그렇지요. 아가씨 때문에 신경줄이 남아나시질 않을 듯합니다."

"지금 나 들으라고 하는 소리지, 둘 다?"

에키가 눈썹을 치켜 올리며 묻자 던컨이 딴청을 피웠다. 앨리스는 던컨이 내려놓은 가방을 열어 에키의 짐을 정리하면서 대꾸했다.

"아시면 좀 자제하시는 게 어떻습니까, 로드. 쉬기만 하시는 건 바라지도 않습니다만, 바질리스크 둥지가 있을 거라 추정되는 곳까지 오는 건 너무하지 않습니까?"

"애초에 난 지켜보기만 할 거니까. 나한테는 그것들이 위험하지도 않은데. 다들 너무 걱정이 많아."

"아무리 강하다고 해도 몸이 강철로 만들어진 것도 아니고, 심지어 임신 중이시잖습니까. 걱정하는 것도 당연하지요."

"내 몸 상태는 내가 아는걸. 괜찮아."

"글쎄요, 로드께서 언제 아프면 아프다, 힘들면 힘들다 말을 하셨어야지요."

그리 말하며 에키를 흘깃 보는 앨리스의 눈빛이 제법 날카로웠다. 아니라고 항변하려던 에키는 찔리는 게 있어 입을 다물고 말았다.

[주인아, 쟤 작년 일 때문에 저러는 거야? 여름 거? 아님 가을 거?]

작년 여름, 에키는 몸살 기운으로 열이 있는 것을 감추고 임무를 수행했다. 귀환할 때까지 아무도 몰랐으나 마중을 나왔던 유리엔이 알아채고 화를 냈다. 임무 내내 그녀를 시중들면서도 그녀의 열을 전혀 모르고 있었던 앨리스는 뒤늦게 충격을 받았었다. 그 뒤 가을 즈음에는 부러진 다리를 마나로 지탱하면서 숨기다가 앨리스에게 들키기도 했다.

여전히 에키는 아프거나 힘든 것을 티 내지 않고 홀로 해결하려는 습관이 남아 있었다. 그런 습관들이 쉽게 사라지기에는 혼자 떠돈 세월이 너무 길었던 탓이다. 룸메이트였던 시절에도 비슷한 전적이 있었으니, 결국 앨리스는 점점 깐깐해질 수밖에 없었다.

"……둘 다겠지……."

그녀는 마검에게 조그맣게 대답하고는 아직 정리되지 않은 상자에 손을 뻗었다. 닿기 직전에 상자가 쑥 당겨졌다. 상자를 든 앨리스가 딱 잘라 말했다.

"열차에 마차까지 타셨으니, 좀 쉬십시오."

"별로 안 피곤……."

"로드 말은 안 믿습니다. 그리고 설사 로드께서 괜찮다고 해도 아기는 피곤할 겁니다."

할 말이 없어진 에키가 입을 다물었다. 얌전히 침대에 들어가는 수밖에 없었다. 던컨은 속이 후련하다는 표정으로 저녁 식사를 가져다주었다.

랑테 토벌대의 실질적인 지휘는 테레사 폰 프랑 알마리가 맡았다. 실력상 우위에 있는 에키네시아가 맡는 것이 원칙이었으나, 임산부인 그녀는 위급 시에만 나서기로 결정된 탓이었다. 이번 토벌 계획은 에키네시아를 전력에서 배제한 상태로 짜였다.

바질리스크는 거대한 뱀의 형상을 한 마물이었다. 피와 체액, 내뱉는 숨결마저 지독한 독이며, 눈에는 저주가 깃들어 시선이 마주친 생물을 돌로 만들어 버린다.

매우 위험한 마물로 분류되지만 상대하기 불가능한 수준은 아니었다. 비늘이 단단하긴 해도 기술만 있다면 보통 검으로도 벨 수 있어서 마스터급 기사가 아니라도 처리 가능했다. 해독 주문과 거울, 그리고 정면으로 보지 않고도 싸울 수 있는 실력이 필요했지만 말이다.

물론 눈을 감고도 마나로 움직임을 감지할 수 있는 마스터는 훨씬 쉽게 바질리스크를 상대할 수 있었다.

그럼에도 랑테가 위험한 이유는 장소가 방비가 전혀 되어 있지 않은 데다 숨을 곳이 많은 휴양지의 숲이라는 점, 그리고 바질리스크가 한 마리가 아니라 군락을 이루고 둥지에 알을 낳아 둔 상태라는 점 때문이었다.

의뢰를 받고 선행 조사를 나갔던 창천의 정보원은 둥지에 30마리 이상의 바실리스크가 있다고 추정했다.

'그래 봤자 마스터가 열 명에 기오사 오너까지 온 마당이다. 변수가 생길 확률은 낮아.'

디트리히 사루아는 검을 고쳐 쥐며 생각했다.

위험한 임무에는 동행시키지 않는 사관생도들까지 임시 스콰이어로 따라왔다. 독과 석화 저주라는 위험 때문에 전투까지 따라오지는 않았지만, 그들이 보조로 동행했다는 것 자체가 이번 임무가 그리 어렵지 않다는 증거였다.

'그럼 왜 굳이 에키네시아 경이 온 걸까.'

어렵지 않은 임무인데, 비상시에만 나서기로 하면서까지 임신 중인 에키네시아 스타티스가 토벌대에 합류했다.

'대체 왜? 설마 여기에 결절이 발생할 수도 있다고 예측한 건가? 진짜로? 무슨 결절 예보기도 아니고……'

"디트리히 사루아!"

생각에 잠긴 채 고개를 돌리는 순간에 날카로운 외침이 들려왔다. 동시에 누군가가 그의 눈가를 손으로 덮으며 뒤쪽으로 확 잡아당겼다.

"죽고 싶나? 어딜 함부로 보는 거냐, 멍청한 놈!"

귓가에 이를 가는 음성이 들려왔다. 곧이어 그는 거칠게 밀쳐졌다. 쉼 없는 훈련 덕분에 용케 나동그라지지는 않았다. 디트리히는 겨우 자세를 바로잡고 제 앞을 가로막은 등을 바라보았다. 보통 여자에 비하면 탄탄하지만, 그래도 그보다 좁은 어깨에 키도 작은 여자의 등. 올려 묶은 금발이 나부끼며 푸른 검이 허공을 갈랐다.

"캬아아악!"

튀어나왔던 바질리스크의 머리가 잘려 풀숲 사이로 데굴데굴 굴러갔다. 쏟아진 피를 맞은 자작나무가 급속도로 시들었다. 그녀나 그녀의 뒤에 있는 디트리히 쪽으로는 피가 한 방울도 튀지 않았다. 독이나 다름없는 피들이 튀는 방향까지 고려한 깔끔한 일격이었다.

"……테레사 경."

"자살하고 싶으면 임무가 끝나고 나서 내가 안 보는 곳에서 시도해라. 자살하려는 게 아니면 전장에서, 그것도 바질리스크를 상대로 한눈파는 짓은 하지 말도록."

싸늘하게 쏘아붙인 테레사가 디몽기오사를 쥔 채 다른 부대로 이동했다. 멀거니 그 뒷모습을 보는 디트리히의 어깨를 누군가가 두들겼다. 그가 소속된 부대의 기사 그레고리였다.

"미안하군, 디트리히 경. 옆에서 바질리스크가 튀어나올 줄이야."

시선을 마주쳤다간 돌이 되어 버리므로 준기사들은 거울을 든 채 아래만 보며 걷고, 앞장선 마스터들이 접근하는 바질리스크의 방향을 알려 주고 있었다. 그러다 바질리스크와 마주치면, 기사가 눈을 감고 마나로 기척을 감지하며 싸우는 사이, 준기사들은 거울로 보면서 해독 주문이 새겨진 마도구를 사용하여 기사를 보조하는 식으로 전투를 진행하는 중이었다.

따라서 그레고리가 바질리스크의 접근을 알려 주지 못한 것은 확실히 실수였다. 하지만 생각에 빠져서 무심코 에키네시아가 있을 방향을 돌아본 디트리히도 큰 실수를 저질렀다. 정신을 차린 디트리히는 급히 경례했다.

"아닙니다, 제가 방심했습니다."

"아니, 내가 먼저 감지했어야 했다. 그 거리에 있던 테레사 경보다 늦다니."

그레고리는 나이가 많았지만 마스터였기에 고작 서른 초반으로 보였다. 고개를 저은 그가 멀어지는 테레사의 뒷모습을 흘깃 보더니 중얼거렸다.

"꽤 멀었는데, 어떻게 알아채고 여기까지 오셨지?"

"줄곧 절 보고 계셔서 그레고리 경보다도 빨리 알아채셨나 봅니다."

"경을 왜?"

"그러게요, 왜일까요? 역시 저한테 관심이 있으신 게 아닐까요?"

놀람이 가신 디트리히가 유들유들 대꾸하는 말에 그레고리가 인상을 썼다.

"테레사 경이 왜 자네만 보면 눈살을 찌푸리는지 알겠군. 그렇게 미움받아도 괜찮은가?"

"테레사 경은 저를 싫어하지 않으십니다."

"그걸 자네가 어떻게 아나?"

"물어봤습니다."

"……고백했단 소린가?"

디트리히가 테레사를 마음에 두고 있다는 건 알 사람은 다 알았다. 워낙 티를 내고 다니니 그럴 수밖에 없었다.

"아뇨, 고백은 아직 안 했습니다. 마스터가 되면 할 예정입니다."

"언제 마스터가 될 줄 알고?"

"그레고리 경께서도 저번에 대련하실 때 제게 곧 마스터가 될 것 같다고 하셨잖습니까? 그러니 얼마 남지 않았겠지요."

그레고리는 기가 찬다는 듯 디트리히를 바라보았다. 빙글빙글 웃는 반반한 얼굴을 뚫어져라 보던 기사가 픽 웃으며 돌아섰다.

"뭐, 젊은이는 그런 패기가 있어야지. 힘내게."

"감사합니다."

잠시 정지했던 그레고리의 부대가 다시 이동하기 시작했다. 디트리히는 잡생각을 굳어 두고 우선 전투에 집중했다.

자잘한 위기가 있었으나, 전반적으로 토벌은 순조로웠다.

의외인 건 바질리스크의 수가 처음 정보원이 추정했던 30마리를 벌써 넘겼다는 것뿐이었다. 그마저도 토벌대를 구성할 때 창천 기사단장이 바질리스크가 더 많을 수도 있다며 인원을 늘렸기에 큰 문제는 없었다.

둥지가 가까워질수록 튀어나오는 놈들의 수가 급증했다. 개체마다 크기는 달랐지만 제일 작은 놈이라 해도 사람 몸통만 한 굵기인 것들이 여럿 달려들자 정신이 없어졌다. 검이 휘둘러지고 독액이 사방으로 튀었다.

그렇게 전진한 토벌대는 드디어 둥지에 도착했다.

둥지는 부러뜨려진 자작나무들이 얼기설기 교차된 중앙에 있었다. 거대한 바질리스크의 허물들이 솜처럼 뭉쳐진 둥지에 나무 술통보다 큰 알이 빽빽했다.

테레사는 둥지를 발견하자마자 디몽기오사를 뽑아 든 채 혼자서 뛰어들었다. 둥지 근처에 도사리고 있던 바질리스크들은 그녀의 몸놀림을 따라잡지 못했다.

"다친 자는 뒤로! 기사들은 둥지 외곽에서 공격하라! 절대 둥지 안쪽으로 들어오지 마라!"

넓은 수호검의 칼날이 알을 으깨다시피 깨뜨리자 모든 바질리스크가 그녀만을 공격하기 시작했다. 테레사는 제게 집중된 공격을 막아내며 바질리스크들이 다른 쪽으로 시선을 돌리려 하면 바로 알을 깨뜨렸다.

가장 견고한 검인 디몽기오사의 오너이자, 방어에 특화된 검술인 철벽의 프랑 알마리를 계승한 그녀다운 방식이었다. 그녀 덕에 토벌대는 비교적 쉽게 등을 보이는 바질리스크들을 처리할 수 있었다.

아름답기로 소문난 자작나무 숲이 바질리스크의 독으로 새카맣게 죽어갔다. 숲이 망가지는 것까지 막는 건 불가능했다. 그래도 창천 기사단 토벌대는 사망자 없이 모든 바질리스크를 처리해 냈다.

"테레사 경 덕분이군, 이건."

"역시 수호검의 주인……."

마지막 바질리스크가 쓰러지고 나자, 토벌대는 주위를 정리하고 귀환을 준비했다. 기사들이 휴식하는 동안 맡은 역할에 따라 준기사들이 신속하게 움직였다. 몇은 부상자를 치료했고, 몇은 바질리스크의 시체들 사이를 헤집으며 혹여 살아남은 놈이 있는지 확인하고 유용한 마법 재료인 송곳니와 눈알을 챙겼다. 디트리히는 후자였다.

에키네시아 스타티스는 던컨과 함께 약간 떨어진 곳에서 지켜보는 중이었다. 마지막 바질리스크가 죽을 때 긴장한 채 허리께의 아메시스트에 손을 올렸던 그녀는, 그것이 죽고 나서도 아무 일도 일어나지 않자 안도하며 손을 뗐다. 던컨이 그녀에게 무어라 속삭였다.

디트리히는 둥지 외곽에서 바질리스크 시체들을 칼끝으로 헤집으며 흘깃 그녀를 확인했다.

'역시 결절을 대비해서 왔던 건가? 뭔가 안심한 거 같은데, 이제 안 나올 거라는 확신이 들었나? 율도 그렇고 어떻게 예측하는 거지?'

"디트리히 사루아. 이리 와라."

테레사가 갑자기 그를 불렀다. 디트리히는 뭉쳐진 허물들을 넘어 둥지 안쪽에 내려섰다. 바닥에 짚은 리몽기오사에 기대선 테레사가 기운 빠진 음성으로 명령했다.

"마저 처리하도록."

땀에 젖은 금발이 그녀의 얼굴에 달라붙어 있었다. 아무리 수호검의 주인이라지만 수십 마리의 바질리스크가 쏟아 내는 공격을 눈을 감고 받아 내야 했으니 지칠 수밖에 없다. 디트리히는 얕게 들썩이는 그녀의 어깨에 시선을 주었다.

'지금 괜찮냐고 물으면 안 되겠군.'

그랬다간 진심으로 화를 낼 테니까.

디트리히는 테레사에게 무례하게 굴면서도 한 번도 그녀의 선을 넘은 적이 없었다. 좋아하게 되었고, 그래서 늘 주의 깊게 그녀를 살폈고, 그로 인해 점점 더 그녀에 대해 잘 알게 되었고, 그러면서 더욱 사랑하게 되었으므로.

"예, 테레사 경."

디트리히는 뭘 처리하라는 건지 묻지도 않고 검을 뽑아 들었다. 그는 둥지에 남아 있는 알들을 하나하나 부수며 안에 있는 새끼 마물들의 숨통을 끊었다.

테레사는 숨을 고르며 그를 지켜보았다. 처리하란 말 한마디에 뭘 해야 할지 알고 행동한다. 일일이 말하지 않아도 알아서 하는 건 확실히 편했다.

'너무 알아서 잘해서 짜증 나는 녀석이지.'

예를 들면, 파트너와 함께 연회에 간 적이 거의 없는 그녀가 이번 연회에는 파트너와 같이 가서 춤을 추고 싶다고 생각하자마자 찾아와서는 파트너를 해 달라 보채는 식으로 말이다.

춤을 배운 뒤 참석한 성녀 데뷔 연회에서 테레사는 처음으로 연회가 즐거웠다. 에키네시아의 말마따나 잘 어울리는 드레스를 입고 마음껏 꾸민 뒤 경쾌한 음악에 맞춰 춤을 추는 건 제법 즐거운 일이었다.

물론 어디까지나 가끔 즐길 만한 일일 뿐, 그녀로서는 검을 들고 움직이는 게 더 즐거웠지만 말이다. 그래도 의무적으로 참여해야 할 때마다 제복 차림으로 대충 시간을 때우느니 드레스를 입고 춤을 추는 게 낫다는 생각이 들 정도는 되었다.

그래서 에키네시아의 서임식 무도회 날짜가 다가오자, 파트너를 구할까 하는 생각을 잠깐 했었다. 오늘 저녁에는 송어 구이가 먹고 싶은데, 수준의 가벼운 생각이었다. 생각만 하고 귀찮아져서 결국 구하지는 않았다.

그러자 디트리히는 귀신같이 파트너 신청을 해 왔다.

"저는 자격이 안 되어서요. 무도회에 참석하고 싶을 뿐, 다른 의도는 없습니다. 무도회도 못 가는 불쌍한 준기사를 구제해 주시면 안 될까요, 테레사 경?"

다른 의도가 있다는 것이 빤히 보이는 얼굴로 하는 뻔뻔한 요청이었다. 그러나 그런 식으로 변명거리를 만들어 주었기에 테레사는 쉽사리 디트리히의 요청을 받아들일 수 있었다.

'디트리히라면 그렇게 요청해야 내가 받아들이기 편하다는 걸 알고 한 거겠지.'

생각해 보면 처음 드레스를 입고 참석한 성녀 데뷔 연회 때 즐거웠던 것도 디트리히 덕분이었다. 그녀의 신분이나 지금까지 이런 걸 내켜 하지 않던 태도 탓에 아무도 춤을 신청하지 않고 눈치를 보는 와중에 디트리히만이 대뜸 춤 신청을 해 왔었으니까.

고마운데, 순수하게 고마워하기에는 제 사심을 채우려 하는 짓이라는 걸 고스란히 드러내서 고마워할 수가 없다. 테레사는 연애 감정에 무딘 편이었다. 그러나 그런 그녀로서도 눈치챌 수밖에 없을 정도로 디트리히는 대놓고 티를 냈다.

'확실히 내게 호감이…… 있는 것 같긴 한데.'

그런데 그 호감이 어느 정도인지를 모르겠다. 어쩌면 저놈은 원래 그런 놈이고, 다 그녀의 착각일 수도 있었다. 워낙 가볍게 구는 터라 감이 오질 않았다.

"그런데 테레사 경, 본인이 할 수 있는 일을 굳이 절 불러서 시키는 건, 제가 가장 믿음직하고 친해서겠지요? 아니면 저랑 함께 있고 싶어서?"

바로 저렇게 말이다. 테레사는 반사적으로 인상을 썼다.

"네놈이 제일 가까이에 있었잖나."

"그래, 그래, 그렇다고 치지 뭐."

"은근슬쩍 말 놓지 마라, 디트리히 사루아."

"지금은 주위에 아무도 없잖아. 사관학교 시절엔 부담스러우니 말

놓으라고 하고선."

"그때는 네가 선배였지만, 지금 나는 기사고, 너는 기사가 아닌 준기사에 불과하다."

테레사는 툭 내뱉은 후에 아차 싶었다. 사실이라 해도 무례한 말이었다. 기사가 되지 못하고 준기사에 머물러 있는 자들은 그 사실에 스트레스를 받는다. 준기사에 만족하는 자들도 있지만, 대부분은 기사가 되기 위해 창천에 입단했으니까.

상처를 주었을지도 모른다. 그녀가 당황하며 사과하려는 찰나 디트리히가 과장되게 한숨을 쉬었다.

"네, 네, 알겠습니다, 기사님. 제가 기사가 되면 두고 봅시다. 다 갚아 줄 거니까요."

정말 아무렇지도 않은 걸까, 그녀가 당황하니 장난으로 받아넘겨 준 걸까. 테레사는 복잡한 심경으로 붉은 머리의 뒷모습을 바라보았다.

테레사 폰 프랑 알마리는 스무 살에 사관학교에 입학했다. 25세까지 입학이 가능하므로 그렇게 늦은 나이는 아니었으나, 그녀의 실력을 감안하면 많이 늦은 편이었다. 원래라면 18세에 입학했어야 했는데 그러지 못했다.

그녀의 열여덟 살은 슬픔이 찾아온 나이였고, 열아홉 살은 그 슬픔을 받아들이고 극복하기 위해 흘러가 버렸다.

자매처럼 자란 친구가 있었다. 그녀와 많이 닮은 금발의 동갑내기 사촌 여동생. 프랑 알마리 대공의 여동생 부부의 딸, 엘리제.

대공의 여동생과 그 남편은 어린 엘리제를 두고 배 사고로 죽었다. 혼자 남은 조카를 가엾게 여긴 대공은 엘리제를 거둬 딸과 함께 키웠다. 그래서 테레사와 엘리제는 어릴 때부터 늘 함께였다. 마치 쌍둥이처럼.

테레사가 검을 익히기 시작하자 엘리제도 검을 따라 쥐었다. 월등한 천재성을 보이는 테레사에 비해 그녀는 그렇게 뛰어나지 않았지만, 네가 좋아하는 것을 배운다는 것 자체가 즐겁다며 웃곤 했다. 누구보다 소중한 친구이자 자매였다.

열여덟, 테레사는 검술 수행을 위한 여행을 떠났다. 따라가고 싶다고 엘리제가 우겼다. 그 요청을 차마 거절하지 못한 건 테레사가 평생 가장 후회하는 일이 되었다.

나름 자신이 있었다. 테레사는 천재였고 강했으며, 어지간한 기사들조차 그녀의 상대가 되지 않았다. 위험할 일은 없으리라 믿었다. 설령 위기가 오더라도 자신의 실력이면 엘리제를 지킬 수 있을 거라 생각했다.

오산이었다. 대공의 딸인 그녀를 노린 자들이 있었다. 그들은 똑같은 금발인 엘리제를 테레사로 착각하여 납치했다. 그리고 자신들이 납치한 사람이 대공의 딸이 아님을 깨닫자, 증거 인멸을 위해 엘리제를 죽이고 달아났다.

엘리제의 시신을 찾아냈을 때, 테레사는 난생처음으로 아득한 절망과 끝이 없는 슬픔을 느꼈다. 평소에 잘 의지하지 않던 대공가의 힘까지 총동원하여 복수는 했다. 그럼에도 지키지 못했다는 사실은 그대로 남았다.

누구도 테레사를 책망하지 않았으나 테레사는 자기 자신을 지독하게 책망했다. 자신감도 잃었다. 검의 천자라는 게 무슨 의미가 있나, 제 곁에 있던 사람조차 지키지 못했는데.

슬픔에 잠겨 보낸 기간이 2년이었다. 2년간 그녀는 하루도 검을 손에서 놓지 않았다. 차마 검을 놓을 수가 없었다. 미친 듯이 검을 휘둘렀다.

그녀는 어느 정도 슬픔을 극복한 스무 살에 겨우 아젠카로 향할 수 있었다. 반쯤은 도피였다. 대공저에 있으면 어디에서건 엘리제와 보낸 시간들이 떠올랐으므로.

그리고 디트리히 사루아를 만났다.

"너 때문에 자매가 죽었다고? 너, 진짜 건방지다."

한 살 어린 선배는 짜증 나는 인간이었다.

"네가 죽인 것도 아니고, 네가 실수한 것도 아니라며. 그런데도 네 탓이야? 같이 다닌 게 잘못이라고? 왜, 아주 그날 폭풍우가 몰아친 것도 네 탓이라고 하지 그래. 나 참."

"죄지은 새끼들이 죄책감을 느껴야지 당한 사람이 왜 자책을 해? 막을 수 있었을 거라고? 네가 무슨 신이야? 뭐든 자기 때문이라는 것도 오만한 생각이야, 테레사."

"반대로 생각해 봐. 네가 죽고 걔가 살았는데, 너라면 걔 꿈에 나타나서 너 때문에 내가 죽었어, 하고 원망하고 싶냐? 만약 그러고 싶으면 너네 사이는 그 정도였단 소리니까 울 필요도 없고."

"그럴 리 없다고? 절대 원망하고 싶지 않아? 그럼 그거 개꿈이야. 걔가 원망하는 게 아니라 네가 세상 모든 게 자기 탓이라고 삽질하고 있으니까 그딴 꿈을 꾸는 거라고."

"네 자책감을 불쌍한 자매한테 덮어씌우지 좀 마라. 세상에서 제일 불행한 사람처럼 다니지도 말고. 꼴 보기 싫으니까."

디트리히는 프랑 알마리 대공의 딸이자 철벽의 계승자인 그녀를 상대로 거침없이 말을 내뱉었다. 무례하고, 무라도 아는 것처럼 떠드는 게 짜증 나고, 화가 나고, 그럼에도 그가 쏟아 내는 말들을 듣다 보면 마음이 편해지곤 했다.

그녀를 사랑하는 사람들이 조심스럽게 위로하는 것이나 그녀의 신분을 어려워하는 그 외의 사람들이 격식을 차리며 배려하는 것보다, 그 막말들이 묘하게 더 위로가 되었다.

'그래서 그를 좋아하냐고 한다면, 그건 아니지만.'

그렇다고 싫어하냐면, 그것도 아니었다.

복잡했다. 한 살 어리지만 선배이고, 사관학교 선배지만 기사와 준기사라는 격차가 있는 관계처럼, 그를 볼 때마다 복잡한 심경이 든다. 그래서 인상이 찡그려진다.

테레사는 눈살을 찌푸렸다. 그러면서도 그에게서 시선을 떼지는 않았다. 그 덕분에 이변을 빨리 알아차렸다.

"……!"

디트리히가 마지막 알을 부수는 순간, 그의 머리 위 허공이 일그러졌다.

앞뒤 생각할 틈이 없었다. 판단보다 먼저 몸이 움직였다. 테레사는 디트리히를 잡아채 뒤로 당겼다. 그 반동으로 그녀의 몸이 돌아 일그러진 공간에 닿았다.

"테……."

밀려나 주저앉은 디트리히는 그녀의 모습이 굴절된 허공에 삼켜지는 것을 보았다.

"테레사!"

그는 절규하듯 그녀의 이름을 외쳤다. 마지막으로 남은 금발 끄트머리라도 움켜쥐려는 듯 손을 뻗었다. 머리카락은 그의 손끝을 스쳐 사라졌다. 허공을 움켜쥔 손. 커다랗게 떠진 붉은 눈이 빈손을 내려다본다. 디트리히는 그 상태로 움직이지 않았다. 결절에 그 손이 닿아 버릴 때까지.

디트리히가 삼켜지는 것과 동시에 쌓여 있는 허물 너머로 에키네시아가 고개를 내밀었다. 외침을 듣자마자 급하게 달려오는 바람에 그녀는 거칠게 숨을 내쉬고 있었다. 둥지의 중앙에서 거품처럼 부푸는 결절을 본 그녀는 욕설을 내뱉으며 흘러내린 머리카락을 쓸어 올렸다.

"그래, 어쩐지 이럴 거 같더라. 차라리 내가 할걸."

"아가씨."

"던컨, 그레고리 경한테 가서 지금부터 경이 토벌대장이라고 하고, 토벌대랑 같이 퇴각해."

"아가씨는요? 설마 또……."

"넌 들어오지 마. 짐만 돼. 가방 이리 주고."

"잠깐만요, 아가씨……!"

에키네시아는 던컨의 손에 들려 있던 마법 가방을 냅다 빼앗고는 그대로 둥지 아래로 뛰어내렸다. 길게 휘날린 분홍빛 머리카락이 결절 속으로 사라지는 걸 보며 던컨은 목뒤를 잡았다.

"……창천 기사단장이 알면 기절하겠군."

"으……."

머리가 부서질 듯이 아팠다. 디트리히는 신음을 흘리며 눈을 떴다. 코끝에 매캐한 냄새가 맴돌았다. 호흡을 따라 들어오는 공기가 목구멍을 긁어내리는 듯했다. 그는 반사적으로 컥컥 기침을 했다.

"이걸로 입을 막고 숨을 쉬어라."

무언가가 휙 날아와 얼굴에 덮였다. 디트리히는 눈물 맺힌 기침을 하며 그것을 집어 들었다. 끝부분에 동물 모양 수가 놓인 하얀 손수건이었다. 그것을 보자 이 와중에 웃음이 나오려 했다. 그는 입가를 얼른 손수건으로 가렸다.

'테레사 취향은 여전하네.'

코와 입을 막고 숨을 쉬자 겨우 기침이 덜했다. 하지만 머리는 여전히 어지러웠다. 공기가 끔찍하게 독했다.

"대체 네놈은 왜 들어왔지? 기껏 밀쳐 냈더니."

"어…… 테레사가 삼켜져서?"

디트리히는 바보처럼 대답하며 고개를 들었다. 디몽기오사를 든 테레사가 미묘한 표정으로 그를 내려다보고 서 있었다.

"네가 들어온다고 해서 도움이 되진 않는다."

"알다, 아는데, 그런 생각 할 틈이 없어서."

"……어째서?"

디트리히는 그 물음에 대답하는 대신 지끈거리는 관자놀이를 주무르며 되물었다.

"결절 안이지, 여기?"

"네 발로 들어와 놓고 왜 묻는 거냐."

"살다 보니 결절엘 다 들어와 보네."

"태평하기 그지없군. 상황의 심각성이 짐작이 안 가나?"

테레사가 턱짓으로 옆을 가리켰다. 그녀를 따라 시선을 돌린 디트리히의 손에서 손수건이 툭 떨어졌다.

"이게 뭔……. 미친?"

바로 옆의 벽에 손바닥만 한 검붉은 비늘들이 빽빽하게 돋아 있었다. 그것은 심지어 꿈틀거리거나, 느리게 움직이기까지 했다. 자세히 보니 벽이 아니었다. 조금 전까지 질리게 싸웠던 바질리스크의 몸통과 비슷했다. 가장 큰 바질리스크보다도 압도적으로 커서 벽처럼 보일 뿐.

"테레사, 이거 설마 바질리스크야?"

"준기사 디트리히 사루아."

"바질리스크입니까, 테레사 경?"

"모르겠다. 머리가 안 보이니."

디트리히는 고개를 들고 주위를 살펴보았다. 어딜 보아도 벽처럼 보일 정도로 높은 뱀 몸통들만 보였다. 꿈틀꿈틀 움직이고 있는 뱀 몸통들이 휘어지고 뒤섞인 공간은 마치 미로처럼 느껴졌다.

심지어 그것은 변화하는 미로였다. 그가 지켜보는 사이 스르륵 움직이는 소리와 함께 벽이 하나 사라졌다가, 다른 방향에 벽이 생겼다. 정확히는 뱀인지 바질리스크인지 모를 거대한 몸통이 움직인 것뿐이지만 겉으로 보기엔 그랬다. 디트리히는 입을 떡 벌렸다.

"계속 주위가 변하고 있다. 일어나."

그가 일어나다가 비틀거리며 또 기침했다. 테레사는 손수건을 주워 다시 건넸다.

"공기가 독이니 조심해라. 그리 강한 독은 아닌 것 같지만 계속 마시다 보면……."

"경은 괜찮습니까?"

"마나를 순환시키는 중이라 버틸 만해."

디트리히는 손수건으로 입을 막은 채 호흡을 골랐다. 아무래도 어지러움이 가시지 않는다. 오히려 조금씩 더 두통이 심해지는 느낌이었다. 죽지 않은 것을 보면 테레사의 말대로 그렇게 강한 독은 아닐 것 같지만, 숨을 쉬면 쉴수록 독이 누적되는 모양이다.

'이거 좀 위험한 것 같은데.'

"해독 마도구는 가지고 있겠지?"

테레사가 무뚝뚝하게 물었다. 디트리히는 품 안에 있던 마도구를 꺼내 보았다. 이번 임무를 위해 보급받은, 해독 마법이 새겨진 마도구에는 횟수 제한이 있었다. 남은 횟수를 가늠해 본다. 전투 중에 많이 쓴 탓에 거의 남지 않았다.

'……한 번.'

고개를 든 그는 테레사의 눈가에 있는 얇은 피부가 파르르 떨리는 것을 보았다. 그녀는 초조해하고 있었다. 기오사 오너인 그녀는 해독 마도구를 가지고 있지 않다. 그다지 필요하지도 않았다. 반면 디트리히는 해독 마법이 없으면 오래 버티지 못할지도 모른다. 그는 그녀의 짐이 되고 싶지 않았다. 저절로 거짓말이 튀어 나왔다.

"넉넉해. 10회 넘게 남았어."

그녀의 얼굴에 확연한 안도감이 감돌았다. 길게 숨을 토해 낸 테레사가 돌아서며 흐트러진 머리칼을 다시 묶었다.

"다행이군. 위험하다 싶으면 바로 사용해라."

"알겠습니다."

"결절 파훼법은 알고 있으니, 그대로 하면 되겠지. 우선 시작점부터 찾아내자."

결절에서 벗어나는 실전적인 방법은 유리엔과 에키네시아에 의해 창천 기사단 내부에 알려진 상태였다.

바르데르기오사에 관한 논문을 발표한 뒤부터 현자 칼리스토 팽과 그의 제자 니콜 시즈튼이 결절에 관한 연구를 하고 있었다. 1년이 넘었지만 파훼되는 정확한 원리 자체는 아직 밝혀지지 않았다. 그래도 괴물 같은 제니스 부부가 몸으로 밝혀낸 덕에 방법 자체는 확실했다.

테레사는 손이 미끈거려 검을 고쳐 쥐었다.

그녀는 늘 누군가를 지키는 입장에서 검을 휘둘러 왔다. 지켜야 할 사람이 뒤에 있다고 해서 이렇게까지 불안해질 이유는 없었다. 지키지 못한 엘리제가 갑자기 떠오를 이유도 없었다. 아무리 결절이라는 미지의 공간이라 해도, 파훼법을 알고 있지 않은가.

그럼에도 테레사는 긴장하고 있었다. 자각하진 못했으나 잃고 싶지 않은 만큼 커진 불안이었다.

디트리히는 테레사의 불안을 눈치챘다. 그래서 그는 그녀가 잊고 있는 점을 지적하는 대신 입을 다물었다.

'시작점을 건드리기 전에 결절 내의 마물을 모두 없애야 하잖아. 이 결절 내의 마물이면, 미로를 만들고 있는 이 무식한 크기의 뱀들을……'

아찔해졌다. 그래도 어쨌든 시작점을 찾는 게 우선이었다. 그는 미로 속을 걷는 테리사의 뒤를 조용히 뒤따랐다.

[야, 이거 독 아니야?]

"독 맞아. 성가신 결절이네."

에키는 결절에 들어서자마자 입을 막았다가, 곧 손을 떼었다. 마나 코어가 활발하게 움직이며 신체를 강화해 독을 버텨 냈다. 극독이 아닌 데다 한 번에 삼키게 되는 양이 적어서 별것 아니었다. 어디까지나 그녀 자신에게는 말이다.

하지만 그녀에게는 너무나 소중하면서도 한없이 무력한 존재가 함께하고 있었다. 에키는 몸 안에서 휘도는 다나의 흐름을 배 쪽에 최대한 집중했다. 그녀의 몸뚱이는 조금쯤 중독되어도 되지만, 아기에게는 독기가 한 톨도 미치지 않아야 한다.

[주인가, 괜찮아?]

"그럭저럭. 여기 오래 있으면 마스터라도 힘들겠는데. 마스터가 아니면 당연히 더 힘들고."

[마나 떨어지면 바로 꽥이야?]

"바로는 아니고 서서히겠지."

에키는 주위를 한 바퀴 둘러본 다음, 아메시스트를 검집에 집어넣고 벽으로 다가갔다. 느릿하게 꿈틀거리고 있는 비늘들 위에 그녀가 손을 올렸다. 살아 있는 생물의 감촉이었다. 그녀는 벽을 짚으며 걸었다.

"이거 머리가 어디에 있는 거야? 마물이건 시작점 건드리기 전에 죽여야 하는데."

[얘넨 머리가 없을지도 몰라, 결절이니까!]

바르데르기오사가 뭐가 그리 재밌는지 깔깔거렸다. 주인의 힘을 잘 아는 마검은 전혀 긴장하지 않고 있었다.

에키는 고개를 들었다. 까마득한 높이로 치솟은 뱀의 벽 위로 먹구름이 가득한 하늘이 펼쳐져 있다. 금방이라도 비가 쏟아질 듯이 흐린 오후 같은 하늘이었다. 아래는 삭아 버린 나뭇가지와 낙엽이 뒤섞인 숲의 흙이 깔려 있었다.

"흐음."

뱀이 움직이며 미로의 길이 바뀌는 것까지 확인한 그녀가 고개를 기울이더니 발로 땅을 툭툭 쳤다.

에키가 신고 있는 샌들은 하늘거리는 드레스에 맞추어 보석으로 장식한 것이었으나 굽이 낮고 편한 형태였다. 이왕이면 예쁜 게 좋아서 예쁜 것들을 차려입긴 했어도, 임신 중이라 몸에 편한 것들을 골랐으니 당연한 일이었다.

그녀는 가방을 옆에 내려놓고 가볍게 땅을 박찼다. 중간에서 몸을 틀며 벽을 걷어차 다시 반동을 얻으며 뛰어오른다. 어지간한 벽은 가뿐히 넘을 높이로 뛰어올랐음에도 모자랐다. 아기를 고려하지 않으면 더 높이 뛸 수 있지만, 그럴 순 없었다.

[어떻게 할 거야? 미로 찾기 해? 전에 엘기오사 오너 구할 때 그 결절에서처럼? 근데 여긴 자꾸 바뀌어서 갈림길 표시해도 없어질 거 같은데.]

"그때야 힘을 최대한 감춰야 했으니 발로 뛰었지만……."

도로 바닥에 착지한 에키는 한 손으로 가방을 쥐고, 다른 손으로 바르데르기오사를 뽑아내 움켜쥐었다. 칼날을 타고 검은 마나가 넘실거리며 솟구쳤다.

"……지금은 뭐, 쉬운 길 두고 굳이 빙빙 돌 필요는 없으니까."

[엉?]

"이러면 되잖아."

그녀가 마검을 휘둘렀다. 거대하게 내쏘아진 검기가 뱀의 벽에 도달하며 폭음이 일었다. 기괴하게도 피가 나진 않았다. 하지만 캬아악, 하고 고통스러운 비명은 울려 퍼졌다. 뱀의 몸통이 꿈틀거리며 사방이 지진이 난 것처럼 요동쳤다.

캬아아악!

캬아아!

첫 울음에 뒤이어 화답하듯 연속적으로 뱀들이 울었다. 에키는 뒤틀리며 움직이는 벽들을 슬쩍슬쩍 피했다. 바질리스크와 똑같이 생긴 뒤통수가 일어서는 게 보였다. 어마어마한 덩치 탓에 머리를 드는 게 탑이 돋아나는 것처럼 보였다. 에키는 그것이 그녀를 향해 시선을 돌리는 순간 눈을 감았다.

"머리 찾았네. 발."

[쳇, 결절인데 머리가 왜 있어? 개성 없어!]

"이 정도면 덩치가 개성이잖아."

한가롭게 대꾸하는 그녀를 향해 바질리스크의 머리가 입을 벌린 채 덤벼들었다. 웅장한 크기에 비해 속도는 벼락이 내리치는 듯 빨랐다. 그 서슬에 밀려난 공기가 눈을 감은 그녀의 머리카락과 옷자락을 마구잡이로 휘날렸다.

"느긋하게 길을 찾고 다니기엔 여기 공기가 우리 아기한테 안 좋을 테니까."

송곳니가 말뚝처럼 땅에 틀어박혔다. 그녀는 이미 그곳에 없었다. 보드라운 인간의 몸 대신 흙만 삼킨 바질리스크가 그르륵 소리를 내며 머리를 들어 올렸다.

한 뼘 정도 들어 올려진 머리는 툭 잘리더니 땅에 처박혔다. 잘린 단면은 몹시 깔끔했다. 남은 목 아래가 허공으로 솟구쳤다가 아래로 떨어지며 나뒹굴었다. 머리를 잃고 몸부림치는 뱀의 몸뚱이가 주위의 뱀들을 후려쳤다. 곧 연달아 벽이 일어서기 시작했다.

에키는 죽은 바질리스크의 머리를 밟고 선 채 빙긋 웃었다.

"다 잡아 죽이는 게 훨씬 빠르겠지."

"저 무리가 마지막입니다, 단장님."

준기사가 유리엔에게 보고했다. 랑기오사를 허공에 휘둘러 파란 피를 떨어낸 그가 무심히 명했다.

"전원 물러나서 정비해라. 지금부터는 나 혼자 처리하겠다."

서리 거인들과 마주하고 있던 기사들이 일사불란하게 물러났.

서리 거인들의 외관은 개성적이었다. 머리가 두 개, 혹은 그 이상인 놈들도 있고, 외눈박이거나 송곳니가 엄니처럼 삐져나온 놈도 있었다. 그것들의 공통점은 푸르스름한 피부와, 걸어 다니는 3층짜리 건물처럼 보일 정도로 큰 키와, 닿는 것을 모조리 얼어붙게 만드는 저주였다.

거인들이 내쉬는 숨마다 공기가 얼어붙으며 서리가 내려앉는다. 손이 닿는 곳과 발을 내디디는 곳에는 성에가 돋아난다. 때문에 놈들이

들고 있는 뼈나 나무 몽둥이는 얼음기둥처럼 보였다.

서리 거인들은 괴성을 지르며 물러나는 기사들을 쫓아왔다. 걸음마다 대지가 쿵쿵 울리며 빙판이 생겨났다. 기사들은 성검을 늘어뜨린 채 서 있는 유리엔의 곁을 지나쳤다. 누구도 수십의 서리 거인을 혼자 처리하겠다는 단장을 의심하지 않았다.

마지막 기사가 지나쳐간 후, 유리엔은 성검을 들어 올렸다. 하얀 칼날을 백색 마나가 뒤덮더니 그 길이가 훅 길어졌다. 랑기오사의 증폭 능력이었다. 거인의 키와 비슷해질 정도로 길어진 검이 가로로 길게 휘둘러졌다.

크르륵.

크웨엑!

비스듬히 쏘아진 검기가 얼어붙은 땅에 길게 흠집을 남겼다. 간신히 멈춰 서며 발목이 토막 나는 것을 피한 서리 거인들이 분노한 눈으로 자신들을 막아선 은발의 인간을 노려보았다.

[저게 마지막이면 바로 결절이 생길 수도 있겠군. 그래서 네가 혼자 처리하려는 거냐?]

유리엔은 기사들이 충분히 거리를 벌린 것을 확인하며 작게 대답했다.

"그렇다. 그 편이 확실히 안전하겠지."

[좋은 판단이다, 주인. 가지.]

성검이 기분 좋은 투로 대답하는 것과 동시에 유리엔이 움직이기 시작했다. 하얀 마나가 번뜩일 때마다 거인의 푸른 피가 쏟아져 내렸다. 서리 거인의 저주로 그 피들은 파르스름한 얼음 조각이 되어 흩뿌려졌다.

"……우와."

 물러난 기사의 검을 받아 닦던, 임시 스콰이어로 따라온 사관생도가 감탄했다. 그는 학살에 가까운 광경이 펼쳐지는 것을 보며 중얼거렸다.

 "인간이 아니네……. 야, 에키네시아 경보다 단장님이 더 강한 거 아니야?"

 "그러게. 대련에서 에키네시아 경이 단장님한테 승리했다고는 하지만, 대련이랑 실전은 다르잖아. 진짜 단장님이 더 셀지도 몰라."

 다른 기사의 검을 닦던 사관생도가 대꾸했다. 그의 시선은 제가 닦고 있는 검이 아니라 먼 곳에서 번뜩이는 검기와 쓰러지는 서리 거인들에게 향해 있었다.

 "솔직히 저거보다 강하다는 게 말이 돼? 난 상상이 안 가."

 "단장님이 아무래도 아내를 위해 져 주신 거 아닌, 아야!"

 속닥거리던 사관생도가 뒤통수를 부여잡고 고개를 돌렸다. 지나가던 기사가 한심하단 표정으로 그들을 보고 있었다.

 "헛소리할 시간이 있으면 단장님이 보여 주는 경지나 열심히 봐 둬라, 꼬맹이들아. 지금 너희 수준에서는 너무 높아서 가늠도 안 되겠지만, 그래도 단장님 검을 보다 보면 뭐든 나아지겠지."

 "네? 무슨 뜻이십니까?"

 "너희 눈이 옹이구멍이라 단장님이랑 에키네시아 경 사이의 격차도 구별 못 한단 소리다."

 "그, 그럼 진짜 에키네시아 경은 지금 단장님보다 더 대단하다는 겁니까? 단장님이 져 주시는 게 아니라?"

 "헛소릴. 져 주신 거냐니, 에키네시아 경이야 웃고 넘길지 몰라도 단장님이 들으셨다간 너네 큰일 난다."

기사는 헛웃음을 흘리고는 목소리를 낮추었다.

"너희, 단장님과 에키네시아 경 대련 본 적 있지?"

"네."

"사실 그것도 에키네시아 경이 단장님을 봐주면서 대련하는 거야."

"……진짭니까?"

"내가 이런 걸로 거짓말을 하겠냐. 단장님이 너희가 상상할 수 있는 범위 안에서 최강이라면, 에키네시아 경은 너희가 상상하지도 못할 수준이거든."

사관생도 둘이 멍청한 얼굴로 서로를 바라보았다. 하나가 용기를 내어 되물었다.

"저, 정말입니까? 솔직히 단장님도 대련하실 때보다 엄청나신데……. 그럼 대체 에키네시아 경은 어느 정도라는 겁니까?"

"몰라."

"네?"

"모른다고. 비교할 전례가 있어야 알지. 갈수록 더 강해지시는 거 같긴 한데."

"……."

"단장님이야 에키네시아 경하고 진심으로 대련하는 거 보면 어느 정도까지인지 보이니까 알지만, 에키네시아 경은 한계가 온 걸 본 적이 없는데 내가 어떻게 아냐."

사관생도들의 입이 벌어졌다. 기사가 어깨를 으쓱이며 그들에게 말했다.

"알아들었으면 짐이나 챙겨라. 이제 귀혼할 테니까."

"네? 벌써요? 아직 단장님께서 싸우고 계신데……."

"끝났잖아. 봐."

기사의 말대로였다. 유리엔은 마지막 서리 거인을 베고 성검에 묻은 피를 털고 있었다. 하늘은 맑았고, 별다른 이변은 일어나지 않았다.

[의외로군. 시간을 돌리기 전엔 몰살당했던 마을이 통째로 살아남게 되는 거니, 여태까지의 경험상 결절이 생길 줄 알았는데. 흠, 혹시 숨어 있는 서리 거인이 남아 있나?]

"그럴지도 모른다. 수색을 더 진행해 봐야겠군."

성검을 거둔 유리엔이 기사들 쪽으로 돌아오자, 그의 임시 스콰이어인 사관생도가 빠르게 다가왔다.

"단장님, 마나 전보가 왔습니다."

[전보? 설마.]

유리엔은 불안한 기분으로 사관생도가 내미는 종이를 받아 펼쳤다. 내용을 읽은 그의 속눈썹이 파르르 떨렸다.

[……바르데르 쪽에 생겼군.]

―랑테, 결절 발생. 실종자: 디트리히 사루아, 테레사 폰 프랑 알마리, 에키네시아 스타티스.

그의 손안에서 전보가 와작 구겨졌다. 유리엔은 낮게 신음을 흘리고는 품에서 편지봉투를 하나 꺼내 근처에 있던 기사에게 건넸다.

"지금부터 경이 토벌대를 이끈다."

"예?"

"수색을 추가로 진행하고, 정비 후에 귀환하도록. 주의할 점은 거기에 미리 써 두었으니 참고해라."

"다, 단장님?"

"랑테에 결절이 발생했다. 나는 그리로 가 보겠다."

당황하던 기사는 그 말에 입을 다물었다. 유리엔은 경례를 받으며 기사들 사이를 빠져나와 현자로부터 받아온 이동 마도구를 끄집어냈다.

[걱정할 필요가 없다고 해 봤자 안 듣겠지. 네가 도착할 때쯤엔 결절이 사라진 후일 확률이 높으니 기다리는 것 말고는 할 일이 없다고 해도 안 들을 거고.]

"그녀와 테레사 경이 동시에 사라졌다는 건 랑테 토벌대의 수뇌에 공백이 생겼다는 뜻이다. 무슨 일이 벌어졌을지 모르니 가 봐야 한다."

[네가 떠나면서 여기에 생기는 공백은?]

"예상하고 대비해 두었으니 괜찮다."

[그래, 알아서 다 챙겨 놨겠지, 네놈이라면. 그래도 마검의 주인이 결절에 들어갔단 소리를 듣고 정신이 나가지 않는 것만 해도 장족의 발전인가. 뭐, 아이도 있으니, 걱정하는 것도 이해는 한다만……]

"다, 다, 단장님!"

잔소리처럼 이어지던 성검의 푸념이 경악한 누군가의 외침에 뚝 잘렸다. 의침이 들려온 쪽을 돌아본 유리엔의 안색이 창백해졌다. 왜 그를 부르는 건지 보기만 해도 알 수 있는 광경이 펼쳐져 있었다.

악튜크에도 결절이 발생했다.

이변을 먼저 알아챈 것은 테레사였다.

"조심해라!"

그녀의 외침과 동시에 지진 같은 파동이 전해졌다. 뱀들이 발광하듯 움직이며 머리를 들었다. 그것들은 한 방향으로 몰려가기 시작했다.

바질리스크들의 목표는 테레사나 디트리히가 아니었지만, 그저 이동하는 것만으로도 덩치 탓에 재난이 따로 없었다. 사방에서 성벽이 움직이는 꼴이다. 그들은 몰려가는 군중 틈바귀의 병아리와 비슷한 신세였다. 아차 하면 짓눌려 죽어 버릴지도 몰랐다.

하지만 테레사는 무력한 병아리가 아니라 기오사 오너였다.

"위는 보지 말고 아래만 보면서 날 따라와라, 디트리히!"

그녀는 명령조로 말한 후 곧바로 움직였다. 파도치는 비늘 사이를 그녀가 날렵하게 빠져나갔다. 디트리히는 그녀의 다리쯤에만 시선을 둔 채 황급히 뒤따랐다.

테레사는 놀랍게도 마스터가 아닌 디트리히가 따라올 수 있을 정도로만 움직이면서도 안전하게 피하고 있었다. 디트리히는 그저 따라가기만 하면 되었다. 그녀의 배려는 충분했다. 문제는 그에게 있었다.

'젠장, 이거……'

눈앞이 뿌옇게 흐려지며 머리가 부서질 듯 아팠다. 코 안쪽이 화끈해지더니 무언가가 주륵 흐르는 게 느껴졌다. 피였다. 계속 들이마신 독기가 위험 수위에 이른 모양이었다.

'해독 마도구를 더 아끼다간 죽겠군.'

뱀들이 날뛰고 있는 이 판국에 독에 휘청거릴 순 없었다. 디트리히는 품속을 더듬어 초록색 마법진이 새겨진 얇은 유리판을 끄집어냈다. 손이 떨리는 데다 지진이 난 것처럼 땅까지 떨려서 마도구가 자꾸만 미끄러졌다. 간신히 그것을 움켜쥔 그가 마법을 발동하려 했다.

"해······."

"디트리히!"

테레사가 비명처럼 그를 불렀다. 마도구를 꺼내 쥐느라 걸음이 느려진 그에게 탑처럼 굵은 바실리스크의 꼬리가 휘둘러지고 있었다. 디트리히는 그것을 알아채지 못하고 멍하니 고개를 들었다.

한 가닥으로 묶여 있던 금발이 펼쳐지며 하늘하늘 휘날렸다. 금발에 휘감긴 그녀의 몸이 던져진 돌멩이처럼 날아가다가 다른 뱀에게 부딪혀 땅에 처박혔다. 머리가 부딪히는 듯한 무서운 소리가 났다.

모든 일은 일순간에 일어났으나, 그에게는 모든 것이 느리게 느껴졌다.

디트리히를 향해 날아오는 꼬리를 테레사가 검면을 들어 막았다. 달려드는 열차를 칼 한 자루로 막아선 것이나 다름없는 짓이었다. 아무리 마스터라 해도 육중하다 못해 웅장한 크기의 꼬리가 내리치는 것을 정면에서 힘으로 막아 낼 순 없었다. 그럼에도 수호검의 주인이기에 용케 막아 내긴 했지만 그 충격까지는 버티지 못하고 튕겨 나간 것이다.

흩뜨린 머리카락이 내려앉는 것과 동시에 느리게 보이던 것들이 확 되돌아왔다. 튕겨 나가 쓰러진 테레사는 움직이지 않았고 그녀의 옆에서 꿈틀거리는 뱀의 몸체가 다가오고 있었다. 디트리히는 괴성인지 신음인지 모를 소리를 내지르며 달려가 그녀를 잡아당겼다. 코피가 줄줄 흘렀지만 이 순간만큼은 독으로 인한 어지러움조차 느껴지지 않았다.

"해독!"

그는 한 팔로 테레사를 끌어안고 마도구를 발동했다. 마도구에서 솟은 연둣빛 광채가 그의 몸을 훑고 사라졌다. 정신이 약간 맑아졌다. 디트리히는 횟수를 다 쓰고 부서져 버린 마도구를 내던지고 테레사를 안아 올리려 했다.

갑자기 사위가 밤처럼 어두워졌다. 밤이 아니었다. 마물의 몸체가 드리운 그림자였다. 그는 커다랗게 떠진 붉은 눈으로 위에서 떨어져 내리는, 비늘로 뒤덮인 벽을 보았다. 먹구름이 가득하던 하늘이 무너지는 것과 다를 바 없이 느껴지는 광경이었다. 죽음이 쏟아지고 있었다.

'나는, 이렇게 죽기 위해 태어났나? 고작 이런 죽음을 맞이하기 위해?'

디트리히는 무의미한 짓임을 알면서도 반사적으로 테레사의 위를 덮었다. 그러자 바닥에 흐르고 있는 그녀의 피가 보였다. 그 짧은 찰나에 그는 조금 전까지 느끼던 심정과 완전히 다른 심정을 느꼈다.

'그녀만이라도……'

이 순간 제 품에 있는 여자를 살릴 수 있다면. 그럴 수만 있다면 아무것도 이루지 못하고 죽어도 허무한 삶이 아닐 텐데.

'……내가 생각보다 더 테레사를 좋아하고 있었구나.'

경지에 오르지 못하고 죽게 되는 것보다 그녀가 죽는 것이 더 끔찍하게 느껴졌다. 지킬 것이 없었던, 위만 바라보고 있던 그로서는 처음으로 느껴 보는 지키고 싶다는 열망이었다.

디트리히는 눈을 감았다. 쿠웅, 하고 묵직한 것이 떨어지는 소리가 났다. 그러나 고통은 느껴지지 않았다. 그리고 귓가에 익숙한 음성이 들려왔다.

"큰일 날 뻔했네. 괜찮아?"

그는 눈을 떴다. 보석으로 장식된 샌들이 먼저 보였다. 그것을 따라 시선을 올리자 살랑거리는 드레스 자락과, 검게 타오르는 마검을 쥔 손이 보였다. 연한 분홍색 머리카락 사이로 보이는 조그만 얼굴이 살짝 눈살을 찌푸렸다.

"별로 안 괜찮아 보이네. 늦어서 미안."

"……에키, 네시아 경?"

"일단 조금만 기다려."

에키네시아는 쥐고 있던 마법 가방을 그에게 던지다시피 밀어 주고는 등을 돌렸다. 소름 끼치는 울음소리와 함께 바질리스크라기엔 너무나 거대한 것들이 그녀를 내려다본다. 하늘에 닿을 듯한 수백 마리의 뱀들 앞에 서 있는 가는 몸집의 여자. 두려운 광경이었다.

하지만 디트리히는 탁 하고 긴장이 풀리는 것을 느꼈다. 그와 테레사의 앞을 막아선 여자는 에키네시아 스타티스, 마검의 주인이자 대륙 최강의 기사였으니까.

"눈 감고 있어도 됩니까?"

"그게 낫지. 저게 바질리스크는 아니겠지만 바질리스크같이 생긴 마물이니 시선을 마주치는 건 위험해."

에키네시아가 고개만 돌려 그를 보더니 살짝 웃었다.

"거기서 눈 감고 잠깐 쉬고 있어. 오래 안 걸릴 거야."

접근하게 하지 않을 테니 피할 필요도 없단 소리다. 디트리히는 기가 막혀 중얼거렸다.

"정말 무지막지하시네요……."

에키네시아는 이미 움직인 후였다. 그는 분홍색 머리카락이 보라색과 검은색 마나를 휘감고 허공을 가르는 뒷모습을 보며 눈을 감았다. 품 안에서 테레사의 온기가 느껴졌다.

디트리히 사루아가 열아홉 살, 2학년이 되었을 때, 스무 살의 테레사 폰 프랑 알마리가 사관학교에 입학했다.

유리엔 드 하르덴 키리에는 아무런 클럽에도 들지 않았다. 그러나 디트리히는 앙투아르 왕국 출신이 대다수인 뤼미에르 클럽에 소속되어 있었다. 그리고 클럽원들로부터 프랑 알마리 대공의 딸인 테레사에 대해 들었다.

'원래대로라면 열여덟에 입학하고도 남을 실력인데, 2년이나 처박혀 있다가 이제야 왔단 말이지.'

사촌의 죽음에 충격을 받아서라고. 그 말에 디트리히는 기사가 되기엔 지나치게 심약한 여자 아닌가, 2년이나 아무것도 안 하고 슬픔에 잠겨 있을 여유가 있다니 역시 배부른 귀족의 딸이로군, 정도의 생각을 했다.

테레사가 입학하자마자 신입생 순위전에서 압도적인 1위를 했을 때는 조금 놀라긴 했지만, 그러려니 했다.

'검술의 명가에서 재능을 물려받고 태어나 최고의 환경에서 훈련했으니 강한 게 당연하지.'

그가 테레사를 싫어하게 된 건, 테레사가 뤼미에르 클럽에 가입한 후부터였다.

대공의 딸인 테레사는 클럽에 들어오자마자 클럽의 중심에 위치하게 되었다. 그녀가 원하든 원하지 않든 말이다. 모두가 그녀와 검을 한 번이라도 맞대 보려 애를 썼고 그녀에게 조금이라도 잘 보이려 노력했다.

테레사가 적당히 그것을 상대해 주었거나, 즐기고 다녔으면 디트리히는 그녀에게 아무 관심이 없었을 것이다.

하지만 테레사는 제게 몰려드는 사람들을 전부 무시했다. 그녀는 어둡고 우울한 얼굴을 한 채 필요한 말 외에는 입도 제대로 열지 않았다. 디트리히는 그 모습이 거슬렸다. 거슬리다 못해 짜증이 났다.

'차라리 유리엔이 낫다.'

주위와 어울리지 않는 건 그의 룸메이트인 유리엔도 마찬가지였지만, 그는 아예 클럽에 들질 않고 다른 생도에게 접근도 하지 않았다. 룸메이트라 마주칠 수밖에 없는 디트리히를 제외하면, 그냥 혼자 훈련하고 혼자 지냈다.

그에 비해 테레사는 클럽에 가입까지 하고, 클럽 모임에도 꼬박꼬박 참석했다. 그러면서도 저런 식으로 구니 꼴 보기가 싫었다.

'어울릴 생각이 없으면 그 자식처럼 처음부터 혼자 놀든가. 클럽에 와놓고 저 따위로 구는 건 무슨 속셈이야? 관심 가지고 위로해 달라고 시위라도 하는 거야?'

뤼미에르 클럽에는 고학년들에게 전담하여 이끌 신입생들을 배정해 주는 전통이 있었다. 보통 순위가 높은 고학년에게 신입생 순위전에서 높은 순위를 기록한 신입생을 배정해 준다.

당시 뤼미에르 2학년생 중에 가장 높은 순위였던 디트리히에게 신입생 1위인 테레사가 배정된 건 필연적인 일이었다. 거슬린다 해도 담당 신입생이 아니었으면 무시했을 텐데, 그럴 수도 없었다. 그래서 시비를 걸었다.

"위로해 주길 바라고 그렇게 구십니까, 공주님?"
"……공주님?"
"뤼미에르의 공주님이잖습니까. 프랑 알마리의 테레사 공녀."
"나는 사관학교 내에서 가문을 내세울 정도로 한심한 자가 아니다. 나를 모욕하지 마라."
"아이고, 그러세요? 가문을 내세울 생각이 없으세요? 그럼 직속 선배한테 보이는 지금 이 태도는 뭡니까? 모욕하지 말라고요? 완전히 받들어 모셔야 할 공주님처럼 구시는데요. 다들 공주님 눈치를 보느라 힘든 게 고귀하신 눈에는 보이지도 않겠죠, 네."

테레사가 화를 내거나 울거나 무시할 줄 알고 꺼낸 말이었다. 이왕이면 못 참겠으니 직속 선배를 바꿔 달라고 요청하면 더 좋고. 그러기만 하면 클럽 내에서 좀 불이익을 받아도 상관없었다.
그러나 그녀는 무슨 생각을 하는 건지 알 수 없는 초록색 눈동자로 그를 빤히 올려다볼 뿐이었다. 그러곤 곧 일어서서 허리를 숙였다.

"제 행동이 그렇게 느껴질 줄은 몰랐습니다. 제가 어리석었군요. 무례를 사죄드립니다, 선배님."

비꼬는 게 아니라 진심 어린 사과였다. 디트리히는 놀라고 말았다. 귀족이, 대공의 따님이 이렇게 바로 인정하고 사과까지 할 줄은 몰랐는데. 당황한 그가 어물거리는 사이 그녀는 반듯한 어투로 말을 이었다.

"제가 후배이니, 앞으로는 하대해 주십시오. 잘 부탁드립니다, 선배님."

그렇게 시작된 인연이, 10년.

"목표를 높게 가지는 것이 왜 우스운 일입니까?"

평민 출신, 사관생도 순위는 20위 근처에서 오락가락하는, 낮지는 않지만 그렇다고 높다고도 할 수 없는 순위의 2학년이 기오사 오너가 되겠다는 소리를 했을 때, 비웃거나 농담으로 듣지 않은 두 명의 사람.

한 명은 평생의 친구가 되었고, 한 명은 그가 사랑하는 여자가 되었다.

디트리히는 관자놀이를 주무르며 천천히 눈을 떴다. 흐릿한 시야에 분홍산이 어른거렸다.

"디트리히 경. 좀 괜찮아?"

"……전 괜찮습니다. 테레사 경은 어떤가요?"

"머리를 부딪친 것 같……. 경, 안 괜찮아 보이는데. 코피 나잖아."

에키네시아가 혀를 차며 말했다. 디트리히는 코로 주륵 흐르는 것을 손등으로 문질러 닦았다.

"견딜 만합니다."

"해독 마도구 있지? 해독부터 해."

"다 썼습니다."

"이런, 나도 없는데."

애초에 해독 마도구는 기사가 아니라 준기사들에게 지급되었다. 마스터들은 독에 내성이 있으니 크게 필요하지 않고, 혹시나 위험할 경우 부대의 준기사가 대신 사용하기로 되어 있었으니까.

"경은 괜찮으신 겁니까?"

"내가 누구라고 생각해?"

"제니스이자 마검의 주인이시죠."

"그렇지? 그러니 네 몸부터 걱정해."

"그래도 아기가 있…… 흐억!"

그녀 쪽을 돌아본 디트리히는 저도 고르게 괴상한 소리를 내며 검을 찾아 쥐었다. 에키네시아의 뒤로 거대한 바질리스크 머리통이 널브러져 있었다. 그 너머로는 새카만 것들이 구불구불 쌓여 산을 이루고 있다.

그녀가 의아한 얼굴이 되어 제 뒤를 돌아보더니 피식 웃었다.

"다 죽은 거야. 신경 쓰지 마."

그러면서 에키네시아는 바로 뒤에 있는 바질리스크 머리에 아무렇게나 등을 기댔다. 혀를 길게 빼물고 있는 성문만 한 뱀 머리통에 기대앉은 채로 마법 가방을 뒤적거리는 모습은 평화로워 보일 지경이었다.

"다행이다, 있네."

가방에서 붕대와 지혈제 등을 꺼내 놓던 에키네시아가 반색하며 작은 유리병 하나를 꺼냈다. 연둣빛 액체가 딱 한 모금 정도 들어 있었다.

"해독 마법약이야. 마셔."

"마셔 봤자 또 누적될 텐데요. 숨을 안 쉴 수도 없고요."

"지금까지 누적된 건 사라질 테니 어느 정도는 버티겠지. 그 안에 나가면 돼."

"한 병뿐인데, 뒀다가 위급한 사람이 마시는 게 낫지 않습니까?"

"나나 테레사 경은 마나로 버틸 수 있잖아. 그러니 경이 마셔야 해. 그리고 경, 지금 코피 계속 나."

"……알겠습니다."

디트리히가 약을 받아 들자 에키네시아는 옆에 눕혀 둔 테레사에게 다가갔다. 치료하려는 그녀를 본 디트리히가 얼른 다가가 손을 내밀었다.

"제가 하겠습니다."

에키네시아가 묘한 눈으로 그를 보더니 지혈제와 붕대를 넘겨주었다. 디트리히는 해독 마법약을 마시고 나서 테레사 곁에 꿇어앉아 그녀의 머리카락을 살짝 걷어 냈다.

옆머리에 피딱지가 엉겨 붙어 있었다. 상처 자체는 그렇게 크지 않은데 위치가 머리인지라 불안했다. 그의 눈매가 절로 찡그려졌다. 그는 몹시 조심스러운 손길로 피를 닦아 내고 붕대를 둘렀다. 그것을 가만 지켜보고 있던 에키네시아가 불쑥 물었다.

"디트리히는 언제부터 테레사 경을 좋아했어?"

"글쎄요, 어쩌다 보니 이미 그렇게 되어 버려서 말입니다."

"좋아하게 된 건 어떻게 알았어?"

"자연스럽게 알았습니다. 어느 날부턴가 테레사 경이 귀여워 보여서 미치겠더라고요."

"멋진 게 아니라?"

"책임감이 강하고 충실한 기사다운 사람이, 요령이 없어서 무뚝뚝하게 굴면서 이런 동물 무늬 손수건 들고 다니는 거 귀엽지 않습니까?"

에키네시아가 웃음을 터뜨렸다. 디트리히는 붕대를 마무리하며 아무렇지도 않은 어조로 말했다.

"에키네시아 경."

"응?"

"어떻게 하면 당신처럼 강해질 수 있습니까?"

"으음……."

"……아닙니다. 이상한 질문을 했군요. 죄송합니다."

한심하고 의미 없는 질문이었다. 디트리히는 쓴웃음을 지으며 치료도구들을 정리했다. 가라앉은 그의 옆얼굴을 본 에키네시아가 말했다.

"나만큼은 무리야."

"예, 예, 그러시겠죠. 전 유리엔보다 더 천재가 있을 줄은 짐작도 못했습니다. 그놈도 괴물인데 정말이지……."

"하지만 경은 강해질 거야. 기오사 오너가 될 테니까."

"허황된 소리가 아니다. 넌 기오사 오너가 될 테니까."

흰 까마귀 협곡에서 유리엔이 그에게 했던 말과 비슷하게 들렸다. 응원이나 빈말이 아니라 확신을 담은 예언 같은 어조. 속에서 무언가 울컥 치받았다. 디트리히는 이를 악물었다.

"어떻게 그렇게 확신하십니까?"

에키네시아가 고개를 갸웃거리더니 입을 열었다.

"디트리히. 마스터와 마스터가 아닌 기사의 차이가 뭐라고 생각해?"

"많죠. 마나 코어를 만들었는지, 검기를 쓸 수 있는지, 마나로 신체를 강화할 수 있는지……."

"그런 거 말고 말이야. 음, 질문을 바꿔볼게. 마스터가 '될 수 있는' 기사와 그렇지 못한 기사의 차이가 뭘 것 같아?"

"……."

디트리히는 입을 다물고 생각에 잠겼다.

준기사 중에는 기사보다 검술이 뛰어났던 사람들이 있다. 사관학교를 1위로 졸업할 정도로 압도적이었던 사람도 있었다. 그들이 모두 마스터가 되진 못한다. 반면 순위는 높지 않았는데도 젊은 나이에 쉽사리 마스터가 되는 사람도 있다.

단순하고 상식적으로는 마나 친화력의 차이였다. 마나 친화력이 높은 사람은 마나를 비교적 잘 받아들이고 다른 이들보다 쉽게 마나에 익숙해진다. 검에 재능이 있는 자들이 빠르게 검을 익히듯이 말이다.

하지만 지금 그녀는 그런 당연한 사실을 묻는 것 같지가 않았다. 마스터가 된 준기사와 영원히 준기사에 머물러 있는 준기사들. 뭐가 달랐던가? 디트리히는 고심 끝에 답했다.

"절박함의 차이입니까?"

"반은 맞았어. 그래, 마스터가 된 기사들은 대체로 계기가 있었지. 한계를 넘어야만 벗어날 수 있는 절박한 상황을 맞이했었어. 아니면 마스터가 되어야만 하는 절박한 이유가 있었거나. 하지만 절박하다는 이유만으로 마스터가 될 수 있을 리가 없잖아."

위기에 처했다고, 절박하게 바란다고 마스터가 될 수 있다면 누구나 마스터가 되었을 거다. 디트리히는 미간을 좁혔다.

"마나 친화력이나 노력은 기본이겠죠."

"그건 당연한 거지. 나는 그 외의 요소를 말하는 거야. 마스터로 넘어가는 그 순간에 필요한 것. 계기를 맞이했을 때, 그 순간에 무너지는 대신 마스터가 될 수 있게 만들어 주는 결정적인 것. 무르익었을 때 알을 깨고 나올 수 있게 만들어 주는 힘."

"잘 모르겠습니다. 뭘 말씀하시는 겁니까?"

에키네시아는 어딘가 먼 곳을 보는 시선을 허공에 잠시 두었다가, 디트리히와 다시 눈을 마주쳤다. 오싹할 정도로 선명한 눈동자였다.

"확신이야."

"……확신이라니요?"

"자신이 이 순간을 넘어설 수 있으리란 믿음. 나를 가로막은 벽을 부술 수 있다는 믿음. 막연한 믿음이 아니라 눈을 감고도 그릴 수 있을 정도로 뚜렷한 이미지. 마치 이미 마스터가 된 듯이, 검기가 이미 내 검에 타오르고 있는 환상이 보일 정도로, 강렬하게 믿는 것."

"……."

"마나를 움직이는 건 근육이 아니야. 보이지도 않는 힘을 마스터는 어떻게 손발처럼 다룰 수 있을까? 그것이 내 뜻대로 움직일 거라는 확신이 없으면 불가능해. 내가 믿고 있다는 사실조차 잊을 정도의 확신. 그게 마스터가 되기 위해 필수적인, 그러나 눈에는 잘 드러나지 않는 요소야. 마스터의 벽은 자기 검을 의심하는 자는 넘어설 수 없는 벽이거든."

디트리히는 멍해진 얼굴로 그녀를 바라보았다. 에키네시아는 눈을 휘며 웃었다.

"확신이 필요하다는 걸 안다고 해서 저절로 의심이 확신으로 바뀌진 않아. 하지만 당신에게는 그 요소가 이미 있어."

"제게요? 어떻게 아십니까?"

그녀는 더는 답하지 않고 입을 다물었다. 그러고는 가뿐히 자리에서 일어났다.

"슬슬 시작점을 찾아봐야지. 금방 다녀올 테니 테레사 경 지키고 있어. 머리를 다친 사람을 함부로 움직일 순 없으니까."

"……예."

산책이라도 나가는 것처럼 가벼운 발걸음으로 그녀가 떠나갔다.

디트리히는 제 손을 내려다보다가 위를 올려다보았다. 새카맣게 먹구름이 끼어 있는 하늘은 아득하게 멀었다.

'스스로에 대한 구체적인 확신이라……'

머리가 복잡해졌다. 그는 검을 쥐고 뚫어져라 내려다보았다. 마나가 일어나 검기가 칼날을 뒤덮는 상상을 해 보았다. 디트리히가 머릿속으로 막연히 떠올린 자신의 검기에는 색이 없었다.

마나의 색은 개인에 따라 천차만별이었다. 무슨 관계인지는 명확하게 밝혀지지 않았다. 그 사람의 성격이나 분위기와 유사한 이미지의 색이라는 경향성만 알려져 있었다.

그는 제가 아는 사람들의 마나를 떠올려 보았다. 유리엔은 깨끗한 순백색, 에키네시아는 엷은 보라색, 바론은 묵직한 회색이었다. 그리고 테레사는 바다처럼 일렁이는 푸른빛이다.

디트리히는 테레사가 마스터가 되던 순간을 기억한다. 준기사들이 쓰는 연무장에서 그녀는 가상의 적을 향해 검을 휘두르는 중이었다.

일상적인 광경이었으나 평소와 다른 점이 있었다. 그녀는 울고 있었다. 이를 악물고 눈물을 쏟으며 검을 휘둘렀다. 땀과 눈물이 뒤섞여 흰 목덜미를 타고 내려가던 모습이 아직도 선명하다. 그러다 어느 순간 그녀의 칼끝에 눈물처럼 빛이 고였다. 황홀할 정도로 깊고 아름다운 푸른빛이었다.

그때 왜 울면서 검을 휘둘렀는지 테레사는 말하지 않았지만, 디트리히는 짐작했다. 테레사가 참가한 임무에서 사망자가 나왔다고 들었으니까. 아마 제 탓이라 생각하며 자책했겠지. 오만할 정도로 강한 그녀의 책임감은 여전했다. 예전에는 싫어했던 점인데, 지금은 그런 점도 좋았다.

그녀의 마나는 그런 그녀를 그대로 담고 있는 색이었다.

'내 마나는 무슨 색을 띨까.'

기묘한 소리가 들려온 건 바로 그때였다.

처음에는 잘못 들었나 싶을 정도로 아주 작았다. 방울이 굴러가는 듯한 소리. 방울 하나의 소리 같던 것이 어느 순간 두 개, 세 개, 그리고 삽시간에 수십 수백 개의 방울이 나뒹구는 굉음이 되었다.

"뭐, 뭐야!"

생각에 잠겨 있던 디트리히는 귀청을 찢어 놓을 듯 요란한 소음에 놀라 소리가 난 방향을 바라보았다. 그리고 그대로 얼어붙었다.

에키네시아가 죽여 쌓아 놓은 마물 더미가 꿈틀거리고 있었다. 그것들의 배가 저절로 갈라지며 어린아이 머리통만 한 알이 굴러떨어졌다. 하나, 둘, 떨어지던 알들은 금세 파도처럼 쏟아져 내렸다.

쏟아지는 알 하나하나가 비늘처럼 자리 잡으며 지금까지 본 것들보다 훨씬 더 큰 바질리스크의 형상을 이룬다. 알로 만들어진 뱀이 덜

그럭거리며 서서히 몸을 일으켰다. 이전의 바질리스크들이 성벽 내지는 탑처럼 보였다면 저것은 문자 그대로 산이었다.

눈 부위의 알이 깨어지며 속에 있던 새빨간 액체가 흘러내렸다. 그 모습은 피눈물을 흘리는 것처럼 보였다. 그것이 입을 벌렸다. 입안에 깨진 알껍데기들이 이빨처럼 날카롭게 솟아 있었다. 동굴처럼 새카만 목구멍 안쪽에서 목이 졸린 짐승이 비통하게 우는 듯한 괴성이 흘러나왔다.

그…… 어…… 어어…….

난생처음 보는 괴물이었다. 마물이라기보다는 괴현상에 가까웠다.

'결절기라서 생기는 현상인가?'

저게 뭔지 따지고 있을 겨를은 없었다. 디트리히는 급하게 테레사를 안아 올렸다. 늘어진 뱀의 사체들을 피해 에키네시아가 향한 방향으로 달렸다.

그어어억!

등 뒤에서 소름 끼치는 소리가 들렸다. 그리고 쿵, 하고 대지가 흔들렸다. 디트리히는 본능적으로 테레사를 감쌌다. 곧 세상이 빙글빙글 돌더니 온몸 곳곳이 쑤셔 왔다. 무언가 거대한 충격에 날아가 한참을 나뒹굴었다는 건 뒤늦게 깨달았다.

"으……."

갈비뼈를 잘못 부딪친 모양이었다. 몸을 일으키려던 그는 제자리에 주저앉았다. 그 충격에 그의 품에서 떨어진 테레사가 낮게 신음을 흘리더니 눈을 떴다. 초록색 눈동자가 초점을 잡지 못하고 허공을 헤매다가 디트리히에게 고정되었다.

"디트리……."

그녀는 디트리히의 이름을 부르다 말고 앉아 있는 그의 멱살을 잡고 제 쪽으로 콱 끌어내렸다. 숙여진 그의 머리 위로 후웅, 하며 무언가가 스쳐 지나갔다. 솜털이 쭈뼛 서는 감각이었다. 디트리히는 파랗게 질려 뒤를 돌아보았다. 하얀 알들이 비늘처럼 빽빽한 것만 보였다. 그것이 조금 멀어진 후에야 그는 그게 끔찍할 정도로 커다란 뱀의 머리라는 것을 알 수 있었다.

뱀의 입이 다시 벌어졌다. 그것은 벌어지는 것과 동시에 산사태처럼 그들을 향해 쏟아졌다. 그 순간 디트리히의 멱살을 쥐고 있던 테레사가 온 힘을 다해 그를 밀치며 집어 던졌다. 마나를 실어 집어 던졌기에 디트리히는 거의 날아가다시피 했다.

"으, 크윽, 흐으……"

떨어지며 부딪힌 가슴팍에 끔찍할 정도의 통증이 일었다. 부러진 갈비뼈가 어딘가를 찌른 듯했다. 디트리히는 몸을 웅크리고 신음을 흘리다가 고개를 들었다.

"테레사!"

테레사는 대답할 여유가 없었다. 디트리히를 집어 던지면서 뽑아 든 디몽기오사를 받쳐 든 양손이 부들부들 떨렸다. 디몽기오사는 알껍데기로 이루어진 거대한 송곳니를 막고 있었다.

그녀는 사금파리 언덕 아래의 무저갱처럼 보이는 뱀의 목구멍을 들여다보며 눈을 계속해서 깜박였다. 사물이 몇 겹이나 겹쳐져 보이며 토할 것처럼 어지러웠다. 두통도 극심하여 눈물이 절로 고였다.

'머리를 부딪쳤나……?'

생각이 잘 이어지지 않는다. 이런 상태로 마나를 쓰는 건 미친 짓이었다. 오랜 훈련과, 가장 효율적으로 방어하는 방법을 주인이 본능적으로 알아채도록 하는 수호검의 능력이 아니었다면 막기는커녕 그대로 삼켜졌을지도 모른다.

마나란 마나는 죄다 산에 짓눌리는 듯한 뱀의 힘을 버티기 위해 팔로 몰렸다. 그 상태로 잠시 버티자 다른 문제가 발생했다. 독이나 다름없는 공기가 전신에 침투하며 내부를 할퀴기 시작했다. 독으로부터 몸을 보호할 여유가 없었다. 기침과 동시에 덜컥 팔이 흔들렸고, 송곳니가 좀 더 아래로 내려왔고, 그녀는 땅에 처박혔다.

디트리히는 고통을 참으며 일어나 검을 들었다. 뱀의 주의라도 끌어 볼 독적으로 검을 휘둘렀으나, 쉽사리 깨질 것처럼 보이는 알껍데기들은 금조차 가지 않았다. 흙 사이로 짓눌려 파묻힌 테레사를 돌아본 그는 악을 쓰며 몇 차례 더 검을 내리쳤다.

"빌어먹을, 여길 봐! 여길 보라고, 괴물 새끼야!"

그 소리에 테레사가 흘깃 눈을 돌렸다. 그녀는 온 힘을 다해 겨우 한마디를 외쳤다.

"가!"

짧은 말. 그 안에 내포된 뜻.

이 자리에 있어 봤자 너는 도움이 되지 않고 오히려 위험하기만 할 뿐이니, 빨리 여기서 벗어나라. 너는 약하니까. 의지하거나 도움을 받을 만한 존재가 아니니까. 너는 내가 지켜야 할 대상이니까.

디트리히는 터질 정도로 거세게 입술을 깨물었다. 테레사가 지켜야 할 존재는 많았다. 디트리히는 그 많은 존재 중 하나가 되고 싶지 않았다. 그녀가 굽어보며 지켜야 할 대상이 아니라, 그녀와 비슷한 높이에서 등을 맞대고 검을 드는 존재가 되고 싶었다.

서로를 지킬 수 있는 존재가 되고 싶었다.

최악의 상황에서 한마디를 외친 대가로 테레사는 울컥 피를 토해 냈다. 팔이 좀 더 아래로 접혔다. 디트리히는 돌아서지 않았다. 이 자리에서 뒤돌아 도망치고 싶지 않았다. 테레사가 버티는 사이 에키네시아를 불러오는 게 낫다고 판단하면서도, 그녀를 여기에 두고 돌아설 수가 없었다.

그는 이글거리는 눈으로 칼날을 바라보았다.

"계기를 맞이했을 때. 그 순간에 무너지는 대신 마스터가 될 수 있게 만들어 주는 결정적인 것. 무르익었을 때 알을 깨고 나올 수 있게 만들어 주는 힘."

넘실거리는 마나. 무슨 색일까. 목 안쪽에서 타오르는 불처럼 너울거리는 것. 언제나 위를 향하는 불꽃의 색. 그래, 붉은색이 좋겠다.

새빨간 불길이 검을 타고 흐르는 듯한 환상이 보였다. 열기가 손등을 핥는 감각이 느껴질 정도로 뚜렷한 이미지였다. 마치 이미 검기를 사용하고 있는 듯한 착각.

"당신에게는 그 요소가 이미 있어."

그 에키네시아 스타티스가 한 말이다. 그러므로 자신은 도달할 수 있을 것이다. 해낼 수 있다. 해내야만 했다.

명치 안쪽이 델 것처럼 뜨겁게 타올랐다. 그것이 전신으로 질주했다. 그리고 환상은 현실이 되었다.

"으아아아!"

붉은 마나를 휘감은 검이 내리쳐졌다. 그것이 여태껏 버티던 알껍데기들을 으스러뜨리며 파고들었다. 벌건 액체가 팍 튀어 올랐다.

뱀의 몸집에 비하면 생채기에도 못 미치는 상처였으나, 분명히 상흔이 났다. 테레사에게 쏟아지던 태산 같던 압박감이 일시에 사라졌다. 알로 만들어진 뱀이 디트리히 쪽으로 머리를 돌렸다.

그것에게는 바질리스크와 같은 저주받은 눈이 없었지만, 디트리히는 돌이 된 것처럼 굳어 버렸다. 순간적으로 한계를 넘어선 몸은 손가락 하나 움직일 힘이 없었다. 벽은 넘었으나 마나 코어는 만들어지지도 않은 상태다. 그는 자신을 향해 짓쳐 드는 뱀의 머리를 멍하니 쳐다보았다.

테레사는 자신을 짓누르던 힘이 훅 사라지는 것을 느꼈다. 그것이 방향을 틀어 덤벼드는 방향에 있는 붉은 머리가 보였다.

'왜 도망가지 않은 거야, 망할 자식!'

결절에 따라 들어온 것으로도 모자라 그녀 대신 죽고 싶은 모양이었다. 네게 가진 호감이 진심이었나? 언뜻 든 생각과 별개로, 그 꼴은 볼 수 없었다. 그녀 자신이 죽는 한이 있더라도, 그녀는 또다시 지키지 못하고 잃을 순 없었다.

멀었다. 머리의 부상과 독기의 침투, 과도한 힘 사용으로 몸이 말을 잘 듣지 않았다.

그래서 테레사는 쥐고 있던 디공기오사를 던졌다. 푸른 검이 달려드는 뱀의 머리와 디트리히 사이로 날아가는 것을 보며 그녀는 온 마음을 다해 빌었다.

너는 수호검이잖아. 대장장이가 인간들이 무언가를 잃고 흘린 눈물들로, 무언가를 지키고 싶어 하는 마음을 모아 만든 기오사잖아.

'그러니까 내가 지키고 싶어 하는 사람을, 그를, 지켜 줘, 제발!'

잃을 바에는 죽겠다. 다시는 울고 싶지 않아.

[응, 들려. 내게 닿았어.]

갑자기, 성별도 나이도 짐작되지 않는 묘한 목소리가 그녀의 안에서 들려왔다. 손바닥의 문양이 뜨거워졌다.

[지켜 줄게.]

디트리히와 뱀의 머리 사이의 땅에 꽂힌 디몽기오사에서 푸른빛이 터져 나왔다. 그 빛은 방패처럼 견고해지며 뱀의 머리를 막아 냈다.

그어억!

알 수 없는 것에 가로막힌 거대한 뱀도, 힘이 빠져 주저앉은 디트리히도, 검을 던져 버린 테레사도 놀란 눈으로 수호검을 바라보았다. 푸른 막이 사라지며 작은 음성이 속삭였다.

[막았어. 근데 나 혼자서 또 막기는 힘들어. 소중한 사람이잖아? 함께 지켜야지. 얼른 일어나.]

부드럽고 상냥하지만 단호한 어투였다.

[일어나서 나를 쥐어, 주인님.]

현재 대륙에서 가장 결절에 대해 잘 아는 사람은 에키네시아일 것이다. 평생을 결절 연구에 바친 학자나 마법사보다도 말이다.

따라서 에키는 이변이 발생할 가능성을 계속 염두에 두고 있었다. 미로를 이루던 뱀을 모조리 죽였다 해도 끝나지 않을 수도 있다. 결절이란 그런 장소다. 그래서 그녀는 시작점을 찾아내자마자 테레사와 디트리히가 있는 곳으로 돌아갈 생각이었다.

[주인아, 저거 아냐? 저거 맞지? 근데 둥지가 겁청 커졌네. 밖에서 봤을 땐 이 정돈 아니지 않았어?]

자작나무로 만들어진 거대한 새 둥지 같은 구조물 안쪽에 허공을 접은 자국 같은 것이 떠 있었다. 그녀는 둥지 끝에 올라서서 그것을 유심히 보았다. 결절의 시작점이었다.

"결절이니 뭐 그럴 수도 있지. 시작점 찾았으니까 일단 돌아가……."

[……주인아.]

"알아."

에키는 말을 멈추고 마검을 쥔 채 둥지로부터 천천히 물러났다. 둥지가 움직이고 있었다. 나무끼리 부딪히면서 따각거리는 소리가 들렸다.

[둥지가 아니라 똬리 튼 마물이었네. 진짜 별걸 다 본다, 그치?]

똬리를 틀고 있던, 나무로 만들어진 뱀이 거대한 몸을 일으켰다. 미로를 이루던 바질리스크들보다 월등히 거대한 크기였다. 자작나무 숲 자체가 몸을 일으키는 것처럼 보일 정도로.

나무로 만들어진 뱀이라니, 난생처음 보는 괴물이었다. 그러나 에키는 그다지 긴장하지 않았다. 마검의 능력 덕분에 보자마자 어떻게 해야 저것이 죽는지 알아차렸고, 그렇게 하기에 충분한 능력도 있었다.

뱀이 커다랗게 입을 벌렸다. 용이 불을 뿜는 것과 비슷한 모습이라 그녀는 반사적으로 마나 실드를 만들었다. 그녀의 예상대로 무언가가 쏟아져 내려 마나 실드에 충돌했다.

[어? 야, 주인아, 이거…….]

그것은 눈에 보이지 않는 차가운 냉기였다. 뿜어진 궤적을 따라 얼얼붙은 공기가 얼음 조각이 되어 떨어졌다.

결절은 현실과 다른 법칙에 지배받는 기괴한 공간이지만 원칙은 있었다. 현실과 분리되며 삼켜진 것과 그곳에 있던 인간의 사념에 영향을 받는다.

그러니까 이 결절에서 바질리스크와 비슷한 괴생명체나 자작나무와 관련 있는 것들이 나타나는 건 기괴하긴 해도 납득이 안 갈 정도는 아니었다. 하지만 내쉬는 숨결이 얼어붙는 힘은 달랐다. 이런 건 저 북쪽, 그녀의 남편이 가 있는 곳에서 나타나야 할 현상이었다.

"……서리 거인?"

물론 결절은 상식이 통하지 않는 공간인 만큼, 서리 거인 같은 냉기를 뿜어대는 괴물이 생겨날 수도 있다. 랑테에 있던 기사들이 악튜크에 서리 거인들을 섬멸하러 다른 토벌단이 가 있다는 걸 알고 있었으니 그 사념의 영향일지도 모른다.

그럼에도 에키는 묘한 직감을 느끼고 눈썹을 치켜 올렸다.

테레사는 알로 만들어진 뱀을 막아 낸 푸른빛이 사그라드는 것을 멀거니 쳐다보았다.

[왜 멍하니 있어? 지키고 싶어서 나를 깨우기까지 했잖아?]

"디몽…… 디몽기오사?"

[디, 라고 부르면 돼. 인사는 나중에 하자, 주인님. 적이 다시 덤벼들 것 같아.]

들리는 음성대로, 예상치 못한 사태에 놀랐던 뱀이 다시 움직이고 있었다. 테레사는 급하게 마나 코어를 움직였다. 무리한 탓에 얼마 남지 않은 가나를 쥐어짜 내 어지러움과 독기와 부상을 버티며 몸을 일으켰다. 자신을 '디'라고 부르라던 목소리가 응원하듯 속삭였다.

[잘했어. 몸 상태가 많이 나쁘네. 그래도 지킬 사람이 있으니까 힘내야지. 나도 같이 힘낼 테니까. 자, 얼른 날 쥐어.]

뱀이 머리를 드는 사이, 테레사는 바닥에 꽂혀 있는 디몽기오사를 움켜쥐었다. 입가와 코에서 피를 줄줄 흘리며 주저앉아 있는 디트리히가 얼빠진 얼굴로 그녀를 바라보았다.

[정복궐의…… 아, 아직 아니지. 저기, 주인님이 지키고 싶어 하는 사람이 조금 전에 마스터가 되었어. 봤어?]

"……제대로 보진 못했지만."

테레사는 디몽기오사를 들어 올려 프랑 알마리의 기수식을 취하며 멍하니 대답했다. 어떻게 된 건지 아직 잘 모르겠다. 간혹 기오사가 각성하며 자아가 깨어나기도 한다는 건 오너가 된 직후 창천 기사단에서 기오사 오너에게만 제공하는 정보를 통해 알고 있긴 했지만, 설마…….

[주인님이 시선을 끌어. 그리고 그사이에 저 사람한테 죽을 베라고 해. 나는 마검이 아니라서 저 적의 약점이 어디인지는 모르겠지만, 눈 같은 부분이 수상해 보여. 거길 베어 보라고 하는 게 어떨까?]

"디트리히, 검기를 쓸 수 있겠나?"

"어, 어?"

"방금 검기를 쓰지 않았나."

"……내가 진짜 검기 썼어?"

더 대화할 틈이 없었다. 탐색하듯 그들을 살피던 뱀이 길게 울부짖으며 입을 들이댔다. 뒤에 디트리히가 있어서 피할 수는 없다. 사실 머리 부상으로 인한 현기증 때문에 빠르게 움직이는 게 불가능하기도 했다. 테레사는 엉겁결에 검을 들어 짓쳐 드는 머리를 막았다.

조금 전과 비슷한 상황이었고, 따라서 원래대로라면 그녀는 충격을 견디지 못하고 튕겨 나가거나 적어도 밀려났어야 했다. 하지만 그녀는 밀려나지 않았다.

그녀가 습관적으로 디몽기오사에 덮어씌운 검기가 일순 형태를 바꾸었다. 아까 디트리히를 막아섰던 것 같은 푸르스름한 빛의 막이 생겨나며 산사태 같은 뱀의 공격을 막아 냈다. 마나 실드? 그럴 리는 없었다. 테레사는 제니스가 아니었다. 그녀는 창천의 기록들 중에서 이런 현상에 대한 설명을 본 적이 있었다.

[급해서 내가 유도했어. 미안해, 주인님. 주인님이 직접 쓰는 건 나중에 연습하자.]

"이건……."

[나는 기오사 중에서 가장 견고한 검이야. 깨어났으니 이쯤은 해야지. 온다!]

역대 디몽기오사 오너들 중 간혹 이런 능력을 발휘한 경우가 있다고 한다. 그들은 이 마법 같은 힘을 '수호'라고 불렀다. 디몽기오사의 별칭이 수호검이 된 유래다.

테레사는 거대한 공격을 연속적으로 막아 냈다. 그녀가 막아설 때마다 방패가 펼쳐지듯 푸른빛이 펼쳐졌다. 덕분에 최악인 몸 상태로도 튕겨 나가는 일 없이 쏟아지는 공격들을 막을 수 있었다.

하지만 어디까지나 막아 낼 뿐이다. 랑기오사처럼 검기를 증폭할 수 있는 것도 아니고, 바르데르기오사처럼 무식한 마나를 쏟아 낼 수 있는 것도 아니었다. 그녀에게는 산을 베어 낼 방법이 없었다. 막기에도 급급했다.

디트리히는 계속해서 넋을 놓고 있을 만큼 바보가 아니었다. 테레사가 뱀을 막아서는 사이 검을 고쳐 쥐고 집중했다.

갓 마스터가 된 그의 몸은 마나 코어를 생성하는 중이었다. 그러나 그것이 완성될 때까지 기다릴 시간이 없었다. 검을 들자 다친 갈비뼈 쪽의 통증이 심해졌지만 이를 악물고 참았다. 간신히 칼날에 희미한 붉은빛이 어렸다. 힐끗 그것을 확인한 테레사가 위태롭게 소리쳤다.

"눈을 베어라, 디트리히!"

[급소라면 틈이 생길 거야, 그럼 바로 달아나야 해. 지금 상태의 주인님이랑 저 사람 둘이서 적을 쓰러뜨리긴 어려워.]

"달아날 준비도 하고!"

디트리히는 대답 대신 검을 들었다. 약이 바짝 오른 뱀이 테레사를 물어뜯으려 다시 덤벼들고, 막히면서 멈칫한 순간에, 그가 알이 깨져서 피 같은 액체가 줄줄 흐르는 부위를 찔렀다. 알로 만들어진 뱀이라 그곳이 눈인지 확신할 순 없었지만 위치상 눈이고 이상한 부분이었으니까.

붉은 마나가 감긴 검이 깨진 알 안쪽을 깊숙이 찔렀다. 검은 손잡이까지 푹 박혀 들었다. 뱀이 눈 깜박할 사이에 움츠러들며 고통스러운 비명을 내질렀다.

디트리히는 검을 놓치며 주저앉았다. 갈비뼈가 아파서 달릴 수가 없었다. 갓 마스터가 된 그는 아직 마나로 통증을 억누르고 버티며 움직일 수준이 되지 못했다. 그런 사정을 짐작한 테레사는 뱀이 머리를 움츠리자마자 수호검을 거두고 디트리히를 붙잡았다. 한 팔로 그를 들어 올리고 달리려던 그녀가 휘청거렸다. 그가 무거워서는 아니었다.

[주인님 머리 부상이 생각보다 심하네. 어쩌지, 어쩌지.]

디몽기오사가 애타게 중얼거렸다. 쓰러질 뻔했던 테레사가 겨우 자세를 바로잡는 사이 뱀의 비명이 멈췄다. 모골이 송연해지는 감각이 등 뒤에서 느껴졌다. 테레사는 본능적으로 돌아서며 검을 들었다. 좀 전보다 훨씬 약해진 푸른빛이 펼쳐지며 아슬아슬하게 뱀의 송곳니를 막았다. 마나가 고갈되기 직전이었다.

"나를 버려, 테레사."

"헛소릴."

"진심인데."

"닥쳐, 디트리히."

디트리히의 말을 일축한 그녀가 고개를 들었다.

자꾸만 공격이 막히는 게 성가셨던 뱀은 공격 방법을 바꿨다. 사방이 허연 뱀의 몸뚱이로 둘러싸였다. 그리고 서서히 조여들기 시작했다.

놈에게는 느린 속도였으나 덩치 차이 탓에 테레사와 디트리히에게는 빠르게 느껴졌다. 멀리서는 비늘처럼 보였던 것들이 삽시간에 가까워지며 알이라는 게 확연히 구별되는 거리가 되었다. 그들의 얼굴에 핏기가 가셨다.

[안 돼, 이제 막 만났는데 잃기는 싫어, 주인님……!]

디몽기오사가 울먹이는 듯한 음성으로 말했다. 뒤이어 디트리히가 혼잣말처럼 말했다.

"테레사, 사랑해."

"……뭐?"

"너 좋아한다고. 농담 아니야."

"이, 이, 이, 와중에 무슨……. 미쳤나?"

"지금 아니면 말 못 할 것 같아서. 아까도 후회했거든."

테레사가 황당하단 표정으로 디트리히를 돌아보는 순간, 그의 뒤쪽에서 하얀빛이 번개처럼 내리쳤다. 그리고 조금 전과는 비교도 할 수 없는 고통스러운 뱀의 비명이 허공을 찢었다.

뱀의 한쪽이 완전히 잘렸다. 토막 난 부위에서 부서진 알껍데기들이 우박처럼 떨어졌다. 그 사이로 몹시도 반가운, 그러나 이 자리에 나타나리라곤 짐작도 하지 못한 사람이 모습을 드러냈다.

유리엔 스타티스였다.

"단장님?"

"……테레사 경? 디트리히?"

그 역시, 여기에 그들이 있을 줄은 몰랐던 듯 푸른 눈이 커졌다.

[다행이다! 다행이야, 주인님!]

디몽기오사만이 한시름 놓은 목소리로 순수하게 안도했다. 당황한 얼굴로 그들을 보고 있던 유리엔은 성검을 고쳐 쥐었다.

"우선, 저것부터 치우고 나서 어떻게 된 건지 이야기하지."

반 토막이 난 채로도 살아 발광하고 있던 뱀은 제니스인 성검의 주인에게 곧 산산조각이 났다.

에크네시아는 의외로 고전하는 중이었다.

자즈나무 뱀이 얼음을 내뿜든 몸집이 끔찍하게 크든 사실 그녀에겐 별문제가 아니었다. 문제가 되는 건 그녀 배 속의 아기였다.

아무리 마나로 보호해도 급격한 움직임은 태아에게 좋지 않다. 그녀는 어느 정도까지 괜찮은지 비교적 정확하게 파악하고 있었다. 그래서 되도록 움직임을 줄이는 방법으로 싸우고 있었다. 그게 문제였다.

[저거 머리를 부숴야 죽을 텐데, 내려올 생각을 안 하네. 피하기는 또 되게 잘 피하고. 더럽게 얄미워!]

"……이거 어쩐지 겪어 본 상황인데."

[가짜 용이 이랬잖아. 치사하게 하늘에서 불만 뿜으면서 안 내려오고. 덩치도 큰 것들이 겁쟁이야! 겁쟁이! 에베베! 쳇, 저거한테도 내 목소리가 들리면 좋겠는데.]

예전에 결절에서 마주쳤던 용이 하늘에서 내려오지 않았던 것처럼, 자작나무 뱀은 결코 머리를 숙이지 않았다. 구름에 닿을 듯이 꼿꼿하게 머리를 세우고는 얼어붙는 숨결을 뿜거나 꼬리만 휘둘러댔다.

움직임을 최소화하기 위해 에키는 그것들을 대부분 마나 실드로 버티며 뱀의 몸통을 베었다. 하지만 머리 외의 부위는 아무리 부숴 봤자 바로 복구되었다. 머리를 향해 검기를 날리면 재빨리 피해 버린다. 그로 인해 전투는 지지부진했다.

저 뱀은 에키가 마나를 다 소모하고 지쳐 버리길 노리는 모양이지만, 마검의 마나가 있는 그녀는 거의 무한히 버틸 수 있었다. 애꿎은 주변만 빙판이 되어갔다.

사실 용처럼 날아다녀서 닿을 방법이 없는 게 아니니 이렇게 고전할 만한 상대가 아니었다. 뱀의 몸통을 밟고 뛰어 올라가면 그만이었다. 그러니까 문제는, 결국 아기였다.

'뛰어 올라가는 건 그렇다 쳐도, 저 높이에서 착지할 때의 충격은 절대 못 버텨.'

그녀 달고 아기가 못 버틴다. 에키는 초조해져서 입술을 깨물었다.

'속도를 내기 어려우니 이걸 무시하고 빠져나갈 수도 없고. 디트리히랑 테레사 경 쪽은 괜찮을까.'

걱정이 되었다. 독기가 가득한 공기 속에 오래 있는 것도 신경이 쓰인다. 마스터가 아니라서 못 버틸 디트리히도 그렇고, 그녀와 유리엔의 아기도, 아무리 마나로 보호하고 있다지만 안 좋을지도 모른다.

'……너무 얕봤어. 어떡하지?'

또다시 쏟아지는 냉기를 마나 실드로 막으며, 그녀는 가만히 아랫배를 감싸 안았다. 막막한 기분이 드는 지금, 그가 너무나 보고 싶었다.

'율…….'

"에키!"

환청인 줄 알았다. 설마 하며 돌아본 뒤에는 혹시 독에 중독되어 환상을 보나 싶어졌다. 악튜크에 있을 유리엔이 다급히 달려오는 게 보였으니까.

"에키네시아!"

그의 뒤로 서르를 부축한 채 서 있는 테레사와 디트리히를 보고 나서야, 에키는 그가 환상이 아닌 것을 깨달았다.

"율? 어떻게 여기에……."

유리엔은 대답 대신 마나 실드를 발동한 채 쏟아지는 냉기 사이로 파고들었다. 그녀의 앞을 가로막은 그가 걱정으로 일그러진 얼굴로 그녀를 돌아보았다.

"그대는 진정 나를 미쳐 버리게 할 작정인가."

"네?"

"괜찮은가? 다친 곳은? 어지럽지는 않나?"

초조하게 묻는 그를 보며 그녀는 지지부진한 전투의 돌파구를 찾아냈다. 다른 사람이면 몰라도 그라면 의지할 수 있었다. 에키는 빠르게 말했다.

"유리엔. 당신을 믿어요. 잘 받아 줘요."

"무슨……."

[야, 주인아, 잠깐만, 야!]

그녀가 그대로 그의 어깨를 딛고 뛰어올랐다. 이어 뱀의 몸에서 살짝 튀어나와 있는 자작나무 밑동을 밟고 다시 도약했다. 그리고 한 번 더, 그녀를 피해 몸을 뒤트는 목덜미를 밟고 다시 한번 더.

도약하는 와중에 마검에 이글거리는 마나가 거대하게 휘감겼다. 자작나무 뱀의 머리보다 높은 위치로 떠오른 그녀가 그것을 그대로 내리그었다. 뱀의 머리가 세로로 부서졌다. 칼끝에 단단한 무언가가 걸렸다가 산산조각 나는 게 느껴졌다.

캬아아악!

뱀은 단말마를 남기고 자작나무 더미가 되어 무너져 내리기 시작했다. 그녀 역시 떨어져 내렸다. 에키는 아래를 보았다.

새파랗다 못해 새하얗게 질린 유리엔이 뭘 해야 할지 직감하고 성검을 내팽개쳤다. 랑기오사는 이번에는 자신을 내던진다고 항의할 생각조차 하지 못했다. 마검의 주인이 너무 미친 짓을 하고 있어서.

조각난 백색 자작나무 가지들 사이로 분홍색 머리카락이 흩날렸다. 유리엔이 아래에서 팔을 벌렸다. 그녀는 그의 품으로 떨어졌다. 엄청난 높이에서 떨어졌지만 제니스인 그는 약간 몸을 낮추는 것만으로도 충격을 흘리며 그녀를 사뿐히 받아 냈다. 부드러운 착륙이었다.

에키를 무사히 받아 내자, 유리엔은 성에가 깔린 바닥에 비틀거리며 주저앉았다. 그리고 덜덜 떨리는 손으로 제 품의 그녀를 그러안았다. 힘주어 안을 엄두조차 나지 않는지 새털 같은 손길이었다. 에키는 그의 가슴팍에 기댔다.

"고마워요."

"에키, 내, 내가, 실수하면, 어떻게 하려고 이런, 이런 말도 안 되는……."

"실수하지 않을 거잖아요, 당신은."

더듬거리던 그의 말을 끊으며 그녀가 속삭이더니 미소를 지었다. 신뢰가 깃든 눈빛에 유리엔의 말문이 막혔다. 멍하니 그녀를 내려다보던 푸른 눈동자에 불현듯 물기가 어리더니 부풀어 올랐다. 에키는 기겁했다.

"유, 율? 왜 울어요?"

"……그대 때문이다. 정말로, 나는……."

"다, 다신 안 이럴게요! 다신 안 이럴 테니까, 울지 말아요! 걱정시켜서 미안해요!"

그가 눈물을 뚝뚝 흘리며 울기 시작하자 그녀는 어쩔 줄 모르며 그의 눈물을 닦아 냈다. 그녀는 계속 사과하고, 그는 울면서 그녀를 끌어안고선 괜찮은지 자꾸만 확인하고, 그러다 둘 다 동시에 굳었다. 아래를 내려다보고 나서 서로 시선을 마주쳤다.

"바, 방금……."

"움직였죠? 율, 방금 우리 아기 움직인 거 맞죠?"

에키가 눈을 반짝였다. 유리엔은 얼이 빠져서는 그녀와 그녀의 배를 번갈아 보더니 조심스럽게 손을 가져다 댔다. 한껏 집중된 부부의 기대에 화답하듯 아기가 움직였다. 첫 태동이었다.

"제가 놀라게 했나 봐요. 그래도 건강하네요, 우리 아이."

그녀가 미안하면서도 대견한 얼굴로 배를 내려다보는 사이, 유리엔은 손을 떼지도 못한 채 혼이 나가 버렸다. 눈물도 뚝 멈췄다. 그대로 입을 열었다 닫았다 하더니 새빨개졌다. 말이 나오지도 않는 모양이었다. 그의 표정을 본 에키는 웃음을 터뜨렸다.

다친 갈비뼈를 부여잡고 멀찍이서 그 광경을 지켜보던 디트리히는 오만상을 찌푸렸다.

"둘 다 아주 주위는 보이지도 않지."

"보기 좋지 않나."

테레사는 희미하게 미소를 띠고 있었다. 그녀를 돌아본 디트리히가 눈꼬리를 휘었다.

"테레사, 부러워? 그럼 나한테 대답해 주면 되는데."

"대답이라니?"

"아까 고백했잖아."

"무슨 고백을, 아."

테레사는 정신없는 와중에 디트리히가 했던 고백을 뒤늦게 떠올렸다. 그가, 그녀에게 사랑한다고 했다. 테레사가 느꼈던 디트리히의 호감은 확실히 사실이었던 모양이다.

'정말로 고백했으니 이제 거절을…… 하면.'

디트리히가 마스터가 된 순간이 떠올랐다. 그대로 돌아서서 에키네 시아가 있는 곳으로 도망쳤으면 될 텐데, 끝끝내 그 자리에 남아서 발악하다 마나를 꽃피웠다. 실패했다면 천하의 멍청이라 불릴 만한 짓이었으나 성공했으므로 최선의 선택이 되었다. 그녀의 위기가 그를 마스터로 만든 계기가 된 셈이다.

"네가 들어온다고 해서 도움이 되진 않는다."
"알아, 아는데, 그런 생각 할 틈이 없어서."

결절에 들어온 직후 나눴던 대화도 떠올랐다.
'나를…… 그 정도로 좋아한다고? 언제부터? 내 무엇을 보고?'
설령 좋아한다고 해도 가벼운 호감에 불과할 줄 알았다. 그런데 진심이라니. 무엇 때문에? 언제부터? 왜? 그런 의문이 뇌리를 점령했다. 때문에 거절의 말이 쉽사리 입 밖으로 나오지 않았다.
문득, 굳이 거절해야 하는가? 왜 나는 거절하려 하는 거지? 라는 자그만 의문이 속에서 돋아났다.
'결혼할 생각이 있는 것도 아니니까 당연히……'
테레사는 결혼에 관심이 없었다. 대공 부부는 기오사 오너인 그녀에게 결혼을 강요하지 않았고, 그녀는 기사로서 살아가는 삶 외에는 생각해 본 적이 없었다. 무심코 꺼낸 답에 다시 의문이 솟는다.
'결혼할 생각이 없다는 게 이유의 다라고? 그럼 디트리히에 대한 내 감정은……'
머리가 아프다. 부상 때문일 것이다. 가슴 안쪽이 간질간질한 이상한 감각도 부상 때문이겠지. 역시 디트리히는 늘 그녀를 복잡하게 만든다. 테레사는 미간을 찌푸린 채 생각에 잠겼다. 가만 기다리고 있던 디트리히가 가벼운 어조로 재차 물었다.
"대답 안 해 줄 거야, 테레사?"

"은근히 말 놓지 말라고 했다, 준기사 디트리히 사루아."

"나 이제 기사 될 건데? 마스터잖아."

복잡해서 습관적으로 한 말에 디트리히가 반박했다. 그의 말대로, 마스터가 되었으니 이제 아젠카에 돌아가면 디트리히는 기사로 서임될 것이다. 그는 슬쩍 웃으며 그녀에게 한 발짝 더 다가섰다.

"축하 안 해 줘?"

"추, 축하한다."

"좋아. 그럼 대답은?"

"당연히 거……."

[거절해? 정말? 왜? 주인님, 저 사람 꽤 좋아하잖아. 저 사람을 지키고 싶어서 나를 깨울 만큼.]

빙글빙글 웃는 반반한 얼굴이 짜증 나서 울컥 답하려던 테레사에게 디몽기오사가 이상하다는 듯 물어 왔다. 테레사의 입이 딱 다물렸다. 수호검이 소곤거렸다.

[난 저 사람이랑 주인님이 잘됐으면 좋겠어. 저 사람은 주인님의 반쪽이 될 사람이거든. 운명적이지 않아? 반쪽이 될 사람을 좋아하게 되었다는 게. 게다가 오래오래 천천히 쌓인 감정이지? 나 이런 거 정말 좋아해.]

수호검의 말이 이어질수록 테레사의 뺨이 서서히 붉어졌다. 나긋나긋한 어투인데 듣는 테레사에게는 한마디 한마디가 망치질 수준이었다. 기오사가 주인의 감정도 느낄 수 있던가? 저게 내 감정이라고? 그럴 리가 없다. 그녀는 저도 모르게 버럭 소리치고 말았다.

"누, 누가 누굴 좋아한다는 거냐!"

[주인님은 주인님의 반쪽을 좋아하잖아. 저기, 주인님, 부끄러운 건 이해하지만, 나는 늘 주인님 편이니까 진심을 숨기지 않아도 괜찮아.]

"저놈이 내 반쪽이라니 대체 무슨 소린가?"

[비밀이야. 하지만 금방 알게 될 거야. 주인님도 인정할 수밖에 없을걸.]

'저 빨간 머리의 남자는, 곧 나와 공명하는 쌍검인 러밍기오사의 주인이 된단 말이야.'

수호검은 지워진 시간을 떠올리며 속으로만 중얼거렸다.

기오사들은 본래 잠들어 있는 동안 있었던 일을 알지 못한다. 바르데르기오사가 제 껍데기가 주인을 조종하던 시절을 잘 모르듯이. 랑기오사는 모든 것을 기억하지만, 잠들지 않는 검이라 예외적인 경우였다.

디몽기오사도 그런 예외적인 경우에 일부 포함되었다. 정확히는 쌍검인 레밍기오사와 관련된 것들만을 알 수 있었다. 먼 옛날 대장장이가 인간의 기쁨과 슬픔을 재료로 검을 만들면서부터, 정복검과 수호검은 동전의 양면 같은 한 쌍으로 결정되었으니까.

따라서 시간줄이 움직이는 바람에 바뀌었다 해도 한때 분명히 정복검의 주인이었던 사람을 못 알아볼 리가 없는 것이다.

'카이로스기오사를 움직인 건 정황상 마검의 주인이겠지? 틈을 봐서 랑기오사에게 물어봐야지. 늘 깨어 있는 성검은 잘 알고 있을 테니까.'

디몽기오사가 그런 생각을 하는 사이, 디트리히는 묘한 눈으로 테레사를 바라보고 있었다.

"테레사, 날 좋아한다고? 게다가 내가 네 반쪽이야?"

그가 되묻는 말에 테레사는 기겁해서 고개를 저어댔다.

"누, 누가 그런 망언을!"

"방금 테레사가 한 말인데."

"……그, 그건, 그 뜻이 아니라……."

"아냐, 충분히 알았으니까 설명하지 마. 자세한 대답은 천천히 해 줘도 돼. 부끄러운 거잖아, 지금."

"나는 언제나 떳떳하다, 디트리히!"

"내가 네 반쪽이라며. 난 얼마든지 기다릴 수 있어."

"아니, 그건 내가 한 말이 아닌……."

"고마워, 테레사."

[잘됐다. 정말 정말 잘됐어. 서로 좋아하는 사람끼리 반쪽이라니, 나 앞으로가 조금 기대돼. 깨워 줘서 고마워, 주인님.]

테레사는 난생처음으로 검을 내팽개치고 싶어졌다.

랑테의 결절에 유리엔이 나타났던 건 학계를 뒤집어 놓을 사건이었다.

유리엔 스타티스는 악튜크에 생겨난 결절에 휘말린 기사를 구하기 위해 뛰어들었다. 안전한 장소에서 부상을 입은 기사들을 쉬게 두고, 시작점을 찾아 헤매던 그는 이상한 점을 알아차렸다. 어느 지점을 기점으로 조금씩 환경이 바뀌더니, 결국 주위 분위기가 다른 결절로 들어온 것처럼 완전히 달라졌다.

그리고 결국 남쪽에 있던 랑테의 결절에서 삼켜졌던 에키네시아 스타티스를 비롯한 사람들과 만났다. 그로 인해 결절, 즉 공간검 라키아기오사가 세계로부터 도려낸 공간이, 연달아 발생했을 경우 서로 이어져 있을 수도 있다는 가설이 제시되었다.

비슷한 시간이 여러 곳에서 결절이 생기는 일도 드물고, 결절에서 살아 돌아온 사람은 더 드물고, 살아 돌아왔다 해도 결절 내부를 헤집고 다니진 못했던 터라 처음 알려진 사실이었다. 창천 기사단의 의뢰로 스승과 함께 결절 연구를 진행 중이던 니콜은 비명을 질렀다. 그녀는 지금까지의 논문을 전부 파기하고 새로 써야 하는 신세가 되었다.

물론 학계의 파란과 별개로, 보통 사람들에게는 창천 기사단과 스타티스 부부에게 새로운 업적이 추가된 사건에 불과했다. 끔찍한 사고가 될 뻔했던 랑테와 악튜크 모두를 한 명의 사망자도 없이 막아 냈으므로.

아젠카로 귀환한 디트리히는 곧 비밀을 알게 되었다.

결절을 어떻게 예측한 거냐고 친구를 추궁한 끝에, 에키네시아와 상담한 유리엔이 결국 입을 열었다.

"……시간을 되돌렸다고? 에키네시아 죵이?"

"그래, 그녀가 기적을 만들었다."

유리엔은 극히 간략한 사정만을 말했지만, 그것만으로도 디트리히가 예상한 것보다 깊고 무거웠다. 유리엔은 그 설명 끝에 망설이다가 한마디를 덧붙였다.

"네가 못 미더워서 이것을 말하지 않았던 것이 아니다, 디트리히. 그저 나는……."

"됐어. 더 들으면 내 꼴이 쪽팔려질 것 같으니까 그만 말해라, 자식

아. ……고생했다, 율."

디트리히는 쓰게 웃고는 더 캐묻지 않았다. 그리고 들은 것조차 잊어버린 것처럼 행동했다. 다만, 딱 한 번, 어느 날 문득 에키네시아에게 입을 열었다.

"절 볼 때 가끔 굉장히 미안한 표정을 하는데, 그러지 않아도 됩니다, 에키네시아 경."

"……내가 그랬어?"

"당신이 무슨 짓을 했었든 그건 이미 존재하지 않게 된 일이잖습니까. 심지어 당신이 원해서 한 일도 아니었을 테고."

"……."

"제가 아는 경은 위대한 기사이며, 저와 테레사를 포함해 많은 사람의 목숨을 구한 사람이고, 평생의 친구가 멍청이처럼 굴 정도로 사랑하는 사람일 뿐입니다. 그러니까 아무짝에도 쓸데없는 그 죄책감은 갖다 버리세요."

디트리히는 한없이 가벼운 투로 그렇게 말하고는, 그 뒤로 다시는 지워진 시간과 관련된 이야기를 하지 않았다.

1631년 봄, 창천 기사단에 새로운 기오사 오너가 탄생했다.

디트리히 사루아.

그는 정복검 레밍기오사의 주인으로 선택되었다. 테레사는 비로소 디몽기오사가 왜 그를 보고 그녀의 반쪽이라 칭했는지 깨달았다.

디트리히는 기오사 홀에서 나오자마자 테레사 폰 프랑 알마리에게 청혼을 했다. 테퀘사가 무어라 반응하기도 전에 곁에 있던 그녀의 동생 미하일 폰 프랑 알마리가 디트리히를 향해 장갑을 집어 던졌다고 한다.

수호검의 주인이 정복검의 주인과 결혼하게 되는 건 그로부터 몇 년 후의 일이다.

외전 3.
끝나지 않는 것

에키네시아와 유리엔의 첫째 아이는 히아신스 스타티스였다. 신에게 사랑받았던 아름다운 소년의 전설이 얽혀 있는 꽃에서 따온 이름처럼, 히아신스는 굉장한 미소년이었다.

희고 우아한 얼굴이나 은발은 아버지를 빼닮았다. 아젠카 시내에서라면 미아가 되더라도 창천 기사단장의 아들인 것을 알아보고 데려다 줄 정도로 유리엔과 판박이였다. 다만 눈동자는 어머니를 닮아 선명한 보랏빛을 띠었다.

마스터를 넘어서는 제니스의 경지인 탓에 에키네시아는 세월이 비껴간 것처럼 스무 살 시절과 별달리 달라진 게 없었다. 열두 살의 히아신스는 상기된 뺨과 반짝이는 눈으로 그녀를 올려다보았다.

"정말입니까, 어머니?"

"물론, 이제부터 이건 네 거란다, 히스."

히스는 떨리는 손으로 그녀가 내미는 것을 받아 들었다. 검집에 들어 있는 진검이었다. 조심스럽게 검을 뽑아본 소년은 새파랗게 날이 서 있는 칼날을 보며 작게 감탄했다. 지금까지는 목검이나 날이 서 있지 않은 가검단 써 보았던 터라 보기만 해도 가슴 안쪽이 부풀어 올랐다.

에키는 검을 만지작거리는 장남을 보며 미소 지었다.

'좀 더 일찍 줄 걸 그랬어.'

유리엔과 그녀는 아이들에게 어릴 대부터 검을 가르치는 것에는 동의했지만, 진검을 주는 부분에서는 의견이 갈렸다.

마검 탓에 다짜고짜 지옥 같은 실전에 내던져져 구르면서 검을 익혔던 에키는 아이가 목검을 어느 정도 다루면 바로 진검을 주려 했었다. 그에 비해 정석대로 검을 익힌 유리엔은 아이가 다루기에 진검은 위험하니 좀 나이를 먹은 후에 주기를 원했다.

다칠까 봐 걱정된다는 유리엔의 약한 표정과, 일곱 살짜리 손자에게 진검이라니 무슨 짓이냐며 기겁하는 로아즈 공작 부부의 반응과, 결정적으로 히스가 진검을 쥐자마자 손을 베는 사건이 터지는 바람에, 에키는 의견을 굽혔다.

결국 히아신스는 열두 살이 된 오늘에서야 처음으로 자신의 진짜 검을 받게 되었다.

"우와, 히스 형은 좋겠다. 너무너무 좋겠다. 부럽다아……."

입을 댓 발은 내밀며 투덜거리는 소년은 둘째인 리시안서스 스타티스였다. 리시안서스가 슬며시 어머니를 바라보더니, 그녀의 품에 안겨들며 애교 있게 졸랐다.

"엄마, 나도 진거엄……. 진검 갖고 싶어요!"

"내가 아니라 아빠를 설득해 보렴, 리시안."

"아빠는 약속한 걸 해내기 전까지는 절대 안 된다고 한단 말이에요!"

"그럼 해내야지."

"눈을 가리고, 추를 단 목검으로 스타티스식 검술을 처음부터 끝까지 펼치면서 바닥에 그어 둔 원에서 벗어나지 말라니, 그게 말이 돼요?

그걸 어떻게 해요!"

"히스는 성공했잖아. 그리고 그것도 못 하면서 진검을 드는 건 엄마가 보기에도 위험해."

"으으…… 그래도요오……. 절대 안 다칠게요, 네?"

리시안은 부러 울상을 지었다. 굴기가 어린 하늘색 눈동자가 유리엔과 똑같아서 에키는 슬쩍 시선을 피했다

"우는 척해도 안 돼."

"리시안, 넌 나보다 진도가 빠르잖아. 놀러 다닐 시간에 연습을 더 열심히 하면 금방 나보다 잘할 거다."

히스가 반듯한 투로 말했다. 리시안은 비죽 입술을 내밀었다.

"형은 갈수록 아빠랑 똑같이 말해."

첫째는 외모처럼 성격까지 유리엔을 닮아서 고지식하고 성실했다. 여러 분야에 재능이 있는 것도 닮아 있었다. 다만 검술 재능은 두 살 어린 리시안이 히스보다 더 뛰어났다. 하지만 재능이 앞서는데도 리시안은 훈련보다 노는 것을 좋아하는 탓에 형에 비하면 아직 부족했다.

히스는 검을 챙기며 빙긋 웃었다.

"나는 검을 좋아하지만, 기사가 될 생각은 없으니까. 넌 기사가 되고 싶다며? 그런 네가 나보다 더 게으르게 훈련하면 안 되지. 아버지께서도 그리 생각하고 계시니 나처럼 말씀하시는 게 아니냐."

"형이야말로 뭘 벌써 진로를 결정하고 그래? 형도 기사 할 수도 있지!"

"난 검술이 별로 맞지 않아. 취미와 호신용으로 삼으면 적당할 정도지. 그리고 공부가 더 재미있으니까."

"으웩, 공부가 재밌어? 형 진짜 이상하다니까……."

에키는 한참 어린 열두 살짜리 아들이 애어른처럼 웃는 얼굴로 열 살짜리 동생의 머리를 쓰다듬는 것을 지켜보며 헛웃음을 흘렸다.

히아신스는 결코 검의 재능이 부족하지 않다. 보통의 또래 아이들과 비교하면 객관적으로 천재에 가까웠다. 주위에 있는 아이들이 하나같이 기사나 기오사 오너의 아이들이라 대부분 검에 재능이 있고, 동생인 리시안이 그중에서도 탁월한 탓에 상대적으로 본인이 모자란다고 생각할 뿐이다.

에키나 유리엔은 몇 번이나 히스에게 그 사실을 상기시켜 주었다. 히스는 똑똑한 아이라 쉽게 알아들었지만, 똑똑한 만큼 더 분명하게 말했다.

"검도 좋아하지만, 공부를 하는 것도 즐겁습니다. 어머니, 아버지, 저는 검을 쥐는 것보다 학문을 익힐 때 더 뛰어난 성취를 거둘 수 있을 거라고 생각합니다. 검을 놓을 생각은 없으나, 전 학문에 더 집중하고 싶습니다."

에키나 유리엔은 아이들에게 기사가 되라고 강요하고 싶지는 않았다. 좋아하는 길을 가면 될 일이다. 그래서 히스의 선택을 지지해 주었다.

현재 히스는 검은 적당히 익히면서 제국 대학에 진학하는 것을 목표로 공부에 더 집중하고 있었다.

물론 히아신스 스타티스의 '적당히 익히는 검'은, 이대로만 성장한다면 18세에 아젠카 사관학교에 입학하고도 남을 수준이었다.

'책 좋아하는 건 아무래도 유리엔을 닮은 거겠지.'

리시안은 놀기 좋아해서 그렇지 검술 재능 면에서는 압도적이었다. 자꾸 훈련하지 않고 놀러 다니는 것도 웬만한 건 다 너무 쉽게 해내서 그런 게 아닌가 싶을 정도로 달이다.

유리엔은 둘째가 자신이 어릴 때보다 더 뛰어난 것 같다고 말했었다. 에키의 경우 어릴 때 검을 쥐어 본 적이 없으므로 비교할 방법이 없었지만, 다른 아이들을 보면 리시안이 월등하다는 건 확실히 알 수 있었다. 가깝게는 히스와 비교해 보아도 그랬다.

리시안이 유리엔이 세운 기준을 통과하지 못한 건 순전히 게으른 탓이었다. 또래들은 물론이고 나이가 위인 형을 상대로도 대련하면 압승인 데다 딱히 절박한 상황에 있는 것도 아니니 게을러질 만도 했다.

'좀 자극이 되는 친구가 있으면 진지해지려나.'

에키는 첫째의 진검을 빌려달라고 조르는 둘째를 지켜보며 옅게 한숨을 쉬었다. 진검이 욕심나면 열심히 하지 않을까 조금 기대했는데 영 글러 보였다.

문득 히스가 리시안의 정수리께를 응시했다.

"리시안, 너 머리색이……. 마법약의 효과가 끝나가나 보군."

"으악!"

리시안이 기겁하며 머리를 양손으로 덮었다. 조금 전까지만 해도 히스와 같은 은빛이던 둘째의 머리카락은 서서히 분홍색으로 바뀌고 있었다. 리시안은 울상이 되어 제 머리카락을 잡아당겼다.

"씨이, 벌써 바뀌네. 니콜 이모한테 다시 부탁해야지."

히스가 눈썹을 치켜 올렸다.

"너, 또 염색하려고?"

"형도 분홍 머리로 태어나면 염색하고 싶을걸."
"어머니께 물려받은 머리카락이 창피하다는 거냐?"
"엄마는 여자니까 예쁘지만 난 남자라고! 남자가 분홍 머리가 뭐야!"
"머리카락 색이 성별이랑 대체 무슨 상관이지?"
"몰라! 어쨌든 난 싫단 말이야! 엄마, 저 니콜 이모한테 다녀올게요!"
소년이 빽 소리를 지르고는 저택 쪽으로 달려갔다.

리시안서스는 잘 유전되지 않는 분홍 머리를 에케네시아로부터 물려받았다. 얼굴도 그녀와 닮아 예쁘장한 편이라 그 머리카락이 몹시 잘 어울렸다. 그래서 지금보다 더 어릴 때는 예쁘다, 귀엽다는 칭찬을 늘 들었다. 리시안은 그런 칭찬들을 분명 좋아했었다.

그러던 리시안이 어느 날 갑자기 자긴 남자애니까 분홍 머리가 안 어울린다며 염색을 해 달라고 졸라 댔다. 아무래도 아이들 사이에서 무슨 일이 있었던 모양이었다. 뒤늦게 알아보니 테레사와 디트리히의 장녀인 아나스타샤 때문이었다.

아나스타샤는 히아신스만 보면 얼굴이 새빨개지곤 했는데, 리시안이 그걸로 자꾸 놀려 댔다고 한다. 화가 난 아나스타샤가 '남자애한테는 안 어울리는 분홍 머리인 너보단 히스 오빠가 훨씬 멋지니까 당연하잖아!'라고 소리친 것이다.

리시안은 그 말에 충격을 받고 염색을 하겠다고 우겨 댔다. 염색약은 어린아이가 쓰기에는 독하고 해로워서 안 된다고 하자 직접 다른 방법을 찾아내기까지 했다. 니콜을 졸라 마법으로 머리를 형과 같은 은발로 바꾼 것이다. 이럴 때만 영악한 녀석이었다.

소년은 마법이 풀릴 때쯤 되면 다시 니콜에게 찾아가 꼬박꼬박 염색을 하고 있었다. 에키는 니콜을 설득해 낸 아들의 의지를 높이 사서 굳이 말리진 않았다. 그녀는 달려가는 리시안의 등을 향해 외쳤다.

"혼자 가지 말고 던컨이랑 같이 가렴!"

"네에!"

대답 하나는 씩씩했다. 그새 완전히 분홍빛이 된 조그만 뒤통수가 곧 저택 안쪽으로 사라졌다. 에키는 얌전히 기다리고 있는 장남을 돌아보았다.

"그럼, 히스, 우선 진검으로 검술을 펼쳐 보자. 1식부터 시작해 보렴."

"네, 어머니."

히스는 긴장한 얼굴로 검을 쥐었다. 소년이 막 검을 들어 올리는데 지루한지 대놓고 하품을 하고 있던 마검이 에키에게 말을 걸어 왔다.

[어, 주인아, 네 막내가 이쪽으로 오는데? 저기 봐.]

"응?"

연무장에 메이릴리가 들어왔다.

첫째처럼 유리엔으로부터 반짝이는 은탈을, 에키네시아로부터 선명한 보랏빛 눈동자를 물려받은 일곱 살의 메이릴리는 스타티스의 막내딸이자 공주님이었다.

두 오빠나 저택의 사용인들은 물론이고, 창천 기사단원들이나 다른 집의 언니 오빠들까지도 인형 같은 소녀를 몹시 귀여워했다. 로아즈 공작 부부나 란셀리드도 메이릴리에게는 뭐라도 하나 더 챙겨 주지 못해 안달이었다.

에키와 유리엔도 막내에게는 약했다. 히스나 리시안은 다섯 살부터 시작했던 훈련도 메이릴리는 운동 수준으로만 시킬 정도였다. 로아즈 공작 부부가 손녀딸까지 벌써 검을 쥐게 할 셈이냐고 싸고돈 탓도 있긴 했다.

은발을 커다란 리본으로 묶어 올리고 작은 손으로 장난감 같은 목검을 쥔 아이가 다가오자 히스는 얼른 검을 멈췄다. 혹시나 어린 여동생이 다칠까 봐 걱정되어서였다. 에키는 몸을 낮춰 딸을 안아 주었다.

"메이, 낮잠 잘 시간 아니었니?"

"던컨이 히스 오빠가 오늘 진검을 받는다고 알려 줬어요."

"아, 그래서 구경하러 온 거니?"

"으응……. 아니요, 저도 진검이 갖고 싶어서요. 오빠가 한 거 해내면 저도 진짜 검 받는 거죠?"

"응? 메이, 넌 아직 제대로 검을 배운 적이……."

"할 수 있어요! 봐주세요, 네?"

메이가 에키의 품에서 벗어나 목검을 고쳐 쥐었다. 자세히 보니 목검에 히아신스나 리시안이 쓰던 추가 달려 있었다. 상대적으로 가벼운 목검을 진검과 비슷한 무게로 만들어 주는 추였다. 물론 어린이용으로 만들어진 크게 무겁지 않은 진검과 비슷한 무게에 불과했지만, 그래도 보통 아이 수준에서는 무거웠다. 일곱 살이면 똑바로 들고 있기도 힘겨울 무게다.

그러나 메이릴리는 쉽사리 그것을 들어 올렸다. 발그레한 뺨이나 가느다란 팔과 어울리지 않는, 예사롭지 않은 자세였다. 소녀는 진지한 얼굴로 눈을 감더니 움직이기 시작했다.

스타티스식 검술은 에키네시아가 뼈대를 잡고 유리엔이 다듬어 정리한 검술이었다. 에키가 실전에서 쌓은 경험과 익힌 기술, 마검의 주인이라 자연히 느끼게 되는 가장 효율적인 검로를 바탕으로, 유리엔이 보다 이해하기 쉽고 살기를 줄이는 형태로 매끄럽게 다듬었다.

사실은 아이들에게 검을 가르치려니 검술을 형식화할 필요가 생겨서 만든 것뿐인데, 만든 사람들이 제니스인 그들이다 보니 어지간한 전통 명문가 검술들을 다 씹어 먹을 수준이 되어 버린 상태였다. 쉽게 만든다고 만들었는데도 불구하고 어지간히 재능이 있지 않으면 따라 하기조차 힘든 검술이기도 했다.

디트리히는 '이걸 애한테 가르치려고 만든 거라고? 하여간 천재란 것들은 다 저 같은 줄 알지'라는 평을 남겼었다. 그러나 후일 디트리히는 히아신스나 리시안서스가 순조롭게 그 검술을 익히는 것을 보고는 그 평을 수정했다. '천재끼리 결혼했으니 천재들이 태어날 게 뻔한데 내가 쓸데없는 걱정을 했네'라고.

그 평에도 별로 신경 쓰지 않았건, 솔직히 유리엔이 놀라는 리시안서스의 진도를 보고도 크게 놀라지 않았던 에키네시아는 지금 이 순간 경악했다.

메이릴리는 눈을 감은 채로 깔끔하게 스타티스식 검술을 펼쳐냈다. 제대로 가르친 적조차 없는데도 불구하고 거의 완벽한 자세였다. 심지어 소녀가 연무장에 남긴 발자국은 그어 놓지도 않은 금을 상정하고 움직인 것처럼 일정 범위를 벗어나지 않았다.

어제 겨우 저것을 성공했던 히스는 멍하니 입을 벌렸다. 에키는 마검이 얼빠진 목소리로 중얼거리는 것을 들었다.

[주인아, 네 애들 중에서 얘가 제일 타고난 거 같은데?]

"……그러게."

"엄마, 어때요? 나 잘했어요?"

마지막 기술을 끝낸 메이가 반짝 눈을 뜨고는 상기된 채 물었다. 힘들긴 힘들었는지 어깨가 눈에 띌 정도로 들썩이고 있었다. 에키는 당황스러운 표정을 숨기기 위해 얼굴을 한 차례 문지르고 쪼그려 앉으며 딸과 눈높이를 맞췄다.

"메이."

"네, 엄마."

"언제 이걸 배웠니? 아빠가 가르쳐 줬어?"

"아뇨, 오빠들이 매일 연습하잖아요. 창문으로 맨날 지켜봤는걸요."

"……그걸 그냥 보고 따라 한 거라고?"

"몇 번 해 보니까 되던데……. 틀렸어요? 이상하게 했어요?"

조그만 얼굴이 울상이 되자 에키는 급히 고개를 저었다.

"아냐, 잘했어. 엄청 잘했어."

그녀가 머리를 쓰다듬으며 칭찬해 주자 소녀의 뺨이 발그레 달아올랐다. 메이는 초롱초롱해진 눈으로 에키를 올려다보며 치맛자락을 살며시 잡아당겼다.

"엄마, 엄마, 그럼 저도 이제 히스 오빠처럼 진짜 검 받을 수 있어요?"

"아…… 음…… 그러니까……."

에키는 쉽사리 대답하지 못하고 끙끙거렸다.

히스가 손을 베인 사건 이후로, 유리엔과 그녀는 아이가 열 살이 되기 전에는 진검을 주지 말자고 약속했었다. 그들이 정한 시험도 열 살은 넘어야 가능할 수준으로 대충 맞춰 놓은 것이었다. 다른 기사들은 그 시험 내용을 듣고 그게 열 살짜리 수준이냐고 어이없어했지만, 아들들의 진도를 생각해 보면 적당한 수준이었다.

그러나 그 시험조차 딸에게는 너무 쉬웠던 모양이었다. 제대로 가르치지 않아서 그간 몰랐는데 아무래도 메이릴리가 그녀의 재능을 가장 짙게 물려받은 듯했다. 에키는 한껏 설렌 얼굴로 올려다보는 일곱 살짜리 딸을 보며 이마를 짚었다.

'……그래, 어차피 실제 검술은 진검으로 펼치게 되니 일찍부터 익숙해지면 좋은 거지. 이 정도면 다칠 일도 없을 거고.'

그녀는 깊게 한숨을 쉬고 천천히 고개를 끄덕였다. 기대에 차서 그녀를 보고 있던 메이의 얼굴에 환한 미소가 피어났다.

"엄마, 고마워요! 고맙습니다! 너무너무 좋아요!"

소녀가 깡충깡충 뛰더니 에키의 허리에 와락 매달려서 뺨을 비볐다. 제 딸이지만 깨물어 주고 싶을 만큼 귀여워서, 에키는 웃으며 아이의 이마에 뽀뽀를 해 주었다. 메이 역시 수줍게 웃고는 엄마의 뺨에 뽀뽀를 돌려주었다.

넋이 나가 있던 히아신스는 그 광경을 보고 도로 차분해져서는 빙그레 웃었다. 검에 큰 욕심이 없는 소년은 막내 여동생에게 따라잡힌 것에도 딱히 기분이 상하지 않았다.

'역시 나는 편히 원하는 공부를 해도 되겠구나. 어머니와 아버지의 검술은 리시안과 메이가 이어가겠지.'

히아신스는 대견한 눈빛으로 메이릴리를 바라보았다. 자기도 어린 아이라는 것을 잊은 듯한 그 표정을 보고 에키는 웃음이 터지려는 것을 애써 참았다.

'정말이지 누구 아들 아니랄까 봐.'

[……야, 주인가, 나 얘가 맘에 들어. 딴 애들은 너랑 비교하면 좀 모자란 느낌이었는데 얘라면 꽤 괜찮을 거 같아. 얘는 제법 강해지겠지? 나중에 얘한테 나 물려줘, 응? 내가 랑보다 먼저 선점한 거다?]

마검이 칭얼거리는 소리에 에키의 미소가 딱 굳었다. 그녀는 저도 모르게 싸늘해진 눈으로 오른 손바닥을 내려다보며 말했다.

"내 딸 노리지 마, 망할 마검아."

[왜! 왜! 나 착하잖아! 이제 계속 깨어 있으니까 옛날 같은 사고는 안 치는데!]

"시끄러워. 그래도 넌 너무 위험해. 여러모로 해롭고."

[와, 이런 게 어딨어! 나처럼 착한 검이 뭐가 해로워? 죽이자는 말도 요샌 잘 안 하잖아! 너무해! 너랑 헤어지면 혼자 남을 내가 불쌍하지도 않아? 미래의 주인 좀 찍어 두면 어때서!]

"선택은 내 딸이 하는 거야, 네가 하는 게 아니라. 그리고 메이릴리는 이제 겨우 일곱 살이야. 자꾸 헛소리하면 기오사 홀에 도로 넣어 버린다."

[치이……]

바르데르기오사는 투덜거리며 입을 다물었다.

그사이 메이릴리는 히아신스와 무어른 이야기를 하는 중이었다. 히스는 메이가 새소리 같은 음성으로 검 연습 과정을 종알종알 이야기하는 것을 귀여워 죽겠다는 눈빛으로 보고 있었다. 애써 담담한 표정을 하려 하는데 입매가 자꾸만 실룩이고 있다. 조만간 여동생을 은근히 자랑하고 다닐 듯했다.

에키는 사이좋은 남매를 보며 속으로 고민했다.

'메이한테 진검 준다고 하면 유리엔이 반대하겠지?'

로아즈 공작 부부도 뒤로 넘어갈 것 같았다. 유리엔이야 그렇다 쳐도 그녀의 부모님을 납득시키려면 애를 먹을지도 모르겠다. 그녀는 내심 한숨을 쉬었다.

그날 밤, 에키네시아는 단장 업무 때문에 밤늦게 온 유리엔과 차를 마시며 말했다.

"메이에게 진검을 만들어 주기로 했어요."

에키의 예상대로, 유리엔은 낯을 굳혔다. 그가 어지럽게 눈을 깜박이더니 강황한 채 물었다.

"메이에게 그런 약속을 했다고? 그대가?"

"네. 당신이 제시한 조건을 한 번에 해내더라고요."

"……그걸 해냈다고?"

유리엔이 멍해졌다. 그의 머릿속에서 메디는 천사처럼 작고 귀엽고 여린, 눈에 넣어도 아프지 않을 막내딸이었다. 그가 알지 못하는 에키네시아의 어린 시절이 저렇지 않았을까 싶어서 더 사랑스럽게 느껴졌다.

사실 자세히 뜯어보면 세 아이 중에서 에키를 가장 많이 닮은 건 둘째인 리시안이었지만, 아무래도 남자아이인 리시안보다는 여자아이인 메이릴리가 에키네시아와 비슷해 보였다. 특히 눈매가 엄마를 빼닮아 유리엔으로서는 보고만 있어도 행복했다.

에키네시아는 아이들에게 강요하지 않는 편이었다. 그녀는 적극적으로 하려 드는 사람은 최선을 다해 가르치지만, 억지로 무언가를 하게 만드는 것에는 거부감을 느꼈다. 따라서 기본만 알려 주고 이후에는 아이들이 먼저 가르쳐 달라고 하기 전에는 나서지 않았다.

그로 인해 아이들의 훈련은 유리엔이 주로 맡게 되었다. 아이들을 사랑하는 것과 별개로 그는 성검의 주인답게 엄격했다. 유리엔은 그저 놀고 싶어 게으름을 피운다는 걸 이해하기 어려워하는 사람이었다.

 성실한 히아신스는 잘 따라왔으나 리시안은 종종 땡땡이를 쳤다. 그럴 때마다 에키는 봐주었으나 유리엔은 가차 없이 벌을 주었다. 물론 리시안은 벌을 받으면서도 꿋꿋하게 게으름을 피웠다.

 하지만 그런 유리엔도 메이릴리에게는 도저히 강하게 나갈 수가 없었다. 히스나 리시안은 아무렇지도 않게 연무장을 구르게 만들면서도 메이가 힘들어 하는 건 보기 힘들었다. 그래서 로아즈 공작 부부의 반대를 핑계 삼아 본격적인 훈련을 시키지 않았다. 자연히 메이릴리는 거의 훈련을 받지 않았다. 놀이에 가까운 운동만을 했을 뿐이다.

 마냥 연약하고 어리게만 느껴지는 딸아이에게 진검을 쥐여 주겠다니. 에키네시아가 한 말이 아니었다면 유리엔은 상대를 대번에 서늘하게 쏘아보았을 거다.

 그런 메이릴리가, 그 단풍잎 같은 손으로 뭘 했다고? 그로서는 상상이 가질 않았다. 이미 놀랐었던 에키네시아는 담담히 말했다.

 "리시안이나 히스가 연습하는 걸 창밖으로 지켜보고 따라 한 거래요."

 "그게…… 가능한 일인가?"

 "거의 완벽했어요. 솔직히 히스보다 잘하던걸. 해냈으니까 진검 달라는데, 안 줄 수가 없잖아요."

 "하지만, 아무리 그래도 아직 겨우 일곱 살인데……."

 "괜찮을 거예요. 일찍부터 진검에 익숙해지는 게 낫기도 하고요."

 "다칠 수도 있고……."

 "추를 단 목검을 다루는 걸 보니 큰 문제는 없을 것 같아서. 조금 베이는 정도는 괜찮잖아요."

"결코 괜찮지 않다!"

유리엔이 사색이 되어 강하게 말했다. 그 여린 피부에 상처라니, 그걸 어떻게 본단 말인가.

[팔불출 과보호가 따로 없군.]

성검이 혀를 차며 중얼거렸지만 유리엔은 듣지 않았다. 과보호면 뭐 어떤가, 딸이 다치지 않는 게 더 중요했다.

그가 목소리를 높이자 에키가 움찔 놀랐다. 늘 나직하고 부드럽게 말하는 유리엔이다 보니 조금 언성을 높이는 것도 그녀에게는 익숙하지 않았다.

"화났어요, 율?"

"아니, 아니다. 그저, 걱정이 되어서."

유리인은 급하게 고개를 저었다. 에키는 그를 빤히 응시하다가 갸웃거렸다.

"저는 메이라면 일찍부터 진검을 쥐어도 된다고 판단했어요. 하지만 당신의 판단은 다를 수도 있겠죠."

"나는 그대의 판단을 의심하지 않아. 다만……."

"무슨 뜻인지 알아요. 히스가 다친 적이 있으니 걱정하는 것도 이해하고요. 아무래도 당신이 직접 한 번 보는 게 낫겠어요. 메이가 검을 쓰는 모습을."

"……내가?"

"네. 아마 저와 같은 판단을 내릴 테니까. 그 아이가 목검으로 연습하는 건 낭비예요. 율이 직접 확인해 봐요."

에키는 단호하게 말하고는 화제를 돌렸다.

"그러고 보니 로발트 쪽 문제는 어떻게 되어가고 있어요, 율?"

검에 관련된 일에서 그녀의 판단은 항상 옳았다. 아마 메이릴리가 검을 쓰는 모습을 본 순간 그는 그녀의 결정에 따를 수밖에 없으리라. 유리엔은 약간 우울해진 채 대답했다.

"전염병이 갈수록 번져 가고 있다. 성녀를 파견해 달라는 요청이 이젠 애원에 가까워졌지."

"대신전은 여전히 난색이고요?"

"성녀는 자기 자신을 치유할 수 없으니까. 엘기오사에 상처 입는 유일한 인간이니……. 성녀의 전염을 우려하는 대신전 입장에서는 안 된다고 거절할 수밖에 없다. 하지만 결국 성녀의 귀에 로발트의 소식이 들어가서……."

"……샤이가 가고 싶어 했겠군요."

"그녀도 이제 어린아이가 아니니, 그녀가 결정하면 대신전으로선 따라야겠지. 아무래도 곧 로발트로 출발하게 될 것 같군. 창천에서 호위를 맡기로 했다."

"걱정이네요. 샤이는 정말이지 제 몸을 아끼질 않아서."

유리엔이 말을 멈추더니 그녀를 바라보았다.

"앨리스 경이 들으면 화를 내겠어. 그대가 할 말이냐고 말이다."

"……앨리스가 스콰이어일 땐 여러모로 걱정을 끼치긴 했죠. 이젠 안 그래요. 애초에 전 제가 감당할 수 없을 때는 나서지 않잖아요."

확실히 그녀는 무모한 짓은 하지 않는다. 그녀가 감당할 수 있는 수준이 너무 거대할 뿐이다. 누구보다 강하기에 누구보다 어려운 일들에 직면하게 된다. 그러니 유리엔으로서는 늘 걱정할 수밖에 없었다.

몇 년 전에 에키네시아가 크게 다친 적이 있었다. 그녀가 깨어날 때까지 유리엔의 정신을 유지시킨 건 아이들의 존재와, 그녀가 속삭였던 카이로스기오사의 예언이었다.

"저는 행복해질 거예요."

신검이 보고 왔다던 그녀의 미래. 그 미래가 있으니 그녀는 무사할 것이다. 유리엔은 그 예언을 붙들고 버텼었다.

그녀가 사라지는 것을 상상하면 태양이 사라진 풍경이 떠올랐다. 정안을 통해 보면 그녀의 혼은 늘 태양처럼 타오르고, 그는 여전히 그녀를 볼 때 종종 눈이 부셨다. 주체 못 할 설렘과 제멋대로 오르락내리락하던 감정은 시간이 지나며 깊게 익었다. 부드럽고 고요해졌으나 색은 더 진해져 버렸다.

그는 세월이 흐르며 종종 황후를 잃고 미치광이가 되어 버렸던 전 황제에 대해 생각했다. 친아비로 여기지 않음에도 그자의 피가 그의 안에 흐르는 건 사실이었다. 그자를 떠올릴 때마다, 만약 에키네시아를 잃게 된다면 스스로가 어떻게 미칠지 두려워지곤 했다.

그녀가 살아 있는 전설에 가까운 기사라서 정말로 다행이다. 유리엔은 쓴웃음을 띠고 답했다.

"그대로선 감당할 만한 일이라 행한다는 것을 알지만, 그래도 늘 조심해 주었으면 한다. 나는 그대를 잃고 살아갈 자신이 없으니."

"유리엔."

에키는 찻잔을 내려놓고 일어나더니 그의 자리로 다가왔다. 그녀가 스스럼없이 그의 무릎에 걸터앉으며 그의 뺨을 감쌌다.

"또 쓸데없는 상상을 했죠?"

"……."

"당신은 너무 걱정이 많아. 내가 당신이나 아이들을 두고 어떻게 될 것 같아요? 누구도 나를 해칠 수 없어. 당신이 제일 잘 알잖아."

유리엔은 그녀의 손에 뺨을 기대며 눈을 내리깔았다.

"알고 있지만…… 그래도 어쩔 수 없지 않은가. 내 전부인 사람을 걱정하는 것은."

"전부는 아니죠, 아이들이 있는데."

에키가 웃으며 그에게 입을 맞췄다. 유리엔은 그 말에 동의하지 않았다. 물론 그는 세 아이들을 그 무엇보다도 사랑하고 아이들을 위해 제 목숨도 내어 줄 수 있지만, 그래도 그의 전부는 그녀였다. 그녀를 잃으면 그는 자신을 잃어버릴 테니까.

하지만 유리엔은 그녀의 말에 반박하는 대신 입맞춤에 호응하며 그녀를 제게로 좀 더 당겨 안기만 했다. 길고 다정한 입맞춤이었다. 부부는 서로를 안은 채 사소한 대화를 이어갔다.

"그러고 보니 테오의 서임식이 곧이네요."

"열흘 남았지. 그를 마지막으로 위즈덤 초대 클럽원은 전원 마스터가 되는군. 그대의 힘이다."

"그들이 노력한 결과죠, 제가 한 건 작은 도움일 뿐인데."

"글쎄. 그대는 요즘 사관학교 내에서 위즈덤 클럽 가입이 얼마나 치열한지 알고 있나?"

"파티마 경이 현 클럽장이 자기한테까지 우는 소리를 한다고 하긴 했는데……. 그렇게 난리예요?"

"싸움이 벌어진 적도 있다. 사무관들이 골머리를 앓더군. 특히 그대가 온다고 하면 자리를 놓고 한 달 전부터 전쟁이나 다름없어진다고 들었다."

"겨우 1년에 한두 번인데도?"

"1년에 한두 번이니 더 치열한 거겠지. 부상자가 발생한 적도 있을 정도니."

"으, 그 정도면 가지 않는 게 나을까요?"

"아니, 그럴 필요는 없다. 그대는 귀중한 도움을 선의로 베풀 뿐이고, 그걸 소화해 내는 건 사관학교에서 알아서 할 일이지."

"음, 그래도 부상자가 나오는 건 아닌 거 같아요. 총행정관에게 자문을 구해서 어떻게 해 봐야겠어요. 참, 바라하 경은 언제 돌아온대요? 장기 임무라지만 너무 길어지잖아요. 얼굴 못 본 지 몇 년은 된 것 같아."

"왕족의 검술 사범으로 간 것이니. 왕족이 계속 가르침을 받길 원하는 한 더무르게 되겠지. 어차피 사막은 그의 고향이기도 하니 오래 머문다고 해서 힘들지는 않을 거다."

덤덤히 대답하는 그를 보면서 에키는 미심쩍은 기분이 들었다. 함께 살게 된 지 꽤 되다 보니 그녀는 이제 그가 고결하기만 한 사람이 아니라는 것을 안다. 티를 잘 안 내서 그렇지 은근히 질투가 심하다는 것도 알게 되었다.

"저기, 율. 혹시나 해서 하는 말인데……. 바라하 경 일부러 거기에 보낸 건 아니죠?"

"설마 그 옛 감정 탓에 내가 그리하겠나."

[뭐, 없는 걸 만들어 보낸 건 아니긴 하지. 별 기대 없이 술탄이 흘리듯 한 요청을 적극적으로 받아들이고 그놈한테 권했을 뿐. 해가 갈수록 요령만 느는구나, 주인.]

성검이 툴툴거렸지만 유리엔은 깨끗이 무시했다. 성검의 말을 들을 수 없는 에키는 그럼 그렇지, 하고 웃어넘겼다.

"하긴 그렇죠. 아, 로잘린이, 아니, 디아상트 공작이 가문 소속 기사들의 단기 훈련을 요청했다던데. 누구 보낼 거예요?"

"아직 결정하지 않았는데…… 그대가 따로 생각해 둔 기사가 있는가?"

"딱히 정해지지 않았으면 제가 다녀오고 싶어요. 릴리랑 알버트, 많이 컸던데. 오랜만에 로잘린도 보고 싶고."

단기 훈련이라지만 최소 한 달이다. 유리엔은 조금 우울해졌다. 그녀의 머리카락을 가만가만 쓸어 넘기며 그가 느릿하게 답했다.

"그대가 원한다면 그리하지. 히스도 데려갈 건가?"

"히스가 알버트랑 꽤 친하잖아. 가고 싶다고 하면 데려갈까 해요."

"알겠다. 참, 에키, 그대가 훈련시키고 있는 기사들은 요즘 어떻지?"

"요즘 미하일 경의 발전 속도가 놀라워요. 조만간 앨리스를 따라잡을지도 모르겠어."

"내달에 앙투아르에 파견할 기사를 선발해야 하는데, 미하일 경이면 고향이기도 하니 괜찮겠군. 그대 생각은 어떤가?"

"임무 내용에 따라 다르겠죠. 어떤 임무인데요?"

"앙투아르에서 보낸 서한에 따르면……."

그들의 대화는 늦은 시간까지 이어졌다. 밤부터 아침까지는 부부의 시간이었다. 항상 그러하듯이.

며칠 후, 스타티스 저택에서는 작은 행사가 열렸다. 본래 유리엔이

막내딸의 검술을 확인하려던 자리였는데, 메이릴리가 제대로 배우지도 않은 것을 어깨너머로 보고 성공했다는 소문이 창천 내에 퍼지는 바람에 브러 온 사람이 늘었다.

테레사 폰 프랑 알마리와 디트리히 폰 프랑 알마리 부부, 그들의 딸 아나스타샤와 아들 알렉세이가 왔고, 바론 틸리어스의 장녀 레베카가 동생들을 데리고 왔다. 틸리어스 부부는 고향으로 휴가를 떠난 터라 없었다. 니콜 시즈튼 역시 참석했다.

분위기는 야유회에 가까웠다. 스타티스 저택 후원의 호숫가 나무 그늘에 자리가 마련되고 주방장이 혼신을 다해 만든 간식과 음료가 날라졌다.

어른들이 대화를 나누는 사이 아이들은 또래끼리 놀았다. 아이들은 자연스럽게 히아신스를 중심으로 모여들었다. 유달리 어른스러운 데다 그린 듯이 아름다운 외모 덕에 히아신스는 인기가 많았다. 리시안서스도 아이들 사이에 있었다.

그 자리에 없는 것은 준비 중인 메이릴리뿐이었다. 메이릴리는 풍성한 은발을 곱게 땋아 묶고 움직이기 편한 옷을 입은 채 잔뜩 긴장하고 있었다. 집사 던컨이 준비가 끝난 꼬마 아가씨를 안내했다.

"더, 던컨."

"네, 메이 아가씨."

"누구누구 왔어? 디트리히 삼촌네랑, 레베카 언니랑도 다 온 거야?"

"네, 다 오셨습니다."

"으으……. 니, 니콜 이모는? 니콜 이모도 왔어?"

"물론 오셨지요."

"아빠랑 엄마도?"

"당연히 기다리고 계십니다."

"더, 던컨, 나 어떡해? 실수하면 어떡하지?"

인형처럼 오밀조밀한 얼굴이 울먹거렸다. 던컨은 금방이라도 울음을 터뜨릴 듯한 메이릴리를 내려다보았다. 이 어린 아가씨는 아직 자신이 얼마나 엄청난 천재인지 잘 모르는 모양이었다.

'조그만 에키네시아 아가씨 같은 분이 자신감이 없다니…….'

얼굴도 재능도 누구 딸 아니랄까 봐 쏙 빼닮았는데 말이다. 특히 눈은 판박이 수준이었다. 첫째 히아신스는 눈동자 색은 어머니를 닮았어도 눈매는 유리엔을 닮은 것과 달리 메이릴리는 눈매까지 똑같았다. 오래도록 봐 온 에키네시아 스타티스의 타오를 듯 선명한 눈과 똑같은 눈이 그렁그렁한 것을 보니 웃음이 나오려 했다. 던컨은 웃음을 참으며 소녀를 달랬다.

"걱정 마십시오, 메이 아가씨. 잘하실 겁니다. 그리고 혹시 잘 못 하더라도 괜찮습니다. 다들 아가씨를 아끼는 분들이잖습니까."

"실망하시면 어떡해."

"메이 아가씨는 아직 일곱 살입니다. 잘 못 해도 아무도 실망하지 않아요."

"……떨려서 심장이 쿵쿵 뛰어."

"심호흡을 해 보세요. 조금 나아질 겁니다."

메이는 추가 달린 목검을 힘껏 움켜쥐고 후, 하, 소리를 내며 숨을 골랐다. 그러더니 질끈 눈을 감고 후원으로 달렸다. 던컨은 소녀가 넘어질까 봐 언제든 받칠 태세로 뒤따랐다.

"메이!"

"메이, 어서 오렴."

후원에 도착하자마자 에키와 유리엔이 다가왔다. 유리엔이 위태롭게 달려오는 소녀를 얼른 안아 올렸다. 아이들 틈에 있던 히스와 리시안도 빠져나와 다가왔다.

리시안은 복잡한 표정으로 메이를 올려다보았다. 여동생이 자신보다 빠르게 아빠의 시험을 해내리라고는 상상도 못 했다. 솔직히 자꾸 훈련을 빼먹는 자신의 버릇을 고치려고 다들 짠 게 아닌가 의심스러웠다.

'근데 진짜면 어떡하지? 내가 메이를 지켜 주려 했는데, 메이가 더 세지면……. 아냐, 그럴 리가 없어! 내가 제일 잘한다고 다들 그랬는걸. 나도 아직 못 하는 건데!'

리시안이 일상일대의 고뇌에 빠져든 사이, 메이가 아빠의 품에서 내려왔다. 달달 떨면서 목검을 들어 올리는 소녀에게 모두의 시선이 쏠렸다.

메이는 바닥에 미리 그려 둔 원 안으로 들어가 중앙에 섰다. 그리고 눈을 감았다. 까맣게 어둠이 덮이자 금세 침착해졌다. 그녀는 자세를 잡았다. 자세를 잡는 순간 메이릴리의 분위기가 바뀌었다. 떨림이 사라지고 수줍던 표정도 단단해졌다.

고작 일곱 살인데 제법 묵직한 분위기라 지켜보던 사람들이 낮게 감탄했다. 유리엔의 눈빛이 신중해졌고 리시안은 움찔 놀랐다. 에키는 미소를 띠다가 말고 오른손을 내려다보며 잠깐 인상을 썼다. 바르데르기오사가 드 막내딸을 탐낸 듯이었다.

소녀가 눈을 감고 움직이기 시작했다. 가상의 적을 상대로 하나하나 공격을 펼쳐 나가고, 적의 공격을 가정하여 반격과 방어를 해 나간다.

스타티스식 검술은 에키네시아의 영향으로 빠르고 움직임이 많았으나, 유리엔의 영향으로 유려한 맛이 있었다. 어설프게 따라했다간 가볍고 정신없다는 느낌이 들기 쉬웠다.

메이릴리는 완벽하진 못해도 어설프지는 않았다. 성인의 허리께에 올까 말까 한 작은 여자아이가 펼쳐 내는 검이 벌써 절도가 있었다. 리시안은 자주 넘어지는 기술도 메이릴리는 등을 곧게 펴고 해냈다. 추를 단 목검의 무게가 상당할 텐데도 검끝이 별로 처지지도 않았다.

"……진짜 괴물이 따로 있었네. 애 맞아?"

디트리히가 얼빠진 투로 중얼거리다가 테레사가 노려보자 입을 다물었다.

마지막 기술을 끝낸 메이릴리가 검을 거두고 눈을 떴다. 소녀는 발아래부터 보았다. 그녀의 발자국들은 바닥에 그어져 있던 원의 금조차 밟지 않았다.

그것을 확인한 메이의 얼굴에 뿌듯한 기색이 한가득 떠올랐다. 고개를 들고 굳어 있는 사람들을 보더니, 붉어져서 약간 허둥거리다가 예법 선생님에게 배운 대로 치맛자락을 들고 무릎을 굽히는 인사를 했다.

"가, 가, 감사합니다!"

바지 차림이라 어색했지만 그래도 앙증맞은 인사에 놀라 있던 사람들 사이에 미소가 번졌다. 박수 소리를 들으며 소녀는 도망치듯 엄마에게로 달려갔다.

그제야 감탄이 오갔다. 검을 잘 모르는 니콜은 테레사와 디트리히로부터 자세한 설명을 들었다. 검을 익히고 있는 또래의 아이들은 넋이 나갔다. 특히 알렉세이는 반쯤 홀린 듯한 눈이었다. 이미 한 번 본 히아신스만이 은근히 자랑스러워하는 얼굴로 슬쩍 주위를 둘러보았다.

에키는 드레스 자락 사이로 파고드는 딸의 머리를 쓰다듬으며 잘했다고 칭찬해 주었다. 메이가 뺨을 붉히더니 활짝 웃었다. 딸에게 마주 웃어 준 에키가 곁에 있는 유리엔을 돌아보았다.

"율, 어때요?"

"메이가 목검을 쥐는 건 낭비라는 그대의 말이 무슨 뜻인지 알겠군."

유리엔은 낮게 신음을 흘리며 대답했다. 그러고는 잠시 생각하다가 덧붙였다.

"그대가 어릴 때 검을 쥘 기회가 있었다면 메이 같았을까."

"글쎄요, 일어나지 않은 일이니 모르죠."

[난 알아! 네가 쟤보다 더 잘했을걸.]

마검이 냉큼 끼어들었다. 에키는 눈살을 찌푸린 채 속삭였다.

"나도 모르는데 네가 어떻게 알아."

[그냥 알아. 검으로서의 감이야!]

"그래, 그래."

그녀는 마검의 말을 한 귀로 흘렸다.

곧 리시안이 충격 받은 것이 고스란히 드러나는 얼굴로 다가왔다. 소년은 메이 옆에 털썩 주저앉더니 진지한 눈으로 여동생을 응시했다.

"메이, 나랑 대련해 볼래?"

"리시안."

유리엔이 눈살을 찌푸리고 끼어들려는 것을, 에키가 옷자락을 잡아당기며 말렸다. 메이는 고개를 갸웃거렸다.

"나 대련 한 번도 안 해 봤는데."

"난 괜찮아. 혹시 하기 싫어?"

"아니, 해 보고 싶어! 해 봐도 돼요, 엄마?"

메이가 에키를 올려다보며 물었다. 에키가 고개를 끄덕이자 소녀는 들떠서 목검을 쥐고 일어났다. 근처에 있던 던컨이 그녀의 목검에 달려 있던 추를 떼어 내 주었다.

유리엔이 에키를 향해 나지막이 물었다.

"대련이라니, 위험하지 않나? 아직 메이는……."

"메이는 괜찮아요. 그리고 이건 리시안을 위한 거예요."

"……리시안을 위해서라고?"

"메이가 이길 테니까. 메이에게 지고 나면, 리시안도 검을 대할 때 좀 진지해지겠죠."

"그럴 리가, 메이가 아무리 뛰어나다지만 리시안도……."

"율, 저는 메이가 처음 검술을 보여 준 이후 지금까지 매일 훈련을 봐주었어요. 그리고 리시안의 실력도, 훈련 상태도 잘 알죠. 최근엔 훈련 시간을 지킨 때보다 안 지켰을 때가 더 많잖아."

"어머니! 리시안이 메이와……!"

리시안과 메이가 목검을 들고 마주 선 것을 본 히스가 뒤늦게 당황하여 달려왔다. 에키는 손가락을 입술에 가져다 대며 눈짓했다. 그녀가 허락했다는 것을 눈치챈 히스는 곧바로 입을 다물었다. 다른 이들도 하나둘 입을 다물고 잔디밭에서 갑자기 벌어진 아이들의 대련을 지켜보았다.

대련은 길지 않았다. 배운 그대로 들어오는 리시안의 공격을 메이가 몇 차례 피하더니, 틈을 노려 목검을 겨누었다. 뭉툭한 목검의 끄트머리가 리시안의 가슴팍 앞에서 멈췄다.

"저…… 졌습니다."

리시안이 더듬더듬 말했다. 뒤이어 경악과 뒤섞인 정적이 묵직하게 흘렀다.

"방금 보았나, 디트? 공격을 멈췄어. 말도 안 돼. 저 나이에 저게 된다고?"

테레사는 메이릴리의 승리 자체보다, 메이가 리시안을 치기 직전에 목검을 멈춘 것이 더 놀랐다.

"말이 되면 그게 천재겠어. 이해가 안 가는 수준이어야 천재지."

헛웃음을 흘리며 대꾸하던 디트리히는 곁에 있던 아들 알렉세이를 돌아보고 흠칫 놀랐다. 금발의 소년은 아까보다 더 몽롱해진 눈으로 메이릴리를 바라보고 있었다. 아홉 살짜리 아들이 생전 처음 보이는 표정을 보자마자 그는 직감적으로 깨달았다.

'이 녀석, 반했구나…….'

첫사랑이 그 유리엔과 그 에키네시아의 막내딸에, 위로는 오빠가 둘이나 있는, 아젠카의 공주님이나 다름없는 메이릴리라니. 디트리히는 아들의 첫사랑이 험난할 것을 짐작하고 깊은 한숨을 내쉬었다.

목검을 거둔 메이는 리시안을 살며시 올려다보았다. 리시안은 빨갛게 낯을 붉힌 채 고개를 떨구고 있었다.

"리시안 오빠, 화났어?"

"……아니."

"그럼?"

"분해서."

"분한 거랑 화난 거랑 달라?"

"조금 달라."

"어떻게?"

"분한 거는, 다음엔 더 열심히 하겠다는 뜻이니까."

조그맣게 답한 리시안이 결심한 듯 고개를 들었다. 소년은 또박또박 다시 말했다.

"다음엔 안 질 거야. 난 메이보다 강한 오빠가 될 거니까."

"나는 리시안 오빠가 나보다 강하지 않아도 좋은데."

"바보야, 너보다 강해져야 널 지켜 주잖아!"

"괜찮아, 내가 오빠를 지켜 주면 되잖아."

"이 쪼끄만 게! 필요 없어, 내가 지킬 거야! 조금만 기다려!"

리시안이 씩씩거리며 외치더니 유리엔에게 냉큼 달려왔다. 소년은 급하게 그의 손을 잡아끌었다.

"아빠, 저 훈련! 훈련시켜 주세요!"

"리시……."

"리시안, 손님들이 계신다. 아버지께 떼쓰지 마라."

유리엔이 무어라 하기 전에 히스가 엄하게 말하며 동생을 잡아끌었다. 리시안은 히스에게 붙잡혀 다른 아이들이 모여 있는 쪽으로 끌려갔다. 메이도 오빠들을 따라 합류했다. 소녀는 또래인 바론의 막내 딸과 무어라 속삭이다가 활짝 웃었다.

유리엔은 모여 있는 아이들을 가만히 바라보았다. 옅은 미소가 그의 입가에 번졌다.

"그대 말대로 되었군."

"리시안은 상대가 될 만한 아이가 없었으니까. 메이가 있으니 이제 진심으로 열심히 하겠죠. 메이도 열성적이니 서로에게 좋을 거예요."

"그렇겠지. 함께 검을 나눌 사람이 있다는 건 축복받은 일이니."

그가 에키를 돌아보며 답했다. 에키가 눈을 가느스름하게 떴다.

"제가 당신에건 축복인가요?"

"축복 이상이다."

"만약 제가 검을 다룰 줄 몰랐다면……."

"그랬다면 나는 사랑하는 사람을 만나기도 전에 잃었겠지. 상상하고 싶지 않다, 그런 일은."

"……하긴, 만나지도 못하고 끝났겠네요, 우리."

에키네시아가 세기의 천재가 아니었다면, 그저 마검의 희생자로 끝나 버렸을 것이다. 유리엔과 그녀의 만남은 제대로 시작되지도 못했을 터다. 돌고 돌아 이어진 운명이었다.

그녀는 다른 아이들 틈에 있는 세 아이를 눈으로 좇으며 말을 이었다. 재잘거리는 아이들의 표정이 모두 밝았다.

"그렇게 끝나지 않아서 다행이에요."

"그대가 그렇게 끝나지 않도록 만들었다. 전부, 그대가 이루어 낸 삶이니."

유리엔이 그녀를 뒤에서 끌어안으며 속삭였다. 에키는 그를 올려다보았다. 녹을 듯한 눈으로 웃고 있는 남자. 그들의 위에서 그늘을 드리운 녹음이 흔들거렸다. 나뭇잎 사이로 스며든 빛이 그와 그녀의 주위를 수놓았다. 아이들의 웃음소리가 멀리서 들려왔다.

"……어쩐지 이 시간을, 이 순간을 카이로스기오사가 봤었을 것 같아."

"어째서?"

그녀는 대답 대신 웃으며 그의 입술을 훔쳤다. 스치는 듯한 접촉에

되레 더 부끄러워진 유리엔이 벌겋게 낯을 붉히고 입가를 손으로 가렸다. 에키네시아는 그제야 그의 귓가에 대답을 속삭였다.

 지금, 정말로 행복하니까.

특별 외전.
어떻게든 반드시

에키네시아 스타티스는 고개를 들고 한숨을 내쉬었다. 그녀가 하려다 삼킨 말을 그녀의 손에 들린 마검이 대신 내뱉었다.

[우와, 난장판이네.]

"……그러게."

[저걸 어떻게 처리해? 주인아, 그냥 다 죽여 버리면 안 돼?]

"되겠니, 망할 마검아?"

그녀가 서 있는 언덕 아래 펼쳐진 마을에는 기괴한 괴물들이 가득했다. 형태가 모두 다른 괴물들의 유일한 공통점은 덩치가 집채보다 크다는 점이었다. 기이한 울음소리와 악취가 공기 중에 떠돌았다.

결절 속에 들어온 듯한 광경. 그러나 놀랍게도 이곳은 결절이 아니었다.

[랑이 얘기해 준 적 있어. 사실 기오사 중에서 제일 골칫덩이 사고뭉치는 솜니움이라고…… 이 지경 난 거 보니까 그 말이 맞는 것 같아. 걔가 나보다 무지무지 심하네! 내가 훨씬 얌전하고 착해! 그치, 주인아?]

"발, 너는 여전히 양심이 없구나."

[왜애! 내가 뭘! 난 이런 사고 안 쳐!]

"하긴, 예전에 네가 쳤던 건 사고 수준이 아니긴 해. 그런 건 참극이라고 해야지."

　[치이, 그거 다 옛날 옛적 일이고 내 껍데기가 한 짓이잖아! 나는 안 그래! 근데 주인아, 지금 여기도 멀쩡한 마을 사람이 하나도 안 보이는데? 이것도 결국 참극 아니야?]

　"아직은 사고야. 아무도 안 죽었으니까."

　[사람이 저런 괴물들로 변했는데 죽은 거랑 뭐가 달라?]

　"환검이 일으킨 일이니까 저건 진짜가 아니겠지."

　[다 가짜라고? 진짜로?]

　"응, 전부 환상일 거야."

　[진짜 같은데 가짜야? 저게 다 진짜처럼 보이는 가짜인 거지? 가짜 같은 진짜가 아니라? 진짜 가짜? 가짜 진짜? 진짜 가짜 진짜?]

　"심각한 상황에 말장난하지 마."

　[응? 하나도 안 심각한데? 저런 것들이 너한테 뭐가 위험하다고. 용도 아니잖아!]

　"내가 문제가 아니라 휘말린 사람들이…… 아니, 됐다."

　그냥 다 죽이자고 떼쓰지 않는 게 어디냐 싶어 에키는 말을 삼켰다. 마검이 확실히 철이 들긴 했다. 습관적으로 죽이자고 종알대긴 해도 정말 진심으로 아무나 다 죽이길 바라진 않는 점이.

　'골치 아프네. 저것들이 진짜 마물이라면 차라리 편할 텐데.'

　지금 마을에 가득한 괴물들은 모두 환상이었다. 현실보다 더 실감 나는, 기오사가 만들어 내는 환각.

　'저건 모두 사람이야.'

　난데없이 나타난 괴물들에게 마을 주민이 죄다 잡아먹힌 게 아니다. 피 냄새도 시체의 흔적도 없다. 괴물들은 일상을 영위하는 사람처럼 집 근처를 들아다니고 소소한 잡일을 하고 있었다. 서로 인사까지 하는 게 보인다.

즉, 멀쩡한 사람이 괴물로 보이는 상황이라는 뜻. 신기루나 백일몽처럼.

'이런 일은 환검만 가능하지.'

환검(幻劍) 솜니움기오사.

열 자루의 기오사 시리즈 중 하나이며, 인간의 상상력과 즐거움을 재료로 만들어진 그 검에는 사람이 꿈꾸는 것을 그대로 현실에 구현하는 '환상 형성'이라는 능력이 있다. 환검의 환상은 주인의 상상력이나 정신력에 따라 구현 수준이 달라져서, 뛰어날 때는 실제로 만지고 느낄 수 있을 만큼 정교해진다고 한다.

예지몽을 꾸게 하는 힘도 있다고 하는데, 그건 이 사태랑은 관계없는 능력이니 일단 제쳐 두고.

'대체 왜 주인도 없는 기오사가 스스로 깨어나서 탈주하는 거야?'

에키네시아가 기오사를 모으던 시절, 환검은 오너 조건도 충족하지 못해서 문양으로 만들지 못하고 짊어지고 다녀야 했던 검 중 하나였다. 솜니움기오사는 쾌락과 재미를 중시하는 사람이나 상상력이 풍부한 몽상가를 주인으로 선택하는데, 당시의 에키는 즐거움이나 공상과는 거리가 덜어도 한참 먼 삶을 살았기 때문이다.

그래서 그녀는 환검에 대해 그다지 아는 게 없었다. 별다른 관심도 없었고.

'이번 사태 때문에 제대로 알게 된 거지.'

한 달 전쯤, 기오사 홀에 보관되어 있던 솜니움기오사가 갑자기 사라졌다.

기오사 홀은 새로운 기사의 서임식 같은 특별한 경우가 아니면 개방되지 않는다. 하지만 그렇다고 줄곧 봉인해 놓기만 하는 건 아니라서, 현존 기오사 오너들이 돌아가며 매달 한 번씩 기오사 홀의 내부와 기오사들의 상태를 점검하고 기록을 남기곤 했다. 기오사 오너의 의무였다.

1638년 4월 마지막 날.

이달의 담당이었던 디트리히 폰 프랑 알마리가 기오사 홀 점검 도중 솜니움기오사가 사라진 것을 발견하고 급히 보고했다. 조사해 보니 외부에서 침입을 시도한 흔적은 없었고 홀의 보안 마법에도 문제가 없었다. 누군가가 기오사를 훔친 것이 아니라 기오사가 스스로 사라진 것이다.

솜니움기오사의 탈주.

창천 기사단의 기록에는 이와 유사한 사태가 이미 몇 건이나 기록되어 있었다. 랑기오사는 소식을 듣자마자 땅이 꺼질 듯한 한숨과 함께 창천 기사단장에게 속삭였다.

[솜니움기오사 오너가 탄생하지 않은 지 꽤 되었지? 그 미친 검이 또 심심하다고 가출한 모양이군. 정말이지 그 검은 정신머리랄 게 없어.]

재미를 위해 무슨 짓이든 하는, 즐거움을 추구하는 인간의 마음을 재료로 만들어진 솜니움기오사는 오랜 기간 오너가 없으면 이런 식으로 난데없이 사라지는 경우가 있었다.

랑기오사의 말에 의하면 잠들어 있는 것도 지루해질 때쯤 스스로 깨어난 솜니움기오사가 무언가 재미있는 일을 찾아 떠나 버리는 거라고 했다. 항상 각성 상태인 랑기오사처럼, 솜니움기오사의 특징은 주인이 없어도 제멋대로 각성하는 거라나.

[나는 살릭기오사의 별명이 왜 광검인지 모르겠다. 그런 점잖고 무던한 녀석이 아니라 솜니움 같은 놈이 광검이라 불려야 할 텐데.]

그나마 이번에는 혼자서 사라진 거니 얌전히 탈주한 편이라고 했다. 예전에는 환상을 구현해 스스로를 옮기는 와중에 잠들어 있는 다른 기오사들까지 휘말리게 하거나 기오사 홀을 무너뜨리는 경우도 있었다고.

유리엔에게 그 이야기를 전해 듣고 기사단의 기록을 살펴본 에키는 랑기오사가 기오사 중에서 환검이 제일 골칫덩이라고 한 이유를 금세 납득했다.

'예전의 마검은 골칫덩이라기보다는 재앙이었으니까 논외고…… 환검 이건 사람은 안 죽이는데 온갖 기기묘묘한 짓을 다 하는 데다 사고 규도와 빈도가 장난이 아니네.'

얼마나 자주 사고를 쳤으면 창천 기사단에 솜니움기오사 탈주 대응 매뉴얼까지 있었다.

기오사의 실종을 함부로 알렸다간 그 힘을 탐내는 자들이 꼬여 들기 때문에 실종 자체는 비밀로 하고 창천의 정보원들이 은밀히 전 대륙을 수색하되, 기묘하거나 이상한 사건에 관한 소문을 중점적으로 찾으라고. 그런 사건의 중심에 환검이 있을 확률이 높기 때문에.

그리하여, 1638년 6월.

수스문 끝에 솜니움기오사가 있을 법한 장소가 몇 곳 추려졌다. 기오사르 인한 사건인 만큼 수색은 기오사 오너들이 직접 나섰다. 후보는 다섯 곳, 무력이 없는 엘기오사 오너를 제외한 기오사 오너도 마침 딱 다섯이었기에 한 곳씩 담당해서 수색하기로 했다.

에키네시아가 맡은 곳은 북부 소왕국 변경에 있는 산골짜기 마을인 롱켄이었다.

외진 곳이긴 해도 주변 마을이나 도시와 꾸준히 교류가 있었는데, 얼마 전부터 롱켄에 가려고만 하면 숲속을 맴돌다가 왔던 길로 다시 돌아가게 된다는 소문이 돌았다. 아무도 그 마을에 가지도 못하고 그 마을에서 나오지도 못한다나.

"역시 기오사 오너란 굉장하네요! 모두가 헤매던 길을 이렇게 단번에 뚫고 들어오다니……."

몇 발짝 떨어진 곳에서 나지막한 감탄이 들려왔다. 키가 훌쩍 큰 소년이 밤색 머리카락 아래로 푸른 눈동자를 빛내며 에키네시아를 보고 있었다.

[흐흥, 주인한테 이 정도는 쉬운데! 눈에 보이는 건 무시하고 마나의 흐름을 따라 걸으면 환각 따윈 아무것도 아니라고. 쟨 별것도 아닌 걸로 놀란다, 그치?]

에키는 마검의 빼기는 듯한 목소리를 한 귀로 흘리며 소년에 대한 정보를 되새겼다.

앤더슨 롱켄. 도시에 심부름을 나왔다가 마을로 돌아가던 중이었다는 롱켄 촌장의 아들.

에키네시아는 롱켄과 가장 가까운 도시에서 창천의 정보원을 만나 사건에 대한 보고를 들은 후, 정보원에게 이 소년을 소개받았다. 출입이 막힌 현재 상황에서 롱켄에 대해 가장 잘 아는 사람이라는 이유로.

'길을 헤매게 했던 마을 주변의 풍경들은 분명 환각이었어. 지금 저 마을에 가득한 괴물들도 환각을 뒤집어쓴 주민일 거고.'

이 정도 대규모 환각을 마법으로 구현하려면 마나가 어마어마하게 소모되어야 한다. 그런데 에키의 감각에 느껴지는 대기 중의 마나 흐름은 지극히 평온했다. 커다란 마법이 구현된 흔적이 없다.

'틀림없이 솜니움기오사야. 환검이 만들어 내는 환상은 마나를 쓰지 않는다고 했으니까.'

그렇다면 현재 솜니움기오사는 어디에 있을까.

솜니움기오사도 본질은 검이다. 환검은 인간의 손에 들리지 않은 상태로도 사건을 일으킬 수 있는 유일한 기오사이긴 하지만, 아무리 그래도 주인 없는 검이 혼자서 저지를 수 있는 사건에는 한계가 있었다.

'마을 하나를 통째로 괴물 소굴로 바꾸고 주위 환경까지 비틀어 고립시킨다, 이런 건 무리지. 애초에 환검은 자길 써 줄 사람을 찾아서 탈주한 건데 일부러 고립될 이유가 없어.'

재미를 추구하는 그 검은 오너가 아닌 사람도 사용할 수 있다. 주인을 까다롭게 고르는 것보다 다양한 사람의 손에서 휘둘러지는 것이 환검의 기준에서 더 재미있는 일이기 때문에.

따라서 누구든 환검을 손에 넣으면 이런 대규모 환상을 구현할 수 있었다. 마스터급 기사가 아닌 사람은 여파를 감당할 수 없어 큰 후유증을 겪게 되겠지만, 환검은 당장 자기가 즐겁기만 하면 그만이라 사용자의 안위나 여파 따윈 신경 쓰지 않는다고.

역시 성검 말대로 광검이란 별명은 살릭기오사가 아니라 솜니움기오사에 붙었어야 할 명칭이 맞는 것 같다.

'즉, 탈주한 솜니움기오사를 우연히 손에 넣은 누군가가 자신의 꿈을 구현해서 이런 사태가 발생했다는 건데…… 우선 그 사람부터 찾아야겠지.'

에키는 언덕에 선 채로 마을 안을 내려다보며 한동안 관찰했다. 악취를 풍기는 끔찍한 생김새의 거대한 괴물들이 배회하는 풍경. 예전에 샤이를 구하러 들어갔던 결절의 풍경이 떠올랐다. 어린 샤이가 자신을 겁박하는 어른들에게 느꼈던 공포감이 반영되어 진흙 거인으로 변해 버렸던 사람들.

혹시 마을 사람들을 괴물로 만든 꿈의 주인도 샤이와 비슷한 상황이었던 걸까? 마을 사람들이 괴물로 느껴질 정도로 싫거나 무서웠다든지.

'그렇다면……'

그녀는 입을 열었다.

"앤더슨 롱켄."

"네, 기사님."

"롱켄 촌장의 아들이라고 했지?"

"네."

"가족은 촌장뿐이야?"

"아뇨, 어머니와 여동생도 있어요."

"그렇구나. 사이는 좋아?"

"물론이죠. 도시에서 머무는 동안에도 줄곧 편지를 주고받았는걸요."

"아, 그래."

다음 순간, 투명한 칼날이 소년의 턱밑에 겨누어졌다. 전혀 반응하지 못하고 굳어 버린 소년에게 에키네시아가 웃는 얼굴로 속삭였다.

"너지? 이 마을에서 악몽을 꾸고 있는 사람."

소년은 닿지도 않은 칼날에 찔린 듯이 흠칫했다. 곧이어 그의 입술이 파르르 떨리며 열렸다.

"예? 저, 저요?"

"마을이 저 꼴이 되었는데."

에키는 턱짓으로 언덕 아래를 가리키며 말을 이었다.

"너는 그렇게 사이가 좋다는 가족들이 걱정도 안 되나 봐. 아무렇지도 않아 보여."

"……!"

"롱켄이 오지 굿하고 계속 주변을 헤맸다며? 그럼 마을이 이런 상황인 걸 너도 몰랐다는 소린데…… 방금 이 꼴을 보고도 넌 별반 놀라질 않았잖아. 나가 환각을 뚫고 들어온 것에만 감탄하고 말이야. 결국 너는 롱켄이 어떤 상태인지 이미 알고 있었다는 뜻이지."

[어? 그러네? 얘가 범인이구나! 얘만 죽이면 끝이겠네! 빨리 죽이고 집에 가자!]

들뜬 마검이 종알거릴 때마다 검에 휘감긴 붉은 문양이 반짝거렸다. 잘 모르는 사람이 보기에는 지극히 불길한 느낌으로. 사실 죽이자고 떠들고 있으니 불길한 느낌이 맞긴 했다.

소년은 붉게 빛나는 마검과 서늘하게 그를 응시하는 보라색 눈동자를 번갈아 보며 바들바들 떨었다.

"아, 아니에요, 기사님. 저한테 무슨 능력이 있어서 저런 일을 저지르겠어요?"

"기오사를 쓴 거잖아. 솜니움기오사. 너한테 있지?"

"그게 무슨…… 저, 전 그런 거 몰라요! 제겐 아무것도 없어요! 확인해 보셔도 돼요!"

소년이 정말로 억울하다는 듯 울상을 지으며 양손을 벌렸다. 에키네시아는 흘깃 눈을 굴려 소년의 손바닥을 확인했다.

'기오사 문양이 없어. 뭐, 아무리 봐도 마스터가 아니니까 애초에 기오사 오너가 될 수도 없었겠지만······.'

문양이 없고 옷차림도 단출한 걸 보면 환검을 몰래 숨겨서 가지고 있는 건 아니다. 어디다 숨겨 놨나? 하지만 오너도 아닌 자가 환검을 들지 않은 상태로도 환상을 만들 수 있을까? 아무리 솜니움기오사가 특이하다고 해도······.

에키네시아는 잠시 고민했다. 그 사이 소년이 허겁지겁 말을 쏟아 놓았다.

"거, 걱정을 안 하는 게 아니에요. 걱정이 안 되었으면 도시에 머물면서 도와줄 만한 사람을 계속 찾지도 않았겠죠! 창천이 나선다는 소리에, 심지어 기오사 오너가 온다는 얘기에 안심이 된 것뿐이에요! 기오사 오너라면 이런 일쯤은 얼마든지 해결할 수 있잖아요! 저는, 그러니까, 기사님을 믿으니까 호들갑 떨지 않고 참은 것뿐인데······!"

[주인아, 얘 너무 수상해! 인간은 가족의 안위가 걸린 상황에서 이렇게 태연하기 힘들잖아? 물론 가족끼리 서로 죽이는 경우도 있지만, 대체로는 말이야! 널 믿어서라고 해도 괴물 소굴이 된 마을을 보면서 얜 너무 아무렇지도 않아! 수상하니까 일단 죽여 보자!]

"저, 당신이 누군지 알아요! 에키네시아 스타티스! 마검의 주인! 최초의 바르데르기오사 오너! 최연소 제니스! 기오사 오너의 역사를 새로 쓰고 창천의 기록을 모두 갈아치운 대륙 최강의 기사!"

소년이 돌연 초롱초롱 눈을 빛내더니 양손을 모아쥐고 에키네시아에게 다가섰다. 제 목에 칼이 디밀어져 있다는 것을 완전히 망각한 듯한 움직임이라, 당황한 에키는 마검을 살짝 뒤로 뺐다.

"기사님에 대한 소문은 익히 들었어요! 기사님 같은 분이 오셨는데

제가 뭘 걱정하겠어요? 마검의 영웅, 에키네시아 스타티스 경께서 눈앞에 있는데! 이게 바로 그 마검이죠? 우와, 진짜 신비하고 멋있어요!"

[……어, 뭐, 나쁜 애는 아닐지도…… 으흠, 흠! 보는 눈이 있네! 착하고 똑똑한 녀석이잖아!]

찬사 몇 마디어 홀라당 넘어간 마검과 달리 에키네시아는 흔들리지 않았다. 그녀는 소년을 다시금 찬찬히 살폈다.

'이 녀석이 솜니움기오사를 가지고 있지 않은 건 확실해.'

적어도 지금은.

그녀는 의심의 끈을 놓지 않은 채 검을 내렸다.

"바르데르기오사 오너를 뵙게 되어 무척이나 영광—"

"됐고. 앞장서."

"예?"

"넌 마을 안내역으로 따라온 거잖아? 우선 네 역할을 해."

일단 이 마을에 뒤집어씌워진 꿈을 깨부숴 보자. 사람들을 저 상태로 계속 내버려 둘 수도 없고, 환검이 구현해 놓은 환상을 부수다 보면 무언가 반응이 있겠지.

빠르게 결정을 내린 에키네시아는 소년을 앞장세웠다. 여기다 놔두고 가기엔 수상하고 위험하니 데리고 다니며 그의 반응을 관찰할 셈이었다.

"저, 저보고 저 괴물들 사이로 앞장서서 들어가라고요?"

"응. 마을 중앙으로 안내해. 거기서부터 샅샅이 뒤져 볼 거야."

"무, 무리예요! 무리라고요! 저 죽어요!"

소년이 새파랗게 질려 고개를 내저었다. 에키는 그를 가볍게 밀며 대꾸했다.

"괜찮아, 안전할 거야."

"네에?"

"네 뒤에 내가 있을 테니까."

"아니, 그게 무슨……."

"나를 안다며?"

그녀가 어깨를 으쓱였다.

"지켜 줄 테니까, 믿어."

소년은 제 뒤에 선 여자를 돌아보았다.

솜사탕처럼 부드러워 보이는 분홍색 머리카락에 감싸인 하얗고 앳된 얼굴이 눈에 띈다. 분명 그가 어릴 때부터 마검의 주인이 되어 무수한 영웅담을 쌓아 올린 사람인데 그와 나이 차이가 별로 안 나는 것처럼 느껴진다.

'마스터급 기사는 노화가 느리다고 들었지만, 아무리 그래도……'

겉보기로는 기껏해야 스무 살 남짓. 그보다 작은 키와 가느다란 몸집. 귀족들이나 걸칠 법한 고급스럽고 화려한 여행용 원피스. 연노랑 비단 위에서 살랑거리는 흰 레이스들. 허리엔 장신구처럼 예쁘고 섬세한 하얀 검 한 자루.

소문은 익히 들었다. 귀에 못이 박힐 정도로. 그녀의 이야기와 업적은 이런 산골짜기 변방까지 퍼져 있었다.

마검의 주인, 바르데르기오사 오너, 스무 살에 제니스가 된 전설적인 기사 에키네시아 스타티스.

일반인들은 잘 모르던 '제니스'라는 경지가 널리 알려진 것도 그녀 덕이었다. 그녀가 마스터를 넘어서는 제니스라서 마검을 제압할 수 있었다는 게 정설이니까.

'하지만 이렇게 보니까 도무지…… 그렇게 엄청난 기사로는 안 보이는데.'

소년이 그녀를 훑어보며 머뭇거리자 에키가 픽 웃었다.

"네가 범인이란 의심을 풀고 싶으면 적극적으로 협조하는 게 좋을 텐데."

"……정말 지켜 주시는 거죠?"

"걱정 마."

망설이던 소년은 결국 걸음을 내디뎠다.

언덕을 내려가 마을이 가까워질수록 소년의 걸음이 느려졌다. 마을 주위를 어설프게 두른 목책 앞에 목이 길고 온몸에 가시가 돋은 괴물이 문을 지키듯이 서 있었다.

"원래 자경단 아저씨가 지키던 문인데……."

그 광경을 본 소년이 중얼거리다 말끝을 흐렸다. 그의 등 뒤에서 에키가 가벼운 어투로 말을 받았다.

"가능성은 세 가지 정도겠지."

"무슨 가능성이요?"

"보기에만 괴물로 보일 뿐 속은 네가 알던 아저씨 그대로라 평범하게 행동할 가능성, 혹은 속까지 괴물이 되어 우리에게 덤벼들 가능성…… 그리고 저 사람들에겐 괴물이 멀쩡한 사람으로 보이고 도리어 우리가 괴물로 보여서 공격할 가능성이 있겠지."

"그, 그걸 제가 몸으로 시험해 보라고요?"

"몇 번을 말해? 안전할 거라니까."

꿀꺽 마른침을 삼킨 소년이 덜덜 떨리는 걸음을 내디뎠다. 괴물 앞으로 비척비척 다가가는 소년을 에키가 조용히 뒤따랐다.

[얘가 범인 아니야? 근데 왜 이렇게 무서워해? 보복당할까 봐 그러나?]

"글쎄……."

에키네시아는 말끝을 흐리며 그대로 마검을 휘둘렀다. 다음 순간, 소년의 머리를 가격하려던 괴물의 가시투성이 앞발이 투명한 칼날에 가로막혔다.

"히, 히이익!"

뒤늦게 상황을 알아챈 소년이 어깨를 움츠리며 신음을 내질렀다. 에키는 한숨을 내쉬었다.

"일단 정답은 2번 아니면 3번인 모양인데."

[그래? 둘 중에선 어느 쪽이야? 속까지 진짜 괴물? 아니면 가짜 괴물인데 자기가 괴물이 된 걸 모르는 쪽?]

마검이 태평히 떠들었다. 에키네시아는 괴물과 힘겨루기 중인 검에 힘을 주며 답했다.

"진짜 괴물인 쪽."

[어떻게 장담해?]

"행동."

짧게 답하며 그녀가 검을 밀쳐 냈다. 엷은 보랏빛이 궤적처럼 허공에 남았다.

"우리가 괴물로 보이는 자경단원이라면 다짜고짜 덤빌 게 아니라 습격을 알리려 비상종을 울렸겠지. 이건 속까지 괴물이 된 거야."

[그치만 저 괴물들, 마을 안에선 평범한 사람처럼 굴었잖아? 그럼 자기가 괴물이 된 걸 모르는 상태인 거 아니야?]

"모를 수도 있겠지. 자각 없이 무의식적인 습관대로 움직이다가 사람이 나타나니까 마물 같은 본능을 발휘하게 된 걸지도."

앞발을 쳐 내진 괴물이 균형을 잃으며 가슴팍과 목덜미 등을 고스란히 드러냈다. 다검의 효과로 그녀의 눈에는 찌르기만 하면 죽일 수 있는 급소가 훤히 보였다.

하지만 에키네시아는 되레 급소가 아닌 다른 곳을 쳤다. 턱밑을 칼등으로 올려 친다. 머릿속이 일시적으로 진탕이 된 괴물이 비틀거렸다.

[어? 주인아, 왜 엉뚱한 곳을 쳐?]

"이건 사람이잖아. 그저 기오사가 일으킨 사고에 휘말렸을 뿐인."

말을 이으며 그녀가 검을 쥔 손목을 빙글 돌렸다. 이어서 칼등으로 휘청거리는 괴물의 머리 옆을 후려쳐 쓰러뜨렸다.

거대한 몸집이 넘어가며 쿠웅, 요란한 소리가 났다. 역시 환검이 구현한 환각이라 그런지 실재와 다름없는 무게감이었다.

[아하, 안 죽이려고 일부러 급소가 아닌 곳을 골라서 친 거야?]

"그래. 죽이는 방법의 반대로 치면 죽진 않을 테니까."

[쳇, 내 능력을 그렇게 거꾸로 쓰는 건 너밖에 없을 거야.]

"어차피 네가 아는 주인은 나하고 그 옛날 마검사 둘뿐이면서."

[어쨌든!]

한가롭게 마검과 잡담을 주고받으면서 그녀는 계속해서 검을 휘둘렀다. 괴물이 쓰러지는 소리를 듣고 몰려든 또 다른 괴물들이 연달아 기절해 그녀의 주위에 쌓였다. 환상임에도 불구하고 하나같이 보이는 그대로 강력한 힘을 발휘하는 괴물이었지만 그녀에게는 아무런 문제가 되지 않았다.

'아니다, 문제가 있긴 있네.'

에키네시아는 순식간에 쌓인 괴물 더미 앞에서 혀를 차더니 마검을 집어넣고 허리춤에 손을 올렸다.

[어? 아, 아니지, 주인아?]

"발, 넌 너무 날카로워서 안 되겠어. 위험해."

[너무해! 또 그 못생기고 허접한 흰둥이를 쓰려고!]

"안 써. 검집째로 휘두르려는 것뿐이야."

[그게 쓰는 거지! 내 주인이면서 날 안 쓰고! 마검의 기사가 마검을 안 쓴 다아!]

"넌 검집이 없잖아."

[몰라! 나빠! 치사해! 뚝 부러져 버려라, 그놈의 흰둥이!]

에키는 마검의 징징거림과 흰둥이를 향한 온갖 저주를 한 귀로 흘리며 아메시스트를 검집째로 휘둘렀다.

입구의 소란을 듣고 몰려온 괴물들이 앞선 괴물들과 같은 신세가 되어 차곡차곡 쌓였다. 괴물이 어떻게 생겼든, 무슨 수작을 부리든, 얼마나 거대하든 아무런 상관없이 아주 공평하고 간단하게.

그러곤 더는 괴물이 몰려나오지 않자 얼이 빠진 채 굳어 있는 소년을 돌아보았다.

"뭐 해?"

"네?"

"안내해야지. 마을 중심부로."

"아…… 아, 네, 네!"

소년은 허둥지둥 걸음을 옮겼다. 어느새 두려움은 사라져 있었다.

그 뒤로 소년은 괴물이 보이든 말든 아랑곳하지 않고 마을 한복판을 가로지르기 시작했다. 곳곳에서, 골목과 가게의 창문과 길가의 집에서 튀어나온 괴물들이 그런 소년에게 이빨과 발톱을 들이밀었다.

그것은 그에게 닿기도 전에 그의 뒤에 있는 기사에 의해 가로막히고 튕겨 나가고 밀쳐졌다.

그들이 가는 길을 따라 쓰러진 괴물이 발자국처럼 남았다. 피는 한 방울도 흐르지 않았다. 그들에게도, 괴물에게도.

얼마나 여유가 있으면 이런 일이 가능한 걸까. 얼마나 강하면 수십 수백의 처음 보는 괴물을 상대로 사람 하나를 지키면서 긴장조차 하지 않는 걸까. 심지어 괴물이 된 사람들의 안위까지 신경 쓰면서.

소년은 뒤를 돌아보지 않은 채로 중얼거렸다.

"소문 그대로시네요."

"뭐가?"

"마검의 기사는 어떤 상황에서든 태연하고 여유롭다고, 그녀를 위협할 적 따위는 이 세상에 없다고요."

"그건 좀 과장인데."

에키네시아가 헛웃음을 흘렸다. 소년이 되물었다.

"뭐가 과장이에요?"

"응?"

"기사님처럼 강하면 정말 뭐든 무섭지 않을 것 같은데요."

"그럴 리가. 나도 사람인걸."

"마검의 기사도 무서워하는 게 있다고요?"

[저놈 일부러 캐묻는 거 아니야? 네 약점을 잡으려고! 역시 수상해! 그냥 지금 죽이면 안 돼?]

에키는 마검의 말을 익숙하게 무시하며 소년에게 대꾸했다.

"검이 모든 걸 해결해 주진 않아."

"하지만 당신 같은 사람은…… 너무나 무력해서 한없이 비참한 기분 같은 건 느껴 본 적 없겠죠."

말에 담긴 미묘한 뉘앙스에 에키가 무어라 되물으려는 찰나, 소년이 우뚝 멈춰서더니 앞을 가리켰다.

"저기 저 애예요."

"……?"

"기사님 표현대로라면, 이 악몽을 꾸고 있는 사람이요."

소년이 가리킨 곳은 마을 광장이었다. 텅 빈 광장의 중심에 사람이 우뚝 서 있었다. 이 마을에서 유일하게 괴물이 되지 않은 사람이.

지저분한 금발에 주근깨투성이인 소년. 그는 그녀를 안내하고 있는 앤더슨 롱켄의 또래로 보였다. 꿈을 꾸듯 멍한 얼굴인 그의 손에는 기묘한 검이 쥐어져 있었다.

도저히 일반적인 검으로는 쓸 수 없을 듯한 구불구불하고 둔탁한 칼날. 검푸른 바탕에 별처럼 반짝이는 빛들이 박혀 있어 밤하늘을 잘라 놓은 것처럼 보이는 손잡이.

[와! 솜니움기오사다! 찾았네!]

마검이 해맑게 외쳤다. 그러나 에키네시아는 환검을 든 소년이 아니라 그를 가리킨 앤더슨을 주시했다.

"역시 넌 알고 있었구나? 누가 환검을 쓴 건지, 마을이 왜 이렇게 된 건지."

"네."

"왜 거짓말을 했어?"

"당신이."

소년이 무표정하게 그녀를 돌아보았다.

"이 괴물들을 다 죽여 주길 바랐거든요."

"……뭐?"

[엥? 어? 우와, 주인아, 얘 살의 장난 아니야! 기분 좋다아!]

마검이 말하지 않아도 에키네시아 역시 느끼고 있었다. 겁먹은 모습도 동경하는 눈빛도 사라진 소년에게서는 진득한 살의만이 넘실거렸다. 소년은 그 상태로 입꼬리만 올려서 웃었다.

"그런데 과연 마검의 기사는 제 상상을 초월하네요. 한눈에 저것들이 원래 사람이라는 걸 알아채질 않나, 그렇게 많은 괴물이 덤벼드는데도 여유가 넘쳐서 피 한 방울 안 코고 기절시키질 않나."

소년이 한숨을 푹 내쉬더니 어깨를 으쓱였다.

"덕분에 제 계획은 완전히 실패했어요."

"내가 가을 사람들을 진짜 괴물로 판단하고 전부 죽이길 바랐다는 거야?"

"네."

"왜?"

소년은 잠시 침묵하더니 억양 없는 어조로 답했다.

"그들이 제 가족을 죽였으니까요."

"……!"

"제 이름은 사실 앤더슨 롱켄이 아니에요, 기사님. 앤더슨은 저기 저 녀석이죠."

그러면서 소년이 가리킨 것은 환검을 쥐고 멀거니 서 있는 광장의 소년이었다. 에키네시아는 광장의 소년 대신 앤더슨 롱켄이 아니라는 소년을 응시했다. 그가 기다렸다는 듯이 자신의 이야기를 쏟아냈다.

"아버지는 사냥꾼이었어요. 그런데 어느 날 숲에서 사냥을 하다가 마물에게 크게 다쳐 불구가 되셨죠. 그 뒤로 침대에서 일어날 수가 없게 되신 아버지 대신 어머니가 삯바느질과 약초 채집을 하면서 생계를 이으시고, 여동생이 아버지를 간호했어요. 그리고 저는 도시로 떠났죠. 아버지를 치료할 수 있는 마법사나 신관을 찾으려고요."

아래로 늘어뜨린 소년의 주먹에 힘이 들어가 부르르 떨렸다.

"그런데요. 기껏 신관님을 모시고 돌아왔더니 집이 사라졌더라고요. 불이 났대요. 불이 나서 어머니도 아버지도 여동생도 모두 타 죽었대요. 움직이지 못하는 아버지를 구하려고 어머니랑 여동생까지 불이 난 집에 뛰어들었다가 아무도 못 빠져나왔다는 거예요."

"……."

"저는 이해할 수 없었어요. 무슨 불이 어떻게 났기에 옆집은 멀쩡하고 우리 집만 고스란히 탄 건지. 마을 사람들이 도와줄 수도 없을 정도로 불이 거셌던 건지, 아니면 안 도와준 건지. 어머니라면 여동생이라도 어떻게든 살리려 하셨을 텐데, 왜 그 애마저 빠져나오지 못했는지. 그리고…… 아버지 치료비로 쓰려고 금화로 바꿔서 모아 놨던 우리 집의 전 재산은 왜 사라졌는지."

[누가 훔쳤네! 돈을 훔치고 불을 질러서 죽인 거네! 우와, 심하다! 인간들이 이렇게 악의 넘치게 사니까 내 마나가 마르질 않지!]

마검이 비난하는 소리를 들으며 에키네시아는 마른세수를 했다. 소년이 불에 달군 듯이 형형해진 눈으로 말했다.

"저는 촌장님에게 따졌어요. 모아 둔 돈이 모두 사라졌다고. 하지만 돌아온 건 그런 금화 같은 건 모른다, 불길에 다 타거나 녹아 버린 것 아니겠냐는 말이었죠. 그 화재는 부주의로 인한 사고였다고, 우리는 도우려고 최선을 다했다고. 슬픈 건 이해하지만 엉뚱한 의심 하지 말고 정신 차리라며 흠씬 맞고 쫓겨났죠. 더는 따질 수가 없었어요, 저는 아무런 힘도 없어서. 그렇게 무력하고 비참하게 흙바닥을 기면서 봤어요."

비실 웃음을 흘린 소년이 광장에 서 있는 앤더슨을 가리켰다.

"저기 저 녀석이, 앤더슨이, 아버지가 새로 사 주셨다는 명마를 자랑하며 으스대는 것을요. 신기하죠? 앤더슨이 아무리 졸라도 비싸다고 안 사 줬던 말을, 촌장님이 갑자기 사 주신 거예요. 그 돈이 대체 어디서 난 걸까요?"

에키는 지그시 눈을 감았다 떴다.

저게 사실이라면 기가 막힌 사건이고 소년의 원한은 지극히 온당했다. 하지만 증거도 없고 의문점도 아직 남아 있었다. 마을 사람 전체가 연루된 일인지도 확실하지 않으며, 설령 모두가 합심하여 이 일을 은폐했다고 해도 그게 마을 사람들을 괴물로 만들어 모조리 죽일 만한 일인가는 또 다른 문제다.

'애초에 돈 문제라면 촌장과 소수의 사람만 공모한 일일 확률도 높고······.'

성검의 주인과 계속 함께 살아온 그녀는 그였다면 어떻게 했을지 고민했다. 그사이 소년은 남아 있던 의문점에 해답을 제시했다.

"그 뒤로 도시에 가서 촌장을 고발했지만 묵살당했죠. 모두들 그냥 사고라고 하더라구요. 사정은 안됐지만 그냥 받아들이라고요. 그래서 저는 혼자서 숲으로 들어가서······ 절벽에서 뛰어내리려 했어요."

"절벽에서? 너······."

"그때 솜니움기오사를 만났어요. 세상에 더는 미련이 없다면 자길 써 보라고 하더군요. 영원히 잠드는 대신 네가 꾸는 악몽을 현실로 만들어 주겠다고."

"……환검이 직접 그렇게 말했다고?"

"네, 분명히 목소리가 들려왔어요."

기오사를 각성시킨 오너도 아닌데 어떻게? 영혼으로 연결된 주인만이 기오사와 대화가 가능한 게 아니었나? 그녀의 의문을 들은 듯이 마검이 중얼거렸다.

[랑이 솜니움은 환상을 구현하는 힘으로 사람들에게 환청을 들려줄 수도 있다더니, 그걸로 쟤랑 얘기했나 봐! 좋겠다, 나도 그런 능력이 있으면 다른 인간들한테 할 말 진짜 많은데! 같잖은 것들이 주인한테 까불지 말라거나, 흰둥이는 허접하고 못생긴 검이라거나……]

'진짜 대화를 한 거라고? 환검 정말 문제 많은 검이네. 마검 못지않아.'

에키는 이마를 짚었다. 자살하려던 애 앞에 나타나서 어차피 죽을 거면 날 쓰고 죽으라고 유혹하는 검이라니. 바르데르기오사만 아니었으면 환검이 마검이라 불렸을지도 모르겠다. 기오사 홀에 처박아 놓고 훈련받은 마스터급 기사만 주인 후보로 들여보내는 창천 기사단의 방식이 백번 천번 옳다.

"그래서 너는 그 검을 쥔 거야?"

"아뇨."

"뭐?"

"전 에키네시아 스타티스 경에게 관심이 많았거든요."

"……내가 무슨 상관인데?"

"어릴 때 아버지께 당신의 영웅담을 들은 뒤로 설레서 기오사에 대한 이야기를 여러모로 찾아보고 알아봤어요. 그래서 전 제 눈앞에 나타난 것이 솜니움기오사라는 것도, 그 검이 인간의 상상력과 즐거움으로 만들어졌고 재미를 추구한다는 것도 이미 알고 있었어요. 주인이 아닌 자가 썼다간 영원히 잠들게 되는 것도요. 아, 그건 그때 환검이 직접 밝히긴 했죠. 영원히 잠드는 게 자길 쓰는 대가라고."

"그래서."

"같이 더 재미있는 일을 해 보자고 했어요, 환검에게."

"재미있는 일이라니?"

"제 사정을 얘기해 주고 마을 사람들을 시험해 보자고 했죠. 제가 불탄 폐허를 파헤치는 척할 테니, 파는 자리에 네가 금덩이인 척하고 들어가 있으라고요. 그때 누가 제게서 그 금덩이를 빼앗으면, 환검을 쥔 그 사람에게 벌을 주는 거죠. 악몽이 현실이 되는 벌을."

소년이 빙긋이 웃었다.

"그리고 만약 아무도 제 금덩이를 빼앗지 않으면 제가 환검을 쥐고 영원히 꿈을 꾸겠다고 했어요. 이건 일종의 내기이자 게임이라고, 이쪽이 그냥 너를 쓰는 것보다 재미있지 않겠냐고요."

"환검이…… 너 제안에 응했어?"

"네, 재미있겠다고 좋아하던데요."

에키네시아는 어이가 없어 소년을 다시금 살폈다.

절벽에서 뛰어내리려는 순간 기오사가 나타나서 환청으로 말을 걸었는데 그 순간에 그런 식으로 대응했다고? 솜니움기오사는 또 그걸 수락하고?

[주인아, 쟤 좀 미친놈 같아…… 솜니움도 미친놈이고! 랑 말이 틀린 게 하나도 없어!]

마검마저 기겁한 듯했다. 에키는 한숨을 내쉬고 광장에 멍하니 선 진짜 앤더슨을 돌아보았다.

"저 녀석이 그 시험을 통과하지 못했나 보네."

"네, 그래요. 보자마자 금덩이를 바로 빼앗더라고요. 그게 환검인 줄도 모르고…… 하핫."

소년이 웃음을 터뜨렸다. 에키네시아는 재차 한숨을 내쉬었다.

"그럼 마을 사람들이 괴물이 된 것도 저 녀석의 악몽인 거지?"

"저 녀석의 꿈이긴 한데, 어떤 악몽일지는 제가 정한 거예요."

"환검을 쓰고 있는 건 쟨데 꿈 내용은 네가 정한 거라고?"

"환검에게 앤더슨이 꾸는 꿈이 제가 얘기해 준 악몽보다 재미없으면 제 악몽을 구현해 달라고 했거든요. 결국 제 꿈을 고른 걸 보니 아마 저 녀석 상상력이 저보다 부족했나 봐요."

[……얘 왜 이렇게 환검이랑 죽이 잘 맞아? 아닌가, 환검이 일부러 자기랑 잘 맞을 만한 인간을 찾아낸 건가?]

에키네시아는 마검의 중얼거림을 들으며 생각했다.

여전히 소년의 주장에는 증거가 없지만, 이제는 사실 여부를 확인할 방법이 생겼다. 알아서 각성 상태가 된 환검에게 마검을 통해 물어보면 되니까. 그리고 이 이야기가 전부 사실이라면 이 소년은 아무래도…….

'솜니움기오사 오너가 될 자질이 있어. 마스터가 되기만 한다면.'

에키네시아는 밤색 머리 소년을 다시금 아래위로 훑었다. 골격은 나쁘지 않다. 대뜸 손을 뻗어서 소년의 손을 움켜쥐었다.

"기, 기사님?"

"잠깐만."

마나를 살짝 흘려 넣어 신체 반응을 확인했다.

'마나 친화력도 좋은 편인데? 이 정도면 확실히 재능이 있네. 잘 가

르치기만 하면…….'

이런 재능에, 이미 기오사를 만나 본 경혐까지 있다. 비뚤어지거나 기오사이 휘둘리지만 않으면 훌륭한 기오사 오너가 되겠지.

'기오사에 휘둘리지만 않으면, 이라…… 그런 건 아무래도 내가 제일 능숙할 텐데.'

성검은 잔소리가 많을 뿐이지 주인의 뜻을 존중하는 편이고, 수호검은 주인을 놀리는 걸 좋아하긴 하지만 본질적으로 주인을 굉장히 소중하게 여기는 다정한 검이다. 정복검은 주인을 충동질하거나 휘두르려 들긴 하는데 쌍검이라 공명하는 수호검에게 잡혀 살아서 같이 있으면 즈인에게 별다른 악영향을 끼치지 못하고.

'그러니까 디몽기오사한테 쩔쩔매는 테레사 경이나, 디몽기오사 덕에 레밍기오사의 수작을 원천 차단할 수 있는 디트리히 경은 논외. 율은 랑기오사랑 사이가 좋아서 애초에 다툴 일이 별로 없었을 것 같고, 샤이나 바론 경은 기오사를 각성시키지 못했으니까…….'

기오사의 자아를 어르고 달래고 혼내 가며 다루는 법을 가르치려면 역시 자신이 적격이었다. 이번어 탈주까지 한 솜니움기오사 상태를 보아하니 어떻게든 오너를 붙여 줘야 그나마 얌전해질 것 같기도 하고.

에키는 소년의 손을 쥐고 이리저리 돌려 보다가 어쩐지 붉게 달아올라 있는 그에게 불쑥 물었다.

"이름이?"

"네?"

"앤더슨 롱켄은 쟤라며. 네 진짜 이름은 뭐야?"

"……세이온 디모데입니다."

특별 외전. 어떻게든 반드시 | 501

에키네시아는 세이온이라는 소년의 눈을 올려다보았다. 새파란 하늘색 눈동자. 그녀가 좋아하는 색이다. 그 순간 그녀는 결정을 마쳤다.

'그래, 슬슬 새로운 스콰이어를 들일 때도 되었지.'

앨리스 윈터벨이 창천의 매가 된 이후로 그녀는 줄곧 스콰이어를 지명하지 않고 있었으니까. 에키는 생긋 웃었다.

"세이온 디모데. 너, 내 스콰이어 할래?"

소년이 눈을 크게 떴다.

"예?"

"아, 바로는 안 되고. 사관생도 선발 시험에 합격하는 조건으로. 대신 합격할 때까지 검술 훈련은 내가 직접 해 줄게."

"……진심이세요?"

"난 빈말 같은 거 안 해."

"기, 기사님의 스, 스콰이어는 둘째치고, 저보고 사관생도가 되라니요? 전 검술을 제대로 배워 본 적이 한 번도 없는데요……."

"네게 재능이 있어 보여서 하는 말이야. 막상 따라와서 훈련해 보니까 도저히 못 하겠다 싶으면, 뭐, 그냥 우리 집사한테 일이나 배우든가."

소년의 푸른 눈이 물끄러미 그녀를 내려다보았다. 에키네시아는 다른 곳에 있을 그녀의 남편과, 남편을 빼닮은 둘째 아들의 눈동자를 연상했다.

'얘가 조금 더 짙긴 하지만 비슷하네.'

세이온이 느릿하게 입을 열었다.

"그건 그러니까…… 절 거둬 주시겠다는 뜻인가요? 기사님의 스콰이어가 되지 못하더라도, 하인으로서?"

"그래, 네가 딱히 갈 곳이 없다면."

에키네시아는 가볍게 제안했으나 세이온은 본능적으로 알았다. 지금 자신에게 어마어마한, 기적이나 다름없는 기회가 주어졌다는 것을. 어쩌면 절벽에서 솜니움기오사를 만난 것보다 지금 이 만남이 자신의 인생을 더 크게 바꿔 놓을지도 모른다는 것을.

그는 마른침을 삼키고 급하게 고개를 끄덕였다.

"기사님을 따라가겠습니다. 아니, 따라가게 해 주세요."

"좋아, 하지만 지금까지 네가 한 얘기에 거짓말이 있다면 제안은 취소야."

"바, 방금은 거짓말하지 않았어요. 처음에 앤더슨이라고 한 건……."

"알아, 내가 환각에 속을 줄 알았던 거지? 촌장 아들이라고 하는 편이 안내역을 맡기도 쉬울 거고."

고개를 까닥인 에키네시아가 그의 앞으로 나섰다.

"일단 여기서 기다려, 환검을 가져올 테니."

"조심하세요, 기사님. 환검이 자긴 기오사 홀로 돌아가고 싶지 않다고 했거든요. 거긴 너무 지루하다고……."

"응, 명심할게."

그녀는 태연히 대꾸하고는 아메시스트를 도로 허리춤에 찬 뒤 마검을 꺼냈다. 아무래도 기오사 상대로는 기오사가 여러모로 나을 것 같아서.

'아 참, 연락해야지. 환검 찾았다고.'

아젠카에서 출발할 때 받은 통신용 마도그를 꺼내 깨뜨렸다. 이로써 창천 기사단 본부와 다른 곳을 수색 중인 기오사 오너들 모두에게 즉시 신호가 갈 것이다. 에키네시아 스타티스가 솜니움기오사를 발견했다고.

신호를 보낸 뒤 광장 안으로 발을 들이자 바르데르기오사가 또다시 신이 나서 종알거렸다.

[솜니움 따위가 아무리 대단해도 주인과 내 상대는 안 되는데, 쟤는 참 쓸데없는 걱정을 한다, 그치?]

"너무 방심하지는 마, 발. 환검도 기오사인데."

[그래 봤자 쟤는 나처럼 누굴 조종할 수 있는 것도 아닌데 뭘. 기껏해야 사람의 꿈을 끄집어내는 것밖에 못 하잖아!]

마검은 환검을 완전히 무시하고 있었으나 에키네시아는 방심하지 않았다. 기오사의 위험성을 그녀보다 잘 아는 사람도 없고, 자신의 것이 아닌 기오사들을 그녀만큼 다양하게 경험해 본 사람도 없다.

'회귀 전에 환검을 얻을 때 어땠더라? 분명……'

지워진 시간에 묻혀 잊어 가던 기억을 되살려 보았다.

솜니움기오사는 기묘한 사건을 몰고 다니는 검이라 찾기도 비교적 쉬웠고, 가지고 있던 사람이 평범한 시골 식당의 요리사였던데다 이미 환각에 피해를 입고 그 검을 흉물로 여기고 있어서 큰 고생 없이 손에 넣을 수 있었다.

'그동안 용병 일을 하며 번 돈을 전부 주고 샀었지. 평화롭게 얻은 기오사였어.'

그때 편하고 좋았지만 이런 상황에서는 별 도움이 되지 않는 기억이었다. 에키네시아는 입속으로 혀를 차고는 신중하게 걸음을 옮겼다.

앤더슨 롱켄은 꿈을 꾸는 듯이 몽롱한 얼굴로 가만히 서 있기만 했다. 에키네시아가 바로 옆으로 다가올 때까지도.

'반응이 없어……?'

의아한 기분으로 그녀는 마검을 뽑았다. 앤더슨이 환검을 쥐고 있는 손목을 칼등으로 치자 손쉽게 검이 떨어져 내렸다.

[뭐야, 진짜 쉽네. 별것도 아닌 게.]

마검이 코웃음을 쳤다. 에키네시아는 환검을 놓자마자 허물어지듯 쓰러지는 앤더슨을 받아 바닥에 뉘었다. 그러곤 뒤를 돌아보았다.

"……환상이 안 사라지는데? 마을 사람들이 그대로야."

[엥? 그러게?]

광장 근처에서 쓰러뜨린 괴물이 괴물 모습 그대로 누워 있었다. 그녀가 눈살을 찌푸리자 마검이 말했다.

[주인아, 내가 저놈이랑 직접 얘기해 볼게. 맞닿게 해 줘.]

"응, 그게 낫겠네."

예전과 달리 마검을 제법 신뢰하는 그녀는 망설임 없이 움직였다. 마검의 투명한 칼날을 환검의 구불거리는 날에 가까이 가져갔다.

두 기교사가 맞닿는 순간.

깜박, 하고 세상이 뒤바뀌었다.

지독한 피비린내와 시체가 썩어 가는 악취가 코를 찔렀다. 졸졸졸, 무언가 흐르는 소리가 났다. 에키네시아는 고개를 돌렸다. 그녀가 고개를 돌린 것이 아니었다. 그녀의 몸이 저절로 움직인 거였다.

물 대신 피가 흐르는 분수대와, 천사상에 걸려 있는 익숙한 사람들의 시체와, 분수대 아래에서 썩어 가는 커다란 시체를 지나친 시선이 피투성이 광장을 가로지른다. 무수한 죽음을 무심히 스쳐 지나간다.

새빨갛고 새까맣고 더러운 풍경 한가운데 홀로 희고 깨끗한 이가 서 있다. 시선이 그리로 꽂힌다. 창백하게 질린 남자가 피가 나도록 입술을 깨문다.

〈내가…….〉

그는 말을 끝맺지 못했다. 그녀는 부서지는 푸른 눈동자를 보며 흡족하게 웃었다. 아니, 그녀가 갇힌 몸뚱이가 웃었다.

에키네시아는 이 순간을 알았다. 너무나도 잘 알고 있다.

지워진 시간 속, 1632년 가을의 아젠카. 그녀가 그를 배신하고 죽였던 그 분수대 앞.

'이건…….'

악몽이다.

그녀의 삶에서 가장 끔찍했던 순간을 재현하는.

'환검인가? 환검이 내 악몽을 구현한 거야? 어떻게?'

구역질이 치미는 것을 삼키는 사이 그녀의 몸뚱이가 제멋대로 움직였다. 유리엔의 성검과 그녀의 마검이 격돌한다.

다음 장면을 안다. 이후에 어떻게 되는지 안다. 에키네시아는 소리가 되지 못하는 비명을 질렀다.

'안 돼! 싫어! 제발!'

세이온 디모데가 조금 전에 했던 말이 뇌리를 스친다.

"하지만 당신 같은 사람은…… 너무나 무력해서 한없이 비참한 기분 같은 건 느껴 본 적 없겠죠."

느껴 본 적 있다.

아주 많이, 아주 오래, 기나긴 시간 동안 처절하도록.

제멋대로 움직이는 몸뚱이에 갇혀 제 손에 묻는 피를 무력하게 지켜만 보아야 했던 시간이 6년. 제 손으로 만들어 낸 지옥에서 벗어나기 위해 발버둥 친 시간이 9년.

도합 15년의 세월. 악몽일 뿐이라는 것을 알아도 다시는 겪고 싶지 않은 비참한 나날.

그렇기에 에키네시아는 본능적으로, 사력을 다해서, '멈췄다'.

유리엔을 몰아붙이던 그녀의 몸이 찰나 무언가에 붙잡힌 것처럼 멈칫했다. 완전히 굳은 몸에 온통 드러난 빈틈. 그 순간 아무런 저항에 가로막히지 않은 성검이 빛살처럼 그녀의 배를 꿰뚫었다. 현실같이 생생한 통증이 퍼져 나간다. 에키네시아는 피가 솟구치는 배를 움켜쥐고 성검을 쥔 남자를 올려다보았다.

찌른 게가 더 놀란 듯이 굳어 버린 그를 향해 손을 뻗었다. 입을 움직인다. 핏물을 토하며 그녀는 속삭였다.

⟨미, 안······.⟩

그녀는 말을 마무리 짓지 못했다. 흰 검에 꿰뚫린 몸이 허물어진다.

숨이 끊어지기 전에 먼저 눈을 감았다. 눈을 감지도 못하고 죽은 사람을 볼 때 어떤 심정이었는지를 기억하고 있기에.

마지막 순간에 시야에 비친 것은 푸른 눈을 부릅뜨고 그녀에게 손을 뻗는 유리엔의 모습이었다.

암흑 속에서 돌연 탁, 하고 불티가 튀었다.

부싯돌이었다. 곧이어 불길이 확 커지며 어둠을 몰아낸다.

에키네시아는 눈을 가늘게 떴다. 어스름한 불빛 속에서 무표정한 남자의 얼굴이 드러났다.

'율?'

창천 기사단장, 성검의 주인, 그녀와 평생을 함께할 반려, 유리엔 스타티스. 그가 그녀가 알던 것과는 몹시 다른, 아주 낯선 모습으로 그늘에 앉아 있었다.

짧고 헝클어진 은발. 단정하고 깨끗한 순백의 제복이 아니라 피 얼룩이 묻은 검은 코트. 오른쪽 눈 아래에 길게 그어진 흉터. 메마른 낯빛과 거친 입술. 어둡게 가라앉은 푸른 눈.

그리고 그 무엇보다도 충격적인 것은, 그녀를 향해 다가오는 손바닥에 새겨진 문양.

'성검이…… 아니야?'

우아한 황금빛 문양이 있어야 할 오른 손바닥에 짙은 보랏빛의 해골 문양이 있었다. 기오사를 모으던 시절 에키네시아도 조건을 만족하여 생겼던 문양이라 한눈에 알아보았다.

귀검(鬼劍) 둠기오사.

인간의 공포와 미련으로 만들어진 검. 죽음을 목전에 두었을 때 느끼게 되는 두려움과 이루지 못한 것들에 대한 미련, 지난 과거에 대한 후회로 대장장이가 빚어낸 무기. 죽어 가는 자, 늘 사선을 넘나드는 자, 무수한 타인의 죽음을 겪어 본 자, 또는 죽은 것이나 다름없는 생을 살고 있는 자를 오너로 선택하는 죽음의 기오사.

'유리엔이 왜 둠기오사 오너가 된 거지? 성검은 어떻게 하고?'

충격에 빠진 그녀의 앞에서 유리엔의 손이 한참을 멈춰 서 있었다. 닿을 듯이 가까운데 닿지는 않은 채로. 무심결에 그 손을 맞잡으려던 에키는 자신에게 육체가 없다는 것을 깨달았다.

그녀는 마검이 되어 있었다.

'이게 무슨…… 아.'

꿈이구나.

'아직도 꿈속인 거야. 환검이 끄집어낸 악몽이 계속 이어지고 있어서……'

그녀가 어떻게든 꿈에서 깨어나 보려 애를 쓰는 사이, 유리엔이 손을 치웠다. 그는 모닥불에 장작을 넣어 불길을 키웠다. 사방이 좀 더 밝아지며 주위 상황이 보였다.

동굴 속. 널브러진 짐 사이에 세 자루의 검이 보인다. 모두 아는 검이었다. 정복검, 환검, 그리고 백색의 검.

성검(聖劍) 랑기오사.

유리엔이 맨손으로 성검을 만지지 못하고 천을 감아 집어 드는 순간, 에키베시아는 지금 이게 무슨 상황인지를 깨달아 버렸다.

'유리엔이…… 기오사를 모으고 있는 거야.'

그녀가 그러했듯이.

성검을 포기할 수밖에 없는 짓까지 저질러 가며. 죽은 것이나 다름없는 생을 살면서. 그렇게 빛나던 사람이 저렇게 메마르고 상처투성이인 모습이 되어서.

오직 시간을 되돌리기 위해서.

숨이 턱 막히는 듯한 기분이 들었다. 그녀는 엉망진창으로 휘저은 것처럼 복잡해진 머리로 간신히 생각을 이어갔다. 악몽의 시작을 되짚어 본다.

'그러니까…… 분수대 앞에서 원래는 내가 그를 죽였는데, 거기서 반대로 내가 죽고 그가 살아남아서…… 이렇게 됐다는 거야?'

이런 가능성이 있었어? 그녀가 죽으면 그가 기오사 시리즈를 모아서 시간을 돌리는 걸 시도하게 된다고?

이건 현실이 아니다. 꿈이다. 실제로 일어난 일이 아니라 꿈일 뿐이다. 솜니움기오사가 그녀의 내면을 헤집어 구현한 악몽에 불과하다. 에키는 그렇게 생각하면서도 온갖 감정이 치밀어 오르는 것을 멈출 수가 없었다.

'왜?'

이 시점의 당신이 왜. 이때의 당신은 어땠지?

그녀는 언젠가 유리엔이 해 주었던 이야기를 떠올렸다.

1632년 가을, 그는 자신이 눈길을 준 탓에 로아즈가 마검의 희생양으로 선택되고 에키네시아가 마검의 악마가 되었음을 알게 된다. 그리고 아젠카로 돌아와 그가 사랑하던 모든 것을 파괴한 그녀와 마주했다.

유리엔 드 하르덴 키리에는 그 순간 죽었다. 그녀가 죽이지 않았다 해도, 그는 그때 이미 죽어 버린 거다. 죽은 거나 다름없는 삶을 살게 된 거다. 둠기오사 오너의 조건을 충족할 정도로.

'아. 그렇구나. 그래서 그는 이렇게 할 수밖에 없는 거야…….'

창천 기사단은 몰살당했고 아젠카는 멸망했다. 범인인 마검의 악마는 그의 손에 죽었다. 배후였던 2황자도 이미 죽었고 황제는 황태자에게 밀려났을 거다.

더 이상 기사단장도 아젠카의 군주도 아니게 된 유리엔에게, 모든 것을 잃고 복수할 대상조차 없는 그에게 마검이 그러했듯 성검이 카이로스기오사를 쓰는 방법을 가르쳐 주었다면.

그도 그녀처럼 무슨 수를 쓰든 해내려 했겠지. 자신이 사랑했던 이들을 되살리기 위해.

'그중에 나는 없겠지만. 이 시점의 그는 나를 잘 모르니까……'

〈에키네시아.〉

예상치 못한 때에 벼락처럼 파고드는 속삭임. 에키네시아는 굳은 채 그를 보았다. 고운 기오사들을 정리해 넣은 그가 마지막으로 마검을 집어 들며 속삭였다.

〈오늘 로아즈의 폐허를 뒤졌다. 그곳에서 드디어 그대의 이름을 알아냈다. 에키네시아, 로아즈…… 그대의 초상화도 발견했다. 이제야 그대가 본래 얼마나 아름다운 머리카락과 눈동자를 가지고 있었는지 알게 되어서……〉

부드러운 천이 마검을 감싼다. 시야가 뒤덮이며 다시 어둠이 찾아온다. 암흑 속에서 그의 목소리가 띄엄띄엄 이어진다.

〈시간을 되돌리게 되면.〉
〈가장 먼저 그대를 찾아갈 것이다.〉
〈그리고 그대에게 반드시…….〉

반드시, 무엇을?

묻고 싶었으나 그녀는 말할 수 없었다. 그저 지켜보기만 해야 했다. 기나긴 꿈이었다.

때로는 소리만, 때로는 꺼내어져 밝은 곳에서, 때로는 한밤중 모닥불 앞에서.

무수한 시련과 고난이 흘러간다. 그가 저지르는 죄악과 치르는 사투를 본다. 짓밟히는 것과 상처 입는 것을 본다. 이겨 내는 것과 굴복하는 것을 본다.

보기만 해야 한다. 도와줄 수도 위로해 줄 수도 없다. 이것은 꿈이니까. 실제로는 일어나지 않은, 사라져 버린 가능성의 단편일 뿐이니까.

그럼에도 그를 향한 일방적인 감정이 쌓인다. 켜켜이, 짙고도 아릿하게.

에키네시아는 비로소 유리엔이 성검의 기억을 통해 그녀의 과거를 보았다는 것이 어떤 의미인지를 온전히 이해했다.

끝내 그가 제니스의 경지에 이른다. 그리고 9년이 걸렸던 그녀보다 더 오랜 시간을 들여, 마침내 신검 앞에 선 그가 소원한다.

〈……아무도 죽지 않은 과거로 돌아가고 싶다.〉
〈새로운 시간을…… 어떻게 쓰겠냐니.〉

카이로스기오사의 질문에 유리엔은 한참을 멍하니 서 있었다. 곧이어 그가 쉰 듯한 목소리로 말한다.

〈사죄하고 싶다.〉

〈모든 사람에게. 그리고 그녀에게.〉

〈행복하게 만들어 주고 싶다.〉

〈나로 인해 망가져 버린…… 그녀를.〉

〈어떻게든 반드시.〉

에키네시아는 천천히 눈을 떴다. 눈꺼풀이 몹시 무거워서 힘겨운 과정이었다. 흐릿하던 시야가 몇 번 눈을 깜박이면서 점차 선명해졌다. 그러자 그녀의 뺨에 툭 하고 물방울이 떨어졌다. 그녀를 내려다보며 그가, 유리엔이 울고 있었다.

"에키."

잔뜩 가라앉아 목을 긁으며 튀어나오는 곡소리.

"에키, 에키."

에키네시아는 그를 향해 손을 뻗었다. 힘없이 들어 올리는 그녀의 손을 덜덜 떨리는 그의 양손이 감싸 쥔다. 무거운 몸뚱이의 감각. 이건 꿈이 아니었다. 드디어 꿈에서 깬 모양이다. 에키는 흐릿하게 웃으며 물었다.

"혹시 내가 오래 잤어요?"

"……다시는 깨어나지 못할까 봐 걱정했다."

"왜 그런 걱정을 해요?"

"그대가 그렇게 심하게 다친 건 처음 봤는데…… 치료를 다 하고도 도무지 깨어나질 않으니까…… 정말로, 에키, 에키네시아……."

그가 그녀의 손을 움켜쥔 채로 그녀의 위에 무너져 내렸다. 그는 그녀의 어깨에 고개를 파묻고 숨죽여 울었다. 흠뻑 젖어 부서질 듯한 목소리로 그가 속삭였다.

"에키네시아, 그대를 잃으면…… 나는 정말로 미쳐 버릴 거다."

"그럴 일은 없어요, 율. 알잖아."

그녀는 제게 무너진 그의 머리를 감싸 안으며 말을 이었다.

"전 신검에게 행복해질 거라는 예언을 들었는걸요."

유리엔은 대답하지 않았다. 그저 가쁘게 숨을 몰아쉬며 그녀를 끌어안았다. 있는 힘껏 안고 싶은 듯 팔에 바짝 힘이 들어갔으나, 차마 그러진 못하고 부드럽게 감싸 안기만 했다. 잘못 건드리면 그녀가 부서기라도 할 것처럼.

에키는 그런 그를 올려다보다가 조용히 입을 열었다.

"꿈을 꿨어요, 율."

"……무슨 꿈을?"

"또 다른 가능성에 관한 꿈."

그녀는 그의 오른손을 찾아 손바닥을 매만졌다. 황금빛 성검의 문양을 확인하며 설핏 웃고는 손깍지를 꼈다.

"율, 있잖아요, 우리는…… 반드시 이렇게 되었을 거예요."

"이렇게, 라니?"

"상황이 어떻게 변하든 우리는 틀림없이 만났을 거예요. 그리고 어떻게든 반드시 함께 행복해졌겠죠."

그렇게 될 수밖에 없는 운명처럼. 신검이 들여다보고 확정한 미래처럼.

유리엔이 의아한 듯 멍한 얼굴로 그녀를 내려다보았다. 에키네시아는 웃으며 상체를 일으켰다. 그리고 사랑하는 운명에게 입을 맞췄다.
한없이 행복한 기분이었다.

일이 어떻게 진행되었는지는 병상에서 벗어난 뒤에 자세히 들었다.
마검과 환검이 닿자마자, 환검은 마검을 매개로 에키네시아의 악몽을 꺼내 현실에 그대로 구현했다. 그렇게 분수대 앞에서 유리엔이 성검으로 에키네시아의 배를 꿰뚫은 꿈이 전부 실제로 구현되어 버렸다.

그 악몽은 그녀가 쓰러진 뒤에야 겨우 끝났다. 꿈속에서 죽음에 이를 정도의 상처를 입은 그녀는 실제로도 심각한 부상을 입었다. 그나마 찌른 검이 진짜가 아니라 환상에 불과해 위력이 떨어진 게 그 정도였다고.

그 자리에 있던 세이온 디모데는 그 모든 사태를 목격했다. 마도구로 연락을 받고 가장 먼저 이동해 온 유리엔이 피투성이로 쓰러진 에키네시아를 발견하는 것까지.

세이은은 그 순간 창천 기사단장이 보인 반응을 영원히 잊지 못할 것이다. 하나의 세상이 붕괴하는 듯한, 혹은 태양이 부서져 떨어지는 것을 본 듯한 얼굴.

그는 충격과 별개로 즉시 행동했다. 아메시스트에 새겨진 마법을 이용해 아젠카르 그녀를 보내며 통신 마도구를 사용했다. 통신을 받고 기다리던 성녀 샤이가 바로 에키네시아에게 엘기오사를 썼다. 그렇게 중상은 완치되었으나, 그녀는 정신을 차리지 못했다.

그녀가 긴 잠에 빠져 있는 사이 창천은 롱켄 마을 사태를 수습하고, 솜니움의 희생자들에게 배상을 하고, 세이온 디모데를 철저히 조사했다.

솜니움기오사는 기오사 홀에 곧바로 집어넣는 대신 당분간 창천 기사단장이 보관하며 니콜 시즈튼이 조사하기로 했다. 에키네시아가 깨어나지 않는 것이 환검의 수작일 확률이 높기 때문에.

그녀가 긴 꿈을 꾸는 동안 많은 사람이 그녀를 찾아왔다. 위즈덤 클럽원들, 그녀에게 가르침을 받은 생도나 기사들, 인연이 생긴 아젠카의 사람들, 로아즈에서 아젠카까지 달려온 가족들, 그리고 다른 기오사 오너들.

모두가 그녀를 깨우기 위해 노력했다.

이제 정식 기사가 된 앨리스 윈터벨은 임무도 미루고 거의 매일 들락거렸고 니콜 시즈튼은 마법으로 갖은 시도를 했다. 스타티스 저택의 집사 던컨은 드물게 자리를 비우더니 쐐기에서 정보를 수집해 왔다.

유리엔은 아예 그녀의 곁에서 떠나지 않았다. 그러는 동안 그들의 아이들, 아직 어린 히아신스, 리시안서스, 메이릴리는 로아즈에서 달려온 가족들이 돌봐 주었다.

그래서 에키네시아는 깨어나자마자 많은 걱정과 질타를 마주해야 했다. 앞으로는 더 조심하겠다고 몇 번이고 약속한 뒤에야 그녀는 걱정의 감옥에서 벗어날 수 있었다.

그리고 니콜은 새로운 논문 주제를 얻었다. 환검이 에키네시아에게 꾸지 한 꿈이 무엇인지, 어떻게 그런 일이 일어날 수 있었는지를 분석하는 것.

같은 의문을 품었으나 다른 방식으로 답을 추구한 존재도 있었다.

"제가 잠들어 있는 동안 내내 저렇게 됐다고요?"

"마검이 강력하게 원했다."

[솜니움은 호되게 당해도 싸다. 때로는 매가 약이지.]

성검이 지친 투로 유리엔에게 속삭였다. 에키네시아가 깨어나지 못하는 동안 주인이 미쳐 버릴까 봐 전전긍긍했던 성검은 제 주인만큼이나 지쳐 있었다.

에키는 테이블 위에 맞닿은 채로 놓인 마검과 환검을 물끄러미 내려다보았다. 마검에서 솟구친 검은 마나가 일렁이며 환검을 휘감고 있었다. 섬뜩한 기운이었으나 그녀에겐 익숙하다 못해 친근한 마검의 마나다. 망설임 없이 검은 기운 사이로 손을 뻗어 마검을 쥐었다.

[어?]

"발."

[주인아! 흐어엉! 주인아아!]

울음이 터져 뭐라고 하는지 제대로 알아듣기도 힘든 목소리가 들려왔다. 에키네시아는 한참 동안 마검을 달래며 그녀가 무사함을 온갖 수단으로 증명해야만 했다.

[진짜 큰일 나는 줄 알았잖아! 주인이 그렇게 되었는데 망할 환검 놈은 자기도 원인을 모르겠다고 하고…… 주인 못 깨우면 기오사고 나발이고 너도 죽여 주겠다고 했는데 저 새끼는 징징거리기만 했다고!]

"새끼라니, 발. 어디서 그런 못된 말을 배웠어?"

[지금 그딴 게 중요해? 주인아, 그 마법사한테 기오사 파괴하는 방법 좀 알아내라고 해! 내가 저놈 진짜로 죽여 버릴 거야!]

"마검인 너조차 기오사를 죽일 방법을 모르는데 쟤를 어떻게 죽여? 진정해. 난 괜찮으니까."

[그럼 저 새, 아니, 저놈을 그냥 둘 거야? 널 영원히 잠들게 할 뻔한 놈을!]

"그대로 둘 순 없고, 잘 교육할 주인을 붙여 줘야지."

에키네시아는 칭얼대는 마검을 잘 달래어 문양으로 되돌린 후 유리엔을 돌아보았다.

"율, 저 새로 스콰이어를 지명하고 싶어요."

"……스콰이어 지명이라니, 앨리스 경이 졸업한 이후로는 처음이군."

"이미 제안해 놨는데, 그 애가 아직 아무 말도 안 했나 보네요."

"누구지? 위즈덤 클럽의 사관생도인가?"

"세이온 디모데. 이번에 롱켄에서 만난 그 애요."

"……."

유리엔은 직접 심문했던 그 소년을 떠올렸다. 에키네시아 얘길 하면서 쓸데없이 귀가 빨개지던데. 그녀의 악몽에 대해 자꾸만 알고 싶어 하기도 하고. 마음 같아선 당장 박살 내 버리고 싶은 환검과 교감이 있었던 것도 마음에 안 들고.

그는 찌푸려지려는 낯을 간신히 제어했다. 에키네시아는 자신이 그 애를 키워 보려는 이유를 차근차근 설명했다.

저 빌어먹을 솜니움기오사에게 고삐가 될 오너가 필요하다는 건 그도 절실하게 동감하는 바였다. 결국 유리엔은 세이온을 스타티스 저택에 받아들이는 것에 동의했다.

앨리스 윈터벨에 이은 에키네시아 스타티스의 또 다른 수제자 세이온 디모데가 환검의 주인이 되는 건 이때로부터 수년 후의 일이다. 앨리스 윈터벨이 후일 팔란타기오사 오너가 되면서, 이 시대는 가장 많은 기오사 오너가 동시대에 존재한 시기로 역사에 기록된다. 또한 이때 아젠카에 에키네시아 유파가 형성되는데, 구체적인 명단은 다음과 같다: 앨리스 윈터벨, 파티마 토야, 테오 폰 크라이스, 세이온 디모데, 알렉세이 폰 프랑 알마리, 리시안서스 스타티스, 메이릴리 스타티스…….

〈검을 든 꽃〉 외전 완결

기오사 노트

※ 던컨 루즈 & 니콜 시즈튼 엮음 ※

※ 본편의 스포일러가 다수 포함되어 있으므로,
되도록 본편을 다 보신 후에 보시기를 권합니다.

서문

    이 노트는 스타티스의 후손들, 그리고 후대의 기오사 오너들을 위해 기오사에 대한 정보를 수집·정리한 것으로, 초대 스타티스 부부의 명령에 의해 만들어졌다.
    당대의 기오사 오너(에키네시아 스타티스, 유리엔 스타티스, 바론 틸리어스, 테레사 폰 프랑 알마리, 디트리히 폰 프랑 알마리, 샤이 엘)들이 정보를 제공했으며, 필자인 덕컨 루츠가 기존의 정보와 기오사 오너들의 정보를 취합하여 노트의 전문을 작성했다. 더불어 마법사 니콜 시즈튼이 노트 전체를 감수했다.

    수록될 첨언은 발화자의 말을 그대로 옮긴 것이 아니라 필자가 정리한 것이지만, 간혹 원본을 살린 경우에는 각주를 달아 두었다.

    마법적인 수단이 이 노트를 보호하고 있으므로 안전한 보관과 열람을 위해 다음 원칙을 반드시 지키도록 한다.

    ❋ 스타티스의 직계 후손과 기오사 오너 외에는 열람을 금한다.
    ❋ 아젠카 외부로의 유출을 금한다.

✺ 필사본의 제작을 금한다.

기오사를 만들었던 대장장이조차 기오사에 대해 모든 것을 알지는 못할 것이다. 따라서 이 노트에 기록된 정보는 완벽하지 않다. 노트를 열람할 때 이 사실을 명심하길 바란다.

기오사 전설	526
바르데르기오사 (Balderr geiosa)	529
랑기오사 (Laang geiosa)	533
디몽기오사 (Dimong geiosa)	537
레밍기오사 (Reming geiosa)	541
살릭기오사 (Salic geiosa)	545
엘기오사 (Ell geiosa)	548
알라다트기오사 (Alladoute geiosa)	552
솜니움기오사 (Somnium geiosa)	557
팔란타기오사 (Falanta geiosa)	561
둠기오사 (Doom geiosa)	565
카이로스기오사 (Kairos geiosa)	568
라키아기오사 (Raqia geiosa)	572
별첨 : 창천 기사단	576

기오사 전설

　기오사의 기원에 얽힌 전설은 여러 가지 변형이 있으나, 본 노트에서는 가장 일반적으로 알려진 한 가지만 기재한다.

　먼 옛날 신의 경지에 이르렀다고 칭송받는 대장장이가 있었다. 대장장이는 자신이 검을 만드는 데 있어서는 신에게도 지지 않을 거라고 확신했다.
　어느 날, 이 대장장이에게 정말로 신이 찾아왔다.
　신은 대장장이에게 자신의 권능을 빌려주었다. 그 권능은 밤과 낮처럼 볼 수도 만질 수도 없는 것들을 재료로 검을 만들 수 있는 힘이었다.
　신은 말했다.
　[네게 나와 동등한 능력을 주었다. 너는 그것으로 최고의 검들을 만들라. 이것은 네게 내리는 나의 시험이다.]
　대장장이는 일흔 낮 일흔 밤을 고심했다. 그리고 백 년에 걸쳐서 특별한 재료로 열 개의 검을 벼려 냈다. 그 검들은 모두 아름다웠으며 이전에도 이후에도 존재하지 않을 놀라운 능력을 가졌다.
　대장장이는 신에게 자랑스럽게 제 작품을 보였다.

신은 가만히 그것들을 내려다보다가 단숨에 허공에서 두 개의 검을 만들어 내었다. 그 검은 고작 둘이었으나 하나만으로도 대장장이의 검들 모두를 합친 것보다 아름답고 강했다.

대장장이는 그제야 무릎을 꿇었다. 감히 신을 넘보았던 제 오만함을 뉘우쳤다. 신은 너그럽게 대장장이를 용서하고 그를 신계로 데려갔다.

대장장이와 신이 떠나고 나서, 세상에 남겨진 열둘의 검은 '시험'이라는 고어를 따서 기오사 시리즈라고 불리게 되었다.

대장장이가 만든 열 개의 기오사는 뛰어난 재능을 가진 자들을 주인으로 선택했다. 그러나 신이 만들었던 두 개의 기오사는 누구도 주인으로 받아들이지 않았다. 그 신검들은 나머지 열 개의 기오사를 모두 소유한 자에게만 제 힘을 빌려준다고 전해진다.

※ 에키네시아 스타티스의 첨언

- 대장장이는 모든 기오사에게 비밀을 숨겨 놓았다고 한다. 그 비밀은 기오사의 자아에게 필요할 때에만 드러난다.
- 기오사의 자아는 저마다 다른 개성을 가지고 있으며, 각성하기 전에는 잠든 상태로 이때의 기억은 기오사의 몸, 즉 검에만 남는다.
- 각성한 기오사의 자아는 깨어나 있는 동안 보고 들은 것들과, 자신을 각성시킨 주인의 영향을 받으며 성장 또는 변화하기도 한다.
- 기오사의 자아는 '원칙적으로는' 내재된 기준을 벗어나는 행동[1]을 할 수 없다.

---

1) 주인을 받아들이는 조건을 변경하는 등의 행동을 말한다.

※ 유리엔 스타티스의 첨언
- 일반적으로 기오사의 선택을 받기 위해서는 피를 묻혀 보아야 한다.
- 기오사의 오너 조건이란 문양이 생겨나고, 문양 안에 기오사를 보관할 수 있으며, 기오사의 능력을 사용할 수 있는 '주인'으로서의 조건을 말한다.
- 마스터의 경지에 오른 검사만이 기오사 오너가 된다고 널리 알려져 있으나, 이는 사실과 다르다. 대부분의 경우 기오사는 마나 코어가 있는 자만을 선택하지만, 기오사에 따라 마나 코어가 없는 자를 주인으로 받아들인 사례가 분명히 존재한다.
- 오너 조건을 충족하지 못한 인간은 기오사를 보통 검으로 사용할 수는 있어도 그 능력은 사용하지 못한다. 통제 불능의 기오사에 의한 사고가 터지는 경우가 많다.
- 기오사에 따라 오너가 아닌 인간도 일부 능력을 사용할 수 있는 경우도 있고, 적합하지 않은 자는 아예 만질 수조차 없는 경우도 있다.
- 주인이 없는 상태의 기오사가 주위의 환경이나 인간에게 영향을 미치는 경우가 있다.
- 창천 기사단이 마스터의 경지에 이른 기사에게만 기오사의 선택을 받을 기회를 주는 것은 이러한 사고를 미연에 방지하기 위해서이다. (대체로 마나 코어가 생성된 인간은 보통 사람에 비해 이질적인 힘이나 영향력에 대한 내성이 뛰어나다.)

바르데르기오사

* 이명 : 마검(魔劍)
* 의미 : 죄악(바르데르)의 시험(7 오사)

❋ **형태**

: 전체적으로 깔끔한 형태. 손잡이는 검은색, 칼날은 유리처럼 투명하다. 칼날의 폭이 일반적인 검보다는 약간 넓고, 길이가 긴 편이다. 칼날에 알 수 없는 문자 형태의 문양들이 새겨져 있다.

(에키네시아 스타티스 이후, 칼날의 문양이 분리되어 붉은색으로 변해 검 주위를 회전하게 되었다.)

❋ **재료**

: 인간의 악의(손잡이), 인간의 살의(칼날). 누군가를 증오하고, 실패하거나 절망하길 기원하고, 종국에는 죽이고 싶어 하는, 혹은 누군가가 세상에서 사라져 버리길 바라는 감정들이 마검의 재료로 쓰

였다.

※ 문양
: 날카로운 검은색 무늬. 검을 쥐는 손의 손바닥에 형성된다.

※ 능력
: 살육 특화, 살의를 마나로 변환하여 제공, 주인의 신체 조종 가능.

※ 에키네시아 스타티스의 첨언
- 살육 특화는 가장 효율적으로 상대를 죽일 수 있는 방법을 주인이 무의식적으로 깨닫도록 만들어 준다.
- 마검에는 지속적으로 살의가 누적된다. 누적된 살의는 통제에 실패할 경우 주인을 잠식하여 무차별적인 살육을 벌이게 하므로, 취급에 주의해야 한다.
- 누군가의 죽음을 바라는 인간이 세상에 존재하는 한, 마검은 거의 무한한 마나를 제공할 수 있다.

※ 특징
: 각성시키기 전에는 자신을 쥔 사람을 숙주로 만들어 조종하며 대량학살을 벌인다. 마검의 숙주가 된 인간을 악마라고 부른다.
: 지속적으로 살의가 누적되므로, 꾸준히 살의를 해소해 주지 않으면 주인이 충동적으로 살인을 저지르게 될 수도 있다.
 (에키네시아 스타티스 이후, 마검의 자아가 주인의 의식을 살의로부터 지킬 수 있게 되었다. 따라서 마검의 주인은 더 이상 살의에 무작정 조종당하지 않는다.

인내하지 못하고 잠식당해 악마가 될 경우 즉시 마검을 쥘 수 없게 된다.)

❇ 오너 즈건
: 누군가에게 악의나 살의를 품어 본 경험이 있는 자. 마나 코어의 유무는 상관없는 듯하다. 따라서 거의 모든 인간이 해당된다.

(에키네시아 스트키스 이후 오너 조건이 변화하여, 마검을 쥐고 살의의 유혹에 넘어가지 않고 인내할 수 있는지가 조건이 되었다.)

※ 니콜 시즈튼의 첨언
- 바르케르기오사는 쥐는 즉시 이름 그대로 죄악의 시험에 빠져들게 된다. 실패하면 악다가 되며 검을 놓게 되고, 성공하면 오너가 된다.
- 악마가 된 자는 흡수한 살의만큼 사람을 죽이기 전에는 의식을 되찾지 못한다. 성검의 주인, 또는 살의를 흡수하고도 인내할 수 있는 사람(마검의 주인)은 악마가 된 자를 원래대로 되돌릴 수 있다.
- 극도로 위험한 시험이므로 후보자를 위한 별도의 자질 검사와, 마스터급 검사를 가둬 둘 수 있는 격리된 공간, 그리고 성검의 주인 또는 전대 마검의 주인이 존재할 때에만 행하길 권장한다.

❇ 각성 조건
: 마검의 조종에서 벗어나 몸을 되찾는 것. 최소 제니스급이어야 가능한 것으로 추측된다.

(에키네시아 스타티스 이후, 마검은 항시 각성 상태가 되었으며 따라서 각성 조건도 사라졌다. 살의를 참지 못해 악마가 되면 마검을 쥘 수 없게 되므로, 오너 조건과 각성 조건이 일치하게 된 듯하다.)

❋ 기타

: 나타났다 하면 숙주를 조종해 대학살을 벌이는 탓에 마검이라는 이명이 붙었다.

: 기오사들 중에서 가장 많은 피를 본 검이며, 기오사와 관련된 최악의 사고와 최대의 사고 모두 마검의 짓이다.

: 각성 횟수가 가장 적은 기오사였으나, 에키네시아 스타티스 이후 상시 각성 상태로 변화했으므로 이 기록은 더 이상 의미가 없다.

: 에키네시아 스타티스 이전에는 바르데르기오사 오너라는 개념 자체가 존재하지 않았다. 이전에 첫 번째 마검의 주인이 존재하긴 했으나, 역사에 이름을 남기지 않았으므로 에키네시아가 최초의 바르데르기오사 오너로 기록되었다.[2]

: 마검의 자아는 정신연령이 어린 편으로 추측된다.

※ 에키네시아 스타티스의 첨언

- 바르데르기오사는 철없이 까불거리고, 혼날 줄 알면서도 헛소리를 반복하는 수다스러운 성격이다. 하지만 의외로 생각이 깊고, 가끔은 귀엽게 굴기도 한다.

- 바르데르기오사는 매우 멋지고 똑똑하고 착한 검이다![3]

---

[2] 첫 번째 마검의 주인에 대해서는 에키네시아 스타티스가 저술하고 대신전이 정리하여 보관 중인 <순례자의 기록>에 남아 있다. 이 문서는 일반에 공개되지 않으며, 열람 권한은 대신전의 규정을 따른다.

[3] 삐뚤삐뚤한 이 글씨는 에키네시아 스타티스의 왼손이 제멋대로 쓴 것이다. 정황상 마검이 방심하고 있던 그녀의 왼손을 조종해 쓴 것으로 추측된다. 그녀가 화를 내며 지우려 들었지만, 기오사의 자아가 직접 쓴 역사적인 글씨이므로 남겨 두기로 했다.

랑기오사

* 이명 : 성검(聖劍)
* 의미 : 올바름(랑)의 시험(기오사)

❋ **형태**

: 자루와 칼날이 하나의 금속으로 이루어진 순백의 검. 일반적인 검보다 칼날의 폭이 약간 좁고, 날렵하고 섬세한 형태이다. 손잡이에 장식이 달려 있으며 은은한 황금빛 문양이 검 주위를 휘감고 있다.

❋ **재료**

: 인간의 사명감(문양), 인간의 정의(칼날). 무언가를 옳다고 판단하고, 옳은 쪽을 더 낫다고 느끼고 따르게 행동하고 싶어지며, 그릇되었다고 여겨지는 것들을 배척하고 처벌하고 싶어 하는 마음이 성검의 재료로 쓰였다.

※ 유리엔 스타티스의 첨언
- 성검의 정의란 불변하는 절대적인 정의가 아니라 가변적이고 상대적인 정의이다.
- 도둑질은 벌해야 할 죄지만, 굶주린 어린아이가 빵 한 조각을 훔쳤다고 해서 손목을 잘라 벌하자고 하면 거부감이 드는 사람이 대부분일 것이다. 살인마를 죽이는 것은 같은 살인이라도 정의로운 심판으로 느껴지기도 한다.
- 이렇듯 사람들의 의식에 따라 변하는 감정적인 정의가 랑기오사를 구성하는 재료다. 따라서 랑기오사의 정의는 신이 아닌 인간의 정의라고 표현된다.

❋ 문양
: 우아하고 정갈한 황금빛 무늬. 검을 쥐는 손의 손바닥에 형성된다.

❋ 능력
: 파마(破魔, 악을 상대할 때 보다 강력해짐), 마나 증폭, 알려지지 않은 능력 존재.

※ 유리엔 스타티스의 첨언
- 성검은 주인의 마나에 악을 처단하는 힘을 깃들게 한다. 여기서 악이란 보편적인 인간의 정의를 기준으로 악한 것이다. 악한 것들을 성검으로 베면 치명적인 상처가 아니라 해도 중대한 타격을 입는다.
- 파마의 능력을 응용하여 살의 등의 이질적인 요소가 포함된 마나를 정

화할 수 있다.
- 마나의 증폭 수준은 주인의 역량에 따라 달라진다.
- 성검의 능력 중에는 오너 본인 외에는 밝힐 수 없는 부분이 존재한다.

❇ **특징**
: 악행을 저지를 시 사용할 수 없게 된다. 악행인지 아닌지는 성검에 누적되는 정의의 기준에 따라 결정된다.
: 랑기오사 기준에서 처벌해야 할 악인일 경우, 성검을 만질 수 없다.

❇ **오너 조건**
: 악행을 저지른 적이 없는 자. 불의에 대한 분노를 품어본 적 있는 자. 마나 코어는 필수적인 듯하다.

❇ **각성 조건**
: 알려져 있지 않다.
(랑기오사 오너들 중 자신이 어떻게, 언제 성검을 각성시켰는지 밝힌 오너는 단 한 사람도 없다. 성검이 각성했는지 아닌지의 여부도 거의 언급하지 않아 추측도 어렵다.)

❇ **기타**
: 랑기오사는 인간의 역사에 매우 자주 등장했고, 그 주인들은 대부분 악한 것을 처단하는 영웅이 되었다. 그로 인해 자연히 성검이라는 이명이 붙었다.

: 성검은 수많은 일화가 전해지며 능력까지 구체적으로 잘 알려진 검이다. 다만 그 유명세에 비하면 신기할 정도로 알려지지 않은 부분들이 있는 것으로 추측되는데, 아무래도 역대 성검의 주인들이 의도적으로 비밀을 유지하는 듯하다.

: 성검의 자아는 깐깐한 성격인 듯하다.

※ 유리엔 스타티스의 첨언
- 성검은 자신의 역할에 충실한 성격이다.

디몽기오사

* 이명 : 수호검(守護劍), 쌍검(雙劍)
* 의미 : 슬픔(디몽)의 시험(기오사)

※ 형태

: 전체적으로 곡선적인 형태. 손잡이는 짙푸른 금속이며, 칼날의 폭이 대검에 가까울 정도로 넓다. 칼날 위에 푸른빛이 파도처럼 일렁거린다.

※ 재료

: 인간의 슬픔(푸른빛), 인간의 보호본능(칼날). 인간이 무언가를 잃고 흘린 눈물들과, 무언가를 잃지 않기 위해 몸부림치는 감정들이 수호검의 재료로 쓰였다. 지키지 못한 슬픔과 지키고자 하는 마음이 공존하는 검으로, 상처를 받아 느끼는 슬픔 또한 자신의 마음을 지키지 못한- 슬픔으로서 포함된다.

※ 문양
　: 바다와 달이 연상되는 곡선 위주의 푸른빛 무늬. 검을 쥐는 손의 손바닥에 형성된다.

※ 능력
　: 방어 특화, 가장 견고한 검(수호), 쌍검인 레밍기오사와 공명함.

　※ 테레사 폰 프랑 알마리의 첨언
　- 방어 특화란 가장 효율적으로 상대의 공격을 막는 방법을 주인이 무의식적으로 깨닫도록 만드는 능력이다.
　- 가장 견고한 검, 또는 수호라 불리는 능력은, 디몽기오사가 방어에 유용한 방향으로 주인의 마나를 변화시키는 힘을 일컫는다. 마나 실드와 유사한 방패 형상으로 검기를 변환하는 것이 대표적이다.
　- 디몽기오사와 레밍기오사는 태초부터 쌍검으로 만들어졌다. 두 검은 서로 공명하며, 이로 인해 쌍검의 주인들 역시 서로의 위치나 상태를 느낄 수 있다.
　- 쌍검의 주인들은 거리가 가깝거나 친밀해지면 기오사를 매개로 마나 코어가 연결되므로, 서로의 마나를 공유할 수 있다.

※ 특징
　: 대척점에 서 있는 쌍검인 레밍기오사에 대한 이해가 깊어질수록 보다 강력한 능력을 발휘하게 된다.
　: 주인이 무언가를 지키려는 마음을 강하게 품을수록 능력이 강해지는 경향이 있다.

※ 테레사 폰 프랑 알마리의 첨언
- 레밍기오사 오너와 가까워질수록 능력이 강해지거나 새로운 기능이 발휘된다. 영향을 주는 것은 상대의 마음에 대한 이해와, 상대 기오사에 대한 이해다.
- 레밍기오사 오너와 협공을 취하게 되면 공격과 방어가 자연스럽고 유기적으로 이루어지며 드물게 마나가 증폭되기도 한다.
- 디몽기오사는 동시대에 레밍기오사의 주인이 될 만한 사람이 없으면 각성하지 않거나 아예 처음부터 주인을 거부할 수도 있다. 디몽기오사의 자아가 의도하지 않아도 자연히 그렇게 된다고 한다. 레밍기오사도 마찬가지.

❋ 오너 조건
: 자신을 희생해서라도 지키고 싶은 것이 있는 자. 지키고 싶었던 것을 지키지 못한 슬픔을 느껴 본 자. 일단 마나 코어가 필요하다고 알려져 있으나, 마스터가 아닌데도 레밍기오사 오너가 된 사례가 있는 것으로 보아 디몽기오사도 마찬가지리라 추측된다.

❋ 각성 조건
: 무언가를 지키기 위해 자기 자신을 포기할 것. 여기서 '무언가'가 꼭 사람일 필요는 없는 듯하다. 선례를 살펴보면 자포자기로 하거나 타의에 의한 선택일 경우, 또는 일부러 의도한 짓일 경우에는 반응하지 않는 모양이다.

※ 니콜 시즈튼의 첨언
- 기오사의 각성 조건은 대체로 명확하지 않고 정황상 추론이 가능한 정도

다. 다만 공통점이 있는데, 각성을 노리고 행동할 경우 실패할 확률이 높다는 것이다.

- 기오사들의 각성 조건을 각성자[4]들이 제대로 밝히거나 연구하지 않고, 후대에게도 잘 알려 주지 않는 것은 각성을 의도하고 행동하다가 실패하는 사태를 방지하기 위해서 자연스럽게 만들어진 문화로 추측된다.

❋ 기타

: 능력의 명칭을 따서 수호검. 레밍기오사와의 관계에 의해 쌍검이라는 이명이 붙었다.

: 수호검의 자아는 상냥하고 나긋나긋한 투로 말한다고 한다.

※ 테레사 폰 프랑 알마리의 첨언

- 디몽기오사는 첫인상은 얌전하게 느껴지지만 지내보면 얌전하기만 한 성품은 아니다. 그럼에도 무척이나 다정한 검이다.

---

[4] 기오사를 각성시킨 주인을 뜻하는 가칭. 기오사를 연구하는 소수의 마법사와 학자들 사이에서 통용된다. 기오사의 각성은 정식으로 공개되지 않는 정보이기 때문에 정식 용어는 아니다.

레밍기오사

* 이명 : 정복검(征服劍), 쌍검(雙劍)
* 의미 : 환희(레밍)의 시험(기오사)

❈ **형태**

: 예리하고 직선적인 형태. 손잡이는 붉은색 금속이며, 칼날이 송곳처럼 가느다란 레이피어다. 칼날을 타고 붉은빛이 불꽃처럼 어른거린다.

❈ **재료**

: 인간의 기쁨(붉은빛), 인간의 정복욕(칼날). 인간이 무언가를 얻고 터뜨린 환희와 야망, 승리, 소유, 정복의 순간에 느끼는 감정들, 그리고 무언가를 얻기 위해 모든 것을 불사르게 만드는 마음이 정복검의 재료로 쓰였다. 만족감으로 인한 기쁨 역시 획득으로 인한 기쁨으로서 포함된다.

✳ 문양

: 불과 태양이 연상되는 직선 위주의 붉은빛 무늬. 검을 쥐는 손의 손바닥에 형성된다.

✳ 능력

: 공격 특화, 가장 예리한 검(정복), 쌍검인 디몽기오사와 공명함.

※ 디트리히 폰 프랑 알마리의 첨언
- 공격 특화란 가장 효과적으로 상대에게 타격을 주는 방법을 주인이 무의식적으로 깨닫도록 만드는 능력이다.
- 마검의 살육 특화와의 차이점은, 상대를 죽이려는 것이 아니라 무력화하고 패배하게 만드는 쪽으로 유도한다는 점이다. 정복은 죽이고 파괴하는 것이 아니라 무릎 꿇리고 획득하는 것이므로 당연한 일일지도 모른다.
- 가장 예리한 검, 또는 정복이라 불리는 능력은, 레밍기오사가 공격에 알맞은 방식으로 주인의 마나를 변화시키는 힘을 일컫는다. 마나 소드와 유사한 창의 형상으로 검기를 변환하는 것이 대표적이다.
- 쌍검이므로 디몽기오사와 공명한다. 자세한 내용은 디몽기오사의 항목을 참고할 것.

✳ 특징

: 대척점에 서 있는 쌍검인 디몽기오사에 대한 이해가 깊어질수록 보다 강력한 능력을 발휘하게 된다.
: 주인이 무언가를 얻고자 간절히 기원할수록 능력이 강해지는 경향이 있다.

(이하 자세한 내용은 디몽기오사의 항목을 참고할 것. 레밍기오사 오너에게 이 부분의 설명을 청했으나 동일한 내용을 두 번 언급할 필요는 없다며 거절했다.)

※ 오너 조건
: 자신을 불태워서라도 이루고 싶은 것이 있는 자. 야심가, 혹은 삶을 전부 바칠 정도로 강하게 원하는 것이 있는 자.
: 마나 코어가 있어야지만 주인이 될 수 있다고 알려져 있었으나, 예외가 존재하므로 마나 코어가 없어도 주인이 될 수 있을 듯하다.
(쌍둥이 자매 중 마스터인 언니가 디몽기오사 오너가 된 후, 검술을 한 번도 배운 적 없는 동생이 레밍기오사 오너가 된 사례가 있다.[5])

※ 각성 조건
: 선례와 디몽기오사의 각성 조건을 참고하면 '무언가를 얻기 위해 노력하는 것'과 관계가 있을 듯해 보이나, 자세한 내용은 알려져 있지 않다.

※ 디트리히 폰 프랑 알마리의 첨언
- 디몽기오사가 흘린 말들과, 레밍기오사의 재료와 능력에 대해 생각해보면 레밍기오사는 자신의 삶을 모조리 바칠 정도로 절실히 무언가를 바라게 되면 각성시킬 수 있는 검일 듯하다. 어쩌면 목표를 위한 희생이 필요할지도 모른다.

---

5) 남부에서 전해지는 쌍검의 기사 전설 참고. 정복검과 수호검에 얽힌 일화 중 가장 유명한 전설이지만, 지금까지는 진위 여부에 대한 논란이 있었다. 그러나 디몽기오사를 각성시킨 테레사 폰 프랑 알마리가 수호검으로부터 직접 실제 있었던 일이라는 확언을 들었으므로, 실화이다.

- "아마도 나는 영원히 레밍기오사를 각성시킬 수 없겠지. 원하는 것이 있어도 지금의 삶을 희생할 생각 따윈 없으니까."[6]

❊ 기타

: 능력의 명칭을 따서 정복검, 디몽기오사의 관계에 의해 쌍검이라는 이명이 붙었다.

: 마검을 제외하면, 기오사들 중에서 가장 많은 피를 본 검이다. 언뜻 생각하기엔 광검이나 귀검이 더 많은 죽음을 일으켰을 것처럼 느껴지지만 간접적인 영향까지 따져보면 정복검의 피해자가 훨씬 많다. 대규모 전쟁을 불러일으키는 경우가 있기 때문이다. 대표적인 사례로 피의 황제 칼리어드가 있다.

---

[6] 이것은 디트리히 폰 프랑 알마리의 개인적인 발언이지만, 이 말이 곧 레밍기오사 각성의 단서라는 니콜 시즈튼의 판단에 따라 노트에 기록해 둔다.

살릭기오사

* 이명 : 광검(狂劍)
* 의미 : 분노(살릭)의 시험(기오사)

✳ **형태**

: 짐승의 이빨이 돋은 것처럼 삐죽삐죽한 회색 대검으로, 기오사들 중에서 가장 거대한 검이다. 검 전체에 짐승의 발톱 자국 같은 무늬가 있다.

✳ **재료**

: 인간의 광기(발톱 자국), 인간의 분노(칼날). 이성을 잃어버릴 정도로 격렬한 분노, 사람을 미치게 만드는 감정들이 재료로 쓰였다. 복수심도 연관되어 있으며, 문명을 배제하면 드러나는 짐승으로서의 인간, 인간에게 내재되어 있는 야수성을 담고 있기도 하다.

※ 문양
: 야수의 발톱 자국 같은 회색빛 무늬. 대체로 검을 쥐는 손의 손바닥에 형성된다. 손바닥이 아니라 다른 부위에 형성될 경우, 기오사 오너가 어떤 식으로든 미쳐 있다는 뜻이므로 주의해야 한다.

※ 능력
: 광폭화, 야수화

※ 바론 틸리어스의 첨언
- 살릭기오사에 담겨 있는 광기를 일시적으로 받아들이면 이성이 약해지면서 야수화가 가능하다. 탁월한 후각, 청각, 괴력 등 짐승의 힘을 빌려오지만 사고가 단순해지므로 야수화를 하기 전에 목적을 확실히 해 둘 필요가 있다. 살릭기오사를 각성시킨 자들은 완전히 신체를 변형하며 날개를 만들어 비행하는 등 보다 강력한 야수화가 가능했다고 한다.
- 분노를 받아들일 경우 광폭화가 가능하다. 고통이 사라지고 모든 잠재력을 끌어낼 수 있으며 신체가 강인해진다. 대신 이성이 흐려지는데, 야수화가 짐승처럼 단순해진다면 광폭화는 적 외에는 아무것도 보이지 않으며 필요 이상으로 잔혹해진다.

※ 특징
: 살릭기오사 오너는 짐승과 교감할 수 있다. 능숙해지면 짐승을 조종하는 것도 가능하다고 한다.
: 사용하다가 이성을 완전히 잃어버리고 광인이나 짐승에 가까워지면서 원래 상태로 되돌아오지 못하는 경우가 있다. 이 경우 자연스럽

게 광검을 버리면서 더는 기오사 오너가 아니게 된다.

❋ 오너 조건

: 육체적으로 뛰어난 자, 광기를 받아들일 준비가 되어 있지만 미치지는 않을 만큼 심지가 굳건한 자. 마나 코어는 필수적인 듯하다.

(살릭기오사 오너는 침착하고 이성적이며 무던하거나 대범한 성품인 경우가 많다. 이런 조건 탓에 광검의 주인이 미쳐 버리는 일은 사실 매우 드물다.)

❋ 각성 조건

: 알려져 있지 않다.

(역대 기오사 오너들을 조사해 보면 미쳐 버리거나 복수를 하는 과정과 관련이 있는 듯하지만, 제대로 알려진 바는 없다.)

❋ 기타

: 살릭기오사 오너가 광폭화나 야수화를 사용하는 모습 탓에 자연히 광검이라는 이명이 붙었다.

: 드물게 문양이 손바닥이 아니라 다른 부위에 생기는 '미쳐 있는' 살릭기오사 오너들은, 보통의 살릭기오사 오너들에 비해 압도적으로 강하고 광검의 능력 또한 자유자재로 능숙하게 다룬다. 그러나 대부분 빠른 속도로 광기에 잠식되어 오너의 자격을 잃게 된다.

: 다른 부위에 문양이 생겼는데도 오래도록 이성을 유지한 기오사 오너는 전설을 남기곤 한다. 대표적으로 북부를 일시적으로 통일했던 로무스 대왕, '회색 늑대'라 불렸던 이름 없는 기사가 있다. 다만 후자는 진위가 불분명하다.

엘기오사

* 이명 : 치유검(治癒劍)
* 의미 : 신(엘)[7]의 시험(기오사)

※ 니콜 시즈튼의 첨언

- 자애나 사랑을 뜻하는 다른 고어가 많음에도 굳이 신의 자비에 가까운 '엘'을 기오사의 이름으로 붙였다는 점을 들어, 대장장이가 신에게 반기를 들 정도로 오만했다기보다는 신께 순종하여 신의 명에 따라 기오사 시리즈를 만든 것이 아니냐는 주장이 존재한다.

✳ 형태

: 붉은 열매가 달린 연녹색 나무 덩굴이 얽혀 있는 은빛 검으로, 기오사 중에서 가장 작은 검이자 유일한 단검이다. 얽혀 있는 덩굴은 조

---

[7] 엘은 신을 뜻하는 고어 중의 하나이다. 엄밀히 말하면 '자애로운 신'이라는 뜻이며, 신이 베푸는 자비나 사랑을 강조할 때 신을 '엘'이라 칭하는 경향이 있다.

각이나 장식이 아니라 살아 있는 식물처럼 보인다.

※ 재료

: 인간의 사랑(나무 덩굴), 인간의 자비(칼날). 동정과 자비, 누군가를 가엾고 안쓰럽게 여겨 가진 것을 내주게 만드는 감정, 성애적이지 않은 사랑과 애정을 기반으로 만들어졌다. 이 감정들은 무조건적이고 희생적인 면모가 있다.

: 기오사들 중에서 유일하게 인간보다는 신의 감정에 가깝다는 평을 듣는다.

(신전에서는 엘기오사를 신이 인간에게 베푼 자비의 증거이자, 인간 안에 내재되어 있는 신의 사랑을 증명하는 성물로 본다. 신전의 교리에 따르면 '우리는 인간이 본질적으로 선하고 자애로운 존재라는 것을 엘기오사를 통해 알 수 있다'고 한다.)

※ 문양

: 붉은 열매가 달린 연두색 나무 무늬. 가슴 중앙에 형성된다.

※ 능력

: 모든 질병과 상처의 치유.

(단검을 신체에 꽂아 넣음으로써 능력을 발휘한다.)

※ 샤이 엘의 첨언

- 치유 능력은 체력을 소모하며, 단련할수록 능숙해진다.

- 죽지 않은 사람은 체력이 허용하는 한 반드시 살릴 수 있다. 죽은 자는 되

살릴 수 없다.

- 사라진 신체 부위의 재생이나 한 번에 다수의 사람을 치유하는 것은 일반적으로는 불가능하다. 아마도 각성과 연관이 있는 것으로 보인다.

※ 특징

: 타인에게 증오를 품는 순간 사용할 수 없게 된다.

: 찌르거나 베어도 타인에게 절대 상처를 내지 않는다. 엘기오사로 벨 수 있는 것은 엘기오사의 주인뿐이다.

※ 오너 조건

: 만인에 대한 자애를 품은 자, 성녀 또는 성자로서의 자질이 있는 자, 누군가를 증오해 본 적 없는 자. 마나 코어의 여부는 상관이 없다.

: 검의 형태임에도 검술과 가장 관계가 없는 기오사이며, 치유검의 주인은 기오사 오너라는 호칭보다는 성녀 또는 성자라고 불린다.

※ 각성 조건

: 알려져 있지 않다.

(재료와 특징, 사례를 바탕으로 한 추측으로, ███████ ██[8])과 관련이 있다는 가설이 있다.)

※ 기타

: 검의 능력에 따라 치유검이라는 이명이 붙었다. 성검이라 불린 적

---

8) 이 부분은 엘기오사 오너를 위해 추측조차 남기지 않는 것이 좋겠다는 니콜 시즈튼의 판단에 따라 삭제한다.

도 있으나, 랑기오사의 명칭과 겹쳐 혼선이 생기는 데다 엘기오사는 검이라기보다는 성녀나 성자의 상징으로 여겨지는 경우가 많다 자연히 치유검이라는 이명이 정착되었다.

: 엘기오사 오너는 자신을 보호할 수단이 전혀 없고, 가진 능력이 사람들의 욕심을 불러일으키며, 오너들이 대체로 아낌없이 베풀려 드는 탓에 자주 위험해지며 위험에 취약하다. 그로 인해 엘기오사는 무척 빈번히 실종되는 기오사가 되었다.

: 대신전이나 창천 기사단의 엘기오사 오너 보호 관련 규정을 보면 신경질적일 정도로 예민하게 느껴지는데, 이는 상기한 이유 때문이다. 그토록 철저히 보호해도 엘기오사 오너의 사망률은 기오사 오너 중에서 가장 높다. 자격을 잃거나 포기하는 경우보다 죽어서 오너가 아니게 되는 경우가 압도적으로 많을 정도다.

알라다트기오사

* 이명 : 마법검(魔法劍)
* 의미 : 지혜(알라다트)의 시험(기오사)

※ 니콜 시즈튼의 첨언

- 알라다트란 지식과 지혜를 통틀어 이르는 고어다. 이 고어는 마법적인 요소를 내포하여 사용되는데, 예를 들면 최초의 마법사를 '처음으로 알라다트를 깨달은 자'라고 칭하는 식이다.

❋ 형태

: 칼날 전체에 의미를 알 수 없는 마법진이 가득 새겨져 있고, 다양한 색상의 보석이 곳곳에 박혀 있다. 언뜻 보기에 장식용으로 보일 정도로 화려하고 비실용적으로 보이지만 날 자체는 의외로 예리하다.

(보석과 마법진의 개수, 색, 모양, 위치 등이 고정되어 있지 않고 변화하므로,

알려진 삽화와 대조하여 알라다트기오사를 판별하는 일은 권장하지 않는다.)

❋ 재료
: 인간의 지식욕(보석), 인간의 통찰력(칼날). 무언가를 알고자 하는 욕구, 분석하고 연구하려는 마음, 호기심, 탐구심 등이 재료로 쓰였다.

❋ 문양
: 빛에 따라 다른 색으로 보이는 보석 모양 무늬. 주로 쓰는 손의 손바닥에 형성된다.

❋ 능력
: 지식 제공, 다법 사용.
: 알라다트기오사에 박혀 있는 보석들이 각종 지식을 저장하고 있으며, 새겨져 있는 마법진들이 현존하는 도든 마법을 발동하게 만들어 준다고 한다.

※ 니콜 시즈튼의 첨언
- 오늘날 우리가 기오사의 재료나 오너 조건을 제법 구체적으로 알고 있는 이유는 알라다트기오사 오너가 마법검에 저장되어 있던 기오사에 대한 지식을 전해 준 덕분이다.
- 마법검의 주인은 머릿속에 도서관을 간직한 것처럼 지식을 꺼낼 수 있는 것으로 추측된다.
- 마법검으로 사용할 수 있는 마법의 종류 및 수준은 주인에 따라 다르다.

- 마법검으로 마법을 사용할 때는 기본적으로 주인의 마나가 필요하다고 알려져 있다. 다만 예외가 존재하는데, 어떻게 그럴 수 있는지 구체적인 원리나 이유는 밝혀져 있지 않다.

※ 특징
: 알라다트기오사에 새로운 지식이 저장되면 박혀 있는 보석이 변한다. 때로는 새겨진 마법진도 변화한다. 변화의 규칙이나 형식은 딱히 없는 듯하다.
: 마법검의 주인이 새로운 지식을 꾸준히 접하지 않으면 점점 사용할 수 있는 마법이나 읽어 낼 수 있는 지식이 줄어들다가 결국 오너의 자격을 잃는다. 접하는 지식의 분야나 중요도는 상관이 없으므로 알라다트기오사 오너는 무차별적인 정보의 수집이 필요하다.

※ 오너 조건
: 일정 이상의 지능과 마법에 대한 자질이 있는 자, 탐구하는 자. 마나 코어는 필수적인 것으로 보이나 예외가 있다.

※ 니콜 시즈튼의 첨언
- '일정 이상의 지능'이란 마법사를 기준으로 한다. 마법사가 보편적으로 일반인보다 지능이 뛰어나므로 천재에 준하는 비상한 두뇌가 필요한 것으로 보인다.
- 마나 코어가 있는 마스터가 아니라, 검술에 자질이 있지만 검을 써 본 적이 없는 마법사가 마법검의 주인이 된 사례가 있다. 해당 마법사는 후일 마스터가 되긴 했지만 알라다트기오사 오너가 될 당시에는 분명히 마스

터가 아니었다고 한다.

❋ 각성 조건
: 알라다트기오사의 자아가 잠에서 깨어나고 싶어 할 정도로 흥미로운 지식을 제공하는 것.

※ 니콜 시즈튼의 첨언
- 마법사들은 알라다트기오사에 관심이 매우 많고, 그만큼 많은 연구 기록을 남겨 두었다. 다양한 가설과 추론들이 있으나 이 각성 조건에 대해서는 대부분의 마법사가 동의하고 있다. 막연하고 주관적인 조건이지만 이 조건 외에는 마법검의 각성 원인을 설명할 방법이 없다.

❋ 기타
: 능력으로 인해 마법검이라는 이명이 붙었다. 마법사의 검이라고 불리기도 한다.
: 알라다트기오사가 각성 횟수가 가장 많은 기오사인지는 확실하지 않다. 확실한 것은, 역사 속에서 마법검의 자아만큼 자신을 명확하게 자주 드러낸 기오사의 자아가 없다는 것이다.[9]
: 그로 인해 알라다트기오사는 기오사의 자아 중에서 가장 유명하고 잘 알려진 자아가 되었다. 보통 사람들은 마법검이 유일하게 자아를 가진 기오사인 줄 알고 있는 경우도 흔하다.
: 마법검의 자아는 무언가를 알게 되는 행위 자체에 몹시 집착하

---

9) 마탑이나 창천 기사단에는 알라다트기오사로부터 전해진 지식을 주인이 정리해 놓은 문서가 상당히 많다. 마탑의 창시자 중 하나인 대현자 아리아나는 자신이 쓴 책에 아예 알라다트기오사를 공동 저자라고 써 둘 정도였다.

고, 마법을 찬양하며, 어리석은 인간을 무시하는 오만한 성격이라고 한다.

솜니움기오사

* 이명 : 환검(幻劍)
* 의미 : 꿈(솜니움)의 시험(기오사)

❋ **형태**

: 검푸른 바탕에 반짝이는 별이 흐르고 있어 밤하늘을 잘라 놓은 것처럼 보이는 손잡이, 칼날은 구불구불하며 은은한 빛이 돈다. 흐르는 빛의 색은 일정하지 않다.

(칼날이 둔탁하고 날의 모양도 특이한 터라 검으로서는 적합하지 않은 편이다.)

❋ **재료**

: 인간의 상상력(손잡이), 인간의 즐거움(칼날). 인간은 재미를 위해 상당히 많은 것을 소모하며, 때로는 오직 즐거움을 위해 목숨까지 바치고, 지루하다는 이유로 죽을 수도 있다. 인간을 그렇게 만드는 욕

구, 놀이와 장난을 원하는 마음과 공상, 망상, 환상, 꿈 등 인간이 무언가를 상상하게 하는 원동력이 환검의 재료다.

✳ 문양
: 밤하늘색 별 무늬. 검을 쥐는 손의 손바닥에 형성된다.

✳ 능력
: 환상 형성, 예지몽

※ 니콜 시즈튼의 첨언
- 솜니움기오사는 주인의 머릿속에만 존재하는 것들을 현실에 비쳐 내는 꿈의 검이다. 환검의 환상은 마법이 아니라 기오사가 발휘하는 능력이므로 주인의 마나를 사용하지 않는다. 대신 기오사 오너의 상상력과 정신력에 영향을 받는 듯하다.
- 주인에 따라 청각, 후각, 촉각, 미각까지 만족시킬 정도로 현실적인 환상을 만들어 내기도 한다. 분신에 가까운 것을 만들어 낸 사례도 존재한다.
- 솜니움기오사 오너는 간혹 예지몽을 꾼다. 통제할 수 있는 능력은 아닌 듯하며, 보통의 꿈과 예지몽을 분간하기도 쉽지 않다고 한다. 그러나 예지몽을 꾸는 능력 자체는 확실하므로, 환검의 주인이 된다면 자신이 꾸는 꿈들을 주의 깊게 살펴보고 기억해 두는 것을 권한다.

✳ 특징
: 솜니움기오사 오너들은 유달리 선명하고 구체적인 꿈을 자주 꾸고, 잠이 늘어나기도 한다. 심각한 경우 현실 대신 꿈을 선택하여 영

원히 깨어나지 않는 사태가 발생하기도 하므로 주의하여야 한다.

: 오너 조건을 충족하지 못한 자가 기오사를 쥐면 사용 자체가 불가능하며 사고가 터지지만, 환검은 보통 사람도 일부 능력을 사용할 수 있다.[10]

※ 오너 조건

: 모든 것을 즐기는 자, 몽상가, 상상력이 풍부한 자. 마나 코어는 필수적이다.

(솜니움기오사 오너는 현실에 발을 붙이지 않고 사는 듯한 사람이 많다. 실상 솜니움기오사의 영향력은 위험할 정도로 강하지 않으나, 오너 조건이 이러한 탓에 환검의 주인이 잠들어 깨어나지 않는 사태가 곶검의 주인이 미쳐 버리는 사태보다 더 자주 발생한다. 다만 가족이나 연인 등이 있으면 그들에 대한 애정이 영원히 잠드는 일을 막아 주는 듯하다.)

※ 각성 조건

: 알려져 있지 않다.

(솜니움기오사는 랑기오사만큼 접견이 어려운 기오사다. 오너들이 세상사에 별 관심이 없고 은둔하거나 떠도는 경우가 잦기 때문이다.)

※ 기타

: 환상을 만들어 내는 능력으로 인해 자연스럽게 환검이라는 이명이 붙었다.

---

10) 주로 예지몽을 꾸게 된다. 하지만 이런 식으로 솜니움기오사를 사용한 자들은 모조리 영원히 잠드는 결말을 맞았다. 따라서 오너가 다닌 자가 솜니움기오사를 사용하는 것은 극도로 위험한 일이다.

: 솜니움기오사는 다양하고 기괴한 사건을 일으키는 기오사이다. 특성 탓에 오너가 아닌 자들이 사용한 사례가 유난히 많고, 인간의 손에 들리지 않은 상태로도 사건을 일으키는 유일한 기오사이기도 하다.

: 환검에 얽힌 사건들은 마검의 학살에 비교하면 해프닝 수준에 그치는 경우가 대부분이지만, 마을 하나가 통째로 꿈에 빠져들어 일어나지 않았던 유령 마을 사건처럼 위험한 경우도 있다.

: 역사 속에 남은 예언자들은 대부분 솜니움기오사 오너거나, 오너가 아니지만 솜니움기오사를 사용했던 인간이다. 후자의 대표적인 사례로 타나고르 대지진을 예언했던 메녹이 있다.

팔란타기오사

* 이명 : 공명검(共鳴劍)
* 의미 : 의지(팔란타)의 시험(7 오사)

❋ **형태**

: 팔란타기오사는 엄밀히 말하면 검이 아니다. 형체가 없는 창백한 빛 덩어리에 불과하다.

(팔란타기오사의 형태는 주인에 의해 결정된다.)

❋ **재료**

: 인간의 의지, 인간의 향상심. 인내와 끈기, 무언가를 해내고자 노력하게 만드는 감정, 더 나아지고 싶다는 마음, 역경을 극복하게 하는 의지와, 인간을 주저앉기보다 일어서서 나아가게 만드는 감정들이 공명검의 재료로 쓰였다.

❋ 문양

: 복잡한 흰 선으로 이루어진 원형 무늬. 주로 쓰는 손의 손바닥에 형성된다.

❋ 능력

: 형태 변화, 공명음, 알려지지 않은 능력 존재.

: 주인의 의지와 필요에 따라 지속적으로 모습이 변하며, 주인에게 가장 유리한 방향으로 저절로 형태가 바뀌기도 한다.

: 주인의 기분이나 상태에 따라 공명음을 낸다. 공명음은 일반적으로는 웅웅거리는 듯한 음이지만, 노랫소리나 바람 소리, 또는 음악 소리가 되거나 비명 혹은 폭발음처럼 들리기도 하는 등의 다양한 사례가 있다. 아마도 거의 모든 소리를 낼 수 있는 것으로 추측된다.

: 공명음을 주인이 의도적으로 조절하는 건 불가능하다고 알려져 있다.

※ 니콜 시즈튼의 첨언

- 팔란타기오사는 분석하기 어려운 기오사이다. 우선 형체가 없고, 형태가 변하는 것과 소리를 내는 것 외에는 능력도 불분명하다. 주인에 따라 그저 소리 내는 빛 덩어리에 불과할 수도 있고, 반대로 최강의 무기가 될 수도 있는 기오사라는 것은 확실하다.

❋ 특징

: 형체가 없는 빛 덩어리인 탓에 구별하기 어렵다. 손으로 잡을 수도 없다. 특유의 공명음이 팔란타기오사를 분간하는 유일한 방

법이다.

: 주인에게 가장 많은 영향을 받는 기오사이다. 주인이 의지를 잃으면 능력이 아예 발휘되지 않는다고 한다.

✱ 오너 조건

: 강한 의지를 품은 자, 포기하지 않는 자, 고난 앞에서 무너지지 않는 자, 노력가. 마나 코어는 유무 자체보다는 마스터가 될 만한 자질이 있는지가 더 중요한 듯하다.

(알려진 모든 팔란타기오사 오너는 마스터 이상의 검사였으나, 기오사 오너가 될 당시에는 아닌 경우도 있었다고 한다.)

✱ 각성 조건

: 알려져 있지 않다.

(역대 기오사 오너들을 조사해 보면 심적으로 중대한 충격을 받은 상태에서 그것을 불굴의 의지로 극복했을 때 각성하는 것으로 추측된다. 혹은 성실한 노력을 끈기 있게 이어온 경우에도 각성하는 듯하다.)

✱ 기타

: 공명음으로 팔란타기오사를 구별하기 때문에 자연스럽게 공명검이라는 이명이 붙었다.

: 창천 기사단이 안정적으로 자리 잡은 이후에도 발견되기까지 무척 오랜 시간이 걸린 기오사이다. 빛 덩어리가 팔란타기오사의 본모습이라는 것을 알게 되고, 공명음의 특성에 대해 알아내기 전에는 찾아내는 것이 불가능에 가까웠다.

: 공명검에는 방랑기사 사히테 전설[11]을 제외하면 얽힌 전설이나 일화가 거의 없으며, 아직도 알아내지 못한 것들이 많다.

---

[11] 방랑기사 사히테 전설들은 민담으로 치부되는 경우가 많지만 실화이며, 사히테는 제니스급 검사였던 것으로 추측된다. 사히테 전설에 관한 연구를 통해 팔란타기오사가 '기오사' 중 하나라는 것이 밝혀졌고, 공명검이라는 이명이 붙게 되었다.

둚기오사

* 이명 : 구 검(鬼劍)
* 의미 : 죽음(둚)[12]의 시험(기오사)

❋ **형태**

: 뼈로 만들어진 검으로, 손잡이는 해골 형태다. 보랏빛 도는 안개가 주위에 어려 있다.

❋ **재료**

: 인간의 공포(안개), 인간의 미련(칼날). 죽음에 대한 공포, 죽음을 목전에 두었을 때 인간이 느끼게 되는 감정들, 이루지 못한 것들에 대한 미련과 살아온 생에 대한 후회, 두려움 등을 기반으로 만들어졌다.

---

12) 둚은 죽음을 뜻하는 고어지만, 소멸이라는 뜻도 내포하고 있다. 정확히는 '더 이상 존재하지 않게 되는 것'을 뜻하며, 일반적인 사망고는 뉘앙스가 약간 다르다.

❋ 문양
 : 보라색 해골 무늬. 검을 쥐는 손의 손바닥에 형성된다.

❋ 능력
 : 사령(死靈) 소환, 빙의 가능.
 : 사령을 이용하여 죽은 자가 남긴 사념을 읽어 내는 식의 응용이 가능하다. 드물게는 산 자와 죽은 자 간의 대화를 매개할 수도 있다.

 ※ 니콜 시즈튼의 첨언
 - 사령이란 인간의 완전한 영혼이 아니라, 인간이 죽으면서 남긴 미련과 사념 등의 찌꺼기로 이루어진 혼의 파편이다.
 - 귀검은 이러한 사령을 수집하고, 소환하며, 주인의 몸에 빙의하도록 만들어 준다.

❋ 특징
 : 둠기오사에는 그것을 사용했던 모든 오너의 사령이 담겨 있다고 한다.
 : 사령을 몰고 다니며 빙의하기까지 하는 특성상, 주인의 정신이 사령에게 완전히 오염되거나 몸을 빼앗겨 버리는 사태가 드물게 발생한다.

❋ 오너 조건
 : 죽음에 가까운 자, 죽음에 가까운 체험을 해 본 자. 마나 코어는

필수인 듯하다.

※ 니콜 시즈튼의 첨언
- 연구 기록에 따르면 죽음에 가까운 자라는 것은 병이 깊어 죽어가는 자나 죽음의 위기에 항시 노출되는 자를 뜻하기도 하지만, 많은 수의 죽음을 지켜 본 자, 또는 죽은 것이나 다름없는 생을 살고 있는 자를 뜻하기도 한다.
- 자살을 바라는 인간은 해당되지 않는다.

❋ 각성 조건
: 알려져 있지 않다.
(역대 기오사 오너들을 조사해 보면 공포나 두려움을 극복하고 초연해 지는 것, 또는 죽음에 가까운 체험과 관련이 있어 보인다. 제대로 밝혀진 바는 없다.)

❋ 기타
: 사령을 몰고 다니는 탓에 귀검이라는 이명이 붙었다.
: 섬뜩한 능력 때문에 마검 다음으로 위험한 검으로 여겨지지만, 의외로 구검은 피를 많이 본 검은 아니다. 오너 조건을 충족하지 못한 인간이 쥐게 되어도 묘지를 찾아다닐지언정 딱히 살인을 저지르진 않는다고 한다. 죽음에 대한 두려움으로 만들어진 검이기 때문일지도 모른다.
: 기오사 오너는 대체로 영웅이 되거나 악당이 되지만, 둠기오사 오너 중에서는 역사에 이름을 남길 정도의 영웅도 악당도 존재하지 않는다.

카이로스기오사

* 이명 : 시간검(時間劍), 신검(神劍), 시간을 관조하는 검
* 의미 : 시간(카이로스)의 시험(기오사)

✤ **형태**
: 전체적으로 날렵한 형태에 섬세한 세공이 더해진 검으로, 시시각각 다른 색을 띠는 빛이 칼날을 타고 흐른다.

✤ **재료**
: 세계의 시간.

※ 니콜 시즈튼의 첨언
- 다른 기오사 시리즈와 신검들이 확연히 다른 이유 중 하나가 재료이다. 신검들의 재료는 인간으로부터 비롯되지 않았다.

✤ **문양**
: 존재하지 않는다.

✤ **능력**
: 시간 지배, 시간 관조.
: 주인을 선택하지 않는 검이므로, 정확한 능력은 알려져 있지

않다.

❋ 특징
 : 전설 속의 대장장이가 아니라 신이 만든 기오사라고 전해진다.
 : 인간은 신검을 만질 수 없다.
 : 전설에 의하던, 신검을 제외한 기오사들을 모두 소유한 자[13]에게 신검이 힘을 빌려준다고 한다.

※ 에키네시아 스타티스의 첨언
- 열 거의 기오사를 소유한다는 것은 모든 기오사의 주인이 되어야 한다는 뜻은 아니다. 보유하고 있기만 해도 자격을 충족한다. 정확히는 자격을 충족한 사람 외에는 기오사 오너가 단 한 명도 존재하지 않고, 모든 기오사가 그 유일한 기오사 오너에게 속해 있어야 한다.
- 자격을 충족했다고 해도 신검이 반드시 힘을 빌려주는 것은 아니다. 신검은 자신의 기준에 따라 힘을 빌려줄지 말지를 결정한다. 이것이 신검의 시험이다.

❋ 오너 조건
 : 주인을 받아들이지 않는다.

※ 니콜 시즈튼의 첨언
- 신검들이 오너를 받아들이지 않는 것은 이기 신이라는 주인이 있기 때문

---

[13] 이 자격을 얻은 인긴·만이 신검을 쥘 수 있다는 듯하다.

이라는 가설이 있다.

※ 각성 조건
: 상시 각성 상태이다.

※ 기타
: 신이 만든 기오사이기에 신검, 재료에 따라 시간검이라는 이명이 붙었다.
: 신검은 기록된 역사 이전부터 대륙 중앙의 대지에 박혀 있었다. 인간은 신검을 쥘 수도 만질 수도 없기 때문에 신검의 위치는 변한 적이 없다.[14]

: 오랜 옛날, 카이로스기오사를 신의 증거로 모시며 신검의 근처에 머무는 자들이 생겨났다. 이들을 사도라고 부른다.
: 카이로스기오사의 주위에 정착한 사도들의 수가 늘어나자, 그들은 정착지를 건설하고 내부 규칙을 정하며 신을 모시기 위한 방법들을 고안해 냈다. 사도들의 정착지는 세월이 흐르며 '아젠카'라는 도시 국가를 형성했다.
: 사도들 중에는 카이로스기오사의 형태가 검이므로 검술이 신을 찬미하기 위한 참된 수양법이라 주장하는 자들이 있었다. 제례와 기도와 명상을 주된 수양법으로 하는 사도들의 집단이 발전하여 오늘날의 아젠카 대신전이 되었으며, 검술에 매진하던 사도들의 집단은 창

---

14) 땅을 통째로 파내려는 시도가 있었으나, 신검 근처의 대지가 파헤쳐지지 않아서 실패했다.

천 기사단의 원형이 되었다.

: 아전카 대신전은 카이로스기오사를 모시기 위해 그 주위에 신검의 홀을 건설했다.

: 시간검은 간혹 신실한 신관에게 예언을 전해 준다고 한다.

※ 에키네시아 스타티스의 첨언
- 카이로스기오사가 속삭여 주는 신어(神語)는 시간검이 부리는 변덕이자 호의다.
- 카이로스기오사는 모든 시간을 볼 수 있기 때문에, 이러한 신어는 과거의 일일 수도 있고 미래의 일일 수도 있다.

라키아기오사

* 이명 : 공간검(空間劍), 신검(神劍), 공간을 표류하는 검
* 의미 : 공간(라키아)의 시험(기오사)

※ **형태**

: 알려져 있지 않다.

(공간검의 모습을 본 사람은 없다. 목격했다는 기록 또한 전혀 존재하지 않는다.)

※ 니콜 시즈튼의 첨언

- 알라다트기오사조차도 공간검의 형태는 모른다고 한다.

※ **재료**

: 세계의 공간.

※ **문양**

: 존재하지 않는다.

※ **능력**

: 공간 지배, 결절 생성.

: 카이로스기오사와 마찬가지로 자세한 능력은 알려져 있지 않다.

※ 니콜 시즈튼의 첨언
- 결절이란 라카아기오사가 공간을 잘라 내어 만들어진 마디이다.
- 공간을 떠돌아다니는 라키아기오사가 세상을 베고 지나가면 분리된 공간이 생성된다. 이 공간 내부는 세상과 별개인 새로운 법칙으로 지배된다.
- 결절은 작은 일그러짐에서 시작되어 일관적이지 않은 속도로 부풀어 올라 범위 내의 모든 것을 집어삼킨 후 완전히 사라진다. 이렇게 분리된 결절은 시간이 지나면 원상복구 되며 삼켰던 것들 또한 되돌아온다.
- 결절이 원래대로 되돌아오는 것은 라키아기오사가 베어 낸 상처가 아무는 현상이다. 돌아오는 시기에 대해 정해진 법칙은 없다. 현재까지 자연적으로 복구된 최단 기록은 3일, 최장 기록은 3년이다.
- 삼켜진 것들이 멀쩡하게 돌아온다는 보장은 없다. 인간 등의 생물은 대부분 죽어서 시체만 되돌아온다. 시체조차 돌아오지 않는 경우도 있다.
- 결절이 생겨난 환경과 그곳에 남아 있던 인간의 사념이 결절의 내부에 영향을 미친다.
- 결절의 발생 장소와 시기는 대체로 무작위적이다. 결절은 예측 불가능한 자연재해로 분류된다.
- 모든 결절에는 시작점이 있다. 그것은 허공에 그어진 금 내지는 공간이 접힌 흔적처럼 보인다.
- 시작점이란 라키아기오사가 공간을 베어 낼 때, 공간검의 칼날과 세계가 처음 맞닿은 부분을 말한다. 이를테면 상처의 시작점이다.
- 시작점은 결절 내부에서 세계와 가장 가까운 지점이기도 하다.

※ 에키네시아 스타티스의 첨언
- 결절은 라키아기오사의 흔적이고, 라키아기오사는 카이로스기오사의 흔적을 따라다니는 경향이 있다.[15]
- 시작점을 자극하면 결절 내의 모든 이상 생물(마물)들이 반응한다. 반응하는 방식은 천차만별이고 위협적일 확률이 높기 때문에, 시작점을 자극하기 전에 결절 내의 이상 생물들을 모두 무력화해야한다.
- 시작점을 기오사로 자극하면 결절이 부서지며 파훼되어 원래대로 되돌아올 수 있다. 실험이 거의 불가능한 관계로 원리는 명확히 밝혀지지 않았다.

❋ 특징
: 같은 신검인 카이로스기오사와 거의 동일하리라 추측된다.

❋ 오너 조건
: 주인을 받아들이지 않는다.

❋ 각성 조건
: 상시 각성 상태이리라 추측된다.

❋ 기타
: 신이 만든 기오사이기에 신검, 재료에 따라 공간검이라는 이명이 붙었다.
: 누구도 본 적이 없는 검이기에, 존재 여부에 논란이 있었다. 결절

---

15) 이에 대한 자세한 내용 역시 에키네시아 스타티스의 <순례자의 기록>에 있다고 한다.

현상과 '결절을 만들어 내는 것은 공간검이다'라는 카이로스기오사의 신어를 통해 공간검의 존재가 증명되었다.

: 늘 같은 장소에 있고, 간혹 신어까지 전하는 카이로스기오사에 비해 많은 것이 신비에 싸여 있는 검이다. 알려진 것보다 알려지지 않은 것들이 많으리라 추측된다.

별첨 : 창천 기사단
(蒼天騎士團, Knights of the Firmament)

✤ 기원

: 카이로스기오사를 모시던 최초의 사도들 중에서 신을 위한 수양법을 검술로 여겨 검에 매진했던 자들이 이룬 집단이 창천 기사단의 원형이다.

: 종교 집단이었던 창천은 무력이 있었고 카이로스기오사를 섬긴다는 명분 또한 있었기에, 간헐적으로 기오사에 관한 사건들을 해결하게 되었다. 그러던 창천이 기오사를 관리하는 기사단으로 확고히 탈바꿈하며 독립적이고 강력한 집단이 된 계기는 폴름바토르 대학살[16]이다.

: 오늘날의 창천 기사단은 신전 소속이 아니며 성기사단도 아니지만 이러한 기원으로 인해 아젠카 대신전과 긴밀한 협력관계이다. 또한 창천의 문화 곳곳에는 여전히 종교적인 색채가 남아 있다.

✤ 위치 및 주요 시설

: 본부는 대륙 중앙에 위치한 도시국가 아젠카의 내성에 위치한다.

---

16) 마검 바르데르기오사로 인한 대학살. 북부 폴름 제국의 수도 폴름니바가 거의 몰살에 이르렀으며, 이 참사로 하루아침에 수뇌를 잃은 북부는 다수의 소왕국들로 분열해 버렸다.

아젠카 전체가 창천 기사단의 영토이다.

: 대륙 각지에 연락소가 있으며, 연락소는 마물과 기오사에 대한 정보를 수집하고 의뢰와 각종 요청을 받아들이며 창천 기사단의 기오사 순례를 지원한다. 각국 수도에 위치한 연락소는 대사관의 기능을 겸한다.

: 창천 기사단 본부 지하에는 기오사들을 보관하는 기오사 홀이 있다. 기오사 홀의 문은 보통 사람이 절대 열 수 없을 만큼 무거우나, 입장하는 기사들은 전원 마스터이므로 혼자서 열 수 있다. 이 문에는 역대 기오사 오너들이 홀을 나오면서 새긴 이름들이 가득하다고 한다.

※ **문장과 제복**

: 하얀 방패를 바탕으로 네 장의 날개를 편 금빛 매를 문장으로 사용한다. 문장의 주위에 하늘을 의미하는 푸른색 장식이 있다. 깃발이나 공식 문서에서는 전체 문장을 사용하며, 제복의 금속 휘장 등에 사용할 때는 장식을 제외한 금색 문장을, 단추 등에서 간략하게 사용할 때는 매 두 부분만 쓴다.

: 제복은 백색, 망토는 푸른색이다. 정식 기사와 준기사의 제복은 동일한 색이나 세부 디자인이 약간 다르다. 또한 정식 기사만이 가슴팍에 금과 백금으로 가공한 금속 휘장(창천의 매 문장)을 달 수 있고, 푸른 망토도 사용할 수 있다.

: 검은 따로 지정하지 않으며 기사 개인이 선호하는 검을 지원한다. 다만 예식 용도로 통일된 검은 지급한다. 예식용 검은 금장식 손잡이의 은검이다.

※ 편제 및 계급

1. 편제

(1) 기사단

: 정식 기사들. 하위에 준기사단과 스콰이어가 있다. 정식 기사는 모두 마스터이기에 따로 부대를 편성하지 않고 기사 한 명을 부대로 취급한다. 기사 1인, 준기사 2인, 스콰이어 또는 임시 스콰이어(사관생도) 1인이 기본 부대이며, 상황에 따라 준기사나 사관생도의 수를 늘린다.

(2) 본부

: 창천 기사단의 모든 행정과 지원 업무를 총괄한다. 사용인들의 고용 및 관리나 사관학교 운영을 담당하는 부서도 본부에 있다. 사무관들이 소속되어 있으며, 전투원이 없으므로 본부의 경비는 준기사들이 주관한다.

: 단장 직속의 정보부가 독립되어 있다. 정보원들의 신원은 단장에게만 공개된다.

(3) 행정부

: 아젠카 시의 행정을 총괄하는 기관. 엄밀히 따지면 창천 기사단 소속은 아니나, 창천 기사단장을 수장으로 삼는 기관이기에 창천 기사단의 편제에 포함된다. 기사단장이 총행정관을 임명하여 행정을 총괄토록 하기도 한다.

(4) 사관학교

: 초기 창천 기사들의 스콰이어는 지극히 개인적인 문제였다. 후일 창천을 제도적으로 정비하는 과정에서 스콰이어를 선발하고 준기사를 육성하기 위한 사관학교가 정식으로 설립되었다.

: 사관학교는 대년 봄에 18세에서 25세 사이의 50여 명을 사관생도로 선발한다. 생도는 학년제로, 3학년이 끝나면 무조건 졸업해야 한다. 3년 안에 스콰이어가 되거나 졸업하면서 준기사 시험을 통과해야지만 창천 기사단에 남을 수 있다.

: 사관학교에는 기숙사와 식당, 연무장, 실내 훈련장 등이 있다. 교관이나 수업은 없으며 모든 훈련은 자율이다. 생도들끼리 만든 클럽은 존재한다.

2. 계급

(1) 창천 기사단장

: 창천 기사단장은 가장 강한 기사이며, 아젠카의 군주를 겸한다.

: 대신관을 보증인으로 세운 결투를 통해 단장직을 계승할 수 있다. 원칙적으로 결투 외의 방법으로 단장직을 넘기는 것은 불가능하기 때문에, 단장직에서 물러나기 위해서 단장이 자신보다 뛰어난 실력의 기사에게 결투를 청하는 경우도 있다.[7]

: 창천 기사단장은 왕이나 황제 등의 군주를 섬기고 명에 복종하는 일반적인 기사단장과 달리 본인이 군주를 겸하기에, 아젠카의 행정과 경영, 외교 등을 책임져야 한다. 또한 세습 군주가 아닌 특성상 일반적인 왕이나 영주에 비해 아젠카의 법과 창천의 규정에 의거한 제한이 많은 편이다.

: 가장 강한 기사가 검에만 집중하기 위해 단장 직위를 거부하기도

---

17) 유리엔 스타티스가 최연소 창천 기사단장이 된 경위도 이와 같다. 전임 단장이 24세의 유리엔 드 하르덴 키리에의 실력이 자신을 뛰어넘는 것으로 짐작되자 바로 결투를 청했다.

한다.[18]

(2) 부단장

: 단장 다음의 강자가 맡는 것이 원칙이지만, 단장직이 실력에 좌우되는 터라 보좌를 위해 연륜이 있고 경험이 많은 기사가 맡곤 한다. 대부분의 경우 단장이 임명한다.

(3) 기오사 오너

: 기오사 오너는 정해진 계급은 아니나, 정식 기사보다 서열이 높은 기사로서 대우받는다.

(4) 정식 기사

: 마스터 이상의 검술을 보유한 창천의 정식 기사들. 창천의 매들이라 불리기도 한다.

: 창천 기사단의 특성상 창천의 정식 기사는 부대장에 준한다.

: 스콰이어를 두는 것은 의무가 아니라 선택이다.

(4) 준기사

: 마스터가 아닌 기사들. 창천 외의 타 기사단 기준으로는 평기사에 해당한다. 아젠카의 치안과 대신전, 본부, 사관학교의 경비는 준기사들이 담당한다.

(5) 스콰이어(Squire)

: 정식 기사의 종자. 일반적인 시중은 사용인들이 맡는 관계로 창천의 스콰이어는 제자에 가까운 위치다. 비서의 역할을 하기도 한다.

(6) 사관생도

---

18) 에키네시아 스타티스의 사례. 보통 단장이 되지 않길 원해도 실력 차이가 눈에 띌 정도가 되면 전임 단장이 결투를 청해서라도 억지로 넘겨주곤 하는데, 에키네시아의 경우 유리엔이 그녀의 의사를 존중하여 단장직을 유지했다.

: 사관학교의 생도들.

: 사관생도들은 스콰이어가 없는 정식 기사들이나 준기사들을 보조한다. 자신을 보조할 사관생도를 지명하는 것은 준기사도 가능하지만, 정식 스콰이어로 임명할 수 있는 것은 정식 기사들뿐이다.

: 사관생도는 3개월마다 순위전을 치러 순위를 매긴다. 또한 개인 간의 결투를 절차대로 행하면 순위를 바꿀 수도 있다. 이 순위에 따라 임시 스콰이어가 배정된다.

(7) 사무관

: 본부에서 행정을 담당하는 직원들. 별도의 계급 체계가 있으나, 기본적으로 창천 기사단장이 수장이다.

❋ 관습과 예법

(1) 아젠카식 경례

: 창천 기사단 특유의 경례법으로, 사도들의 기도 자세에서 유래되었다.

: 팔꿈치를 어깨 높이가 되도록 들고, 양손을 기도하듯이 맞잡으며 살짝 고개를 숙인다.

: 인사말은 '아르 세밧티엠(신의 영광 있으라)'이다.

(2) 창천의 맹세

: 창천의 기사로서 서임될 때 행하는 맹세이다.

: 일반적으로 기사도에 관한 맹세나 선서는 홀로 읊는 것이지만, 창천의 맹세는 신관과 문답을 나누는 식으로 진행된다. 이는 창천 기사단이 다신전과 완전히 분리될 당시에 최초의 창천 기사단장이 대신관과 나눈, 사도가 아닌 기사로서 어떻게 살아갈지에 대한 문답으로부

터 유래되었다.

: 문답식이 아닌 맹세의 전문은 다음과 같다.

이제부터 이어질 나의 생에 대해 맹세합니다.
나는 명예를 알고 성실을 담아 검을 다루겠습니다.
나는 신에 대한 공경과, 이 땅의 평화와, 나 자신의 수양을 위해 검을 쥐겠습니다.
나는 검을 쥔 순간부터 약자를 위해 피를 흘리고, 불의 앞에서 굽히지 않으며, 죽음이 다가올지라도 신념을 따르겠습니다.
이 맹세를 검 앞에서 신께 바칩니다.

(3) 기오사의 세례
 : 창천의 기사로 서임될 때 행하는 전통이다.
 : 초기의 창천 기사단은 기사단이라기보다는 검을 쥐고 기오사를 지키기로 맹세한 사도들의 소규모 모임에 가까웠다. 따라서 신입을 받아들일 때는 구심점이자 지도자였던 기오사 오너들로부터 반드시 인정과 축복을 받아야만 했는데, 기오사의 세례는 그런 관습이 남긴 흔적이다.
 : 은검에 기오사 오너들이 자신의 기오사를 맞대고 마나를 흘려 넣으며 축복을 내린다. 축복을 받은 은검으로 신입 기사의 양 어깨를 가볍게 두드린 후 은검을 건네주는 것으로 세례가 끝난다.
 : 세례를 받은 은검은 그 기사가 사용하는 예식용 검이 된다. 모든 창천 기사들은 사열식 등의 중요 예식에 이 은검을 착용한다. 기사가 부재중이거나, 사망하였는데 시체를 찾을 수 없는 등의 상황에서 은

검은 기사의 신체를 대신하기도 한다. 빈 관에 은검을 넣고 묻는 식이다.

: 창천의 규모가 커진 오늘날 모든 서임식에 반드시 기오사 오너가 참석하는 건 불가능하고 비효율적이며, 당대에 기오사 오너가 아예 존재하지 않는 경우도 있으므로 세례 과정은 대부분 단체로 이루어진다.

✵ 주요 활동

(1) 기오사 순례

: 행방불명 상태의 기오사를 찾아내기 위해 정식 기사들이 떠나는 장기 순회.

: 기사 1인을 한 부대로 삼아, 동시에 네 부대씩 출발한다. 1년에 한 번씩 파견되며 기간은 6개월이다. 순례 기간 동안 기사는 담당한 지역을 무작위로 떠돌며 기오사와 관련된 정보나 소문을 수집한다.

: 기오사 순례 중인 창천의 정식 기사는 기오사 협약에 따라 국경을 자유롭게 넘을 수 있으며 영주에게 협조를 요청할 수 있다.

(2) 파견

: 정식 기사들이 타지로 임무를 떠나는 것. 기본적으로 요청이 들어왔을 경우에만 파견된다.

: 주로 타 기사단이나 군대의 검술 훈련 교관, 왕족이나 귀족의 검술 사범으로 장기간 파견된다.

: 기이한 사건의 조사차 파견되는 경우도 있다. 기오사가 일으킨 사건일 수도 있기 때문이다.

: 그 외에 다양한 의뢰를 받고 검토한 후에 파견이 되기도 한다.

(3) 토벌

: 토벌 대상은 마물 또는 기오사(기오사를 사용하여 사건을 일으킨 자)이다.

: 주로 기오사에 얽힌 사건이 발생하거나 마물 토벌이 어려울 경우 각국에서 의뢰하지만, 의뢰나 요청이 없어도 창천 기사단의 자체적인 판단에 따라 토벌에 나서기도 한다.

: 각국의 내정이나, 국가 간의 전쟁과 관련된 토벌은 하지 않는다. 정확히는 인간을 대상으로 한 토벌은 나서지 않는다. 다만 기오사를 악용한 정황이 파악되었을 경우는 예외로 성전을 선포한다.

<기오사 노트> 끝